갈 길은 남아 있는데

갈 길은 남아 있는데

초판 1쇄 발행 2015년 6월 15일

지 은 이	김래억
발 행 인	권선복
기록·정리	이서근
편집주간	김정웅
편 집	정희철
디 자 인	최새롬
마 케 팅	정희철
전 자 책	신미경
발 행 처	행복에너지
출판등록	제315-2011-000035호
주 소	(157-010) 서울특별시 강서구 화곡로 232
전 화	0505-613-6133
팩 스	0303-0799-1560
홈페이지	www.happybook.or.kr
이 메 일	ksbdata@daum.net

값 25,000원
ISBN 979-11-5602-102-5 03810

Copyright ⓒ 김래억, 2015

행복에너지는 독자 여러분의 아이디어와 원고 투고를 기다립니다. 책으로 만들기를 원하는 콘텐츠가 있으신 분은
이메일이나 홈페이지를 통해 간단한 기획서와 기획의도, 연락처 등을 보내주십시오. 행복에너지의 문은 언제나 활짝
열려 있습니다.

오직 조국만을 위한 헌신의 여정

갈 길은 남아 있는데

김래억 지음

도서
출판 행복에너지

오랜 세월 나로 인하여 동토의 땅에서
선량하게 사셨지만 갖은 고초를 다 겪으시다
돌아가신 부모님 영전에 이 글을 바치고자 합니다.

2010년 12월 중순 어느 날, 세차게 불어오는 차가운 강바람이 내 뺨을 사정없이 후려치는 압록강 강변. 겨울의 짧은 해가 서쪽으로 기울어져 저녁노을이 하늘을 빨갛게 물들게 하면서 거대한 중국 대륙에도 서서히 어두움이 깔리기 시작하였다. 같은 시각, 불빛 하나 없이 캄캄해지고 있는 강 건너 대안(對岸)의 신의주 쪽 북한 땅을 바라보노라니 만감이 교차하는 가운데 지나가 버린 기나긴 세월의 행적들을 회상해 본다.

유년 시절부터 신의주 학생 사건이 발생할 때까지 나를 낳아주시고 키워주신 부모님과 온 가족들, 그리고 정든 내 고향을 버리고 월남해야 했던 추억들, 그리고 만주제국, '키메라'라고까지 표현되었던 괴뢰국가가 건립되었던 곳.

어린 시절, 학교 선생님들로부터 '내일의 원대한 희망이 스며있는 신천지'라고 그토록 침이 마르도록 외쳐대던 대륙이었기에 어린 나에게도 청운의 꿈을 안고 찾아왔던 이국 땅. 공학도로서의 꿈을 키워 보려고 한 적도 있었건만, 세계대전이라는 큰 소용돌이에 의해 만주제국이라고 했던 한 나라가 어느 한 순간 지구상에서 사라져 버리면서 나의 보잘 것없는 꿈도 희망도 산산조각이 나 버렸다.

많은 우여곡절 끝에 새로운 희망을 찾아 단신 월남하지 않을 수 없었고 軍門(군문)에 들어선 지 얼마 되지 않아 6·25 전쟁이 발발하여 동족상잔의 비극이 발생하였다. 또한 국토는 어느 한 구석도 성한 곳이라고는 찾아볼 수 없을 정도로 철저하게 파괴되었고 수많은 사상자와 수많은 피난민 그리고 부모 형제와 혈육은 물론 친지들까지도 뿔뿔이 흩어져 이산가족들이 생겨났다.

생과 사를 넘나드는 빈곤과 굶주림의 阿鼻叫喚(아비규환), 苦塊(점괴)의 窘境(군경) 속에서 헤어나려는 몸부림 등 지난날 겪어온 悔恨(회한) 과 刻骨痛恨(각골통한)을 마음속 깊이 새기면서 빈곤의 사슬에서 벗어나려는 일념으로 모든 국민이 하나가 되어 盡悴(진췌)매진하던 일이 기억난다. 하지만 이제는 눈부신 발전을 이룩하여 세계 최빈국에서 G-20 선진국 대열에 떳떳하게 설 수 있게 되었다. 원조를 받아야 겨우 연명하던 나라가 이제는 어엿이 원조를 하는 나라로 성장하게 되기까지의 역사적 사실들을, 그 현장에서 직접 목격하고 몸소 겪어야 했던 일들을 다시 한번 상기해 본다.

이 나라가 급속도로 변화하고 있는 시기에 軍門(군문)을 나서 익숙지도 않은 사회생활을 하게 된 경위, 그리고 제2의 夙志(숙지)인 축산업을 본격적으로 추진하면서 호주로부터 소 떼를 몰고 고국으로 들어왔던 일들. 그것이 계기가 되어 예전에는 미처 상상도 할 수 없었던 호주라고 하는 먼 이국 땅까지 밀려와서 가난하고 보잘것없이 나름대로의 보금자리를 마련하고, 이민생활을 하면서 일어났던 구슬픈 이야기들이 하나씩 생각난다. 지난날의 발자취를 되돌아보면서 어언 60여 星霜(성상)의 세월이 흘러 다시금 단동(丹東)의 압록강 강변까지 와 이곳에 서서 기나긴 세월을 회상한다. 착잡하고 쓸쓸한 심정을 감추지 못하고 서서히 흘러가고 있는 압록강 물을 바라보며 '세월은 흘러가 버리고 바야흐로 가련한 鬚眉晧白(수미호백)이 되어 이곳을 다시 밟게 되었노라.'고 뇌까려본다.

불과 1,000m도 안 되는 철교 하나를 사이에 두고 불야성을 이루고 있는 이곳 단동과는 달리 불빛 하나 보이지 않는 칠흑 같은 어두움에 휩싸인 신의주를 바라보노라니 가슴이 꽉 멜 것 같은 감정이 순간적으로 폭발되는 것 같은 激情(격정)이 복받쳐 오른다.

같은 하늘 아래에 살면서도 내 부모 형제를 비롯한 혈육들과 떨어져 살아야 했던 무한한 원한과, 凍土(동토)의 땅에도 봄이 오면 지나간 해와 마찬가지로 대지에는 새싹이 돋아나고 꽃을 피우는 자연의 섭리야 어디로 갈까 모르겠지만 이곳에 살고 있는 국민의 생활인들 얼마나 괴롭고 피곤할까?

단동과 신의주 사이를 잇는 헐어 빠진 철교(1909년 착공, 1911년 10월 말 준공)를 수없이 지나다니며, 존재의 가치가 아마도 모기의 날개만도 못한 죄 없고 천진난만한 어린아이들을 굶주림에서 구해보려고 갖은 고생을 마다하지 않고 다니던 波浪萬丈(파란만장)했던 시절이 있었다. 사람이 살다보면 필요악이란 것도 있게 마련인데, 인간적인 가치관을 송두리째 멸시당하고 누구 한 사람 거들떠보지도 않는 일을 스스로 찾아다니다 오히려 역경에 몰려 헤어날 수 없는 고초를 겪어야만 했던 일들, 가족들까지도 외면하여 孤軍奮鬪(고군분투)를 면 할 수 없었던 일들이 생각난다.

　이를 데 없는 고독감에 휩싸일 때도 있었지만 나보다 더 어려운 누군가에게 베풀어줄 수 있는 기쁨이 있었기에 버텨나갈 수 있었던 일들과 생애 있으리라고는 생각도 하지 못했던 고향 땅을 50여 년 만에 다시 찾아 오래 전 이미 돌아가신 줄로만 여겨오던 老母(노모)와 혈육들을 뜻밖에도 다시 만나 벅차오르는 감정을 억제하려 했던 사건들. 이들이 마치 파노라마와도 같이 펼쳐졌기 때문에 저승에 가는 그 순간까지도 나는 잊을 수가 없을 것이다.

　80여 星霜(성상)의 歲月을 살아오면서 새삼스럽게 기록해 보려고 記憶(기억)을 더듬어 보기는 하였지만 시간이 흐를수록 머릿속에 담아두었던 기억들이 風化作用에 의해 貴重하다고 생각되었던 體驗(체험)들도 忘却(망각)된 채 사라져 버리는 듯하다. 하지만 이제 희미하게나마 남아있는 기억만이라도 더듬어 그 一部나마 내 후손들을 위해 記錄해 남겨두려고 한다.

목차

머리말 · **07**

第1部 **유년 시절 ~ 월남할 때까지**

出生과 유년 시절 **14** · 중학 시절 **18** · 日本의 태평양 전쟁 패망 **23** · 8·15 해방과 피난길 **27** · 歸鄕 길에서 **31** · 확대되어 버린 감정싸움 **36** · 신의주 학생사건과 越南試圖 **37** · 신의주 반공학생 사건의 전말 **41** · 두 번째 월남 길 **43**

第2部 **대한민국 국군 생활**

대한민국 육군 자원입대와 하사관 교육대 **48** · 여순 반란사건과 공비 토벌작전 **52** · 정보참모실 요원으로 **56** · 金容과 金洪麗와의 만남 **58** · 6·25 전쟁 발발 **62** · 金仁根과의 재회 **67** · 전쟁터에서 만난 간호원 **71** · 중공군의 춘기 대공세 **73** · 민간 화물차 징발 **74** · 소복단장한 여인들의 장례식 **76** · 군량미와 식용유 부정유출 사건 **80** · 휴전이 되던 1953년 **83** · 결혼 **88** · 헌병 근무를 하면서 **94** · 군 복무를 마치고 명동을 방황하던 시절 **97** · 해동 탄광과 러시아 선박 인양사업 **100** · 關西開發 **105** · 六和建設 주식회사 **107**

第 3 部 한호육우목장사업협력회 수입 사업

韓濠合資事業 **112** · 金善煥 博士와의 만남 **114** · 브라이언 S 케이셔 씨와의 만남 **116** · 진드기 사냥과 驅除백신 開發 **118** · 韓濠肉牛牧場協力會의 創立 **124** · 갑둔리 목장과 노란반장 **126** · 어려웠던 첫 育成牛 輸入 **136** · 호주로 가는 길 **144** · Cork Station과 Mr. D. Dunn **147** · 한우 사육의 실태와 육우 消費 실태 **153** · 競走馬의 수입 **158** · 수입 소 분양 **163** · 호주 소 2차 도입 **165** · 호주 소 3차 도입 **169** · 브루셀라 騷動 **171** · 輸入窓口의 一元化와 새마을본부 **173** · 해외투자와 Cork Pastoral Company **183** · 해외투자 허가 취득 **187** · 開拓計劃 **191** · 회장직 사퇴와 새 회장 영입 **194** · 한호합자회사의 폐업 **197**

第 4 部 濠洲로의 移民

지난날을 되돌아보며 **202** · 새로운 개척의 꿈을 안고 **205** · 무너져 버린 꿈 **212** · 이민 보따리를 풀어놓기는 했지만 **215** · 그때로부터 1년 후 **220**

第 5 部 中國 進出

연변 자치주의 초대를 받고 **226** · 김진경 박사와의 인연 **228** · 민족대학 설립 **233** · 白城子 鎭南 種羊場 訪問 **236** · 延邊科學技術大學校 시범 목장 **239** · 黃牛를 찾아서 **241** · 黃牛의 對北 지원 **244** · 몽골 오지에서 만난 탈북 여성 **256** · 친구가 찾아오다 **258** · 敎材 편찬과 황소 지원 사업 **260** · 어머님과의 꿈 같은 만남 **264** · 2차 황우 지원과 단동으로의 이전 **271** · 남한의 광우병 소동 **278** · 소의 충성 **281** · 추억 속의 단동 **282** · 鴨綠江牛開發硏究所의 설립 **284** · 북한 결식아동 지원 시작 **286** · 빵을 굽는다는 것 **293** · 홀트아동복지회와의 인연 **300** · 金香蘭 보좌역 **306** · 김향란이 시집가는 날 **311** · 對北 결식아동 지원 사업 **313** · 홀트재단의 초청 **317** · 옥수수 한 줌의 가치 **319** · 중국에 찾아왔던 남한 사람들 **322** · 믿을 수 없는 중국 상품 **326** · 대북 지원 사업의 百態 **328** · 이중간첩이라는 누명 **334** · 아동 보호시설 보수와 자재 지원 **335** ·

북한 아이들의 실상 **340** · 북한의 아동 보호 실태 **343** · 소와 英雄稱號 **348** · 평양에서 신의주까지 **350** · 아파트 안의 닭장 그리고 성불사 **353** · 옥수수 보급 투쟁에 나선 북측 인사들 **355** · 두 번째 옥수수 지원 **361** · 북한의 식량 사정 **363** · 북한 서민의 살림 사정 **367** · 좀 더 나은 삶을 위해 **370** · 허사가 된 양돈 지원 **377** · 친북 조선족이 구하는 신랑감 **380** · 북송에 대한 小考 **384** · 갈 길은 아직도 남아 있는데 **387** · 모든 일을 내려놓으면서 **390** · 吾道一以貫之 **397** · 끝을 맺으며 **397**

後記 · **400**

1. 이력서, 학력경력 · **404**
2. 해외투자허가증 사본 · **406**
3. 사진 · **407**

출간후기 · **412**

第 1 部

유년 시절 ~
월남할 때까지

:: 出生과 유년 시절

나는 祖父이신 商山 金氏 金樞明(김추명)과 父親 金承敏(김승민) (1908년 8월 10일) 어머님 金實丹(김실단) (1910년 5월 9일) 대를 이어 거주해 오던 平安北道 鐵山郡 鐵山面 東川里 208番地에서 1930年 2月24日, 이 가정의 長孫으로 태어났다. 조부님께서 지어주신 이름은 長鉉(장현)이다.

이 동리는 일명 旌門部落(정문부락)이라고도 하며 雲暗山城(운암산성)기슭의 아담한 마을 (東川里)이 형성되어 商山金氏가 모여 살고 있는 곳으로 農業과 漁業을 兼業하는 비교적 부유한 유교 집안들로 이루어져 있었다. 필자가 태어난 집을 旌門(정문)(충신, 효자, 효부, 열녀 등을 표창하고자 그 집 문전에 세우는 붉은 문) 집이라고 했고 필자는 대대로 내려온 유서 깊은 집안의 장손이자 장남으로 출생한 것이다.

이 동리를 旌門 마을이라고 부르게 된 것은 先祖(선조)이신 장군 때문이라고 한다. 商州金氏의 始祖(시조)는 金 需(김수)이며 新羅(신라)宗室(종실)의 後裔(후예)로 高麗(고려)의 甫尹 (보윤)으로 侍中(시중)을 지내신 분이고 後孫(후손)들이 이분을 始祖(시조)로 모셨다. 5世(세)이신 匡躬(비궁), 商山府院君(상산부원군) 9世 鎰, 上洛商州君 10世이신 祿(록)께서는 商城君 (상성군)에 봉해짐에 따라 本貫(본관)을 商山(상산)으로 정해 졌다.

先祖(선조)代代(대대)로 나리의 匡躬之臣(비궁지신)으로 살아왔으며 특히 1620년 광해12년 무과에 급제하신 金礪器(김여기)님께서는 1627년 인조 5년 丁卯胡亂(정묘호란) 때에 義兵(의병)을 일으켜 적을 무찔러 큰 공을 세워 彌串鎭僉節制使(미관진첨절제사)가 되었다. 그에 임금에게서 表裏(표리)를 하사받았다. 1636년 丙子胡亂(병자호란) 때에는 淸城鎭僉節制使(청성진첨절제사)로 熊骨城에서 淸軍(청군)을 대파하여 明나라 조정으로부터 유격에 임명하고 銀牌(은패)를 받았다. 후일 이분의 공을 치하하여 철산군 철산면 동천리에 旌門(정문)을 세웠다고 하며 이때부터 이 마을을 정문 집 혹은 정문 마을이라고 부르게 되었다고 한다.

필자가 태어날 당시의 조선은 日本 제국주의 식민지로, 悖逆無道(패역무도)하기 이를 데 없는 조선총독부의 절대적 지배하에 있었다.

그 당시 일본은 대륙 침략을 위한 전략적 초기 단계의 첫 번째로 1894년 7월 25일부터 1895년 4월까지 우리나라 豊島 앞바다에서 동아시아의 패권과 조선의 지배권을 둘러싸고 중국과 전쟁을 벌였다. 다음은 1904년 2월 8일 발발한 러일전쟁으로 그 전쟁의 승리를 계기로 일본은 본격적으로 시작된 대륙 침략의 첫 단계로 1910년 8월 29일 한국(당시 朝鮮)을 강제로 병합하여 총독부를 설치하고 식민지로 강압 통치를 시작하였다. 그 다음 단계로 대륙 침략을 위한 발판으로 조선을 병참기지로 이용하면서 대륙으로의 약진이 본격화되기 시작하였다.

1931년 9월 만주사변을 일으키고 그것을 계기로 중국 동북지방을 강점한 일본은 1932년 3월 1日 청나라의 마지막 황제인 溥儀(부의)를 皇帝(황제)로 내세운 滿洲(만주)제국이라는 괴뢰국가를 탄생시켜 새로운 식민지로 만들었다. 노일전쟁에서 얻어낸 남만주 철도의 운영과 철도 경비를 위한다는 명목으로 주둔시킨 일본군 경비부대(후 관동군)를 당당하게 關東軍(관동군)으로 증편시키기 위한 병력 증강 때문에, 매일같이 일본에서 오는 군인들과 군수물자를 실은 차량이 경의선편으로 북으로 이송되고 있는 상황이었다. 일부 물자와 식량 등을 조선에서 조달하는 등 조선 전토가 일본군 후방 군수조달 지원기지로 변하여 對(대)중국 침략전쟁의 전운이, 조용하기만 했던 우리 고장에까지 감돌기 시작하였을 무렵이다.

그리고 내가 태어난 지 1年 후인 1931년 9월 18일 만주사변이라는 일본 군국주의의 대중국 침략전쟁이 시작되었다. 나의 출생지가 만주와 근접한 평안북도 철산이라는 지역이었음으로 이 지역 일대가 일본군의 병참기지화되어 있었다. 그 탓에 지역 주민들은 혹시라도 戰禍(전화) 불길이 미치지나 않을까 戰戰兢兢(전전긍긍) 불안하고 초조한 나날을 보내셨다는 이야기를 나는 소년이 되어서야 부모님으로부터 그 당시의 정황을 들을 수 있었다.

1937년 7월 7일 내가 7살 때에 비로소 일본이 군국주의 대륙 침공의 본색을 드러내면서 본격적인 중국 대륙에 대한 所謂(소위) 支那事變(지나사변)이라고 했던, 중일전쟁이 발발하였다. 그리고 1941년 12월 7일 일본제국은 미국 하와이를 기습하여 태평양 전쟁이라는 미일전쟁을 일으켰다. 그러니까 나는 전쟁의 소용돌이 속에서 태어났고 또 그 속에서 성장한 셈이다.

　필자가 7歲가 되던 1937년 그해 4월 초 나는 태어난 곳에서 불과 1km 정도밖에 되지 않는 곳에 所在하는 鐵山普通學校(至今의 初等學校)에 입학하였다. 다음 해인 1938년 滿洲國 四平省 西安縣西安市 外廓에 있는 炭鑛村(탄광촌)으로 부모님을 따라 내 손위인 淑子(숙자)누님, 그리고 누이동생인 淑永(숙영)이와 淑良(숙양), 남동생인 文鉉(문현)등 6식구가 모두 함께 移住(이주)하게 되었으며 나는 이주해온 西安市(서안시)의 西安小學校(서안소학교)로 轉學(전학)하게 되었다. 당시 아버지께서는 '비록 작은 도시에서 태어났을망정 일본의 식민지하에서는 자유로이 날개를 펼 수 없다.'고 생각하였는지 혹은 '조선총독부의 강압적 탄압으로부터 조금이라도 더 자유로운 공간을 얻기 위해.'서였는지는 알 수 없었지만 조선과는 또 다른 새로운 식민지 공간 속에서 가업을 일으켜 보려는 희망을 품고 만주로 이주하였던 것 같았다.

　필자가 전학한 이 학교의 全校生은 약 200명 정도였으며 1940年 그러니까 내가 4學年으로 진학하던 해, 滿洲의 年號로는 康德10年 만주제국 건국 10주년 기념행사가 성대하게 치러졌는데, 나도 이때에 그 행사에 동원되었던 기억이 난다.

　1941년 필자가 서안소학교 5학년이 되던 해 부모님이 이번에는 奉天市(지금의 瀋陽(심양)) 北陵區 安民街 45번지 19호로 이사하여 그곳에서 부친은 金山家具店(금산가구점)이라고 하는 가구 전문점을 경영하셨다. 한편으로는 일본 본토에 본사를 두고 있는 大正生命保險株式會社(대정생명보험회사)의 봉천 서탑지구 출장소 소장으로 부친은 바쁜 나날을 보내고 계셨다. 그래서인지 아버지께서 직업상, 앞으로도 이사를 자주 다니게 될지도 모르기 때문에 자식들도 덩달아 자주 학교 전학을 하게 될 것이란 예감이 내겐 있었다. 형편도 안 되고 하여 아이들 공부에 영향을 줄 것 같아 어린 자식들에게 마음의 안정을 찾아 차분하게 공부에만 전념할 수 있는 환경을 만들어 주지 못할 바에는 차라리 장남인 필자만이라도 교육 문제와 앞날을 위해 고향으로 되돌려 보내 그곳에서 차분히 공부할 수 있게 하는 것이 좋겠다는 부모님의 결심이 있었다. 이에 나 혼자만 고향인 鐵山으로 되돌아와 조부님과 叔父님이 살고 계시는 宅에 거주하면서 그곳 永樂小學校(영락소학교) 5학년에 편입되어 통학하게 되었다.

내가 전학한 학교의 설립자는 이 지방의 유지로 널리 알려져 있는 林炳斗 씨란 분이었다. 이 학교의 교장은 宣川 信聖中學校 출신인 林炳九 씨로서 학교 설립자와는 4촌 형제였다. 그리고 나의 담임선생님은 日本 早稻田(와세다) 大學에 留學까지 했던 분으로 학생 교육에 열과 성의를 다 바쳐 지도해 주셨던 분이다.

내가 영락소학교 5학년 때라고 기억하고 있는데, 그 5학년 담임선생님은 (영락소학교창립자 林時雨 씨의 아들) 미술 시간(寫生)이나 소풍(당시는 遠足이라고 했다) 갈 때면 雲巖山城(운암산성)으로 우리들을 인솔해서는 丙子胡亂(병자호란) 당시 청나라가 조선을 침공하여 仁祖大王이 항복을 해야 하는 수모를 당했고 백성들은 처참한 굴욕을 당했다는 이야기를 비롯해서 우리들이 학교에서는 정식 과목으로는 배울 수 없는 조선의 역사 이야기를 해 주시곤 하셨다. 그 당시의 사정으로 보아 만일 이러한 언행이 일본 관헌에 발각되는 날에는 큰 고초를 겪어야 했을지 모른다. 여하간 우리 담임선생님은 아마도 은연중 우리들 어린 학생들에게 민족정신의 涵養薰陶(함양훈도)를 기도하고 있었던 것이 아니었나 생각된다.

필자는 林時雨(임시우)라고 하는 담임선생님으로부터 조선시대의 역사 이야기를 들을 때마다 나의 선조이신 金礪器(김여기) 將帥와 林慶業 將帥가 白馬山城을 굳게 방어하고 있었기에 청나라 선봉장인 馬夫太란 자가 도저히 白馬山城을 함락시킬 수 없다는 것을 알게 되었다. 한편 조정은 이 싸움의 패전 원인을 林慶業(임경업)과 金礪器(김여기) 두 將帥에게 그 책임을 물어 賜藥(사약)이 내려졌다고 한다.

사력을 다해 백마산성을 사수하려 했던 용맹스러운 두 將帥가 歿한 것이다. 그로부터 40년이 지나고서야 그때의 전황을 정확하게 파악하지 못하고 성급하게 내렸던 처벌이 잘못된 것을 깨닫고 赦免令(사면령)이 내려져 명예를 되찾을 수 있었다는 조부님의 말씀이 생각나곤 했다.

:: 중학 시절

나는 어린 시절 호기심이 많았던 탓이었는지는 몰라도 무척이나 장난기가 심한 축에 들었었다. 그러면서도 학교 성적은 그리 나쁜 편이 아니어서 항상 중상위권에 들어 있었다. 나의 擔任先生(담임선생님)은 어린 나이에 부모 곁을 떠나 혼자 통학하고 있는 내가 가상하기도 하고 가엾게 보였기도 하였던지 나에 대한 배려가 각별했던 것 같다. 그 당시로는 가장 감수성이 깊은 나이였기에 자칫 비뚤어지기 쉬운 나를 항상 염두에 두고 지도하는 것 같았으며 나를 위시한 같은 학급의 학생들에게는 정직하고 正義(정의)와 博愛精神(박애정신)을 가지고 살아가야 한다는 열의에 찬 지도를 해 주셨다. 나는 담임선생님의 지도 덕분에 永樂小學校를 무사히 졸업하고 1943년 3월 만주 奉天(瀋陽)에 있는 南滿工業學校 입학시험에 합격하여 그동안 떨어져 살아야 했던 부모님 곁으로 다시 가게 되었고 부모님 밑에서 다시 통학할 수 있게 된 것이 얼마나 기뻤는지 모른다.

내가 봉천(심양)에 있는 공업학교에 지원하게 된 동기는 물론 부모님이 살고 계시는 곳으로 가고 싶다는 어린 마음의 작용도 있었지만, 내 눈에 비친 당시 조선의 보잘것없이 빈약한 공업을 발전시킬 수 있는 역군이 되어 보겠다는 소박한 희망을 품고 있었던 때문이기도 했다. 그것이 아마도 소년시절 내가 품고 있던 청운의 꿈이었는지도 모른다.

南滿工業學校 는 滿洲에 移住해 살고 있는 당시 朝鮮사람들의 子女敎育을 目的으로 義親王(의친왕) 李剛公(이강공)께서 설립하신 학교이며 당시의 校長선생님은 孟元永 氏(唐津 出生 맹진사댁 장손)였는데 이분은 일본 廣島高等師範學校를 卒業한 분으로 창시명을 竹內光雄(다게우치 미쯔오)이라고 하였다. 나를 비롯한 신입생의 담임선생님은 李東權 氏(창시명 玉野光治)로 이 두 분은 교육열이 매우 높으신 분들이었고 특히 남달리 민족의식이 강하셨던 분들이셨다. 선생님들께선 일본의 식민지 치하에서 배우지도 들어보지도 못하였던 조선 역사를 단편적으로나마 가르쳐주시려고 노력하셨고, 만주에 거주하고 있는 우리 조선인들과 특히 우리들 어린 학생들에게 일찍 눈뜨지 못했던 조선 민족의 우수성과 존재적 가치관과 윤리관을 심어주기 위하여 애쓰셨다. 일본 관헌의 눈을 피하고 직장은 물론 생명의 위험을 무릅쓰면서까지 직간접적으로 부단한 노력들을 해 주셨다는 이 사실을 해방

이 되고 성년으로 성장해서야 나는 비로소 알 수 있었다. 선생님들로부터의 가르침에 대하여 스스로 깨달을 수 있는 나이가 되면서, 동창생들이 모이는 자리에서는 자연스럽게 학창 시절을 회고하며 그 어려운 여건하에서도 우리의 조상들께서 걸어오신 위대한 민족사를 은연중 가르쳐 주시던 선생님들의 노고에 대한 고마움이 화젯거리로 등장하곤 하였다. 우리 조선인 학생들의 存在的 價値를 높이기 위하고 또 먼 앞날을 위해 민족정신의 함양은 물론 道德, 勤勉, 信賴性의 確立, 責任感, 正直性, 規律嚴守, 민족을 위한 奉仕精神 등이 강조된 정신교육을 은연중 실시했던 것도 사실이다. 이와 같은 교육은 만주라고 하는 지역적인 특성 때문에 가능했던 것이 아니었나 하는 생각이 든다.

나의 학창 시절 일본계 학교와 조선계 학교에서는 일본 천황이 살고 있는 동경의 궁성을 향하여 매일 아침 조례 시 전학생이 교정에 정렬하여 소의 東方遙拜(동방요배)라고 하여 절을 하곤 하였다. 만일 이 행사를 게을리 한다거나 반대할 경우 그 학교는 의당 폐교조치되었다. 이와 같이 살벌한 분위기 속에서 이미 폐지된 지 오래된 조선 역사교육을 하고 있다는 것이 일본 관헌에 발각될 경우 학교 존폐 문제는 물론 교사들의 생명에 영향을 미칠 정도였다는 것은 그 당시를 겪어본 사람이면 누구나 공인하는 일이다.

이 학교는 국가의 지원이나 혹은 지방 유지들로부터의 지원이 아주 없다시피 되어있었기 때문에 학교 운영에 많은 어려움이 있었던 것으로 보였다. 하지만 선생님들의 그 어려움 속에서도 굴하지 않고 민족 교육의 선봉에 서서 그 어려움을 극복해 나가는 자세가 너무나도 아름답게 보였다. 私를 희생시키면서 오직 학생들의 앞날을 위한 훈육 등에 열중하시던 근래에 찾아보기 힘든 훌륭한 분들이었다. 그 한 例가 만주국 정부의 도움을 받을 수도 있는 신생국이기는 하지만 교실 증축과 강당을 건설하는 데도 나타났다. 만주와 중국에 거주하는 조선인 혹은 조선족 篤志家(독지가)(上海의 巨富. 孫昌植씨와 奉天에 거주하는 巨富 金昌浩씨)들을 비롯한 많은 조선인 유지들로부터의 기부금 찬조금, 그리고 선생님들의 얼마 되지 않는 박봉에서 염출한 성금 등에 의해서 교실 두 동과 강당을 건축할 수 있었던 것이다.

내가 공업학교에 입학하기 위해 들어간 돈은 등록금(1년간 수업료, 기숙사비, 교복(夏 冬服 2착분), 배낭(校帽(교모) 등)과 교과서, 학용품 구입 등 모두 합해서 당시 만주국 화폐로 384원을 납부한 것으로 기억하고 있다. 그 당시로 보아서는 많은 돈이었다. (당시 만주에서는 일본은행권과 조선 은행권, 만주 중앙은행권이 모두 동일한 환율로 통용되고 있었다.)

　내가 공업학교에 입학할 당시는 이미 태평양 전쟁의 戰勢(전세)가 1942년 6월 5일 미드웨이(Midway) 해전에서 미 해군함대에 의해 일본해군 연합함대가 전멸되다시피 심대한 피해를 당한 이래, 날이 갈수록 일본군의 戰勢(전세)가 기울어져 패전의 기색이 점점 짙어져 가고 있을 때이다. 어린 시절이었기에 잘 알지는 못했지만 滿洲에 주둔하고 있던 소위 일본 최강이니 혹은 세계에 둘도 없는 精銳軍(정예군)이라고 자랑하던 60만 關東軍(관동군)의 병력은 거의 남방으로 이동해버린 후였기에 껍데기만 남아있는 허울뿐인 상태였다. 이 때 어른들의 말에 의하면 관동군의 대부분 병력은 이미 태평양 지역에서 벌어지고 있는 戰況(전황)이 매우 불리해지자 이것을 만회해 보기 위해 남방으로 파견되었거나 파견되고 있다고 하였다. 그러고 보니 실제로 관동군은 말뿐이지 알맹이는 다 빠져나가고 껍데기만 남아있는 허수아비 같은 존재에 지나지 않았던 것이다.

　연일 일본군은 남방(태평양 지역)에서 혁혁한 전과를 올리고 있다고 요란하게 보도는 하고 있었지만, 항에서는 전황이 매우 심상치 않게 전개되고 있다는 소문을 듣고 있을 때이다.

　전황이 불리하다는 소문이 점점 확산되면서 중국인들의 태도도 날이 갈수록 변해 가는 것 같은 느낌이 들었다. 얼마 전까지만 해도 일본 군부의 탄압에 못 이겨 일본인이나 조선인들 민간인에게까지도 고분고분하는 체라도 하던 태도가 어디로 사라졌는지 점점 냉랭한 태도를 보이기 시작했으며, 이전에는 별로 찾아볼 수 없었던 노골적인 반항의 기색이 역력히 노출되기 시작했다. 이러한 일련의 광경들은 아마도 일본의 패전이 눈앞으로 다가왔다는 정보가 이미 중국인 사회에 퍼져있다는 것을 의미하는 듯했다.

　그 당시 부모님이 살고 계시던 곳은 奉天市 北陵區 安民街라고 하였는데 그곳에는 日本軍 北陵守備隊(북능수비대)가 駐屯(주둔)하고 있는 근처였기에 태평양 전쟁이 발발하자 어렴풋이나마 일본 군대의 부산한 움직임을 엿볼 수 있었다. 이 守備隊는 글자 그대로 그 지방의 수비를 담당하는 것이 주임무였지만 왠지 모르게 중대급 단위 부대(백 명에서 200명 정도)의 군인들이 자주 이곳에 주둔했다가는 여러 날 후에는 어디론지 가버리고 또 새로운 부대가 들어오는 등 출입이 잦은 것을 볼 수 있었다. 후일 안 바로는 일본 본토에서 소집된 예비역이 이곳에 집결하여 관동군에 편입되어 남방으로 이동하였다고 한다.

교복도 전시 태세에 부응하기 위해 국방색으로 변했고 校帽도 일본 군인들이 쓰는 戰鬪帽(전투모)로, 일반인들 특히 관공서의 직원이나 학교 선생님들까지도 협화복이라고 하는 국방색 복장에 전투모를 쓰고 다니게 하더니 급기야 학생들의 校帽로 제정되어 전교생이 이 모자를 착용하게 되었으며 책가방도 배낭으로 통일되었다.

교과 과목 중에 영어가 폐지되고 그 대신 총검술이나 검도 혹은 유도 등 무술 시간과 도수훈련(제식교련)이라는 군대식 기초 교육 과목이 신설되었다. 이와 같은 새로운 과목이 생겨나면서부터 다른 학과 과목의 점수가 좀 떨어지더라도 군대식 교과목 성적이 좋으면 대우를 받는, 기가 막히는 시대로 변해버린 것이다.

어디 그뿐인가. 각 중등학교에는 배속장교라고 해서 일본 현역 장교가 학교에 배속되어 군사교육의 실시 상황을 매일같이 점검하게 되었고 배속장교가 대동한 수명의 현역 하사관들은 직접 우리 학생들에게 군사훈련을 지도하였다. 그렇게 해서 점점 시간이 흐를수록 학교는 병영과도 같은, 한마디로 엄격하고 살벌하고 무거운 전시체제로 변해가고 있었다. 이 시기에는 "학교 교실은 곧 병영이다."라고까지 했다.

우리들 중학교 초급 학년 학생들에게는 감당하기 어려울 정도로 훈련도 심해졌고 근로봉사라고 하여 군수 산업체 혹은 공공기관, 일반 산업체 등에 우리가 동원되어 혹독한 노동이 강요되었다. 그러니 학교생활도 정신적으로나 육체적으로나 점점 어려워지는 느낌이 들었다.

필자는 육군 518부대 군수공장 동양제화 공장이 軍에 접수되어 그곳에 근로봉사대원으로 군화 만드는 곳에 배치되어 일하게 되었다. 그런데 일본인 감독관이 나를 기특하게 보았는지 하루는 나에게 군화를 만들어 주겠다고 했다. 군화를 만들어 주겠다니 말이 기쁘기는 하였지만 한편으로는 약간의 걱정도 생겼다. 왜냐하면 그 당시 가죽 신발을 신고 다닐 수 있는 사람은 관공서에 있는 특수층이거나 돈이 많아서 암시장 같은 데서 비싼 돈을 주고 구할 수 있는 사람이 다였다. 그렇기에 나 따위 중학생이 군화를 신고 다닌다면 필경 눈에 띌 거라는 생각이 앞섰다. 다음날 점심때쯤 되어 감독관이 한 켤레의 새 군화를 들고 내가 근무하고 있는 작업장으로 오더니 내 앞에 불숙 내밀며 "어이 金山 君(가네야마 궁), 약속했던 군화 신어 보게."라고 하면서 군화를 준다. 뛰는 가슴을 억제하면서 감독관이 들고 있던 군화를 받아들고 얼른 신어 보았다. 그 군화는 광채가 나는 가죽 표면으로 만든 것이 아니라 가죽 뒷면으로 만든 것이었다. 수일 후 나는 그 군화를 신고 고향에 다녀오고 싶어 기차에 올랐다. 아마 本溪(본계)역을 지났을 무렵인 것 같다.

사복한 중년 한 분이 지나가다 내가 신고 있는 신발을 보더니 "어이 학생, 그 구두 군화 아니야? 군화는 무단착용이니 당장 벗어!"하고 호통을 친다. 나는 그 위압에 공포감을 느끼지 않을 수 없었다. 내게 호령한 사람은 자신이 '열차이동경찰관'이라고 신분까지 밝히면서 어물거리고 있는 나를 재촉한다. 빨리 벗으라고 말이다. 하는 수 없이 한쪽만 벗어 던지고는 재빨리 도망을 치기 시작했다. 그 경찰관이야 '뛰어 보았자 손바닥에 벼룩이지.'하는 생각이었는지 느슨하게 따라오고 있었다. 내가 다음 객차로 들어서자 통로를 가로막고 서 있는 사람을 보았더니 우리 학교 배속장교가 아닌가. 나를 본 배속장교가 "金山 君(가네야마 궁), 어떻게 된 건가?" 하며 묻는다. 자초지종을 이야기하려고 하는데 나를 따라오던 경찰관이 내 팔을 덥석 잡더니 "네가 뛰면 어디를 가겠다고 뛰어, 응?" 하고 잡아당기자 배속장교가 "도대체 왜들 이러는가?" 하고 묻는다. 경찰관이 "이 학생이 군화를 신고 있기에 압수하려고 한다."라고 하니까 "이 학생이 신을 만하니까 신은 것 아닌가? 당장 군화 한 짝을 金山 君에게 돌려주게!" 하고 명령조로 나의 편을 들어주었다. 배속장교가 나를 기억하고 있었던 것은 내가 학교 검도부에 있었고 그 배속장교가 우리 검도부를 지도하고 있었으며 나의 실력을 인정하고 있었던 모양이다. 처음부터 이 군화가 혹시라도 문제를 일으키지나 않을까 하는 생각이 들었는데 아니나 다를까 이런 문제가 일어났던 일도 있었다.

학교의 상황은 상급 학년 선배들을 군대에 자원입대하라고 권유하기 시작하였고 그 권유가 급기야 강제로 변해져서 입대를 기피하면 非國民이라는 낙인이 찍힐 정도가 되었다. 그러다 보니 도저히 견디기 어려울 정도로 정신적 고통과 압박을 받아야할 형편이 되다 보니 군에 들어가지 않을 수 없는 지경에 이르게 되었다. 이처럼 환경의 심각한 변화 때문에 학교의 분위기는 더 한층 어수선하게 되었고 등교하는 상급 학생들의 수가 눈에 보일 정도로 점점 줄어들기 시작하였다. 상급 학생들이 강요에 못 이겨 군에 입대하는 경우 조선인 학생들이 갈 수 있는 곳은 대부분의 경우 소년 항공병이거나 육해군 지원병 등으로 한정되어 있었던 것으로 기억한다.

이 시기, 식량도 배급제가 실시되어 어디서나 배불리 먹을 수 있던 시대는 먼 옛날이 되어 버리고 말았다. 그래서 학교에 가지고 가는 도시락도 백미보다 잡곡이 더 많이 들어간 것을 가지고 다녀야만 했다. 만일 백미만 든 도시락을 가지고 갔다가 감독 선생님에게 발각되면 '비국민'이라는 낙인이 찍혀 고생하게 된다. 식량 배급제도에는 日系(일계), 鮮系(선계, 조선인), 滿系(만계, 만주인)등으로 분류되어 백미와 잡곡의 비율을 달리하였다. 가령 일본인에게 배급되는 백미가 1kg일 경우 조선인에게는 500g를 지급하고 나머지 500g은 옥수수 혹은 기타 잡곡 등으로 지급하였다. 만주인 등 기타 민족에게는 백미 300g에 잡곡 700g을 지급하는 등 민족적 차별을 두었다.

1944년에 들어서 조선인 徵兵令(징병령)이 선포되고 난 후 그 이듬해 징병 3기로 징집되어 갔던 우리 학교 선배 9명이 新兵 훈련을 마치고 배치될 부대로 이동하던 도중 도망(脫營)을 친 사건이 벌어졌다. 이것을 구실로 우리 학교는 즉각적으로 군대가 접수하여 일본 본토에서 再召集(재소집)되어 온 보충병들을 수용하는 병영으로 변해버리고 말았다. 이로 인해 우리 학생들은 졸지에 학교를 잃어버리고 만 것이다.

:: 日本의 태평양 전쟁 패망

1945년에 들어서면서 우리 학교의 학생들은 학교가 일본 군대에 의해 접수되자 수업은 당연히 전폐되다시피 되어 버려 공부할 곳을 잃어 버리고 대신 매일 군수공장, 철도역에서 화물 상하차 작업, 탄광에서 채탄 작업, 곡물 창고에서 운반 작업 등을 비롯한, 노동자들도 어려워하는 일들을 근로봉사라는 허울 좋은 이름으로 동원되어 중노동을 강요당했다.

1944년 말부터 태평양 전쟁에 대한 별의별 유언비어가 난무하기 시작했다. 마치 일본의 패망이 時分을 다툴 정도로 긴박한 상황에까지 도달한 것처럼 느껴질 정도로 치닫고 있는 것 같았다.

사실 모든 言論(언론)이 통제되어 태평양 전쟁의 지휘 본부인 大本營(대본영)의 戰況(전황)을 한 자도 수정하지 못하고 그대로 보도하거나 아예 불리한 전황 같은 것은 보도를 통제하고 있었기 때문에 일반 국민들이야 그 보도가 진실인지 허위인지 과장인지 그 진위를 판단할 방법이 없었다.

그런 상황이다 보니 항에 유포되고 있는 유언비어가 신문지상에 보도되는 것에 비해 훨씬 현실에 가까운 것 같아 반신반의이기는 하지만 그것을 믿을 수밖에 없었다.

우리 학교의 化學(화학)을 담당하고 있던 홍 모 선생(창시명 三井(삼정))은 간접적으로 일본은 石油(석유)와 鐵(철)이 없기 때문에 敗戰(패전)할 것이라고 예언하고 있었다.

학급 내에서 내 단짝이었던 金昌燁(김창엽) 군은 여름방학을 이용하여 평안북도 정주의 한 학교로 전학하고 다시는 중국에 오지 않았다. 이런 행동은 자기 부모가 미리 전황을 알고 있었기 때문이라고 볼 수 있다.

이 유언비어 때문에 자칫 전의를 상실시킬 우려가 있고, 식민지 백성들의 반발이 우려되어 그 근원을 뿌리 뽑으려고 일본 관헌들은 혈안이 되어 범인 색출에 수사력을 동원한 것 같았으나 범인을 체포하였다는 이야기는 들어본 적이 없었을 뿐더러 오히려 더 기승을 부리는 것 같았다.

일본의 수도인 동경을 비롯한 주요 도시, 군 주둔지나 군수공장 등에 미군의 B-29, B-27 등 대형 폭격기가 하루에도 수차례씩 공습을 감행하고 있으며, 일본 본토의 도시와 공장 밀집 지대의 대부분은 이미 잿더미가 되어버렸다는 것은 모든 사람들이 다 알고 있는 사실이었다. '남방의 여러 도서(섬)들은 미군에 의해 점령당하고 섬을 지키고 있던 일본군은 전멸(玉碎)당했다고 하더라.', '일본 해군의 무적함대도 미드웨이 해전에서 전멸 당했다더라.', '머지않아 미군이 일본본토에 상륙하게 될 것이라고 한다더라.' 등 유언비어가 난무하였는데 그 가운데 일부분이 과장되기는 하였으나 전쟁이 종결된 후 알게 된 바에 의하면 전혀 근거 없는 허무맹랑한 낭설들만은 아니었다.

태평양 전쟁의 전황이 점점 불리해지고 있던 1945년에 접어들면서부터는 날이 갈수록 중국에 거주하고 있던 조선인들의 불안과 초조와 공포가 가중되기 시작하였으며 그와 동시에 일부 만주국 관공서에 종사하고 있던 관리들은 신변의 위협마저 느낄 정도로 치안 상태가 날이 갈수록 불안해지고 있었다. 5月경부터는 조선으로 돌아가는 사람들이 늘어나기 시작했고 특히 만주국 首都가 新京(신경, 현재의 長春)에서 通化로 疏開(소개)되고 미군 폭격기가 출현하면서부터는 일본인의 고위 공직자 가족들이 본격적으로 철수를 시작하였다. 新義州에서 宣川 사이의 경의선 연변에는 피난민을 수용할 수 있는 簡易施設 (天幕. 炊事施設. 醫療施設 等)을 설치하고 만주로부터 철수하는 日本人 피난민을 수용하기 시작하였다.

이처럼 日本人들의 철수가 본격화되자 在滿(재만) 조선인들도 歸鄕(귀향)을 서두르는 사람들이 폭증했다. 허나 이용 가능한 교통수단이라고는 철도밖에 없었는데 그마저도 대부분 일본 군부의 병력 수송이거나 혹은 군수물자 수송 등으로 전용되었거나 지정된 일본인 난민 수송용으로 독점되어 일반인에게는 거의 이용이 불가능한 상태나 다름없었다. 일부 인원을 제외한 나머지 한인들은 부득불 사태를 관망하는 수밖에 도리가 없는 형편이었다. 이와 같은 지경이 되고 보니 中朝國境(중조국경) 근처에 거주하는 일부 성급한 사람들은 도보로라도 고향으로 가 보려고 압록강이나 두만강을 건너 먼 길을 떠나려 하였다.

이런 북새통에서도 어쩔 수 없이 중국 땅에 그냥 머물러 있으려고 하는 사람들도 있었다. 이런 사람들은 고향이라고 해서 가 보았자 친척도 혈연도 없는 사람들이어서 그냥 정든 곳에 머물러 있으려는 것이다. 하지만 내 신변을 보호해 줄 사람이 아무도 없다는 데 문제가 있는 것이다. 정도의 차이는 있었겠지만 치안 질서가 손쓸 겨를도 없이 무너져 버린 상태에서 문란의 도가 날이 갈수록 점점 더 심해져 마침내 치안에 관한 한 무정부 상태에까지 이른 데다, 일부 중국인들의 이방인(일본인과 한국인)에 대한 포악한 행동이 벌건 대낮에 대로변에서 서슴없이 빈번하게 자행되면서 그 지역에 거주하는 이방인들은 생명의 위협과 불안과 공포를 느끼지 않을 수 없었다. 치안을 담당하던 일본인이나 조선인들이 손을 놓아 버리고 사라져버린 상태에서 그 치안에 대한 대책이 전혀 없는, 그야말로 속수무책인 진공상태인 것 같았다.

사회의 불안이 가중되면서 물가는 하늘 높은 줄 모를 정도로 빠른 속도로 앙등하게 되었으며 시장 바닥에 흔하게 깔려 있었던 농산물마저 품귀 현상이 일어났다. 전시 통제되던 생필품은 아예 자취를 감추고 모든 생활이 뒤죽박죽으로 어지러워진 데다 덩달아 인심마저 고약할 정도로 변해 버리고 있었으니 하루하루의 살림살이가 마치 살얼음판을 걷는 것 같이 어렵고 불안함의 연속이었다.

전쟁의 패색이 날이 갈수록 짙어지는 것을 피부로 느끼면서 이제 겨우 사회의 물정을 조금은 이해할까 말까 한 15세의 나에게는 工學徒로써 사회에 기여할 수 있는 기술자가 되어 보겠다던 너무나도 평범하고 소박했던 꿈도 산산조각이 나 버리는 것 같은 느낌이 들었다. 왠지는 모르지만 내 머릿속에 질서 정연하게 정돈되어 들어있던 소년다운 희망찬 계획이 어느 한 순간 모두 사라져 버리는 것 같더니 이제는 나만의 힘으로는 감당하기 어려울 정도로 큰 불안이 엄습하면서, 나의 얕은 지식과 능력으로는 도저히 판단하거나 상상하기조차 어려우리만치 큰 소용돌이가 나를 집어삼키려는 것 같은 악몽이 다가왔다. 앞으로 내가 무엇을 어떻게 해야 할지 咫尺不辨(지척불변)의 상황에 도달해 있는 것 같았다.

종전 후에 알게 된 일이지만 일본이 항복 의사를 소련을 통해 연합국에 통보해 줄 것을 요청했는데 그 제안을 받은 소련은 이 시기를 놓칠세라 45년 8월 9일 오전 1시 일본과 소련 사이에 체결돼 있던 중립 조약을 일방적으로 파기하고 시베리아에 주둔하고 있던 소련군 150만의 대군으로 하여금 만주를 침공하게 하는 한편, 新京(신경) 교외의 寬城子(관성자)란 곳을 전격 공습하였다. 이로 인해 껍데기만 남아있던 일본 관동군은 불가피하게 후퇴를 계속하면서 전 만주는 대혼란에 빠져들었다.

상황이 다급해지자 8월 13일 새벽 3시 억수같이 쏟아지는 빗속에 만주국 황제 溥儀(부의)를 비롯한 황후와 각료 300여 명은 特別列車편으로 新 新京驛(신 신경역)을 빠져 나와 通化省 大栗子(현 吉林省 臨江市)란 곳으로 피난하였다고 한다. 皇宮(어처구니없는 호칭이지만 만주제국 황제의 거처를 황궁이라고 불렀다.)의 일부는 이미 5월에 통화로 疏開(소개)된 상태였다고 한다.

1945년 8월 여름방학이었지만 우리들은 방학도 반납하고 근로봉사로 구슬땀을 흘리고 있었다. 13일 오후에는 연상 공습경보 사이렌 소리에 작업이 전폐되다시피 되었다. 알고 보니 소련 공군에 의한 공습이었다고 한다. 어린 나이였지만 패망이 코앞에 다가온 것 같은 느낌이 들었다.

1945년 8월 14일 오후 나는 일본 천황이 내일(1945년 8월 15일 정오) 갑작스럽게 라디오로 중대 발표가 있을 것이라는 말을 들었다. 바로 이 방송이 일본이 태평양 전쟁의 패전을 선언하는 것이었다.

일본이 패전을 선언하기에 앞서 1945년 8월 6일 오전 8시 16분 역사상 처음으로 미국은 일본 히로시마(廣島)에 원자폭탄을 투하하여 그 결과 단 한발로 20여 만 명의 사상자가 발생하였고 도시는 완전히 폐허가 되어버렸다고 했다. 그리고 8월 9일에는 나가사키(長崎)에 또 다시 한발의 원자탄이 투하되어 일본은 더 이상 참아낼 수 없어지자 패전을 선언하게 된 것이며 패전과 동시에 우리 조선은 일본 식민지로부터 해방이 되었고 滿洲帝國이란 日本의 傀儡政府는 이 지구상에서 사라져버리는 날이 되는 대 지각변동이 일어났다.

만주와 중국은 물론 동남아 거의 전 지역을 점령하고 그처럼 당당했던 일본이 천황의 울음 섞인 떨리는 목소리로 항복을 선언할 줄은 상상조차 하지 못했던 일이다. 그리고 1945년 9월 2일에는 미국 군함 미주리호에서 조인식이 있었다. 필자의 일생을 두고 잊을 수 없는 대 사건이 아닐 수 없었다. 그리고 일본의 항복으로 인하여 어떤 일들이 벌어질지 짐작도 하지 못하고 있었던 것이 사실이다. (註: 1945년 8월 18일 만주국이 사라진 것으로 역사에는 기록되어 있다. 僞滿洲, 키메라 등 저서)

필자는 그 당시 남만주공업학교 2학년 재학 중에 일본의 패망으로 인하여 만주국이 이 지구상에서 사라지고 그동안 일본인이나 조선인 등 제3국인에 의해서 운영 관리되던 모든 기업소, 학교 등이 閉鎖(폐쇄)됨에 따라 다니던 학교도 역시 자동적으로 폐쇄되어 중퇴하게 되었다.

::8·15 해방과 피난길

1945年 8月 15日 일본이 패망하면서 일본인이 장악하고 있던 滿蒙(만몽) 지역의 책임을 맡고 있던 치안 담당자들이 모두 어디론가 사라져 버리자 이 지역 일대(만주 전역, 東北地域과 몽고 지역 일부)는 마치 大地殼變動(대지각변동)이라도 일어나듯 갑작스러운 치안의 진공 상태가 되었다. 중국인이 아닌 외국인이나 외지인들 특히 개척민으로 이주해 왔던 우리 조선인들은 해방의 기쁨보다 생명의 위협을 먼저 느끼게 되어 거의 동시적으로 조선인만도 약 50여 만 명에 달하는 난민이 일시에 철도역으로 몰려들어 북새통을 이루게 되었다.

필자와 가족들도 다른 이민자들과 마찬가지로 생명을 보호하는 일이 더 절박하고 시급한 문제로 대두되었다. 어디 그뿐인가. 빈곤에서 벗어나려고 여름이면 대륙성 기후 때문에 찌는 듯한 무더위와 겨울에는 시베리아에서 불어오는 혹한에 굴하지 않고 피땀으로 일구어 놓았던 내 터전을 하루아침에 포기해야 했기에, 마치 내 살을 도려내는 것 같은 아픔을 참지 못하고 통곡하는 개척민들이 한둘이었겠는가? 이들은 그 누구의 보호도 받지 못하고 내팽개쳐 버려진거나 다름없는 신세가 되어 갈피를 잡지 못하고 右往左往하는 一大 混雜을 이루고 있었다. 그런 가운데 八路軍(毛澤東이 이끄는 中國共産黨軍)과 國府軍(蔣介石 政府軍)이 서로 中國東北地方(滿洲)을 점령하여 세력을 확장하려는 힘겨루기 內戰 끝에 일단은 대도시를 국부군이 장악하게 되었고 그 외곽은 八路軍(인민해방군)이 장악하는 형식으로 수습이 되는 것 같았다. 내가 살고 있던 奉天(봉천, 至今의 瀋陽)도 시가지(성내)는 國府軍(국부군)이 장악하고 外郭은 팔로군의 점령 지역이 되었다.

이와 같이 협약은 무시된 채 이들 八路軍(팔로군)은 시가지 중심부에까지 侵入(침입)하여 일본 傀儡政權(괴뢰정권) 治下에서 反中 親日派(친일파)行動을 해온 중국인과 조선인들을 색출하여 법적 절차도 없이 무참히, 그리고 이루 표현할 수 없을 정도로 惡辣(악랄)하고 殘忍(잔인)무도하게 공개 처형을 시작했다. 간혹 인민재판이라는 것을 학교 운동장 같이 넓은 곳에서 많은 주민들을 불러다 놓고, 생판 알지도 못하고 본 일도 없었던 사람이 나와서 체포해 온 사람의 죄상을 폭로한답시고 터무니없는 허위 날조의 죄를 덮어씌운다고 해서, 변호해 줄 사람도 없고 항변하려고 해도 받아들여지지도 않는 일방통행의 재판을 했다. 그러다 보니 순전히 지난날 평소에 가지고 있었던 감정을 과장하여 관헌에 고발하는 웃지 못할 일까지 벌어졌다. 그렇게 해서 일방적으로 죄를 덮어 씌워 처형해 버리는 모순된 행위가 사방에서 벌어지고 있었다.

한 예를 들면 내가 살던 동리(西塔)에 八路軍이 출현하여 어디서 친일파였다는 남자 한 사람을 逮捕(체포)해다 근처에 있었던 방공호에 처넣고 下半身을 매장한 다음 노출된 상반신을 칼과 竹槍으로 이리저리 무참하게 찔러 殺害(살해)하는 광경을 시민들에게 공개했다. 이와 같이 공개 처형하는 일들이 매일 市街地 여기저기서 벌어지고 있었는데 이 같은 만행이 언제까지 계속되려는지 알 수 없었다. 몸서리나는 처형 광경을 男女老少할 것 없이 每日 목격하게 된 주민들은 물론 조선인이나 일본인들, 특히 滿洲國의 관리로 일해오던 사람들이나 만주 정부에 협력한 사람들은 언제 자기들에게도 이와 같은 화를 당하게 될지 알 수 없는 일이었으므로 공포에 질려 한시라도 빨리 생지옥 같은 현지를 떠나려 했다. 이런 사람들이 奉天驛으로 몰려와 순식에 아수라장이 되고 말았다.

丹東(구 安東)이나 大連까지 가는 南行列車를 타기 위해 모여든 사람들이 운집한 奉天驛 廣場은 인산인해를 이루게 되었고 이곳에 모여든 사람들의 대부분은 어제(8월 14일)까지만 해도 평소와 같이 생업에 종사하였거나 직장에서 일하던 사람들이었다. 순식간에 難民 신세가 되어 앞으로 어떻게 해야겠다는 생각이나 판단을 할 겨를도 없이 家財를 버리고 알몸으로 가족들만 데리고 驛으로 몰려나온 사람들이 태반이었다.

治安을 담당하던 滿洲國 군경들은 온 데 간 데 없이 모두 사라져 버린 가운데 중국 전체가 그러했겠지만 특히 만주의 심양 시내는 극도로 불안에 빠진 도시가 되고 말았다. 약탈, 살인, 강도, 婦女子들에 대한 성폭행 등 갖은 범죄가 때와 장소를 가리지 않고 발생했다. 또 이와 유사한 유언비어가 난무하여 난민이 되어버린 사람들의 공포심을 가중시켰다. 치안 상태가 그렇고, 만주 전 지역이 무정부 상태나 다름없이 되어버린 상황에서 목숨을 걸고 가족들을 이끌고 필사적인 탈출을 시도하려는 것은 당연한 일이 아닐 수 없었을 것이다.

기대할 수는 없었지만 어쩌다 기차가 도착하면 저마다 승차하려고 봉천역에 모여들었던 모든 사람들이 일제히 기차를 향해 달려들어 매달리는 사람들 때문에 阿修羅場(아수라장)을 방불케 하곤 했다. 이 광경, 뒤죽박죽이 되어 벌인 상태에서 누가 이 지옥과도 같이 되어버린 현실 앞의 사력을 다해 빠져나가려는 군중들을 막을 수 있겠는가. 또 질서유지를 외쳐 보았던들 무슨 소용이 있었겠는가. 목숨이 달려있는 일인데!

객차 내에는 통로는 물론 화장실, 짐을 올려놓는 선반까지도 공간이란 공간은 빈틈없이 모두 점령당해 그야말로 발 디딜 틈도 없는 형편이었다. 그런 자리도 마련하지 못하면 위험을 무릅쓰고 객차 지붕 위에 올라앉거나 기관실에까지 자리를 잡아 기관사의 거동이 불편하여 發車가 지연되어도 누구한 사람 탓할 이가 없었다. 이만저만 혼잡스러운 것이 아니었다. 나는 내가 거주하고 있던 곳에서 봉천역(지금의 瀋陽역)이 멀지 않은 곳에 있었으므로 자주 이런 광경을 목격할 수 있었다. 더욱이 기차가 언제 끊어질지도 모르는 상황이었기에 丹東이나 大連으로 내려가려는 사람들은 더 불안을 느끼지 않을 수 없었을 것이다.

피난길에 오른 수많은 사람들이 가지고 있는 사연들인들 얼마나 많았겠는가. 피땀으로 이룩한 보금자리와 재산을 모두 버리고 한시라도 빨리 이 地獄과도 같이 변해버린 곳을 벗어나려고 하는 심정과 恨은 무엇으로도 비유할 수 없었을 것이다.

게다가 어제까지만 해도 모든 경제활동의 근본이 되었던 滿洲帝國의 貨幣가 한 순간에 휴지 조각보다도 못한 것으로 변해 버렸으니 이들 난민들에게는 큰 타격이 아닐 수 없었다. 우선 급하게 된 것이 먹을거리를 구할 수 없게 되었다는 것이다. 어른들이야 어느 정도의 배고픔을 참을 수도 있겠지만 어린아이들에 대한 식사 문제는 큰 일이 아닐 수 없었다.

배고파 우는 아이들을 달랠 길이 없어 붙잡고 같이 우는 젊은 엄마의 심정인들 얼마나 아프고 안타까웠겠는가? 나는 어린 마음으로도 두 번 다시 이런 광경을 봐서는 안 된다고 마음속으로 다짐하고 또 다짐했건만 그 때로부터 불과 5년 후인 1950년 6·25 北傀의 南侵(남침)으로 발생한 韓國動亂(한국동란) 때 이보다도 더 悽慘(처참)한 꼴을 보게 될 줄이야 꿈엔들 생각 할 수 있었겠는가.

이즈음 조선 교민들은 서둘러 자체 방위와 보호를 위해 朝鮮民會를 西塔이란 곳에서 발족하게 되었다. 西塔(서탑)은 조선인이 가장 많이 거주하는 지역이었다. 이 지역에서 생업을 이어가던 교민들은 벌려 놓았던 사업을 쉽사리 포기하고 떠나기가 어려워 정세를 파악하노라고 하다 보니 막차를 타게 된 신세가 되었다. 게다가 八路軍(팔로군)을 비롯한 공산당 조직들의 횡포가 날이 갈수록 더 심해지고 있어 그 피해가 언제 이곳 西塔地域(서탑지역)까지 미쳐올지 알 수 없어 모든 사람들이 불안과 공포에 떨고 있는 실정이었다.

우리 가족인들 예외일 수는 없었다. 親日 행동을 한 것도 아니었지만 불안에 대한 심리적 작용이 가중되어 더는 머물러 있을 수 없는 처지였기에 한시라도 빨리 이곳(瀋陽)을 탈출하여 고향인 평안북도 철산으로 돌아가야겠다는 아버지의 결심이 굳혀졌다.

고향에 돌아가기로 결심을 한 이상 한시라도 遲滯(지체)할 이유가 없었으므로 그날 저녁부터 온 가족이 짐을 꾸리기 시작했다. 우리 가족은 우선 각자 자기가 필요한 물건만 챙겨 가기로 했다. 그러기에 앞서 부친께서 경영하시던 가구점과 목공소, 가구제품(완제품)들은 가구점에 종사하고 있던 중국인에게 고스란히 양도해 버렸고, 가져가지 못할 가재도구까지도 중국 종업원들에게 골고루 분배해 주었다.

　부친께서는 다음날 아침이 되자 일찍부터 기차를 알아보기 위해 집을 나섰다. 어머님은 밖의 사정이 매우 불안한 상태라는 것을 알고 계셨기 때문에 아버지가 외출하실 때마다 몹시 불안한 표정으로 조심하라고 몇 번씩 당부하시곤 했다.

:: 歸鄕 길에서

　해방과 동시에 치안과 사회질서가 망가지면서 제3국인이 되어버린 조선인에게도 서서히 생명의 위협이 좁혀 들어오는 것을 피부로 느끼게 되자 조선 거류민들의 불안이 가중되어 귀환을 서두르게 되었다. 아버지도 '西塔의 朝鮮民會'(西塔敎會)에 대표자들과 모여 歸國에 對한 논의와 대책을 강구하기 위하여 매일같이 회합을 하고 있었다. 이 때 朝鮮民會가 중심이 되어 조선인 교민 전원이 안전하게 귀국할 수 있는 방법을 모색하고 있었다고 한다.

　다행히 中國 中央軍 第24軍團이 瀋陽地區에 주둔하게 되었는데 이 軍團 부군단장으로 "王 장군"(金弘一 將軍, 바로 이분이다.)이라고 하는 조선인 장군이 있었는데 이 왕 장군 麾下(휘하)에 崔赫柱(최혁주) 中佐(中領)가 있었다. 이 최 중좌(후에 한국군에 편입되어 장군까지 되었던 분)가 왕 장군(김홍일 장군)의 지시와 배려에 따라 우리 조선인 교민들의 귀향을 위한 특별 조치로 우리 교민들은 도저히 생각조차 할 수 없었던 特別列車 7량을 마련하여 주었고 또 교민회가 주관이 되어 우리가 타고 갈 특별열차의 호송을 담당할 8路軍 護送軍人(호송군인) 8명을 수배하여 경계 임무까지 담당하게 하였다. 1945年 9月 20日頃(정확한 日字는 記憶이 나지 않음), 우리 집 전 가족과 瀋陽에 거주하고 있던 대부분의 교민들이 아침 일찍부터 서둘러 지정된 기차에 승차하게 되었고 지정된 사람 외에는 승차할 수 없도록 八路軍(팔로군) 경비대원들이 철저하게 단속해 주는 덕분에 큰 혼잡도 없이 그 많은 인원이 심양역을 떠나 당일 오후 무사히 丹東역에 도착할 수 있었다. 우리 조선민회는 왕 장군(김홍일 장군)의 각별한 배려의 덕분으로 아주 편안하고 무사히 그리고 안전하게 목적지인 단동역에 도착할 수 있었던 것을 생명의 은인으로 여기며 필자는 지금까지도 잊지 않고 고맙게 생각하였다. 우리 일행은 마음속으로 얼마나 감사하게 생각했는지 모른다.

丹東에 도착한 우리 일행은 즉시 북조선(평안북도)에서 우리 일행을 수송하기 위해 난민 수송용 트럭이 압록강을 건너와 단동역 앞에 대기하고 있었으므로 열차에서 하차하면서 모두 짐을 챙겨 그 트럭에 승차를 완료하고 출발하려할 때 단동역 광장에 몰려든 중국인 馬車들이 團體(단체) 행동으로, 우리가 타고 가려던 트럭을 에워싸고 '일본놈의 앞잡이들', '중국인을 해치던 놈들'이라고 협박하고 시위하면서 자기네들 마차를 타고 조선으로 떠나라고 강압적인 요구를 하는 것이 아닌가. 1944년, 만주에 거주하고 있었던 조선인은 1,658만여 명이라고 했는데 이 많은 사람들 중 이 지역을 거쳐 조선으로 가야 할 난민이 대략 80만 이상이 될 것으로 추산되는 교민들 대부분이 좋든 싫든 이 단동을 경유하여야만 고향으로 돌아갈 수 있는 형편인데, 만일 우리 일행이 중국의 마차꾼들의 요구를 뿌리치고 압록강을 도강해 버리게 된다면 앞으로 이곳을 거쳐야 할 수십만 교민들이 어떤 험한 꼴을 당하게 될지 알 수 없는 데다 우리 일행은 뒤에 올 사람들에 비해 아주 편안하게 이곳까지 올 수 있었던 것을 생각하면 우리가 양보하는 것이 백번 옳을 것 같다는 의견이 모아졌다. 우리 일행은 모두 피난민 수송용 차에서 내려 중국인 마차에 올라타고 해방 이래로 처음 보는 마차의 대 행렬이 압록강 철교를 통과하여 신의주로 향했다. 어린 나이였지만 혼란과 위기 속에서 벗어나 곧 고향 땅을 밟을 수 있게 되었다는 것은 마치 鳧趨雀躍(부추작약) 참새가 기뻐 날뛰는 것과 같은 기분이었다.

돌아오는 길에 약간의 혼잡은 있었지만 다행히 별 피해나 사고 없이 도강할 수 있었고 신의주에 도착한 우리 일행(심양에서 온 교민)은 신의주역 앞에서 귀국 보고회를 가진 다음, 해산하여 각기 많은 희비곡절이 엇갈리는 사연들과 미련을 남기고 자기들의 고향으로 무사히 돌아갈 수 있었다.

우리 가족은 신의주에서 소달구지를 구해 고향인 철산까지 가기로 하였는데 신의주에서 철산까지의 거리가 약 42㎞ 정도에 불과하였으므로 다음날 아침 일찍 출발하면 당일 저녁에는 도착할 수 있으리라 생각하고 신의주 여관에서 일박하고, 다음날 예정했던 대로 아침 일찍 출발하여 그 날 저녁 철산에 도착하였다. 아버지와 어머니는 6년 만에 나는

2년 만에 찾아 온 고향집이라 그동안의 정신적 육체적 피로도 잊은 채 가족들을 만날 수 있게 된 것이 얼마나 감개무량함을 느끼게 하였는지 모른다.

그동안 고향의 일가친척들은 불안한 정세 속에서 우리 가족 모두가 어떻게 지내고 있는지 안위를 몹시 걱정하고 있던 터라 우리 가족들이 도착하였다는 소식에 일가친척은 물론 온 씨족들까지 모여들어 귀향을 환영하고 축하해 주었다.

내가 고향 집에 도착하자 가장 먼저 느낀 것은 "이제야 겨우 악몽에서 벗어낫구나!" 하는 안도감이었다. 그 자리에 주저앉아 버렸지만 부모님은 피로를 잊은 듯 가져온 짐들을 정리하느라 여념이 없었다. 그러나 고향에 왔다는 안도감도 잠시일 뿐이었다.

해방된 해에 할아버지는 72세셨고 숙부와 사촌 동생인 玉鉉(옥현) 이 6歲(세)이고 松鉉(송현) 4歲(세)였는데 이 해에 동리에 새로 집을 마련하여 숙부 일가는 분가하였다.

8·15 해방으로부터 겨우 2, 3개월이 지났던 시기인데 외면적으로는 질서가 유지되고 평온한 것 같이 보였지만 속내는 16살의 나이로는 상상도 할 수 없을 정도로 複雜多難(복잡다난)한 일들이 엉켜 있었다.

우리 민족의 오랜 숙원이었던 해방이 되었으니 그야말로 대 지각변동이 일어난 셈이다. 그러다보니 36년간 온갖 수모를 겪어오고 참아왔던 한과 분노가 어찌 하루아침에 말끔히 해소될 수 있었겠는가. 반만년의 유구한 역사를 자랑하는 우리 민족의 뿌리를 없애 버리려 했던 일본에 대한 원한과 분노는 하늘을 찌를 듯 한꺼번에 폭발했다. 그뿐만이겠는가? 일제의 앞잡이 노릇을 하며 온갖 惡逆無道(악역무도)한 짓은 다 하고 다니던 역적이나 마찬가지인 이들에 대한 원한 또한 용서할 수 없는 일이었다. 그리고 시간이 흐르면서 민주주의니 사회주의니 하는 사상전이 전개되었다. 처음에는 조만식선생이 이끄는 민주당에 의해 집권되다 46년이 되면서 김두봉, 김일성이 주도하는 노동당이 집권하게 되었다.

한편에서는 민주주의와 공산주의의 이데올로기가 민심을 흐트려 놓았고 새로운 갈등을 자아내 서로의 암투가 극렬해지고 지역에 대한 권력투쟁으로 노골화하면서 한 행정구를 놓고 어느 집단이 장악하느냐 하는 암투가 일어났고, 다른 한편에서는 치안대라고 하는 권력 집단에 대한 쟁탈전이 벌어졌다.

해방과 동시에 거의 무방비 상태였던 치안 문제에 대해 인민의 생명과 재산을 보호해 주겠다는 명목으로 경찰의 임무를 담당하게 될 치안대가 조직, 그 치안대는 道, 郡, 面,

洞里 등에 이르기까지 빠른 속도로 확산되었다. 그런데 그 조직 내에는 과거 일제강점기에 좋지 못한 행위를 저질렀던 자들과 범죄자들이 전과를 은폐하고, 자기 자신을 보호하기 위하여 경찰 권력을 행사할 수 있는 치안대에 들어간 자들이 많이 있었다. 그러므로 치안대를 누가 책임자로 관리 운용하느냐에 따라 난폭하기도 했고 사회질서를 유지한다는 미명하에 죄 없는 양민을 마구 구속하여 체벌하는 등 어이없는 일들이 빈번하게 벌어지기도 하였다. 이 시기는 그야말로 법질서를 유지하기 위해 주먹이 법이었던 시절이었다. 그렇기 때문에 그 치안대에 대한 민심이 땅 밑으로 떨어져 버리고, 치안대 대원들의 성분부터 나이 어린 나까지도 의심을 품게 하였다. 이자들 모두가 열성적 공산당원 같이 행동하였지만 도대체 언제부터 이처럼 열렬한 공산당원이 되어 있었는지, 일제강점기에는 왜 그토록 열렬한 친일 행동을 하고 다녔는지 도무지 갈피를 잡을 수 없을 지경이었다. 특히 그 중 일부는 나 같은 소년도 알고 있는 사실이지만 일본 경찰의 밀정이었거나 만주를 제 집 드나들듯 하면서 아편장사를 하는 등 각종 흉악한 범죄란 범죄는 모두 저지르고 다니던 자가 하루아침에 버젓한 공안원 행세를 하고 다니는 꼴을 보니 지나가던 개도 웃을 정도로 도무지 납득할 수 없는 일이 일어나고 있었다. 이러한 현상은 비록 치안대에만 국한된 것이 아니라 모든 행정조직에서도 마찬가지였다. 그래서인지는 몰라도 국내에서 8·15 해방을 맞이한 친척이나 친구들이 만날 때마다 제일 먼저 하는 말이 "입조심해라, 어느 귀신이 잡아갈지 모르니까." 하는 것이었다.

필자가 고향에 돌아온 지 약 2개월이 지났을 무렵 어느 날 郡 치안대 副隊長이라는 직함을 가진 鄭天壽(정천수)의 丈人으로 동 치안대장을 맡고 있는 鄭常祚(정상조)란 자가 자기의 첩을 위해 새 가옥을 신축하고, 그 집들이를 한다는 구실로 나의 부친을 용모동 한 주막거리에 초대해서 나가셨다는 것까지는 알고 있었으나 귀가 시간이 늦어지면서 온 가족이 불안을 느끼게 된 것이다.

아버지와 내가 귀국한 지 불과 2개월도 채 안 된 시점이었으며 부친이 평소와는 달리 외출하신 지 오랜 시간이 지났고 날도 어두워졌는데도 귀가하지 않아 온 식구들이 초조하고 불안해하기 시작하였다. 그렇지 않아도 동리가 예전과는 달리 어수선한 분위기인데다 치안 상태마저 불안했으므로 불안이 가중되지 않을 수 없었다. 점점 시간이 흐르면서 마냥 기다릴 수만은 없는 상태이므로 나와 숙부가 찾아 나섰는데 우선은 부친이 가셨다는 주막집부터 시작하여 가실만한 곳을 여기저기 찾아다니며 행적을 따라 다니다 마침내 마을 외곽에 있는 소나무 숲 으슥한 곳에 내버려둔 아버지의 모습을 발견하고 같이 갔던 숙부와 간신히 집까지 데려왔다.

이런 *沒常識*(몰상식)한 행위는 설사 동민들에게 해를 끼칠 만한 큰 죄를 범했더라도, 절대로 해서는 안 될 일을 이곳의 치안대장이라는 자가 버젓이 해 버렸다는 것이다. 이와 같은 야만적 행위를 치안대장이라는 직함까지 가지고 있는 자가 아무 잘못도 없는 선량한 한 농민에게 직접 *私刑* 폭행을 가한 다음 숲 속에다 버려 버리다니 이게 어디 말이나 되는 일이며 천인이 공노할 일이 아닌가.

나는 젊은 혈기로 아무리 동리에 직함에 부합되는 사람이 없더라도 이런 자를 치안대장으로 앉혀 놓았다는 것과 그에 대한 분노를 도저히 참을 수가 없어 복수를 할 심산으로 그자의 집에 찾아가 내 부친이 당한 것만큼의 폭행을 가해 버렸다.

그것이 화근이 되어 치안대가 나를 체포할 것이라고 판단하고 사건이 가라앉을 때까지 피신하려고 옥수수 밭을 휘적거리고 다니다 도저히 안 되겠다는 생각이 들어 다음날 아침 동리 치안대에 자수했는데 이 때 동 치안대장은 *鄭錫採*(정석채)란 자이고 차석은 *金仁根*(김인근)이란 자였는데 나를 *邑*(읍) 치안대로 압송한 자는 *金仁根*이었다. 나는 읍 치안대에 수감되었고 그곳에서는 사건의 전말을 묻지도 않고 자수한 나를 *審問*(심문)도 하지 않은 채 무조건 여러 명의 치안대원이 달려들어 폭행을 가하여, 내가 *失神*(실신) 상태가 되자 물을 끼얹고는 다시 폭행을 가하는 야만적 행위가 계속되었다. 이런 식으로 네 차례나 실신을 했는데도 아랑곳하지 않고 폭행을 계속하여 나는 *死境*(사경)을 헤맬 지경에 이르렀다. 이 사건은 처음 시작부터 궤도를 벗어난 권력자의 비행에서부터 비롯된 것이었는데도 사건의 진상을 *歪曲*(왜곡)*隱匿*(은닉) 날조하고 변질시키고 어린 내가 분노에 못 이겨 한 실수만을 가지고 사건을 크게 과장, 확대했던 것이다.

이 사건을 담당했던 치안대 조사과장 *鄭天洙*(정천수)란 자는 신의주 *東中*(동중) 출신(21 回)으로 *鄭常祚*(정상조) *兄*의 사위(*女壻*, 여서)이고 *郡* 치안대장은 내가 잠시 다녔던 영락소학교 교장을 지낸바 있는 *林炳九*(림병구)란 자인데 이들의 일방적이고 불공정한 사건 처리로 인해(무단 가택침입 및 폭행죄 등) 급기야 김씨와 정씨 가문의 싸움으로까지 확대되었는데, 피해자인 김씨 집안은 나야 직접 이 사건에 관련된 자이니 어쩔 수 없다 치더라도 나의 숙부 두 사람까지 이 사건에 말려들게 만들어 두 숙부가 피신하지 않을 수 없게 되었다. 부친과 나는 신체적으로 혹은 물질적으로 턱없이 많은 피해를 볼 수밖에 없게 되었다. 나를 석방시켜 주는 조건으로 강탈당한 금품, 재물 등 때문에 석방은 되었지만 어렵고 험한 길을 걸어 겨우 찾아온 고향이었지만 입에도 올리기 싫고 생각하기도 싫은 고향이 되고 말았다.

나는 고향에 머물러있을 생각을 버리고 일본의 패망으로 일시 중단되었던 못 다한 공부를 계속할 생각으로 신의주에 가기로 했다. 고향인 철산과 신의주 사이는 그리 먼 곳도 아니어서 토요일 집에 돌아왔다가 일요일 돌아가는 데 큰 불편이 없을 정도이지만 부모님과 떨어져 혼자서 가게 된다는 것이 어쩐지 서러운 마음이 들었다.

:: 확대되어 버린 감정싸움

필자로 인하여 발단이 되었다고도 볼 수 있는 이 싸움의 진짜 원인은 商山 金氏가 모여 살고 있는 平安北道 鐵山郡 鐵山邑 東川里에는 商山 金氏 문중 외에도 丹陽(단양) 李氏가 43家口(가구)와 河東(하동) 鄭氏가 5家口 그리고 南陽 洪氏3家口 이 밖에 여러 씨족들 약 20餘 家口가 400여 년간 이곳에 뿌리를 내리고 생업에 종사하는 등(註 : 韓國人의 族譜 1977 年 12月 25日 발행 韓國人의 族譜編纂委員會) 안정되고 일제강점기 당시에도 비교적 부유하고 평화롭고 화목한 곳으로 알려져 있는 곳이었다.

그런데 이곳에 거주하는 鄭氏 가문에 鄭 某란 자가 中國 華北地方(중국 화북지방)에 들어가 아편 장사를 하면서 일본 경찰의 밀정까지 하며 돈도 벌고 자기 신변의 보호도 받는 이득을 챙기기 위해 선량한 조선 사람들에게는 몹쓸 짓을 많이 하고 다녔다는 소문이 자자했다. 그런데 이자가 조용한 이 마을에 들어와 자기의 첩을 위해 새집을 건축하는 등 부산을 떨고 다니자 각종 소문이 난무했다. 그야말로 한 마리의 미꾸라지가 맑고 깨끗했던 연못을 흙탕물로 만들어 버린 격이 된 것이다.

그런 자가 지난날 나의 從叔(종숙)인 金承宗(김승종)이 1925년생인데도 '徵兵召集(징병소집)'에 응하지 않고 滿洲 奉天(지금의 瀋陽)에 潛居(잠거)해 있다는 정보를 그의 8寸 동생으로부터 입수하고 그의 再從叔(재종숙)인 鄭常祚를 통해 경찰에 밀고하게 하였다. 그 밀고에 의해서 숙부 承宗이 일본 경찰에 체포되어 死刑宣告(사형선고)를 받고 사형집행 수일을 앞두고 8·15 해방을 맞이하게 되어 九死一生으로 죽음을 모면할 수 있었다. 이러한 일련의 사건들은 만주에 거주하고 있을 당시 나의 부친의 妹夫뻘되는 鄭昇甲(정승갑)에게 鄭常祚의 밀정 행위를 비판했다고 하는 데서부터 시작된 것이라고 볼 수 있었다. 해방 후 고향으로 돌아온 이들은 만주에서의 온당치 못했던 행위들이 나의 부친에 의해 세상에 알려지게 될까 두려웠고, 만일 그렇게 될 경우 그들의 처지가 치명적인 타격을 받을 것을 염려한 나머지, '도둑놈 제발 저린다'는 격으로 鄭常祚는 자기가 살아가기 위한 방법으로 자신의 과거를 낱낱이 잘 알고 있는 필자의 부친에게 선수를 써 입을 막아보려는 어설픈 행위였다고 나는 지금도 그렇게 생각하고 있다. 이와 같은 폭력은 도저히 용납할 수 없는 일이었다.

:: 신의주 학생 사건과 越南試圖

필자는 고향에서 폭행 사건을 일으켰다는 자책감 때문에 자의 반 타의 반 修學(수학) 명목으로 어쩔 수 없이 철산을 떠나 신의주로 가게 되었다. 만주 시절 못 다한 학업을 계속해야겠기에 내가 편입할 수 있을 만한 학교를 물색하던 중 다행히도 신의주공업전문학교에 편입이 가능하게 되어 나의 숙원이었던 공학도로서 정진할 수 있는 기회를 이제야 잡은 것 같은 생각이 들었다. 그러나 해방된 지 불과 3개월도 안 되는 때인지라 사회의 불안과 무질서 혼란 속에 학교의 수업인들 제대로 진행될 리 만무했다. 특히 어느 정파 어느 단체보다도 가장 조직적으로 행동하는 공산당이 모든 행정기관을 장악하고 그 횡포는 날이 갈수록 더 기승을 부리면서 공산당을 반대하는 목소리와 함께 소련군의 주둔을 반대하는 목소리가 점점 커지더니 급기야 학생들의 시위까지 일어나게 되었다.

소위 '신의주 학생 사건'이라고 하는 해방 후 북한에서는 처음으로 일어난 학생들에 의한 대 시위 사건이 바로 이 사건이었다. 이 사건의 발단은 1945年 11月 19日頃 신의주를 위시해서 인근 도시에 위치한 중등학교 상급생들이 11월 18일 일요일 용암포에서 있었던 일들을 이야기하면서 23日(금요일) 11時 학교 교정에 모여 시위를 벌이기로 결정하였다고 했다. 필자는 이 계획을 찬동함과 동시에 이와 관련된 모든 집회에 참가하기로 결심하였다.

필자가 이 사건에 直接加擔(직접가담)하게 됨에 따라 반란죄로 몰려 신의주에서도 피신하지 않을 수밖에 없는 처지가 되었다. 나의 희구하다면 희구한 운명이 여기서부터 시작될 줄이야 꿈엔들 상상이나 할 수 있었겠는가! 필자는 어린 시절부터 좋은 선생님들에게서 三綱五倫(삼강오륜)의 깊은 뜻을 배워 왔다. 이것은 비단 나뿐만이 아니라 그 당시의 모든 학생들이 나와 같이, 표현의 방법은 약간씩 달랐는지는 모르지만 인간의 삶의 덕목으로 마음과 행실을 바르게 하도록 배워 왔던 것이 사실이다.

그런데 그 열렬한 공산당원이라는 자들은 師弟之間(사제지간), 兄弟之間(형제지간), 父子之間(부자지간), 朋友之間(붕우지간) 등의 天倫(천륜)도 서슴없이 파괴해 버리는 것이 그들의 본질이라는 것을 알게 되고 직접 피부로 느끼게 된 이상, 내가 태어난 고향 땅에는 많은 정과 미련이 있었지만 더는 이곳에서 살 수 없다는 것을 깨닫게 되면서 생리에 맞지도 않는 곳에서 살려고 애쓰는 것보다 내가 갈구하는 희망이 있는 곳을 찾아가야겠다는 결심을 굳히게 되었다.

필자의 나이 19세가 되는 해였다. 나 혼자의 몸으로 단신 낯선 곳에 간다는 것이 불안감을 가중시키는 작용을 하는 것 같았다. 특히 38선을 넘으려다 북쪽에 있는 경비대나 보안원에게 붙들리기라도 하면 죽을지도 모른다는 공포감과 傷弓之鳥(상궁지조: 한번 활에 상처를 입어본 새가 활만 봐도 무서워하는 것)처럼 내 마음 속에는 지난날 있었던 傷肌犯骨(상기범골: 살갗이 상하고 뼈에 멍이 들 정도)로 가혹한 체벌을 당했던 경험에 대한 공포심이 도사리고 있었기 때문이다.

그것 때문만은 아니지만 전혀 가보지 못한 낯선 곳에 혼자 가는 것보다 믿을 수 있는 가까운 혈육과 같이 가는 것이 좋을 것 같아 내 8촌 동생인 三鉉(삼현) 군을 만나 사연을 이야기했더니 선뜻 내 의견을 받아들여 그해 9월 어느 날 수소문해서 알아두었던 강원도 쪽으로 가기로 하고 평양에서 기차 편으로 원산까지 가서 그곳에서 싸전(米穀商)을 하고 계시는 넷째 조부이신 金樞穆 댁에 찾아가 하루를 묵은 다음날, 다시 기차를 타고 강원도 철원역까지 가서 鐵原郡 東松面 二坪里(지금은 남한 땅)에 살고 계시는 樞元 할아버지와 承寶 叔父댁에서 밤을 지내고, 다음날 東豆川을 거쳐 서울로 갈 요량으로 철원驛까지는 무사히 도착하였는데 정거장 역사를 빠져 나오려는 찰나에 철도 보안대원의 不審(불심) 검문에 걸려 三鉉군은 무사히 통과되었지만 나는 체포되어 철원 철도보안대로 끌려가 3일간이나 무엇 때문에 이곳까지 오게 되었는지 그 경위를 말하라는 호된 취조를 받았다. 이번에는 철원에서 逆(역)으로 평양을 거쳐 철산군 차령관 보안대(당시 보안서 정보과장 고순화)로 끌려와 1개월간 호된 구류 조사를 받고 난 다음 신의주 인민교화소로 이송되어, 그곳에서 필자가 신의주 학생 사건에 연루되었다는 사실이 확인되자 정식재판절차도 거치지 않고 무조건 반동분자라는 낙인이 찍혀 적어도 12년의 징역형이 내려질 것이라는 이들 취조관들의 공갈을 들으며 미결수로 있을 때였다.

나와 같은 감방에 있던 일본 육군 소년항공병 출신이라고 말하는 장 모 씨는 龜城(구성) 출신으로 18개월 형을 받고 복역 중에 있으면서 어린 것이 가엽게 보였던지 여러 명이 같은 감방 안에 있었는데도 유독 나를 자기 옆에서 기거하게 하는 등 각별한 은혜를 베풀어 주었다. 이분은 원래 지방단위 행정처의 식량창고 계장으로 근무하였다는데 어느 날 퇴근하고 몸을 씻기 위해 옷을 벗고 우물가에 간 사이 치과에서 의치의 본을 뜨기 위해 사용되는 껌으로 장 씨가 항상 허리에 차고 다니던 식량창고 열쇠의 본을 복제하여 동리 사람들이 양곡을 훔쳐 먹었다고 한다. 그것이 발각되어 근무태만죄를 물어 징역형을 받고 복역 중이었다. 만일 내가 보안원의 고문을 이기지 못하고 남한으로 가려 했다고 진술하였더라면 그들은 나에게 더 무거운 형벌을 내렸을지 모른다.

필자가 인민교화소(형무소)에 수감되어 있다는 사실을 알게 된 신의주에서 鴨江(압강) 여관을 경영하고 계시는 나의 숙부뻘 되는 金相玉(김상옥)이란 분이 직접 나서서 신원보증을 해 주시는 등 나를 석방시켜 주기 위해 불편한 몸을 이끌고 이곳저곳 친지들을 찾아다니시며 애써주셨다는 말을 석방된 후 父親으로부터 듣고 감사 인사를 드리러 간 일이 있었다.

이 金相玉이란 분은 과거 일제강점기 蘇滿國境(소만국경)에서 朝鮮獨立軍(조선독립군) 운동을 하시던 분으로 그 당시 일본군 토벌대에 의해 다리에 銃傷(총상)을 입었지만 당시의 劣弱한 의료 시설로는 감당할 수 없어 부득이 다리를 절단하게 되는 불행을 겪었으며, 解放後 귀국하고 나서는 신의주에서 조용히 여생을 보낼 심산으로 여관을 경영하고 있었다. 그분이 독립운동을 하던 당시 같이 3인조로 활약하던 분 중에 한 분이 신의주 노동당 위원장으로 있는 高成昌(고성창) 씨였고, 또 다른 한 분은 평안북도 검찰국장 자리에 있는 분으로 高成昌씨의 동생(姓名未詳)이었다는데 이분들이 서로 두터운 친분 관계를 유지하고 있었던 탓으로 나의 석방에 큰 힘이 되어주었던 것으로 짐작한다. 따라서 나는 다행히 이분들의 도움으로 철원에서 9월 5일 체포되어 다음해 4월 중순에 석방되었으니 7개월 정도만 복역하고 석방될 수 있었다.

나는 獄苦(옥고)를 치르고 나서 이곳 북한 땅에서는 어떤 이유로도 도저히 살 수 없다는 것을 다시 한번 뼈저리게 느끼게 되었다. 특히 無知蒙昧(무지몽매)라고 밖에 표현할 수 없는 관헌들, 내 눈에 비친 이들의 정체와 과거의 행적들을 생각하면 치가 떨릴 지경이었다. 다시 말하지만 일제강점기 일본 경찰에 빌붙어 밀정짓이나 하고 만주를 제 집처럼 드나들면서 아편 장사를 위시하여 온갖 나쁜 짓을 골라 하고 다니던 자들이 고향이라고 찾아와서는 어느 사이에 그토록 공산당에 충성스럽고 열성분자였는지는 알 수 없지만, 해방 후 과도기의 혼잡을 틈타 재빨리 권력 행사를 할 수 있는 관리가 되어 그것을 백으로 권세를 행사하는 자가 되었는지 어안이 벙벙해질 지경이었다. 이들의 충성도가 어느 정도인지는 알 길이 없었지만 그들 중 일부의 지난날의 행각으로 봐서도 그렇고, 그들의 가정 형편이나 일상생활에서 보여줬던 모든 것을 종합해 볼 때 그들이 일제강점기 공산당 지하조직을 통한 열렬한 공산당원이었다는 것을 믿기에는 납득할 수 없는 데가 너무나도 많았다.

그리고 이들은 거머쥔 권력을 미끼로 날이 갈수록 본성을 드러내 선량한 사람들을 이런저런 명목으로 괴롭히는 도가 점점 더 심해지고 있었다. 생각건대 이들은 黨에 뭔가를 보여주기는 해야 할 텐데 그럴 만한 사건도 없었거니와 설사 있었다 해도 그들이 전문가가 아닌 이상 법적으로나 기술적으로 분석하고 판단해서 해결할 만한 지식도, 능력도 없는 자들인지라 초조한 나머지 경미한 사건이라도 발생만 하면 그것을 거품이나 풍선처럼 확대해석하여 상부에 보고하고 그 공을 인정받으려 했을 것이다. 그러니 그 사건들의 처리도 과장되었을 가능성이 농후하다. 그래서 이런 어설픈 자들의 과오 때문에 지난 400여 년간 씨족이나 문중이 마치 한 가족처럼 서로 화목하게 살아오며 조용하고 평화스럽기만 하던 마을이 어느 사이에 사소한 일들까지 확대되어 과거에는 생각조차 할 수도 없었던 일들이 치안 당국에 의해 처리되면서부터 철천지원수 같은 싸움터로 확대되었고 급기야 관민 간의 불신이 확산되기까지에 이르렀다.

해방 초기에는 대부분 이런 맹종주의자들이나 사이비 애국자(공산당원)들에 의해 권력을 남용한 데서부터 민심이 등을 돌리게 되었다. 아무리 좋은 정책을 시행하려 해도 정부를 불신하는 풍조가 뿌리를 내리면서 직간접적으로 큰 영향을 미치게 만들었던 것이 바로 이 말단 법 집행자들의 무지와 불법과 부정행위 때문이 아니었을까 하는 생각이 든다.

인민교화소에서 석방된 나는 복역 중 나를 친근하게 도와준 장 씨의 집을 찾아 가 보았다. 물론 장 씨는 아직 출소하지 못하고 있었고 집에는 노모가 외롭게 집을 지키고 있었다. 예상했던 대로 끼니조차 때우기 힘이 들 정도로 가난하게 연명하고 계시는 것 같았다. 나는 미리 준비해 가지고 간(가방에 멥쌀과 찹쌀을 반반씩 섞어서 가득 담아간) 얼마 되지 않는 식량을 드리고 돌아왔다. 어려운 곳에서 나를 도와준 장 씨에 대한 고마움의 표시라도 할 수 있었다는 것에 마음이 가벼워진 것 같은 느낌이 들었다.

출소 후 나는 갈 곳을 잃어버린 셈이 되어 부득이 고향으로 다시 돌아가 부친의 농사일을 도우면서 철산고등중학교에 편입돼 1년간 晝耕夜讀(주경야독)의 흉내를 내면서 숨을 죽이고 기회가 되면 다시 월남해야겠다는 생각을 하고 있었다.

:: 신의주 반공학생 사건의 전말

필자의 가족들은 나의 속셈도 모르고 공부를 계속하라는 재촉에 못 이겨 신의주공업전문학교에 복귀한지 얼마 되지 않은 1945년 11월 23일, 평안북도 신의주에서 일제로부터 해방되고 북조선에 소련군이 진주하고는 처음으로 소련군과 조선공산당을 반대하는 학생들의 시위가 벌어졌다.

1945년 11월 18일 신의주 서쪽 약 20㎞ 지점에 위치하는 용암포 제일교회에서 시민위원회 주관으로 '인민위원회 지지대회'가 열렸다. 이 대회에서 학생자치대 대표가 소련군과 조선공산당의 失政(실정)과 횡포를 폭로 비난하는 연설을 한 다음, 조선공산당이 정치훈련소로 사용하고 있던 수산학교의 반환을 요구하는 결의를 하였다.

연설을 듣고 있던 군중이 모두 박수를 치며 이에 호응하자 집회를 해산시키려 왔던 보안대원들과 격렬한 몸싸움이 벌어져 이날 대회는 아수라장이 되어 버렸다. 이 사건으로 인해 사망 1명, 부상 12명의 희생자가 발생하는 등 불상사가 일어났다. 이 소식을 접해 들은 신의주 학생자치대 대표들은 밀회를 통해 시위를 결의하고, 11월 23일 정오와 오후 2시 신의주에 있는 6개 남녀중학교 학생들을 동원하여 평안북도 인민위원회·보안부·공산당 위원회를 향한 시위행진을 벌였다.

평화적인 학생 시위가 벌어지고 있었는데도 불구하고 보안대와 동 신의주 비행장에 주둔하고 있던 소련군이 GMC(미국제 트럭) 6대에 무장한 소련군을 태우고 달려와 난데없이 시위대를 향해 무차별 발포를 시작하였다.

평화롭고 질서정연하게 진행되던 시위가 순식에 阿鼻叫喚(아비규환)의 지옥 같은 현상이 되어 학생들은 그 자리에서 피를 흘리며 쓰러졌다. 그 수를 헤아릴 수 없을 정도였다. 시야에는 온통 피투성이가 되어 쓰러져 신음하는 학생들뿐이었다. 우리 학생들은 격분하게 되었으며 그 분노는 하늘을 찌를 듯했다. 상상조차 할 수 없는 엄청난 대 참사를 자행하고도 나 몰라라 그대로 사라져버린 '우리를 해방시켜준 그 위대한 소련군대'에 대해 적개심이 솟구쳐 올랐다. 피 끓는 젊은 학도들은 땅을 치며 통곡했다. 그러나 어쩌랴. 우리 학생들은 赤手空拳(적수공권)인 것을.

그날 발생한 사망자는 23명이었고 부상자는 700여 명이라고 하는 믿기조차 어려울 정도의 대참사가 발생하였으며 이 밖에도 시위 가담자 중에서 1,000명 이상이 강제 연행 혹은 체포된 것으로 알려졌다. 이 사건의 원인은 본질적으로 당시 용암포시 인민위원장인 이용흡을 위시한 일부 공산주의자들의 오만과 횡포에서 비롯된 것이었으며 일련의 이 사건을 '신의주 학생의거'라고도 한다.

이 사건을 계기로 북한 전 지역으로 확산되는 것을 우려한 나머지 조기에 무마시키고 진압시키기 위해 사건 발생 3일 후인 11월 25일, 金日成을 비롯하여 許憲(허헌)의 딸인 文化宣傳 부장(문화선전)인 許貞淑(허정숙), 朴正愛 (박정애) 등 조선인민위원회 주요 간부들이 대거 평양에서 급거 신의주로 내려와 신의주 東중학교 강단에 학생들을 집합시켜 놓고, 두 시간 반 동안이나 김일성은 위대한 소련군과 같이 독소전쟁에서 전 세계 피지배 민족의 해방을 위하여 싸워 승리를 쟁취한 분들이고, 우리 조선도 해방을 맞이하게 해준 위대한 소련군대에 대해 우리는 그들의 은혜를 잊어서는 안 된다고 강조하였다. 이 사건에서 發砲(발포)를 명령해 많은 희생자를 발생시킨 책임자 韓雄(한웅)이란 자는 인민의 이름으로 엄중 처단하겠노라고 豪言壯談(호언장담)해 놓고는 집회가 끝나자 그 자리에서 시위에 가담했던 학생들을 긴급 체포하고, 가두시위 때에 공산당 사에 진입하려고 했던 사범학교 학생대표 方載熙(방재희), 필자가 다니고 있던 공업전문학교 학생대표 黃信河(황신하), 吳俊甲(오준갑), 高聲明(고성명) 등을 체포하여 즉시 소련으로 압송하였는데 그곳에서 死刑(사형)이 집행되었다는 소문을, 그들이 압송된 지 약 2개월 후인 1946년 3월에 접해 들었다.

나는 어린 나이였지만 아무리 생각해 봐도 이치에 맞지 않는 처사를 하고 있다고 생각하지 않을 수 없었으며 자기네들의 비위에 거슬린다고 해서 아무런 법적 절차도 밟지 않고 사형이라는 처리를 해 버리다니 말도 안 되는 짓을 하고 있는 이런 곳에서 하루라도 빨리 벗어나고 싶은 심정이 점점 커졌다. 해방된 지 3년이 경과된 1948년이 되었으며 이때 나는 신의주공업전문학교 4학년 재학 중이었다.

:: 두 번째 월남 길

추수도 끝나고 농한기에 들어선 11월 어느 날, 나와 친분이 있었던 洞 民靑委員長(민청위원장)인 金炳哲(김병철)과 그의 동생 金炳華(김병화) 두 사람이 나의 집까지 찾아와 은밀히 월남할 사람을 모으고 있으니 혹시 월남할 의사가 있으면 지정한 날짜와 시에 宣川邑內(선천읍내) 명동 술집이란 곳에 나오라고 했다. 나는 이 이야기를 듣고 우선은 의심하지 않을 수 없었다. 왜냐하면 나로 봤을 때는 동리의 民靑委員長이라는 어마어마한 직함을 가지고 있는 자가 월남을 하겠다고 하니 혹시 나를 꼬임에 빠뜨리게 하려는 함정이 아닐까 하는 의심을 품지 않을 수 없었다. 나는 그 약속된 날이 다가올수록 갈등과 고민에 빠지기도 했지만 그날이 오자 설사 그들이 나를 빠뜨리려는 함정이고 술책이라고 할지라도 '우선은 가보자'는 생각이 앞서 약속된 날 지정한 장소인 선천의 주점으로 가 보기로 했다.

사전에 약속했던 술집에 바짝 긴장된 마음으로 신경을 곤두세우고 주점의 안내원이 지적해주는 방문을 열고 안에 들어섰더니 그곳에는 이미 龍毛洞(용모동)이란 곳에 살고 있는 鄭基明(정기명), 鄭德泉(정덕천), 金宗佑(김종우), 金炳華(김병화) 이 네 사람이 먼저 와서 나를 기다리고 있었다. 나는 이 네 사람 모두 예전부터 알고 있는 처지였기에 마음에 담고 있던 의심과 긴장이 풀리는 것 같았다.

오랜만에 만난 5명이 술잔을 기울이며 38선을 안전하게 넘을 수 있는 길을 안내해 줄 사람을 소개한다며 40세나 돼 보이는 중년 남자 한 사람의 소개를 받았고 그 사람으로부터 越境(월경) 경로에 대한 설명을 들었다.

그의 설명을 요약하면 우선 宣川역에서 기차를 타고 평양까지 가서 평양에서 일박하고 다음날 海州(해주)까지 가서 光石洞(광석동)이란 곳에서 다시 일박하고 밤중에 해주郊外 야산에 올라가 7부 능선을 타고 밤새 걸으면 38선 이남의 靑丹(청단)이라고 하는 곳에 도착할 수 있을 것이라고 했다.

우리 일행의 숙박비, 식비, 안내비 등은 각자가 부담하기로 하는데 합의를 보고 나서 수일의 준비기간을 두고 신변 정리가 끝나는 대로 출발하기로 했다. 그리고 이 사실은 어느 누구에게도 발설해서는 안 된다고 여러 차례 서로 다짐을 했다.

나는 수일 후 월남할 준비를 갖추고 같이 갈 일행과 약속했던 장소로 가려고 집을 나오려 하자 아버지와 어머님 그리고 동생과 자매들 사랑하는 가족들과 언제 다시 만날 수 있을지 기약 없는 이별을 하려고 하니 그 슬픔과 괴로움, 가슴을 도려내는 듯한 아픔은 무엇으로도 비유할 수 없을 정도였다.

어머님께서 인자하신 눈빛으로 나를 바라보시며 "조심해서 가거라." 하는 목멘 소리가 들려올 때, 나는 한없이 흘러내리는 눈물을 참을 수가 없었다. 그렇다고 한없이 눌러있을 수만도 없고 해서 떨어지지 않는 발길을 돌려 약속된 시에 맞추려고 부지런히 선천 약속 장소로 가야만 했다.

다시 모인 월남을 약속했던 우리 일행은 안내자의 계획에 따라 선천에서 기차 편으로 평양에 도착하여 그곳에서 일박한 다음날, 다시 기차를 타고 海州역에 도착하여 철도보안대원들의 눈을 피하기 위하여 개별 행동으로 光石洞이라는 곳까지는 무사히 도착하였는데, 그날 밤 느닷없이 光石洞 우리가 머물기로 했던 여관이 해주 인민보안대의 갑작스러운 검문을 받게 되어 우리 일행은 위험을 느끼지 않을 수 없었다. 우리는 황급히 그 길로 교외의 한 야산으로 도주하여 안내자를 따라 밤새 산길을 걸어서 새벽 동이 틀 무렵(새벽 4시30분경) 38선을 무사히 越境(월경)하였다.

안내자가 "이 길을 곧바로 한 3km 정도만 걸어가면 청단에 도착하게 될 터이니 조심들 하고요, 건강하게 잘들 사시라고요!" 하면서 "난 여기서 돌아가렵니다."라는 작별인사를 하길래 우리 일행은 무사히 오게 되어 고맙다는 인사를 하고 헤어지고 나서 한참을 걷다 뒤를 돌아보았더니 그들 아직도 그 자리에 서서 우리 일행을 향해 손을 흔들어 주었다.

마침내 우리 일행은 그처럼 소망하던 자유세계로의 첫발을 들여놓게 되었다. 그리고 무사히 청단까지 오게 되었고 그 길로 청단경찰서에 찾아가 탈북자들임을 자진 신고했다. 경찰서에서는 간단한 조사와 인적사항을 심문한 다음 곧바로 우리는 청단 피난민 수용소로 이송되어 그곳에서 제공된 저녁 식사로 나온 수제비 한 그릇씩을 먹고 지정된 천막에 들어가 38선을 넘어 월남해서 뜻깊은 첫날밤을 보냈다.

어제 초긴장 상태에서 밤새 걸어서 피곤했던 탓인지, 그리고 월남할 때까지 정신적으로 긴장한 상태에서 불안하고 초조하였던 것이 일시에 풀린 탓인지 천막 속의 불편한 잠자리인데도 불구하고 다음날 아침까지 熟眠(숙면)할 수 있었다. 우리 일행은 수용소에서 제공해 준 아침 식사를 마음이 놓여서였는지 몰라도 아주 맛있게 먹었다. 이 시각부터 나는 새로운 땅에서 새로이 시작해야 할 내 인생의 길고 긴 그리고 험난한 航路(항로)의 여정에 대한 불안함이 시작되었다.

그처럼 어렵게 그 암흑 같은 세상을 목숨을 걸고 탈출하여 희망이 가득한 남한 땅을 밟았으면서도 고향에 계시는 부모님의 생각으로 滂沱(방타)의 눈물이 앞을 가렸다. 이곳 경찰서에 신고하러 가면서도 북한과는 전혀 사정이 다른 새로운 그리고 예상하지 못했던

환경에 부딪치면서 도무지 앞으로 무엇을 어떻게 해야 할지 난감한 심정마저 들면서 감
각조차 잡히지 않았다. 한편 앞으로 내가 어떻게 살아가야 할지 두려운 생각마저 들었다.

第 2 部

대한민국
국군 생활

:: 대한민국 육군 자원입대와 하사관 교육대

내가 월남할 당시 알고 있던 '남조선'에 대한 지식이란 것은 아무것도 없었다. 그저 북한에서 일반적으로 부르고 있는 '남조선'이라고 하는 세 글자로 된 단어 외에는 말이다. 1948년 8월 15일 대한민국 정부가 수립되었다는 사실조차도 모르고 있었던 것이 사실이다. 그리고 우리 일행이 월남하여 청단경찰서에 가서 경찰관이 심문하는 자리에서 비로소 남조선이란 곳에는 대한민국이라는 국호가 있다는 사실을 그제야 비로소 알게 된 것이다. 그리고 내가 북에 있을 때 항상 죄인 취급을 당하면서 보안서 문골이 닳도록 들락거리면서 그들 보안원들의 거칠고 무지몽매한 태도와 입에서 쏟아져 나오는 쌍스러운 언어만 보고 듣고 해오다 그랬는지 몰라도 이곳 경찰관들의 지나칠 정도로 친절하고 부드러운 태도에 놀라지 않을 수 없었다.

우리 일행은 경찰관이 친절하게 안내해준 피난민 수용소에서 첫날밤을 무사히 보낸 다음날 아침 식사를 마치고 휴식을 취하였다. 그때 군인 복장을 한 모병관 완장을 두른 군인이 찾아와 대한민국 군대에 입대를 희망하는 사람은 모여 달라고 했다. 이제 막 38선을 넘어온 지 겨우 24시간도 안 된 상태에서 남한의 실정을 이해할 만한 나이도 아니었지만 세상이 어떻게 돌아가고 있는지 소문이라도 들어볼 수 있는 시간적 여유도 없이 나의 좁은 식견으로나마 북쪽에 주둔하고 있는 소련군을 내쫓고, 잔인무도한 북쪽의 공산당을 몰아내고 하루라도 빨리 통일을 이룩하는 데 이바지할 수 있는 가장 좋은 길은 군인이 되는 것밖에 없을 것 같아 필자와 같이 월남한 者중 金宗佑(김종우)를 제외한 鄭基明(정기명), 鄭德泉(정덕천), 金炳華(김병화), 나까지 4명이 모두 서슴없이 군대에 입대하기로 결심하고 지원했다.

우리들 네 사람은 수용소 내에 임시로 마련된 모병사무소 천막에서 군 입대에 필요한 제반수속절차를 마치고 난 다음, 2일째를 수용소에서 지내고 다음날 군 트럭을 타고 서울 용산 역 앞에 있는 건물(지금의 용사의 집 부근)에 수용되어 2일간을 체류하고 있는 동안 동두천과 춘천 등 지방에서 모집된 약 100여 명의 군 입대지원자들과 합류하여 이번에는 용산역에서 열차 편으로 온양까지 가서 그곳에 있는 미군이 주둔하여 숙소로 사용하던 '퀀셋(Quonset)' 건물에 수용되어 그곳에서 신병 교육을 받게 되었다. 날씨는 몹시 추웠지만 그래도 견딜 만했다.

내가 입대한 날은 1949년 1월 달이었는데 당시 사용되던 연호로는 단기 4282년 1월 10일이고 입대한 부대명은 육군 제18연대라고 하였다. 입대할 당시의 소속 부대는 제1대대 제3중대였다. 그 당시의 연대장은 崔錫(최석) 中領이고 1대대장은 韓信(한신) 少領, 3중대장은 육사 7기 출신인 金鈴蘭(김영란) 少尉였다. 이 부대는 온양 온천장에서 천안으로 나오는 쪽 약 3㎞ 정도 떨어진 곳에 위치하고 있었다. 이 18연대는 경북 포항에서 1948년 11월 20일 창설되었는데 훗날 白骨部隊(백골부대)라는 별명으로 6·25 전쟁 당시 많은 전공을 세운 부대이기도 하다.

필자가 입대하면서 받은 군번은 2900453. 이 번호는 내가 죽는 날까지 따라다니는, 떼어버리려 해도 뗄 수 없는 숙명적인 數字가 된 것이다. 그 군번과 같이 받은 계급은 '육군 二等兵(이등병) 金長鉉(김장현)' 이것이 바로 필자이다. 이날을 계기로 내가 대한민국 육군의 일원이 되었다는 것은 대한민국의 군인으로 새로운 인생을 시작한다는 의미가 되기도 하는 것이다. 이 세상에 태어나 생전 처음 입어보는 군복, 처음으로 경험하는 군대생활이라 그저 모든 것이 신기하고 생소했으며 엄격한 군기에 다소 당황하기도 했다. 남한에 와서 불과 3일 만에 군대에 입대하였으니 현재 내가 있는 위치도 분간할 수 없었거니와 듣는 것 보는 것이 모두 생소하기만 했다.

나와 같이 새로 입대한 사람들이 다 같이 받고 있는 교육훈련이기에 뒤지지 않으려고 안간힘을 다해 열심히 하노라고 했지만 역시 힘은 들었다. 그러나 한 가지 내가 월남해서부터 내 마음속 한구석에 자리 잡고 있던 낯선 땅에서의 삶에 대한 두려움이 군대 훈련을 받고 있는 동안 어느 사이에 사라지고 말았다.

그러면서 12주간의 힘들었던 신병 훈련을 마쳤다고 생각했는데 이번에는 하사관 후보생을 모집한다기에 기왕에 군대에 몸을 담은 이상 병보다는 훨씬 계급이 높은 하사관이 되면 근무가 좀 편안하려니 하고, 그 하사관 후보생을 지원했다. 그리고 선발 시험에도 합격되어 필자가 받았던 그 신병훈련소 바로 옆에 있던 하사관 교육대에 입대하여 하사관에게 필요한 필수과목에 대한 3개월간의 교육을 마친 다음 하사로 임명되어 원대인 18연대 1대대에 복귀하여 곧바로 우리 부대는 지리산 토벌 작전에 참가하게 되었다.

　제18연대 하사관 교육대에 입대하여 교육받던 시절 교육대장은 韓信少領(한신소령)이었다. 韓信少領은 하사관 교육대에서 야외 훈련이 있을 때마다 같이 참여하여 교육대에서 約 5㎞ 정도 떨어진 곳에 위치한 야외 훈련장에서 훈련을 마치고 나면 그 위치에서 忠武公 李舜臣 將軍(충무공 이순신장군)의 生家가 있는 곳까지 약 3㎞ 행군해서 墓地(묘지)를 參拜(참배)하고 난 다음, 앞으로 하사관이 될 우리들에게 군인 정신 涵養(함양)을 위해 忠武公의 나라사랑과 白衣從軍(백의종군)의 정신을 기릴 수 있는 정신 훈화를 꼭 하시곤 했다. 특히 충무공의 어록중의 한구절인 ‘必生卽死 死必卽生’(죽고자 하면 반드시 살고 살고자 하면 죽는다.)의 語句는 귀에 못이 박히도록 들었다. 한신 소령은 일제강점기 학도병으로 일본군에 끌려가 태평양 전쟁에서 일본군의 패색이 짙어지고 있던 1944~45년 남양 군도에까지 갔다 구사일생으로 살아 돌아온 분으로 强靭(강인)하고 透徹(투철)한 군인 정신을 갖고 있는 분이었기에 후에 軍紀學校 校長을 역임하였고 후에 장군으로 승진한 분이기도 하다. 하사관 교육대 후보생 중대장도 韓信少領과 같은 학병 출신이었는데 그분의 성함은 잊어버렸지만 經濟學을 전공한 理財에 밝은 분이라고 들었다. 그분은 우리 피교육자들이 야외훈련에 나가게 되면 꼭 같이 나와 현지에서 간식거리로 빵 등을 구입하여 휴식 시에 나눠주곤 한 덕분에 시장기를 면할 수 있었고 원기를 북돋우어 주는 중요한 활력소 공급원이기도 하였다. 그 때문에 우리 중대장님의 인기는 하늘 높은 줄 모르게 솟아올랐고 모든 대원들은 중대장님의 깊은 배려에 얼마나 고마워했는지 모른다. 그런데 나중에 알고 보니 각 개인에게 지급되어야 할 俸給(봉급)에서 그와 같은 간식거리를 구매하여 주고는 봉급은 전액 고스란히 그런 것으로 삭감됐는지 교육기간 중 봉급이란 것은 한 푼도 개인에게 지급된 적이 없어 나중에는 다소 실망스러운 생각이 들기도 하였다. 하사관 교육대에서 3개월간 소정의 교육을 필한 나는 육군 하사로 진급되어 원대에 복귀되었다.

　18연대 정문에 들어서면 제일 먼저 눈에 뜨이는 것이 [18연대는 우리 가정이다] 라고 크게 써 붙어있는 구호이다. 이 구호는 연대장 최석 중령께서 직접 선택한 문구라고 하였다.

그런데 그해 12월 매섭게 추운 날이 계속되고 있던 下旬(하순) 어느 날 연대 연말 검열을 하던 연대장께서 수송대의 트럭들에 대한 검열을 하던 도중 월동 준비를 게을리한 탓으로 전 차량의 엔진이 凍破(동파)되어 버린 사실을 발견하였다. 다음날 아침 조례 시에 연대 전 장병이 도열하고 있는 가운데 연대장께서 단상에 올라서자 제일성으로 수송대 책임자를 총살하라고 고함지르는 것을 보고 크게 놀라지 않을 수 없었다. 연대의 대표적 구호가 "18연대는 모두 한 가족이다."라면서 총살이라니, 이건 당치도 않은 말이 아닌가. 그러나 한편 생각해 보면 준엄한 군기 아래 信賞必罰(신상필벌)이라는 것이 존재하는 한 잘못된 부분에 대해서는 계급의 고하를 막론하고 엄한 벌이 내려진다는 것을 새삼 느끼게 하였다. 그 후 수송 책임자가 진짜로 총살당했다는 이야기는 듣지 못했다.

필자가 월남하여 육군에 입대하고 하사관 훈련소에서 교육을 받고 있을 때만 해도 건국 1년에 불과하였기에 한마디로 격동기라고 할 수 있었으며 1948년 8월 15일 이전까지는 '육상경비대'라고 하였다가 새로운 국가가 탄생하자 비로소 대한민국 육군이라는 호칭을 사용하게 되었다. 그래서인지는 몰라도 모병하는 과정, 군부의 조직 과정 등에서 차질이 있었던 탓으로 국내사정은 말할 수도 없고, 軍內 사정은 더할 바 없이 매우 복잡다단한 시기였다.

특히 군 내부의 운영상의 문제로 인한 불만과 군 내부에 침투했던 공산당 프락치들의 책동으로 말미암아 1948년 5월 10일 대한민국의 탄생을 위해 처음으로 실시되는 총선 3일 전인 5월 7일 당시 조선해안경비대(대한민국 해군의 모체)소속 JMS(일본 해군 소해정) 通川艇(통천정)과 5월 15일 YMS(미 군원 소해정) 등 두 함정이 함내에 침투돼 있던 공산 좌익세력이 남로당의 지령에 의해 반란을 일으켜서 함을 탈취하여 월북한 사건이 발생하는가 하면 1948년 4월 3일 제주도에서 5·10총선 반대를 구실로 좌익분자들에 의하여 일으킨 4·3폭동 사건, 그리고 이 반란을 진압하기 위해 출동하려던 여수의 육군 14연대 소속 공산 프락치에 의하여 10월 19일 발생한 여수·순천 반란사건, 그리고 대구 6연대 사건 등은 軍(군)이 이제 겨우 토대를 구축하고 대한민국 국군으로서의 면모를 갖추려 할 중요한 시기에 대 반란사건의 연속적인 발생으로 이 반란군을 토벌하기 위한 작전이 전개되어 막대한 국력을 소모시키고 수많은 인명의 손실을 가져오게 하였다. 이와 같이 국가를 뒤흔들어 놓을 만한 대 사건들이 각 군에서 발생하게 되자 군 당국은 대대적인 숙군 사업을 개시하게 되었다. 이에 겁을 먹었던 육군 내부에 침투해 있던 일부 좌익계열 장병들은 스스로 군을 이탈하는가 하면 1949년 5월 4일에는 강원도 춘천에 주둔하고 있던 제8연대 1대대장 表武源(표무원) 소령(육사 2기)은 아예 자기가 지휘하던 대대를 이끌고 월북하였는데 그때 대대병력은 456명이었으나 그 중 237명은 부대가 월북하려는 것을 미리 알아차리고 그 대열에서 탈출하여 원대에 복귀하고 나머지 219명만이 표 소령을 따라 월북하였다. 그리고 그 다음 날인 5월 5일에는 8연대 2대대장인 姜泰武(강태무) 소령(육사 2기)이 지휘하는 부대를 이끌고 월북하는 사건이 연거푸 발생한 것이다. 그 당시 남한의 공산 프락치(남로당)들은 정부 내부에 깊숙이 잠입하여 직간접적으로 폭력과 선동 파업 등으로 사회 혼란을 惹起(야기)시켰으며 국군 내부에 침입한 프락치들과 연계하여 군을 와해시키려는 음모와 책동으로 개별적 혹은 집단적으로 월북사건을 연속적으로 발생시키고 있었다. 당시 남한 군부는 未曾有(미증유)의 대 혼란에 빠지게 되었고 급기야 육·해·공 전 병력을 대상으로 대대적인 肅軍(숙군)과 整軍(정군) 사업이 단행되기에 이르렀다. 이 무렵 필자는 육군에 입대하여 신병 교육을 받고 있던 바로 그 시절이었다.

:: 여순 반란사건과 공비 토벌작전

1949년(단기 4282년) 3月 하순 제18연대 한신 대대는 교육 훈련을 조기에 마치고 여수 순천 반란사건의 주모자들과 민간 공산주의자들이 합세하여 지리산으로 도주 입산한 자들을 추격 掃蕩(소탕)하기 위하여 지리산 토벌작전이 시작되었는데 필자가 속해 있던 한신 대대도 이 작전에 참가하기 위해 출동하게 되었다.

1948년 10월 19일 20시 전남 여수에 주둔하고 있던 국군 제14연대에서 建軍史上(건군 사상) 유례없는 군대의 叛亂事件(반란사건)이 발생한 것이다. 이 사건은 당시 연대 인사계로 있던 지창수 상사(남로당조직책)가 연대내 남로당 핵심세력 40여 명과 김지희 중위(육사 3기 대전차포 중대장)와 홍순석 중위(육사 3기 순천 주둔부대 중대장)등을 포섭하여 일으킨 반란이었다.

이 사건은 앞에서 언급한 바와 같이 애당초 제주도의 4·3 폭동사건을 진압하기 위하여 제14연대에서 일개 대대병력을 선발하여 제주도로 출동시키려 하였는데 남로당은 그 사실을 미리 감지하고 이 부대의 제주도 이동을 저지시키려는 목적으로 일으켰던 사건이었다.

당시 14연대는 1948년 5월 4일 창설되어 불과 6개월도 채 안 되는 부대였다. 초대 연대장으로 朴承勳(박승훈) 중령(일본 육사 26기 일본군 대좌 출신)이 부임하였다. 그리고 연대는 여수읍 신월리에 주둔하고 있었다.

叛亂(반란)을 일으킨 주모자들의 강압에 의해 반란에 가담한 장병들의 수는 약 3,000명에 달했다고 한다. 이들은 당일 밤 여수지구의 남로당 핵심세력과 규합하여 여수를 장악하고 지역 내에 있던 경찰관과 우익 인사들을 무자비하게 살해하거나 투옥시키는 등의 惡辣(악랄)한 행동이 恣行(자행)되었다.

다음날 반란군 주력부대는 여수에서 북상하여 순천을 점령하고 계속해서 인근의 高興(고흥), 筏橋(벌교), 寶城(보성) 방면으로 그 세력을 확장시켜 나가다가 긴급히 출동한 국군 토벌부대에 의해 대부분이 사살되거나 투항 혹은 생포되어 반란 1주일 만에 완전히 소탕된 줄로만 알았다. 그러나 생존해 있던 반란군 주모자 김지희, 홍순석 등과 그들의 추종세력 약 350여 명은 반란에 실패한 것을 알고 지리산 일대로 도주하여 빨치산 근거지를 구축하고 공비(게릴라)가 된 것이다. 그때부터 지리산은 공비 소굴의 대명사가 되어 버렸다.

공비 소탕을 위하여 '호남방면 전투사령부'가 편성되었고 그 예하에 '北地區(북지구) 전투사령부'와 '南地區(남지구) 전투사령부'의 두 개의 사령부를 두었다. 필자가 속해 있던 한 신대대는 남지구 전투사령부(사령관 김백일 대령)에 예속되어 求禮地區(구례지구) 피아골 일대의 소탕작전에 참가했다. 이 지역에는 제4연대 출신자와 지방 출신 공비들이 자주 출몰하는 곳이었고 시초에는 지역 주민들이 국군토벌대에 협조를 해 주지 않아 많은 애로가 있었지만 군·관·민의 협조를 얻어 실시한 宣撫工作(선무공작)의 효과로 주민들로부터 정확하고 많은 제보를 얻어낼 수 있게 되어 효과적인 작전을 수행할 수 있게 되어 많은 전과를 올릴 수 있었다.

1948년 11월 5일 제12연대 연대장 백인기 중령이 작전회의에 참석하기 위하여 이동 중

공비의 습격을 받고 전사하자 군산에 있던 부연대장 백인엽 소령이 대리로 연대를 지휘하는 일이 벌어지기도 하였다.

우리 부대는 이 지역에서 큰 전과를 올려 전 장병에게 1계급 특진의 특혜가 내려졌다. 그 때 필자는 일약 2계급 특진의 영광을 안게 되어 단숨에 중사로 진급되었다. 그해가 지나 1950년 초, 우리 부대가 영남지구 전투사령부로 隸屬(예속)되면서 대구지구 제3사단 22연대장 吳德俊(오덕준)中領 麾下(휘하)에 들어가면서 韓信 대대장은 수도경비사령부로 전속하게 되었는데 部下 장병들에게 작별인사 한마디 없이 쓸쓸하게 떠나보내게 되었다.

한신 대대장을 따르던 대대본부의 많은 사병들이 부대를 무단이탈하여 한신 대대장을 따라 서울로 간 사건이 발생하였다. 이러한 일이 벌어진 것은 한신 대대장이 이끄는 부대가 자칫 私兵化된 것으로 오인할 수도 있겠지만 평소 부하들을 아끼고 사랑했던 데서 비롯된 것으로 생각된다. "병사는 자기를 알아주는 사람을 위해 목숨을 바친다!"라고 하는 말을 새삼 느끼게 하는 대목이다.

이 시기 6연대가 두 차례나 크고 작은 叛亂을 일으키자 6연대는 해체돼 버리고 22연대로 다시 편성되었는데 필자가 속해있던 중대도 제1대대 3중대로 개편되어 안동지구 전투사령부에 예속되면서 日月山 공비 토벌작전에 참가하게 되었다.

그 당시 제1대대장은 육사 2기 출신인 洪少領이었다. 필자가 속해있던 3중대는 낙동강 상류 산악지대에서 수개월간 토벌작전을 수행하고 있던 어느 날, 휴식을 취하기 위해 安東에 있는 한 旅館에 투숙하게 되었는데 마침 23연대 소속대원들도 같은 여관에 투숙하게 되었다. 그런데 이들은 매일 호화판 회식을 하면서 돈 씀씀이가 예사롭지 않아, '너희들은 도대체 돈이 어디서 났기에 그렇게 물 쓰듯 하느냐.'고 물었더니 그 대원이 '어제가 봉급 날인데 얼마 되지 않는 돈이지만 쓸 수 있는 것 아니냐.'며 너희들은 봉급을 받지 못했냐고 되묻는다. 필자는 이때서야 비로소 軍人에게도 本給이란 것이 支給된다는 사실을 처음으로 알게 되었다. 같은 날, 나의 소속 중대 선임하사관을 비롯해서 소대 선임하사관과 향도, 서무계 하사관 등 7~8명이 여관 뒤뜰에 평상을 가져다 놓고 상다리가 부러질 정도로 珍羞盛饌(진수성찬)을 차려 놓고 회식하는 장면을 목격하였다. 특히 이 자리에는 우리가 야외 훈련이 있을 때마다 생과자와 빵 등의 간식거리를 사다주던 玄福萬(현복만)이란 서무계 하사관도 끼어있는 것이 아닌가. 나는 이 광경을 보고 참을 수 없는 분노에 치가 떨릴 정도였다. 왜냐하면 불과 몇 푼 되지도 않은 급료지만 대원들의 피땀의 대가로 사병들에게 지급되어야 하는 것이 당연한데도 불구하고 몇 명의 하사관들에 의해 탕진되고 있다는 사실을 알게 되고 나서는 도저히 참을 수 없는 분노가 머리끝까지 치밀어 폭발하여 이성을 잃어버리고 그들에게 달려들어 제일 먼저 玄 하사를 주먹으로 후려쳤다.

丁若鏞(정약용)의 牧民心書(목민심서)에 수록되어 있는 '吏屬遊宴은 民所傷也이니 嚴禁屢戒하야 毋敢戱豫니라(이속유연은 민소상야이니 엄금루계하야 무감희예니라)' 풀이를 하면 '아전들이 모여 연회를 열고 즐기는 것은 백성들의 마음을 상하게 한다. 엄하게 금지하여 감히 유흥에 빠지는 일이 없도록 해야 한다.'는 뜻이다.

나이 어린 병사들이 보는 곳에서 그것도 각 개인들에게 지급해야 할 봉급을 橫領(횡령)하여 탕진한다는 것은 丁若鏞(정약용)의 구절을 빌리지 않는다 해도 용서할 수 없는 일이었기에 정의감에 넘쳐 그만 사건을 일으키게 된 것이다.

나는 그 자리에 있던 先任下士官 崔允敬(최윤경)과 이 회식에 동참했던 수명의 하사관들에게 폭행을 하고 술상을 둘러엎는 등 난동을 부리기는 했지만 나 혼자의 힘으로는 많은 사람들을 감당할 수 없어 결국 이들에게 실컷 두들겨 맞고 급기야 대구에 있는 연대 의무실에 강제 입원을 하게 되었다.

연대 의무실에 입원 치료 중이던 어느 날 연대 參謀陣(참모진)의 순찰이 있었는데 그때 한 참모가 필자의 침대에 다가오더니 "너는 어디가 아파서 입원했지?"라고 묻기에 "저는 아픈 데가 없습니다!"라고 대답했더니 "그럼 왜 여기에 와 있나?"라고 재차 묻기에 "저도 모르겠습니다."라고 답변했더니 "이놈 봐라? 네 관등성명을 대봐!" 하기에 우렁찬 목소리로 "陸軍二等中士(이등중사) 金長鉉입니다!" 하고 대답했다. 그 때 나에게 질문했던 분이 연대 정보참모 육군 소령 許亨淳(허형준)이란 분이었다는 것을 알게 된 것은 수일 후의 일이다.

:: 정보참모실 요원으로

순시가 있고나서 數日後 필자는 연대 정보과로부터의 호출을 받았다. 별로 호출 받을 만한 일을 저지른 일이 없는데 웬 난데없는 호출인가 싶어 의아한 마음으로 주춤주춤 정보과를 찾아 갔더니 정보참모 보좌관 李聖基(이성기) 少尉란 분(육사 8기)이 간단한 나의 인적사항을 질문하고 나서 "너는 工專(공업전문학교) 출신이라고 하니 지도를 볼 줄도, 취급할 줄도 알 테지? 이곳 地圖室(지도실)에서 작전 지도를 취급하는 일을 해라."라고 했다. 물론 사후 인사 명령을 받아 정식으로 연대본부 요원이 되기는 했지만 전혀 생각지도 못했던 일이라 나 자신도 당황하지 않을 수 없었다. 이와 같은 돌연한 인사 조치가 이루어진 것은 아마도 정보 참모가 의무실 순찰을 하면서 나에게 질문을 던졌던 것이 계기가 된 것이라 생각했다.

정보참모실에 근무하면서 아직 군사정보의 개념도 제대로 모르는 나에게 군사정보는 물론 일반 정보사항과 경찰 당국의 동향까지도 보고하라고 하니 나로서는 너무도 과중한 임무가 아닐 수 없었다. 그러나 당시의 상황으로는 그 어느 하나도 소홀히 할 수 없는 중요한 일들이었기에 이 업무에 대한 깊은 지식을 구비하지는 못하였지만 淺識(천식)만으로라도 주어진 임무에 전력을 다하려고 노력하고 있었다. 그러나 계급이 중사에 불과한 나로서는 업무 집행에 한계도 있었고, 또 계급에 걸맞지 않을 정도로 지나치게 중차대한 임무를 부여했다는 것을 아마도 정보참모 許少領 자신은 잘 알고 있었을 것이다. 물론 나에게 주어진 업무에 대한 집행, 처리 능력과 적성 여부도 의당 평가해 보았을 터인데도 불구하고 그 어려운 일을 부여한 것은 아마도 정보 참모가 업무 평가를 잘 해주셨기 때문이 아니었나 하는 생각도 해 보았다.

필자가 정보참모실에 근무하고 있는 동안 나를 도와준 선임하사관 김철호란 분이 있었는데, 이분은 일제강점기 學兵으로 일본군에 끌려가 근무한 경력도 있고 상황 판단도 정확했다. 군대 경력도 짧은 나의, 도무지 생소한 정보 계통의 업무를 수행하는 데는 金天鎬(김천호) 선임하사관의 절대적인 지도와 도움이 필요했다. 다행히도 내가 어려워할 때면 선임하사관이 많은 도움을 주곤 하셨다. 그리고 獨孤煜(독고욱)이라는 하사관도 같은 부서에서 근무했는데 이분은 신의주 三務學校(삼무학교) 출신으로 일본 군대에 징병으로 갔다가 해방과 동시에 일본군이 해체되면서 다른 사람들은 모두 고향으로 돌아갔지만 獨孤(독고) 씨는 故鄕인 義州로는 가지 않고 先親이 忠南 舒川郡(서천군) 馬西面(마서면)란 곳으로 이사한 사실을 알고, 그곳으로 가서 그 지역의 반공 청년단체의 책임자로 활동하다 군에 입대한 사람이므로 비교적 사회 경험도 풍부하였고 일본군의 근무 경험도 있어 나는 그분들의 지도 덕분으로 나에게 주어진 그 어려운 임무를 수행하는 데 큰 도움을 받았다.

바쁜 군 생활 속에서도 잊을 수 없는 것은 고향에 계시는 부모님과 어린 동생과 자매들 생각이었다. 추석날 둥근 달빛이 유난히도 밝게 비치던 49년, 내가 월남한 지 얼마 되지 않았기에 고향 생각에 잠을 이룰 수가 없었다. 鄕愁病(향수병)에 걸렸던 것일까? 문득 李白의 詩가 떠올랐다.

牀前看月光(상전간월광)　침상머리 달빛보고
疑是地上霜(의시지상상)　땅에 내린 서리일까
擧頭望山月(거두망산월)　머리 추켜 산마루 달을 바라보자
低頭思故鄕(저두사고향)　고향생각에 스스로 고개 떨어뜨리네!

靜夜思라는 詩인데 '어렴풋이 잠에서 깨어나 침상머리에 달빛이 환히 비치는 것이 보인다. 혹시 밤사이에 서리가 내린 것이 아닌가 의아해하며 정신을 가다듬고 고개를 추켜들고 산 위에 뜬 가을 달을 쳐다보자 나도 모르게 고향 생각에 고개가 수그러진다.'는 의미가 단신으로 월남해서 고독에 잠겨 있는 나의 심정을 너무나도 잘 표현해 주는 것 같은 느낌이 들어 마음속으로 읊어 보았다.

:: 金容과 金洪麗와의 만남

토벌작전 중 그 지역에서 귀순 공작을 하면서 내가 얻은 것은 金容(가명)이란 분과 金洪麗(女)(가명)라는 두 사람을 만나게 되어 깊은 인연을 맺게 되었던 것이다.

이 두 사람 모두 태백산 일대에서 빨치산 대원으로 활동하던 사람들이었는데 김용 씨는 태백산 부록責으로 활동했던 사람이고 김홍려(女)는 미혼이고 美貌(미모)의 여성이면서 連絡責(연락책)으로 활동하던 사람이었다.

김용 씨는 경상북도 봉화군 춘양면 소천리가 고향이지만 중국 동북 黑龍江省(흑용강성) 哈爾濱(하얼빈)에서 태어나 그곳에서 성장하고 중학교 공부도 그곳에서 마친 다음 일본군 징병으로 소집되어 평양에 주둔하고 있던 일본 항공부대에 배치되어 그곳에 있다가 해방이 되었다고 했다. 金洪麗(김홍려) 그녀는 경북 경산군 하양면 향동(제실)이 고향이라고 했다.

그녀의 말에 의하면 처음부터 공산당 사상이 투철해서 빨치산이 되고 싶어 된 것이 아니라 여학교 학생 시절 자기 반 담임선생이 다른 학교 선생에게 보내는 편지 전달을 의뢰받고 아무 의심도 하지 않고 전달해 주었는데, 그 다음에도 또 그런 식으로 계속 부탁을 해서 싫은 생각도 났지만 감히 담임선생님의 부탁인데 거절할 수 없어 그 심부름을 계속해 주었다고 하는데 그것이 빨치산들의 통신문이었다는 사실은 상상조차 하지 못했던 일이라고 했다. 그때로부터 얼마 후에야 비로소 공산당원들의 통신수단이라는 사실을 알고 기절초풍할 지경이었지만 그때에는 이미 어쩔 수 없이 깊은 수렁에 빠져든 상태였다고 한다.

그래서 빨치산의 활동이 표면화되고 거주지 근처에까지 내려와 활동을 할 때마다 군경에 의해 예비검속을 당하곤 하면서부터 동료학우들이나 친지들로부터 백안시 당하게 되고 자신 스스로도 주위 사람들과의 거리가 점점 멀어져 가는 것을 피부로 느끼게 되었고 참을 수 없는 굴욕과 육체적으로나 정신적으로 괴로움을 이기지 못하고 고민에 빠져있던 그 즈음, 담임선생이었던 자와 그들 동료들이 유인하는 대로 따라가다 보니 타의에 의해 빨치산이라고 하는 수렁에 빠져들 수밖에 없는 처지가 되었다고 지난날의 어리석었던 과오를 뉘우치듯 눈물을 흘리며 진술하는 것을 들었다. 덧붙여서 그녀는 다시 태어난 다해도 절대로 공산당원도 빨치산도 되지 않을 것이라고 지난날을 후회하듯 참회하는 마음으로 단호하게 말하면서 아무리 어려운 처지에 놓였다 해도 절대로 상대해서는 안 될 사람들의 꼬임을 뿌리치지 못한 탓으로, 돌이킬 수 없는 나락으로 떨어져 버렸던 꿈 많던 소녀의 산산조각나 버린 인생이 너무나도 안타까워하는 것 같은 절규가 남의 일 같이 들리지 않았다.

이 두 사람은 서로 얼굴을 보아 아는 사이 같았지만 같은 날 한시에 약속이나 한 듯 귀순해 온 것이 아니라 귀순 날짜도 장소도 달랐지만 '빨치산 활동에 지친 나머지 귀순해 왔노라.'는 이들의 진술은 거짓이 없어 보였다.

필자가 소속해 있는 부대의 선임하사관 金天鎬(김천호)는 김용 씨가 귀순할 때까지의 귀순공작을 담당했었는데 김 중사는 평남 龍岡(용강)에서 출생하고 서울에서 중학교를 마친 다음 일본 留學(유학) 中 학병으로 끌려갔다 돌아온 분인데 6尺 長身(장신)에다 美男形(미남형)이고 풍부한 학식과 넘치는 인간미, 지성미를 두루 갖춘 분으로 부하들을 지휘 통솔하는 방법이, 나를 매혹시켰다. 그래서 내가 지금까지 오랜 세월 잊을 수 없도록 金天鎬 씨를 따르게 되었던 것은 그분의 인품이요 厚德(후덕)의 탓이었다.

필자가 군 생활을 통해 金天鎬 씨 같은 사람은 별로 만나본 기억이 없을 정도로 풍부한 교양과 나름대로의 뚜렷한 철학을 지니고 있으면서 성격마저 快男兒型(쾌남아형)인 데다 깊은 사고방식을 가지고 부하를 知的(지적)으로 이끌어 가는 스타일의 상급자였기 때문에 지금도 그분에 대한 기억을 잊을 수가 없다.

김용 씨와 김홍려 이 두 사람이 귀순해 온 후 연대 본부 정보과에서 심문 조사를 해 본 결과 열렬한 공산주의자도 아니거니와 공비로서의 활동도 적극적이 아니었음이 확인되어 이들에게는 공비 활동에 대한 죄를 묻지 않기로 하였을 뿐만 아니라 공비 소탕작전에 유용하게 이용할 수 있고 신뢰할 수 있는 자들이라고까지 판단되어 자유로이 사회 활동을 할 수 있도록 조치하였으므로 우리가 마음 놓고 이들을 대할 수 있을 정도로 친근해졌는데, 특히 필자는 토벌작전이 시작될 때마다 작전 지역에 대한 적정(敵情)과 지형 등의 정보를 청취해야 했기 때문에 항상 가까운 곳에서 이 사람들을 대하게 되었다. 그러다 보니 다른 사람들에 비해 더 많은 정이 오가게 되었던 것이다.

그리고 이 사람들은 매우 성실함을 보여 주었으며 정확한 적정을 제공해 주어 공비 토벌작전에 큰 도움이 되곤 하였으므로 어느 사이 우리 부대에 없어서는 안 될 중요한 인물이 되었다. 나는 그때의 인연으로 오늘에 이르기까지 군 생활에서나 제대 후 사회생활을 하면서도 그들은 잊지 않고 형제와 같은 사이로 격의 없이 지내왔다.

김용 씨가 토벌부대(22연대)에 제공한 정보 등으로 큰 성과를 거두게 되자 그의 공이 인정되어 육군 이등병으로 현지 입대하게 되었고 입대 후에도 자기에게 주어진 임무에 매우 성실하였을 뿐만 아니라 토벌작전이 개시될 때마다 공비들의 게릴라 활동과 퇴로 등 정확한 판단, 위치 등을 지적하여 토벌부대로 하여금 큰 전과를 올리는 데 도움이 되었으며 共匪壞滅作戰(공비괴멸작전)에서 기여한 공과 역할이 인정되어 입대한 지 채 1년도 안된 사이에 一等中士로까지 승진하였다.

6·25 전쟁이 발발하자 그 당시 부대장은 김용 씨를 그의 학력, 전투지휘 능력 등을 참작하여 육군 보병 소위로 현지 임관시켜 주었다. 그 후 그는 원산 함흥 등지로 북진하여 중공군과 조우하여 일선 소대 지휘관으로서 전투한 경험도 있다.

그가 대위로 진급되고 난 후 휴전이 되었고 얼마 후 예편하여 구봉광산(금광) 사업소장으로 가게 되었다는 소식을 들었다. 그가 재직 중 세계가 초미의 관심사로 온 시선이 집중되었던 그 유명한 양창선 광부 구출사건이 발생하였다. 이 사건은 1967년 8월 7일 충남 청양군에 위치한 구봉 광산 갱도가 무너져 많은 희생자가 발생하였는데 坑(갱) 속에 갇혀 있던 양창선 광부(해병대 출신) 구출작전이 김용 씨의 진두지휘로 사건발생 16일 만인 동년 8월 23일 양창선(당시 36세)씨를 무사히 구출하는 데 성공하자 16일 만의 무사 구출이 세계 신기록이라고 하여 국내와 신문들이 대서특필한 기록적인 사건이기도 했지만, 그 당시 군사정권에 대한 인권문제가 미국을 비롯한 자유세계에 불거져 정부가 고심하던 터였기에 대통령을 비롯한 온 국민이 그리고 전 세계의 耳目(이목)이 양창선 광부 구출에 집중되었던 사건이기도 하다. 한편, 金洪麗 여인은 김용 씨와는 달리 미혼 여성인데다 나이도 어리고 해서 지방관서와 협조하여 '보도연맹'에 가입시킨 다음 귀가 조치하였다.

그로부터 얼마 후 6·25 전쟁이 발발하자 일부 보도연맹원들이 봉기하여 북의 남침을 방조하였거나 북측 침공군에 동조하여 그들이 말하는 소위 이승만 정권에 동조하거나 협력한 자들을 색출하는 데 앞장서서 이들을 무참히 사살하거나 투옥하여 죄 없는 주민들을 공포의 도가니로 몰아가는 행위를 서슴없이 자행하고 있었다. 이와 같은 사실이 드러나면서 전국에 산재해 있는 보도연맹원들의 일제 예비검속이 단행되었는데 이 과정에서 김홍려도 예비검속 대상에 포함되어 있었으며, 필자가 전선에서 전투 중 부상당하여 대구 육군병원으로 후송되어 치료를 받고 있을 때에 그녀의 소식을 알아보았더니 방금 예비검속자들을 처단하고 있다는 소식을 들었다. 좀 이상한 예감이 들어 그녀가 檢束(검속)돼 있는 경산경찰서 하양지서 자리에 주둔하고 있는 2군단 사령부 특무대로 달려갔더니 방금 처형하려는 사람들 속에 김홍려가 끼어 있는 것을 발견하였다. 소스라치게 놀란 필자는 다급한 마음으로 그녀의 신원을 보장한다는 혈서를 내 오른쪽 새끼손가락을 깨물어 흘러내리는 피로 써서 형 집행관에게 제출하였더니 잠시 후 김 여인의 석방이 승인되어 김홍려를 구출할 수 있었다.

간발의 차로 그녀의 생명을 구해 낼 수 있었던 것은 너무도 다행스러운 일이었고 석방과 동시에 신병을 인수받아 그 길로 부산까지 동행하여 그곳에 거주하는 친지에게 그녀를 맡기고 나는 다시 육군 병원으로 돌아와 다음날 퇴원과 동시에 전선으로 복귀했다. 전선은 중공군의 춘기 공세로 인하여 하루가 멀다 하고 부대 이동을 할 때였으므로 그만 그녀와의 소식이 끊어져 버리고 말았다. 휴전 후 그녀를 맡겨 두었던 곳을 찾아가 보았지만 소식을 아는 사람은 한 사람도 없었다. 그 후 들리는 풍문에 의하면 어느 육군 장교와 결혼하여 단란한 가정을 이루고 있다고 했다.

공산주의 사상이 무엇인지도 모르는 어린 학생을 담임선생이란 자가 공산프락치들의 통신수단의 도구로 이용하다 지옥의 길로 끌고 들어가려던 행위가 너무도 괘씸하게 생각됐지만 다행히 어린 생명을 수렁에서 구해 낼 수 있었다는 것이 지금 생각해도 잘한 것 같은 느낌이 든다. 이제 한 가정의 주부로서 행복하게 살고 있다는 소식을 간접적으로나마 들었을 때, 나로서는 무척 기쁜 마음이 들어 지난날의 악몽을 깨끗이 씻어 버리고 행복한 가정을 이룰 수 있도록 하나님께 감사 기도를 드렸다.

다시 공비토벌 작전시기로 돌아가기로 한다.(6·25전) 필자가 淸道 雲門山(운문산) 지구를 비롯하여 浦項 동대산(864 고지) 지구 영천 보현산, 영양 일월산, 안동 학가산 지구 등 공비소탕 작전에 참가하고 있었으며 주로 정보 참모(許亨淳 소령, 張子龍 소령, 金龍 소령)를 수행하면서 거점 확보를 위시해서 한 지점에서 1個月 이상씩 잠복근무를 하며 對民宣撫工

作(대민선무공작) 활동을 하였다. 대 게릴라전의 승패는 그 지역 주민들을 상대로 한 선무공작을 어떻게 하느냐에 달려있다는 것은 古今의 戰爭史가 증명하고 있는 바이다. 즉 게릴라들은 그들이 활동하고 있는 지역의 주민들과 연계 고리를 형성하고 있는데 이 고리를 끊지 못한다면 대 게릴라 작전은 실패한다고 했다. 이런 사정을 알고 있었기 때문에 우리는 우선 민간인의 신뢰를 받을 수 있도록 하는 일과 지역 내의 민간인들과 게릴라들과의 연계 고리를 끊어 버리게 하고 그 지역 민간인들의 협조로 敵情을 탐지하며 게릴라들을 소탕 섬멸, 그리고 한편 歸順工作(귀순공작)을 벌이는 것이 우리의 주목적이었다.

중공군이 중국 국부군(장개석 군대)과 싸울 때 중공군은 민간인에게 조금이라도 피해를 입히는 일이 있으면 엄격하게 책임을 추궁하고 엄히 벌했다고 한다. 이것이 대륙 정복에 큰 역할을 했다는 것이다. 작전지역에서 민심을 잃었을 경우 전쟁에서 패한다는 것은 오랜 전쟁 역사가 증명하고 있다. 우리는 그러한 교훈들을 참고로 민심 수습에 중점을 두고 선무공작을 한 결과 이 지역에서의 공비 토벌작전에 큰 도움이 되었다.

:: 6 · 25 전쟁 발발

1950년 6월 25일 새벽, 전격적으로 남침을 감행한 북한 인민군에 의하여 시작된 6 · 25 전쟁에서 남한은 전혀 전쟁에 대한 대비가 없었던 탓으로 파죽지세로 몰고 내려오는 적을 방어할 능력도 없어 누가 봐도 패하는 전쟁이었고, 결국에는 망할 것으로만 예측했던 것이다. 그 당시 대한민국은 미국의 태평양 방위선 밖에 위치하고 있었다. 해방 후 남한에 주둔하고 있었던 미군이 완전 철수한 후인 1950년 1월 미국 국무장관 애치슨은 미국의 태평양 방위선에서 한반도는 제외한다고 발표한 바 있었다.

이 발표에 의하여 소련의 스탈린과 중국의 모택동 그리고 김일성은 남한을 침공해도 미군이 파병하지 않을 것이라고 오판을 했던 것이다. 북괴군의 남침에 앞서 김일성은 박헌영을 대동하고 모스크바의 스탈린을 찾아가 남침 허락을 받은 다음 중국의 모택동으로부터는 협력을 약속받고 괴뢰군 지상 병력 18만과 항공기 200대, 대포 400문, 탱크 240대 등의 막강한 화력을 동원하여 1950년 6월 25일 새벽 4시, 38선 전역에서 一齊히 남침을 개시하였다.

이 처참한 전쟁이 처음에는 38선상에서 항상 발생하곤 하던 사소한 무력 충돌 정도로만 인식하고 있었던 것이 시간이 경과되면서 38선 전역에서 탱크를 앞세우고 계획적인 대 남침공격을 감행하는 총력전이라는 사실을 알게 되었을 정도로 대북 정보가 허술하고 어두웠으며 전쟁을 할 만한 병력, 화력, 장비는 물론 전쟁 준비도 전혀 안 된 상태였다. 특히 6·25 직전 전방부대 지휘관들을 대거 교체하였는가 하면 6월 24일 주말엔 장병들의 휴가와 외출을 대대적으로 실시하여 전방에 배치되었던 전투 병력은 5분의 3 이상이 빠져나와 겨우 5분의 2 정도의 병력이 있었을 뿐이었으며 24일 저녁에는 재경 각 부대 지휘관 및 참모들이 모두 모여 회식을 하여 전날의 숙취가 아직 깨지도 않은 상태였는데 막강한 화력과 장비를 가지고 남침하는 적과 전투를 해야만 했으니 그 결과는 논할 바도 못됐던 것이다. 전쟁이 발발한 지 3일 만인 28일, 수도 서울이 적의 손에 넘겨졌고 북괴군은 파죽지세로 남침을 계속하여 아군은 낙동강에서 최후의 방어선을 구축하고 결사의 항전을 계속하고 있었다.

9월 15일 한미해병대의 인천 상륙작전으로 북괴의 남침 전선이 무너지고 9월 27일에는 서울을 되찾고 아군은 10월 1일을 기하여 북진을 단행하였으나 중공군 대병력의 개입으로 수도 서울을 다시 적에게 내주고 1951년 1월 4일 부득이 후퇴하게 되었다. 우리는 이를 1·4 후퇴라고 한다.

1월의 그 혹독한 추위와 굶주림과 전쟁의 공포 속에서 헤어나기 위하여 죽을 힘을 다하던 피난민들의 끝없는 대열, 여기서 벌어지고 있는 차마 눈뜨고는 볼 수 없었던 그야말로 阿鼻叫喚(아비규환)의 지옥을 힘없이 바라만 보아야 했던 필자가 너무도 작게 보였고 무력하였음이 지금까지도 서럽게 느껴지고 있다.

이때 필자의 나이는 겨우 21살밖에 안 되는, 淸楚(청초)하게 돋아나는 새순 같은 나이로 전쟁이 뭔지 평화가 뭔지도 모른 채 민족의 대 참극인 동란(한국 전쟁)에 휘말려 군인으로서의 본분을 다하기 위하여 혼신의 힘을 쏟아붓게 되었다. 이와 같은 현상이 비단 필자뿐이었겠는가. 온 국민이 모두 같이 겪어야 했던 피눈물 나고 살을 에워내고 뼈가 녹아내리는 것과도 같은 아픔과 서럽고 힘든 고난의 시기였다.

그 당시 육군 참모총장은 蔡秉德(채병덕) 준장이었고 정보 참모는 張都暎(장도영) 대령이었다. 채 장군은 6·25 당시 하동 전투에서 전사하였다는 말도 있고 그 당시 특무부대장이었던 金昌龍(김창용)에 의해 6·25 당시 北傀에게 남침의 계기를 마련해 주었다는 이유로 살해당했다는 소문도 있다.

이러한 소문의 근거는 6·25 발발 數日(수일) 전 이미 북괴군이 남침할 것이라는 정보와 북괴 보병부대들이 대거 38선 근처에 집결하고 있다는 뚜렷한 징조가 있었음에도 불구하고 38선 前線(전선) 全域(전역)에 배치되어 있던 전 장병에게 3일간의 휴가와 외출을 주었다는 것과 6월 24日 토요일 저녁 서울 시내에서 육군본부 장교클럽 개관 기념파티가 있어 채병덕 참모총장을 위시하여 군 수뇌 고급지휘관 대부분이 이 행사에 참석하여 북괴의 남침이 임박한 것도 모른 채 늦은 밤까지 술을 마셔 만취된 상태에서 고이 잠들고 있던 6월 25일 새벽 4~5시 사이, 아군의 허술한 방어 태세를 틈타 기습 남침을 감행함으로써 그 책임을 물어 채 총장이 사살되었다는 당시 그 소문은 한동안 유력했던 것은 사실이다. 장도영 대령은 그 후 육군 참모총장을 역임하였다.

나는 蔡秉德 장군의 死因(사인)에 대한 진실을 그 당시 현지에서 직접 목격했던 당시 중대장(육군 소장 예편)이었던 분을 비롯한 여러분으로부터 오랜 세월이 지난 근래에 이르러서야 비로소 그때의 상황을 들어 정확하게 알게 되었다. 즉, 국군이 하동 지역까지 후퇴한 상황에서 더 이상 후퇴는 할 수도 할 곳도 없는 급박한 상황에서 蔡 총장이 전황 파악과 장병들의 사기 진작을 위해 직접 최전방까지 방문하게 되었는데, 그때 최전선 고지에 마련된 상황보고를 받기 위해 고지에 당도하여 사단 작전 참모로부터 상황보고를 받고 있던 바로 그때 이미 점령당한 것으로 알고 있던 전방 고지에서 태극기를 흔들고 있는 광경을 발견한 蔡 총장이 이상하게 느꼈는지 앞으로 나가 그 광경을 바라보려던 순간 그 고지로부터 저격총탄이 날아와 앞가슴 부위에 총탄 3발을 맞고 그 자리에 쓰러진 것이라고 했다.

1951년 6월 27일, 말리크의 정전 제의에 대하여 참전 16개국이 공동으로 동의한 날로부터도 전쟁은 계속되면서 전선의 공방전은 오히려 더 치열한 전투로 변해 761일간이나 계속되었으며 국민 모두가 빈곤과 굶주림과의 싸움으로 정신적으로나 물질적으로 혹은 육체적으로 극도로 피로에 지친 상태였다.

　필자가 지휘하는 대원들은 어디로 가야 잠시라도 안전하고 편안한 곳이 되겠는지 이리저리 밀려다니는 피난민들 속에 잠입하여 아군의 후방 혹은 민심을 교란시키거나 내부 공산주의자들과 결탁하여 악랄한 수법으로 선량한 국민(피난민)들을 곤경에 빠뜨리게 할지도 모를 적의 게릴라나 공작대를 색출하는 임무가 우리에게는 너무나도 중요한 임무의 하나였다. 만일 이런 자들이 침투하여 우리의 후방을 교란시키게 된다면 전력에 큰 문제가 야기된다는 사실은 고금의 戰史(전사)가 명백하게 증명해 주고 있기 때문이다.

　한국 전쟁이 발발한 1950년 6월 25일부터 3년이 지난 1953년 7월 27일 테일러 미 제8군 사령관이 그날 오후 10시에 휴전 명령을 발표하고 바로 그 시각을 기하여 1,129일간 계속되던 전투가 중지 되면서 終戰(종전)도 아니고 休戰(휴전)이 될 때까지 온 국토는 이 어처구니없는 3년 동안의 전쟁으로 인하여 완전히 그리고 철저하게 폐허가 되어 버리고 온 국민은 세상에서 둘도 없는 세계 最貧國(최빈국)민으로 전락하고 말았다.

　물론 생필품을 생산할 능력도, 일자리도 모두 잃어버린 상태였다. 그나마 유일하게 기능을 발휘할 수 있는 기관이란 곳은 군대뿐이었다. 휴전선이 설정되면서 분단된 남북한은 재건할 수 있는 자원이라고는 눈을 비비고 찾아보려 해도 찾아볼 수 없을 정도로 철저하게 파괴되어 버린 상태였으니 재건이니 복구니 하는 것은 아예 꿈도 꿀 수 없는 지경이었다.

　이 전쟁에서 가장 큰 비극은 전쟁 기간 중 발생한 인명 피해만 해도 100만여 명의 목숨을 앗아갔고, 500여 만 명이 길거리에 나앉게 되었으며 30여 만 명의 여성이 남편을 잃었으며 10만여 명의 고아가 발생하였다는 사실이다. 가족들은 뿔뿔이 흩어지고 궁핍의 도는 끔찍할 정도를 넘어서 수없이 많은 아사자가 발생하였다. 그나마 도시의 어린아이들의 일부는 다행하게도 미국의 원조물자인 분유로 연명하는 경우가 태반이었지만 지방도시나 시골에 거주하는 아이들은 그런 혜택조차도 받기 어려운 실정이었다. 피난민들은 너나없이 의복은 남루해지고 매서운 추위는 다가오는데 잠이라도 편히 잘 만한 집도 없었거니와 설사 비바람을 피할 수 있는 집이 있다 해도 난방은 고사하고 먹을거리마저 고갈되어 암담하기 이를 데 없는 처지가 되어버린 것이다. 앞으로 어떻게 사느냐의 문제보다는 당장 오늘 이 시간을 넘기는 것이 더 시급한 실정이었다.

필자는 이처럼 암담한 형편을 보고 나서부터 슬픈 생각에 잠겨 마음에 병을 얻은 것 같았다. 휴가가 끝났는데도 계속 몸이 불편한 나머지 그만 원대로 복귀하지 못했기에 6·25 전쟁이 발발한 그 시점에서 탈영 상태가 되어 버렸다. 빠른 시일 내에 원대 복귀는 해야겠는데 어떻게 하면 처벌을 받지 않고 귀대할 수 있을까 나름대로 고민하고 있었다.

내가 부산 남포동 40계단 근처에 있던 月星染色所(월성염색소) 주인의 소개로 統營(통영)에서 수산업을 경영하고 있다는 분의 저택 방 한 칸을 빌어 그곳에 기거하고 있을 때였는데, 천우신조인가(?) 우연히 길가에서 필자와 동향이고 선배인 李燦旭(이찬욱) 씨를 만나게 되었다. 이 선배와의 처음 만남은 경북 안동의 南五병원이란 곳에서였는데 이 병원 근처를 지나다 병원 간판을 보고 이 병원은 평북 오산학교 출신이 경영하는 병원임에 틀림이 없을 것 같아 무작정 들어가 보았더니 아니나 다를까 내가 추측했던 대로 고향 사람들의 집합 장소였다. 이곳에서 이 선배를 만났고 두 번째는 이 선배가 경북 감포 어민병원에서 그 병원 의사생활을 하고 있을 때 만났으며 세 번째는 바로 부산에서 만났지만 오랜만의 만남이었기에 무척이나 반가웠다. 일찍이 고향을 떠나온 탓으로 고향의 선배들과의 만남이 유달리 반가웠던 것은 사실이다.

李燦旭(이찬욱) 선배를 다시 만났을 때 이 선배의 제보에 의해 2사단이 재편된다는 사실을 알고 있었고 李先輩의 親兄 李燦英(이찬영) 中領(육사 5기)이 2사단 憲兵隊長(헌병대장)으로 근무하고 있다는 사실도 알게 되었고, 2사단이 그 시기 서울 성동공업학교에 사령부를 설치하고 부대 재편을 하고 있을 때였으므로 필자도 이 기회를 놓치면 영영 도망병 신세를 면하지 못할 것 같아 이 선배에게 부탁하여 그분의 친형에게 보내는 편지 한 장을 들고 급거 서울의 2사단 사령부를 찾아 상경하게 되었다.

第2師團의 再編(재편)이 완료된 시점에서 필자는 그 李先輩의 덕분으로 헌병대에 배치되어 32연대 소속 야전헌병으로 문산과 고랑포 평양을 잇는 주보급로 경비 임무를 담당하게 되었는데 그 주 임무는 부대 이동, 탄약 수송 등 전투부대에 대한 보급지원 물자수송과, 전사자와 부상자의 후송 그리고 포로호송 등을 원활하게 하기 위한 교통정리 등이었으며 그와 같은 임무를 보다 효율적으로 수행하기 위해 문산역에 주둔하게 되었다.

그로부터 얼마 후인 11월에 들어서면서부터 중공군 대 병력이 압록강을 도하하여 한국전에 참전하게 되면서 1·4 후퇴가 시작되었다. 이때 북으로부터 남하하는 피난민이 물밀듯이 내려와서 평양에서 남하하는 열차에는 유개차는 그 지붕 위에까지, 무개차는 넘칠 듯이 필사적으로 매달려 피난길에 나선 사람들로 微動(미동)도 할 수 없을 지경이었다. 이 사람들의 안전 수송을 위해 동분서주하고 있을 때이다. 이 와중에서도 남하 열차가 도착할 때마다 혹시 내 고향에서 오는 사람 없을까 하고 두리번거리고 있었는데 마침 내 동리에 살고 있던 金仁根이란 자를 만나게 되었다.

:: 金仁根과의 재회

피난민을 가득 태우고 남하하는 열차의 객차 지붕 위에 다른 피난민들에 끼어 모자를 내려쓰고 앉아있는 젊은 청년 한 사람이 눈에 들어오기에 객차 지붕 위를 올려다보면서 모자를 벗어보라고 했더니 머뭇머뭇 모자를 벗은 자와 시선이 마주쳤다. 필자가 소스라칠 정도로 놀랍게도 그자가 바로 내가 평생을 두고 잊을 수 없었던 金仁根이란 자가 아닌가.

필자는 그자를 보는 순간 지난날 북한에서 있었던 일들이 생각나 격분이 울컥 머리끝까지 치밀어 당장에라도 요절을 내 버리고 싶은 심정이었지만 왜 그랬는지 보복해야겠다는 감정이 솟구쳐 올라오지 않고 오히려 초라한 모습을 하고 있는 그가 불쌍하게 보여 동정심이 앞서니 참으로 아이러니한 일이 아닐 수 없었다. 필자는 추호도 잊을 수 없었던 그의 이름을 큰 목소리로 "김인근, 너 당장 차에서 내려와!" 하고 고함을 질렀지만 내 목소리가 다른 소음 때문에 들리지 않았는지, 혹은 내 모습을 보고 놀라서 피하려는 심산이었는지는 몰라도 미동도 하지 않고 시선을 딴 곳으로 돌리고 있는 것 같아 다시 한 번 고함을 지르며 그가 타고 있는 열차 앞으로 다가가서 "야! 김인근 너 당장 내려오지 못해!" 하고 또다시 외치며 끌어 내리다시피 그를 하차시켜 내가 타고 왔던 순찰차에 태워 문산지구 헌병소대(필자 소속부대)로 데려왔다.

지난날 북한에서 공산당을 등에 업고 千妖萬惡(천요만악)한 짓은 다 하고 다니던 것을 생각하면 그대로 묵과할 수는 없었겠지만 하고 있는 몰골하며 태도가 너무도 가련하여 무언가 도와주고 힘이 되어주고 싶은 생각이 들었다. 그보다 더 급하게 생각한 것은 이 자가 고향에서 가장 최근에 왔으니 그처럼 그리워하던 고향 소식이라도 들어볼까 했다. 아마도 중국唐나라代의 시인 王維의 雜詩 구절과 같은 심정으로 말이다.

君自故鄕來(군자고향래) 너 고향에서 왔으니
應知故鄕事(응지고향사) 틀림없이 고향의 사정을 알 것이 아닌가
來日綺窓前(내일기창전) 네가 고향을 떠나올 무렵 우리 집 창가에 놓인
寒梅著花未(한매저화미) 한매의 꽃이 폈는지 아직 피지 못했는지 알 것 아닌가

오랜 타향살이에 고향의 부모 형제와 처자가 그리워 그 소식을 듣고 싶은 심정에서 寒梅(한매)를 매개로 한 것 같다. 하기야 고향을 떠나온 짐승들도 자기가 자란 곳을 그리워한다는 구절도 있다. 즉 胡馬依北風(호마의 북풍) 북쪽 胡地(호지: 오랑캐 땅)에서 태어난 말은 북에서 불어오는 바람을 그리워하고 越鳥巢南枝(월조소남지) 남쪽 나라에서 태어난 철새들은 북쪽 나라에 와서도 남쪽 나뭇가지에 둥지를 튼다고 하질 않던가? 하물며 만물의 영장인 사람으로 태어나 어찌 자기가 태어나고 자란 고향을 잊을 수가 있겠는가.

필자 역시 예외일 수는 없었다. 필자가 정든 내 고향을 등지고 물설고 낯선 곳에 와야만 했던 원인을 제공한 바로 그 자가 내 눈 앞에 쭈그리고 앉아 있으니 나는 아직도 내가 북한에서 당했던, 일생을 두고 잊을 수 없는 수모와 고통과 한이 풀리지도 않고 있는 터에 金仁根 이자를 보는 순간부터 솟구치는 분노대로 했으면 그 자리에서 당장에라도 요절을 내고 싶었지만 그러면서도 고향 소식은 듣고 싶은 나약한 인간의 심정이 원망스러울 정도였다.

그러나 내 가슴의 박동 소리가 들릴 정도로 흥분했던 기대와는 달리 6·25 전쟁이 발발하자 내가 태어나서 자란 東川洞 旌門部落(정문부락) 사람들은 모두 피난하고 도망치듯 뿔뿔이 흩어져 그 동리 사람들의 소식은 물론 動靜(동정)조차 살필 겨를도 없이 피난해 왔다는 김인근의 말에 실망해 버리고 말았다.

김인근을 심문하면서 이자의 태도를 유심히 관찰해 보았더니 기력이 쇠진해 버렸는지

말소리가 점점 작아지고 앉아 있는 것조차 힘이 들어 당장에라도 쓰러질 것 같아 어디 불편한 데가 있냐고 물었더니 그렇지 않다고 하기에 그럼 배가 고프냐고 하니까 그제야 고개를 끄덕이며 수일 동안 아무것도 먹지 못했다고 하기에 취사장에 데려가 취사병에게 먹을 것이 있으면 이 사람에게 조금 주라고 했다. 취사병이 내놓은 식사를 허겁지겁 먹는 그의 모습을 보면서 예전에 북한에 있을 때는 당당하고 거만했던 그의 모습은 다 어디로 가버리고 체면불구하고 허기진 배를 채우기 위해 연명하는 모습이 눈물겨울 정도로 가엽게 보였다.

그러나 이자의 지난날 북한에서의 행적을 참작할 때, 혹시라도 간첩이나 양민 선동 혹은 후방 교란 등 다른 목적이 있어 피난민을 가장하고 월남한 것이 아닌가 하는 의심을 배제할 수 없었기에 철저하게 심문해 보았지만 별다른 의심을 살 만한 점을 발견할 수 없었고 갈 곳도 없다기에 당시 필자의 직속상관 헌병대장 李燦英(이찬영) 중령에게 사유를 보고하고 헌병대 취사반장인 박 중사에게는 일가친척의 형님뻘 된다고 소개하고 취사반 보조 역할을 담당하도록 맡겼다.

마침 취사반 인원이 부족하여 보충병 요청을 한다 해도 언제 충당될지 예측하기 어려워 고심하고 있을 때였으므로 金仁根에게 군복을 입히고 그날부터 취사반에서 근무하게 하였다.

그는 일제강점기 청년훈련소에서 단련된 다부진 체격을 가지고 있었고 어느 정도의 군사지식도 있는 자였으므로 후일 군속으로 채용되었지만 그 당시 그는 주어진 취사반 일에 소홀함이 없이 열심히 책무를 잘 수행하고 있다고 하기에 다행한 일이라고 생각하였다.

중일전쟁이 발발하자 한반도 내에 靑年訓練所(청년훈련소)라는 군사훈련 위주의 훈련소를 각 시군 소재지 공립심상소학교(지금의 초등학교)에 설치하고 사범학교를 졸업한 예비역 伍長(오장) 사범학교 尋常科(심상과)를 졸업하고 소정의 군사훈련을 마친 일본인에게는 예비역 伍長(지금 국군 계급으로 치면 하사)인 일본인 선생이 교관이 되어 4년간 군사교육을 실시하였다(일본 본토의 청년학교와 유사하다). 그리고 청년훈련소 입소 대상자는 대부분 徵集(징집) 適年者에 해당되는 15~20세의 남자들이었고 이들이 규정된 소정의 교육을 이수하면 대부분 지원병 등의 명목으로 일본군에 입대하였다.

金仁根은 고향인 철산에서 청년훈련소를 졸업한 자로서 따지고 보면 나와는 외나무다리에서 만난 악연이라고도 할 수 있었다. 거슬러 올라가 1945년 내가 공업학교 2학년 때 만주 奉天市(지금의 瀋陽) 北陸區 安民街 45번지에 살고 있을 당시의 이야기다.

필자의 기억으로는 1945년 6월경 어느 날 일본군 헌병들이 갑자기 나의 집에 들이닥쳐 영문도 모르고 어리둥절하고 공포에 떨고 있는 가족들을 밀치고 압수 수색을 하였는데 그 까닭은 나와는 종숙이 되는 김승중 씨를 체포하기 위한 것이었다. 그 당시 종숙은 안민시장이라고 하는 시장터 다락방 한구석에 세 들어 살고 계셨는데 그분이 일본군 병역 기피자로 몰렸던 모양이다. 부친의 말에 의하면 누군가의 밀고에 의해서 헌병들이 출동했던 것 같다고 했다. 얼마 후 종숙은 그 안민가에서 체포되어 중형을 받고 복역하다 8·15 해방이 되면서 석방된 사실이 있었다. 그런데 그 당시 체포되었던 이유가 徵兵(징병)을 기피하고 봉천(심양) 鐵西區(철서구)에 있는 피복 공장 같은 곳에 다니면서 은신 생활을 하고 있는 것을 알고 와서 체포당하였는데 해방 후 들리는 소문에 의하면 鄭常祚(정상조)라는 일본 관동군 헌병대 밀정의 밀고에 의한 것이었다고 들었다. 필자가 그런 소문을 들은 것은 중국으로부터 귀향해서 얼마 되지 않았을 때이고 金仁根이 洞里의 치안대에 근무하고 있을 때였다.

戰後(전후) 고향 땅을 밟은 지 불과 2, 3개월밖에 지나지 않아 고향이라고는 하지만 아직 서먹서먹한 처지인 나의 부친을 鄭常祚(정상조)가 폭행하고 방치해 버린 데 대한 분노를 참지 못하고 鄭常祚의 집에 가서 보복적 차원에서 정 씨를 구타하였는데 정 씨의 연락을 받고 달려와 나를 捕縛(포박)하여 邑 치안대로 압송한 자가 金仁根이었기 때문에 나는 그의 이름을 잊을 수 없었던 것이다. 그러나 그 사건은 수년 전에 지나간 일이고 지금은 처참하기 이를 데 없는 동족상잔의 전란 속에서 살아남으려 그 먼 곳에서 구사일생으로 이곳까지 피난 온 자이고, 그동안 얼마나 고생을 많이 했는지 초췌한 모습으로 내 앞에 나타났을 때, 사실 나는 金仁根이란 자와는 꿈에서도 만나고 싶지 않은 자였지만 이 난리에 이곳에서 다시 만날 수 있었다는 것도 인연이라고 생각하고, 과거에 있었던 일들을 모두 깨끗이 잊을 수는 없지만 북에 있을 때와는 완전히 입장이 뒤바뀐 처지인 데다 나와는 동향이고 해서 힘이 닿는 데까지는 도와주어야겠다는 동정심이 발동했던 것 같다.

:: 전쟁터에서 만난 간호원

　김인근을 만나서 취사반에 보내고 난 지 수일 후 같은 역사 앞에서 근무 중 역시 남하하는 초 만원의 피난민 열차가 도착하였는데 지붕 위에까지 필사적으로 매달려 있는 사람들 가운데 쭈그리고 앉아있는 묘령의 여인 한 사람이 유독 눈에 띄었다. 필자는 그 여인을 발견하는 순간 약간 이상한 느낌이 들었다. 피난민들이 입고 있는 의복은 모두 尊卑貴賤(존비귀천)을 가릴 수 없을 정도로 남루하고 초라하기는 마찬가지였지만 그런 가운데서도 그 여인은 어딘지 모르게 남달리 단정하게 보였다. 그래서인지 육감이 달리 느껴지기에 그 여인이 타고 있는 객차 앞까지 다가서서 그 여인에게 "거기 앉아있는 여자분! 기차에서 내려오시오." 하니까 머뭇거리기에 반강제적으로 끌어 내리다시피 해서 헌병대로 데려가 심문해 보았더니 그녀의 사연인즉 이 전쟁으로 인하여 남다른 고생을 한 것 같았다.

　그녀는 安某(안모)라고 하였으며 고향은 서울이고 부친은 명륜동 4가에서 정육점을 경영하고 있었다고 했다. 자신은 모 대학 부속병원의 간호사로 근무하고 있었는데 6·25 전쟁이 발발하자 병원은 야전 병원이 되다시피 전방에서 후송되는 국군 전 사상자들이 들이닥치자 병원 전체의 인원이 동원되어 부상 군인들을 치료하느라 하루 24시간이 모자랄 정도로 바빴다고 했다. 그러다 6월 28일 새벽 2시경 한강철교가 폭파되고 이른 아침 북한군이 서울에 침입하자 국군이 후퇴하게 되었는데 이때 부상자 전원을 수송할 능력이 없어 부득불 보행이 가능한 부상병을 제외하고 혼자의 힘으로는 기동이 곤란한 중환자들은 그대로 병원에 남겨둔 채 병원요원들 전원이 군 醫務部隊(의무부대)와 같이 피난하게 되었다고 한다. 그러나 안 간호사는 '나이팅게일 정신'을 이어받아서인지 부상한 중환자들을 팽개치고 편안함을 위해 피난할 엄두가 나지 않아 나만이라도 남아서 이들을 돌봐드려야겠다는 결심을 하고 부상자들을 돌봐주다 북한군이 서울에 들이닥치면서 이번에는 북한군 부상병들이 들어와 국군 부상병들과 같이 치료해 주게 되었다고 한다. 1950년 9월 15일 UN군이 인천에 상륙하여 27일 서울을 탈환하게 되는 전날인 26일, 안 간호사는 강제로 북한군 의료진에 끌려 그들과 같이 북으로 후퇴하게 되었다고 한다. 국군이 38선을 돌파하여 10월 19일 평양에 입성하자 북한군이 평양을 버리고 도주하는 틈을 타 북한군 부대를 이탈하여 피난민들 속에 묻혀 남하하는 중이었다고 했다. 전쟁 중에는 이와 유사한 일들이 비일비재하게 일어났겠지만 한 젊은 여자로서 불과 3개월 동안 겪은 일이 너무나도 기막히고 가슴 아픈 일이 아닐 수 없었다.

본의 아니게 전쟁의 소용돌이 속에 휘말려 고생한 이 여인의 사연을 알게 된 이상, 그동안 전쟁터를 이리저리 끌려다니며 시달려 너무나도 초췌하고 피로해 보이는 모습이 가여워 차마 그대로 보낼 수가 없었다. 특히 우리 국군 부상자를 치료하기 위해 남들과 같이 피난도 안 가고 험한 꼴을 당하면서 고생을 한 분인데 차마 나 몰라라 하고 내버려 둘 수가 없었다. 그동안 식사인들 제대로 했을 리 만무하였을 거라고 생각되기에 수일 동안만이라도 침식을 제공하면 허약해진 몸이 조금은 회복될 것 같아 그런 다음에 돌려보내는 것이 도리인 것 같이 생각되었다. 그런데 마침 우리 부대에는 위생병이 한 사람도 없는 터였기에 이곳에 머물고 있는 동안만이라도 우리 부대를 위해 임시 간호사로 일해 줄 수 있겠냐고 물었더니 흔쾌히 승낙하기에 그날부터 현지 채용 위생원으로 근무하도록 했다. 참으로 부지런하고 침착한 성품이어서 간호사로서 임무를 성실히 수행할 뿐만 아니라 부대원들이 무척이나 좋아하고 따랐다. 필자는 다행스럽게 여기고 있었다. 그러나 얼마 후 중공군의 춘기 공세로 인하여 부대가 義城(의성)까지 후퇴하게 되면서 더 이상 젊은 여자를 데리고 다닐 수도 없었고 쇠약해졌던 몸도 휴식을 취하는 동안 어느 정도 회복도 된 것 같아 생사도 모르는 그녀의 부모와 가족도 찾아볼 수 있도록, 박봉에서 조금씩 저축해 두었던 얼마 되지 않는 돈을 몽땅 털어 그녀에게 쥐어주면서 그녀가 자기 가족들이 혹시 대구에 피난 와 있을지도 모른다고 하기에 군용 트럭에 태워 대구로 보내 준 일이 있었다. 그 후의 소식이 두절되어 알 수는 없지만 착한 성품이었기에 어디에서든 잘살고 있을 거라고 여겨진다.

:: 중공군의 춘기 대공세

　한국 전쟁에서 중공군이 처음 전선에 나타난 것은 국군과 UN군이 압록강과 두만강에 거의 다다랐을 무렵인 1950년 10월 말경이라고 하며 그 당시 장진호 변으로 진격하던 미 해병대와 처음으로 조우하게 되면서 표면에 부상된 것이다. 필자는 1950년 11월 강원도와 경기도를 잇는 중부 전선에서 우리 군의 주 보급로의 경계와 교통안전을 위한 임무를 담당하고 있었다. 그런데 중공군의 人海戰術(인해전술)로 인하여 전선의 모든 부대가 어쩔 수 없이 후퇴하게 되었다. 이때에 그 유명한 미 해병대의 장진호 철수작전을 비롯해서 함흥 철수, 원산 철수, 평양 철수 등의 역사적인 작전들이 이루어졌던 것이다. 그리고 수많은 피난민이 남하하게 되었다.

　필자는 32연대 헌병대의 일원으로 언제나 부대 철수작전이 보다 신속하고 안전을 도모할 수 있게 하기 위하여 도로의 경비와 교통 정리 및 撤收路(철수로)의 안전 확보 등의 임무를 담당하고 있었다. 아마 50년 12월 중순이라고 생각된다. 그해 겨울은 예년에 비해 무척 추운 날이 계속되고 있었다. 우리 부대가 淸平을 거쳐 加平, 驪州(여주), 開慶(개풍), 義城(의성)까지 후퇴하였는데 加平 근처까지 밀려 내려왔을 때의 일이다. 이때, 우리 헌병대는 加平 縣里(현리)란 곳에 주둔하게 되었고 우리의 전방에는 32연대와 17연대가 방어진지를 구축하고 있었을 때인데 중공군의 일부 병력이 UN군 복장을 하고 아무런 저항도 받지 않고 우리 전방 부대의 저항선을 무사히 통과하여 연대 지휘소에까지 접근하였다. 우리 헌병들은 전방에 아군 병력이 배치되어 있는 데다 복장마저 유엔군으로 가장하고 있었기에 완전히 아군으로 오인했던 것이다.

　바로 그때, 연대장을 위시해서 연대 참모 및 지휘관 전원이 지휘소에서 송년 회식을 하고 있는 중이었다. 이 시점까지만 해도 긴박한 상황을 보고 받은 바도 없었고 전방 OP에서도 적정보고나 적의 동태보고가 없는 상태였으므로 안심하고 연회를 열어 각급 지휘관들이 그동안 계속된 전투로 인해 쌓였던 피로를 풀어주기 위한 연회가 베풀어졌던 것이다.

　필자도 이 회식에 참석하였다가 급한 용무 때문에 회식장소를 빠져 나와 가평시내 금융조합에 자리하고 있던 헌병대로 돌아오자 바로 전방 지휘소에 전화를 걸었더니 통화는 되지 않고 요란스러운 총성만 귀가 따가울 정도로 들려왔다. 방금 필자가 떠나온 자리에서 총성이 요란하게 들리다니 이게 무슨 일인가 하고 황급히 상황을 알아보았더니 UN군 복장을 하고 침입한 중공군이 조금 전 내가 있었던 회식장을 급습하여 그 자리에서 연대장 權中領을 비롯하여 연대 전 참모 지휘관 전원이 순식에 참변을 당했다는 것이다. 간발의 차로 나는 생명을 부지할 수 있었지만 순식에 일어난 그 참변으로 인하여 연대 지휘능력이 완전히 마비되고 말았다.

어디 이뿐인가! 거의 동시적으로 우리 부대 전선이 중공군의 기습공격을 받아 지휘관과 참모들이 몰살당한 상황에서 전투 지휘가 불가능하게 되면서 방어선이 무너져 부득이 후퇴하지 않을 수 없게 되었다. 이때 우리 헌병대가 지켜왔던 加平驛前(가평역전)에 산적해 있던 군수물자들을 운반할 시간적 여유도 운송할 만한 차량도 없어 어쩔 수없이 그 아까운 물자들을 모두 소각 처분해 버리고 말았다.

楊平까지 후퇴한 우리 헌병대는 양평읍 삼거리에 있는 양조장 앞에 검문소를 설치하고 가장 시급했던 도로망 확보에 나섰다. 군인과 피난민이 뒤섞여 혼잡스러워진 도로를 정리하고 우선적으로 전투부대의 이동과 물자수송을 원활하게 하고, 혹시라도 피난민을 가장하고 침투해올 가능성이 있는 게릴라나 煽動者(선동자)들을 색출하여 안전을 기할 수 있도록 하는 데 최선을 다 했다.

:: 민간 화물차 징발

우리 헌병들은 수일 전 일어난 중공군의 가장 침투 등의 경험을 토대로 긴장된 근무를 하고 있던 어느 날 밤 2시경, 양조장의 대문이 열리고 조명등을 끈 화물차 한 대가 굴러 나오는 것을 보였다. 도로경비 근무헌병이 달려가 검문을 하고 있었는데 그 화물차 운전석에서 내리는 사람을 보았더니 밤이라 어슴푸레하게 보이는 모습이 領官 코트를 입은 사람 같이 보여 혹시라도 사병의 실수로 결례를 범할 우려가 있을 것 같아 필자가 직접 나가 보아야겠다는 생각이 들어 화물차에 다가갔다.

알고 보니 정장을 한 千某라는 방위군 중령이었고 화물차에 적재한 화물은 가재도구와 식량 등 한 눈에 알 수 있는 피난 보따리임에 틀림이 없었다. 그리고 千 모 중령은 당시 육해공군총사령관 丁一權의 職印이 찍혀 있는 차량특별운행증을 제시하기에 나는 다소 불편한 심정이 들었지만 정중하게 그 방위군 중령에게 현시점에서의 위급한 상황을 설명하고 "이 차를 오늘 이 시간부터 징발해야 겠습니다!" 하고 그 자리에서 징발증서를 발급하고 근무헌병들에게 차에 실려 있는 화물을 전부 내려놓으라고 했다. 방위군 중령은 몹시 당황하고 있었지만 그분이 이해할 수 있도록 충분한 설명을 드리고 징발한 화물차는 곧바로 가평 야전병원으로 보내 부상병들을 驪州(여주)에 설치되어 있는 미 육군 야전 병원으로 보내 부상 환자와 낙오병들의 후송 차량으로 사용하도록 했다. 마침 차량이 없어 난감해하던 터라 아주 긴요하게 이 차를 사용할 수 있었다.

우리 부대가 慶北 義城(의성)까지 후퇴하고 난 다음 징발했던 차량을 육군본부(대구)로 보내라는 공문 지시에 따라 육본으로 보냈다. 전황이 바뀌어 국군이 서울을 다시 수복함에 따라 우리 사단사령부는 또 다시 양평으로 이동하여 당분간 그곳에 주둔하게 되었다. 그러던 어느 날 양조장 주인이란 분이 나를 찾아왔다고 하기에 만나 보았더니 내가 징발했던 화물차의 주인인 千某 방위군 중령(지대장)이었다.

그는 필자를 보자마자 하는 말이 그때 화물차를 징발 당하는 바람에 경남 구미까지 도보로 피난하느라 고생이 이만저만이 아니었다는 원망 섞인 이야기를 하기에 다시 한 번 그때의 사정을 이야기하고 다행히도 그 차량이 있었기 때문에 많은 환자와 낙오병들을 수송할 수 있어서 그들의 생명을 구할 수 있었고 일부 군수물자도 수송할 수 있어 참으로 고맙다고 했다. 또 사실이 그랬고 그 당시의 사정을 참작한다면 그 트럭 한 대의 가치가 대단했던 것이 사실이다. 그 후 알아본 바에 의하면 6·25 전쟁 당시 교통부장관을 지낸 千世基 씨와 千命基 씨의 친척이란 것을 알게 되었다.

:: 소복단장한 여인들의 장례식

동두천이란 곳은 경기도 양주군 이단면 동두천이 원래의 명칭이다. 그런데 이 지역에 미 제1군단 제7사단의 삭선 지역이 되면서부터 전투부대는 물론 이 부대를 지원하는, 크고 작은 부대들이 주둔하면서 많은 미군 병사들이 여기에 들어오게 되었다. 우측으로 한국 육군 6군단 제26사단과 8사단이 접해있는 곳이 되면서 졸지에 군사도시가 되고 말았다.

이 지역에 미군 부대가 주둔하게 되자 이들을 상대로 장사하는 각종 잡상인들과 所謂 (소위) 양공주라고 부르는 戰時(전시) 윤락 행위를 하는 젊은 여성들, 그리고 한국 정부가 지원하는 지게부대원(미군 부대에 속해 있던 전시 노무자 KSC), 그리고 전후 포로교환 직전에 이승만 대통령의 명령에 의해 석방된 반공포로 출신들(떠돌이 무직자), 하우스 보이(미군 부대에서 잔심부름을 하는 소년들의 호칭) 등 잡다한 사람들이 모여들기 시작하면서 어느새 그토록 조용했던 한 농촌이 삽시에 시끌벅적하고 복잡한 소도시로 변모하였다.

이곳은 다른 기성 도시와는 판이하게 모든 시민들이 뜨내기들이기 때문에 잠시 머물다 가 버리는 몹시 복잡한 곳이기에, 빈번하게 발생하는 크고 작은 사건 사고를 미군이나 경찰력만으로는 감당할 수 없을 정도로 치안 상태가 불안해지자 부득이 한국군의 도움을 요청하지 않을 수 없게 되었던 모양이다. 군은 그 요청을 받아들여 헌병부대를 파견하기로 결정하게 되었는데 이 지역에 파견할 부대의 규모와 그 파견대 지휘관을 선정하는 과정에서 필자가 지명되었다. 육군 6군단 直轄(직할) 제25헌병중대의 제2소대장이라고 하는 직함으로 소대 병력을 인솔하고 동두천에 주둔하게 되었다.

우리 헌병소대의 주 임무는 현지 미 육군 2군단 7사단 소속 미 육군 헌병과 합동 근무를 하는 것이었다. 이 지역에 주둔하고 있는 미군과 이곳 주민들 사이에서 발생하는 사건 사고가 너무 빈번하게 일어나고 있었기 때문이기도 하고, 사건의 근원은 대부분 이 지방에 흘러들어온 뜨내기 폭력배들이거나 조폭 등 민간인이 연관된 사건이었으므로 미군의 힘만으로는 민간인들을 수사할 수없는 한계가 있었고 우리 경찰력 역시 군 관계 사고 처리에는 한계가 있었기 때문에 사건이 발생했다 하면 필자와 우리 부대원들이 제일 먼저 현장에 달려가지 않을 수 없는 지경이었다. 사건을 처리하는 과정에서도 웬만한 氣(기)

가 없이는 사건처리의 첫 단계에서부터 손을 댈 수 없을 정도로 험악하고 포악스러운 분위기가 감돌곤 하였다. 때로는 누가 범인이고 누가 수사관인지 모를 정도로 입장이 뒤바뀔 만치 범인들의 당당한 기세에는 어안이 벙벙해질 지경이었다고 관계자들이 이구동성으로 말했지만 처음 이런 상황을 들었을 때에는 설마하니 그럴 리가 있을까 하고 반신반의했었지만 실제로 현장에 와 보고서야 비로소 그 상황에 놀라지 않을 수 없었다.

이런 우범지대에 대한 치안 확보와 사건 사고의 미연 방지 방책은 한국군과 미군이 합동으로 순찰 업무를 강화해야 할 것이며, 사고처리 과정에서 미군과 한국인 사이에 발생할 수 있는 언어소통 문제를 비롯하여 그들과의 생활습관의 차이에서 일어나는 오해 등으로 쉽게 해결될 수 있는 문제가 오히려 더 어려워지는 경향이 있는 것 같아 한국인에 대한 수사는 한국군이나 경찰이 아니면 해낼 수 없다는 판단하에 그 적임자로 선정된 것이 바로 필자였던 모양이다. 특히 한미헌병과 경찰이 합동근무를 하는데 적절한 적임자라야 한다는 조건에 부합되는 자로서 선발되었던 모양이다.

이 지역의 미군의 봉급날이 되면 동두천 전체가 흥분의 도가니 속에 말려드는 분위기가 되곤 했다. 그럴 때마다 미군은 물론 우리 헌병, 경찰 등 치안을 담당하는 부대는 전원 비상근무를 해야 할 정도로 많은 크고 작은 사건 사고가 발생하는 날이기도 하였기 때문이다.

그러던 어느 미군의 봉급날 저녁, 이 지역에서 윤락 행위를 하는 한 여인이 미군 부대의 보초선을 뚫고 미군 병사들이 주거하는 천막 속으로 뛰어드는 것을 발견한 미군 보초병이 저지하는 과정에서 소동이 벌어졌는데 마침 그곳을 순찰 중이던 미 헌병에게 발각되어 즉각 이 여인을 체포하여 동두천 경찰서로 송치하기 위하여 이송 도중 그 여인이 겁을 먹었는지 지프차에서 뛰어내리다 그만 사망하는 사고가 발생하였다.

사건이 발생하자 곧바로 현장 검증도 하고 사고 경위도 조사해 보았고 혹시라도 피해자에게 폭행이나 기타 가혹행위를 가한 일이 없었나 조사해 보았지만 미군의 잘못을 발견할 수 없었다. 그 사건이 발생한지 3일 만에 동두천 전역에 산재해있던 500여 명이나 되는 윤락여성들을 비롯한 젊은 여성들 전원이 모여들어 전원이 白衣(백의)로 소복단장하고 장례를 치른답시고 상여 행렬을 형성하였는데, 상여를 중심으로 좌우 앞뒤로 광목으로 상여를 동여매고 소복단장한 여인들이 맨 앞 한 줄에 100명과 두 줄 200명, 뒷줄 역시 두 줄에 200명으로 합계 400명이 상여 행렬을 형성하고 100명은 상여 운구원과 후행원 등으로 통합 500명의 젊은 여성들만으로 구성된 전대미문의 웅장한 장례 행렬이 형성되어 동두천 번화가를 거쳐 미 7사단 사령부 정문 앞에 이르렀다. 어찌 보면 백의를 걸친 천사들 같기도 한 이 장의행렬의 광경은 일대 장관을 이뤘고 구경꾼들은 이 볼거리를 놓칠세라 벌떼 같이 모여들어 미 7사단 사령부 정문 앞은 순식에 인산인해를 이루었다.

그런데 이 상여행렬은 미 7사단 사령부 연병장을 가로질러 사단본부 후문(턱거리 마을) 초소에서 약 30m가량 떨어진 곳에 위치한 양지바른 언덕에 시신을 묻어야겠다는 주장이다. 그러나 미군 측은 이 상여행렬을 미군 부대 내에 들일 수 없다고 하자 500여 명이나 되는 여인들이 사단사령부 정문 앞에서 울고불고 난리를 부리며 연좌농성을 시작하였으니 미군 7사단 장병들은 어찌 할 바를 모르고 당황하고 있는 터에 미 7사단 직속 19 CID 대장인 Morgan 준위가 얼마나 당황했던지 지프차를 몰고 우리 부대에 달려와 긴급사태가 벌어졌다고 자초지종을 이야기하며 협조를 요청하기에, 같이 현장에 달려가 그 광경을 바라보니 난생 처음 목격하는 장면이었다. 500여 명이나 되는 젊은 여인들이 소복단장을 하고 미 7사단 사령부정문을 돌파하겠다고 모여 있으니 그냥 보는 것만으로도 압도될 지경인데 7사단 사령부야 처음 당해보는 일이라 당황할 수밖에 없었을 것이다. 사령부 내의 헌병이 급거 총동원되었고 미 74공병대 소속 소방차 4대가 정문 앞에 배치되어 만일 여인들이 정문을 돌파해 들어온다면 물대포를 쏘아서라도 저지하겠다는 태세였다. 상여행렬이 사단사령부 정문을 부수고 미군 부대로 들어갈 경우 발생할 수 있는 상황을 생각하면 정신이 아찔해지고 소름이 끼칠 정도로 큰 국제 문제가 될 것 같은 일촉즉발의 사태가 벌어지고 있었다.

시간은 흐르고 있는데 이 광경을 바라만 보고 있을 수도 없고 해서 그 여인들을 대표하는 사람을 만나보아야겠다는 생각과 한편 다소나마 시간을 끌면서 해결책을 찾아보아야겠다는 생각도 들어 우선 필자가 이끌고 있는 헌병 수명에게 스리쿼터에 빈 드럼통(식수 저장용 드럼)을 싣고 양조장에 가서 막걸리를 가져오도록 지시하고 그 막걸리가 도착되자 필자가 그 여인들 속에 뛰어들어 "路祭(노제)를 지낸 다음 장지에 가야 할 것 아니냐?"라고 하면서 헌병들이 운반해 온 막걸리로 노제를 지내도록 권유하며 시간을 끌면서, 일단 그 여인들의 흥분을 가라앉히면서 여인들의 대표 격인 중대장(그들의 애칭)을 만났다. 필자

앞에 나타난 중대장이란 여인은 아직 20대 중반으로 보이는 깔끔하고 청초하고 지적으로 보이는 여인으로 중대장이라고 자기소개를 하였다. 필자는 다급한 생각에 "당신들이 질서정연하고 엄숙하게 사단사령부 지역을 통과하겠다는 약속만 한다면 내가 미군 측과 교섭해볼 용의가 있다."라고 제의했더니 순순히 내 의견에 동의해 주었다.

CID 대장 Morgan 준위에게 이 사실을 이야기했더니 상급자와 상의해볼 터이니 시간을 좀 달라고 하면서 그동안만이라도 소란이 일어나지 않도록 해달라며 신신당부하고 사단사령부로 달려갔다. 그리고 있는 동안에도 구경꾼들은 계속 몰려들어 동두천 시내가 텅 빌 정도가 되었다. 잠시 후 미소를 띠며 돌아온 Morgan이 상사가 허락했다고 하였다. 그러는 사이 대치하고 있던 소방대도 철수하고 미 헌병들은 상여가 통과하는 데 대한 예의를 갖추려고 일렬로 도열하고 조용히 사단사령부 정문이 열렸다. 정문이 열리자 약속했던 대로 조용한 장여행렬이 질서정연하게 사단사령부 정문을 지나 연병장을 통과하여 장지인 언덕을 올라가는 것을 보았다. 마치 하얀 양떼들이 언덕을 오르고 있는 것 같이 보였다. 그처럼 큰 소용돌이를 일으킬 것만 같았던 이 전대미문의 장례가 미 7사단 사령부의 배려로 무사히 치를 수 있었던 것을 무척 다행으로 생각하며 한 많은 젊은 여인의 애석한 주검에 명복을 빌었다. 미 CID Morgan과 필자는 손을 붙잡고 큰 사고 없이 평화적으로 이들의 장례 행사가 마무리 될 수 있었던 것을 다행스럽게 생각했고 이 일이 있었던 것이 계기가 되어 한미관계자들 상호 간의 업무 유대가 한층 더 두터워졌다.

한편 이 사건이 계기가 되어 중대장이란 여인을 알게 되었는데 그 여인은 서울의 모 유명 대학에서 3학년까지 수학했다는 사실을 알게 되었고 전쟁으로 인해 가족 모두를 잃어버리고 의지할 곳이 없어 전전하다 그만 헤어날 수 없는 奈落(나락)으로 빠져들었다며 지난날 겪어온 艱難辛苦(간난신고)를 한없이 흘러내리는 눈물을 닦을 생각도 하지 않고 이야기하던 모습이 지금도 눈에 선하다. 이 중대장 역시 6·25 전쟁의 희생자 가족이었다.

그 후부터 필자를 어떻게 믿었는지는 몰라도 미군과 여성들과의 사이에 크고 작은 사건이 벌어지기만 하면 달려와 해결해 달라고 매달리곤 하였다.

:: 군량미와 식용유 부정유출 사건

동두천을 중심으로 그 일대 지역에는 20병참대대, 병참폐품수집중대, 공병부교중대, 탄약중대, 연천경비대, 제237수송대대 제1101공병단, 5개 독립포병대대 등 부대가 주둔하고 있었다. 당시의 상황으로는 미군 부대로부터 흘러나오는 부정유출 군수물자를 비롯하여 미군 PX 물자, 미군을 비롯한 한국군의 부식용 조달물자 등의 거래로 동두천 시장이 형성돼 있었으며 각 지방에서 모여드는 상인들과 물자들로 거래가 어느 지역보다도 활기 넘치는 곳이었던 것은 사실이다. 그러나 이와 같은 상행위와는 별로 관계가 없는 일반 시민의 생활수준은 이루 표현할 수 없을 정도로 빈곤한 상태였다.

이 지역에 각종 군부대들이 집결되다시피 모여 있는 것을 기회로 일부 악덕 상인들이 군부대의 물품 관리자들을 매수 혹은 결탁하여 크고 작은 군수물자의 불법 유출사건이 빈번하게 발생하곤 하였다. 아래와 같은 군량미 유출사건도 좋은 예가 될 것이다.

보급 지원부대의 군량미 유출사건이 발생하였다. 사건이 수면 위로 부상된 것은 부대 내부 제보자가 있었기 때문이지만 막상 우리 헌병소대가 이 사건의 조사에 손을 대기에는 너무나 큰 사건이었고 또 일개 헌병소대 소대장의 능력으로는 감당하기 어려울 정도로 큰 사건이라고 판단되어 고민하던 중 마침 군수지원단 단장이 새로 부임한다는 소식을 들었다. 신임 단장의 예하부대 시찰을 이용하여 조치를 취해 볼 심산으로 그분의 순시에 맞게 미 7사단 정문 앞 대로에 차량 속도제한 구역을 설치하고 신임 단장의 통과를 기다리고 있었다. 미안한 이야기이지만 포수가 노루목을 지키고 있었던 셈이다. 수일 후 마침내 신임 단장이 통과하는 것을 보고 달려가 그 차를 정차시키고 필자가 직접 단장에게 '현 위치가 속도제한 구역'이라는 것을 말씀드리고 "단장님, 바쁘시겠지만 잠깐 건의드릴 사항이 있으니 헌병파견대로 오실 수 있겠습니까?" 하고 정중하게 말했더니 응해 주셔서 신임 단장을 누추한 곳에 모시게 되어 죄송하다는 말씀을 드리고 내가 알고 있는 군량미 불법 유출사건의 전말을 보고 드렸다. 그랬더니 신임단장께서 놀라는 표정으로 당장 같이 그 창고에 가 보자고 하였다. 만일 내가 혼자서 그 현장에 접근하려 했다면 어림도 없는 일이었지만 신임 단장과 김준배 대령이 같이 가서 창고 내에 들어가 空洞(공동)이라고 하는 현장의 실상을 실제로 볼 수 있었다. 그 空洞의 면적은 약 3,000가마 정도를 족히 쌓을 수 있을 정도로 넓은 공간이었다.

그 공동이란 것은 창고 내에 骨材(골재)로 조립한 구조물로 공간을 만들고 그 구조물 외벽 면에 쌀가마를 쌓아 올려 전부 쌀가마가 쌓여 있는 것 같이 虛構(허구)를 위장하는 식으로 하여 그 공간만큼의 쌀을 부정으로 유출하여 횡령한 사건이었다. 신임 단장은 그 자리에서 상급 부대에 보고함과 동시에 조사를 명령하여 이 사건에 관련된 자들은 모두 군법회의에 회부되어 실형을 선고받은 것으로 알고 있다.

신임 단장께서 "이 사건이 계기가 되어 군단장께서 부정부패를 근절시키기 위하여 노력하고 있으니 나와 같이 일 해볼 생각이 없느냐?"라고 제안해 왔지만 "제가 할 일 따로 있으니 갈 수 없습니다." 하고 좋게 말씀드리고 끝맺음을 했다.

두 번째 사건은 제2병참단에서 발생한 식용유(사라다유) 부정유출 사건이었다. 이 당시 군원물자로 많은 식용유가 각 부대에 공급되었다. 육군 제5군단과 제6군단에 공급되어 장병들에게 급식되어야 할 부식물 재료인 그 식용유를 불법 유출한 사건이었는데, 그 양이 무려 3,000여 드럼이나 되었고 환산하면 약 624,000리터에 해당되는 엄청난 물량이었다. 트럭 한 대에 18드럼을 적재한다면 167대 분에 해당된다.

필자가 근무하고 있는 초송리 검문소(미 7사단 헌병대와 한국군 헌병이 합동으로 근무하는 지역)에서 약 5㎞ 정도 떨어져 있는 전곡에 주둔하고 있는 병참단 일종창고(식량창고)에 무수히 드나드는 트럭에 적재 운반되는 물자들 가운데에 유독 많은 양의 식용유가 들어있는 드럼통이 반출되고 있는 것을 확인하고 직감적으로 의심스럽다는 생각이 들어 그대로 방치해 두어서는 안 되겠다는 판단과 어떤 조치를 취해야 되겠다는 생각을 하고 있을 때였다. 특히 식용유를 운반하고 있던 남궁 모 준위는 당시 국회 국방 분과위원장 안동준 의원의 탑차(지프차에 탑을 씌운 검은색 차)를 타고 검문소를 무사통과하는가 하면 보급부대 출납관이 모 대위와 군수품 부정매매를 하고 있는 要監視(요감시) 업자들과 어울려 다니는 것을 자주 목격하였다. 그런데 요감시자로 지목되고 있는 바로 그자가 헌병감을 비롯하여 요직의 참모들과는 중국 奉天(봉천, 지금의瀋陽) 동광중학교 동창이거나 선후배 관계였으므로 필자의 능력으로는 감당하기 어려운 상대였다.

그러던 어느 날 새로 부임한 병참단장이 예하부대 초도순시를 하고 있는 도중 필자가 근무하는 초소 앞을 통과하려고 하기에 신임 병참단장이 타고 있는 차 앞을 가로막고 "새로 부임하신 단장님이십니까?" 하니까

　"자네는 누구지?" 하고 묻기에 나의 관등성명을 고하고

　"제가 단장님에게 꼭 보고드릴 사항이 있는데 잠깐 시간을 내주실 수 있겠습니까?" 하고 문의했더니 잠시 생각하는 듯하다

　"그래, 무슨 내용인지 이 자리에서 말할 수 있겠나?" 하기에

　"불편하시겠지만 저의 파견대에서 보고드리겠습니다." 하고 앞장서서 파견대로 모시고 와서 자리를 권하고,

　"이 모 대위와 남궁 모 준위에 대한 군수품 부정유출 사실에 대한 정보가 거의 확실한 것 같으며 저도 현재까지 너무 많은 물자가 운송되고 있는 사실을 목격하였으니 단장님께서 직접 보급품 불출 현황을 파악해 보시기 바랍니다." 하고 건의했더니 고맙다는 이야기를 남기고 황급히 자리를 떴다. 수일 후 중앙 제3범죄수사대(CID)에서 이 사건 수사에 착수하여 관련자 7~8명이 구속되어 조사를 받고 있다고 하더니 그들 관련자 모두가 군법회의에 회부되어 유죄판결을 받았다고 하는 후문이다.

　이 사건이 계기가 되었는지는 알 수 없지만 군 내부에서 부패척결 바람이 불기 시작하더니 급기야 연료 부정유출에까지 파급되어 제2군단장 楊國鎭(양국진) 중장이 휘발유 부정유출 사건으로 직위해제와 동시에 구속되었다. 사건의 발단이 되었던 공병단은 야전군 소속이었다. 한편 楊(양)장군이 제2군단장으로 재직 중일 때 당시 宋嶢贊(송요찬) 중장은 제3군단장으로 재직 중이었는데 양 장군의 사건이 발생하자 송장군은 곧 제1군사령관으로 영전하게 되었다. 설마하니 군단장이 직접 지시하여 부정유출 사건이 발생하였을까? 이래서 자고로 지휘관은 부하를 잘 두어야 출세할 수 있다는 말이 실감나게 들리는 대목이다.

:: 휴전이 되던 1953년

휴전이 성립되기 전까지 나는 20사단 60연대(연대장 채명신 대령)가 배치되어 있던 양구 인제 방면의 일선에서 야전부대에 편입되어 근무하게 되었는데 우리 부대의 위치가 적 진지보다 낮은 곳에 위치하고 있던 탓으로 적으로부터 완전히 노출되어 鳥瞰(조감)되는 상태였다. 지형의 불리함 때문에 항상 적으로부터 견제를 받아야만 하였다. 게다가 필자 가 지휘하는 부대 인원은 36명에 불과하였으므로 턱없이 부족한 병력이었기에 부여받은 임무를 수행할 수 없어 사단 수색중대로부터 차출된 20명의 인원을 지원 받아 견습헌병 으로 근무 배치하였는데 적에게 노출되기만 하면 영락없이 적의 조준사격에 의해 희생자 가 발생하곤 하였다. 연대장 채명신 대령은 8군 사령관의 특명으로 5월 하순 60연대장으 로 부임받고 단기에 재편성하여 특수 작전으로 중공군의 총공격을 막아 내고 적의 주력 병력을 전멸시키고 대승하였다. 또한 항상 견제만 당하고 있을 수는 없다고 판단하였는 지 M-1 고지와 크리스마스 고지(당시 작전상 부친 목표지역 명칭, 해발 1,200m 고지) 등에 대한 기습 공격을 감행하여 그 지역을 점령함으로써 큰 전과를 거두었으며 그날로부터 우리 헌병들도 안전하고 편안한 잠을 잘 수 있게 되었다.

채명신 연대장께서는 제주 4·3 사건 당시 소령, 중령 시절을 보냈고 38선 송악산 전투 대대장은 6·25 초전부터 야전 지휘관으로서 군대를 양성하고 적진 후방을 침투하여 북 군의 유격군단장을 생포할 만큼 대단한 지휘관이시다.

1953년 7월 27일 휴전협정이 성립되었고 필자가 20사단 60연대까지 전속되는 과정을 기술한다. 1952년 9월 중순 필자가 속해 있던 11중대가 차출되어 양양으로 파견되었는데 이때 마침 제주도 모슬포 신병훈련소에서 신병교육을 수료하고 20사단으로 가는 신병을 수송하는 한국 해군 LST(Landing Ship, Tank)가 포항에 일시 기항하게 되어 있어서 우리 헌 병요원들은 그 시에 맞춰 포항에 내려가 이 배에 승선하여 신병들과 같이 襄陽(양양) 낙산 사 해안으로 가게 되었다.

우리 헌병11중대는 서울역에서 기차 편으로 포항까지 가서 예정했던 대로 LST가 입항 하여 그 함정에 승선하고 모슬포에서 오는 신병들과 합류하였고 艦(함)내에서 2박 후 목적지인 양양 해안에 접안해서 하선 명령이 떨어지자 임시로 편성되었던 각 부대별로 모래사장에 상륙하게 되었다.

이 해안에는 신병들과 우리를 마중 나온 제20사단장 유흥수 준장을 비롯하여 사단참모진과 예하부대 지휘관들이 병력이 하선하는 광경을 지켜보고 있었다. 우리 헌병요원들도 헌병참모 朴載榮(박재영) 소령과 중대장 金士道(김사도) 대위의 인솔하에 질서정연하게 하선하여 모래사장을 걸어 나오고 있는데 갑작스럽게 사단장 유흥수 장군으로부터 행동정지의 불호령이 떨어졌다. 이게 무슨 일인가 하고 당황하고 있었는데 알고 보니 그 원인이 우리 헌병들에게 있다는 사실을 곧 알게 되었다.

신병들은 전원 훈련소에서 지급된 복장을 하고 있었는데 반하여 우리 헌병요원들은 하나같이 미제 복장에 미제 장비를 갖추고 있는 데다, 일반 보병장교들은 감히 엄두도 낼 수 없을 정도로 고가 사치품이라고 할 수 있는 제니스 라디오까지 들고 어슬렁어슬렁 걸어 나오는 꼴이라니 그야말로 꼴불견이고 아니꼽게 보였던 모양이다. 부대지휘관으로서 전방에 배치 명령을 받고 오는 자들의 정신 상태가 부적절하게 보였던 것이 당연했을 것이다. 그리고 軍紀(군기)와 秩序(질서)를 단속하고 관리해야 할 헌병들의 이 모양새는 백 보를 양보해도 전방부대에서 근무할 병력치고는 그 정신 상태와 자세가 도저히 그대로 묵과하고 용납할 수 없을 정도로 해이해지고 기합이 빠져있는 몰골들이 너무도 한심스러웠던지 우리 헌병중대 전원은 사단장의 명령에 따라 입고 있던 군복(전투복)을 모두 벗어버리고 바닷물 속에 목까지 잠길 정도 깊이까지 들어가 두 손을 들고 한 시간 동안 벌을 서고 나와 물속에 오래 있었던 탓으로, 체온이 떨어져 부들부들 떨면서 신병들이 입고 있었던 것과 같은 군복으로 갈아입어야 했다. 사단사령부가 배정해 준 숙소(내무반)라고 정해준 곳으로 가 보았더니 분대 천막이었고 천막 안의 맨바닥에는 볏짚이 깔려 있었으며 지급된 담요는 한 장뿐이었다. 이래저래 늦어진 저녁 식사로 나온 것이 주먹밥 한 덩어리에 양미리가 헤엄쳐 지나가다 낙오된 한 마리가 떠 있는 다 식어버린 소금국 한 그릇이 전부였다. 다행히 몹시 배가 고픈 상태였으므로 이나마도 진수성찬일 수밖에 없어 허겁지겁 입안으로 집어넣기 바빴다.

추석이 지난 지도 2, 3일밖에 안 되어 유난히 밝은 달빛과 한 장뿐인 담요에다 한 시간 동안이나 찬물 속에서 기합을 받은 덕분에 아직 체온이 정상으로 돌아오기도 전이었는데 몸속으로 스며드는 寒氣(한기) 때문에 잠을 이루지 못하고 웅크리고 있으면서도 春園(춘원) 이광수의 작품 '꿈'이 머릿속을 맴돌더니 이번에는 불쑥 떠오르는 고향의 부모님과 가족생각에 더더욱 잠을 이루지 못하고 이리저리 몸을 비틀다 보니 자정이 훌쩍 지나가 버린 것 같았다. 혼잣말 같이 중국의 詩聖(시성)李白의 靜夜思(정야사) 시구를 마음속으로 읊어 본다. 그리고 오늘 하루 겪은 일들을 되씹어보면서 앞날이 어떻게 전개될지 심히 걱정부터 앞선다. 이래저래 잠을 설치고 난 다음날 아침 중대장 김 대위가 나를 부른다고 해서 참모 천막에 갔더니 중대장의 말인즉 "자네는 80중대 서울역 파견대장도 해 보았고, 11중대 소속으로 동대문 경찰서 파견근무도 해 봤으니 서울 지리를 잘 알 것 아닌가?"라고 한다.

"네, 어느 정도는 안다고 할 수 있습니다. 그런데 왜 그러십니까?" 하고 물었더니 "그래, 장기출장 형식으로 서울에 나가서 대장님 댁과 우리 집의 월동 준비를 좀 해 주었으면 말일세! 그리고 내년 봄에 귀대하도록 하게, 부탁하네!" 이게 어디 군대가 할 짓인가? 아니, 아무리 그래도 그렇지 장사치의 흉내도 내 보지 못한 나더러 장사를 하든가, 후생사업을 하든가, 수단과 방법을 가리지 말고 해보라는 것인데 이건 사회를 너무 쉽게 생각하는 것 같았다. 게다가 어제 사단장님으로부터 기합을 받고 그 여운이 가시기도 전에 이런 지시를 하다니 한심스러운 생각이 들었다. 더욱이 필자는 물론 군인들은 사회의 물정을 몰라도 너무 모르는 것 같았다. 그러나 어찌하겠는가. 상관의 명령이니 "네, 알겠습니다. 해보겠습니다!" 하고 천막을 나왔지만 내일의 부대 운영을 걱정하던 내가 이처럼 엉뚱하고 허무맹랑한 명령을 받고 보니 앞이 캄캄해지는 것 같은 느낌이 들었지만, 어찌겠는가. 그야말로 난감하다 못해 한심스러운 심정을 가눌 수 없었다. 도대체 무엇을 어떻게 해서 두 집의 겨우살이 준비를 해 줄 수 있을까? 생각만 한다고 해서 해결될 문제도 아니고 고민만 하고 있을 수도 없고 해서 버스를 타고 무작정 서울로 왔다. 참으로 막막했다.

망우리 고개를 넘어 동대문 근처 대로에 서서 한참을 생각하다 발길이 닿는 대로 청량리 밖으로 나가보았더니 군용 주차장에 트럭 여러 대가 주차해 있는 것을 목격하고 문득 '옳거니, 저 트럭을 貸車(대차)해서 운송도 하고 장사도 해 봐야겠다.'는 생각이 들었다. 그리고 생각해 보니 나에게 적절한 한 가지 특권의 남용이기는 하지만 큰 이점이 있다는 것을 깨달았다. 즉 일반인들은 통행이 제한된 작전통제구역이라도 헌병 완장만 두르면 못

가는 곳 없이 통행이 가능할 수 있을 것이고 또 통행금지 시간이 되어도 운행이 가능할 수 있다는 이점이 있다는 사실을 알게 되었다. 이런 것이 직업적 특권이라고나 할까!

어쨌든 일반인들은 접근하기조차 불가능한 일선 전방부대 근처에까지 들어가 장작을 서울로 실어다 팔면 어느 정도 이익을 올릴 수 있을 것이라고 생각하고 그것도 해 보고, 남들은 엄두도 내지 못하는 야밤에 동해안에서 동태를 실어다 아침 새벽 남들보다 훨씬 빠른 시에 서울역 어시장에 가져다주면 운임을 더 받을 수 있는 일도 해 보았다.

지난날 필자가 동대문 경찰서에 파견 근무를 한 일이 있었는데 그 당시 같이 일했던 전직 경찰관 세 분을 만날 수 있게 되었고 이들에게 내 딱한 처지를 이야기하고 도움을 청했더니 여기저기서 貨主(화주)들을 소개해 주는 덕분에 두 분 상관 댁의 월동 준비에 대한 의무를 겨우 체면 차림 정도나 할 수 있게 되었고 다음해 3월 복귀 명령을 받고 원대로 돌아왔다. 마침 사단 FDC 훈련을 마치고 귀대한 중대장을 만나 귀대 신고를 하고 그간의 행동거지를 보고함으로써 나에게 주어졌던 임무가 완료되었다. 사실 나는 이런 일을 하면서 군인으로써의 가치관과 임무, 가야할 길을 망각해 버린 것 같아 반성하고 또 반성하면서 이런 일에 惰性(타성)이 들지나 않을까 염려스러운 마음이 들기도 하였다.

필자는 군 복무기간 동안 사고 한번 내지 않은 탓이었는지 1958년 육군 준위로 진급하였다. 준위라는 계급은 그 부대의 정신적 軸(축)인 동시에 살아있는 역사적 존재라고 한다. 새로 부대장이 부임하면 각 참모 지휘관들은 각기 맡은 분야에 대한 현황을 브리핑하지만 그와는 별도로 그 부대의 준위를 불러 부대 현황과 그 부대의 성격 및 특징, 지금까지 내려오고 있는 관례 등을 상세하게 청취하여 앞으로의 부대 운영에 참고로 할 정도로 준위 계급장을 달고 있는 사람은 그 부대에서는 매우 중요시하는 존재이다.

더욱이 尉官級(위관급) 장교들은 비교적 군 복무기간이 짧은 탓으로 새로 부대에 부임하게 되면 당연하다고 할 정도로 중상사급이나 준위에게 부대 상황을 묻는 것이 관례이다. 필자가 몸담고 있던 헌병대라고 해서 예외일 수는 없었다.

필자가 서울 헌병사령부에 근무할 때의 일이다. 헌병들이 순찰 근무를 위해 시내에 나가기만 하면 지역 조폭들한테 폭행당하고 돌아오기 일쑤였다. 하루는 중대장 모 대위가 나를 부른다기에 가 보았더니 순찰 나갔던 헌병 2명이 조폭들에게 폭행을 당해 속수무책

1957년 5월 14일 필자가 동두천에서 근무할 당시 대한 상이용사 회관낙성식에
참석하였을 때의 사진이다
앞줄 우로부터 3번째 군복 차림이 필자
(동두천 주둔 미 7사단 헌병부 19 CID 파견 소대장)

으로 당하기만 하고 얼굴에 상처를 입고도 귀대한 것을 본 중대장이 머리끝까지 화가 치밀어 올랐지만 그렇다고 해서 별 뾰족한 수가 있는 것이 아니었다. 중대장은 이 상황을 어떤 방법으로라도 해결해야지, 그렇지 않고서는 대원들의 사기뿐만 아니라 대한민국 육군 헌병으로서의 체면 문제가 걸려 있어 어쩌면 큰 사고가 발생할 수 있는 소지를 안고 있다는 불길한 예감이 들었는가 보다. 필자를 보더니 "김 준위, 이거 무슨 방법이 없을까요?" 하고 질문하기에 "첫째는 매를 맞지 않도록 자기 방어를 할 수 있는 능력을 가지도록 훈련을 시켜야 할 것 같습니다. 두 번째는 무슨 운동이든지 운동을 시켜 자기방어를 할 수 있도록 해 보는 것도 한 방법으로 생각됩니다." 하고 말했더니 "그거 좋은 생각인데! 그럼 무슨 운동을 했으면 좋을 것 같은가?" 하고 묻기에 "태권도를 시키든가 도장을 만들어 권투를 시켜 보는 것이 어떨까요?" 했더니 "그럼 권투 그거 한번 추진해 주실래요?" 해서 부대 내에 권투 도장을 개설하고 간혹 명동 거리에 나가면 만날 수 있는 권투 국가대표 선수들에게 부탁하여 코치로 우리 대원들을 지도해 줄 것을 간청했더니 모

두 흔쾌히 승낙하여 나는 그들의 매니저 역할을 담당하게 되고 그들은 우리 대원들의 훈련을 담당하게 되었다. 그 일이 있은 때부터 강세철, 김명준, 송방현 등 유명 권투선수들과 친해지게 된 계기가 되었다.

   도장은 필자가 예편될 때까지 계속 운영되었다. 또한 대원들이 권투를 배우고 나서부터는 순찰 중 깡패들에게 얻어맞고 들어오는 일이 없어졌다.

:: 결혼

   세상 살아가면서 언제까지 독신으로 있을 수는 없는 일이다. 그렇다고 해서 당장 어디서 배필이 될 사람이 하늘에서 떨어지는 것도, 땅 밑에서 솟아나는 것도 아니려니와 주위 사람들이 떠들어댄다고 해서 하루아침에 이루어질 수 있는 문제도 아니다. 더욱이 이것은 상대적인 것이어서 그리 쉽고 간단하고 성급하게 해결할 문제도 아니려니와 일생을 같이 해야 할 배필을 구하는 일생일대의 선택을 그렇게 경솔하게 결정할 일은 더더욱 아니었다. 나름대로의 생각은 월남하여 내 신변에 가까운 친척이 있다거나 신상에 대한 상담 역할을 해 줄 만한 동향 선배도 없는 처지여서, 그동안 독수공방 고독한 생활을 해왔기에 만약 배필을 구한다면 때로는 친구같이 대화도 하고, 같이 고민하고 같이 위로하며 때로는 누나같이 신변을 걱정해주기도 하고 슬픔과 기쁨을 같이 나눌 수 있는 그런 사람이면 좋겠다는 생각을 하고 있었다.

   그리고 언젠가는 불원한 장래에 군 생활을 접고 사회생활을 해야 하는 시기가 도래하게 되면 그때는 늦어질 것만 같은 내 학력의 부족함을 메울 기회도 상실하게 되어 아무것도 할 수 없게 될 우려가 있기에 결혼에 앞서 학업이라도 하려고 항상 생각하고 있었다. 하지만 군무에 시달리고 있는 나로서는 그런 시간적 여유가 전혀 나지 않아 엄두도 내지 못하고 있었는데 다행히도 1953년 광주에 전속 발령이 나기에 천만다행이라고 생각하고 그해 국립 전남대학교 문리대학 철학과에 입학하였는데 그때 나는 현역시절이었으므로 바쁜 군 복무 때문에 학업을 이어가는 데 많은 어려움이 따랐다. 그래도 상관, 동료들의 이해와 격려의 덕분에 시간을 할애하여 공부를 할 수 있었지만 55년 다시 서울로 근무처가 옮겨지게 되어 부득불 학교는 휴학계를 제출한 다음 그 학교에 다시 갈 수 있는 기회가 없어 결국 도중하차하고 말았다. 지금도 그때에 공부를 끝내지 못한 것을 무척 아쉽게 생각하고 있다.

그 시절 군 복무도 하랴, 학교도 다니랴 하다 보니 나이 27세가 되던 1956년까지도 백년해로할 배우자를 구할 만한 마음의 여유도 시간도 없이 군무에 시달려왔다. 또 한 가지 마음의 결정을 하지 못하고 있었던 것은 그 당시 몇 푼 안 되는 군인 봉급으로는 도저히 가족을 먹여 살릴 방도가 없다고 생각되어 결혼이란 것은 엄두도 낼 수 없을 정도였으니 마음의 여유인들 있을 리 만무했던 것이 사실이다. 그런 생각을 가지고 있었던 것은 나뿐만이 아니라 군에 복무하고 있던 結婚適年期(결혼적년기)의 사람들이 같은 생각을 하고 있을 때이다.

그러나 適年期가 되다 보니 동료들은 물론 상사들까지도 만날 때마다 언제 국수를 먹여 줄 거냐는 말이 인사말 같이 되어 버렸고 특히 한 상사는 마음의 안정을 찾아야 할 나이이고 또 가정을 가져야 할 나이가 되었으니 서둘러 배우자를 찾아 결혼하라는 당부까지 하니 '어쩔 수 없이 결혼이란 것을 하기는 해야 되는가 보구나.' 하고 심각하게 생각하게 되었다.

그러던 어느 날 신의주 상업학교 출신인 金月彬(김월빈) 씨를 만나게 되었고 여러 차례 만남이 반복되다 보니 자연스럽게 가정 이야기가 나오게 되었고 결혼 이야기도 나와 아직도 필자가 미혼이라는 것을 알고는, 아주 좋은 배필이 될 만한 아가씨를 소개해 줄 터이니 한번 만나 보는 것이 어떻겠냐고 하면서 지금의 內子 이야기를 하는 것이 아닌가. 그의 말에 의하면 당시 저축은행 명동 지점의 은행원으로 근무하고 있다고 했고 그녀의 오빠는 사세청 공무원이라고 했다. 이렇게 간접적인 소개를 받고도 얼른 결심이 서지 않았던 것은 역시 부양능력 문제였다. 도대체 결혼한 다른 동료들은 어떻게 가정을 꾸려나가고 있는지 알 수 없지만 필자의 상식으로서는 아무리 궁리를 해 봐도 엄두가 나질 않는다.

부득이 결혼한 동료들에게 諮問(자문)을 구해 보기도 했다. 어떻게 가족을 부양할 수 있냐고 말이다. "이 사람아, 결혼만 하면 돼. 먹고 사는 걱정은 그다음의 일일세. 사람 목구멍에 거미줄 쓸겠나!"하고 이구동성으로 나의 결혼을 재촉하는 것이 아닌가. 모두 그렇게 쉽게 말들은 하지만 결혼이 어린아이들 소꿉장난이 아닌 이상 좀 더 심사숙고해 볼 필요가 있었기에 시간만 허비하고 있었다. 사실상 내 인생의 대사를 혼자서 치르려 하다 보니 부모님이 생존해 계셨더라면 이런 정신적 고생을 하지 않아도 부모님께서 알아서 해 주시겠지만 그렇지 못한 형편이다 보니 오히려 결혼을 생각하는 것보다 안타까울 정도로 부모님 생각이 더 나게 되어 결심은커녕 슬픔이 앞서는 것을 어찌하겠는가? 이런 나의 심정을 알지 못하는 상사나 동료들은 한시가 급한 것 같이 재촉하는 바람에 오히려 결혼을 해야 되는지 말아야 되는지 갈등이 생길 정도였다. 그렇다고 그냥 넘어갈 수도 없는 일이고 해서 그러면 한 번만이라도 신부 될 사람을 만나라도 보는 것이 김월빈 씨에 대한 예의인 것 같아 필자의 근무 사정과 신부 될 사람의 근무시간 등을 감안하여 적당한 시기와 장소 등을 결정하여 정은숙 씨를 YMCA 구내 다방에서 만나기로 소개해준 분을 통하여 연락이 되었다. 약속된 시에 서로 만나 잠깐 동안의 어색한 시간이 흐른 다음 필자가 먼저 간단한 자기소개를 하고 나서 북한 출신이지만 아직 미혼임이 분명하니 마음에 드시면 시집 와 달라고 하고, 주소를 가르쳐 주시면 내가 그 댁을 찾아가 부모님께 정식으로 청혼을 하겠다고 하였더니 정은숙 본인이 '중구 예장동 19번지'라고 하기에 다음 주 토요일 오후 수도극장 앞 수선화다방에서 만나 같이 집에 가기로 약속하고 헤어졌다. 신부 될 사람이 마음에 드는 모양이로구나 하는 생각을 하면서도 한편으로는 부양 걱정을 떨칠 수가 없었다.

그러면서도 토요일이 되자 다소 설레는 마음을 가라앉히고 약속된 다방으로 가서 정은숙 씨를 만나 같이 지프차로 그 댁을 찾아가 보았더니 60이 넘은 할머니 두 분만 앉아 계시기에 청혼 문제는 가장되시는 분이 계실 때에 하는 것이 도리인 것 같아 다음 주에 다시 방문하기로 하고 간단한 인사만 드리고 그 집을 나왔다. 다음 주에 다시 그 댁을 방문하여 가장되시는 처남이 될 鄭東鉉 씨를 뵈었는데 나의 가족 관계와 친지가 있냐고 묻기에 내 가족은 모두 북에 살고 계시다고 했더니 '그러면 친구는 있을 것 아닌가? 다음에 올 때에는 그 친지를 데리고 왔으면 좋겠다.'는 기색이기에 세 번째 그 댁을 방문했을 때에는 권투선수 강세철(당시 국가대표 권투선수)을 동반하여 가서 인사를 드렸다. 그 당시 남한에서 어지간한 사람치고 강세철을 모르는 사람이 없었을 정도로 인기 있는 권투선수였는데 그 강세철을 데리고 갔으니 처남 될 사람은 아마도 기절초풍할 정도로 놀랐을 것이다. 생각하기를 '요놈 봐라? 깡패도 보통깡패가 아니구나.'라고 놀랐을지 모른다. 다음 주에는 아예 추석 다음날 결혼식을 올리겠노라고 청첩장 100장을 인쇄해서 50매를 가져다 드렸다. 나의 처가 될 정은숙 씨는 어머니가 40세가 넘어서 태어났기 때문에 젖이 나지 않아 처남댁이 유모 역할을 해서 키웠다고 한다. 그래서인지 딸이 어머니의 말보다 처남댁 말을 더 잘 듣는 모습을 보곤 했다.

그 당시 내 형편으로 데이트란 것을 생각할 형편도 아니었고 환경도 시간적 여유나 로맨틱한 생각을 할 수 있는 마음의 여유도 없었다. 그렇다 치더라도 "永不變心(영불변심) 비록 나의 지금의 처지는 한심할지 모르지만 그래도 당신을 나의 반려자로 일생을 같이 하는 데 초심이 변하지 않도록 최선을 다하겠다!"라는 말 한마디쯤은 했어야 마땅한데 불쑥 일방적으로 청첩장부터 내밀었으니 처가댁은 얼마나 황당했을까 하는 생각을 하면 지금도 식은땀이 날 정도이다. 내가 그 당시 그처럼 무례하고 무모한 행동을 할 수 밖에 없었던 것은 제6군단 소속 제25헌병중대 제2소대장으로 미 7사단 파견 근무의 명을 받고 동두천에 주둔하고 있는 미 제19범죄수사대(CID)와 합동 근무를 하고 있을 때였으므로 좀처럼 시간을 내기 어려웠기 때문에 이것저것 생각할 마음의 여유도 없었고, 세상 돌아가는 물정도 몰랐으며 지금까지 누구와 다정하게 마음을 터놓고 이야기 할 사람도 없는 처지였기 때문에 환경의 영향을 받은 정서 부족의 탓이 아니었나 하는 생각이 든다. 그 당시 동두천하면 서울이나 경기도 일대에 거주하는 사람치고 '텍사스'를 모르는 사람이 없을 정도로 주둔 미군 부대를 대상으로 하루에도 수십 건씩 발생하는 각종 범죄사건의 소굴이라고 해도 과언이 아닐 정도로 복잡한 곳이었으며 그곳에서 흉악범, 사기꾼, 조폭, 절도범 등 온갖 범죄자들을 상대로 하루하루를 살다 보니 그 어느 날도 편안할 때가 없는 처지인데, 나를 제쳐 놓고라도 내가 이끌고 있는 소대원 전원이 24시간 잠깐만이라도 휴식을 취할 겨를도 없이 격무에 시달리고 있는 처지에 비록 소부대이기는 하지만 지휘관이란 책임자가 사적으로 시간을 내서 휴식을 취할 수 있는 입장은 아니었다.

그런 와중에도 가까스로 마련한 결혼 날짜를 1957년 9월 9일로 정할 수 있었던 것은 추석 연휴를 이용할 수밖에 없었기 때문이며 그 결혼식 날은 음력 8월 16일 추석 다음날이었다. 친구들의 도움으로 예식장도 雲峴宮(운현궁)으로 결정하였고 만반의 준비를 끝냈다.

결혼 당일은 맑게 갠 가을 하늘 아래 예정대로 많은 하객들을 모시고 무사히 결혼식을 마쳤다. 지금 같으면 신혼여행도 가야 하겠지만 그런 것은 생각조차 할 형편도 아니었으므로 하룻밤이라도 신부와 같이 보낼 수 있도록 마련한 곳이 정릉에 있는 청수장 호텔이었다. 그곳에 신부를 혼자 남겨둔 채 하객인 친구들과 같이 축하연이랍시고 그 호텔 1층에서 밤새 술을 마시다 동이 틀 무렵이 되어서야 이제 그만 하고 신부가 밤새 기다리고 있을 호텔 방으로 올라가려고 하는데 그때 마침 부대에서 헐레벌떡 달려온 연락병의 비상소집 전갈을 받고는 신부한테는 미안하다는 인사도 제대로 하지 못하고 그 길로 부대로 복귀하였다. 신부와의 허니문이 됐어야 할 결혼 첫날밤은 이렇게 해서 끝이 나고 말았다.

결혼식이 있었던 날, 나는 고향에 계실 부모님 생각이 머릿속을 맴돌면서 마음속에서는 통곡을 하고 있었다. 부모님을 모시고 했어야 할 나와 우리 가정의 대사를 나 혼자서 치르게 되었으니 기쁨보다는 오히려 슬픈 마음이 앞섰던 것이다. 그래서 그 울적한 마음을 달랜답시고 친구들과 밤새 술을 마셨던 것이다. 물론 신부에게는 한없이 미안한 일이었다. 지금도 미안한 생각을 가지고 있다. 특히 부부란 如鼓琴瑟(여고금슬)이라 하지 않았던가. 항상 和樂(화락)하게 살아도 모자랄 지경인데 군무를 핑계로 남편의 도리를 제대로 지키지 못했던 것은 군문을 떠난 후 지금까지도 마찬가지이니 그 버릇 누구에게 주겠는가.

그러면서도 세월은 흘러 나와 내자 사이에 장녀 香純(향순), 차녀 英純(영순), 삼녀 正純(정순), 사녀 南純(남순)이와 막내아들인 德起(덕기)까지 1남 4녀의 자식을 두었다. 지금은 모두 성장하여 중년의 가정주부이기도 하고 나름대로 장사치로서 행복하고 평화로운 가정을 꾸려나가고 있어 나는 무척 고맙고, 다행스럽고, 행복한 노후를 보내고 있다고 생각하고 있다.

장녀 향순이는 시드니에서 82년 보석 가공 기술을 가지고 있는 남편 최화용과 결혼하여 지금은 2남의 어머니가 되었고, 시드니 중심가에서 보석방을 경영하고 있다. 그의 장남 최원국은 호주 맥콰리 대학교 상과를 졸업하고 시드니 중심가에 위치하는 울워스라는 이름의 백화점에 근무하고 있다.

차녀 英純(영순)이도 남편이 공무원으로 안정된 생활을 영위하고 있으며 슬하에 1남 1녀를 둔 어머니로서 어엿한 주부이다. 딸은 뉴카슬이란 곳에서 기술자와 결혼해서 행복하게 살고 있다.

3녀 正純(정순)이는 한국 서울에 거주하고 있는데 남편이 존경받는 공무원이고 현재는 1남 2녀의 주부이면서 독실한 기독교 신자이자 교역의 역할에 열심이다. 사녀 南純(남순)이는 필자가 6군단에서 동두천 미 7사단 19CID 파견 근무 당시 전곡에서 수도병원장 하던 홍순억 씨의 3남 홍석표와 서울에서 대학 4학년 때 약혼식을 하고 투자이민 올 때 같이 와 고려대 축산학과 석사과정을 거쳐 호주 뉴 잉글랜드 대학원에서 수학했다. 1남 성현이가 성실하여 서울 영국계 회사에 근무 중이다. 아들 德起(덕기)는 한국에서 고교 3학년 때에 이민 와서 言語(언어)도 다르고 환경도 변하고 한 탓으로 학교공부를 제대로 해낼지 매우 걱정스러웠다. 그러나 검정고시를 거쳐 시드니 대학에 진학하게 되어 나중에 경제학 박사학위를 취득한 다음, 지금은 母校(모교)의 정교수로 일하고 있다. 자부 송미정 장손 현우(고2), 손녀 혜진(중1)이 모두 명랑하고 공부 잘하고 건강하니 하나님께 감사하다.

다행히도 필자는 남들이 겪는 이민생활에서의 환경의 변화, 언어의 장벽, 자식들에 대한 취학문제, 취업문제 등 많은 심적 고민과 갈등이 따르게 마련이고 고달픔과 고독함과 서러움 그리고 향수병 등이 겹쳐 이민을 후회하는 경우가 많은 게 사실이지만, 다른 사람들에 비해 나와 가족 모두가 비교적 빠른 시간 안에 적응하고 동화되고 정착되어 그런 걱정은 덜 느낄 수 있었다.

그러니 무미건조한 생활을 할 수 밖에 없었고 결혼하기 전만 해도 당시 직장으로 누구나 부러워했던 은행원이었고 매일 엄청나게 많은 돈을 주물럭거렸겠지만 결혼을 하고 난 날부터 넉넉지도 못한 쥐꼬리만한 급료로 빈곤하고 궁핍한 살림살이 때문에 1원짜리 동전 한 푼도 아쉬운 환경이 되어 버렸으니 내자가 심적으로 얼마나 후회막심했을까 하고 미안한 마음이 떨쳐지지 않았다.

남편이란 작자는 매일 아침이면 서둘러 출근해야 하고 정해진 근무시간이 있기는 하지만 그 시간을 지켜본 일은 십수년간 한 번도 없었고 통행금지 시간이 넘어서야 돌아오곤 하니 군대 내막을 모르는 내자는 매일 불안한 나날을 보낼 수밖에 없었을 것이다.

지금도 간혹 70년대 크게 유행했던 '젖은 손이 애처로워' 하고 시작하는 '아내에게 바치는 노래'가 생각나 흥얼거려 보면서 말로는 표현하지 못하지만 지난날 어려웠던 시절 불평 한마디 없이 가정을 이끌어 준 데 대해 항상 죄송스럽고 미안하고 고마운 마음은 평생 잊을 수가 없다.

:: 헌병 근무를 하면서

필자가 군 복무를 마치기 1년 전인 1959년 말경 서울 중구 소재 육군 헌병사령부에 근무처를 옮기게 되어 결혼을 하고도 수년간을 떨어져 살다 처음으로 한 지붕 밑에서 신혼살림을 하게 되었고 내자가 차려주는 따뜻한 아침 식사를 하고 출근할 수 있게 된 것이 너무나도 행복함을 느끼게 되었다.

필자는 6·25 전쟁 발발 후 고향선배의 배려로 헌병으로 전과한 이후 예편될 때까지 줄곧 헌병으로 근무하였다. 처음에야 헌병이란 게 그저 그런 것이려니 하고 주어진 임무만 하면 되는 줄만 알고 있었다. 그런데 많은 시간이 흐르면서 군대 울타리 내에서 뿐만 아니라 울타리 밖에서까지도 눈에 보이지 않는 곳에서 우리 헌병들에 대한 거동을 일거수일투족 바라보는 따가운 시선이 있다는 사실을 알게 되면서부터, 우선 정신적으로 무척 어려운 병과라는 것을 새삼 깨달을 수 있게 되었다. 간혹 친구를 만나 길가에 서서 이야기하기가 멋쩍어 다방에라도 들어가게 되면 갑자기 모든 시선이 나에게 쏠린다는 것을 의식할 수 있었다. 특히 헌병 완장을 달고 있을 때이다. "헌병이 왜 다방에 들어와? 무슨 일이라도 났나?" 이렇게 생각하는 것은 일반적이다. 좀 더 심하면 "밥맛 없게 왜 헌병이 다방에까지 들어와?" 하고 노골적으로 혐오감을 나타낸다. 참 딱한 일이다. 나도 사람이거늘 따끈한 커피 한 잔 마시고 싶은 생각도 나기 마련이고 배가 고프면 식당에 들어가 식사를 하는 것은 당연한 일인데 그것을 당연하게 생각해 주고 이해해 주는 사람은 그리 많지가 않았다.

그러니 식사 시간만 되면 부득불 부대에서 식사를 하게 된다. 나도 욕구 충족을 위해 궤도에서 벗어나지만 않는다면 자유롭게 보아 주었으면 했지만 그것은 나의 희망사항일 뿐 다른 모든 사람들은 무언의 구속을 하고 있는 듯하였다.

그런 심리적 작용 때문이었는지 술을 마셔도 두서너 잔이 고작이고 만취나 의식을 잃을 정도로 마셔본 일이 한 번도 없었다. 담배는 처음부터 별로 좋아하지 않았다. 일반 병과나 다른 병과 군인들이 생각하는 헌병들은 무조건 군의 모범을 보여야 한다고 강요하고 있는 것 같았으며 어쩌다 사건에 말려들면 그 사고의 원인이나 경유야 어떻든 그것은 무조건 "헌병이니까 그랬지!" 하는 선입감부터 나타내는 것이 일반적이고 보편적인 것이었다.

이런 환경 속에서 근무하다 보니 항상 긴장 속에서 살아야만 했고 순찰 근무 중이던 헌병이 길거리에서 많은 사람들이 보고 있는 가운데 폭행을 당하면서도 말 한마디 제대로 못하고 부대에 돌아와서는 상관에게 기합을 받기 일쑤였다.

서울 명동 거리에서는 자주 휴가나 외출 나온 군인들과 깡패들 사이에 폭행이 오가는 경우가 발생하곤 했다. 우리 순찰 헌병이 발견하면 당연히 군인을 보호하려 하게 되는데 그 행위는 마땅히 헌병이 해야 할 의무이다. 깡패들은 그것이 못마땅했던지 그 화살을 헌병들에게 돌려 헌병을 구타하는 등의 폭행을 하지만 애석하게도 누구 한 사람 말리려는 사람이 없었다는 것이다. 그런 이유 때문일까, 우리 헌병은 어느 모로 보아도 완벽해야 된다는 것을 강조하게 되었다. 가령 순찰 나가는 헌병은 발바닥에서 머리끝까지 철저하게 점검한다. 자세가 조금이라도 흐트러져서도 안 되고 행동이 난폭해서도 안 된다. 매일 똑같은 복장 검사와 언행 연습 등을 반복해서 실시하게 된다. 그렇기 때문에 헌병 근무란 육체적 고통보다 정신적 고통이 이만저만 심한 것이 아니다.

필자는 군 복무기간 무언가 한 가지 취미를 가져보려고 해 본 적도 있었지만 뜻을 이루지 못하고 말았다. 시간적 제한도 있기는 했지만 그보다도 취미생활 그 자체가 헌병 근무자의 흠이 되고 사치스럽게 보일 우려가 내재되어 있어 비난을 받을 소지가 다분히 있었기 때문이었다.

휴전이 성립되면서부터 군은 전시 태세로부터 평시 태세로의 전환이 시작되면서 전쟁 수행을 위해 치중되어 오던 모든 조직의 관리와 행정이 정비되기 시작했다.

그동안 전문성이나 기능이 경시되고 용맹성만을 강조해 오던 풍조는 점차 사라지고 해이해졌던 군기도 본격적으로 쇄신하고 확립하려는 개혁의 움직임이 본격적으로 시작되었다. 시간이 경과됨에 따라 전쟁 일변도에서 평시 태세로의 전환을 위한 군 기본 인프라가 정비되고 새로운 관리체계가 확립되면서 軍紀(군기)도 역시 제도화되고 개혁되고 혁신되고 재정립되면서 관리 운영의 합리화가 추진되기에 이르렀다. 이 과정에서 헌병 병과는 타 병과들에 비해 가장 민감하게 작용되는 것 같이 보였다. 하기야 국가의 기간 전체가 구조적 개혁 변화의 국면으로 접어들었는데 군이라고 해서 그 특수성을 감안하여 예외일 수는 없었을 것이고 하물며 헌병 병과라고 하여 특별한 조치가 있을 수도 없는 일이었다. 이와 같은 과정은 필연코 도래해야 할 과정이었다.

특히 5·16 군사혁명 이후부터는 군 지휘체계의 확립을 강조하면서 각급 지휘관들의 지휘능력, 인간성, 정서면에서의 결함 등이 지적되고, 무능 장교에 대한 大肅正(대숙정)이 단행되기에 이르렀다. 따라서 여태까지 묵인해 오던 부대지휘 관리의 수수방관이 용납되던 시대는 지나가 버리고 지난날 상식만으로도 통하던 모든 관리 업무가 SOP(standard operating procedures)에 의해 엄격하게 제도화되는 등 개혁이 멈출 줄을 몰랐다. 필자는 이 일련의 과정을 지켜보면서 군의 발전이란 이렇게 진행되는 것이로구나 하고 새삼 느끼게 하였다.

특히 군수물자나 재정상의 사건 사고에 대한 엄격한 처벌 조치와 지휘 책임 등의 문책으로 부정사건과 안전사고, 부대 운영 관리에서의 결함에 의한 사고가 눈에 띄게 감소되기 시작하였다. 필자는 이 시기 그러니까 1961년 봄부터 제대를 본격적으로 구상하기 시작하였다.

돌이켜 보건대 군 복무기간 필자 자신은 한 점의 부끄러움 없이 주어진 임무에 충실하였노라고 자찬하고 싶다. 헌병이라고 하는 특수 병과에 근무하다보면 간혹 유혹 같은 것이 있게 마련이지만 필자는 그런 유혹에 한 번도 빠져들어 본 일이 없었기 때문이다.

:: 군 복무를 마치고 명동을 방황하던 시절

필자가 군에 입대한 것은 탈북하여 38선을 넘어온 다음날이었으니까 남한에서의 자유시간을 따진다면 24시간이 채 안 되는 단 하루뿐이라고 해도 과언이 아닌데 그나마도 피난민 수용소에서의 하루였기에 따지고 보면 전혀 남한 사회를 모른다고 하는 말이 옳을 것 같다. 그러니 세상 물정을 알 리 없었고 설사 안다고 해 봤자 어린 나이에 무엇을 볼 수 있었겠는가?

1949년 1월, 대한민국이 건국된 지 겨우 5개월이 지났을 무렵이었음으로 격동기라고 해도 크게 잘못되지 않은 때였으며 군에 입대하면서 1948년 발생한 여수·순천 반란사건을 일으키고 도주한 주동세력과 합세했던 지방 공산당원들의 토벌작전을 시작으로 1950년 6·25 전쟁, 1960년 4·19 혁명, 1961년 5·16 군사혁명 등을 겪으면서 파란만장했던 군 생활 12년 10개월 만인 1961년 11월 30일부로 육군 준위로 자원 제대(예편)하였다.

계획된 제대였지만 막상 제대를 하고 보니 시간적 여유도 많이 생기고 이것저것 할 일도 많은 것 같이 보였지만 사회 경험이 없는 데다 군대생활이란, 외골수이고 경제적 관념이 결여된 곳에서 잔뼈가 굵어져서인지 무슨 일을 하더라도 우선은 망설이게 된 것만은 사실이다. 그렇기 때문에 필자는 현역 시절부터 관여하고 있었던 '관서개발'이란 회사를 본격적으로 키워볼 심산으로 이 회사와 관련이 있는 사람들과 자주 접촉하는 것 이외에는 별다른 사업관계로 만나는 사람은 없었다.

그 이유는 우선 자신이 없는 일에 관여하고 싶지 않았기도 했고 군에서 먼저 제대하고 사회에 나와 이것저것 경험한 친구들의 충고도 있었고 해서 섣불리 손을 댈 수 없었던 것도 한 이유였다. '조급한 마음을 버리고 우선은 느긋한 마음으로 세상 돌아가는 공부부터 하라.'는 친구들의 충고를 받아들여 관서개발 사람들을 제외하고는 군 복무 시절 신세진 친구들을 만나는 것이 낙이였다. 그 당시는 지하철도 없었고 버스도 지금처럼 노선이 다양하지도 않았고 통신망(전화)도 지금같이 발달되지 못했던 시기였으므로 대부분의 경우 교통망이 집결되어 있어 비교적 편하게 왕래할 수 있는 서울 중심지역인 명동 거리가 가장 좋은 약속 장소였다. 그래서 필자도 자연스럽게 명동을 드나들게 되었다. 이곳 명동에 운집하는 대부분의 사람들이 나와 같이 군대나 경찰관, 공무원 등의 출신이거나 무직자들이었고 개중에는 영화계나 혹은 음악계 등 문화계에 관련이 있는 소위 예술인이라는 사람들도 끼어 있었다.

6·25 당시 필자가 서울 성동공업학교에서 육군 제2사단이 개편되어 철원 지방으로 이동하여 야전 근무를 하고 있을 때에 업무 관계로 법무부 검찰관들과 접촉이 자주 있었다. 이때에 알게 된 분이 군 법무관으로 있던 孔致善(공치선) 대위이다. 이분은 평북 영변 사람으로 평북 남신의주 평안중학교 출신이며 서울 법대에서 수학하고 군에 입대하여 법무관으로 근무하다 제대한 분으로 우연히 명동에서 만나게 되었는다. 孔(공) 대위와 같이 법률신문사를 경영하던 李鳳在(이봉재) 씨(이분도 법무관 출신)도 우연치 않게 자주 만나게 되곤 하였다. 이 때만 해도 별로 하는 일 없이 거의 매일같이 명동 거리를 배회하던 시절이었으므로 길거리에서 어렵지 않게 이들과 만나게 되면 서울 사람들이라면 거의 모르는 사람이 없을 정도로 유명했던 '나일구다방'이나 '돌채다방', '청동다방' 등에서 지금 생각해 보면 별로 맛도 시원치 않은 커피 한 잔으로 정담을 나누곤 했다. 내가 孔 대위와 남달리 친하게 지낼 수 있었던 것은 다름이 아니라 그의 甥姪(생질)인 李學演(이학연)이란 철없는 학생 때문이었는데 이 군이 경기중학 3학년 때에 공부가 싫어 중퇴하고 필자가 동두천 미7사단에 파견 근무를 하고 있을 당시, 내 곁에서 군인도 군속도 아니면서 군복을 착용하고 나를 자기의 형 같이 여기면서 1년 반 동안이나 무위도식하다 돌아간 일이 있었다.

이 군의 부친은 일제강점기 중국을 무대로 독립운동을 하다 일본 관헌에 붙잡혀 장기간 옥고를 치른 독립운동가로 세에 널리 알려져 있는 李光世(이광세) 翁이었으며 그리고 이 군의 모친은 현대 여성 사회활동가로서 능통한 영어 구사로 미군 부대와 연계되는 사업을 하는 한편 문화 사업에도 서슴없이 투자하던 여걸이었다. 나는 李 君이 그처럼 훌륭한 가정의 자식으로 태어났지만 공부도 중도에서 내팽개치고 불량아가 될 소지가 다분히 있는 것 같아 철없이 자란 이런 자들에게는 세상이 얼마나 냉혹하고 혹독한지를 가르쳐 주고 싶은 생각이 들어 엄격히 군의 규율로 따지면 불법이었지만 부대 내에 기거하도록 하고는 혹독하게 다룬 일이 있었는데 그것이 인연이 되어 공 대위와 가까이 지내게 되었던 것이다.

명동 거리를 배회하다 보니 그 시대의 권투계를 주름잡던 康世哲(강세철)의 매니저급이 되면서 해병대에 적을 두고 있던 宋芳憲(송방헌), 공군의 趙性九(조성구), 육군의 金俊鎬(김준호) 외에도 김기수, 김명중 등 많은 권투선수들과도 친분을 가지면서 선술집 출입이 잦아지게 되었다. 당연히 이해관계 없이 그저 친구라는 이유만으로 거의 매일같이 어울려 허송세월 아까운 시간을 낭비했던 때도 있었다.

그런가 하면 또 한편으로는 당시 대한중석 본사 옆 골목으로 들어가노라면 동방문화싸롱이란 곳이 있었는데 이곳에 자주 드나드는 육군 대령 출신인 李鎭鍊(이기련)이란 분이 있었다. 이 대령의 고향은 平安南道 양덕이었던 탓인지 약주가 거나해지면 곧잘 서도민요 가운데서도 특히 愁心歌(수심가[1])를 구성지게 잘 불러 향수를 느끼게 하곤 했다. 이분을 따라 대포집을 드나들게 되면서부터 李興烈(이흥열), 楊明文(양명문), 鄭弼善(정필선) 등 내로라하는 문인들과도 만나게 되었으며 이분들이 이 대령을 만나기만 하면 기립 거수경례를 할 정도로 존경받을 만큼 인품을 갖춘 데다 인간미 넘치는 분이었기에 서로 아끼고 존경하는 절친한 사이가 되었다. 비록 룸펜생활일망정 이 대령님을 비롯하여 화려한 전력을 가지고 계시는 분들을 만날 수 있게 되어 이분들의 가르침을 받을 수 있게 되었고 이분들의 한마디 한마디가 필자로서는 앞날을 위한 金言(금언)이 되고 지침이 될 수 있는 金科玉條(금과옥조)와도 같은 가르침을 받을 수 있었다. 이분들을 만날 수 있었다는 것이 얼마나 영광스러운 일이었는지 모른다.

이기련 대령, 초대통의부 國防部(국방부) 사령관 유동렬의 비서실장을 거쳐 건군 초기에 도미유학하여 포병전술을 터득한 분인데, 6·25 참전 시 북괴군의 침공에 밀려 낙동강 유역 전투에서 이 대령의 포병단이 적의 기습으로 전파되어 막대한 손실(損失)로 군병회의에서 파면 불명예 제대를 당하여 이때부터 방랑생활에 빠졌다. 서울 수복 후 동방문화싸롱은 각개 각층의 문인들의 집합 장소로 유명하였는데, 이곳은 이기련 노병의 생활의 거처였고 매일같이 일락서산이 되면 선술집에서 술잔으로 상한 마음을 달래는 것이 일과가 되었다. 이것이 대포집의 시초라고 전한다. 어느날 귀가길에 한강변 노상에서 이기련 포

---

1 구슬픈 가락의 서도 소리의 하나로, 평안도의 대표적 민요. 허무한 인생을 노래하는 것이 많으며, 그 가락도 애절하다. 장절마다 형식이 다양하고 가락의 선이 유연하며 서정적인 표현이 많아서 전라도의 육자배기와 함께 한국 민요의 쌍벽을 이룬다.

대령님의 최후를 맞게 되어 명동 동방문화싸롱에서 박정희 대통령에게 진정하여 비용을 하사받아 문인(文人) 장으로 별내면 불암산 동남간 하단 골짝에 모셨을 때 필자도 참예하였다.(이 대령의 학력 : 경성제대 영문과 졸업, 성대 교수)

그 당시로부터 훨씬 후에 이야기이지만 홀트 씨가 1956년 2월 해외양자회를 설립한 지 50주년이 되는 2006년, 미국 오리건 주에 위치한 홀트 본부가 주최한 기념행사에 필자도 초청을 받고 미국을 방문하였을 때 그곳에서의 모든 공식행사를 마치고 호주로 돌아 갈 때까지는 시간적 여유가 있었으므로 뉴욕을 방문하면서 그곳으로 이민 온 李學演(이학연) 군이 언젠가 한국에 다니러 왔을 때에 우연히 길가에서 만나 나에게 전화번호를 적어주었던 것이 생각나 그 전화번호를 찾아 걸어보았더니 마침 이 군과 통화가 되어 UN 본부 앞에 있다는 이 군의 아파트를 방문할 수 있었다. 이 군의 모친께서도 그 댁에 같이 살고 계셨는데 1919년생이시라 연세도 고령이고 해서 기동이 불편하지나 않을까 하고 생각했는데 막상 만나보니까 예상외로 70대 초반의 여성같이 건강하고 젊게 보였다. 필자가 북한에서 가지고 온 영변 약산동대의 풍경화(70평) 한 폭을 선물로 드렸더니 그 그림을 고맙다며 받아 들고 한참을 바라보시더니 이미 타계한 자기 동생 孔致善 형이 생각나셨는지 오열하시는 것을 보고 필자도 그만 덩달아 눈물을 흘렸다.

:: 해동 탄광과 러시아 선박 인양사업

필자가 군 복무를 마치기 전인 1959년부터 탄광회사와 관계을 가지게 되었다. 그때로부터 많은 시간을 허비하면서 우여곡절 끝에 필자가 관여하던 탄광이 정식 법인체로 설립되었다. 즉 1967년 8월 주식회사 해동탄광이 설립되었는데 그 임원진으로 代表理事 회장 김우정, 사장 김동증, 전무이사로 필자가 중책을 담당하게 되었다.

이 해동탄광은 6개 탄좌를 가지고 있었으며 이 탄광의 개발을 위해 김옥준 박사란 분께서 지질검사 시험探鑛(탐광) 등을 맡아 주어 일정기간 내에 探礦-試錐-進入路開設-採

炭坑道掘進施設(채광-시추-진입로개설-채탄갱도굴진시설) 등의 작업을 거쳐 탄광으로서의 규모를 갖추는 한편, 그동안 실시해 온 모든 작업을 토대로 하여 석탄의 確定埋藏量(확정매장량)을 算出해 낼 수 있었으며 이 확정매장량의 60%에 해당되는 양을 담보로 광업진흥공사에 개발자금을 신청하였다. 이것은 광업개발촉진법에 의하여 광업진흥공사에 신청서를 제출하게 되면 진흥공사는 그 신청서를 토대로 융자의 타당성 여부를 결정하게 된다.

이 과정에서 광산으로서의 정부규정이 정하는 제반사항에 결격사유가 없을 경우 광산으로 인정하게 되고, 정부에 정식으로 융자를 신청(광업진흥공사)할 수 있는 자격이 부여되는데, 이때 광업진흥공사에 의해 가연가치가 확정되면 해당 광산의 매장량이 담보가 되어 융자금이 지급된다. 이 과정이 최소한 7년에서 10년은 소요되는 것이 상례이다. 그런데 당시 공화당 정부는 자원 개발을 서두르고 있을 때인지라 우리 해동탄광은 다행하게도 국가 시책에 따라 그 기간이 단축되어 불과 3년 만에 광업권을 담보로 하여 당시 융자금으로 거금 3,800만 원을 융자받을 수 있었다. 그 후 1973년 12월 해동탄광에 대한 확정매장량이 인정되어 大韓石炭公社로부터 당시 금액으로 1억 8천만 원을 받고 매각(모든 권한을 移管)하고 해동탄광은 休業하게 되었다.

필자가 해동탄광에 재직하고 있을 시기가 미국 항공우주국 NASA가 '볼 그레이'라고 하는 희귀 광석을 구하려고 세계 방방곡곡 가보지 않은 곳이 없을 정도로 찾아다니던 바로 그 시기였다. 이 '볼 그레이' 성분광석이 고령토에서 발견할 수 있다고 하기에 필자는 이 '볼 그레이' 광석에 큰 흥미를 가지게 되었다. 첫째로, 한국에는 석회석 지대가 많이 형성되어 있기 때문에 이 희귀 광석이 한국에도 존재할 수 있을 가능성이 있다는 것과 가격이 매우 매력적이라는 것이었다. 그래서 필자는 탄광에만 매달려 있을 것이 아니라 석회석이 있는 곳을 찾아다닐 결심을 하게 되었다. 만일 어디에선가 이 '볼 그레이' 광산을 발견할 수만 있다면 돈벼락을 맞을 수도 있다는 막연한 희망이 없었던 것은 아니다. 원래 옛날부터 광석을 찾아 다니는 사람을 가리켜 야마시(山師)라고 하였는데 그 야마시란 낱말의 뜻에는 남을 속여서 돈을 버는 사기꾼이라는 뜻도 포함되어 있을 만큼 허풍이 있다는 의미도 되는 것 같다. 여하간 나는 노느니 염불한다는 셈치고 그 광석을 찾아 나서면서 꼭 5만분의 1 地圖(지도)와 픽켈(pickel) 그리고 군용 羅針儀(나침의)를 필수 휴대품으로 가지고 다녔다.

　그런데 이곳저곳 헤집고 다니다 보니 내 행색이 수상하게 보이는 데다 무엇하러 다니는지 혼자서 산을 오르내리는 몰골이 필경 남파 간첩이거나 살인강도 등 흉악범으로 수배당하고 있는 범인 정도로 보였던 모양이다. 필자가 전라남도 右水營(우수영)이란 곳의 한 여인숙에 투숙하고 있을 때의 일이다. 그날은 날도 어두워지고 시장기도 나고 피곤하기도 해서 여인숙을 찾아 들어 저녁을 청해 먹고는 피곤함을 이기지 못하고 누워 건들건들 졸고 있었는데 난데없이 갑자기 문이 열리더니 총부리를 쑥 내 앞으로 들이대면서 큰 소리로 "손들어!" 하는 소리가 들리는 것이 아닌가. 간이 떨어질 정도로 소스라치게 놀란 나는 얼떨결에 불쑥 양손을 들어올렸다. 그랬더니 경찰관 두 사람이 신발을 신은 채로 방으로 들어서더니 한 사람은 카빈총으로 나를 겨누고 또 한 사람은 내 손목에 수갑을 채운다. 놀라고 당황한 나는 그래도 한숨 돌리고 나서 그들에게 도대체 왜 이러냐고 물었지만 대답도 하지 않고 소지품은 어디에 있냐고 고함을 지르기에 턱으로 저기 하였더니 방바닥에 놓여있던 지도와 픽켈과 나침의를 들고 "이것밖에 없소?" 하기에 고개를 끄덕였더니 무서운 눈초리로 방안을 살펴보더니 가자고 한다. 어디로 가냐고 또 물었더니 경찰지서로 간다고 하기에 우선 이 사람들의 신분도 모르고 끌려갈 수는 없었지만 경찰관이라는 것을 안 이상, 일단은 안심하고 두 경찰관에 끌려갈 수밖에 없었다. '호랑이에게 물려가도 정신만 차리고 있으면 살 수 있다.'고 했는데 내가 무슨 잘못이 있었기에 끌려가는지 알고 나 가자고 했더니 가보면 알 거라고 하며 말도 하지 말라고 한다.

　무슨 큰 잘못을 저질러 끌려가는 것 같이 요란을 떨었는데 막상 경찰지서에 가보니 "당신 북에서 언제 왔소?" 하고 한 경찰관이 불쑥 말을 던지기에 1949년에 월남했다고 하니까 "직업이 뭐요?" 하기에 광산업을 하고 있는데 지금 광석을 찾으려 여기까지 오게 되었다고 했더니 그제야 신분증을 보자고 해서 주민등록증과 신분을 밝힐 수 있는 마음의 여유가 생겨 해동탄광 전무이사 명함을 제시했다. 그제야 사실은 이 지역 사람의 신고에 의해서 연행해 왔는데 말씨도 북한 말씨이고 행색도 수상하고 해서 간첩으로 오인했던 것이라고 하며 미안해했다. 이런 일을 당하고 보니 실소를 금할 길이 없었다.

　필자가 이런 꼴을 당하면서도 미국의 그 희귀 광석을 찾아 다녀 보았지만 그 광석을 발견할 수 없었다. 그 대신 충남 서산군 대산면과 연결되는 가로린만 황금산 일대에서 硅石

(규석)이 堆積(퇴적)되어 있는 寶物庫(보물고)를 발견하였다. 이 규석은 가로린만의 대산면 절골 실개천가 약 1.8m 고수부지 일대에 약 1500m³에 걸쳐 퇴적되어 있었으며 크기(럭비공 정도 크기)가 마치 사람이 빚어 놓은 것 같이 일정하였으며 색깔은 주황색을 띠고 있었는데 아침 햇살을 받으면 황금색으로 변한다. 그래서 황금산이라고 했는지도 모른다.

후일 필자가 북한을 왕래하면서 특히 북한의 황해남도 코끼리바위 부근 목장에 소를 지원하면서 黃金山(황금산) 바위와 북한 황해남도에 있는 코끼리바위와 산맥의 주향이 동일하고 鑛床(광상)이 같아서 마치 가로린만의 그 형태를 그대로 코끼리바위에 옮겨 놓은 것 같아 놀란 일이 있었다.

필자는 黃金山(황금산) 일대를 규석광구로 출원을 하였다. 다음해 등록광구 확정을 위해 입회하라는 명령을 받고 지정된 날 하루 전 서산에 가서 한 여관에 투숙하고 황금산에 위치한 임경업 장군 사당을 참배하면서, 문득 오랜 옛날 필자의 선조이신 김례기 장군과 임경업 장군께서 병자호란 때 같이 백마산과 운암산성을 방어하시다 조정에 잘못 전달되어 사약을 받으셨다는 역사가 생각났다.

규석광업권 등록은 당시 광무국의 景壽昌(경수창) 기사의 확인, 확정으로 광업권 등록을 취득은 하였지만 개발하지 못하고 권리권을 경인지구의 한 조경업자에게 인계하면서도 별로 큰 대가를 받지도 못하였다.

1973년부터 1976년까지 산천군과 하동군 일대에서 요업용 광물을 탐사 생산하여 日本의 大村 耐火(오무라 내화) 회사에 수출하기도 했지만 별로 소득도 없이 끝나고 말았다.

광산업을 한답시고 강원도를 기점으로 남한 일대를 안 가본 곳이 없을 정도로 산속을 헤치고 다녀 보았지만 별 소득도 없이 아까운 황금 같은 시간만 낭비하고 끝내고 말았다. 지금에 이르러서는 왜 하필이면 광산업에 뛰어들었을까 하는 후회스런 생각을 하곤 한다.

1976년부터 77년까지 1년 반 동안은 탄광업과는 전혀 무관한 일에 손을 대게 되었다. 하기야 금속을 건지는 일이었으니 따지고 보면 그 일도 광업과 전혀 무관한 일은 아니다. 다름이 아니라 묵호시에 근거지를 두고 주문진 앞바다에 침몰된 소련 해군 어뢰정(250톤 정도)인양사업이다. 해양 선박 등 문제에 문외한인 내가 호기심 반 친지들의 권유 반으로 뛰어들었는데 그 침몰선 인양에만 꼬박 1년이 걸렸다. 처음 시작할 때에는 선박의 주요 부분이 銅(동)으로 만들어져 있기 때문에 인양에 성공만 하면 큰 이익이 있을 것이라고 하여 시작했는데 이 함정을 인양하는 데 필요한 40톤 크레인 임대를 비롯하여 많은 문제가 도사리고 있었다. 인양에 필요한 수중 작업, 인양 후 묵호항까지 예인하는 문제, 풍랑 등에 의한 작업 지연 등으로 시간이 지연되면 될수록 경비가 가중 지불되는 등 예상외로 많은 자금이 소요되었는데 그나마도 해군 동해지구 경비부 사령관 전성환 대령(예편 후 변호사)과 지면이 있었던 탓으로 묵호 축항사무소의 수산 크레인(40톤)을 사용할 수 있게 된 것이 천만다행한 일이었다. 6·25 당시 소련제 쾌속정이 주문진 앞바다에 침몰되어 있으니 인양하면 돈이 될 것이라고 하기에 그 인양 사업에 손을 댔던 것이다. 실제로 주문진 앞바다에 가 보았더니 침몰 함정의 마스트가 海面(해면) 약 2m 정도 나와 있었고 해안선 지근거리에서 침몰된 것으로 봐서 암초에 부딪혀 침몰한 것에 틀림이 없었다. 필자는 현장을 보고 나서 기상과 작업이 순조롭게 진행만 된다면 많이 잡아야 1개월 정도면 가능할 것 같이 보였다. 이 추산부터가 큰 오산이었다. 그렇게 쉽게 할 수 있는 일을 두고 어째서 나한테까지 왔을까 하는 생각을 해 봤어야 하는데 군인 출신들이 군에서 예편 후 사업을 한답시고 허우적거리다 모두 실패하는 이유가 남을 한번쯤은 의심해 봐야 하는데, 그렇지 않고 모두 내 마음같이 순수하려니 하는 생각 때문이라고 어느 친구가 충고해 주는 것을 잊어버리고 있었던 것이다.

이때가 바로 추석을 앞두고 있어 밀가루 100부대를 사다 해군경비부 대원들에게 나누어 준 일이 있었다. 무슨 대가를 바라고 한 것이 아니라 필자가 해군경비부 관할 지역을 자주 들락거리는 것이 미안해서였다.

설상가상으로 막상 어렵게 그 함정을 인양해 보았더니 예상했던 구조와는 달리 銅(동)으로 되어 있어야 할 곳에 모두 값싼 鐵製(철제)로 되어 있었던 탓으로 예상이 빗나가면서 이 사업 역시 좋은 성과를 거두지 못하고 아까운 시간과 돈만 낭비하고 말았다. 그나마 인양한 선박의 엔진도 헤드 커버가 파손되어 고철로나 처분해야 할 지경이었는데 같은 여관에 투숙하고 있던 밀수업자라고 하는 자가 적당한 가격으로 자기에게 양도해 달라고 애원하기에 내 숙박비를 대불해 주는 조건으로 넘겨주고 말았다. 이 사업을 통해 좋은 경험을 했다는 생각은 들지만 결과적으로는 사회 경험이 부족했던 탓도 있었고 조급했던 마음을 버려야 한다는 선후배와 친구들의 충고를 무시했던 것이 후회스럽게 느껴질 정도로 비싼 수업료만 지불하는 실패의 쓴 잔을 마셔야만 했다.

:: 關西開發

원래 무슨 개발이니 흥업이니 하는 따위의 간판이 걸려있는 곳에는 그 이름부터가 사기성이 있으니 조심하라고 어느 선배가 누누이 당부했지만 다른 사람들에 비해 약간 고집스럽고 호기심이 많은 데가 있는 필자는 스스로 이런 곳을 찾아 뛰어들어 보고 싶은 충동을 느낄 때가 있었으니, 세상 참 아이러니하다고나 할까 하는 생각을 하면서도 깊은 곳까지 빠져 들었던 일이 바로 말하고자 하는 관서개발이란 곳이었다.

필자가 살고 있던 서울 약수동 집 바로 그곳에 연결되어 있는 국유림 면적 13,794평이나 되는 임야가 있었는데 이 땅이 적산인 데다 정부가 관리하고 있는 곳이어서 복덕방, 사기꾼, 무슨 기업, 흥업 등 많은 무리들이 몰려들어 서로 뜯어먹어 보려고 눈치 싸움을 벌이고 있던 때이다.

그중에서도 그나마 어느 정도 정식 절차를 밟아 정산 관리를 하고 있는 정부 관재청을 상대로 임대차계약을 체결하려고 노력하고 있는 회사가 있었는데 그 회사가 바로 東紀興業株式會社(동기흥업주식회사)이다.

그런데 이 회사의 代表理事 金熙善(김희선)은 6·25 당시 월북한 자로 북한에 체류하고 있는 상태였지만 韓命根(한명근), 金大逢(김대봉), 嚴訓(엄훈) 등은 이사진과 결탁하여 이 부동산의 관리권을 취득하기 위한 활동을 해오다 마침내 적산 관리를 담당하고 있던 관재청과의 임대차계약이 성립되어 그 부동산의 관리권을 정부로부터 동기흥업을 이양받았다.

애당초 이 땅을 불하받아 보려는 속셈으로 첫 단계의 작업으로 활동을 시작했던 것이 韓 씨, 金 씨, 嚴 씨 이 세 사람이며, 이 사람들의 원래 목적을 달성하기 위해 연고지를 만들어 적산을 불하받는 데 유리한 고지를 확보하려고 이 세 사람이 주동이 되어 관재청과의 토지임대차계약을 동기흥업의 대표이사 김희선의 명의로 체결하게 된 것이다. 그러니까 선취득자인 東紀興業(대표이사 김희선)은 이 토지를 다시 관서개발 주식회사와 임대차계약을 체결하고 그 관리권을 동기흥업으로부터 이번에는 관서개발로 이양하게 된 것이다. 그런데 동기흥업의 대표이사 김희선은 관서개발과 임대차계약 이전에 이미 월북한 자임으로 그 회사의 이사가 임의로 대표이사의 인감과 명의를 도용하여 관서개발과 계약을 체결했다는 것이다. 동기흥업은 처음 정부와 계약을 체결할 때부터 위법으로 약수동 부동산을 취득했던 것이다. 그리고는 다시 거액의 돈을 받고 관서개발에 권리권을 이양하였고 관재청 적산관리국 종로출장소에서 동기흥업에서 관서개발로 명의변경을 하게 된 것이다.

이 지대의 땅 13,793평 전부를 불하받기 위해서는 부득불 주식회사(법인체)를 설립하지 않을 수 없었다. 왜냐하면 그 당시의 법으로는 개인이 소유할 수 있는 토지는 3,000평 이상을 초과할 수 없도록 되어 있었고, 반면 법인의 경우는 토지 소유 면적의 제한이 없었기 때문에 그 토지소유권의 자격을 갖추기 위해서는 부득불 유령회사라도 만들지 않고서는 약수동의 그 땅을 불하받을 수 없었기 때문이다. 그래서 필자가 설립한 법인체가 바로 주식회사 관서개발이었다.

이 지역의 적산을 관리하는 부처가 서울시 관재국 예하의 종로출장소가 있었고 김창근이라는 분이 그 소장으로 있던 시절이다. 필자는 이 지대에 대한 임대차계약을 체결하고 2단계로 불하받은 다음 주택 건설을 해 볼 요량으로 자금 준비를 하고 있을 때였는데 그때가 바로 1960년 4월이라 정국이 온통 어수선한 데다 4·19가 일어나자 어디서 몰려들었는지 순식에 약수동 그 땅은 완전히 판자촌으로 급변해 버리고 말았다. 인부를 고용해서 들어오지 못하도록 말려도 보았지만 아랑곳없이 "국유지에 살기 위해 판자집이라도 짓고 살겠다는데 누가 말려?" 하고 결사적으로 대드는 데는 어쩔 도리가 없었다. 공권력을 이용하여 강제철거도 할 수는 있겠지만 상황을 판단하건대 두고두고 말썽이 일어날 소지가 다분히 있을 것 같아 '앓느니 죽어 버린다.'는 속담이 있듯이 아예 일찌감치 손을 떼는 것이 상책일 것 같아 일단은 사업을 포기하기로 하고 이 적산관리권의 일부를 매각하여 관서개발에 참여하였던 韓命根, 金大逢, 嚴訓 3氏에게 그간의 노고를 참작하여 얼마씩을 나누어 주었는데 김대봉 씨와 엄훈 씨는 자기들의 의사에 따라 필자가 보유하는 잔여분에 포함하여 모두 육화건설 주식회사로 이양해 버렸다. 六和建設株式會社(육화건설주식회사)는 이미 설립되어 있었던 것이며 이 업체는 당초 서울 약수동의 부동산을 비롯하여 불교 자산 등을 이용하여 건설 사업을 하려고 설립한 것이었다.

:: 六和建設 주식회사

필자가 韓命根(한명근), 金大逢(김대봉), 嚴訓(엄훈), 吳東振(오동진)(불교천년당 당수), 楊景雲(양경운)(권봉사 주지), 金教命(김교명), 金昌攝(김창섭) 등 諸氏와 같이 서울특별시 성동구 약수동 山36-102번지에서 六和建設株式會社(육화건설주식회사) 설립에 참여하게 된 것은 1962년의 일이다.

원래는 관서개발이 추진하고 있던 서울 약수동의 국유림(13,794평)을 포함하여 당시 미수복 지구의 불교자산(부동산) 등을 이용하여 건설업을 해보겠다는 취지에서 시작된 것이었다. 다시 말하면 관서개발은 토지를 소유하고 육화건설은 그 토지를 이용하여 건설업을 하겠다는 취지였던 것이다.

이 六和란 戒和(계화) · 見和(견화) · 利和(이화) · 身和(신화) · 意和(의화) · 口和(구화) 등의 여섯 가지 화를 말하는 불교에서 나오는 말이라고 양경운 스님이 말했지만 필자는 불교의 그 깊은 뜻을 미처 헤아리지 못하고 오늘에 이르렀으니 부끄러운 일이다. 그 미수복 사찰의 자산이란 것은 주로 강원도 고성군 杆城面(간성면)에 위치하는 乾鳳山(건봉산) 지역 일대를 점하고 있는 미수복 지구 사찰 소유 부동산을 말하며 그 부동산의 원 소유주는 金剛山 大本山으로 되어 있었다.

이 건봉사가 소유하고 있었던 부동산과 동해안 일대의 사찰 재산과 같이 농지개혁을 단행하게 되었는데 정부는 이 지역에 대한 토지매수 대가로 5년 기한부 지가증권을 발행하였다. 이는 有償沒收(유상몰수) 有償分配(유상분배)의 원칙에 따라 행하여진 것이었다. 의당 정부방침에 따라 유상 몰수된 토지대금에 대한 유상증권의 소유자는 건봉사 住持(주지)인 楊景雲(양경운)이었지만 불교 분쟁이 일어나게 되자 曹溪宗派(조계종파)의 대표 李淸潭(이청담)이라는 주지와 河東山(하동산), 孫度山(손도산), 楊景雲(양경운) 등이 曹溪寺(조계사)의 총무부장으로 재직할 당시 自由黨(자유당)의 정치자금 조달방법의 하나로 이존화 씨와 자유당은 사찰재산을 이용해 보려고 했고 정책적으로 이승만 대통령께서는 불교 자산은 과거 일본 색채가 농후했던 대처승들에 의한 사찰 운영은 단연 배제되어야 하고 동시에 그들이 점유하고 있던 모든 사찰에서 마땅히 僧侶(帶妻僧(대처승)들은 물러나고 대신 比丘僧(비구승) 계열의 승려가 사찰 재산은 물론 사찰 총무 일체를 관리해야 한다는 것이 정당하다는 내용의 담화 발표가 있었다. 이 담화 발표로 인하여 전국 각지에 산재되어 있던 비구승들이 일어나 1954년 11월 14일, 帶妻僧(대처승)과 比丘僧(비구승) 사이에 기득권 분쟁이 벌어졌다.

정부가 수립된 지 얼마 되지도 않은 상태에서 사찰 내분은 곧 치안 문제에까지 비화되었다. 이 재산쟁탈 분쟁이 급기야 힘의 대결로 확대되어 힘이 약한 측에서는 조폭을 사찰 내에까지 끌어들여 유혈 사태로 확대되고 분쟁은 사회문제로 확산되었으며 또 한편으로는 소위 중국 少林寺의 결투를 그대로 옮겨다 놓은 듯한 死生決斷(사생결단)의 혈투까지 벌어지기도 하였다.

이와 같은 암투는 비구승에게 사찰을 넘겨주어야 한다는 이 대통령의 담화와 불교계의 여론 그리고 일본식 사찰 운영관리의 배제 등을 요구하는 국민적 여론에 따라 비구승이 전국 각지에 산재되어 있는 크고 작은 사찰들을 접수하는 과정에서부터 일어났던 것이고 하루아침에 절을 빼앗겨버리고 오갈 데 없는 신세가 되어버린 대처승들은 그야말로 생사 기로에 서게 되었으며 1955년 6월에는 통도사에서 절을 지키기 위해 대처승 160여 명이 이혼을 단행하는 웃지 못할 소동이 벌어지기도 하였다.

미수복 지역의 寺刹(사찰)에 대하여도 예외일 수 없었다. 정부가 일단 구매한 토지를 분할 공급하거나 경매에 부쳐 매각하게 되는데, 우리 회사는 그런 토지를 매입하여 그것을 토대로 건축 사업을 해 보고자 하였지만 많은 시간이 소요되고 분쟁에 말려 들어갈 소지가 다분히 있어 사업 진전이 불투명해졌다.

한편 세월이 흘러 약수동 지대의 지가가 상승하게 되자 욕심이 생긴 한명근 씨가 동기흥업주식회사의 전무이사였던 金希善(김희선)를 부산까지 찾아가 그 유령회사인 동기흥업을 인수받고 이사진을 개편한 다음 예전에 관서개발에서 육화건설로 이양되었던 적산관리권에 대한 원천無效確認訴訟(무효확인소송)을 제기하였다.

一審에서는 필자가 승소하였지만 중도에 포기하고 육화건설 대표이사 직도 양경운 씨에게 양보하였던 것이다. 대표이사직을 양도하면서 건봉사주지 명의의 550만 원짜리 어음을 받았다. 필자는 和尙(화상)을 믿고 소송에서 관서개발에 대한 소송심의(재무부, 법무부) 승소할 터이니 하고 약수동 그 땅의 일부에 가건물을 짓고 양경운의 처자를 거주시켰다. 사실상 이 대처승이 언제부터인지는 알 수 없지만 비구승으로 둔갑하여 曹溪宗(조계종) 총무부장 행세를 하고 다니는 땡땡이중의 약점을 잡은 동기흥업 대표는 이 사실을 놓칠세라 楊 和尙(양 화상)에게 육화건설 대표명의로 약수동 부동산에 대한 포기각서를 발행하게 하였으니 새로운 소송이 제기되면서 필자에게 발행하였던 550만 원 어음도 집행 정지되고 이래저래 3건의 새로운 소송에 걸려들게 되었다. 그러니 필자의 재력이나 시간적으로나 이 3건의 민사소송을 감당하기도 어려웠고 그동안 여러 경로를 통해 알 수 있었던 양경운의 과거 행적도 드러나면서 세상살이에 환멸을 느끼게 되었다.

즉 양경운이 일제강점기에 평남 성천에서 酒母(주모)를 양모로 삼았다가 무슨 해괴한 짓을 하고 다녔는지 사기 사건으로 구속되어 승려의 명예를 훼손시켰다는 이유로 僧籍(승적)에서 추방되었던 사실도 알게 되었다. 본명 楊敬壽(양경수)란 자가 월남하여 해방의 혼잡을 틈타 화상의 행세를 하게 되었다고 하니, 하기야 이보다도 더한 일도 비일비재한데 이런 것 정도로 놀랄 일은 아니지만 하필이면 쌔고 쌘 사람들 가운데 이런 사람을 和尙으로 섬기고 다녔는가 하는 필자 자신의 인생이 서러웠고 부처님에게 죄를 지은 것 같아 이쯤에서 물러서는 것이 옳을 것 같은 생각이 들었다.

적산소송건은 법적으로 관서건설에 임대해 주었던 부동산을 동기흥업으로 귀속시켜 달라는 소송이니 법적논리가 성립되어 육화건설(관서개발에서 권리 이양)은 패소되고 유령 회사인 동기흥업 명의를 행사한 자가 승소하였으니 육화건설은 선의의 피해자가 된 셈이다. 동기흥업이 소송을 제기한 동기의 이면에는 또 한 가지 이유가 있었다.

누군가가 직업은 하늘에서 내려 주시는 것이라고 했다. 그 말이 하나도 틀린 데가 없는 것 같았다. 군에서 제대하고 난 후로 이것저것 많은 일들에 관여해 보았지만 내 적성에 맞는 일은 사실상 하나도 없었다.

남을 속인다거가 기만하거나 사기를 쳐서 일확천금을 노리거나 소액의 자본을 투자하여 수십 혹은 수백 배의 이득을 노린다거나 하는 따위의 행위는 꿈에도 생각할 수 없는 일이거니와 10원짜리 물건을 11원에 팔려고 해도 주저하게 되는 성격의 소유자이다 보니 장사치로서의 자격은 물론 돈을 번다는 것이 쉬운 일도 아니거니와 애당초 생각도 말아야한다는 것은 어린 시절부터 가지고 있었던 일이다. 그래서인지는 몰라도 소년 시절부터 해보고 싶었던 축산업에 대한 관심이 더욱 높아진 것은 이때부터이다.

第 3 部
한호육우목장사업협력회
수입 사업

:: 韓濠合資事業

　12년간의 군 복무를 마치고 지난 1961年 初旬 군문을 떠나 처음으로 사회에 첫발을 내디디게 되었다. 전혀 경험이 없는 사회생활을 이제부터 시작해야 된다고 생각하니 두려움과 불안이 앞선다. 앞으로 무엇을 어떻게 해야 딸린 식구들을 안락하게 부양할 수 있겠는가 하는 두려움과 초조함이 앞선다. 마음에도 없는 일들에 손을 대어 실패를 거듭한 것은 나의 앞날을 위한 좋은 교훈이 될 것이라고 생각하고 다시는 되풀이 되지 않도록 다짐을 하였건만 뚜렷한 직업도 없이 방황하게 되다 보니 시간이 갈수록 심리적 압박감 때문에 초조와 불안함이 가중되어 다급해지는 것 같은 느낌마저 들었다. 고민은 점점 커져서 나의 힘이나 생각만으로는 해결할 수 없을 정도로 부풀어 오르고 가려고 하는 길은 험난하고 점점 더 멀어져 가는 것 같았다. 하루가 다르게 심적인 압박과 강박관념에 사로잡혀 두려움이 앞서고 조급해지는 마음을 가라앉히고 앞으로 나아갈 길을 구상하는 데 많은 시간이 걸렸다. 무엇을 하든 제일 먼저 부닥치는 것이 자본금인데 그것이 변변치 못하다 보니 용기도 자신감마저도 상실되는 것 같아 서글픈 생각이 들 정도였다. 이것저것 다 때려치우고 직장을 구하려 해도 전문적인 지식이 구비되어야 하고 적성에도 맞아야 하는데 내 스스로를 생각해 봐도 도저히 따라갈 자신이 없다는 생각이 들어 除隊後(제대후) 지금까지 앞으로 내가 영원토록 안정된 직업을 마련하여 자식들의 교육문제를 비롯하여 온 가족을 부양해야 할 책임감 때문에 합당한 직업을 구해야겠지만, 그것이 여의치 못해 시간이 흐를수록 강박관념에 사로잡혀 짧은 기간이기는 했지만 내가 하고자 하는 취지와는 전혀 관계가 없는 일들에 몰두하다 보니 그만 실패만 거듭될 뿐 오히려 초조함과 불안함을 가중시키는 결과만 가져왔다.

1978년 필자가 김선환 박사와 호주 부수상, 농축산부장과
호주 Poll Hereford 품평회에 참석하였을 때
좌로부터 세 번째 호주 부수상, 김선환 박사, 필자

이 시점에 이르러 더 이상 주저함 없이 내가 평소에 마음속으로 구상하고 있던 일을 과감하게 추진해 나가야겠다는 결심을 하게 되었다. 그것은 어린 시절 집에서 눈여겨보아 왔던 소를 사육하는 축산업이었으며 이것이 나의 소원을 성취시켜 줄 것이라고 생각하게 되었다.

이 결심이 설 때까지 너무도 많은 시간과 경제적인 손실을 보면서 우회의 먼 길을 걸어온 것이 억울한 생각이 들었다.

앞으로 내가 구상하고 있는 소원을 달성하기 위해서는 지금보다도 더 많은 고생이 있을 것이기에 더불어 가족들의 절대적인 이해와 협조가 있어야 하겠기에 납득할 수 있도록 설득할 생각이었다. 나 스스로도 새로운 사업에의 도전에 대한 각오를 마음속 깊이 다짐하기도 했다.

그러나 한편 나의 이 무모한 도전이 과연 성공할 수 있을지 다시 한 번 심사숙고해 볼 필요가 있었다. 왜냐하면 모든 사업이 그러하듯 우선 그 사업의 범위와 그에 합당한 투자자금이 있어야 하겠지만 내 수중에는 돈이라고는 한 푼 없는 건달에 다름없는 赤手空

拳(적수공권)이나 다를 바 없는 身勢(신세)이니 봉이 김 선달도 아닌 바에야 사업이 될 리 만무하다. 그러나 나는 용기 하나만으로 우선 일을 저질러 놓고 보자는 심산이었다. 그것도 국제적으로 말이다. 이 사업이 성공하느냐 못하느냐에 따라 국제적 사기꾼이 되느냐 마느냐 하는 운명의 갈림길을 택한 셈이다. 그렇게 해서 시작한 것이 한호육우목장사업이다.

:: 金善煥 博士와의 만남

필자는 어린 시절, 할아버지 때부터 항상 사랑하며 정성을 쏟다시피 하며 키우던 10여 마리의 황소들이 지금까지도 잊지 않고 있다. 1945년 종전이 되면서 부친을 비롯한 우리 일가가 만주로부터 귀국한 후 그 많은 소들의 사육을 대를 이어 부친께서 담당하게 되었는데 할아버지께서 하시던 때와 꼭 같은 모습으로 소들을 대하는 것을 보았다. 한 마리 한 마리 머리를 쓰다듬어 주시는 모습이 마치 자식을 대하듯 무슨 말을 하는지는 알 수 없었지만 귀에다 대고 속삭이며 따뜻한 온정을 베풀어 주는 것을 보아왔다. 그 온화하고 慈愛(자애)로운 눈빛이 동물들에게도 통하는지 아버지를 바라보는 소들의 눈빛 또한 남다른 데가 있었던 것 같아 어린 나이지만 감동을 받았다. 내가 어려서부터 보아온 것이라 그 영향을 받아서인지 내가 마지막으로 택할 수 있는 길은 牧畜業이라고 생각하게 되었다.

다행히도 韓國種畜場(한국종축장)의 金善煥(김선환) 박사를 만날 수 있는 기회를 얻었다. 필자가 金善煥 박사를 만나게 된 경위는 이랬다. 내가 軍 복무 시절 나와 같이 한 부대에서 근무하던 金輝(김휘)라는 중사(부사관)가 있었는데, 김 중사는 육군헌병학교 2기로 우수한 성적으로 졸업한 자이면서도 그 능력을 인정받지 못해서였는지 동두천의 한 도로 경비초소에서 근무하고 있었는데, 필자의 동료가 김 중사를 소개하면서 그가 초소에나 처박혀 있을 자가 아니니 다른 책임 있는 부서에 배치해 보는 것이 어떻겠느냐고 권하기에 그 친구에 말을 믿고 抱川(포천) 支隊(지대)에 자리를 옮겨 주었다. 그랬더니 업무처리를 아주 잘하고 있기에 가끔 그를 찾아가 농을 주고받을 정도로 친근한 사이가 되었다. 그러던 어느 날 무심코 내가 제대하면 목장 사업을 해보고 싶다는 포부를 이야기했더니 그가 대뜸 친구 한 사람이 '비엔나 農大(농대)'를 나와 현재 한국 종축장에 근무하고 있는 金善煥(김선환)이라고 하는 博士(박사)가 있는데 그분을 한번 만나 상의해 보는 것이 어떻겠느냐고 하기에 속으로는 밑져야 본전이려니 하는 생각으로 김 중사의 주선으로 김 박사가 계시는 사무실을 찾아간 것이 動機(동기)가 되어 오래도록 그분을 스승같이 모시게 된 것이다. 자그마한 체구에 아주 침착하고 온화한 성품을 가지신 분으로 첫눈에 반해 버렸다. 처음 만나는 분인데도 내 포부를 몽땅 털어놓고 이야기하고 싶은 심정이 드는 분이었다. 김 박사의 어조로 보았을 때 평안도 사람임을 알 수 있었다.

김 박사를 처음으로 만나고 나서부터 나는 서슴없이 師事(사사)를 청했고 金 博士도 쾌히 받아들여 주셨으므로 시간이 날 때마다 체면 불고하고 事務室의 문을 두드릴 수 있게 되었다. 내가 金 博士를 찾았을 때에는 이미 人工受精(인공수정) 기술자를 1,600여 명이나 길러 낸 한국 축산업 발전에는 대들보 같이 없어서는 안 될 귀중한 존재였음을 알게 되었다. 사실 내가 축산업을 해 보겠다는 포부를 가지고는 있었지만 정식으로 축산학을 공부

필자와 같이 처음으로 호주를 방문하였을 때의 김선환 박사

한 바도 없었고 또 경험도 없었던 터에 이와 같이 훌륭한 분을 만날 수 있게 된 것과 또 가르침을 받을 수 있게 되었다는 것이 어쩌면 天佑神助(천우신조)가 아닌가 하는 생각이 들 정도로 다시없는 기회와 영광이 아닐 수 없었다.

나는 김 박사로부터 우리나라의 낙후된 牧畜業(목축업)의 실태와 現代式 牧場事業을 위한 運營管理, 현대 목장 운영에 대한 기술, 관리, 한국 축산업의 전망, 경제발전과 더불어 육류 소비추세의 변화 등 생전 처음 대하는 새로운 학술적 이론을 체계적으로 지도 받았을 뿐만 아니라 김 박사는 낙후된 한국 축산업 발전을 위한 앞날의 지표를 가르쳐 주셨다. 그중의 하나가 바로 세계적인 축산국인 호주로부터 育成牛를 도입하여 한우와의 交雜種(교잡종)을 만들어 쇠고기 수요 증진에 대응할 수 있는 육우 생산을 증대할 수 있는 육우사육 전용목장을 육성하는 길이 긴요하다고 역설하였고, 이 사업은 국가적 차원에서 장려돼야 하며 매우 시급히 시행되어야 할 사업이라고 했다. 또 한편 수입된 소를 無畜 농가에 분양해서 농가 소득을 증대시켜 주는 운동을 전개해야 한다고도 했다. 이와 같은 일들이 순조롭게 이루어진다면 많은 외화도 절약할 수 있고, 농촌과 도시와의 소득격차도 줄일 수 있게 될 것이라고도 했다. 필자로서는 미처 생각지도 못했던 새로운 지식을 김 박사로부터 배울 수 있게 된 것이 얼마나 기쁜 일인지 모른다.

:: 브라이언 S 케이셔 씨와의 만남
(Mr. Brian S, Keyser / *Australian Poll Hereford Society*)

1977년 5월 어느 날 金博士가 급히 나를 만나자는 전갈이 왔기에 허둥지둥 金博士 사무실엘 갔더니 그 방에 낯선 서양 사람이 한 분 사리하고 있었다. 김 박사께서 방안에 들어서는 나를 반기며 건장하게 생긴 그 서양 사람을 소개해 주겠노라고 했다. 그가 바로 濠洲의 *Australian Poll Hereford Society*(앞으로 APHS라 칭한다.) 이사장인 브라이언 케이셔

(Mr. Brian S Keyser)라는 분이었다. 나는 이분과의 만남이 어떤 숙명적인 것이 아니었을까 지금도 생각하고 있다. 이분과의 만남은 오랜 세월동안 끈끈하고도 깊은 우정과 유대 관계를 가지게 되었다. 金博士는 Mr. Keyser가 育成牛(육성우) 수출시장 개척을 위해 두 차례나 중국을 방문하였으며 같은 목적으로 한국도 방문하게 된 것이라고 했다.

특히 귀가 쏠리는 대목은 다름 아닌 육성우 수입 문제였다. 케이셔 씨의 이번 방한의 주목적은 호주축산업 투자사업과 육성우 수출 문제 등을 검토해 보기 위한 것이며, 혹 한국 측이 원한다면 호주에서의 합작사업도 가능할 것이라고 하였다. 마찬가지로 한국에서도 호주에서 種畜牛를 輸入해다 韓牛와의 사이에 새로운 육우의 품질개량 사업도 가능하지 않겠냐는 의견도 있었다. 이러한 사업들은 여기 앉아있는 Mr. Keyser와 손잡고 심도 있는 검토와 협조가 원만하게 이루어질 수 있다면 가능할 것이라고 김 박사는 힘주어 말했다. 케이셔 씨도 김 박사의 말을 긍정적으로 받아들이는 것 같이 보였다. 왠지 모르게 金博士의 말을 듣고 나니 흥분을 가라앉힐 수 없었다.

나는 집으로 돌아오면서 지금까지 품어왔던 꿈이 한 번에 펑하고 뚫리는 것 같은 환상이 방금 눈앞에서 전개되다 보는 것 같아 현기증마저 일으킬 정도였다. 오늘 있었던 일들을 다시 한 번 곰곰이 생각해 보지 않을 수 없었다. 만일 내가 이 사업에 뛰어들게 된다면 더 많은 공부가 필요하다는 것을 새삼 깨달으면서 한편으로는 두려움마저 느끼게 되었다. 오늘 케이셔 씨와 만나 대화한 이야기들이 환상과 꿈같은 일들이었지만 그것이 불가능한 일도 아닌 것 같기에 많은 것을 생각하고 나름대로 구상도 하다 보니 동이 틀 때까지 눈도 붙이지 못했다.

나는 여기서 사업에도 순서가 있는 법인데 무조건 처음부터 합작투자 사업을 하겠다는 것은 ① 濠洲에 대한 제반 사정에 어둡고, ② 합자사업에 대한 마음의 준비도 안 돼 있고, ③ 規模와 資金의 정도도 모르고, ④ 사업체 운영방식에 대한 지식도 없는 데다 ⑤ 현시점에서 출자금이 한 푼도 없는 실정인데 無條件하고 의욕만 앞세워 일을 추진할 수는 없는 일이었다. 그러나 합자사업의 가능성 여부와 종축우 내지 육성우 수입에 대한 가능성 여부는 타진해 볼 필요가 있다는 생각이 들어, 다음날 다시 金博士와 Mr. Keyser를 만나기 위해 金博士 사무실을 찾았다. 그리고 서슴없이 단도직입적으로 種牛의 수입문제와 합자사업의 가능성을 타진해 보았다.

이 자리에서 나는 한호합작사업을 한다 해도 한국 축산업 발전에 기여할 수 있다는 뚜렷한 명분이 있어야겠고 또 그것을 위해 하는 사업이니만큼 나의 복안을 말하지 않을 수 없었다. 즉, 한호합작사업을 한다고 해도 ① 한국소의 품질개량을 위한 사업과 연계가 돼야 하며 ② 케이셔 씨가 권하는 품종이 과연 한국의 기후 조건이나 환경에 적응할 수 있겠는가 하는 문제도 검토되어야 하며, 그러기 위해서는 한국에 그 품종을 수입해다 일정 기간 실험사육을 실시해보는 것이 우선되어야 한다고 했다.

Mr. Keyser는 내 말을 받아 자기의 協會 즉 Australian Poll Hereford Society의 현황과 자기가 하고 있는 일들에 대해 설명한 다음 자기도 종축우(*Poll Hereford*) 수출가능성을 타진해 보기 위해 한국에 왔노라고 했다. 그러면서 그 *Poll Hereford* 種 肉牛에 대한 품종 소개를 했다.

그리고 합작투자 문제는 호주에서 좋은 상대(파트너)를 물색해 보자고 했고 현지에서 소를 수입하여 실험사육을 하는 문제에 대해 아주 좋은 생각이니 적극 추진해 보라고 했고, 자기네 협회가 도울 수 있는 길이 있으면 무엇이든 돕겠다는 언약을 했다.

:: 진드기 사냥과 驅除백신 開發

한국의 축산업 발전을 위해서는 韓牛에만 매달려 있지 말고 선진 축산국으로부터 좋은 종류의 소를 수입하여 번식시키는 일이 순서겠지만 현재 한국 각지에 서식하고 있는 진드기(*Tick*)를 驅除(구제)하지 못하면, 아무리 좋은 계획을 수립하고 좋은 소를 들여온다 해도 그것은 한낱 狂謀謬算(광모류산), 공염불이 될 가능성이 매우 높아 가장 먼저 심각하게 대책을 강구해야 할 사안이며 한국 축산업 발전에도 큰 沮害(저해) 요인이 되고 있다고 했다. 그 당시 나는 김 박사의 이 이야기가 매우 흥미로웠고 또 중요한 일인 것 같이 느껴졌기에 실제 경험이 없었던 탓으로 흥미롭기는 하였지만 그렇게 심각하게 생각하고 있지는 않았다.

내가 군 복무를 필하고 나서 본격적으로 이 사업에 뛰어들어 育成牛 수입을 계획하게 되면서 큰 장애 요인으로 등장한 것이 바로 진드기 구제 문제였다. 특히 외국 소는 한국 진드기에 매우 약하다는 사실이 6·25 전쟁 휴전 후 처음으로 호주에서 生牛를 수입하였을 때 실제 경험으로 알게 되었다고 하며 두 번째는 제주 송당 목장에 미국으로부터 소를 수입하였을 때에도 진드기에 의해 피해가 발생했던 일이었다.

좀 더 상세하게 말하면 1956년 6월 이승만 대통령이 한미재단의 후원으로 제주에 국영 목장건설을 지시함에 따라 1957년 3월 28일 한미재단 이사장인 밴 플리트 장군의 도움으로 제주도 구좌면 송당리에 새로 설립한 것이 송당 목장이고 이곳에 186두의 브라만종 육우를 입식시켰다. 이 목장 내에 이승만 대통령의 별장을 짓고 자주 이 목장을 찾을 정도로 老 대통령은 정성과 큰 희망을 가지고 있었던 곳이기도 하다. 이 목장에 소를 入殖 (입식)시키기 위해서 처음으로 소를 싣고 온 비행기가 제주공항에 도착하였을 때에는 그 광경을 구경하기 위해 수많은 제주도 사람들이 비행장에 몰려왔다고 들었다. 그도 그럴 것이 사람도 타지 못하는 비행기에 소가 타고 온다니 이건 그야말로 크나큰 화젯거리요 구경거리요 진풍경이 아닐 수 없었던 것이다.

게다가 비행기에서 내리는 소들은 생전 처음 보는 한우보다 체격이 크고 우람하게 생긴 소들이어서 구경 온 사람들을 더욱 놀라게 했다. 그러나 (당시 수입된 소는 밴 프리트 장군의 고향인 미국플로리다 주에서 들여온 순종 브라만(Brahman) 種 육우) 그처럼 화려하게 많은 화제를 뿌렸던 이 목장이 처음 계획했던 대로 순조롭게 운영되지 못했던 것이 사실이며 그 원인의 하나가 바로 진드기였다고 해도 과언이 아닐 정도로 큰 영향을 주었던 것도 사실이다.

이 목장에 대해 큰 기대를 걸었던 관계당국과 학계는 물론 앞으로 축산업을 영위하고자 하던 사람들의 충격은 이루 말할 수 없을 정도로 컸음은 재언의 여지가 없다. 그래서 그 여파로 진드기에 대한 대책이나 해결책 없이는 앞으로 외국으로부터 소를 수입할 수 없다는 것이 관계당국이나 일반 축산인들의 상식이 되어 버렸던 것이다.

또 한 가지는 송당 목장에서 경험한 바로는 수입 소들이 한우와의 교배를 기피한다는 사실이었다. 당초의 목적이 한우와의 자연교배를 통해 교잡종의 좋은 소로 품질개량해 보겠다던 희망이 수포로 돌아가 버린 셈이다.

물론 인공 수정방법이 있기는 하였지만 지금과 같이 모든 시설이 구비되고 기술 또한 선진국 수준에 도달되어 있을 때가 아니어서 기대하기가 어려운 시절이었다. 설사 송아지를 잉태하였다 해도 '파이로 플라스마(*Piroplasmosis*)'란 병균(혈액에 기생하는 파이오 플라스마 원충에 의한 질환인데 진드기에 의해서 매개되는 소 특유의 전염병이다.)에 감염되어 태반이 유산되고 말았다. 이와 같은 결과는 이래저래 진드기[1]로 인해 일어난 재난이라고도 할 수 있을 정도로 큰 피해를 주었던 것이다.

나는 여러 가지로 소의 수입 방안을 검토해 보았다. 미국이나 뉴질랜드, 혹은 캐나다, 남미 등 수입이 가능한 국가로부터의 수입 방안도 검토해 보았지만 그 어떤 나라로부터 아무리 좋은 종류의 소를 수입해 온다 해도 제일 먼저 시행해야 할 과제가 바로 진드기를 구제하는 것인데 그것이 안 될 경우 성공하기 어렵다는 사실과 수송거리가 가급적이면 짧고 수송시간 역시 짧아야만 소를 사육하는 데 유리하다는 것을 감안한다면 한국에서 가장 가까운 수입국을 선택하지 않을 수 없었다.

그 당시 진드기를 驅除(구제)하는 방법은 草地에 진드기 구제藥劑를 살포하는 방법밖에 없었는데 廣闊(광활)한 草地(초지)에 인력으로 약제 살포라니 지금 같았으면 헬기나 비행기를 이용할 수도 있고 차량을 이용할 수도 있지만 그 당시의 상황으로서는 도저히 생각조차 할 수 없는 불가능한 일이었다.

그래서 김선환 박사의 도움으로 우리나라 축산학계에 두 번째라면 서러워할 만한 기라성 같은 전문가들이 한자리에 모여 지금까지의 경험과 연구결과 등을 토대로 심사숙고

---

1 진드기는 神經興奮(신경흥분), 食慾減退(식욕감퇴), 營養低下(영양저하) 等을 일으킨다. 진드기는 種類가 大端히 많아 形態나 生活習慣도 各樣各色인데, 牧草地에 棲息(서식)하는 진드기는 草地의 荒廢化(황폐화)에 따라 더욱 기승을 부리는 경향이 있다. 진드기의 기생을 한꺼번에 많이 당하면 家畜의 營養低下, 貧血을 일으키고 때에 따라서는 斃死(폐사)하는 경우도 발생한다. 또한 가축전염병으로 진드기가 매개하는 파이로 플라즈마는 放牧(방목)하는 家畜에게 커다란 威脅이 된다(파이로 플라즈마는 제주도를 비롯 남부지방에 만연되고 있으며 貧血, 황저, 血尿 등을 볼 수 있으며 斃死率도 매우 높음). 진드기의 驅除方法은 주로 BHC 등의 藥劑의 撒布로 어느 정도의 효과는 볼 수 있으나 非經濟的이라는 短點과 많은 人力을 所要로 한다는 데 문제가 있다.

끝에 얻어낸 결론이 진드기에 의한 피해로부터 이겨낼 수 있는 人工的인 免疫力(면역력)이 될 백신(VACCINE)의 개발이 가장 효과적인 방법이므로 그 백신을 연구 개발하는 것을 무엇보다도 우선해야 한다는 것에 의견을 같이 했다(사실상 외국에서는 이미 시행되고 있는 사항이었지만 한국에서는 진드기에 대한 백신이 개발되지 못하고 있었던 때였다). 이 백신 개발을 위해 金善煥 박사를 위시하여 당시 국립 안양가축위생연구소 소장으로 재직 중이던 李昌求(이창구) 박사의 헌신적인 협조와 농림부 가축위생과장(이창구 박사의 舍弟) 축산과장 송찬원 씨, 윤석준 계장, 김현희 계장 등도 같이 힘을 보태 주었다.

그리고 오랜 세월 나와 자연스럽게 절친해진 사이가 되어 서울 명동에 있던 동서문화 싸롱이나 어느 다방 한구석에서 커피 한 잔으로 忙中閑(망중한)의 따사로운 정을 나누던 金麗河(김여하) 박사는(일본 麻布 獸醫科大學을 卒業) 서울시 가축위생과장을 지내면서 프란체스카 여사(이승만 대통령 영부인)가 사랑하던 애완견의 수의사 역할도 했던 분이다. 그분도 이 백신 개발에 발 벗고 나서 주었다. 이분들은 어떤 명예나 욕심이 있어서가 아니라 순수한 학구적 입장에서 그리고 한국의 축산업 발전을 위한 사명감을 가지고 나를 도우려 바쁜 시간을 쪼개면서까지 애써 주셨던 분들이었고 宋贊源(송찬원), 尹喆峻(윤철준), 김함 등과 당시 한국보건원장으로 계시던 김찬옥 박사 등이 나를 격려해 주시던 고마운 분들이었다.

필자가 이런 훌륭한 분들을 만날 수 있었다는 것은 어쩌면 人福이 있었기 때문이었는지도 모른다. 이 위대한 학자들을 대할 때마다 곁에서 바라보는 것만으로도 흐뭇한 느낌이 들곤 했으며, 커피 한 잔을 놓고도 열띤 토론을 벌이는 이분들이 건재하는 한 우리나라 축산발전의 앞날이 그렇게 어둡지만은 않을 것이라는 생각이 들기도 했다.

이분들을 가까이 하면서 수년 동안 特講料(특강료) 한 푼 내지 않고 기라성 같은 전문가들의 獨講(독강)을 받을 수 있었으니 이 얼마나 영광스럽고 행복하고 다행한 일이었는지 모른다. 내가 한국 축산업계에 발을 들여 놓을 수 있도록 큰 밑거름을 주었을 뿐만 아니라 미칠 정도로 전신 투구할 수 있는 힘과 불타는 의욕을 심어주신 분들이 바로 이분들이었다.

그럼 진드기 백신(Anti Tick Vaccine)을 어디서 어떻게 누가 주관이 되어 개발할 것이며, 이 연구에 소요될 만만치 않을 것으로 예상되는 경비는 누가 부담할 것인가 하는 문제에 봉착하였다. 구구한 의견들이 오고갔지만 뾰족하고 기발한 방안이 도출되지 못해 고심하게 되었다. 물론 처음부터 용이하게 문제가 해결될 수 있으리라는 생각은 하지 않고 있었다.

1980년도 우리나라의 1인당 국민소득(GNP)이 1,592달러에 불과한 때였으므로 무엇을 하더라도 넉넉하게 비용을 捻出(염출)해낼 수 있으리 만큼의 여유가 없는 시절이었으므로 우선은 어려워도 누구의 도움도 받지 않고 독자적으로 할 수 있는 데까지 해 보자는 것이 이분들의 의견이었고 나 역시 같은 생각이었다.

그러던 어느 날 金善煥 박사가 우선은 호주로부터 소를 수입하여 성공적으로 사육하는 것이 목적이니 호주 APHS에 의뢰해 보는 것도 한 방법이 될 수 있지 않겠냐는 의견을 제시했다. 나는 그 방법이 正道(정도)인 것 같은 판단이 들어, 김 박사에게 절차상의 문제가 있을 것으로 생각되어 그 모든 문제해결을 김 박사에게 위임하는 수밖에 도리가 없었다. 백신 개발문제는 APHS에 의뢰한다고 해도 개발이 성공되었을 때 시행권에 대한 까다로운 국제적 문제가 야기될 경우에 대한 대책을 강구해 두어야 할 것 같아 다시금 김 박사에게 이런 행정적인 문제까지도 부탁을 드리지 않을 수 없었다.

그 다음 염려되는 것이 연구기간 문제였다. 어느 정도 대략적이나마 소요시간을 알아야 다음단계를 추진할 수 있을 것이 아니겠는가? 김 박사에게 물었더니 호주 Mr. Keyser에게 알아보기도 하고 김 박사 자신의 생각으로도 지금 당장 작업을 시작한다 해도 1년은 족히 걸릴 것이니 그리 생각하고 사업을 추진하는 것이 좋을 것 같다고 조언해 주셨다.

때마침 서울에 와있던 케이서 씨에게 前後 사정을 이야기했더니 자기도 백신 개발에 전적으로 동의하며 또 협력할 것을 굳게 약속했다. 우리는 그 약속을 굳게 믿고 당장 진드기 포획작전에 나서기로 했다. 우리 일행이 잡으러 제주에 간다고 케이서 씨에게 알렸더니 그러면 자기와 같이 처음으로 한국을 방문한 APHS 회장 John H, Sleigh 씨도 같이 제주도의 목장운영 실태도 볼 겸 먼저 가서 기다리고 있을 테니 다음 비행기 편으로 오면 당신들 진드기잡이와 합류하겠노라고 약속했는데, 우리 일행이 출발하려고 할 때 마침 제주도 일대에 '시라오 태풍'이 통과하고 있기 때문에 항공기 운항이 3일간이나 결항되는 바람에 우리 일행의 출발이 지연되었다가, 막상 제주도에 도착했을 때에는 이미 이들 APHS 일행은 미국방송을 청취하고 는 그 '사라오 태풍'의 위력에 놀라서 다급하게 서울로 돌아와 버리고 난 다음이었다.

진드기 포획을 위해 KNA 정기항공편으로 제주도에 도착한 우리 일행은 비행장에 도착하자 지체 없이 북제주군 한림에 위치한 이시돌 목장과 송당 목장, 이 두 목장을 차례로 달려가 직접 진드기 포획작전을 전개해야하는 일이었다.

1978년 당시만 해도 육지와 제주도 사이를 잇는 교통편이라고는 서울–제주도간 KNA 여객기(당시의 대한항공 KAL의 전신)가 週 3회 왕복하는 것과, 목포–제주, 부산–제주 여객선이 각각 週 3회 운항되고 있을 뿐이었는데 그나마도 태풍이 오거나 풍랑이 심할 때에는 그 어느 것도 결항이 되고 만다. 따라서 우리 일행은 당일 마지막 항공편을 놓치면 3일 동안을 제주도에 머물러 있어야 하거나 그사이에 태풍이라도 만나면 1주일쯤은 머물러 있어야 하기 때문에 단시간 내에 소기의 목적을 달성하기 위해서는 오랜만에 찾아 간 제주도라 보고 싶은 것도 많았지만 한정된 시간 내에 모든 일을 완료해야만 하기 때문에 비행장에서 택시를 잡아타고 곧바로 이시돌 목장(1961년 11월 설립)에 달려갔고 목장에 도착하자 전원이 맨발로 양복바지 가랑이를 10㎝ 정도 걷어 올리고는 초원을 10분 정도 걷고 나서 접어 올렸던 바짓가랑이에 수북이 들어 있는 진드기를 미리 준비해간 용기에 털고 담고를 여러 차례 반복했다. 약 한 시간 정도의 작업으로 목적이 어느 정도 달성된 것 같아 이번에는 송당 목장으로 달려가 이시돌 목장에서 했던 것과 같은 방법으로 여기서도 약 한 시간 정도의 작업으로 많은 진드기를 포획할 수 있었기에 간신히 비행기 출발시에 맞춰 당일로 서울로 돌아올 수 있었으며 서울에 도착하자 재포장하여 항공 편으로 호주 APHS로 보냈다.

진드기를 호주로 보내기는 했지만 성공 여부는 미지수였다. 특히 언제가 될지 그 시간적으로도 기약할 수 없는 처지였다. 그런데 진드기를 보내고 나서 1년이 지난 1979년 APHS의 케이셔 씨로부터 충분한 임상 실험을 거치지는 못했고 100%의 효과를 기대할 수는 없지만 어느 정도(70~80%)의 효과는 기대할 수 있을 정도의 '백신'을 만들어 내는 데 성공했다는 낭보를 접했다. 이것은 그야말로 획기적인 대성과가 아닐 수 없었다. 이 '백신'을 제조하는 데 성공함으로써 지금까지 주저하고 있던 육우 수입에 대변화를 가져올 수 있을 것이라는 기대를 가질 수 있게 되었다.

백신 제조에 성공하자 그것이 계기가 되어 우리 정부 농수산부 축산국장(池 氏)과 가축 위생연구소장 金善煥 박사 그리고 필자를 포함한 3명이 호주 정부 부수상 겸 농림장관의 초청으로 약 1개월간 호주의 주요 축산기관과 시설(목장)들을 답사 시찰하고 돌아올 수 있는 기회가 생겼다. 우리 일행을 초청해 준 호주 정부의 목적은 아마도 진드기로 인해 수입을 망설이고 있던 한국에 호주 소를 수출하기 위한 시장 개척의 목적이 내포되어 있었을 것으로 생각되었지만 어찌되었거나 우리 일행의 이번 시찰 여행은 선진 축산국에 대한 실태와 정보를 수집하여 그동안 침체되어 있던 우리나라 축산업을 활성화하는 데 기여할 수 있는 매우 중요한 계기가 될 수 있을 것이라는 희망과 기대를, 세 사람 모두가 똑같은 생각을 하고 있었다. 덕분에 호주를 거쳐 뉴질랜드까지 발을 뻗쳐 두 축산국의 정밀한 현지답사를 할 수 있게 되었고 많은 것을 보고 듣고 배우고 돌아올 수 있었다.

귀국한 후 비공식적이기는 했지만 사계의 저명한 학자들과 토론회도 가졌고 개인적인 공부도 게을리하지 않았다. 우리 일행은 비록 외국의 초청으로 다녀오기는 하였지만 보고 듣고 한 사실을 보고하는 것이 우리들의 사명이라고 생각하고 있었다.

∷韓濠肉牛牧場協力會의 創立
(Korean-Australian Beef Cattle Farm Society)

1979년 다시금 케이셔 씨(Mr. Keyser)를 만나고 난 다음날부터 育成牛 輸入에 대한 행정적 절차를 밝기 시작했다. 물론 이와 같은 결심이 서게 된 것도 진드기 백신 연구의 성공으로 수입 소의 폐사율의 감소와 유산 등 치명적인 질병도 막아낼 수 있을 것이라는 확신이 서면서 안심하고 소를 수입할 수 있는 자신감을 가질 수 있게 된 것이다.

수입 사업을 본격적으로 가동하게 되면서 이 사업을 추진하기 위해서는 사업체가 절대적으로 필요하기 때문에 金善煥 博士의 諮問(자문)을 받기 위해 金 博士를 찾았더니 "韓國과 濠洲를 잇는 畜産業의 架橋役割(가교역할)도 하고, 한국의 낙후된 축산 농가의 발전과 이익을 도모할 수 있게 하고, 또한 축산업자들의 대표적 역할도 할 수 있는 그러면서 선진 축산국 기술을 국내에 도입하여 전파시킬 수 있는 그런 역할을 두루 할 수 있는 조직이 되었으면 좋겠다."라는 의견을 제시해 주었다.

앞으로 사업을 추진해 나가기 위해서는 당장 사업장(사무실)을 마련해야 하겠기에 우선 내가 잘 알고 지내던 한 친구가 세라믹 계통의 기계를 제작하기 위해 사용하고 있는 서울 명동 신탁은행 뒷골목에 있는 조그마한 빌딩 4층에 있는 약 15평 정도가 될까 말까한 비좁은 사무실을 공동으로 사용하기로 하고 입주하게 되었다.

그 다음은 사무적으로 나를 도와줄 수 있는 사람이 필요했다. 우선 이 일에 흥미가 있고 행정적으로나 言語에도 능통한 사람이 필요했지만 그 시점에서의 형편으로는 급료를 꼬박꼬박 지불할 능력도 안 되는 형편이었기에 어느 정도는 사정을 이해하고 희생정신으로 일을 자기일 같이 돌보아 줄 수 있는 그런 사람이 있어야겠지만 내 구미에 맞는 그런 사람이 있을 리 만무했다. 그런데 이 문제로 고민하던 중 군 출신의 한 친구의 도움으로 해병대 대령으로 예편한 李西根이라는 분을 만나게 되었다. 이분은 군에서 예편된 후 강원도에서 농장을 경영하면서 對日 농산물 수출을 하다 사업에 실패하고 현재는 별로 하는 일 없이 소일하고 있는 것 같으니 부탁하면 들어줄 수도 있을 것이라고 하기에 당장 만나 보자고 했더니, 다음날 그분을 데리고 사무실에 찾아왔기에 이런저런 이야기를 해 봤더니 매우 성실한 분인 것 같아 같이 일을 하기로 결심하고 나를 도와달라고 했더니 그가 쾌히 수락하여 주었다. 이렇게 해서 이분과 인연을 맺게 되었으며 지금까지 오랜 세월 친구로서 혹은 형제와도 같은 사이로 서로 상부상조하면서 지내고 있을 정도이다. 필자는 이분에게 사무관계 일체를 담당하도록 부탁했다.

우리 업체의 명칭은 金善煥 博士께서 조언해 주신대로 명칭이 약간 길게 느껴지기는 했지만 한국과 호주를 잇는 그리고 업체의 성격을 선명하게 나타내기 위해서 '韓濠肉牛牧場協力會'(Korean-Australian Beef Cattle Farm Society, KAB)라는 이름을 채택하기로 하였다. 협력회는 주식회사 형식을 취하되 會員制를 원칙으로 하고 그 회원이 중심이 되어 협력회에 투자하거나 직접 운영에 참여한다는 원칙을 세웠다. 그리고 회원 자격은 축산업을 직접 영위하고 있거나 혹은 앞으로 축산업을 희망하는 사람들로 구성하기로 하였다. 자본금도 회원들의 출자에 의해 설립자본금을 2억 원으로 하고, 1980년 6월 등록을 완료함으로써 정식으로 출범하게 되었다.

:: 갑둔리 목장과 노란반장

　필자가 강원도 인제군 서면 갑둔리란 곳의 화전민이 개간하여 농토로 사용하다 버리다시피 한 곳을 매입하여 목초를 심어 목장으로 조성하고 처음에는 한우를 사육해 볼 목적이었지만 한국과 호주와의 합자사업과 아울러 호주로부터 육우를 수입하려는 계획을 세우다 보니 요식행위이기는 하지만 외국으로부터 가축을 수입하기 위해서는 반드시 목장을 소유하고 있는 자여야만 가능했고 또 앞으로 輸入(수입) 소에 대한 연구개발 및 수입 소의 토착화와 품질개량 등의 연구를 위한 시험목장으로 조성하는 것이 절대적으로 필요하다고 판단되었기에 1977년 초여름이 목장을 마련하게 되었던 것이다.

　목장 마련에 앞서 1977년 5월 호주 *Poll Hereford* 협회의 이사장 케이셔 씨를 만난 자리에서 한국에서의 목장조성 및 관리운영에 대한 문제를 비롯하여 *Poll Hereford* 종 육우 수입에 대한 포괄적인 계획(복안)을 이야기했더니 아주 좋은 생각이라며 자기가 힘닿는 데까지 적극적으로 지원해 주겠다는 의사를 밝힌 바 있었다. 나는 *Poll Hereford* 협회와의 제휴가 가능하게 된다면 한국 내에 육우 시범목장 형식으로 육성해 나갈 계획임을 명확히 밝혔다.

　필자가 갑둔리에 목장을 마련할 수 있었던 것은 친지의 도움도 있었지만 필자가 지난날 케이셔 씨와의 대화에서 밝힌 바 있었던 상호협력 약속에 힘입어 나로서는 많은 무리수를 극복하면서 이 목장을 마련하게 되었는데 가장 큰 영향을 준 것은 필자의 경제적 능력에 한계가 있어 그 수준에 알맞은 곳을 구하려다 보니 이런 산골짝까지 찾아오게 된 것이다.

원래 이 갑둔리란 곳은 6·25 전쟁 발발 이전에는 38선 이북의 북한 땅이었으나 휴전 이후 휴전선 남쪽에 속하게 되어 남한 땅이 된 곳이다. 이 지역은 산세가 험하고 농토가 거의 없다시피 험한 데다 경사가 심한 해발 600m나 되는 고원 산림지대이다. 첩첩으로 쌓인 산골짜기에 약 1,000㏊ 정도 너비의 盆地(분지)가 형성되어 있었는데 이 지역에서 일찍부터 화전민 약 100余戶(여호) 정도가 입산하여 자리를 잡고 산기슭을 개간하여 옥수수, 감자 寒冷地(한랭지) 채소 등을 재배하며 근근이 살고 있었던 곳이었다. 그런데 1967년 제정된 '화전민 정리에 관한 법률'이 시행되면서 이 지역의 해발 600m 이상 고지대에 거주하는 약 80호가량의 화전민이 이주 대상이 되어 국가가 지급하는 정착보조금 한 家口(가구)당 20만 원씩을 받고 낮은 지대로 移住(이주)하게 되어 그동안 방치된 상태의 이 지대가 말이 유휴지이지 실제로는 황무지로 변해버린 곳이었다.

이 지역은 휴전선과 가까운 데다 대부분 토지가 국유림이고 도로 사정도 麟蹄(인제)와 휴전선을 있는 해발 1,400m나 되는 고지대를 오르내리는 비포장 비상작전 도로가 약 20㎞ 정도 설치되어 있을 뿐인데 그마저도 겨울철만 되면 도로 표면이 동결되어 사람이건 차량이건 거의 통행이 불가능하게 됨으로 교통편이 아주 불편한 곳이기도 하다.

그래서 이 지역에 거주하던 화전민들이 버리고 갔지만 아직은 소유주가 화전민으로 되어 있으므로 그 땅의 소유주로 부터 헐값으로 약 20㏊가량을 매수하여 개량 牧草地를 조성할 목적으로 외국에서 도입한 목초씨앗 등을 시험 파종하게 되었다. 특히 이 지역은 일조시간이 짧아 파종시기를 놓치면 한해를 넘겨야 하기 때문에 일찍부터 서두르지 않을 수 없었다. 다양한 종류의 목초 씨앗을 파종하게 된 것은 어떤 종류의 씨앗이 이 지역 토양에 적합한지를 보기 위해서였다. 고원지대의 기후인지라 여름이 짧다. 말복이 지나면 낮과 밤의 기온차가 심하고 낮에도 내복을 입어야 할 정도로 추위가 성큼 다가오는 곳이기도 하다.

필자는 이 지역을 시범 목장으로 조성하기 위해 계획했던 대로 개량초지 조성사업을 추진하였다. 순차적으로 막사도 짓고 축사도 지어야 하겠기에, 지역 내에서 쓸 만한 나무를 採伐(채벌)하여 건축자재로 사용하려면 지방 관서의 벌채허가와 건축허가 등의 행정적 절차를 받기 위해서는 일일이 지방 관서까지 들락거려야 하는데 교통이 불편하여 한번 군 소재지까지 갔다 오려면 족히 하루는 걸려야 할 정도로 많은 시간이 소요되기 때문에,

좋은 방법이 없을까 하고 고민하고 있었는데 마침 이 지역 甲屯里 里長(갑둔리 이장)이 찾아왔기에 사정이야기를 했더니 군청에 드나들 일이 많기 때문에 자청해서 불편을 덜어주겠다고 하기에 많은 도움을 받을 수 있게 되었다.

이장의 도움 덕분에 다소 걱정이 앞섰던 山林採伐(산림채벌)(간벌) 허가를 받을 수 있게 되어 域內(역내)에서 비교적 잘 자란 삼나무, 솔나무 등을 採伐(채벌)할 수 있었고 이 나무들을 건조시키고 있었을 때, 어느 날 이장이 면식이 없는 40대 정도로 보이는 남자 한 사람(후에 목사라고 하여 알게 되었다.)을 데리고 목장 농막에 찾아와 마을 중심지에 교회를 건립하기 위해 토지도 마련해 놓은 상태인데 자재가 부족하여 착공을 하지 못하고 있는 형편이니 좀 도와 줄 수 없겠냐는 구원 요청을 하는 것이 아닌가. 그래서 내가 무엇을 도와 드릴 수 있겠냐고 물었더니 목장에서 採伐해 놓은 長尺木材(장척목재) 6본만 무상으로 지원해 달라는 것이다. 내 입장에서는 추워지기 전에 축사건립이 완성돼야 하겠지만 교회 건립도 사정이 급한 것 같아 우선 교회 건립하는 데 요청한 자재를 무상 제공하기로 하였다. 그런데 그 목재를 운반할 화물차를 빌려 교회 건립 현장까지 운반해 주는 비용까지도 필자가 부담하여 제공해 주었다.

그로부터 약 3개월이 지나 교회 낙성식을 한다는 통지가 있어 가 보았더니 약 50~60평 정도 되는 아담하게 보이는 교회가 건립되어 있었고 내 목장에 찾아왔던 목사가 나를 반기면서 "보내주신 목재 덕분에 이처럼 훌륭한 교회를 짓게 되었습니다." 하고 공손하게 맞아 주기에 무척 흐뭇한 마음이 들었다. 내가 교회 낙성식에 참석했다가 목장으로 돌아오려 하는데 甲屯里 이장이 할 말이 있으니 잠깐만 시간을 내 달라고 하기에 그가 인도하는 대로 시골 주막집에 따라 들어갔더니, 자리에 앉을 시간도 없이 대뜸 하는 말이 이곳에 一名 노란 班長이라고 해서 회갑도 지난 연령으로 이곳 마을에서는 제법 넓은 농토도 가지고 있고 부유하게 살고 있는 村老가 있는데 이 사람의 슬하에 딸만 5명이 있어 언제나 아들이 하나만 있었으면 하는 것이 소원이었다고 한다. 그런데 이곳에서 삯일이나 하고 벌목장 같은 곳에서 막일을 하며 겨우 연명하는 무척 가난한 젊은 여인이 있는데, 그 노란 반장이 그 여인에게 씨받이로 아들 하나만 낳아주면 동리에서 제일 크다고 하는 약 1정보 정도 되는 밭을 주겠노라는 제의를 하여 합의를 보았다는 것이다. 그로부터 1년이 지나 여인이 아들이 아니고 여아를 분만했다고 한다. 그러자 노란 반장이 나는 여식이 다섯이나 있는데 또 여식을 받아들일 수는 없으며 약속한 것은 사내아이를 낳아 주는 조건 이었지 여식을 낳아 달라는 조건이 아니었기 때문에 합의사항은 무효라고 주장하여 그 소문이 온 동리에 퍼지자 발칵 뒤집힐 정도로 동리가 시끄러워졌다며 나에게 이 일이 원 만하게 해결될 수 있도록 중재해 달라고 요청하는 것이었다.

萬壑千峰(만학천봉)이란 말과 같이 바로 이런 첩첩 험준한 산골짝에 살고 있는 순박하기 이를 데 없는 사람들이, 필자를 보았을 때, 간혹 나를 찾아오는 예사롭지 않게 보이는 사람들(10 · 26 대통령 시해사건 이후 정치에 염증을 느낀 정치인이나 관료 출신들이 이 농막에 들러 수일 혹은 수개월씩 머물다 가는 예가 있었다. 그런 부류의 사람들 중에는 대통령 비서실장을 지낸 바 있는 김계원 씨도 포함되어 있었다.) 때문에 나도 그런 신분의 사람으로 인정을 했는지 里長은 공손하고 간곡히 중재를 요청하는 것이 아닌가. 목장 일을 도맡아 보아줄 정도로 적극적으로 지원해주는 이장의 부탁이니 거절할 수 없는 처지이기에 수일 후 노란 반장과 이장을 내 농막 한자리에 불러다 놓고 이장으로부터 지금까지 지내온 경과를 들어본 다음, 필자가 노란 반장에게 "지금까지 이장이 한 말에 틀림이 없냐?"라고 물었더니 모두 사실이라고 하면서도 씨받이 약속은 무효라는 주장을 되풀이하기에 이장이 화가 치밀었던지 나를 향하여 "이 문제는 법정에 가서 해결해야 할 것 같습니다. 지금 제 수중에 돈이 없으니 사장님(나를 가리키는 말)께서 고소비용을 무이자로 차용해 주시면 약속을 빙자한 간음죄, 사기죄 등으로 노란 반장을 법원에 제소하겠습니다. 그리고 그 여인과 약속했던 땅도 차압하게 하고 배상도 물리게 하겠습니다." 하고 위협적인 말을 하기에 나도 그것이 매우 합당한 방법인 것 같다고 했더니 겁에 질린 노란

갑둔리 목장에서 필자
뒤에는 아름드리 잣나무들이 무성하게 자라고 있다

반장이 동리로 돌아가자 이장과 여인이 합석한 가운데 출생한 여아는 산모가 키우기로 하고 처음 약속했던 그 토지를 여인에게 양도하기로 합의를 보았다는 연락을 받았다.

이 일은 이장과 내가 사전에 협의한 대로 진행하여 다행히 성공한 사례이지만, 씨받이라니 李朝時代(이조시대)에나 있을법한 이야기다. 이런 일이 발생하였다는 자체만 보아도 별로 외부 사람들이 드나들지 않는 산골이었고 법이 먼 곳에 있기는 하지만 이런 것도 법에 앞서 인정과 도의 그리고 한 동리에 살고 있다는 일체감 등 순박하기만 한 이들의 정 때문에 원만하게 해결할 수 있었다고 하니 다행스럽게 여기지 않을 수 없었다. 이런 중재 요청도 내가 이런 곳에 목장을 마련했었기에 그리고 인간적으로 人情(인정)이 오고 갈 수 있는 처지라고 지역 사람들이 인정해 주었기에 가능했던 것이 아닐까 싶다.

이 갑둔리 목장 내에는 피나무가 다섯 둘레가 넘는 古木(고목)들로 숲을 이루고 있었는데 한 그루에서 대략 벌꿀 40㎏ 정도씩을 채취할 수 있었다. 그리고 많은 참나무 중에서 적당한 것을 골라 약 150본에 표고버섯균을 접종하여 제법 요긴하게 쓸 수 있는 버섯을 생산하기도 하였다. 農幕(농막) 앞의 약 1㏊ 정도 되는 땅을 개간하여 밭을 일구어 고냉지 배추를 심어 보았는데 결과가 잘되어 한 포기에 2㎏ 이상 무게가 나가 상품으로서의 가치가 있다고 생각되어 서울 용두동 야채시장에 내놓아 보았더니 서울까지의 운반비, 상하차비, 비료비를 제외하고 나니 품값도 안 나오는 밑지는 장사는 그 한 해만 하고 그만두고 말았다.

이럭저럭 그해도 넘기고 1979년 봄이 되면서부터 외국에서 수입해온 각종 목초인 오차드그래스(Orchardgrass), 티머시(Timothy), 이탈리안 라이그래스(Italian Ryegrass), 알팔파(Alfalfa)와 燕麥(연맥) 등 초지 조성을 위한 목초 재배에 바쁜 나날을 보내고 있었다. 그럭저럭 그해도 10월에 접어들면서 겨우살이 준비가 한창이던 10月 27일 아침 전날 밤 서리가 내려 다소 쌀쌀한 날씨였지만 일찍 찾아온 인부들과 같이 일을 하면서 밭고랑에 틀어 놓았던 라디오에서 긴급 뉴스라며 박정희 대통령의 弑害事件(시해사건)을 방송하고 있지 않은가! 나는 뜻밖에 발생한 이 엄청난 사건의 전모를 라디오에서 흘러나오는 아나운서의 다급해 보이는 목소리를 들으며 순간적으로 귀를 의심하지 않을 수 없었다. 그리고 이것이 사실이라고 알았을 때 나는 도저히 그 자리에 서 있을 수가 없어 주저앉아 버리고 말았다.

이 어른께서 1961년 5월 16일 군사혁명 이후 오늘까지 나라를 재건하는 데 진력하였고 농촌을 부유하게 만들었으며 유사 이래로 어느 임금님 어느 대통령도 해결하지 못했던 그 고질적인 '보릿고개'를 없애 버렸으며, 그 어느 누구도 상상조차 하지 못했던 경부고속도로 건설을 비롯하여 국가기간사업의 기틀을 마련한 위대한 지도자를 잃었으니 이게 도대체 무슨 변이란 말인가? 이게 마른하늘의 날벼락이 아니고 무엇이겠는가 하는 생각이 들었다.

나는 일이 손에 잡히지 않아 일꾼들을 일찍 귀가시키고 난 다음 소주병을 들고 건초 더미와 엔시레이지 등을 돌아보며 왠지 모르게 내 몸을 조이는 것 같은 불안을 해소해 보려 했다. 장차 이 나라가 어떻게 돌아갈 것인지 걱정스러운 마음이 부풀러 오르는 데다 누구 한 사람 말해줄 사람이 없는 이곳에 머물러 있을 수 없어 다음날 날이 밝자 서울로 돌아왔다.

시국은 정신이 어지러울 정도로 하루가 다르게 아니 시시각각으로 급변하고 있었다고 해야 할 것 같다. 그리고 일반 시민들로서는 판단조차 할 수 없을 정도로 많은 유언비어가 난무하기 시작했다.

이처럼 상상도 할 수 없었던 엄청난 청천벽력과도 같은 일이 벌어졌지만 다행히도 얼마 후 새로운 정부가 들어서고 국민 모두가 이성을 되찾아 사회가 안정되어 가고 있을 즈음 나는 한시라도 늦출 수 없다고 여기고 있던 해외 투자사업의 첫 단계인 사업계획 작성에 몰두하는 한편 一次 生牛導入 계획을 본격적으로 추진하는 한편, 수입허가 신청을 농수산부에 제출하여 어렵지 않게 수입허가를 받아낼 수 있게 되었다. 사회 모든 면에서 어려운 시기였는데도 불구하고 허가를 받아낼 수 있었다는 것은 천만다행이라고 생각하지 않을 수 없었다.

그동안 무리를 해서라도 수입 소의 시험 사육을 해 보겠다고 마음을 굳힌 이상 그리고 생우 수입과 호주와의 합작사업(목장사업)계획을 추진하고 있는 마당에 *Poll hereford* 종 육우에 대한 충분한 연구와 실무경험이 꼭 필요하기 때문에 이와 같은 일련의 과정은 필수적인 手順(수순)이라고 생각했던 것이다.

21세기의 '무한경쟁시대에 들어선 이 시대에 살면서 왜 하필이면 소냐.'고 물었을 때, 만일 공업화가 줄기차게 진행되고는 있지만 제1차 산업의 국가적 저변이 무너지게 된다면 국가의 산업기반 전체가 위협을 받게 되고 현 시점에서의 농업 인구가 약 28.4%(1980년 현재. 한국 통계청) 정도지만 앞으로 10% 이하로 줄어들게 될 경우 일차 산업의 기반도 무너질 수 있게 된다는 사실은 이미 여러 측면에서 나타나고 있는 현실이다. 그리고 축산업이 발달되지 않은 선진국은 없을 정도이며 만일 우리나라도 여러 가지 측면에서 축산국으로 발전하기는 어려운 처지이지만 그렇다고 현 상태만으로 만족할 경우 앞으로 육류 소비 수요가 폭등할 것으로 예상되는 이상 수입에만 의존할 수밖에 방법이 없다는 것이 우리나라의 현실이고 보면 사실상 대책 마련이 시급한 실정이다. 그리고 농촌과 도시와의 소득격차는 어떻게 무엇으로 그 갭을 메울 수 있을 것인가? 앞으로의 전망을 생각해 볼 때, 농촌 소득을 증대시키기 위한 첫걸음으로 단순히 개인적인 이익을 추구하기보다 '소'라고 하는 국가적 자원을 매체로 농민의 소득을 증대시켜 도시와의 격차를 좁혀보자는 소박하지만 원대한 희망의 씨앗이 내포되어 있었으며 가능성이 있다고 판단되었기에 그 '소'를 택하게 된 것이다. 아무리 선진국가라 할지라도 축산업이 경시된 사례는 없으며 오히려 더 발전시켜 나가고 있다는 현실을 감안한다면 우리나라의 경우 다른 산업 부문에 비해 너무도 많이 낙후되어 있으므로, 앞으로 이 분야에 보다 많은 발전이 있어야 한다고 생각되기에 미력이나마 다른 선진국 못지않은 축산국이 되도록 발전시키는 데 일조할 수 있는 역군이 되어 보겠다고 굳게 다짐하고 시작한 일이기에 한 점의 부끄러움 없는 축산인이 되려고 한 것이 나의 꿈이었다. 그래서 이 일을 착수하기 위해 검토하고 또 검토하다 보니 시작도 하기 전에 너무 많은 시간을 허비해 버린 것도 사실이다.

필자가 수입해 오려는 호주의 폴 헤레포드라는 '소' 종의 역사와 사육에 대한 많은 참고 자료가 있지만 그것은 호주에서의 문제이고 한국에서는 역시 한국 토양에 적합한 자료가 절실히 요구되었던 것이다. 선택은 자유지만 이 소를 선택한 이상 앞으로 이 종자가 한국 축산에 어떤 영향을 미칠 것인가, 그리고 자신(축산업자)의 이해득실 등을 깊이 考慮(고려)하여 다른 품종과도 비교하여 사육의 관리와 경제성, 품질의 우수성이 강조되어야 하겠고 최종 소비자(식객)들의 미각의 滿足度(만족도)도 韓牛와 비교하였을 때 별 差異를 느낄 수 없을 정도로 우수함을 입증하고 이해시켜야 하겠다고 하는 사명감을 가지고 있었으므로 다소 무리를 해서라도 내가 직접 시험사육을 해 보는 것이 가장 중요한 과제라고 생각했던 것이다.

따라서 이와 같이 重要한 과제들을 수입 소를 분양받아 사육하는 농가에 依賴(의뢰)하여 상황을 파악하겠다는 것은 道理도 아니거니와 설사 그들이 제출해 준 사양보고만을 가지고 分析評價하여 그 자료를 토대로 사육 지침으로 삼겠다는 着想(착상)은 태만과 어리석음이 있게 마련이며 사육상 다소의 未洽(미흡)한 점이 발생할 소지가 있을 것으로 판단되었기 때문에 자신이 직접 체험과 관찰 등의 경험을 통해서 얻은 자료를 토대로 사육자들에게 자신 있게 사육요령 혹은 지침을 지도할 계획이었다.

최근 한국기업의 오너가 국제시장을 개척함에 있어 직접 현지에 나가서 그 나라의 지리적 조건, 국민성, 타 경쟁사 제품의 품질 등을 토대로 면밀한 시장조사를 한 다음 그 나라 적성에 알맞은 상품을 개발하여 시장에 내놓는다고 한다. 필자가 생각하고 있는 것도 어쩌면 같은 맥락에서 나온 아이디어였을지 모른다.

또 하나는 간접적으로 얻은 정보와 상황만을 가지고 그것이 마치 金科玉條(금과옥조)나 되는 듯 내놓기에는 양심이 허락하지 않았다. 그런 것으로 인해 상업적 근성(돈벌이)으로 보이는 것 같은 느낌도 들었으며 또 무성의한 것 같이 보이기도 하다고 판단하였기 때문에 나는 이와 같이 얄팍한 상업적 근성을 배제하고 싶었고 성심성의를 다하여 품질의 우수성을 보여주고 싶었다. 특히 최근 수입되는 소들은 그 조상도 모르고 사육관리에 대한 지식도 없이 수입에만 몰두하는 장사치들과 필자가 구상하는 것과는 한참 어긋나는 것이기에, 도저히 그들이 하고 있는 것을 따라 할 생각도 없거니와 양심이 허락지 않았다.

한 가지 더 욕심이 있었다면 Poll Hereford의 사육지침이 될 교범 같은 것을 만들어 이 종류의 소를 사육하는 사람들에게 배포해 주고 싶었다. 그 이유는 새로운 기계를 구입하면 그 기계에는 설명서(Manual)가 붙어 있어 이 기계에 대한 諸元(제원)에서부터 시작하여 자세한 사용방법과 취급관리 요령에 대한 설명이 있듯이 새로 수입하는 '소'에 대해서도 상세한 사육관리, 사료급여를 비롯한 疾病(질병)치료요령 등을 설명한 지침서를 만들어 보려 하였던 것이다. 한마디로 자신을 가지고 수입하는 소를 분양하고 싶었고 그 소에 대한 품질을 보증하고 싶었으며 국내에서도 우수품종으로 육성하고 개량할 수 있게 하고 싶었던 것이다. 우리 협력회로서는 사육자에게 불편 없이 안심하고 사육할 수 있도록 최선을 다하여 지도하고 봉사하려 했던 것이다. 그러면 자연스럽게 협력회가 수입하는 '소'를 선택하는 사람이 늘어날 것이고 사육자가 늘어나면 자연스럽게 축산업도 점차 발전할 것이라고 믿었던 것이다. 바로 이것이 나의 마케팅 전략이다.

그러나 한편 경제적 뒷받침 없이 의욕만 가지고 시작했던 것이어서 당장 다가온 무리가 나 개인의 생계문제에까지 영향을 주기에 부족되는 부분은 몸으로라도 때우고, 그 대신 앞으로 목적하는 사업을 발전시켜나가기 위한 토대만은 鞏固(공고)히 구축하기 위해서는 다소의 희생은 감수해야 할 것이라는 생각은 가지고 있었다. 그런데 그 희생이 의외로 너무 커서 극복하기 어려워질 경우 훤히 보이는 결과를 상상해 보면서 결코 순탄치만은 아닐 것으로 여겨지는 앞날에 다가올 고난의 타파를 위해 어떤 악조건이 來襲(내습)해도 이를 극복해 나가야겠다는 굳은 의지와 결의를 다시 한 번 마음속 깊이 다짐하지 않을 수 없었다.

필자는 계획된 과정을 순서적으로 밟아 나가기 위해 시간이 허락하는 한 갑둔리 목장에서 시간을 보내고자 서울과 인제 사이의 그 불편한 교통편을 마다하지 않고 부지런히 왕래하였다. 기후 조건이나 조사료와 목초의 질, 특히 耐寒(내한) 능력 등을 고려하여 선택한 품종이기는 하지만 그래도 토양과 기후 등 전연 다른 자연 환경에서 소들이 과연 하루에 어느 정도의 물을 마시고 어떤 사료를 좋아하는지 그 嗜好性(기호성)도 관찰하고, 하루의 운동량과 평균 增體量(증체량)이 어느 정도 되고 있는지 그리고 주어진 환경에 어느 정도 빠른 속도로 적응하는지 등 사육을 위한 가장 중요한 것들만 착안하고 변화하는 사항 등을 면밀하게 기록 분석하여 앞으로 계속해서 도입할 소를 사육할 사육사의 지침이 될 수 있도록 관찰을 게을리하지 않았다. 지난날 본인이 일기쓰기를 게을리하던 것을 생각하면 어떤 책임감 때문에 조금은 발전된 것이라고 할까?

도입 소의 성격이나 사육 방법 여하에 따라 발생할 수 있는 문제점, 환경의 변화로 인한 적응 상태 혹은 동화 능력 등도 모른 채, 우리나라의 한우를 기준으로 사육해서 혹시라도 사육비가 증체량을 웃돌게 될 경우 그 손해는 고스란히 사육 농가가 뒤집어써야 되는 경우가 있는데 이런 폐단을 극소화하기 위해서라도 스스로의 경험을 통해서 얻어낸 長短점과 損, 益을 입증해야 하는 것도 전적으로 수입자의 의무라는 생각이 들었다.

비근한 예가 바로 새마을본부에서 도입한 소들에게서 일어난 일들은 아마 좋은 본보기가 될 수 있을 것이다. 수입 과정에서 발생한 시행착오 그리고 농가에서의 사육 방법에서 일어나고 있는 과오 등과 기타 예기치 않았던 많은 문제들의 발생으로 농가 부담이 累積(누적)되면서 약속이나 한 듯이 소를 일시에 시장에 내놓음으로써 가격이 급락하고 덩달아 쇠고기 가격의 폭락사태가 일어났고, 급기야는 수입 소 사육기피 현상까지 일어나면서 사회적 물의를 일으키게 됐던 것이다. 필자가 구상했던 일이 바로 이와 같은 일의 발생을 미연에 방지하고 사육 농가가 좀 더 편하고 신뢰할 수 있고 이익을 추구할 수 있도록 해주기 위해 보다 세심한 경험에 의한 자신 있는 指導가 필요했기 때문에 우선은 나 자신이 먼저 체험해 보는 것이 순리라고 생각했던 것이다.

일단 도입해서 분양을 했다고 해서 그것으로 책임이 완료된 것이 아니라 사후 사양관리에 대해 사육자의 과오가 아닌 부분 즉 품종상 혹은 수입 과정에서의 문제로 야기되는 문제점에 대한 책임질 각오를 하는 것이 사회적·도덕적 도리라고 생각하고 있었다. 아무리 말 못하는 가축이라 할지라도 상거래를 하는 이상, 철저한 사후 관리를 해 주어야 하는 상도의는 가져야 한다는 뜻이다. 그러나 수입창구의 일원화 이후 새마을본부가 그런 기초적 수순을 무시하고 도입에만 열을 올리고 있었기 때문에 결과적으로 한국 축산업 발전에까지 악영향을 미치게 할 정도로 심각한 문제가 발생했지만 누구 한 사람 그 책임을 지려한 사람은 없었다. 언젠가 호주의 축산 전문가들이 나에게 말했듯이 한국 축산업 발전을 위해 좀 더 신중을 기했어야 좋았을 것을 하는 아쉬움이 남는 대목이다.

:: 어려웠던 첫 育成牛 輸入

　남의 사무실의 일부를 쓰기로 하여 비좁기는 하였지만 앉아서 일할 수 있는 사무실이 마련되었으니, 이제 나를 자문해 주시고 교수의 역할까지 해 주실 분, 그리고 보좌해 줄 사람들도 만나게 되어 본격적으로 사업에 돌입할 수 있는 태세를 어느 정도 갖추게 되었다.

　앞으로 우리나라의 경제발전과 더불어 국민소득이 증가되면 필연적으로 육류 특히 쇠고기 수요가 증대된다는 사실을 새삼스럽게 밝히지 않더라도 모든 나라가 그랬듯이 우리나라도 예외일 수는 없을 것이다. 그러나 우리나라의 경우 협소한 영토 등의 이유 때문에 목축기반이 허약한 상태이므로(1980년 한우 사육두수 1,361,000두, 쇠고기 1인당 연간 소비량 2.6kg) 현 실정만으로는 수요증대에 부응할 수 있는 데 한계가 있어 부득이 수입에 의존하거나 생산 능력을 높일 수 있는 기반 조성이 시급한 실정이다. 국가 시책의 문제이긴 하지만 축산에 관한 한 다년간의 기초적 준비사업이 필요한데 이럴 시간적 여유도 사실상 없는 실정이다. 따라서 국내 희망하는 농가를 有畜(유축)농가로 전환시키면 비록 다량사육은 안되지만 넓은 목초지(목장) 걱정도 없고 또 시간적으로도 유리하다. 뿐만 아니라 일반 농가의 수입도 증대될 것이므로 一石 3鳥(조)의 효과를 노릴 수도 있지 않겠느냐 하는 것이 필자가 희망하는 것이며 이 사업을 효과적으로 추진하기 위해 구상해 낸 한호합작이 목적하는 목축사업이 이것이다. 우리나라의 비좁은 경작지를 이용하지 않고, 한국 토양에 가장 알맞은 우수품종 육우를 호주의 드넓은 목장에서 사육하여 송아지를 한국으로 수입하여 우리 기호에 부합되도록 농가에서 사육해 보자는 이 구상이 어쩌면 지나칠 정도로 과욕의 꿈은 아니며 실제로 가능한 일이라고 여겨졌던 것이다. 사실 1980년 소량이긴 하지만 처음으로 쇠고기 6,900톤을 수입하게 되었던 것도 벌써부터 걱정하던 육류 부족 현상의 징조가 나타나기 시작했다는 증거가 되지 않는가.

　이와 같은 사업의 실현을 위하여 1次的으로 호주로부터 한국 토양에 적응할 수 있는 품종의 육우를 선택하고 또 다른 품종보다 비교적 싼 가격으로 輸入해다 희망 농가(회원)에 분양하고 육성에 성공할 수 있도록 지도하는 한편 육우 전문 목장을 조성할 수 있도록 권장하고, 한우의 품종을 개량하여 성장 속도가 빠른 육우로 사육할 수 있도록 지도하는 사업을 추진하는 것이 미래의 한국 축산업 발전을 위한 순서라고 생각했고 내가 이런 사업을 꼭 해 봐야겠다는 오랜 꿈이 실현될 수 있는 絶好의 機會가 도래한 것 같은 느낌이 들었다.

1980년대 통계에 의하면 그 당시 한우 50두 이상을 사육하고 있는 농가가 겨우 960호 정도에 불과했다(2000년 현재 4,061호). 이런 시기에 소를 수입해 오겠다는 발상부터가 누가 봐도 제정신이 아니거나 사기꾼이 아니고서야 어찌 이런 일을 할 수 있겠는가 하고 의심하지 않을 수 없었을 것이다. 그래서 수입업무가 순조롭게 진행될수록 跼天蹐地(국천척지)의 심정(하늘이 무너질세라 땅이 꺼질세라 조심에 또 조심스럽게)으로 사업을 추진해 나가지 않을 수 없었다.

호주에서 소를 수입하기에 앞서 평소 상담역할을 해 주시던 金麗河(김려하) 氏(일본 麻布 獸醫科 專門學校 出身)와 소 수입에 대한 深度(심도)있는 토론을 밤새 벌인 끝에 우선 국내 목장 현황부터 파악한 다음 결정하는 것이 순서라는 의견에 따라 국내의 유명한 목장이란 목장은 모조리 견학하기 시작하였다.

제주도에 있는 송당목장과 이스틀 목장을 비롯해서 강원도 대관령에 있는 金中목장과 三養목장 그리고 서산에 있는 현대목장 등 국내에서 크다고 소문난 목장은 샅샅이 뒤지고 다녀 보았다. 그리고 한편 주한 호주대사관의 상무담당관으로 계시는 李俊演(이준연) 씨를 통해 호주 축산 관련 각종 정보들을 입수하여 분석하는 한편 한호육우목장협력회의 조직을 본격적으로 가동하기 위해 회원 결집에 주력하였다. 이와 같은 일들은 육우 도입을 위해 필수적인 기초 작업이었다.

또 한편 중앙청 농축산부 축산국의 송찬원 과장을 찾아가 육우 수입 절차와 허가조건 등에 대한 문의와 수입허가 신청 등의 행정적 절차에 대한 상담을 하였고 또 윤철준, 김현 등 요인들로부터 자문을 받기도 하였다.

지금까지 얻어낸 자료와 정보 등을 종합한 내용을 토대로 하여, 사실 내가 가지고 있는 것이라고는 꿈과 의욕만 있을 뿐, 그야말로 赤手空拳(적수공권)일 뿐이었지만 주위에서 나를 적극 지원해주는 사람들의 힘을 얻어 케이셔 씨(Australian Poll Hereford Society, General Manager Mr. Keyser)를 두 번째로 만났을 때 내가 구상하는 다음과 같은 의견을 자신 있게 제시할 수 있었다.

즉 一次的으로 호주 측에서 제시하는 품종의 육우를 약 1千 頭 정도 단계적으로 수입하겠지만 우선 한국의 기후 조건, 토양 등 환경에 적응할 수 있는지 여부를 시험해 보고난 다음 본격적인 수입에 착수할 것이며 그 다음 한호합자 목장사업을 추진하는 것이 순서라고 보는데 어떻겠냐고 의견을 제시했다.

그리고 育成牛를 수입하는 데 있어서는 품종의 우수성을 인정할 수 있는 자료와 수입하는 모든 소에 대한 혈통 증명을 첨부해야 하고, 새로 개발한 진드기 백신에 대해서는 아직 그 효능을 입증할 수는 없다지만 일단 소를 수입하는 데 필수적으로 백신을 접종해야 한다는 조건을 제시했다. 그리고 암수의 비율도 상호 협의에 의해 결정하되 일부 수소는 種牛로서의 역할을 할 수 있는 것이라야 한다는 조건을 제시하기도 했다.

필자가 제시한 조건들이 飼料(사료)를 비롯하여 기후와 환경의 변화 때문에 성장 부진과 질병 등이 일어날 수 있는 가능성이 내포돼 있으므로 이러한 문제의 해결방안을 모색하고, 장차 韓牛와의 교배를 통한 품종개량 사업이 성공할 경우 본격적인 다량 생산과정으로 돌입할 때를 대비하여 매우 중요한 과정이었기 때문에 시험사육부터 먼저 시작하겠다는 것은 나로서는 지극히 당연한 일이라고 여겼던 것이다.

한편 한국에서는 원칙적으로 수입이 금지되고 있는 南緯 17°線과 北緯 17°線 내에서 사육되고 있는 가축을 제외하기 위해서도 원산지 증명은 꼭 필요했다. 그리고 한우사육에만 익숙한 우리 농가에서 과연 전혀 다른 품종의 소의 성격과 환경을 잘 조정하면서 사육할 수 있을까? 앞으로 예상할 수 있는 사육상의 문제들만 해결할 수 있다면 100%는 아니지만 어느 정도 성공할 수 있을 거라고 예상했다.

다음 과제가 育成牛(육성우)를 도입해서 분양하고 농가입식 후 사후관리에서 발생할 수 있는 예상치 못했던 문제의 발생에 대한 즉각적인 대처방안과 사육 농가에 대한 서비스 정신이 있어야만 이 사업이 성공할 수 있고 한국 축산업 발전에도 도움이 된다고 생각한 것이다. 예를 들어 한국 내에서는 발견되지 못했던 질병이 발생하였을 경우, 그것이 국내에서의 해결이 불가능하다고 판단되었을 때에는 당연히 호주(Australian Poll Hereford Society)(略稱 APHS)와의 긴밀한 협조로 해결이 가능할 수 있도록 노력해야 할 것이기에 이런 문제해결을 위해서는 APHS와의 약속이 필요하다고 판단되므로 1980년 4월 시드니 APHS 본사에서 위에 언급한 바와 같은 내용이 포함되어 있는 상호 약정서(Agreement)를 교환하게 되었다.

가까운 시일 내에 당국의 수입허가가 획득되는 즉시 일차적 수입을 실시하기로 언약하고 수입 계획을 진행하기 위해 수입 계약을 체결하였다. 물론 살아있는 소를 수입하는 것이므로 절차상의 문제와 철저한 관리와 검역이 이루어져야 했고 수송 도중의 만일을 대비해서 수의사의 동승까지도 요구했다.

1980년도였으므로 이 시기는 정치적으로나 경제적으로나 한국이 건국 이래 가장 혼란스러웠고 어려웠던 시기였다.

1979년 10월 26일 박정희 대통령 시해 사건, 1980년 5월 18일 발생한 광주 사태 등과 군부의 정부 장악에 항거하여 매일같이 벌어지고 있는 크고 작은 데모 등으로 인한 정치적 불안과 우후죽순처럼 솟아나는 새로운 정당, 사회단체 등 마치 해방초기 그 혼잡했던 시기를 방불케 하는 혼잡스러운 때인데다 사회적 不安이 계속되면서 경제적으로도 매우 어려웠던 시기였는데 엎치고 덮친다는 격으로 1979~80년에 일어났던 유류 파동의 여파가 아직 가시지도 않은 상태였으므로 그 영향이 국제시장의 경쟁력도 떨어뜨려 수출에도 차질이 생기고 국민총생산(GNI)도 79년도 1인당 1,676달러였던 것이 80년도에는 1,645달러로 마이너스 성장 현상이 발생하였으며 수출 총액도 175억 달러, 수입은 222억 9천만 달러로 47억 9천만 달러의 무역적자를 보고 있을 때인지라 外貨 사용의 까다로운 통제를 받아야 했다.

이런 시기에 아무리 축산업 발전이 중요하고 시급하다해도 生牛를 輸入하겠다는 문제에 우선순위를 둘 수 있는 형편은 아닌 것 같았다. 이럴 때에 하필이면 외국으로부터 소를 수입하겠다는 발상 자체가 아마도 난센스요 狂氣(광기)로밖에 보이지 않았을지도 모른다. 그러니 그 당시 수입 절차가 얼마나 까다로웠고 힘들고 어려웠겠는가 하는 것은 충분히 짐작이 가고도 남음이 있을 것이다.

시기는 부적절했지만 우리 협력회가 처음 시도하는 수입이라 호주 측도 모두 긴장된 분위기 속에서 열성껏 그리고 정성을 다하여 이 사업을 성공시키려 힘을 쏟아 부었다. 특히 APHS는 호주의 전 조직망을 통해서 아낌없이 이 사업을 지원하고 협력해 주었다.

'소'를 수입함에 있어서 호주 측과의 계약 조건을 다음과 같이 설정하였다.

① 종류 및 수량: 종류는 Poll Hereford. 수량 180~220두.
② 체중 및 月齡: 체중은 200~240kg±. 월령은 18개월±.
③ 검역: 호주에서의 검역기간은 40~50일, 검역 기간 중 발생하는 제반 사항은 수출하는 측의 책임으로 하였고 필히 새로 개발한 진드기 백신 주사를 시행하도록 한다.
④ 가격: FOB 수출국 항.
⑤ 수송방법: 항공 수송으로 하되 항공편의 모든 절차는 한국 측이 담당하기로 한다.

마지막 부분은 '한국에 도착 즉시 동식물검역소의 동물계류장에 계류되어 약 45일간의 동물 검역을 실시한다.'로 되어 있었다.

꼭 미화 6만여 달러나 되는 비싼 전세비를 지불하면서까지 비행기로 수송할 것을 고집한 이유는 소를 가장 빠른 시간 내에 수송한다 해도 수송기간 중에 받는 스트레스가 사람보다 훨씬 더 심할 뿐만 아니라 그 스트레스가 1개월 이상(심지어는 1년 이상) 오래 가기 때문에 그런 폐단을 감소시키려는 것이 주목적이었다(그 당시 전문가들은 항공 수송시간을 18시간으로 간주한다 해도 소에게 준 스트레스를 해소하는 데 소요되는 시간은 평균 약 1개월이 걸릴 것이라고 했다) 한·호 양측은 모든 조건을 양해하는 가운데 1981년 5월 22일 계약이 체결되었다.

이 사업은 처음부터 赤手空拳(적수공권)으로 시작된 것이라 항공기 전세료 6만 달러도 마련하지 못하고 있는 형편이지만 앞으로 수입허가가 떨어지면 수입대행사도 미리 선정해 두는 것이 유리할 것 같아 여기저기 물색하고 있던 차에 마침 필자와 구면인 코롱회사의 수입부 오 모 과장을 만나게 되어 사정 이야기를 하면서 수입대행사가 요구하는 모든 조건에 승복할 터이니 신용장(L/C)개설을 해 주기를 요청했다. 이 시기 무역회사들은 크고 작은 것을 불문하고 무역업자들을 포섭하여 자사의 실적을 올리려고 할 때였다.

오 과장도 좋게 생각했는지 '회사로 돌아가는 즉시 수입부장에게 건의해 볼 터이니 다음날 회사로 와 달라.'고 하기에 다음날 무교동에 자리하고 있는 코롱본사 무역부를 찾아갔더니 오 모 과장하는 말이 전무이사께서 거절하더라는 것이다. 거절한 이유를 물었더니 전무이사가 李相得(이명박 대통령의 친형) 씨였는데 "도대체 비행기로 소를 실어오겠다니? 이거 사기꾼의 짓이거나 정신병자의 짓 아니고서야 이런 맹랑한 발상을 할 리 없지 않느냐?"라고 하며 화를 내면서 일언지하에 거절했다는 것이다. 세상 돌아가는 것도 제대로 파악하지 못하고 있는 이런 회사의 중역과는 더 이상 상종할 필요가 없을 것 같아 오 과장에게 그동안 애써 준 데 대하여 고맙다는 인사를 남기고 코롱의 문을 나섰다.

　　하기야 이상득 전무의 말에 좀 서운했지만 그 당시의 실정으로 본다면 일반 사람들도 타 보기 어려운 국제항로 비행기에 소를 싣고 오겠다는 발상부터가 당사자들을 제외하고는 상상조차 하기 어려운 일이었기에 다시 한번 당시의 상황을 상기시켜 준다. 코롱상사와 그런 일이 있고 난 수개월 후 이상득 전무이사가 호주 Sydney에 가서 Mr Brian Keyser 씨의 사무실에 찾아가 '소' 수입에 대한 단독계약을 체결하자고 제의했더니 APHS는 이미 한국의 육우협력회와 계약이 체결되어 있으므로 혹 소를 수입하고 싶으면 한국의 육우협력회(당회)와 상의해 보라고 하였다고 Keyser 씨로부터 후일 나에게 알려준 바 있었다.

　　마침내 농수산부장관으로부터의 生牛輸入(생우수입) 승인이 떨어졌으니 찾아가라는 축산과장으로부터의 전화를 받은 것은 1980년 7月 10일 목요일이었다. 수입허가를 신청한 지 3개월만의 일이다. 꿈 같은 일이 벌어진 것이다. 때가 때이니 만치 설마설마했는데 실제로 수입허가가 떨어졌다고 하니 단숨에 정부청사로 달려가 송 과장에게 감사하다는 말을 아마 열 번은 했을 것이다. 그러고 돌아서 나오려는데 너무도 뜻밖의 일이었고 고마웠는지 눈물이 나와 앞이 보이지 않았다.

　　곧 바로 신용장을 개설해야 할 터인데 적당한 수입대행사가 없어 고민하던 중 '고려무역주식회사'란 곳이 있는데 이 회사는 대한무역진흥공사의 자회사로서 월남으로부터 고철을 수입하고 있는 아주 건실한 회사임을 알고 있었고 작은 무역업자(少額(소액) 무역을 하는 업자)들의 무역 업무도 대행해 주고 있다는 것을 알게 되었으며 그 당시 이 회사가 KOTRA빌딩에 입주하고 있었는데 나는 이 회사의 '수입 제2부' 오 부장을 찾아가 단도직

입적으로 '소' 수입에 대한 수입대행 업무를 맡아 달라고 요청했다. 우선 검토는 해 보겠다는 답변을 받았을 뿐이다. 그 검토가 언제 끝날지 모르기에 절호의 기회를 놓쳐버릴 우려도 있고 해서 이래서는 안 되겠다는 생각이 들어 오 부장이 저녁 퇴근시간이면 피로도 풀고 동료들과 어울려 회식하는 단골집을 알아내어 그곳에 진을 치고 기다리기로 했다. 쇠뿔도 단김에 빼랬다고 했던가. 그 식당엘 찾아가 종업원에게 오 부장 오늘 오냐고 물었더니 예약이 되어 있다고 하기에 내가 오 부장을 만나러 왔으니 방을 하나 내달라고 하고― 오 부장이 오면 내 방에 안내해 달라고 부탁을 해 놓고 그 방에서 혼자 술잔을 기울이고 있는데 마침 오 부장이 '누가 나를 찾아 왔냐.'고 묻기에 내가 만나고 싶어 왔는데 바쁘실 것 같으니 10분만 시간을 달라고 하고, '소' 수입에 대한 L/C 개설 문제를 다시 요청하고 시간이 촉박하다는 말까지 했다. 그랬더니 내일 회사로 와 달라고 하기에 다음날 회사로 찾아가 그의 快諾(쾌락)으로 신용장을 발급할 수 있게 되었다.

물론 신용장만 개설해 주면 나머지 문제는 우리가(협력회) 모든 문제를 알아서 처리하겠다고는 하였지만 소를 실제로 수입해 본 경험이 없는 상사로서는 한두 가지의 의심만 있는 것이 아니다. 그러니 상대방이 납득할 때까지 일일이 '소' 수입 과정을 처음부터 끝까지 브리핑을 해 주어야 하는데 사실상 이것도 용이한 일이 아니었다. 특히 소가 김포공항에 도착한다면 그때부터 어떻게 하겠느냐는 질문이 있어 그 순서와 우리가 해야 할 임무까지 대략 다음과 같이 설명해 주었다.

'소'가 김포공항에 도착하면 그 즉시로 등촌동 '동식물검역소'에서 일정기간 검역을 하게 되는데 이 기에는 飼育管理는 검역소와 협의하여 우리 협력회가 담당하게 되며 검역이 완료되면 그 소들을 분양하게 되는데 우리 협력회의 회원이 모두가 농민이고 '소'를 사육해본 경험이 있는 사람들이기 때문에 분양과 동시에 상행위는 하지 않을 것이며, 우리가 분양하려고 하는 예정價格(가격)은 시중 거래가격의 약 30% 정도 싼값으로 분양할 계획이며, '소' 그 자체도 'Poll Hereford'라고 하는 아주 우수한 肉牛(육우)인 데다 혈통증명이 붙어 있는 것만을 수입한다고 했더니 처음에는 용어 자체부터 처음 들어보는 것이 많아 의아한 표정을 하더니, 총체적으로 내가 하는 설명만으로도 흡족해하였고 위험 부담에 대한 조치도 취하지 않고 일반적인 수속 절차만으로 당일 신용장(L/C)을 개설해 주었다.

그 어려운 수입허가를 받아 내고 신용장도 개설했지만 수입허가가 예상보다 늦어지는 바람에 당장 수입을 하고 싶어도 氣候 조건이 맞지 않아 문제가 되었다.

호주는 南半球에 속함으로 그곳의 계절은 우리나라와는 정반대여서 그곳의 7월은 한겨울인데 반해 한국은 猛暑(맹서)를 떨치는 여름이다. 기온 약 20℃ 이상 차이가 나기 때문에 갑작스런 氣溫의 변화로 '소'들이 기후에 적응하기 어려울 것으로 판단되어 부득이 수입을 9月로 미루기로 하였다(호주의 9월은 우리나라 기후로 치면 3월에 해당된다).

기후 때문에 부득이 선적기일을 적어도 60일은 연장해야 하겠다고 했더니 호주 측은 연장되는 그 기간 동안의 繫留費用(계류비용)을 한국 측이 부담하라고 한다. 이와 같은 그들의 요구는 하나도 틀린 데가 없는 아주 정당하고 당연한 것이라고 생각했다. 왜냐하면 우리 측의 수입 절차상 까다로운 수속을 밟다 보니 예상했던 것보다 훨씬 많은 시간을 소비했고, 그동안 호주 측은 우리 측이 요구한 진드기 백신 시술과 반응도 보기 위해 그들이 수출할 소의 계류기간을 평상시 시행하는 것보다 약 1개월이나 더 많은, 거의 60일 동안 소를 계류하고 있었는데 수입자(우리 측)의 일방적이고 무리한 요구에 따라 앞으로 60일을 더 연장해 달라고 하니 이들로서는 고달프고 경제적으로도 큰 부담이 아닐 수 없었던 것이다.

우리 측의 연장 요구조건이 기후로 인한 부득이한 것이라고 하여 상대방도 납득은 하였지만 그렇다고 계류비용까지 부담할 수는 없다는 것이 그들의 주장이었다. 그러나 그들의 당연한 요구를 그대로 받아들이게 된다면 우리 측의 경제적 부담이 너무나도 커지게 되는 것이고 그에 따라 분양가도 자동적으로 상승하게 되므로 가급적이면 수입비용을 절약할 수 있는 데까지 절감하여 한 푼이라도 더 싼값으로 농가에 분양해 주려는 계획에 차질이 발생할 가능성이 있었기 때문에 억지를 부리지 않을 수 없었다.

계류비용 부담문제 뿐만이 아니라 탑재 날짜가 연기되자 이번에는 항공기 전세기 문제가 불거져 나왔다. 그 당시 生牛 수송을 담당해 줄 수 있는 항공사는 '플라잉 타이거(Flying Tigers)'라고 하는 미국의 화물수송 전문 항공사가 있는데 이 항공사만이 전 세계에서 유일하게 살아 있는 가축을 수송할 수 있는 설비를 갖춘 전용수송기가 있다고 했다. 만일 '플라잉 타이거'가 아닌 다른 항공사를 이용하게 될 경우에는 '소'를 수송하는 데 필요한 기내시설 설비비용을 우리 측이 부담해야 한다고 하니 단 한 번의 수송을 위해 그 엄청난 비용을 감당할 수는 없는 일이었다. 그런데 이 '플라잉 타이거' 항공사의 항공기 배당이 (극동 지역 수송기 배당) 9월이 되면 불가능하므로 계약을 할 수 없다고 한다. 여기저기서 문제가 발생하다 보니 이때쯤 필자의 체력과 능력의 한계를 벗어나는 것 같은 느낌이 들기까지 했다.

나는 이렇게 발생되는 문제들을 국내에서는 도저히 해결할 길이 없어 황급히 호주로 가서 직접 당사자들과 부닥쳐 해결책을 찾아봐야겠다는 생각이 들어 '시드니(Sydney)'로 가기로 결심했다. 만일 이 일들 중 어느 하나라도 해결이 안 될 경우 많은 비용을 들여 수입하려던 계획이 수포로 돌아갈 우려를 배제할 수 없었기 때문이다.

:: 호주로 가는 길

그 당시는 김포공항에서 호주 시드니까지의 직항노선이 없어 일본 東京을 경유하거나 홍콩에서 호주항공인 '콴타스'나 '싱가포르 에어라인' 혹은 '퍼시픽 에어라인' 등을 이용하는 수밖에 없는데 이 비행기들은 여러 기항지들을 거쳐 가기 때문에 많은 시간이 소요되었다. 그래서 서울시드니 간이 18餘 時間이나 소요되곤 했다. 나는 80年 여름 JAL편으로 東京까지 가서 다시 시드니행 콴타스 비행기로 갈아타고 Sydney에는 다음날 아침 6時경에 도착했는데 공항에서의 입국 수속을 마치고는 곧바로 케이셔 씨의 사무실에 찾아가 그의 출근을 기다렸다. 한국과의 시차는 2시간밖에 나지 않으므로 피곤하지도 않았지만 그를 기다리는 시간이 무척 지루했다. 현지시간으로 9시 30분경 케이셔 씨가 사무실 문 앞에서 서성거리고 있는 나를 발견하고 깜짝 놀라며 첫 마디가 무슨 일이 생겼나 연락도 없이 어떻게 왔는가 하기에, 우선 사무실에 들어가 이야기하자고 권하고 그의 널찍한 방으로 들어가 우리가 현재 놓여 있는 상황과 이로 인해 발생하고 있는 애로사항 등을 이야기하고 협조를 요청하기 위해서 왔다고 했더니 고맙게도 나의 입장을 이해하고 그는 나의 일을 마치 자기 일 같이 동분서주 문제해결에 진력해 준 덕분에 짧은 기간 내에 가장 근심거리의 하나였던 계류 비용을 호주 측에서 부담해주기로 하였다. 호주에 와서 알고 보니 계류장에는 우리가 수입하려는 수량보다 10여 마리나 더 많은 소를 계류시키고 있었는데 그것은 비행기 탑재가 완료될 때까지 만일을 대비한 예비수량이라고 했다. 이들의 성심성의가 엿보이는 과정이다. 그러면서도 무언으로 우리의 무리한 요구를 받아 들여 준 데 대하여 너무나도 고맙게 여기지 않을 수 없었다.

전세기 문제도 항공사가 호주에서 美洲(미주)로 가기로 되어 있던 한 계획을 변경시켜 우리 측이 요구하는 날짜에 맞춰 수송해 주겠다는 약속을 받아 낼 수 있었다. 서울에 있는 항공사 사무실에서는 어림도 없다던 말이 호주에서 가능할 수 있었던 것은 호주의 주 고객의 요구를 거절할 수 없을 정도로 큰 거래선이었기 때문에 가능했다는 것을 나중에 알 수 있었다. 서울과 시드니 사이에서는 거리도 거리려니와 의사소통이 제대로 되지 않아 일어날 수 있는 오해 혹은 착오도 직접 만나서 머리를 맞대고 논의하는 것이 가장 효과적이라는 것을 이번 여행을 통해 새삼 실감할 수 있었다.

이렇게 해서 어렵게 도입되는 소들이 예정대로 김포공항에 도착할 것이라는 통보를 받았다. '소'가 도착하게 되면 동물검역소 격리수용장소(보세구역)까지는 불과 12km 미만의 거리였지만 소를 운반하기 위해 자동차에 설치해야 할 안전띠(밧줄), 비행기에서 화물차로 옮겨 싣기 위한 항공기와 자동차간의 통로 준비 문제, 호주 측 수출 당사자가 발행한 제반서류와 APHS에서 인정하고 확인된 혈통 증명(소의 호적초본 같은 것)과 수출국 검역소에서 발행한 검역서류, 리스트에 기재되어 있는 내용과 실물과의 대조(귀에 달고 있는 고유번호) 등과 기타 사전에 계약 당시 체결했던 내용의 이행 여부를 확인하기 위해 '소'는 불과 180여 마리에 불과하지만 처음 해보는 작업이라 많은 시간이 소요될 것으로 예상하고 우리 협력회 직원들이 총동원되어 각자 임무분담을 해서 실시하도록 편성하고 비행기 도착시간을 기다리고 있었다. 이윽고 약속된 시간보다 약 30분이 지연된 시에 김포공항에 도착했다. 그리고 김포공항 좌측에 있는 화물 터미널에 비행기가 유도되어 문이 열렸다. 비행기를 타고 온 소들은 마침내 긴 여행을 마치고 낯선 한국 땅을 처음으로 밟게 된 것이다.

비행기의 문이 열리고 내리는 소들의 귀에 달고 있는 번호를 일일이 확인하는 작업이

호주 Poll Hereford Society 이사장 Mr. Keyser가 한호육우목장협력회의 요청으로 방한하였을 때
좌로부터 필자, 케이셔 씨, 이동화 장군, 지용태 이사, 이서근 전무

끝나고 화물차에 옮겨 실어 지정된 김포검역소 계류장으로 향했다. 오전 11시경부터 시작된 작업은 이럭저럭 해가 질 무렵에야 겨우 끝이 나서 검역소 계류장에 마지막으로 도착했을 때는 이미 해가 서쪽으로 완전히 기울어져 저녁노을이 빨갛게 하늘을 물들여 놓았을 때였다.

이 소들은 이 시간부터 45일간의 검역 기간 동안 낯선 이곳에서 살게 되었다. 작업이 완료되자 이 일에 직접 관여했던 사람들은 작업이 무사히 완료되었다는 안도감에서였는지 모두 피로한 기색이 역력하였다. 이 소들은 호주 퀸스랜드 주 코크 목장에서 온 소들이다. 소를 인도하기 위해 소와 같이 온 2명의 목동과 수의사 등 세 사람을 한강변 경치 좋은 호텔에 투숙시키고, 우리 일행은 사무실 근처의 식당에서 처음 하는 일이었지만 아주 성공적으로 잘 해준 데 대한 고마움의 표시를 겸한 늦은 저녁식사를 마치고 하루의 일과를 마쳤다.

:: Cork Station과 Mr. D. Dunn

우리가 수입해 오려는 소가 계류되어 있는 곳이 바로 코크 목장(Cork Station)이라고 하는 곳이며 그곳으로부터 한국으로 '소'를 운반하기 위해서는 탑재항인 '타운스빌(Townsville)'까지는 육로 수송을 해야 하고 타운스 빌 비행장에서 김포공항까지는 플라잉 타이거가 담당한다. 어쨌든 내가 호주까지 온 이상 우리가 수입할 소가 계류되어 있다는 Cork Station에 가 보지 않을 수 없었다.

필자는 코크 목장으로 가기에 앞서 그 牧場(목장)主인 '더드리 던(Dudley C. Dunn)'이라는 분을 만나 봐야겠다고 생각했다. 우리가 처음으로 育成牛(육성우)를 수입하고자 하는 곳(輸出業者)의 목장주이며 한국과 합작으로 목장 사업을 하자는 데 동의한 사람이기도 하기에 그가 경영하는 목장과 그 운영 상태 등을 직접 눈으로 확인하고 싶기도 했기 때문이다.

나는 목장에 가기에 앞서 케이셔 씨의 안내를 받아 시드니에 도착한 다음날 오전 더드리 던 氏(Woollahra, N. S. W)의 주택을 방문할 수 있었다. 그와는 초면이면서도 마치 오랜 친구처럼 많은 시간을 할애하여 이야기를 나눌 수 있는 기회를 가졌다. D. Dunn 氏가 살고 있는 멋진 저택은 시드니 오페라 음악당 건너편에 위치하고 있어 전망이 아주 좋은 곳이었는데 시드니 최고급 주택들이 집결되어 있는 곳이었다. 나는 그곳에서 혹은 그의 사무실에서 내가 구상하고 있는 합자사업에 대한 구체적인 대화를 나눌 수 있었다. 그는 소유하고 있는 Queensland 州에 위치하는 Cork 목장을 합자사업 목장으로 운영하기를 희망하는 요지의 의견을 나에게 제시했다. 호주 최대의 육우사육 지역으로 알려진 퀸즐랜드 州에 Cork 목장이 있다는 데 더욱 관심이 쏠리지 않을 수 없었다.

그 코크 목장에는 현재 千여 頭의 소를 사육하고 있다고 했고 現地踏査(현지답사)의 안내를 직접 자기가 하겠다고도 했다. 내가 바라는 바였기에 그를 만난 다음날 아침 그가 (D. Dunn) 경영하고 있는 地方民間航空會社(Local Air Line)의 8인승 경비행기로 나와 던 氏 그리고 케이셔 氏와 협회 필드 매니저(Fields Manager) 한 분, 던 씨의 법률고문 등 일행 5명이 오전 10시경 시드니 공항에서 로컬 소형여객기에 탑승하고 약 4시간의 비행 끝에 Cork

목장에 도착했다. 목장 상공에 이르자 착륙하기 전에 우선 목장 전체를 공중에서 관찰할 수 있도록 하겠다기에 그러려니 했는데 놀랍게도 약 30여 분 동안이나 그 넓은 목장을 비행기 기내에서 여기저기 내려다볼 수 있게 배려해 주었다.

도무지 어디까지가 끝인지 알 수가 없기에 케이셔 氏에게 슬그머니 '도대체 이 목장의 넓이가 얼마나 되냐.'고 물어 보았더니 아무렇지도 않은 표정으로 "글쎄, 정확한 것은 아니지만 아마도 약 57만 에이커 정도는 될 것이다."라고 했다.

밑을 내려다보니 수많은 캥거루 떼가 비행기 소리에 놀라 이리저리 무리를 지어 뛰어다니는 광경이 매우 인상적이었다. 그 57만 에이커란 게 도대체 몇 坪 정도나 되는지 卽刻的(즉각적)으로 머리에 그려지지 않는다.

그 목장 내에 있는 전용 輕飛行場(경비행장)에 착륙하고 마중 나온 목장 책임자의 자동차로 약 30분 정도를 달려서야 목장 관리사무소에 도착했다. 그동안 내 머릿속에서 지워지지 않는 57만 에이커의 넓이가 어느 정도인지 조바심마저 생긴다.

별다른 장식도 없어 썰렁하게까지 느껴지는 관리사무소는 목조 단층건물에 사람이라고는 목장 책임자와 그의 부인 그리고 2명의 건장한 牧夫가 있을 뿐이었다. 나는 또 의문 하나가 더 생겼다. 얼마나 넓은지 아직 상상은 안 되지만 비행기로 30여 분이나 돌아본

던 씨와 케이셔 씨가 한국을 방문하였을 때
우로부터 두 번째 던 씨, 세 번째 필자, 네 번째 케이셔 씨,
다섯 번째 이서근, 여섯 번째 김선환 박사
그리고 맨 좌측이 공군 예비역 박 모 장군

이 넓은 목장에 겨우 3명의 남자가 관리를 하고 있다니? 내가 "이 목장에서 일하고 있는 사람이 3명뿐인가?"라고 물으니 그렇다고 목장 책임자가 답변한다. 소는 1,200여 마리나 있다면서, 그리고 광활한 이 목장을 관리하는 데 별로 손이 가지 않는다고 한다. 나의 상식으로는 도저히 납득이 가지 않는 부분이었다.

비행기에서 내려다보았을 때, 푸른 강이 보였는데 그 강이 이 목장 내를 흐르고 있는 강이냐고 물었다. 그랬더니 내가 많은 의문이 있을 것 같아 준비했다고 하며 상황 브리핑을 해주었다. 그 강이 이 목장의 서쪽 경계선을 흐르고 있다는 사실도 알았고, 광활한 이 목장을 관리하기 위하여 이 목장이 CALDWELL, MATAHMA, DERMOD, Cork, LEANA 등 5개 구역으로 나누어져 있으며, 한 구역마다 대형 풍차펌프가 2개 이상씩 설치되어 소에게 급수하고 있는데 水量은 매우 풍부하다고 했다. 나중에 실제로 그 사실을 확인했다. 소들은 사람의 손을 빌리지 않고도 자연분만 한다고도 했으며 草地 조성은 앞으로 더 해야 하는 과제라고 하였으며 Diamantina 강이 흐르고 있는 Cork 지역의 개간이 가능하다고도 했으며 개척에 소요되는 물을 확보하기 위하여 크리크를 이용해서 현재 5,000㏊ 정도(약 1천 5백만 평)의 저수지를 조성 중에 있다고 하며 내일 현지를 안내해 주겠다고 했다.

우리 일행은 목장에서 2박 3일간 자동차로 여기저기 목장 내의 주요 시설들을 둘러보았다. 필자가 의문을 가지고 있던 강(Diamantina River)은 어지간한 가뭄에도 강물이 고갈되는 일이 없다는 것도 알게 되었다. 목장 내의 한곳에서는 수량이 얼마나 되는지 알 수는 없었지만 많은 양의 溫泉水(온천수)가 수면에서 약 1m 정도 위로 분출되고 있었다. 그 물이 작은 개울같이 흘러 발상지로부터 약 6㎞ 정도 떨어진 곳에 가면 물의 열이 식어 소들이 마실 수 있도록 給水役割(급수역할)을 하고 있었다. 한국 같았으면 아마 대단히 유용하게 사용될 수 있는 온천수가, 한국의 어지간한 온천에 비해 봐도 손색이 없어 보이는 온수가 아무런 시설도 없이 그대로 방치된 채 흘러보내고 있는 것이 무척이나 아까워 보였다. 물의 온도도 90도가 넘는다고 했다.

12개소의 대형 급수장(소를 위한)과 저수지(풍차로 급수하는)가 있어 급수에는 전연 문제가 없을 것 같이 보이기도 했고 또 관리 책임자도 자기가 이 목장에 온 이래 지금까지의 경험으로 봐서 乾期(건기)에도 고갈되는 일이 한 번도 없었다고 한다. 바꾸어 말하면 이 지역의 지하수는 풍족하여 목장 운영에 지장을 주지 않을 것이라는 것을 증명하는 말이 된다.

이곳에서의 골칫거리라고 한다면 비행기에서 내려다보았을 때 떼를 지어 이동하는 1개 사단 병력은 족히 되어 보이는 캥거루 떼가 木柵을 뛰어넘어 목장 안으로 침입하여 소가 먹어야 할 牧草를 쑥대밭으로 만들어 버리곤 하는 것이라고 했다. 국가의 보호동물이어서 임의로 사살할 수도 없기 때문에 그 피해가 막심하다고 했다. 목장 본부 가까이에는 말(馬)도 100여 필(雜種)이 방목되고 있었는데 그 말들이 목초를 찾아 하루에 300㎞씩이나 이동하고 있다고도 했다.

목장관리인이 한곳에 오더니 차를 멈춰 세우고 필자더러 저 숲을 보라며 손가락으로 가리키는 곳을 바라보았다. 정확히 판단하기에는 다소 먼 곳이었지만 그곳은 크고 작은 관목으로 형성된 잡목 숲이었고 그 나무들 사이에 여러 마리의 소가 있는 것을 보았다.

목장관리인의 설명인즉 이 목장에는 여러 소 떼가 있는데 저기 보이는 소 떼도 그중의 하나라고 하며 지금이 송아지를 생산할 시기이므로 저렇게 숲 속에 들어가 송아지 낳기를 기다리고 있다고 하며, 소들이 송아지를 낳게 될 때가 되면 소 무리의 왕초가 장소를 결정하고 그 장소에 어미 소가 송아지를 낳을 수 있도록 구덩이를 파고 그 위에 건초를 물어다 깔아 산실을 만든다고 한다. 저기 보이는 소들은 수소들인데 암소들이 안전하게 송아지를 낳을 수 있도록 보호하기 위해 외곽에서 경계하고 있는 것이며 우리가 지금 서 있는 곳보다 더 접근하면 수십 마리가 떼를 지어 공격해오기 때문에 이럴 경우 위험하니까 절대로 접근해서는 안 된다고 한다. 나는 이 광경을 목격하고 또 한 가지를 배웠구나 하는 생각이 들었다. "가축도 오래 방목을 하면 야생동물과 같아지는구나!" 하는 것을.

나는 앞으로 우리가 수입할 소들이 계류되어있는 계류장에 가서 '소'의 상태를 관찰해 보았다. 매우 건강하게 보였으며 가장 염려하고 있던 한국형 진드기의 백신 주사도 효과가 있을 것이라고 했다. 그야 한국에 와 봐야 알 일이지만 우선은 백신 주사를 놓았다는 것만으로도 심적으로나마 한 가지 큰 걱정을 덜 수는 있었다.

목장의 목초를 해치고 있다는 사단 병력만큼이나 되어 보이는 엄청난 수의 캥거루 떼를 처치할 방법은 없는지 목장관리인에게 물어본 일이 있었다. 목장관리인은 국가 보호 동물이자 상징적인 동물이기 때문에 함부로 포획한다거나 사살할 수 없게 되어 있다고 말한다. 이 지역에 서식하고 있는 캥거루는 1년에 한 번 지정된 수량을 사살할 수 있게 되어 있는데 그것도 주 정부에서 지정된 사람만이라야 사냥이 가능하다고 한다. 그럼 이 목장에서는 어느 정도 사살이 가능하냐고 물었더니 1년에 800마리가 허가된 양이라고 했다. 마침 허가받은 사냥꾼 4명이 3/4톤 트럭을 몰고 목장에 나타났다. 이미 1차 사냥을 마쳤는지 트럭에는 10마리 정도의 죽은 캥거루가 실려 있었다. 목장관리인이 저 사람들이 저 건물 밖에서 처리하니 구경하고 싶으면 가보라고 하기에 그 사람들의 작업광경을 볼 기회가 생겼다. 죽은 캥거루를 넓은 작업대 위에 올려놓고 컴프레서를 돌려 캥거루의 총 맞은 곳에 컴프레서 호스를 삽입하여 바람이 들어가 시체가 부풀어 오르자 목 부분과 다리 부분의 가죽을 도려내고 배 부분의 가죽을 1자로 베더니, 그 뱃가죽을 들어 올리자 가죽과 몸체가 아주 간단하게 분리되는 것이다. 한 마리에 한 2~3분 정도나 걸렸을까. 능숙한 솜씨에 놀랄 정도였다. 가죽은 트럭바닥에 깔고 소금을 뿌린다. 작업하는 사람에게 왜 저렇게 하냐고 물었더니 주정부 관계관에게 수량을 알리기 위한 것이라고 한다. 몸체는 어떻게 처리하냐고 물었더니 돼지 사료로 쓰거나 땅에 묻어 버린다고 하기에 "초식동물이라 먹을 수 있지 않아요?" 했더니 별로 썩 좋은 표정이 아니길래 나중에 누군가에게 다시 물어볼 셈으로 발길을 돌렸다.

그 후 알아본 바로는 호주 사람들은 캥거루 고기를 좋아하지 않는다는 것을 알았다. 프랑스인이 호주에 들어와 캥거루 요리를 하는 식당을 개업했는데 손님이 없어 돌아가 버렸다는 소문을 들었다.

목장에 도착한 저녁 식사는 목장이 준비해준 바비큐였다. 처음으로 진짜 헤레포드 고기를 맛볼 수 있었다. 참으로 부드럽고 맛있는 고기다. 목장관리인은 냉장고에 얼마든지 있으니 후회 없이 맘껏 먹고 가라며 냉장고 문을 열어 보여주기까지 했다. 그 냉장고란 것이 시판되는 그런 것이 아니라 큰 식당 같은 곳에서 사용하는 것으로 큰 소가 한두 마리 정도는 족히 들어갈 만한 크기에 쇠고기가 가득 채워져 있었다. 나는 이 쇠고기 맛을 보고 한국에서의 마케팅에도 자신감이 생겼다. 현지에서 먹어본 바로는 한우와 별 차이를 느낄 수 없을 정도로 아주 맛이 있었기 때문이다.

시드니에 돌아와서야 겨우 57萬 에이커의 넓이를 계산해 볼 수 있었는데 그 넓이에 깜짝 놀라지 않을 수 없었다. 1에이커가 1224.2평이니까 여기다 정확하게 57萬 2千 800에이커를 곱하니 7億 1百 22萬여 평이란 숫자가 나온다. 제주도의 총면적이 1,847.5㎢이라고 하니까 Cork 목장의 넓이를 다시 ㎢으로 환산해 보았더니 2,318㎢이 된다. 결국 제주도보다도 470.5㎢가 더 넓다는 이야기다. 이처럼 넓은 목장에 단 3名의 목부가 관리하고 있다니 다시 한 번 놀라지 않을 수 없었다.

내가 호주에 체류하고 있는 동안 코크 목장뿐만 아니라 폴 헤레포드 협회에 가입돼 있는 회원 목장들을 케이셔 씨의 안내로 돌아볼 수 있는 기회를 얻어 이들 목장의 운영 실태들을 볼 수 있었다는 것은 나로서는 큰 수확이 아닐 수 없었다. 그 어느 목장을 막론하고 소수 인원으로 최대의 효과를 올리고 있다는 데 큰 감명을 받았다.

필자는 Cork 목장에 대한 보다 상세한 상황을 좀 더 많이 그리고 상세하게 알고 싶었다. 예를 들어 목초지의 목초의 품종, 그 지역의 강수량, 기상 상태 등 기후 조건, 乾, 雨期의 대책, 대지에 대한 정부와의 임대기한과 재계약시에 발생할 수 있는 문제점 (Queensland 주 대부분의 토지가 영국 왕실의 소유로서 각 개인이 일정기간 임대형식으로 빌려 쓰게 되어 있는데 대략 그 기간은 99년이라고 알고 있다. 따라서 한정된 기간이 만료되면 다시 임대계약이 갱신)등, 그리고 '소'를 비롯한 대부분의 가축이 방목에 의존하고 있는데 '소'의 경우 1일 평균 증체량, 목초가 자라지 못하고 있는 곳이 많은 면적을 차지하고 있는 것 같아 그 지대의 지질, 灌漑(관개) 가능 여부 등, 정보를 케이셔 氏에 부탁했더니 내가 체류기간 중에 받을 수 있도록 조치해 주겠다는 약속을 받았다.

나는 방대하다고밖에 할 말이 없는 이 땅이 앞으로 한호투자사업의 근거지가 될 수 있을 것이라고 생각하고 이 지역에 대한 개발사업 계획을 작성하는 데 필요한 모든 자료를 수집해 가야 되겠다는 생각을 하였고 그러기 위해서 또 다시 케이셔 씨에게 부탁을 하였던 것이다. 내 눈으로 확인한 바로는 이 Cork는 자연 그대로를 이용하고 있을 뿐이지 사람의 힘을 이용하여 개간되거나 개발한 곳은 아니라고 보았다. 태고 이래로 천혜의 草地(초지)를 그대로 이용하고 있을 뿐이라는 것이다. 한국 같으면 상상도 할 수 없을 정도로 방대한 이 목장에 한국 사람들의 근면성과 창의력을 접목시킬 수 있다면 능히 세계적인 목장으로 만들 수 있다는 확신을 가지게 되었다. 상황에 따라서는 우리의 영토가 그만큼 넓어질 수도 있다는 뜻도 되는 것이다. 그리고 이 목장에서 생산되는 품질 좋은 소들을 한국으로 가져가 한국 축산 발전에 기여해야겠다는 큰 포부와 각오도 가지게 되었다.

또 한 가지는 아직은 한국마사회와 협의한 바는 없지만 내가 알고 있는 바로는 현재까지 한국마사회가 호주 멜버른(Melbourne)에 있는 호주인 馬商을 통해 매년 數十匹의 경주마를 수입하고 있다는 사실을 알고 있었기에 장차 競走馬(경주마) 수입 사업에 대한 호주에서의 對韓 수출 정보와 시장형성과정 등을 APHS와 긴밀한 협의를 할 수 있도록 요청하기도 했다. 당시의 상황으로서는 경주마 수입에 대한 문제는 어디까지나 추상적인 것이었지만 전연 불가능한 일도 아니라고 생각되기에 언급해 본 것인데 그들도 한국에서 경주마를 수입해 가고 있다는 사실을 알고 있었으며 매우 흥미 있는 사업이라고 하면서, 다만 한국이 너무 싼값으로(한 필당 대략 1,000~3,000달러 수준) 수입하려 하기 때문에 좋은 경주마가 될 수는 없을 것이라고 했다. 그러면서 원한다면 경주마 목장을 한번 가보는 것이 어떻겠느냐고 하기에 짧은 일정을 할애해서 시드니에서 가까운 말 목장을 가보기로 했다. 약 120㎞ 정도 서북방 내륙에 있는 그 목장은 우거진 상록수로 둘러싸여 있는 경관이 아주 좋은 곳에 자리하고 있었다. 목장관리인이 우리 일행을 馬舍(마사)로 안내해 주면서 이 목장에는 100만 달러가 넘는 말을 10여 필이나 사육하고 있으며 그 이상 값나가는 말도 여러 필 있다고 했다. 그도 한국에서는 너무 싼 말만 수입해 가고 있다는 것을 알고 있는 것으로 보아 한국 말 수입에 대한 소문은 이미 호주 전역에 깔려 있는 것 같았다.

나는 6일간의 바쁜 일정을 마치고 귀국 길에 올랐다.

:: 한우 사육의 실태와 육우 消費 실태

우리나라는 오랜 옛날부터 農耕(농경) 혹은 운반수단으로 '소'를 사육해 왔다. 그러므로 '소'를 사육한다는 것을 국가의 주요정책으로 권장해온 사실이 역사에 남아 있으며 특히 8·15해방 이후에는 無秩序(무질서)한 亂屠畜(난도축)으로 자원이 거의 바닥이 날 정도로 고갈되다시피 되었을 뿐만 아니라 영농에도 엄청난 영향을 끼쳐 당시 미 군정청은 韓牛의 증식을 권장보호하기 위하고 또 원활한 영농을 위해 1947년 6월 9일 미 군정청에 의해 도살 금지령이 공포된 바도 있었다.

게다가 6·25 전쟁의 발발로 인해 농우가 8·15 해방 때보다 더 극심한 감소 현상이 일어나 영농에 막대한 영향을 미치게 되었다. 따라서 1951년에는 가축(소) 증식을 목적으로 각 도별로 균형 사육이 가능하도록 정부가 막대한 자금을 들여 사육 두수를 조절하기도 했고 암소를 더 많이 사육하도록 권장하는 사업을 중점적으로 추진하기도 하였다. 1954년에는 가축보호법이 제정되어 한우의 개량, 증식 등을 위해 임의로 매매하는 것까지 금지하기도 하였지만 실질적으로는 전쟁혼란기를 통해 이렇다 할 방책이 없었던 것이 사실이며 큰 성과도 내지 못한 것으로 알고 있다.

여하간 판매금지, 도살금지 등의 조치로 密屠殺(밀도살)이 기승을 부리기도 하였지만 다른 한편으로 일반 국민에의 육류 공급이 감소되어 불평을 호소하는 부작용도 있었다. 그러나 정부의 적극적인 시책으로 '소' 사육 두수가 증가된 것만은 사실이다.

우리나라는 오래 전부터 식량의 자급자족이 안 돼 春窮期(보릿고개)만 되면 많은 餓死者(아사자)를 내곤 하였는데 1960년대에 이르러 쌀 종자개량(통일벼)을 비롯해서 보리, 밀 등과 같은 양곡의 이모작을 권장함으로써 오랜 세월 계속되어오던 보릿고개(春窮期. 춘궁기)가 없어지면서부터 서서히 육류 소비량이 증가하기 시작하였다. 이것은 하나의 식량 혁명이라고 해도 과언이 아닐 것이다.

한우의 사육 현황을 보면 1950년도 50萬頭에도 못 미치던 것이 1955년도 86萬 6千(천)여 두로 60年度에는 101萬 餘頭, 70年度 128萬 6千여 頭로 增加되는 효과를 거두었던 것이다. 春窮期(춘궁기가 사라지고 국민소득이 증대됨에 따라 육류 소비도 증가추세를 보이기 시작하면서 그 수요를 충족시키기 위한 방책이 대두되게 되었다.

정부(농림부) 통계에 의하면 1970년도(국민소득 290달러) 쇠고기 수요량이 3만 7천 5백 톤으로 1인당 소비량은 연간 1.2kg에 불과하던 것이 1980년도(국민소득 1,695달러)에는 수요량이 10만 톤으로 1인당 소비량도 2.6kg로 10년 사이 2倍로 증가함에 따라 공급량이 부족하여 처음으로 미국과 호주 등으로부터 1만 3천 톤의 쇠고기를 수입하게 되었다. 이때를 계기로 매년 수입량이 증가되어 2000년도에 이르러서는 개인 소비량이 8.5kg로 늘어남에 따라 총 수요량이 40만 2천4백 톤이었는데 생산량은 21만 4천1백 톤으로 18만 8천여 톤의 부족현상이 일어나 부족분과 예비량 등을 포함하여 그해 26萬 2千 톤이나 수입하게 되면서 처음 쇠고기를 수입한 1980년 이래 20년 만에 20배나 늘어난 것이다. 2000년에는 국민소득이 1萬 1千 9百 달러로 늘어났고 쇠고기 수요도 30年 前인 70年代에 비해 7倍 이상이나 증가한 것이다. 수량으로 보면 70년에 1인당 쇠고기 소비량은 1.2㎏였던 것이 2000년도에는 8.5㎏나 소비되었으니 30년에 7.3㎏가 증가된 셈이다. 결과적으로 생산량은 한정되어 있는데 공급량은 증가되고 있으며 부족분은 외국으로부터의 수입에 의존해야만 하며 앞으로도 영원히 계속될 것이라는 것이 나의 생각이다. 이와 같은 현상은 한국의 소득수준이 증가되고 육류 소비량이 선진국 수준으로 상승할수록 영원히 계속될 것이다.

엄청난 외화를 들여 쇠고기를 수입하기보다는 국내에서의 생산을 늘려 수요에 충당하도록 하되 부족분은 외국에(축산국가) 가서 직접 우리 손으로 육우를 사육하여 그것을 공급기반으로 하여 어느 정도의 수입량을 충당할 수 있게 된다면 많은 외화를 절약할 수 있게 될 것이고 비좁은 우리나라 영토에서 농경지를 목초지로 조성하여 食用牛(肉牛)를 애써 사육하려는 무리도 없어질 수 있다고 여겼으며, 호주와 같이 넓은 목초지를 가지고 있는 나라에 가서 우리 자본과 우리의 손으로 사육해 오는 것이 훨씬 경제적이고 또 앞에서 언급한 바와 같이 외화도 절약할 수 있을 것이라는 생각이 들었으며, 만일 한국 사람이 외국에 나가서 직접 목장을 경영하게 될 수만 있다면 그 만큼의 국가적 이익을 도모할 수 있지 않겠는가 하는 필자 나름의 판단을 해 보았던 것이다.

혹시 이 같은 생각이 그 당시의 상황으로 보았을 때 엉뚱한 착상이었는지는 몰라도 농축산문제를 다루는 사람이라면 누구나 한번쯤은 생각해 볼 수도 있는 문제였지만 실천 과정에서 경험 부족과 위험 부담 그리고 결단력이 문제였다. 다음은 국가의 경제개발 정책에 대한 우선순위 문제였다. 한정된 외화로 의욕적으로 중공업 개발을 추진하다 보니 농축산 문제에까지 힘을 돌릴 여유가 사실상 없었던 것이 사실이다. 그 당시만 해도 남한은 농경국의 틀에서 벗어나지 못하고 있을 때이다.

우리 모두는 박정희 대통령이 서독을 방문하게 되었던 이유가 무엇 때문이었는지를 잘 알고 있지 않는가? 경제개발을 위한 외화가 부족하여 여러 나라에 차관을 요청해 보았지만 그 어느 나라도 남한이 아프리카의 어느 나라 정도로 밖에 안 되는 빈곤한 나라에 순순히 돈을 빌려 주겠다는 나라가 없어 부득이 우리나라와 사정이 비슷한 분단국가인 서독 리브께 대통령에게 외환차관을 사정하기 위해서, 전용항공기를 빌릴 돈이 없어 서독 루프트한사 여객기에 일반 여객과 같이 서독을 방문했다고 하는 서글픈 사실을 우리 국민 모두가 다 알고 있는 사실이 아닌가.

그리고 우리나라 장병들이 월남에 파병하여 벌어들인 돈, 서독에 보냈던 광부와 간호사들이 송금해온 외화 월남, 중동 등지에 나가 40도가 넘는 땡볕 아래서 중노동을 하며 벌어들인 외화 등 이처럼 피눈물 나게 벌어들인 외화를 한 푼이라도 아껴 써야 할 형국이었기에 일반인들이 외화를 사용하려면 까다로운 절차를 밟아야만 했던 시절이었으므로 무슨 일이건 외화를 사용해야 하는 일은 실수하는 일이 없도록 조심하지 않을 수 없었다.

그와 같은 사정이 저변에 깔려있기 때문에 필자는 가급적 적은 돈으로 최대의 효과를 얻기 위한 계획 아래 추진하고 있는 한호합자의 목장 사업을 더 적극적으로 추진하려 하였던 것이고 그것이 곧 우리나라 축산업 발전에도 도움이 될 뿐만 아니라 어쩌면 전략 물자자원 확보에도 일익을 담당할 수도 있다는 자부심과 함께 미력하나마 한국의 축산업 발전을 위해서도 도움이 될 수 있다고 확신하였으며 그와 같은 일을 할 수 있게 되는 것이 나의 원대한 희망이기도 하였다.

그런 꿈을 이루기 위해 우리나라의 대외합작 투자사업에 대한 법적 사항 등을 알아보기 위해 동분서주하게 되었던 것이 1976년도부터이다. 그 당시 대외합작 투자사업에 대한 허가업무가 한국은행에 있다는 사실도 처음 알게 되었으며 후에 일어난 일이지만 목장사업을 승인한 사실도 유사 이래 우리 협력회를 제외하고는 한 건도 없었다는 사실을 알게 되었다. 당시의 우리나라 경제적 형편으로는 목축업보다도 더 시급하고, 해야 할 사업들이 너무도 많아 굳이 순서를 따진다면 제일 하위에 속할까 말까한 이런 사업을 위해 아까운 외화를 낭비할 정도는 아니었다.

1980년 당시 국민소득 1,592달러에 불과한 상태였으니 따지고 보면 이런 엉뚱한 사업을 하겠다고 다니는 필자를 본 친지들 시각으로는 아마도 미친 짓거리라고 하면서 아까운 시간낭비하고 다닌다고 비웃지 않았으면 천만다행인 일이었을 것이다.

필자가 그 미친 짓거리를 하면서도 '소' 수입 관계로 호주에 자주 드나들게 되면서부터 국내 상인 혹은 무역업자들의 이목을 끌게 된 것도 사실이다. 그러나 처음에는 누구도 믿으려 하지 않았다. 그러다 시간이 흐르면서 우리 협력회가 '소'를 수입하기 시작하면서부터 저 미친 짓거리나 하고 다니던 것들이 뭔가 해낸 모양이라고 하며 인식이 달라지고 주목의 대상이 되면서 우리 협력회가 수입하고 있는 Poll Hereford 종이 다른 육우에 비하여 매우 우수한 품종이며 한국 풍토와 기후에 적응하고 성장 속도도 빨라 사육하는 데 유리하고 가격도 저렴하다는 소문이 퍼지면서 새마을본부를 비롯하여 코롱의 전무이사(이상득, 이명박 대통령의 형) 대한통운 등 외에도 일반무역업자들이 경쟁적으로 Poll Hereford 종 육우 수입을 추진하려 하였으며 만일 수입이 안 될 경우에는 다른 종류의 육우라도 수입하려는 경쟁자가 속출하게 되었다. 그러나 APHS는 한국에서 찾아오는 업자들에게 "우리는 한국의 한호육우목장협력회와 상호계약에 의해 한국 내의 다른 회사와의 상거래는 할 수 없다."라고 정중하게 직거래를 거부하였고 혹시 이 종류의 소를 구입할 의향이 있으면 한국의 협력회와 상의하는 것이 최선의 방법일 것이라고 해 수입업자들이 추진하던 폴 헤레포드 종 수입계획이 좌절되었다는 소문을 여러 곳에서 들었다.

이 무렵 정부 일각에서는 소 수입의 난맥상이 야기되고 있는 현실을 시정하기 위하여 수입창구 일원화 문제가 제기되고 있었던 사실을 우리 협력회는 모르고 있었는데, 지금까지도 크게 후회하고 있다.

필자는 무척 바쁜 나날을 보내고 있으면서도 정신적으로나 육체적으로 피로를 풀만한 시간적 여유가 별로 없었다. 그것은 비단 필자만이 아니라 협력회에서 필자를 도와주고 있는 모든 사람들이 다 같은 처지였다. 필자가 처음 월남할 당시 고향 친구들과 같이 목숨을 걸고 38선을 넘어오기는 하였지만 그 친구들도 결혼을 하고 가족이 생겨 가장으로서의 책무를 다하려다 보니 자주 만날 기회도 없어졌다. 그래서라기보다 자주 그 친구들과 만나 서로 외로움도 달래고 쌓인 스트레스도 풀고 싶은 생각이 간절했지만 어쩔 수 없이 가까이에 있는 친구들과 만나는 시간이 많아졌다. 해가 서쪽으로 기울어질 무렵 가끔 퇴근시에 찾아오는 친구들(주로 군 생활을 통해서 사귄 동료들)과 어울려 명동 뒷골목 선술집의 딱딱한 나무 의자에 걸쳐 앉아 '박카스 神'과 중국의 酒神(주신) 杜康(두강)[2]을 讚嘆(찬탄)하며 소주잔을 기울이며 하루의 피로를 풀고 고독을 달래던 그 시절을 생각해 보면 그때가 가장 행복스러웠던 것 같았다. 나는 술을 마시기는 하면서도 많이 마시는 축에 들지는 않았다. 애주가라고나 할까? 나름대로 시달리던 격무의 피로와 스트레스를 이런 곳에서라도 풀 수 있었다는 것이 다행이었는지도 모른다.

:: 競走馬의 수입

한국마사회가 뚝섬에 자리하고 있을 때, 競馬(경마)용 말들은 다른 선진국들과는 달리 개인 馬主制(마주제)가 아니라 한국마사회가 마주가 되어 일괄 수입도 하고 사양 관리도 하고 있었다. 그래서 매년 數十匹(수십 필)씩의 경주마를 수입하고 있었는데 그 輸入先(수입선)이 대부분의 경우 호주라는 사실을 알게 되면서 매우 흥미 있는 사업이라고 생각하게 되었던 것이다. 우리 협력회의 새로운 사업의 하나로 경주마 수입에 대해 한국마사회와의 교섭을 진행해 보기로 하였다. 물론 육우 목장 사업과 병행해서 진행해 보려는 것이었다.

경주마를 수입하는 마사회는 매년 필요에 의해서 그 수를 결정하고 정기적으로 호주 등 경주마를 사육하고 있는 나라들로부터 수입하고 있었다. 어떻게 보면 한정된 예산으로 사들이는 것이 어서 레이스에 대한 성적이나 질적 향상을 고려하지 않고 그저 현상 유지책으로 구입하는 말인지라 그 질을 논할 형편은 아닌 것 같았다. 다른 선진국 같았으면 마주들이 한 필에 100만 달러가 넘는 명마들을 구입하여 우승을 노리겠지만 한국 정부 농수산부에 속해있는 한국마사회는 射倖性(사행성)과 일부 한정된 인사들의 奢侈性(사치성)을 배제하고 일반 국민의 순수하고 건전한 오락을 위한 것을 강조하다 보니 高價(고가)의

---

2 고대 중국에서 처음으로 술을 만들어 냈다는 사람. 바꿔 말하면 술의 별명.

우수 명마를 수입하려는 것이 아니었음을 알고 있었기 때문에 경주마 수입 사업상 큰 문제는 없을 것으로 판단하고 사업 검토를 해 보기로 하였다.

바로 이때부터 한국마사회 이근양 회장(예비역 육군소장)은 마사회의 숙원 사업인 개인 馬主制(마주제) 실시를 강력히 추진할 뜻을 내비쳤고, 또 그 준비 작업을 하기 시작한 무렵이었다. 어찌되었든 우리 협력회는 마사회에서 실시하는 입찰에 응찰해 보기로 하였다.

경주마 수입이라고 하는 새로운 사업의 개척을 위해서 우선 APHS와의 협의가 필요하겠기에 사업의 가능성 여부를 타진하는 한편 지금까지 마사회가 수입하고 있던 수입처인 멜버른의 수출업자의 實態(실태) 등과 호주에서 형성되고 있는 서러브레드(Thoroughbred)종의 가격 등 정보를 요청하였다. 그리고 난 다음 마사회의 서식에 따라 수입계획서와 APHS의 Offer를 첨부하여 마사회에 제출하였더니 우리의 계획서를 마사회에서 검토한 결과 입찰에 응할 수 있는 자격을 취득하게 되어 1981년 6월 실시하는 입찰에 처음으로 참가하여 단번에 낙찰되었다.

마사회가 제시했던 사양에 명시된 말 종류를 서러브레드 종으로 지정하고 연령을 2세에서 3세로 한정하였다. 이 '서러브레드'란 종류는 輕種, 純血種(순혈종)의 전형적 품종이며 영국재래의 雌馬(자마: 암말)에다 아랍, 타크, 파블 등 소위 동양 종마와 교배해서 만들어낸 품종으로 영국에서 개발한 세계적으로 명성이 높은 우수 경주마이다.

우리 협력회가 제시한 가격은 FOB Australia(Sydney) Port로 3,100달러였다. 낙찰된 다음 납품에 앞서 말의 상태와 선별을 현지에 가서 직접 보고 선별하기로 하였는데 이때 마사회 측에서는 이사 1명과 조련사 3명이 같이 가기로 하였다. 이들의 여비는 우리 협력회가 부담해야 한다는 것이었다. 도대체 한 필에 3,100달러짜리 경주마를 사면서 마사회 일행 4명의 여비까지 부담하라는 처사는 부당하다고 생각했다. 게다가 계약서상에도 명시되어 있지 않은 내용을 이행해야 하는 것은 계약상 甲(갑)의 橫暴(횡포)로밖에 볼 수 없는 일이었지만 물건을 파는 약자인 乙(을)의 입장에서는 어쩔 수 없이 불이익을 감수하지 않을 수 없었다. 마사회의 말에 의하면 멜버른 말 장사가 그러했듯 그것은 지금까지 내려오고 있는 관례라고 했다. 이 사실을 전연 알지 못하고 대들었던 것은 나의 불찰이라고 할 수밖에 없었다.

수일 후 우리 일행은 시드니에 도착하여 여장을 풀기도 바쁘게 선정된 말들이 있는 목장을 여기저기 찾아다니며 보았다. 사실상 호주에서 경주마 하면 100만 달러 내지는 수십만 달러짜리가 수두룩한 데 비하면 3,000불 이하 '서러브레드' 말이란 게 이곳의 말 시장에서는 생후 1년도 채 안 되는 망아지 새끼 정도나 살 수 있을까 말까한 금액에 불과한데 한국에 가면 곧바로 경주마가 된다고 했더니 놀라고 웃음거리밖에 안됐다. 그나마도 비지떡 같은 가격이니 모아다 놓은 말들은 문외한인 내 눈에도 너무나도 볼품이 없고 초라하게만 보였다. 가격과는 상관없이 좋은 말들을 먼저 봤기 때문에 그런 말들을 기준으로 비교한 탓이었는지 모른다. 그러니 멜버른에 있는 馬商(마상)이란 사람은 도대체 어떤 비결을 가지고 있기에 도무지 상상도 할 수 없는 가격으로 내일이라도 경마장에 내다 놓으면 경주마로서의 역할을 해낼 수 있는 말을 팔았는지 이해가 안 되지만 같이 온 마사회 사람들은 하나같이 우리가 준비해 놓은 말들을 보고 불평을 늘어놓는다. 그리고 입에 침이 마르도록 멜버른 마상을 치켜세우질 않는가! 몹시 궁금증이 나지 않을 수 없었다. 나는 서울에 돌아가면 마사회 사람들이 그처럼 칭찬하고 자랑하는 멜버른 馬商으로부터 수입해온 말을 꼭 한 번은 봐야겠다고 생각했다.

필자는 APHS와 협의 끝에 마사회에는 알리지 말고 돈을 좀 더 들여서라도 이보다 한 단계 좋은 말을 선정해달라고 했다. APHS도 응해 주어 실제 가격(입찰가)보다 두당 200 내지 300달러 정도씩을 더 얹어 준 말을 선정하였다. 말을 選定(선정)하는 과정에서 호주에서도 中國(중국)의 伯樂(백락)과 같이 명마를 고르는 데 유명하다는 사람까지 APHS의 주선으로 동원돼 협력해 주었다.

우리가 선정한 이 말들도 역시 호주 정부에서 정해져 있는 40일간의 검역을 마치고 '플라잉 타이거' 전세기 편으로 56두의 말들이 예정했던 날짜에 김포공항에 도착하였는데 호주에서 처음 보았던 말들과는 달리 탐이 날 정도로 좋은 말들이 하역되는 것을 보고 흡족한 생각이 들었다. 마사회에서 나온 사람들도 그 말들을 보고 자기들이 호주에서 본 말과는 한 등급 높은 등급이라며 매우 만족스러워했다.

이 장사는 바보짓을 하면서 완전히 적자를 면할 수 없었다. 그러나 처음 해 보는 일인데다 경험도 없는 장사였고 앞날을 위해서 약간 비싼 수업료를 지불했다고 생각하였다. 또 우리가 납품한 말들이 우승을 할 수 있게 된다면 더 바랄 것이 없다고도 생각했다. 납품 받은 마사회도 우리의 헌신적인 협력에 무척 만족했던 것으로 기억하고 있다. 그러면서도 어찌된 영문인지 마사회는 우리와 거래하는 것을 다소 꺼려하는 눈치였다.

내가 호주에서 꼭 보고 싶었던 멜버른에서 구입된 말들을 경마장 뒤쪽에 있는 馬舍(마사)에서 보았을 때 남의 상품에 흠집을 내는 것 같지만, 마사회 사람들이 그렇게도 좋다고 치켜세우던 그것도 별것이 아니라는 사실을 알 수 있게 되어 약간 실망스러웠다. 필자가 마사까지 안내해 주었던 조교에게 "멜버른에서 사 들인 말들에 대해 서러브레드 혈통 증명이 붙어 있습니까?" 하고 물었더니 있다고 자신 있게 대답하지 못하고 우물쭈물 넘어가기에 다른 조교에게 물어봐도 역시 마찬가지였다.

필자가 이처럼 적자를 감수하고 주위 사람들로부터 핀잔을 들으면서 말 수입에 열을 올렸던 것은 코크 스테이션에 약 200여 필의 말이 사육되고 있었는데 잡종이기는 하지만 장차 이 말들을 반입해서 승마클럽 등 국민 건강 사업에 기여해 볼 심산이 있었기 때문에 말 수입에 대한 절차 혹은 수송 등의 경험을 얻기 위함도 있었다.

필자가 마사회로부터 두 번째 입찰 통보를 받은 것은 첫 번째 입찰로부터 6개월 후였다. 필자는 그 통보를 받고 마사회를 방문했더니 수입관계 담당인 元(원) 이사께서 이번에는 입찰 전에 호주에 가서 그 실태를 미리 파악하고 난 후에 응찰하는 것이 어떻겠냐는 요청을 하기에 약간은 석연치 않은 생각이 들기는 했지만 그것도 한 방법이려니 하고 마사회의 요청을 받아들이기로 했는데 마사회 측에서는 원 이사를 비롯한 4명이 가겠다는 것이다. 그 사람들의 여비를 우리더러 부담하라고 하기에 입찰도 하기 전에 그 많은 여비를 부담시키는 것은 어떤 면으로 보아도 부당한 처사임이 틀림없었지만 전례가 그러하다니 우리는 그들의 요청을 받아들일 수밖에 없었다. 사실은 이것도 甲의 횡포이다.

그리고 출발 일정이 정해지자 6명분의 항공권 구입, 호주에서 체류하는 기간 동안 유숙할 호텔 예약 등의 준비와 APHS에는 우리 일행이 도착하는 시간과 말 사육목장의 선정 등을 요청하는 등 만반의 준비가 완료된 상태에서 우리 일행은 호주로 출발하였다. 거기까지는 매우 순조롭게 진행되었다. 그런데 호주에 도착한 다음날 APHS의 담당자와 같이 시드니 근교에 있는 말을 먼저 보고 내일은 Queensland 주에 있는 말을 보기 위하여 전세 비행기로 갈 터이니 아침 8시까지 준비를 완료하고 호텔 로비에서 기다려 달라고 했다. 그리고 당일 아침 호텔에 가 보니 호텔에서는 7시에 이미 그들 일행이 체크아웃을 하고 멜버른으로 떠나 버렸다는 것이다. 그처럼 약속해 놓고도 사전에 아무런 연락도 없이 약속을 깨버리고 일방적으로 이탈해 버리다니 이런 사람들하고 무슨 장사를 하겠다고 했는지 절망감이 들었다. 그리고 이와 같은 행동이 국제적 망신을 자아낸다는 사실을 모르고 있었는지는 몰라도 참으로 난감한 심정과 모멸감마저 들었다. 이들의 무례하고 무모한 행동 때문에 이 사회(호주)에서 앞으로도 사업을 계속해야 할 우리들로서는 너무나도 실망스러웠다.

필자는 이들이 우리가 준비해 놓은 말을 보러 온 줄 알았는데 우리가 지불해 준 항공료 8천여 달러를 쓰면서 퀸스랜드에 있는 말을 보러 왔다는 것을 나중에서야 알고 항의를 했더니 너의 것도 봤으니 퀸스랜드 것도 봐야겠기에 그곳에 간 것뿐이라는 아주 태연하게 그것이 타당한 처사인 것처럼 말하는 것이 厚顔無恥(후안무치)한 사람들로밖에 보이지 않았다. 만약 우리가 준비해 놓은 말도 보고 퀸스랜드에 있는 말을 보려했다면 그들에 대한 여비를 반반 부담해야 하는 것이 도리가 아닌가 하는 생각이 들기도 했고 여비 반환을 요구할까 하는 생각을 해보기도 했다. 그리고 우리 측이 준비해 놓았던 말들은 고사하고 미리 예약해 두지 않으면 딜리버리(Delivery) 날짜를 맞추기가 어려워 예약해 두었던 전세항공기에 대한 요금은 사용도 하지 못하고 계약을 위반했다는 이유로 반가를 지불해야 한다고 하기에 어쩔 수 없이 지불할 수밖에 도리가 없었던 일이 있었다. 이와 같은 뼈아픈 상처를 입고 나니 이들의 경솔한 행동과 관료주의적 사고에서 벗어나지 못한 이들 때문에 외국인들로부터 받은 수모와 피해는 우리 국민 상호간이야 서로 양해만 하면 지워질 수도 있겠지만, 외국 사람들과의 약속이나 상거래를 마치 어느 재래시장이나 구멍가게 야채를 거래하듯 '나 싫으면 그만이지.' 하는 극히 한국적인 사고방식대로 일방적으로 거래를 아무렇게나 생각하고 파기하는 파렴치한 태도는 이것이 대한민국 육군 출신의 행동이었나 하는 생각을 하면 낯 뜨겁고 외국 사람들에게는 수치스럽고 또 한편으로는 괘씸하다는 생각마저 들었다. 그리고 다시는 이런 사람들과는 절대로 거래를 하지 않겠다는 결심을 하게 되었다. 그 다음에도 여러 차례 입찰에 응하라는 마사회로부터의 연락을 받았지만 이들의 행동거지를 도저히 긍정적으로 받아들일 수도 용서할 수도 없어 단호히 거절하고 말았다.

우리 협력회가 말을 납품하고 나서 수년 후 한국마사회는 경주마의 馬主制(마주제)가 실시되면서 한국에서도 100만 달러 이상을 호가하는 高價(고가)의 명마들이 수입되고 있다는 소식을 들었다.

:: 수입 소 분양

千辛萬苦(천신만고) 끝에 도입된 소들은 예정했던 대로 호주를 출발하여 다음날 아침 김포공항에 도착하여 검역소에서 45일간의 검역을 끝내고 일반 농가에 분양하게 되었는데 그 과정에서 나는 처음 이 사업은 육우 전문목장의 조성과 有畜農家의 소득을 증대시키고, 한우의 품질을 개량해 장차 육류 소비증가 추세에 따르는 수요의 일부라도 담당할 수 있는 자원을 증대시켜 보자는 것이었던 만큼 이익을 추구하려 하지 않고 한 마리도 남김없이 모두 희망 농가에 입식시키기로 기본방침을 설정했다.

그렇다고 무조건적으로 희망하는 개인에게 분양하는 것보다는 지역별로 안배하는 형식을 취하는 것이 앞으로의 사육관리를 위해서도 좋을 것 같아, 육우목장을 경영하고 있는 사업자 혹은 앞으로 육우목장을 경영하고자 하는 희망자들을 협력회의 회원으로 구성하고 이들을 기축으로 각 도별로 균형을 맞추어가며 분양하기로 계획을 세웠다. 이 문제를 우리 사업의 중요 목표로 세우게 된 것은 희망 농가에 입식이 안 되고 소 장사들에게 넘어갈 가능성이 다분히 있었기 때문이다. 그것은 분양도 하기 전에 어디서 흘러나온 소문인지는 몰라도 한호목장협력회가 수입한 소를 분양받으면 적어도 한 마리당 20萬 원 이상의 이익은 볼 수 있을 것이라고 했기 때문이었다.

그래서 협력회가 가장 먼저 해야겠다고 생각한 것이 바로 조직이고 그 조직을 통해 사육 농가에게만 분양하는 것이 공평할 것이라는 생각이 들었고 사회적인 잡음도 없어질 것이며 명분도 설 것이라는 생각이 들었던 것이다. 그래서 제1차에 도입되는 소는 강원도에 분양하고 제2차는 가장 조직이 빠르고 모든 면에서 비교적 공평하게 일처리를 하는 경상북도와 경기도에 분양하고 제3차로 도입되는 것은 제주도로, 제4차는 호남지방에 분양하기로 내적인 결정을 했다. 소를 수입하는 데 1두당 평균 체중을 240kg±로 했을 때 대략 160두에서 약간 무리를 하면 180두 정도까지는 비행기에 탑재할 수 있다. 분양 가격에 대해서는 다음에 제시한 금액을 기준으로 하여 산출한 것이다.

육우의 순 수입가는 FOB 두당 價(가) 242,575원(A$ 310, 당시 환율 1:782.50)이고 운송비는 262,681원(항공료)이 되며 여기에 하역비, 통관료, 검역비, 약품대, 수송비(김포 비행장에서 계류장까지), 기타잡비(교통·통신비) 등 약 80,000원으로 계 585,250원이 실 소요금액인데도 불구하고 협력회가 설정한 실 분양가를 590,000원으로 책정하여 1차 분양을 실시하였다. 이 소를 수입하기 위하여 두 차례나 호주를 왕래한 출장비나 일반 행정비, 통신비와 기타 잡비 등은 고스란히 뺀 금액이다.(1980년 당시 서울-시드니 간 이코노미 항공료가 왕복 미화로 1,669달러이었다.) 이런 식으로 장사하다가는 굶어죽기 십상이겠지만 필자가 구상하는 사업 목표로 ① 無畜農家에 좋은 소를 入殖시켜 농가 소득을 증대시켜 보겠다는 욕심과 ② 선진 축산국으로부터 기술을 도입하여 營農 후계자들을 육성시켜 보겠다는 사명감과 봉사 정신 때문이었으며 ③ 새마을운동에 적극 협력하여 농촌과 농가발전 내지 농가소득을 위한 보탬이 되고자 하는 뚜렷한 명분과 목적을 가지고 있었으므로 소의 분양 가격을 한 푼이라도 올려 받는 것이 왠지 모르게 양심에 가책을 받는 것 같았고 농민들에게 부담을 주는 것 같은 느낌이 들었기 때문이다.

필자가 하고 있는 일에 관심을 가지고 격려하고 성원해 주던 친지들은 필자의 처사가 못마땅하고 한심하게 보였던지 미친 짓을 하고 있다고 비웃기까지 했다. 친구들의 동정 어린 충고도 뿌리치고 일단 결정했던 가격을 굽힐 수 없어 그대로 밀고 나가기로 했다. 나는 누가 뭐라고 해도 이 사업을 계속하고 있는 한 다소의 적자가 난다 해도 初志(초지)를 굽힐 수는 없었고 처음 결정한 가격을 사정이 여의치 않다고 해서 올리겠다고 하는 것이 어쩐지 비겁하다는 생각마저 들었다. 설사 친지들이나 업계에서 반발이 일어날 수 있는 소지는 있었으나 이 일에 옳고 그르다고 평하고 있는 것에 대해 나는 사물은 양면성이 있는 것이기 때문에 일방적인 견해로만 결론을 내려 비판할 수는 없는 일이라고 생각하고 있었으며, 무엇이 옳고 그른지는 하나님만이 알고 있을 일이며 또 수개월 후에는 그 결과가 뚜렷하게 나타날 것이 아니겠는가. 그렇기 때문에 나는 나의 소신을 굽히지 않고 해 나갈 것임을 항상 마음속 깊이 간직하고 있었다.

　최초의 분양이 끝나고 나서 큰 골칫거리가 생겼다. 명동의 그 비좁은 남의 사무실을 빌려 쓰고 있는 처지인데 그 사무실 문 앞에 진을 치고 있는 분양 신청자들 때문이었다. 개중에는 조폭, 불량배까지 끼어들어 장소를 가리지 않고 입에 담기조차 민망할 정도의 폭언과 협박 공갈 등의 언사를 서슴없이 내뱉는 바람에, 낯이 뜨겁고 주변 사람들 보기가 민망해지고 사무실 주변과 그 건물 주변의 다방 등이 시끄러워지면서 원성을 듣게 되었고, 호의로 빌려주었던 사무실에도 큰 피해를 주게 될 우려마저 생겨 그 사무실을 더 이상 쓸 수 없어 부득불 다른 사무실로 옮겨가야 할 처지가 된 것이다. 그래서 새로 물색한 곳이 충무로 6가에 있는 경남기업 주식회사 건물의 사무실 한 칸을 빌려 쓰기로 하고 이사하게 되었다. 마침 이서근 전무와 경남기업의 신 모 전무가 친구 사이였으므로 적당히 싼 임대료를 지불하기로 약속하고 입주하게 되었는데 전에 사용하던 사무실보다는 훨씬 넓은 편이어서 편하기는 했다. 이 사무실에 와서야 비로써 '한호육우목장협력회'라는 간판을 내 걸을 수가 있었다.

:: 호주 소 2차 도입

　호주와의 약속에 따라 두 번째 수입을 하기 위하여 1981년 3월 다시금 수입허가 신청을 농수산부에 제출했다. 농수산부 축산국은 한호육우목장협력회가 수입한 소들이 매우 싼 가격으로 분양되었고 품질도 우수하며 현지적응이 빠른 데다 성격도 온순하여 농가에서의 사육이 용이하며 增體率도 한우보다 양호한 편이어서, 앞으로 농가 소득증대에 큰 도움이 될 것이라는, 사육 농가는 물론 지방관서까지 좋은 평을 받고 있다고 하며, 농축산 관계관들의 태도가 1차 도입 때와는 달리 매우 우호적이고 협조적이면서 친절하게 태도가 바뀌었으며 2차 수입허가를 비교적 빠르고 쉽게 받아낼 수 있었다.

이번에는 Queensland 주 타운스빌이라는 지방에서 사육되는 AHPS 회원 목장에서 선발하여 그곳 '타운스빌'에서 검역하고 그곳 비행장에서 적재하기로 하였다. 第1次로 소를 수입할 때에 많은 경험을 했기 때문에 그 경험을 토대로 선별에서부터 검역, 육로운송, 항공수송 등을 위한 일련의 작업을 진행하는데 그 경험이 큰 도움이 되었다.

호주에서는 퀸스랜드 주가 호주 최대의 육우 사육지이다. 이런 지방에서 수입하는 '소'답게 국내 사육 농가에서도 사육이 편하고 증체율이 좋다는 소문 때문에 분양을 희망하는 농가가 자연스럽게 폭발적으로 늘어나면서 그동안 긴가민가하면서 지켜만 보고 있던 사람들이 몰려드는 바람에 이번에는 분양 경쟁이 심해졌다. 그렇다고 수입량을 늘릴 수도 없는 실정이어서 수입량이 한정되어 있다는 사실을 안 농민들은 어떻게든 한 마리라도 좋으니 분양해 달라는 사람들 때문에 사무실은 아침 일찍부터 북새통을 방불케 할 정도로 난장판을 이루게 되었다. 여기에 브로커까지 등장하여 우리 실무자들을 향해 폭언, 高喊(고함) 등 난폭한 행동에 골칫거리가 되었다. 더욱이 부도덕한 거래를 종용하는 악덕 상인까지 등장하여 분양가에 얼마를 더 얹어 줄 테니 우리에게 분양해 달라는 등 강압적인 요구를 하였다가 자기들의 의도대로 되지 않으면 서슴없이 공갈 협박 소란을 피우는 등 사무실은 그야말로 도떼기 시장을 방불케 했다. 수입하는 소의 품종도 수량도 크기도 모두 1차 때와 같은 조건이었다.

한편 '플라잉 타이거' 항공사와의 상담과 계약은 빼놓을 수 없는 중요한 업무였다. '타운스빌' 공항에 플라잉 타이거가 가서 '소'를 실어올 수 있겠는가? 전세 가격을 얼마로 하겠는가. 그 가격도 매번 거리, 장소, 계절 등에 따라 다소의 차이가 있으므로 협상해 봐야 정확한 항공료가 결정되곤 했다.

'타운스빌' 국제공항에서 적재하기로 합의는 보았지만 이곳은 우리나라가 가축수입 금지구역인 남위 17도線 내의 열대지역 밖에 속하지만 아슬아슬하게 걸려있는 곳이기 때문에 혹시라도 문제가 발생할 소지가 없지 않아 이런 우려를 고려하여 輸入 '소'를 사육한 목장이 혹시라도 남위 17도선 내에 들어있는 소가 한두 마리라도 끼어있는지 여부를 직접 확인할 필요가 있었으므로 한 마리 한 마리에 대한 원산지 증명(Certificate of Origin)과 혈통 증명(Certificate of Breeding)을 미리 요청하고 또 검역을 위한 계류장의 위치 선정과 진드기 백신 주사의 시행 여부 등의 확인을 위해 현지에 가 보기로 했다.

마침 2차 수입에서 분양을 희망하는 사람 가운데 강원도 홍성에 거주하는 용호용 씨와 박창암 씨 두 분이 自費(자비)로 호주의 목장 상태도 견학할 겸 2차로 수입할 소들의 상태를 직접 미리보기 위해 같이 가기를 희망하기에 龍(용) 씨와 그의 사업 파트너이기도 한 박 씨에 대한 여권 수속, Visa 신청 등의 행정적 지원을 해 주고 호주 현지에 가서 실제 사육목장도 확인하고 수입하고자 하는 소들의 상태도 확인하였다. 계류장과 검역장소도 '타운스빌' 공항에서 멀리 떨어진 南緯(남위) 18도선 以南(이남)에다 설치하기로 현지 헤레포드 협회와 협의해 결정하였다. 우리의 입장으로서는 제반 업무에 만전을 기해야 했기 때문에 무리한 요청을 하였지만 그들은 비행장까지의 거리 때문에 운송비가 더 많이 들 것이라고 하면서도 우리의 요청을 欣快(흔쾌)히 받아들여 준 데 대해 고마움을 느꼈다.

귀국하자 곧바로 신용장도 개설하여 호주에서 계획된 검역을 마치고 비행기에 적재할 전날 '소' 들을 비행장으로 운반하기 위해 수배하였던 동물 수송용 적재함 100피트짜리 화물 트레일러를 경인하는 자동차 2대가 검역 계류장에 도착하였을 때에는 가랑비가 내리고 있었다. 그 정도의 비로는 수송에 별 지장이 없을 것 같아 수송 작업을 계획대로 진행하기로 하였는데 막상 차가 소를 싣고 계류장을 출발할 때부터는 제법 빗방울이 커지더니 계류장에서 약 80㎞ 정도 되는 곳에 위치한 우인톤이란 곳까지 왔을 때에는 이미 그곳의 강물이 범람하여, 길이 약 50m 정도 되는 다리가 물에 잠겨 소를 실은 차가 그대로 다리를 통과할 수 없어 부득불 '소' 들을 하차시켜 놓고 화물차만 다리를 건너간 다음 주차되어 있는 곳까지 소 떼를 몰고 가서 다시 실어야 하겠는데 이런 작업을 해 줄 사람이 있나. 소 떼를 모는 것도 경험이 있어야 하는데 특히 물속에서 소몰이를 한다는 것은 어지간히 숙달된 목동이 아니고서는 불가능에 가까운 일이었다. 더욱이 약 1m 깊이의 물속을 약 1㎞나 가야 한다는 것은 보통 어려운 일이 아니다. 난감하기 이를 데 없는 일에 봉착한 것이다. 그때 마침 하나님이 도움을 주시려고 그랬는지는 몰라도 그곳에서 얼마 멀지 않은 곳에 있는 목장의 牧童(목동) 한 사람이 지나가다 그 광경을 목격하고 여기서 시간이 지체되면 강물이 더 불어나 소들이 모두 유실되어 잃어버리고 말 것이라며 황급히 동리의 목부들을 불러 모으기 시작했다. 그러는 동안에도 비는 억수같이 쏟아져 벌써 수심이 15㎝ 정도가 더 불어났고 물살도 세졌다. 초조함을 감출 수가 없었던 데다 만일 이 비로 인해 수송 작전이 연기된다거나 중지될 경우를 생각하니 앞이 캄캄해진다. 다행히 목동 4명이 모였는데 한 40세 정도 되어 보이는 여자 목부 한 사람도 가세하여 5명이서 그 어려운 일을 2시간 동안에 처리해 주었다. 그런데 도중에서 끼어든 여자 목부의 활약이 더 돋보였다. 이 사람들 덕분에 일이 마무리 될 수 있었던 것이 얼마나 감사했는지 모른다. 수고비라고 하기에는 얼마 되지 않는 돈이지만 저녁이나 드시라고 주려고 했더니 자기 지방에서 한국이란 나라로 우리들이 키운 소가 수출된다는데 이런 일쯤이야 해 드릴 수도 있지 않겠냐며 극구 사양하는 것이 아닌가. 지금도 그 생각이 날 때면 그때의 젊은 목동들이 자기 몸을 아끼지 않고 비를 맞으며 물속에 뛰어들어 자기 일 같이 소 떼를 안전하게 그리고 신속히 몰아주던 광경이 눈에 선하다. 그리고 그들에게 감사함을 잊지 않고 있다. 이렇게 해서 무사히 김포공항에 도착시킨 소들은 하역 즉시 김포검역소 계류장으로 옮겨졌다.

다행히 이런 곡절을 겪으면서도 2차 수입도 순조로이 끝마무리를 하고 무사히 김포공항에 도착시켜 늘 하고 있는 절차에 따라 45일간의 검역도 무사히 마치고 예정했던 대로 분양을 마쳤다.

2차로 도입한 소 가운데에서 30두를 경기도 화성에 있는 농가에 분양했는데 약 9개월 후쯤 되었을 무렵 그 사육자가 협력회 사무실에 찾아와 자기 목장에 초대할 테니 꼭 와 달라는 것이다. 이유가 있을 것 같아 물어봐도 대답은 하지 않고 피식 웃기만 하기에 처음에는 혹시라도 소에 무슨 일이라도 생긴 것이 아닌가 하고 내심 걱정했는데 그의 목장에 도착해 보고 나는 내 눈을 의심할 정도로 놀랄 만한 일이 내 눈앞에 벌어지고 있었다. 다름이 아니라 APHS에서 발행하고 있는 'Poll Hereford'라는 월간지에 소개되고 있는 우수 소로 선발된 사진과 꼭 같이 마리당 체중이 1,000kg 이상 나갈 만한 우람한 소들이 30두나 계류되어 있지 않는가. 한참을 바라보다 도대체 어떻게 사육했기에 이런 우수 소를 만들어 낼 수 있었냐고 물었더니 하는 말인즉, 분양받고 이곳에 운반해 놓았을 때에는 소들이 스트레스 때문인지 사료를 주어도 취식을 거부하기에 고민을 하고 있었는데 우연히 친구가 근무하는 맥주 공장에서 맥주 찌꺼기를 보고 혹시 이것을 소에게 먹이면 어떻게 될까 하는 생각이 들어 친구에게 부탁하여 그것을 가져다주었더니 딴 것은 무엇을 주어도 거부하던 소들이 너무나도 잘 먹기에 그 맥주 찌꺼기를 적당량 다른 조사료와 배합해서 9개월 동안 먹였더니 이렇게 모두 1,000㎏씩이나 나가는 소들이 되었다고 했다. 나는 이처럼 사육에 성공한 실제 상황을 볼 수 있다는 것이 너무나도 반갑고 고맙고 보람을 느낀 적은 일찍이 없었던 터라 감격스럽기까지 했다. 그러면서 그는 다시 또 수입 소를 분양해 달라고 간청해 왔다. 이와 같은 일이 그 한 사람에 국한된 것이 아니었다.

2차 도입에 성공을 거두자 우리 협력회의 비좁은 사무실에는 소문을 듣고 소를 분양받기 위해 찾아오는 사람들로 인해 북새통을 이루고 있었다. 이 가운데에서도 영남이나 호남 지방에서 올라와 오래 머무를 수 없어 선금을 내고 갈 터이니 언제라도 기한에 제한 없이 분양만 해 달라고 간청하는 사람들이 의외로 많았던 것이다. 그런가 하면 막무가내로 떼를 쓰는 사람들도 있어 이들을 설득시키느라 진땀을 빼곤 했다.

:: 호주 소 3차 도입

3차 소 수입 때도 농수산부의 수입허가를 받고 실무에 들어가게 되었다. 물론 사전에 호주의 수입선으로부터 계약서와 수입신청서를 첨부하여 제출하게 된다. 제출된 서류에 하자가 없으면 승인을 받게 된다.

농수산부는 우리 협력회의 수입 소에 대한 정보를 너무나도 정확하게 파악하고 있었기 때문에 다행히 구차한 설명을 요구하지 않았다. 3차로 계획된 수입처는 Northern Teritory 주 알리스 스프링(Alice Springs)이라고 하는 호주 대륙의 중심부에 위치한 헤레포드 지정 목장으로부터였다.

이때가 1982년 5월이었는데 남한의 기후로 치면 11월의 초겨울 기후에 해당되지만 알리스 스프링은 영상 10도를 웃도는 아주 좋은 기후였다. 반면 한국은 더위가 시작되는 여름철로 접어드는 계절이기에 다른 지방에서 수입하게 된다면 기후에 의한 적응이 매우 염려스러웠겠지만 알리스 스프링이라는 곳은 다행히도 덥고 건조한 지방이라 이런 환경에서 자란 소들이므로 능히 환경 변화에도 적응할 수 있을 거라고 생각하고 수입 절차를 밟기 시작했다.

소를 실어 나를 플라잉 타이거 항공사와의 전세 비행기 계약도 체결되었다. 좀처럼 이런 곳에 가기를 꺼려하던 항공사가 수월하게 우리말을 들어 준 것은 전세기 한 대가 마침 이곳에서 가까운 곳에 동물 수송이 있어 그 편을 이용하게 된 것이라는 사실을 알게 되었다.

현지에서의 검역도 순조로웠다는 연락을 받았다. 항상 검역 시에는 불합격되는 소의 발생을 고려하여 10두 정도를 더 검역소에 보내는데 이번에도 마찬가지로 170두 수입하는데 182두가 검역에 임했다. 검역을 마치고 항공기에 탑재하는 날이 6월 14일로 예정되었다.

'소'를 탑재한 항공기가 예정대로 출발했다는 보고를 받았고 항공사로부터도 출발 연락이 있었기에 6월 15일 김포공항 화물 터미널에 소 170두가 도착한다는 연락을 하고 김포검역소와는 검역 문제와 계류장 문제에 대한 협의도 마치고 비행기의 도착만을 기다리고 있었는데 비행기가 출발한 당일 저녁 플라잉 타이거 한국 사무소로부터 전 조종사들의 파업 때문에 '소'를 싣고 오던 비행기가 대만 타이베이(臺北) 송산공항에 기착하여 그곳에 머물고 있다며 언제 다시 오게 될지 모르겠다는 전갈이다. 이건 또 무슨 청천벽력 같은 소리인가. 필자는 이 말에 화가 머리끝까지 치밀어 올랐다. "도대체 말이 되느냐, 산 짐승을 싣고 오다가 도중에 멈춰 서서 언제 올지 모른다니? 그 놈들(소)은 살아있는 짐승이니 밥도 먹여야 하고 물도 먹여야 하는데 이 무더위에 비행기 안에 갇혀 있는 것도 한계가 있지, 이런 무책임한 데가 어디에 있는가! 만일 문제가 발생하면 그 책임을 누가 질 것인가?" 하고 따져 물었더니 '플라잉 타이거'의 사원들도 안절부절 어쩔 줄을 몰라 하면서 본사의 지시를 기다리고 있는 중이니 조금만 더 기다려 달라는 말뿐이었다. 한 시간이 여삼추 같은 느낌인데 그것이 24시간이나 경과되었는데도 해결의 기미가 보이지 않아 안절부절못하는 측은 우리 쪽이었다. 한 시간이 멀다 하고 '플라잉 타이거' 사무실에다 상황을 알려달라는 전화를 걸었지만 그들도 미국 본사에서 들어오는 뉴스 외에는 아는 바가 없었다. 그러다 저녁 늦게 내일(6월 18일) 오전에는 타이베이를 출발하게 될 것이라는 연락을 받았다.

소를 적재한 전세기는 18일 오후 3시경이 되어서야 김포공항에 무사히 도착했다. 우리는 안도의 한숨을 내쉴 수 있었다. 우리는 비행기가 도착하여 화물 터미널에 들어오자 그 즉시 비행기의 문을 모두 열고 환기부터 시켜 달라고 요청하고 비행기 내에 들어가 '소'들의 건강상태부터 살펴보았다. 코를 찌르는 오물 냄새 때문에 숨이 막힐 정도였다. '소'들은 거의 다가 기진맥진한 상태였다. 더 이상 비행기내에 머물게 했다가는 무슨 사고라도 날것만 같아 빠른 시간 내에 일을 마치자고 우리 사원들을 재촉하면서 지체 없이 인보이스에 기재되어 있는 대로 적재되어 있는지 귀에 매달려 있는 번호를 대조하면서 비행장에 대기하고 있던 화물차에 옮겨 실었다. 그런 다음 김포동물검역소로 이송시켰다. 그 난리를 겪으면서도 소들의 건강 상태를 체크해 보지 않을 수 없었다. 다음날 아침 일찍 검역소에 가 보았더니 원기를 회복하는 것 같아 다행이라는 생각을 했다.

검역소에 수용된 '소'들은 약 45일간의 검역기간 동안 모든 검역 절차를 마치면 수송 기간 동안 받았던 스트레스도 해소되고 원기도 회복되어 무사히 인수하게 될 줄만 알고 있었다.

:: 브루셀라 騷動

그런데 수입한 소들이 계류된 지 약 10日이 경과되었을까 한 6월 27일 김포동물검역소장으로부터 급하게 전화가 걸려왔다. 수화기를 들자 대뜸 하는 말이 우리 협력회가 수입한 '소' 들 가운데 10여 頭가 '브루셀라(Brucellosis)'에 감염돼 있는 것 같으니 검역소로 와 달라고 한다.

이게 무슨 날벼락인가! 나는 소스라치게 놀라지 않을 수 없었다. 도대체 호주에서 45일 동안이나 검역을 한 소에서 '브루셀라병'이라니! 그것도 열 마리씩이나 감염되었다니 이게 말이나 되는 일인가! 특히 우리가 수입한 그곳에는 목장 개설 이래로 지금까지 브루셀라병에 걸려본 일이 없었던 청결 지역으로 알고 있었는데! 이건 뭔가 잘못돼도 한참 잘못된 판단인 것 같은 느낌이 들지 않을 수 없었다. 설마하니 세계적인 축산 선진국인 호주의 검역기관이 이런 실수를 할 리가 만무하다고 생각되는 데다 그것도 한두 마리도 아니고 10여 마리씩이나 걸려 있다니 도무지 믿어지지가 않았다. 게다가 우리나라와는 비교도 안될 정도로 발전된 목축 선진국에서 이런 병든 소를 수출할 리 만무하다는 생각도 해보았지만 우리나라 검역소에서 그렇다는데 어쩔 도리가 없는 일이다.

이와 같은 내용을 검역소장으로부터 전화로 듣고 난 다음 도저히 혼자서는 갈 수 없을 정도로 마음이 떨리고 불안하여 부득이 이서근 형을 동반하여 황급히 김포검역소로 달려가 검역소장으로부터 설명하는 내용을 청취하니 거의 사실인 것 같았다.

이 병에 대해 알고 있는 상식은 이렇다. 브루셀라병이란 브루셀라屬의 菌에 의해 가축과 사람에게 발생하는 일종의 전염병이다. 소에서는 보통 *Brucella Abortus*에 의하여 死産, 流産 혹은 무産 등을 일으키는 병으로 우리나라에서 이 병이 처음으로 발생한 것은 1956년 미국에서 수입한 젖소에서 집단적으로 발생하였다는 기록이 있다. 이 병에 걸린 소는 국제적으로 어느 나라나 屠殺處理(도살처리)하는 것이 관례로 되어 있다.

필자는 사무실로 돌아오자 검역소에서 들은 사실을 그대로 호주 APHS에 텔렉스로 보내고 사후조치를 문의하였다. 이 시간이 우리나라 시간으로는 오후 6시가 넘었을 때였다. 그러니까 호주 시간으로는 아마도 오후 8시가 넘은 시간이었을 것이다.

그런데도 다음날 아침 8시 호주 시간 오전 10시 호주 APHS로부터 장문의 텔렉스가 들어 왔는데 그 내용에 의하면 다음과 같다. "호주 그 지역에는 브루셀라병이 발생한 사실이 역사상 한 건도 없었던 곳이며 검역과정에서도 결함을 발견하지 못했다. 따라서 이 문제는 호주 국가로서도 매우 중요하고 묵과할 수 없는 중대한 문제이므로 호주 중앙정부는 축산관계관(fields manager라고 하였음.) 2명과 정부의 獸醫師(수의사) 2명을 파견할 것이며, 호주 APHS 이사장, 그리고 그 '소'들을 사육한 목장주 등 6명이 다음날(6월 29일로 기억됨.) 아침 항공편으로 한국으로 갈 것이며 브루셀라병에 감염되었다는 '소' 10여 두는 즉시(텔렉스가 도착하는 시각) 별도로 격리수용하고 그곳에는 엄격히 출입을 통제해 달라." 하고 전했다. 또한 호주에서 오겠다고 하는 일행이 도착할 때까지 이 '소'들에 대한 취급요령도 상세하게 적어 보내왔다.

　나는 족히 1m나 되는 그 텔렉스 수신지를 들고 김포검역소로 달려가 이 사실을 검역소장에게 알려 드리고 병이 들었다고 의심되는 '소' 10여 두에 대해서는 곧 텔렉스 내용대로 조치해 줄 것을 요구했다. 그러자 검역소 측에서도 다소 당황하는 기색이 보이더니 곧바로 관계관들(검역관)이 모여 대책을 논의하는 듯 약 한 시간이나 지나서야 검역소장이 내 앞에 나타나 검사원(검역관)의 실수일 수도 있으니 호주 일행이 오는 것을 2~3일 연기해 주면 좋겠다고 했다. 나도 검역소장의 의견을 받아들여 호주 축산관계자들의 한국행을 2~3일 연기해 달라는 텔렉스를 케이셔 씨에게 보내면서 전화로도 같은 내용을 전했다.

　그리고 다음날인 브루셀라 발병설이 난 지 3일 만에 김포검역소로부터 어제 말했던 '브루셀라病'의 감염에 대해서 다시 확인해 본 결과, 검역소 검사관의 실수로 잘못된 판단을 한 것 같다는 意外의 해명통보를 받았다. 잘못된 판단이었다고 하니 일단 안도는 했지만 이건 또 뭔가 싶었다. 한마디로 국제적 망신이 아닐 수 없는 큰 실수를 한 셈이다. 우리나라의 검역시스템이나 능력이 겨우 이 정도밖에 안되는 한심스러운 수준이며, 허술하다는 뜻도 되고 실력도 국제수준에 한참 미달된다는 것을 드러낸 셈이 되어 버린 것이 아닌가. 한 마리도 아니고 열 마리씩이나 같은 병에 걸렸다고 판정을 하다니 참으로 부끄럽고 한심스럽기 이를 데 없었다. 숨 가빴던 48시간의 喜悲(희비)가 엇갈리는 이 사건을 해프닝이라고 웃어넘기기에는 너무나도 큰 국제적 실수였다고 말하지 않을 수 없었다.

:: 輸入窓口의 一元化와 새마을본부

　브루셀라병 소동이 일단락되자 이번에는 예기치 않았던 또 하나의 큰 문제가 야기되었다. 그것은 다름 아닌 외국 소의 수입창구를 일원화한다는 소식이었다.

　우리 협력회가 수입한 '소'를 繫留(계류)하고 있던 김포동물검역소 계류장에 있는 2차선 도로 하나를 사이에 두고 또 다른 수입원에 의해 호주로부터 수입한 한 무리의 '소' 떼가 있었다. 이 '소'들은 우리 협력회가 수입해서 검역소에 들어온 날로부터 약 1주일 후에 들어온 것들인데 이 '소'들이 바로 새마을운동 본부가 처음 시험적으로 도입해 온 소들이라고 했다. 당시 새마을본부 사업부에 근무하는 한 간부의 말에 의하면 이 소들은 우리 협력회가 도입해온 소와 거의 같은 仕樣(사양)에 의한 것이었고 나름대로는 優良牛(우량우)를 시험적으로 도입한 것이라고 검역소 직원들이 말한다. 그런데 이 소들의 외형만 봐도 그 모양새를 알 수 있듯이 각양각색의 옷을 입은 소들인데 비해 우리 협력회가 수입해 온 '소'들은 같은 색깔의 옷을 입고 있는 데다 몸집도 우열을 가리기 어려울 정도로 거의 같이 보였다. 그러니 길 건너편에 있는 '우량소'라는 무리와는 판이하게 달라 보였다. 아마도 그 우량우라고 하는 '소'들은 여러 품종이 混在(혼재)해 있었기 때문에 비교해 볼 수 없었는지 모른다. 농가에 분양할 가격도 우리 협력회가 제시한 예상 분양가는 69만 원(그간 항공 수송료가 올라 처음 책정했던 금액보다 약 10만 원 상승)선이었고 새마을본부가 내놓은 분양 예정가는 98만 원선이 될 것이라고 했다.

가격 차이도 그렇거니와 품질의 차이가 뚜렷하게 나타나자 문제가 야기될 수밖에 없었다. 농수산부 축산국장이라는 분도 이 계류장에 나와 봤고, 새마을본부장을 비롯한 새마을 간부들도 와 봤다.

이 두 소떼를 놓고 품질이 좋고 나쁨을 가린다는 것은 큰 의미가 없어 보였다. 애당초 우리 협력회가 새마을본부와 경쟁하기 위해서 수입한 것이 아니기 때문이다. 우리 협력회가 수입한 소는 중간상인이 개입되지 않고 직접 호주의 APHS를 통해 사육목장과 직거래로 수입한 것이었기 때문에 중간 마진이 없었는데 비해 새마을본부가 수입한 소는 한국의 무역상이 호주의 중간 무역회사와의 상거래를 통해서 수입된 것이어서 수입 과정부터 달랐다. 그러니 우리 협력회의 수입가보다 새마을의 수입가가 다문 1달러라도 높았던 것은 사실이다. 사람의 손이 한번 거칠 때마다 가격이 높아진다는 것은 일반적인 상식이다. 그러면서도 품질면에서는 우리 협력회에서 수입한 것에 비해 보기에도 많은 차가 있었다. 남의 상품에 흠집을 내려는 것이 아니라 실제로 수입 과정에서 문제가 있었던 것은 사실이다.

호주에는 肉牛(육우)의 각 종류별로 협회가 있으며 그 협회에 가입된 목장이 사육하고 있는 '소'를 수출하고자 할 때 그 목장주가 해당 협회에 요청하면 수출하는 '소'에 대해서 절차에 따라 혈통을 확인한 다음 혈통증명(소의 족보와 같은 것. Blooding Certificate 혹은 Herd Book)을 발급하게 되어 있는데 새마을본부는 그런 것을 아예 무시해 버린 것이다. 그러니 품질을 보증할 수 있는 것이 아무것도 없었다.

'소'를 수입하자마자 도살장으로 끌려갈 것이라면 모를까, 농가에서의 사육을 목적으로 도입한 이상 사육을 희망하는 농가에 대해서는 자기가 분양받은 '소'에 대해 정확한 품질 내역을 알려주는 것이 도리이고 의무라고 생각되지만, 새마을본부가 처음 하는 일이라 다소 미흡한 점도 있으려니 했는데 이 일은 생우를 수입하는 과정에서 끝까지 이행하지 않은 주요 실책 중 하나였다.

우리 협력회가 수입한 소들은 한 마리 한 마리에 호주 Poll Hereford 협회가 발행하는 혈통증명이 붙어있는 것과는 달리, 새마을본부에서 수입한 소들은 여러 종류가 혼합되어 있었는데 그것 모두 외형상 헤어포드 種이면 되고, 샤로레이 種이면 되고, 엥거스 種이면 된다는 것이 새마을의 이야기였다(새마을 사업부 수입입찰 사양서에 명시되어있는 사항).

이 말은 즉, 실제로 헤레포드의 잡종이라도 외관상 헤레포드를 닮았으면 헤레포드로 인정한다는 뜻이다. 사람으로 치자면 몸은 서양인이지만 한복을 입고 있으면 한국인으로 인정한다는 뜻과 같다는 셈이다. 이와 같은 사양 내용을 알게 된 호주의 유명 축산관계한 인사가 "왜 한국 정부가 이런 결정을 했는지 그 경위를 알 수는 없지만 이 '소'들을 사육 목적으로 수입한다면 한국 축산 발전에 큰 손실을 가져오게 될 것이고 적어도 30年은 후퇴시키는 결과를 자아내게 될 것이다."라고 우려하는 말을 했다. 나도 축산인이라고 자처하기에 관심을 가지고 주의 깊게 경청하였다. 수년 후 그 말이 현실로 나타날 줄은 예측하지 못했던 일이다. 수입 암소가 송아지를 孕胎(잉태)하고도 태반이 유산하는 현상이 일어나 증식이 안 되고, 진드기 예방 백신 시술도 하지 않아 진드기로 인한 폐사율이 높아져 그 피해가 커졌으며, 수입할 당시 수송기간이 길어(선박 수송으로 인해 약 25일 내지 30일이 소요됐다) 소들에게 준 스트레스가 좀처럼 해소되지 않아 수개월 혹은 1년 넘게 사육했는데도 增體(증체)되지 않는 소도 있었다.

이 지경에 이르자 사육 농가들은 손실 감소를 위해 사육을 기피하게 되었고 너도나도 '소' 시장으로 끌고 나왔기에 이번에는 '소' 가격이 곤두박질치기 시작하여 98만 원에 분양

받았던 소를 수개월 사육하고도 60여 만 원밖에 받을 수 없는 지경에까지 이르렀다. 수입 '소' 가격이 폭락되자 이번에는 한우의 가격까지 덩달아 폭락하는 현상이 일어나 한동안 농가만 이래저래 피해와 고초를 겪어야만 했다.

그런 와중에 협력회가 다음 4차 수입을 준비하는 과정에서 들리는 소문에 의하면 앞으로 외국 '소'의 수입창구가 일원화될 것이라는 소문이 나돌기 시작하였다. 농수산부에 확인해 본 결과 1982년 4월부터 수입창구를 일원화하고 그 대행창구를 새마을본부로 정할 계획이라고 했다.

우리 협력회는 새마을본부가 수입창구를 일원화해서 그 업무를 담당한다는 것은 어떤 면으로도 적합하지 않다고 판단되므로 이와 같은 정책 결정에 극구 반대의사를 표시하였다. 그리고 우리 협력회가 준비하고 있던 4차 수입허가를 받아 이미 L/C까지 개설하고 수출국에서는 검역계류장도 그 도시에서 멀지 않은 곳에 설치하여 검역이 진행 중에 있었으며 검역이 완료되는 대로 노던 테리토리 주 알리스 스프링 국제공항에서 적재하기로 결정까지 해 놓은 상태에서 창구가 일원화된다면 현재 진행 중인 이 일들을 어떻게 처리할 것인가 매우 걱정이 되어 농수산부에 문의해 보았더니 L/C가 개설된 분에 대해서는 그대로 진행해도 무방하다는 축산국장의 법적 해석에 따라 일단은 안심이 되었다.

그러나 새마을본부는 시행령이 공포된 이상 그날로부터 시행하는 것이 원칙이니 앞으로 수입하고자 하는 모든 업무를 새마을본부로 이관시키라는 일방적인 통보를 받고 한동안 혼선을 빚기도 했다. 1982년 늦가을로 기억하고 있는데 새마을본부로부터 정식으로 수입창구가 일원화된 차제에 상호 협조를 위한 협의를 가지자는 제의가 있었다.

새마을본부 회의실에는 새마을본부장을 비롯하여 그간 새마을운동을 이끌어왔던 수명의 저명한 박사들과 새마을사업부 사람들이 자리를 같이 하고 있었다. 회의 내용은 주최 측이 주도해서 수입창구 일원화에 따라 예상되는 발생 가능한 문제해결과 지금까지 수입하고 있던 업자들과의 협의 등을 모색하려 한 것이 아니라, 주로 우리 협력회의 운영 내용과 현재까지 수입해온 절차 등에 대한 질문으로 일관하였다. 이와 같은 방식은 아무리 보잘것없는 작은 업체라 할지라도 사업에 대한 상호간 도의와 예의에 어긋나는 일방적이고 강압적 처사라고밖에 생각할 수 없었으며 상도의에도 어긋나는 상대방 바이어의 정보를 캐묻는가 하면, 우리 협력회가 지금까지 쌓아오고 있던 노하우까지 내놓으라는 참을 수 없는 언동을 서슴지 않았다. 필자는 도저히 그 회의장에 앉아 있을 수 없어 퇴장하려고까지 하였지만 바로 옆자리에 앉아 계시던 정 모 박사께서 낌새를 알아차리고 참으라고 여러 차례 필자의 손을 꽉 잡아 주기에 그런 수모를 당하면서 그 도도하고 거만한 태도에 역겨움을 느끼면서도 그냥 참을 수밖에 없었다.

하기야 새마을본부장 전경환 씨의 친형 전두환 장군의 서슬 퍼런 권세에 감히 누가 거역할 수 있겠는가. 전두환 장군이 동해지구 사령관으로 발령이 났는데도 임지로 가지 않고 기무사 사령관이던 직분을 남용하여 당시 육군참모총장 鄭昇和(정승화) 대장 관사를 습격하여 10여 명의 사상자를 내면서 자기의 직속상관이자 대한민국 유사시 행정부와 군부를 총지휘하는 권한자인 계엄사령관을 체포한 자의 그 동생인데다 그 형에 그 동생 있다고 崔圭夏(최규하)의 행차가 아니꼬웠는지 대통령의 신발을 밟았다는 소문은 그 당시 못들은 사람이 없을 정도로 유명했던 이야기다.

필자는 한국 축산의 앞날을 위해 '그까짓 일에 화를 내서야 되겠는가.' 하는 심정으로 일단 우리 협력회에 대한 일반적 사항을 알려 줄 필요는 있을 것 같아 협력회 현황을 브리핑해 드렸고, '폴 헤레포드' 種 [肉牛(육우)에 대한 사육상의 장단점과 이 품질을 선택하게 된 이유, 수입 과정 및 절차 등을 소개하고 도입 육우의 혈통 증명이 왜 필요한지를 납득할 수 있도록 설명했다. 그리고 이 소들이 한국에 수입된 이래 성공적으로 사육되고 있으며 성공사례를 들어 설명까지 덧붙였다.

그뿐만 아니라 육우 도입사업은 영리 목적이 아니라 우리나라가 앞으로 산업 발전과 더불어 국민소득이 증대됨에 따르는 육류(쇠고기) 소비 수요가 증가하는 데 대비하여 공급적 차원에서 전문적인 육우 사육농가의 육성과 한우의 품질 개량, 유축농가의 소득증대와 외화절약 등의 이점을 들면서 우리 협력회가 지금까지 봉사하는 정신으로 이 사업을 해왔으며 앞으로도 그렇게 할 방침임을 역설했다. 그리고 우리 협력회는 보다 좋은, 그리고 저렴한 가격으로 수입하여 농가에 공급하기 위해 호주의 대단위 목장과 합자하여 목장을 운영하게 되었으며 조만간 호주의 APHS 이사장과 우리 협력회의 호주 측 파트너인 D. Dunn 씨가 내한하여 새마을본부를 방문하도록 주선하겠다고 했다.

필자는 열성을 다해 이들이 납득할 수 있도록 설명해 드렸지만 과연 당사자들이 얼마나 이해하고 알아들었는지는 알 수 없었다. 육우 수입창구를 일원화한다는 그 정책 자체보다 새마을본부에 창구를 맡긴다는 것 자체를 도저히 납득할 수가 없었다. 정부는 값싸고 좋은 소를 수입해 사육 농가에 분양하는 것이 국가적으로 큰 이익이 된다고 입버릇처럼 뇌까리던 사람들이 하필이면 이처럼 무모하고 명분 없는 짓을 선택했는지 그 이유를 도저히 이해할 수 없었다. 특히 80년 이후부터 새마을운동에 많은 문제들이 야기되고 있고 축산 분야의 전문성도 결여돼 있으며 사업적 감각마저 부적절하기 이를 데 없는 데다 새마을 사업의 원래 취지와도 동떨어진 사업을 새마을에 권한을 몽땅 주어 버렸다는 것에 옳고 그른지 정도는 삼척동자도 판단할 수 있는 일이다. 명분도 안 서는 그 시책을 애써 시행하려는 이들이 너무나도 원망스러웠다. 정부가 축산업 발전을 위하고 축산물 수입의 난맥상을 방지하겠다는 명분으로 수입창구 일원화를 꼭 시행해야 한다면 그렇다면 오히려 전문 부서인 축산협동조합에 맡겼더라면 명분이 뚜렷했을 것이 아닌가 하는 아쉬움을 남긴 일이었다. 아마도 그 후 축산 당국자들도 많은 후회를 했을 것이다.

여기서 잠깐 새마을운동에 대한 본연의 사업과 취지를 짚고 넘어가는 것이 좋을 것

호주 폴 헤레포드 소사이어티 회장과 더드리 던 씨가
서울 새마을본부를 방문하여 전경환 회장과 환담하고 있다
좌로부터 전경환 새마을본부 회장, 호주 APHS 회장, 더드리 던 씨

같다.

　1969년 7월 박정희 대통령께서 영남지구 일대의 혹독한 수해 상황을 시찰하던 중 경북 청도군 청도읍에 당도하여 이 마을이 다른 마을과는 달리 유독 수해로 인하여 입은 피해를 말끔히 원상 복구하였을 뿐만 아니라 마을 전체를 더 아름답게 해 놓은 데 탄복하고 다음 해인 1970년 4월 22일 전국지방장관회의 석상에서 새마을운동의 구상을 피력하였다.

　그 후 전국의 농어촌 3만 4,665개 부락에 대해 부락당 시멘트 300 내지 350부대씩을 무상으로 공급하고 부락 자체의 힘으로 복구하라고 했다. 여기서 일어난 것이 자기들의 부락을 위한 근면, 검소, 절약, 자조, 협동의 정신이 탄생하게 된 것이며 이것이 바로 '하면 된다'는 새마을 정신으로 승화되어 한반도 5,000년 역사 이래 계속되던 농어촌의 빈곤에서 벗어날 수 있는 원동력이 되었는데 이제 대가 바뀌어 전두환 시대가 되자 농촌개발 운동에서 소 장사로 변신했다는 것은 통탄을 금할 수 없는 일이다.

　새마을본부 사업부가 본격적으로 '소' 수입을 시작하면서 그동안 수입해 오던 업자들로부터 입찰을 받는다는 통보가 있었기에 처음에는 우리 협력회도 참여해 볼 의향으로 입찰 현장에 나가보았더니 시끌벅적한 그 雰圍氣(분위기)가 마치 가락동 야채시장이나 생선시장의 경매장을 방불케 했다.

　우리나라 축산업 발전의 백년대계를 위해서는 보다 신중을 기해야 할 주요한 일이고 특히 새마을본부가 하는 重且大(중차대)한 이 사업이 자칫 한낱 '소' 장사꾼들의 농에 좌우되어서는 안 되는데 하는 생각이 들었고 우리 협력회의 의사와는 거리가 너무 먼 것 같아 설사 우리 협력회가 설정하였던 소기의 목적이 달성되지 못하는 한이 있더라도 우리는 새마을본부가 추진하고 있는 이 사업에 동참하지 않기로 결정했다.

　그 중요원인을 든다면 첫째, 수입 '소'에 대한 품종 선택이 애매모호하고 둘째, 수입 '소' 품종에 대한 혈통을 무시하고 있고 셋째, 수입 과정에서의 수송방법이 명확하게 표시되지 않았고 넷째, 수입 가격을 최저가 낙찰 방식을 선택한다는 것이며 다섯째, 중간 상인의 높은 마진으로 인하여 분양가가 높다는 것 등을 들 수 있다.

　필자는 사전에 새마을본부 관계자에게 수입창구가 일원화되었으니 기왕에 수입하려거든 앞으로의 한국 축산 발전을 위해서 명품 '소'를 수입해야 한다. '한우'나 '和牛(화우, 일본

소'와 같이 세계적으로 이름이 등록되어 있고 혈통이 증명되는 우량 육우를 수입할 것을 요청한 바 있었다. 그러나 이분들은 '소'면 다 같은 '소'지 명품이니 아니니 하고 떠들어 댄다고 비아냥거렸다. 입찰가격 문제도 업자가 제시하는 가격에는 호주 수출 중개업자의 이익과 한국 측 수입업자(새마을본부도 포함하여)의 이익이 포함되어 있을 것이므로 실제로 수입 소의 품질을 높이겠다고 말하는 것에는 많은 의문점이 있다고 보아 당연하다.

최저가 낙찰로 품질 좋은 '소' 수입을 기대한다는 것은 어느 누구도 기대할 수 없는 일이며 최후 소비자(사육 농가)의 분양가도 98萬 원선에서 결정하겠다고 한 것도 우리 협력회로서는 그 가격이 어떻게 산출되어 나온 가격인지는 알 수 없지만 우리 협력회의 입장으로서는 납득할 수 없는 점이었다. '새마을본부' 그 자체의 원래 취지와는 달리 '소'를 수입한다는 그 자체만으로도 잘못된 일이지만 만에 하나 수입 소에 대해 이윤을 붙여서는 절대로 안 될 뿐더러 새마을 기본정신에도 위배되는 일이라고 생각했던 것이다.

특히 우리나라 대약진의 주역을 담당하여 전 세계를 놀라게 했던 새마을운동이 불과 수년 사이에 180도로 변해서 이제 소 장사꾼으로 전락해 버린 데다가 이윤까지 챙기겠다고 하니 온 세계가 경이로운 눈으로 주목을 하던 새마을운동 본연의 정신은 다 어디로 사라져 버리고 쇠락의 길을 걷고 있다는 것에 대해 통곡할 정도로 서글픈 생각이 들게 하였다.

한국의 '새마을'이란 데서 '소'를 수입해 간다는 소문이 인구 1천 9백여 만에 불과한 호주 사회에 퍼지자 그동안 불황 때문에 허덕이고 있던 호주 축산업계에 새 희망의 바람이 불기 시작하는 것 같이 보였다. 덩달아 소값도 들먹이기 시작하였다. 동시에 호주 축산신문에 연일 한국에서의 소 수입에 대한 기사가 揭載(게재)되면서 주목의 대상이 되기도 하였다.

한국 전쟁에 참전했던 군인들과 그 가족들 혹은 한국에 관심이 있는 사람들을 제외하고는 한국이란 나라가 도대체 지구 어디에 붙어있는지조차 알지 못했던 사람들이 태반이었던 호주에서, 이제는 축산업계의 사람들은 물론 한국을 모르는 사람이 거의 없을 정도로 널리 알릴 수 있는 계기가 되었다. 새마을의 공이라고나 할까? 호주시장에서는 육우값이 들먹거리게 되었을 뿐만 아니라 품귀 현상까지 일어나는 기현상이 나타나 종류, 품질, 혈통 따위를 따질 형편도 아니었다. 그동안 호주경제가 바닥에서 헤어나지 못하고 몹시 곤궁에 빠져있을 때인지라 축산계의 對韓(대한) 수출로 인해 약간이나마 숨통이 트이는 것 같기도 했다. 한편에서는 '도살장으로 끌려가던 소까지 한국으로 수출하게 되었다.'는 우스갯소리가 나올 정도였다. 이 말은 한국에서는 마구잡이로 수입해 가는 판국이니 무엇을 보내면 어떠냐는 이야기나 다름이 없는 것처럼 들렸다. 한국의 입장으로 보았을 때에는 그만큼 수입의 신중성이 결여되어 있었다는 것을 보여준 셈이 되었고 우리로서는 참으로 안타까운 심정이었다.

아무리 호주에 '소'가 많이 있다고 해도 새마을본부가 요구하는 사양에 맞는 소(생후 18~24개월)가 그리 많은 것이 아니었으므로 웃지 못할 일들이 여기저기서 벌어지고 있었다 (1981년 통계에 의하면 그 당시 호주에 사육되고 있는 육우는 25,168,000두가 있는 것으로 되어 있다. Year Book Australia에 의함).

그래도 나름대로 호주로부터 소를 수입해오던 우리 협력회로서는 매우 걱정이 앞서지 않을 수 없었다. 도대체 이런 사태가 언제까지 계속되나 말이다. 마구잡이로 수입해 가는 사태를 본 호주 축산업계의 저명인사가 말했듯이 "우리 호주 소를 다량으로 수입해 가는 것에는 매우 환영하고 고마워할 일이지만 수입해 가는 목적이 그 소들을 사육하고 품질개량을 위해서라면 한국 정부는 좀 더 신중해야 할 것이다. 그렇지 않다면 한국 축산업 발전에 적지 않은 장애 요인으로 작용할 수 있게 될 것이다."라고 충고한 말과 "소를 사다가 사육을 목적으로 하지 않을 바에야 애써 산 소(生牛)를 수입하려 하지 말고 쇠고기를 수입해 가는 것이 훨씬 경제적이라고 보는데!"라고까지 한 말이 귓전에서 맴돌고 있었다.

앞에서도 언급한 바와 같이 남한의 경지면적은 175만 9천 ha에 불과한 데다 현 경작지를 초지로 조성한다는 것은 불가능한 일이며 가축을 放飼(방사)할 수 있는 기간은 4월 중순부터 10월 중순까지 약 6개월에 불과하며 월동 기간이 6개월간이나 된다. 물론 월동을 위해 건초 사일리지 농후사료와 축사 준비도 필요하다. 그에 반해서 호주는 드넓은 목초지가 있는데다 年中 放飼가 가능하며 인건비도 남한에 비하여 훨씬 덜 소요된다. 따라서 소 사육비가 거의 안 들다시피 아주 적은 금액으로 사육이 가능하기 때문에 호주에서 좋은 소를 사육해서 수입하자는 것이 첫 번째 목적이고 두 번째는 한국 사람들 기호에 맞는 쇠고기를 싸게 생산하여 소비자들이 싸고 맛있는 스테이크나 불고기 그리고 더 많은 육

APHS 회장을 비롯한 이사진과 더드리 던 씨가 새마을본부를 방문하였을 때
새마을본부의 연구진과 주한 호주대사관에서 공사와 이준연 상무관도 참석하였다
우로부터 새마을본부 연구관, 필자, 새마을 연구관, 주한 호주대사관 상무관,
Cork 재무담당 이사, 케이셔 씨, 주한 호주대사관 공사, 던 씨, 이서근 전무,
새마을본부 사업부장, APHS 회장, 동 프렌드 매니저 새마을본부 건물 앞에서

류를 섭취하여 국민 건강에 도움이 될 수 있게 하자는 데 반대할 사람은 없을 것이다.

그리고 지금까지 한국에서 '소'를 사육한 목적은 대부분의 경우 역우로 사용하기 위해서였지 쇠고기를 먹기 위해서는 아니었다. 그러나 시대가 변함에 따라 점점 역우로서의 역할이 줄어들고 일부 축산업자는 육우로 대량사육을 하고 있으므로 차제에 한우는 물론 수입 '소'와의 품종개량으로 성장속도가 빠르고 사육이 용이하고 맛도 한우에 비해 손색이 없는 오히려 한우보다 더 맛있는 육우로 개량해 보려는 것이었다.

세계에서 쇠고기를 제일 잘 먹는 나라가 한국이며 한국 사람은 소의 털과 뿔과 발톱을 제외하고는 모조리 철저하게 먹어 치우며 요리법도 세계에서 제일 많다고 한다. 그러나 수입창구가 일원화되고 수입 소들이 잡소가 되면서 필자의 꿈과 희망은 한낱 물거품으로 전락해 버리고 말았다.

:: 해외투자와 Cork Pastoral Company

필자는 호주로부터 육우도입사업을 계속하는 한편 호주와의 合資投資사업을 본격적으로 추진할 목적으로 한국은행 외자부가 요구하는 서류를 작성하기 위해 1981년 10월 전담반을 구성하여 작업에 착수했다. 이 한호합자사업의 근거는 1981년 6월 11일 호주에서 Cork Pastoral Co. PTY LTD 사장 Dudley Clyde Dunn 씨와 한호육우목장협력회 회장인 필자와 사이에 교환된 Memorandum에 의한 것이었다(이 Memorandum 교환 시의 정식 立會者는 Australian Poll Hereford Society 이사장 Brian Keyser 씨였다).

그 사업계획서 작성 팀으로 하여금 합자투자사업의 타당성 검토와 함께 시장조사서 등도 같이 작성하게 하였으며 이 사업계획서를 작성하는 데에는 합자투자사업에 대한 내용을 가장 잘 알고 있는 한국은행 외자담당관 Y씨에게 부탁하여 指導를 받기로 하였다.

한편 어떻게 보면 해외투자 허가를 취득하기 위한 요식행위에 불과한 것으로만 오인하기 쉽지만 사실상 이 사업의 戰略的(전략적) 구상을 위한 면밀한 검토를 하기 위한 가장 중요한 기회라고 생각하였다. 그동안 이런 기회가 없어 의욕만 앞세웠을 뿐 미처 충분한 시간을 가지고 연구 및 검토와 분석을 해 볼 시간적 여유가 없었기 때문에 필자의 입장으로서는 가장 중요한 기회가 아닐 수 없었다. 연구팀에 의하여 매일 저녁마다 실시하는 브리핑은 필자에게는 매우 중요한 시간이었다.

이 사업계획서 작성의 책임을 이서근 전무에게 일임하였다. 이 전무는 딴 일을 제쳐놓고 전적으로 '합자사업계획서' 작성에 매달려 2개월 동안 팀원들과 침식을 같이하며 열의를 발휘하는 모습을 보이기도 하였다. 또한 계획이 진행되면서 도출되는 문제점의 해결방안 모색을 위해 수십 차례 철야토론을 벌이기도 하였다.

그 시절 그 유명한 현대건설의 鄭周永 會長의 逸話가 세간의 화제가 되고 있었던 때이다. 정 회장이 赤手空拳(적수공권)으로 英國에 가서 "당신네가 배를 사주겠다고 약속만 해주면 울산에다 조선소를 건립하고 요구하는 기일 내에 당신네들이 원하는 배를 만들어드리겠소!" 하는 이런 무모하기 이를 데 없는 조건을 내걸었음에도 불구하고 鄭 會長을 믿고 영국 선박회사가 계약을 체결해 주었다고 하는데 우린들 못할 바 없지 않느냐 하는 것이 나의 생각이었다.

사업계획서를 작성하는 데에만 약 2개월의 시간이 걸렸다. 매일같이 시간이 흐르는 것도 모르고 밤샘을 하면서 작성된 계획서는 여러 차례의 검토에 검토를 거듭하였고 다시 축산업계 저명인사들의 자문을 거쳐 빈틈없다고 판단이 서고 나서야 비로소 印刷를 하게 되었는데 그럭저럭 80여 일의 시간이 소요되었다. 그런 과정을 거쳐 만들어진 계획서는 '해외투자사업신청서'에 첨부하여 같이 작성한 '시장조사서'와 같이 1982년 1월 18일(화요일) 한국은행 외자부에 제출하였다.

말을 거듭하는 것 같지만 1979년도 당시 우리나라의 1인당 국민소득은 1,647달러에 불과하였고 1980년도에는 1,597달러, 1981년도에는 1,741달러였으며 1980년도 무역수지를 보면 수입 222억 9천만 달러이고 수출은 175억 1천만 달러로 47억 8천만 달러의 적자를 나태내고 있었다. 이런 시기에 백만 달러라는 거액을 해외에 그것도 인기품목도 아닌 데다 국가경제개발 계획상으로도 별로 영향을 주지 못하는 목장사업에 투자하겠다고 하였으니 당시의 외환사정을 감안한다면 큰 무리수가 아닐 수 없었다.

그 당시 한국은행 관계자는 우리 협력회가 제출한 서류를 접수하면서도 한국 역사 이래 이런 사업으로 해외에 투자하겠다는 것은 처음 있는 일이고 또 현 정부가 설정한 국책사업에도 포함되어있지 않은 데다 이 엉뚱한 사업에 대해 여러 가지 의문점도 많고 해서 검토하는데 많은 시간이 소요될 것으로 생각되기에 허가여부를 결정하는 것 자체에도 많은 시간이 걸릴 것 같으니 양해해 달라고까지 했다. 일단 신청서는 접수되었으니 기한이 얼마가 걸리던 기다려 보는 수밖에 도리가 없었다.

해외투자사업 신청서를 한국은행 외자부에 제출하고 필자는 곧바로 호주로 떠났다. 그때 동행했던 사람은 김선환 박사와 한국 공군 장군으로 예편한 박 모 씨와 이서근 전무 등이었다. 우리 일행은 그날 아침 10시 김포공항에서 KAL기편으로 동경 하네다공항에 도착하였다. 곧바로 싱가포르 에어라인 항공기로 갈아타고 싱가포르에 기착하여 그곳에서 콴타스(호주항공)기로 다시 갈아타고 시드니에는 다음날 아침 6시에 도착하여 시내 킹즈 크로즈(Kings Cross) 지역에 있는 킹즈크로즈 호텔에 여장을 풀고 제일 먼저 케이셔 씨 사무실을 방문하여 합자투자사업의 파트너가 될 더드리 던 씨와의 정식계약 체결문제들을 논의했다. 그리고 난 다음 앞으로 호주에서 자리 잡고 사업을 하려거든 호주 재향군인회에 인사를 해 두는 것이 좋을 것 같다는 케이셔 씨의 조언에 따라 다음날 재향군인회 본부를 방문하였는데 재향군인회 회장께서 필자에게 명예훈장을 수여하겠다고 하기에(미리 준비되어 있었다.) 극구 사양하면서 필자 대신 박 장군에게 授與하도록 의견을 제시하였더니 결국 박 장군은 처음으로 호주를 방문하면서 생각지도 않았던 명예로운 훈장을 받게 되었던 것이다.

킹즈 크로즈 호텔에 투숙한 지 5일이 되던 날 아침 우리 일행은 예정했던 대로 더드리던 씨와의 정식 계약을 체결하기 위하여 아침 일찍부터 서둘러 호텔 식당으로 내려가 우리 일행이 자리를 배석받기 위해 식당 문 앞에 서서 기다리고 있는데, 별로 넓지 않은 식당 안에는 이미 여러 투숙객들이 식사를 하고 있는 중이었다. 그런데 한 테이블이 우리 눈에 띄었다. 그들 일행 6명은 모두 피부색이 가무잡잡한 동남아세아 어느 한 나라의 청년들 아니면 인도 혹은 파기스탄 사람들로 보였는데 조용한 식당 내에서 유난히 그들만 소리를 높여 떠드는 것 같았다. 마침 식당종업원이 우리를 안내해준 곳이 영국에서 왔다

호주 시드니에 있는 호주재향군인회 본부를 방문하였다
좌로부터 필자, 박 장군(병순, 예비역 공군), 김선환 박사, 호주재향군인회 회장
이 자리에서 박 장군은 호주 재향군인회의 명예훈장을 받았다

는 노부인들 세 분과 호주에 거주하고 있다는 노부인 일행 4명이 앉아있는 바로 옆 테이블이었고 그 동남아세아 청년들이 앉아있는 좌측 테이블이었다.

　우리 일행이 지정된 좌석에 앉아 오늘 할 일들을 조용히 이야기하면서 주문한 식사가 나오기를 기다리고 있었는데 우리 좌측에 앉아있는 청년들은 자신들을 향해 별로 좋게 보지 않는 많은 시선을 의식하고 있는지 아닌지 식당이 들썩거릴 정도로 큰 소리로 대화를 하고 있었는데 영국에서 왔다는 노부인 일행은 청년들을 바라보며 그만 이맛살을 찌푸리면서 조금 후에는 도저히 참을 수가 없었던지 한 노부인께서 그들을 향해 점잖은 목소리로 "젊은이들은 어디서 왔소?" 하고 말을 건넨다. 그 중 한 청년이 "우리는 인도에서 왔습니다."라고 대답하자 그 부인이 "그럼 이곳까지 무엇을 타고 왔지?" 하고 묻는다. 이번에는 다른 젊은이가 "비행기로 왔지요."라고 하니까 그 노부인께서 혼잣말을 하듯 "난 또 배나 또 다른 뭔가를 타고 온 줄 알았지." 하는 말을 들었다. 그러고 나서 나는 그 노부인께서 한 말뜻을 알 때까지 한참의 시간이 걸렸다.

　우선 인종차별적 시선, 두 번째는 식사할 때의 풍습, 테이블 매너, 그들이 지니고 있어야 할 知的(지적) 수준과 교양 등이 문제가 되었던 것이 아닐까 하는 나름대로 생각을 해보면서 아직도 뿌리 깊이 남아있는 '백호주의'가 발동한 것 같은 느낌이 들었다. 식사하면서 남들에게 불쾌감을 줄 정도로 떠들어 댄다는 것이 노부인들께서는 야만스럽게 보였기에 비행기라는 문명인의 교통수단이 아닌 다른 수단을 이용해서 온 것이 아니냐고 점잖게 핀잔을 주는 것 같았다.

　최근에도 전철 객차에 '조용한 객차'라고 쓴 보드가 붙어 있는 것을 볼 수 있다. 알고 보니 중국에서 이민 온 사람들이 차내에서 하도 시끄럽게 떠들어서 붙여 놓은 것이라고 한다. 우리 일행은 별로 썩 좋은 기분은 아니었지만 그래도 명심해야 할 뭔가를 느끼게 하였다. 식사를 마친 우리 일행은 대단히 주요한 합자투자사업의 계약서 내용 검토와 서명을 남겨 놓고 있었기 때문에 갈 길을 재촉하듯 호텔 문을 나섰다.

:: 해외투자 허가 취득

해외 합자투자를 위한 외국환관리규정에 따라 해외투자허가신청서를 1982년 1월 18일 한국은행에 제출했었는데 4개월 만인 1982年 5月 27日 그처럼 고대하던 '해외투자허가'가 나왔으니 찾아가라는 한국은행의 전화가 걸려왔다. 반신반의 기다리고 있었던 것이 드디어 나왔다고 하니 처음에는 내 귀를 의심할 정도였다.

한숨에 달려간 필자를 반기는 한국은행 외자과 직원의 환한 웃음을 보고서야 비로소 사실이다 싶을 정도로 믿기 어려웠던 일이었다. 과장이란 분이 공문서 같은 것을 들고 나와 "축하합니다!" 하고 그분으로부터 허가장을 받아 들고 나서야 비로소 이것이 사실이었구나 하는 실감을 느끼면서 감격스러움에 눈물마저 흘렸다. 그리고 내가 별을 낚은 사나이가 되었다는 것을 실감할 수 있었다. 이 세상 모든 것을 다 거머쥔 것 같은 기분으로 "봐라! 너희들이 그토록 미친놈이라고 비아냥거리던 것이 사실로 내 앞에 나타나지 않았냐?" 하고 당장 달려가 내 손에 들고 있는 허가장을 보여주고 싶었다.

허가장에 기재된 내용은 다음과 같았다.

허가번호(외투 665.2-319. 776-5011교 2696)
허가년월일: 1982년 5월 27일

① 해외투자자: (주)한호육우목장협력회
② 투자지역: Australia
③ 투자방법: 외화증권취득
④ 투자금액: A$1,000,000
⑤ 투자목적: 현지법인 설립 후 목축업 등 부대사업 영위
⑥ 본 투자에 의하여 설립될 회사 내용
　　㉮ 회사명: Cork-KBA Trading PTY., LTD.

⑭ 소재지: Brisbane, Australia.

　　⑮ 자본금: A$ 2,040,816

　　⑯ 투자비율: (주)한호육우목장협력회 49%

　　　　　　　 현지 호주 측 51%

　⑦ 허가조건:

　　㉮ 본 허가 후 1년 이내에 외화증권을 취득하고 동 증권은 국내에 보관할 것.

　　㉯ 본 금액을 송금하고자 할 경우에는 당행(한국은행)의 지급 허가를 받을 것.

　　㉰ 현지법인은 설립 후 2개월 이내에 현지법인 설립 및 외화증권 취득보고서를 당
　　　행(한국은행)에 제출할 것.

　　㉱ 연 1회 이상 현지법인의 결산을 실시하고, 회계기간 종료 후 5개월 이내에 현지
　　　공인회계사의 감사를 필한 결산서 및 부속명세서를 당행에 제출할 것.

　　㉲ 결산결과 이익금은 현지 법령에 의한 법정 적립금과 외국환관리규정 제15-10조
　　　제3항 단서에 의한 임의 유보금을 제외하고는 이를 전액 배당하고, 회계기간 종
　　　료 후 7개월 이내에 동 배당금 회수 보고서를 당행(한국은행)에 제출할 것.

　　㉳ 현지법인을 청산하고자 할 경우에는 해산등기(신고)일 현재의 대차대조표 및 동
　　　회계기간 중의 손익계산서를 첨부하여 당행(한국은행)에 신고한 후 청산을 실시한
　　　후 그 결과를 당행에 보고할 것.

　　㉴ 본 허가에 따른 의화지급 허가 신청 전까지 자본금을 8백만 원 이상으로 증자할 것.

　　㉵ 현지사육우의 국내 도입 시 축협중앙회의 공개경쟁 입찰방법에 의할 것.

　　㉶ 국내에서 수입 육우를 긴급히 필요로 할 경우 현지 및 제3국 판매에 우선하여 국
　　　내에 반입할 것.

　　이 같은 내용이 담긴 허가를 취득하면서 거대한 꿈과 희망이 내 눈앞에 다가온 것 같은
흥분에 사로잡히기도 했다. 한편 우리 협력회는 이제 어엿한 해외투자회사로서의 자격을
취득한 이상 지체 없이 호주 현지파트너에게 이 사실을 통보하고 동시에 본격적인 실사
업계획 검토에 착수하였다. 물론 양측의 긴밀한 협조가 필요했고 가급적 단시일 내에 투
자가 완료되고 가동에 돌입할 수 있게 하기 위한 초기단계의 합의를 하자는 것이 필자의

제안이었다.

한국은행에 해외투자 허가내용을 이행하기에 앞서 우선 1981년 11월 30일 필자와 더드리 던 씨와 사이에 체결한 한·호 합자투자를 위한 약정서에 따르는 협약에 의해 1981년 12월 23일자로 실시된 코크 목장에 대한 資産鑑定(자산 감정, 호주 정부가 인정하는 자산 감정인에 의한 감정) 내용의 타당성 여부에 대한 확인과 검토와 한호육우목장협력회로서의 투자 방침의 결정이 시급했다. 물론 허가서에 명시된 800만 원 이상의 증자도 완료되어야 하는 과제였다.

호주 측이 보내온 Cork 목장의 자산평가 내용은 대략 다음과 같다.

(이 평가내용은 호주 시드니에 있는 한 사설 평가회사에 의뢰하여 1981년 10월부터 동년 12월 20일까지 사이에 실시한 것이라고 명기하고 있었다.)

목장 총면적: 2,318.㎢(582,800acres: 약 237,820ha)
위치: Winton으로부터 서남방 70마일 떨어져 있다.
현 재고가축: 사육중인 소 약 2,700두
(그중 Poll Hereford 종 혈통 증명이 있는 소 1,800두 포함)
이 목장에서의 가축사육 능력: 소 10,000두 이상, 양 20,000~40,000두
급수시설: 12개소의 풍력 급수펌프와 13개소의 저수지가 있다.
(기타 각종 부대시설, 공구 등)
평가금액: 1,745,800 호주 달러
(1982年 5월 시점 호주 달러 환율 A$ 1: ₩782.5/ U$ 1: ₩687원)

이 평가금액에는 가설 비행기 활주로의 가치를 비롯해서 부대시설의 1부, 각종 공구, 추산되지 않는 가축 등이 제외되었다. 총 자본금을 A$2,185,000으로 하고 호주 측이 A$1,185,000를 투자함으로써 주식 지분을 51%, 한국 측이 A$1,000,000의 투자로 49%를 갖기로 하였다.

1981년 11월 30일 필자와 던 씨 사이에 호주 시드니 *New South Head Road*에 있는 던 씨의 변호사 사무실에서 교환된 약정서에 따라 다음해인 1982년 7월 9일에 같은 장소에서 정식으로 계약을 체결하였다. 이 자리에는 케이셔 씨와 이서근 전무가 동석하여 계약서에 각각 확인서명을 하였다. 이로써 정식으로 합자회사 'Cork Pastoral Company'가 발족하게 되는 뜻깊은 날이기도 하였다. 각자 샴페인 잔을 높이 들고 오래오래 번영해 나갈 것을 굳게 약속하며 축배를 들었다.

이 날이 있기까지 수없이 호주를 드나들어야 했고 뻔질나게 한국은행 해외투자 담당부처를 드나들었던 것이 마치 먼 옛날의 꿈만 같이 느껴졌다. 너무나도 절차가 까다롭고 복잡했고 많은 시간이 소요되었기에 다음에 다시 이런 일을 하라고 하면 노다지가 쏟아져 나온다해도 다시는 할 짓이 아니라고 할 정도로 지겹기도 했다. 하기야 대한민국 건국 이래 목장사업을 위해 해외투자를 하는 것은 이번이 처음 있는 일이었기 때문에 절차상 어려움이 있었던 것은 재언의 여지가 없다. 다행히 한국은행 담당자나 정부 축산국 관계관들의 이해와 아낌없는 협조 덕분에 빠른 시간 내에 허가를 취득하게 되자 주위 사람들이 모두 놀랐다.

던 씨와 필자는 한국과 호주 사이에 축산에 관한 무역 전담회사를 설립하고 호주 Sydney에 본사를 두기로 합의하였다(주소 : *Suite 105, Edgecliffcentre, 203 New South Head Road*).

후에 이 회사는 우리나라의 生牛 수입창구가 일원화되면서 자유로운 수입이 불가능하게 되고 한국 사람과 호주 사람 사이에 발생하는 성격 차이 등이 원인이 되어 Cork 목장 운영에까지 영향을 미치게 하였고 국내적으로는 정부의 운영자금의 송금동결 등 어려움 때문에 소기의 성과도 거두지 못하고 문을 닫아야 했다.

Cork Pastoral의 운용실태는 1년 4분기 중 매 분기마다 대차대조표를 작성하여 駐濠(주호) 한국대사관의 확인을 받아 한국 정부에 보고하기로 한 것은 한호합작회사의 운영 실태를 정부당국에 보고하는 절차라고 생각했기 때문에 한국은행의 허가조건을 차질 없이 이행하고 있다는 증거가 되기에 한국은행 측은 매우 흡족해했다.

:: 開拓計劃

    Cork Station의 면적은 582,800acre(약 237,800여 ha. 평수로는 약 7억 평)나 되는 현기증이 날 정도로 넓은 이 토지는, 태고 이래 삽질 한번 해 보지 않고 그대로인 곳이 대부분이다. 이 땅을 이용하기에 따라서는 우리나라의 영토가 그만큼 넓어질 수 있다는 것이나 다름없다는 생각이 들었다. 이곳에서 한국 사람들의 근면성과 하고자 하는 의욕과 '하면 된다'는 열의와 성실성만 있으면 이 땅을 능히 옥토로 만들 수 있다는 자신감을 가지고 이 지역을 7개년 계획으로 개척하려 하였다.

    1982년 수립했던 개척계획 내용은 대략 이런 것이었다.

1. 농업용수를 이용할 수 있는 지역 혹은 많은 공사나 시설을 하지 않고서도 농업용수를 사용할 수 있는 지역 약 3만 5천 ha(약 1억 평) 정도를 1차적으로 연차계획에 의해 농경지로 개간한다.
2. 개척에 소요되는 인력은 한국으로부터 1차로 20가구를 선정하여 농업이민을 받아들일 수 있도록 호주 정부에 요청한다.
3. 개척에 소요되는 농기구와 기타 장비는 Queensland 주 정부에서 일부 대여(주 정부가 대여해 줄 수 있다는 언약을 받은 적이 있다.)받기로 하고 일부는 개척이민자가 부담하고 합자회사도 일부 부담하기로 하여 한국으로부터 수입하거나 호주 현지에서 구매하기로 한다.
4. 개척된 토지에는 옥수수나 사탕수수 등 가축의 사료와 연관된 작물을 재배한다. 참고로 Queensland 주의 통계에 의하면 옥수수 생산량이 연 2,300만 톤(1981년 통계)이고 ha당 수확량은 6,400톤이다. 따라서 Cork 목장을 계획적으로 개척한다면 충분히 농후사료의 자체 생산이 가능할 뿐만 아니라 靑제(청예) 사료의 자급자족도 가능하다는 판단이다.
5. 개척지는 5년 후 일정 면적(200만 평 단위)으로 개척자에게 무상으로 분양하기로 한다.

6. 개척지역은 물론 근접지역의 Creek를 이용한 수로의 개척과 대형저수지를 조성한다 (지역 선정은 완료된 상태이며 일부 공사를 진행하다 중단된 상태).

7. 지역 내의 온천을 이용하여 관광지를 조성한다. 관광객의 유치와 이를 위한 여러 가지 축산과 연계되는 이벤트를 마련할 수 있는 토양을 조성한다.

8. 소·면양 사육을 위해 5만 ha에 초지를 조성한다. 소 한 마리당 방목에 소요되는 면적을 1ha로 치고 7년 후 1만두 사육을 계획할 경우 초지 소요면적을 1만 ha, 목초(건초) 수확용으로 3만 ha, 청예사료 작물재배지로 1만 ha를 개간한다.

9. 소·면양 사육을 위한 현대식 시설을 설치(Feedlot)한다.

10. 호주 Merino 종 면양 사육계획을 추진하여 4년 차부터 시험적으로 300두의 메리노를 도입한다.

11. 개발계획 3년 차부터 연간 약 800두 정도의 성우를 한국으로 수출한다.

12. 기타 한국의 관광회사 등과 제휴하여 관광단지를 조성한다.

이 모든 계획을 추진하는 데 있어 우리 측이 다소 불리하다고 판단되는 것은 회사의 운영권을 Dunn 씨가 가지고 있다는 점이었다(더드리 던 씨 51%, 한호육우목장협력회 49%). 그러나 우리 협력회가 만반의 준비를 갖추고 사업에 착수하려는 자세를 보이자 Dunn 씨도 시행하는 것을 봐서 경영권을 전부 양도할 수도 있다는 뜻을 밝힌 바 있었다.

우리 측의 투자도 순조로이 이루어져 계획하던 모든 일들이 순조롭게 진행되나 했다. 그러나 우리의 생각이 너무나도 순진하고 안이하고 어리석었음을 우리 스스로가 미처 느끼지 못했다는 것이다.

그리고 이 사업을 우리들만의 힘으로 이끌어 나가려는 생각이 너무도 무모했다는 것을 알게 되었다. 물론 경험이 없었다는 것과 주변 환경에 대한 미숙한 판단 때문에 예상치도 못했던 복병들이 수면 위로 나타나는데 대한 대비책을 마련하지 못해 당하고 나서야 비로소 당황하게 되는 우를 범했던 것이다. 비근한 예가 생우 수입창구의 일원화 정책이다. 아닌 밤중에 홍두깨 식으로 불쑥 내민 이 정책이 앞으로 한국 축산에 어떤 영향을 미치게 될지 전연 예측하지 못했다는 것과 자구책을 강구하지 못한 점 등은 경험 미숙에서 일어난 큰 실수였음을 인정하지 않을 수 없다.

그리고 또 한 가지 예를 든다면 정치세력을 등에 업고 업체(협력회)를 송두리째 내놓으라는 단체가 있었는가 하면, 수입 소의 국내 총판권을 내놓으라는 자들, 영업이익을 이름도 없는 자선단체에 기부를 강요하는 사기형 자선사업가들, 있지도 않는 '소'의 유행병으로 한 지역이 전염되어 큰 손해를 보았으니 배상하라는 공갈협박형, 우리가 수입한 '소'들이 질병으로 폐사했으니 손해배상을 하라는 등 전연 사실무근의 낭설 등 별의별 문제들이 매일같이 일어나게 되었다. 어디 그뿐인가. 사무실의 일을 방해하는 조폭들까지 등장하는가 하면, 무슨 압력이 작용했는지는 알 수 없으나 한국은행은 사업이 시작되었으면 당연히 필요한 사업자금(운용자금 등)이 필요할 것이라는 사실을 누구보다도 더 잘 알고 있을 터인데도 불구하고 외환사용 허가를 해주지 않아 결국 그 여파로 우리가 목적하는 사업에 차질이 발생하게 되었다. 3년이 경과되도록 상호 협약에 의한 운영자금 한 푼 내 놓지 않는 호주 측과 동업한다는 것에 회의를 느끼기 시작하였고 급기야는 사업 부진에 대한 책임을 떠넘기면서 이쯤에서 더 이상은 못 참겠다는 압박을 노골적으로 드러내 놓기 시작하였다.

우리가 상상도 할 수 없었던 극히 기초적이고 상식적이며 당연하다고 쉽게 풀리려니하고 생각했던 문제들이 필경 알 수 없는 압력의 작용으로 사업 운영이 어려워지고 있다

Cork 목장 시찰을 위해 Sydney에서 12인승 비행기로 Cork로 가는 기내
좌로부터 김선환 박사, 이동화 회장, 김용국 이사, 필자

는 것을 피부로 느낄 수 있게 되었다. 어딘지 모르게 허점이 생기고 그 틈바구니를 비비고 들어와 맨입으로 자기네 깃발을 꽂겠다는 속셈인 것 같은 느낌이 들었다.

남들이 미처 보지 못한 것을 보고 부닥쳐 보았더니 쉽게 문이 열렸는데 그것을 탐내고 노리는 사람들이 의외로 많았다는 것을 미처 내다보지 못한 데 문제가 있었던 것이 사실이다. 그것을 깨달았을 때에는 이미 어려운 상황에 놓여있을 때였다. 그러니 문제해결을 위한 역량, 즉 나의 힘만으로는 뚫고 나갈 수 없는 두꺼운 벽에 부닥치면서 진퇴양난에 빠진 나로서는 회사를 살리기 위해서는 지푸라기라도 잡아야겠다는 심정으로 회장직을 내 놓고 정치적으로나 사회적으로나 저명하고 활동적인 인사가 아니고서는 이 업체를 유지하기가 매우 어려울 것 같아, 그런 분을 회장으로 영입하고 모든 욕심을 버리고 백의종군할 생각을 하고 있을 무렵 APHS의 케이셔 씨로부터 한국 예비역 육군 장성 출신으로 현재 모 특수철강회사의 회장으로 있는 李東和 장군을 한 번 만나보는 것이 어떻겠냐는 전화가 걸려왔다.

:: 회장직 사퇴와 새 회장 영입

나는 이동화 장군이 박정희 대통령과 육사 2기 동기생이며 육군 중장으로 예편한 후 철도청장을 역임하셨던 분이라는 것을 알고 있었으며, 이분이 목장사업에 관심을 가지고 호주를 방문했다는 사실도 알게 되어 단시간 내에 이분을 만나야겠다는 생각이 들어 李 將軍이 계시는 답십리의 한 빌딩에 위치한 특수제강 주식회사 회장실을 찾았다.

그리고 우리 협력회로의 참여의사를 타진해 보았더니 호주 APHS의 케이셔 씨로부터 이미 많은 내용을 들어 잘 알고 있는 터였기에 이야기는 급속도로 진행되어 일정 금액을 투자하는 조건으로 회장직을 수락했다.

1983년 4월 임시 주주총회를 소집하고 총회의 의결을 거쳐 李 將軍이 회장으로 취임하

Mr. Keyser와 이동화 회장(육사 2기이며 3군단장, 철도청장)
그리고 필자가 한호합자사업에 대한 운영 문제를 논의하고 있다
좌로부터 필자, 이동화 회장, 케이셔

게 되었다. 이 장군께서는 한국과 호주와의 깊은 관계를 모를 뿐만 아니라 '소'를 수입하는 실무적인 내용도 모르고 있어 필자가 당분간 회장을 보좌하기로 하였다.

특히 李 將軍은 협력회 회원들과 상면한 일도 없었고 또 한국 축산의 현실에 대해서도 거의 아시는 바가 없었으므로 대정부교섭 혹은 협력회 운영을 위한 회장의 직무 수행상 절대적인 조력이 필요했다. 뿐만 아니라 한호합자투자사업에 대한 정부와 협력회와의 문제의 원만한 해결, 협력회와 호주의 사업 파트너와 사이에 발생하고 있는 문제해결 등 협력회 자체운영문제 등을 단시간 내에 파악하기 어려웠던 탓으로 사방에서 날아드는 생소한 일들이 이분에게는 큰 부담이 되었던 모양이다.

우리 협력회가 수개월간 갈 길을 못 찾고 우왕좌왕하고 있는 동안 '해태그룹'에서도 호주 뉴사우즈 웨일즈(New South Wales) 주에서의 목장사업 허가를 두 번째로 받고 본격적으로 사업에 착수하게 되었다.

호주에서의 목장투자회사가 하나일 때보다 두 개일 때가 훨씬 대정부 교섭이 용이하리라는 생각이 들어 자주 해태의 관계부서장과 협력을 위한 회합도 가졌고 정보교환도 하고 장차 한국과 호주 사이를 연계하는 축산사업에 대한 구상 등에 대해 같이 보조를 맞추어 나가려고 했지만 정부 관계부처의 불확실한 정책, 해외 투자업체에 대한 비협조 등으로 오히려 같은 업자들의 단합을 바라지 않는 것 같은 분위기였다.

　李 將軍의 對濠交涉(대호교섭)에 큰 기대를 걸었지만 역시 힘이 들기는 매한가지인 것 같았다. 호주 측 투자 상대방 파트너와 인사를 할 겸 앞으로의 사업과 코크 목장의 광활한 토지에 대한 개발 Project 등 계획의 협의를 위해 호주를 다녀온 李 將軍(회장)의 성과도 기대한 만큼을 거두지 못하고 돌아왔다.

　그간 큰 기대를 걸고 투자했던 회원들은 물론이고 실무에 종사하던 직원들마저도 희망을 잃은 듯이 허탈감을 감추지 못했고 특히 회원들 중 일부는 코크 목장 개발에 대한 Project의 일부에라도 참여하고 싶어 했는데 좌절감과 실망이 컸을 것이다.

　게다가 운영자금 송금의 지연과 수입창구 일원화 정책으로 생우 수출길이 막히는 등의 사업부진과 전망도 예측할 수 없는 어려움이 있는 데다 합자투자의 파트너인 더드리 던씨의 無誠意가 겹치면서 사방이 막혀 버리게 되니 꼼짝없이 말라죽을 형편이 되고 말았다. 그러니 설립한 지 불과 1년밖에 안된 합자회사가 문을 닫아야 할 위기에까지 도달한 것이다.

　어렵게 해외투자 허가를 취득하고 자본금 1백만 달러도 송금이 완료된 상태이면서도 운영자금 송금이 안 된다는 것은 누가 들어도 말이 안 되기에 이런 일을 겪으면서 스스로를 반성해 보기도 하였다. 우선 정치적 力量의 부족과 국제적 사업에 대한 경험과 운영관리의 未熟(미숙) 등으로 야기되는 문제 등을 사전에 인지하고, 대책을 마련할 수 있는 능력이 부족한 데서 오는 過誤(과오)로 어려운 지경에 이루게 되었음을 自認(자인)할 수밖에 없었다.

　아무리 필자가 경영진에서 물러나 있었다 해도, 내 일생을 두고 염원하던 마지막 숙원사업이라고 생각하고 심혈을 쏟아부어 일으키려 했고 또 많은 사람들의 도움을 받으면서 창립한 Cork Pastoral의 문을 닫아야 한다는 것은 나로서는 뼈를 깎는 아픔이 아닐 수 없었다.

　나는 오랜 세월 안고 있던 꿈을 실현시키기 위하여 진력해온 이 사업을 이대로 침몰시켜버릴 수 없다는 생각이 들어 마지막까지 '邯鄲(감단)'의 꿈이 되어서도 '九仞功虧一簣(구인공휴일궤)'가 되어서도 안 된다고 이를 악물고 사력을 다하여 지키려 하였으나 너무도 미력한 힘만으로는 기울어진 물독을 바로 세울 수가 없었다.

아무리 노력하고 때를 잘 타고난다 해도 한 인간의 힘과 지혜만으로는 풀 수 없는 일이 허다하게 있다는 것을 실감하면서 궁하면 통한다느니 하는 말이 필자에게는 한낱 말장난에 지나지 않는 것같이 느껴지기까지 하였으며 나라는 존재가 왜 이리도 무기력하고 작게 느껴지는지 비애를 느낄 정도였다. 이로 인한 허탈감은 또 무엇으로 메울 수 있겠는가? 꿈과 목표 모든 것이 한꺼번에 와르르 무너져 내릴 때 천길만길 나락으로 떨어져 버리는 것 같은 심정 그리고 이 절망감을 누가 알 수 있겠는가.

필자는 그래도 단념하지 않고 自費(자비)를 들여 여러 차례 호주를 왕래하며 더드리 던 (D. Dunn) 씨를 비롯하여 APHS의 임원들을 설득하려 했다. 그러나 이미 기울어진 물 항아리를 바로 세우기에는 역부족이라는 것을 느꼈고 마침내 한계에 도달했다는 것을 실감하게 되었다. 좌절과 함께 이들로부터 받은 수모와 모멸감이 한꺼번에 나를 비참하게 만드는 것 같아 착잡했던 심경을 어떻게 이루 다 헤아릴 수 있겠는가.

(邯鄲의 꿈이란 唐의 盧生이라는 靑年이 邯鄲이라는 곳의 거리의 찻집에서 仙人 盧翁으로부터 立身出世를 자기가 생각하는 대로 할 수 있다는 베개를 빌어 잠시 잠을 자게 되었는데 50여 년의 영화를 누린 꿈을 꾸었는데 깨어나 보니 조밥이 아직도 밥이 다 되지 안은 짧은 시간의 꿈이 였다는 中國의 故事)

:: 한호합자회사의 폐업

이 지경이 되어버린 사업체를 소생시키지 못하고 부득불 접어야 하는 데 대한 사실을 주주들과 상의하여 마지막 수단으로 주주 중 5명의 대표자를 선발하여 호주 현지를 방문하고 사업성 여부를 재확인한 다음 그 결과에 따라 재투자 혹은 폐업을 결정하기로 하였다.

1985년 1月 일행 5명은 7일간의 일정으로 호주 시드니를 거처 코크 목장을 실사하고 돌아왔다. 시드니에서 케이셔 씨가 이들 일행과 합류하여 호주 목장의 사업성이나 한국 축산업에 대한 전망, 경제성장과 더불어 육류 소비추세 등 나름대로의 판단에 의한 소견을 피력했다고 한다. 나는 이 일행의 호주행에 동참하지 않았다. 그 이유는 이들이 보다 공평한 판단을 할 수 있도록 하기 위한 배려였던 것이다.

시찰단 일행이 돌아와 주주총회에 제출한 보고서는 너무나도 암담하고 절망적인 내용이었으며 결론부터 말하면 사업성도 앞으로의 희망도 없는 사업이라고 판단이 내려졌고 특히 이곳에 재투자나 증자는 생각할 여지도 없다고 했다.

곧 주주총회가 소집되어 시찰단 일행의 실사 결과보고서에 대한 논의가 있었지만 결과적으로는 자본금 회수라는 쪽으로 결론이 났다. 이로 인하여 발생하는 손해는 주주 각 개인이 투자 비율에 따라 손실을 부담하기로 의결하였다.

총회의 의결에 따라 주식의 반환과 현금 회수를 위한 전권을 이서근 전무에게 위임하고 이 전무는 A$100만 달러에 해당하는 주식증권을 가지고 시드니로 들어가 더드리 던 씨 측과 협의하기 위하여 변호사를 선정하여 그로 하여금 법 절차에 의해 정식으로 Cork 목장의 동업을 파기하기로 결정한 데 대한 원금 회수절차를 밟았다.

약 1주일의 시간이 소요되었다. 이 전무가 그간 접촉한 결과보고는 우리 측이 제안했던 한호 합자사업의 종식과 투자금의 회수를 상대방이 승인하였으나 다만 투자금액 중, 우리 측이 기간 중 부담해야 했던 운용자금 3만 6천 달러가 삭감된 나머지 96만 4천 달러를 현금으로 환수할 수 있게 해 주겠다는 제의를 우리 측이 받아들이면 당장 우리 측이 보유하고 있는 주식을 매수하겠다는 내용이었다. 이 전무로부터 받은 그간의 협의사항 보고내용을 전화로 받고 이것을 토대로 온종일 주주들과 회의를 거듭한 끝에 주식 매각과 현금 회수, 송금 등에 대한 절차를 이 전무에게 일임하기로 결론을 내리고 이 전무에게 이 사실을 전화로 알려 주었다.

시드니 현지에서 서울의 외환은행으로 송금되었다. 송금된 날짜는 1985년 4월 8일(월요일)이다. 호주에 갔던 이 전무가 모든 업무를 마치고 서울로 돌아온 것이 4월 11일(목요일)이었고 회수금의 반환절차, 방법에 대한 마지막 이사회를 소집한 것은 4월 12일(금요일)이었다. 이날 이사회에 제출한 합자회사 해산에 대한 건과 회수된 자본금 처리에 관한 건

모두가 가결되어 회수금 전액을 투자자들에게 금액 비율에 따라 반환했지만 투자자들에게는 필자를 믿고 투자해 주셨는데 손해만 끼치게 하고 좋은 결과를 드리지 못한 것이 못내 아쉬울 따름이다.

오랜 세월의 꿈을 이루어 보려고 심혈을 기울여 어렵게 합자투자사업을 성사시켰던 사업이 이렇게도 허무하게 내려져 버리고 말았다. 너무도 어렵게 많은 시간을 허비하면서 심혈을 기울여 결실을 보게 하였던 것인데 어이없이 허물어진 것의 아쉬움과 허탈감은 남보다 백배 천배 더 컸던 것은 사실이다.

어렵게 만들어놓았던 기업을 어느 한 순에 소리도 없이 무너지게 되었다는 것이 이처럼 허무할 수가 없었다. 필자가 좀 더 풍부한 사회적 경험이 있었더라도 그렇게 쉽사리 무너지지 않았을 수도 있었다. 그래도 필자는 항상 '千丈堤以螻蟻穴潰'(천장제이류의지궤)라는 말 즉 큰일이건 작은 일이건 세심한 주의를 게을리 해서는 안 된다는 韓非子(한비자)의 말을 잊은 적이 없었건만 자력만으로는 안 되는 것을 어쩌겠는가! "하나님도 무심하시지!" 하는 생각이 들기까지 했다.

지금으로부터 30년 전의 일이었기에 이젠 잊어버리라고 하지만 필자로서는 일생일대의 기회를 놓쳐 버렸고, 운명을 바꾸어 버린 것이나 다름없는 것이었기 때문에 당사자로서는 뼈를 깎는 아픔을 겪어야 했고 그 원통함이 뼈에 사무칠 정도였기에 쉽사리 뇌리에서 지워 버릴 수 없었다.

다만 좀 더 심사숙고한 연후에 폐업을 해도 되었을 것을 젊은 나이와 오기 때문에 성급하게 단념해 버린 것이 지금에 이르러 너무도 아쉬운 일이었고 후회스러운 일이다.

한 가지 예를 들어본다면, 그 코크 스테이션의 한 지역에는 아무런 시설도 없이 펑펑 솟아나는 온천수를 그대로 방치해 버리고 있는 곳이 있는데 이곳에 얼마 안 되는 소액의 투자만으로도 충분이 개발이 가능하고 훌륭한 온천장이 될 수 있었을 것을 아무 생각도 없이 버려 버린 것이 아쉽다는 말이다.

그 지역을 잘만 개발하였더라면 캥거루, 에뮤 등의 야생동물 관광을 비롯하여 호주의 대 자연을 또 다른 측면에서 만끽할 수 있는 관광지로서 지금쯤이면 아마도 호주 특유의 명소가 되었을지 모른다. 바로 이런 것들이 한 치 앞을 내다보지 못하고 모든 문제를 소와 연결시켜서만 생각하는 외골수였던 것이 사회를 내다보는 능력이 그만큼 미숙했던 데서 비롯된 것이었다고 반성해 본다. 그 모든 것은 後船後歸(배는 이미 떠나가 버린 다음인데 선창가에 와서 배를 찾는 격)의 일이 되고 만 것이다. 우리 속언으로 이야기 한다면 '버스 지나간 다음 손든다.'는 말이다.

결론적으로 말하면 욕심 많고 무지몽매한 한 무뢰한이 자기 형의 권력을 남용하여 국가가 염원했던 축산 진흥의 백년대계를 뒤흔들어 놓는 바람에 그 계획을 송두리째 망가뜨리게 하였고 그 바람에 선량한 농민들에게까지 막대한 피해를 안겨 주었으며, 세계가 찬사를 아끼지 않았고 또 개도국들이 그처럼 부러워하던 새마을운동의 고귀한 정신과 근본이념의 이미지를 추락시켜 버린 오점을 남겼다. 그뿐만 아니라 이 어처구니없는 행위가 오늘에 이르기까지 그 영향을 크게 미치고 있다는 사실이다. 예를 들면 일반 농가에서는 수입 소 사육을 기피하게 되었고 2008년 5월에 시작되었던 광우병 소동도 이 연장선상에서 일어났던 것이라고 필자는 생각하고 있다.

최근(2013년도 농림수산식품부 통계) 한국 정부가 발표한 통계에 따르면 2012년도 쇠고기 소비량이 48만 6천 톤이었는데 그중 국내 생산량이 23만 4천 5백 톤이고 수입이 25만 3천 5백 톤으로 국내 생산보다 수입량이 1만 9천 톤이나 더 많아졌다는 사실이다. 이 폭은 앞으로 더욱 심해질 것이다. 이미 이와 같은 현상이 일어날 것이라는 예측은 1960년대부터 언급해 왔던 일이며 소위 축산인이라고 자처하는 사람들은 누구나 다 알고 있던 사실이다. 그 대비책으로 시작했던 외국의 명품육우 도입과 사육기반 확장 그리고 한우의 품종 개량사업 등을 추진하겠다는 착상은 가상한 일이었지만 그 시행과정에서 나약한 관리들의 힘으로는 어쩔 수 없는 불가항력의 힘에 의해서 무너져 버리는 바람에 오늘과 같은 결과를 가져오게 된 것을 후회하는 사람도 있다.

第 4 部

濠洲로의 移民

:: 지난날을 되돌아보며

　필자가 1961년 11월 군 복무를 마치고 난 후 여러 가지 사업에 손도 대 봤고 실패도 해 보았지만 그 어느 것보다도 가장 가슴 아팠던 것이 바로 한호육우목장 사업의 실패였다. 이 사업은 오랜 세월 내가 심혈을 기울여 성사시켰던 만큼 내게 안겨다준 충격도 컸다. 그리고 제대로 가동도 해 보지 못하고 개점하자 폐점을 해야 했던 서글픈 실망은 마치 내 인생의 장을 끝내게 하는 것과도 같은 큰 충격과 좌절감 그리고 절망감을 안겨다 주었다. 그러면서도 그 드넓은 광야, 조금만 손질하면 능히 옥토가 될 수 있는 버려지다시피 한 땅을 생각할 때마다 무한한 가능성이 숨겨져 있는 이 호주에 대한 미련을 버리지 못하고 있었다는 것이 참으로 아이러니한 일이 아닐 수 없다.

　회사 운영이 어려워지게 된 이유는 단순히 필자가 감당해 낼 수 없을 정도로 큰 부담이 되는 재력문제 때문만도 아니었다. 그 당시의 상황으로는 해외투자사업을 하려면 우선 거센 외풍을 막아낼 수 있는 즉 그것에 합당한 정치적, 경제적 배경이 필요한 시기였음에도 불구하고 배려를 하지 못하고 맨손으로 용감하게 큰물에 뛰어 들었던 것이 원인이 되었던 것으로 생각된다. 세상을 몰라도 너무 몰랐고, 또 너무도 단순하게 보았던 데에도 문제가 있었으며 사회경험이 전연 없는 데다 너무 큰 프로젝트였다는 것도 작용했다고 본다. 다시 한 번 돌이켜 보면 그야말로 신기한 일이 아닐 수 없었다. 내로라하는 기업들도 국가적 이익이 훤히 들여다보이는 프로젝트의 허가도 받지 못해 속을 태우고 있던 터에 누구한데 점심 한 끼 대접한 일도 없고 아무런 사회적 근거도 없는 필자에게 덜컥 허가가 떨어졌으니 나 스스로도 놀랄 일이었지만 주위에서 미친 짓거리나 하고 다닌다고 嘲笑(조소)나 하던 사람들도 모두 놀라는 기색이었다.

허가를 받고 나서 제일 큰·문제가 자금 조달이었다. 사실 필자가 재력이 있어서 나 혼자만의 능력으로 100만 달러라는 당시로는 엄청난 거액을 혼자만의 능력으로 투자가 가능했다면 상황은 달라졌을지도 모른다. 또 이렇게 쉽게 무너지지도 않았을지도 모른다. 해외투자사업의 여러 가지 장애요인이 발생하였다고 하더라도 초기단계에서 발생할 수 있는 문제점들을 극복하고, 운영상의 차질로 발생할 수 있는 적자를 감수할 수 있는 능력만이라도 있었다면 또 다른 상황이 전개되었을지도 모른다.

두 번째는 '소' 수입창구가 일원화되면서 우리 스스로의 수입이 불가능하게 되어버렸다는 점이다. 해외에서 아무리 좋은 소를 사육하고 있다 해도 수입창구가 일원화된 이상 내 의사대로의 수입이 불가능하게 되었고 설사 수입이 가능하다 해도 가격이나 품질상의 문제로 제한을 받게 된다면 사업상 문제가 발생하는 것은 너무나도 당연한 일이었다.

남을 탓하는 것은 도리가 아닌 줄 알지만 말하지 않을 수 없는 것은 새마을로 창구가 일원화되면서 무조건 새마을 사업부가 지정한 가격에(낙찰에 의해 가장 싼 가격으로 낙찰된 가격) 의해서 우리 소를 수입 상인에게 매각해야 한다는 어처구니없는 방침에는 도저히 응할 수 없었던 것이다. 새마을의 방침이 잘못되어 무조건 싼 가격으로 수입하려고 한 방침과, 국내기업이 해외에서 좋은 제품을 생산하고 있을 경우, 한국은행의 해외투자 승인서에서도 명시되어 있는 것과 같이 그 제품의 가격이 다소 비싸다 해도 그 가격의 타당성이 인정될 경우, 그리고 농가의 부가가치가 높아 소득이 증대된다고 판단할 경우, 혹은 한국 축산업 발전에 도움이 될 경우에는 응당 수입창구를 우선적으로 열어주어 외화 절약도 가능하고 해외에 진출한 기업을 육성 발전시키는 데도 도움이 될 텐데도 불구하고 전혀 이러한 문제들은 고려함이 없이 아예 처음부터 무시해 버렸다는 것은 크게 잘못된 처사였다고 지적하지 않을 수 없었다.

만일 새마을본부로 수입창구가 일원화되었다 하더라도 해외투자사업자가 현지에서 자기가 생산한 제품을 수입하고자 할 시에는 필요에 따라 수입이 가능할 수 있도록 창구를 열어주었더라면 우리나라 축산업에도 좋은 영향을 가져다주었을 것이고 해외에서 목축업을 하는 우리도 큰 도움이 되었을 것이다.

필자는 이렇게 생각했다. 만일 해외투자 목축업자에게 수입권을 주게 된다면 현재 새마을본부가 수입해 오고 있는 소에 대하여 가격 면에서만 볼 때에는 큰 차이가 없을지 몰라도 품질 면에서만은 엄청난 차이가 생겨 결과적으로 새마을이나 정부 당국자들에게 타격을 줄 가능성이 있었기 때문에 극구 반대했던 것이 아니었나 하는 생각이 든다. 새마을본부가 '소' 수입을 시작하려고 할 때 마침 우리가 수입해온 소와 새마을본부가 시험적으로 수입해온 소가 김포검역소에서 마주쳤던 일이 있었다. 그때 품질 면에서나 가격 면에서 많은 차가 있다는 것을 새마을본부 사람들이나 정부당국자들이 눈으로 직접 확인한 바 있었기 때문에 이런 우를 되풀이하지 않으려는 심산에서 나온 궁여지책이었는지도 모른다.

그리고 많은 시간과 노력을 허비하면서 정열을 쏟아 부었던 합자투자사업에 대한 실패는 남을 탓하기에 앞서 나로 하여금 새삼스럽게 많은 것을 깨우치게 해 주었으며 현실의 嚴酷(엄혹)함을 일깨워 주었다. 주어진 여건 속에서라도 최선을 다하지 못한 데 대한 뉘우침과 죄책감과 이겨낼 수 없을 정도로 慘憺(참담)한 심정은 그 어떤 것과도 비할 바 없을 정도로 비통한 심정이었다.

이 시점에 이르러 잘잘못을 가리기보다는 국가의 시책을 바꿔놓을 정도로 막강한 힘을 가지고 있는 자와 힘겨루기를 해 보겠다는 그 발상부터가 그 용기는 가상하게 보일지 몰라도 赤手空拳(적수공권)으로 마치 螳螂拒轍(당랑거철)과 같은 꼴로 누구와 맞서 싸우겠는가. 세간의 웃음거리가 되느니 아예 조기에 포기해 버리는 것이 더 현명한 방법인 것 같아 일생일대 단 한 번의 기회도 물거품처럼 사라지게 되었으니 그것이 아쉽고 서글프다는 것이다. 어떤 사람들은 마치 千年一淸(천년일청) 즉 黃河(황하)의 濁流(탁류)도 천년에 한 번쯤은 맑은 날이 있겠거니 하고 무한정 그 기회를 기다렸던 사람도 있는데 우리는 주어진 대박도 제대로 챙기지 못하고 그것도 타의에 의해서 도중하차하게 되었으니 땅을 치며 통곡할 노릇이 아니라고 누가 말할 수 있겠는가!

이런 처참한 꼴이 되고 보니 사업에 직간접적으로 참여하여 힘을 보태주시던 친지들, 한국축산의 장래를 정열적으로 걱정하고 미력하나마 발전에 기여해 보겠다던 젊은 축산인들과 축산지망생들, 음으로 양으로 우리 협력회에 아낌없이 지도해 주셨던 대선배님들에게는 한없이 미안하고 송구스러운 마음과 더불어 그저 난감하기만 할 뿐이다.

필자는 항상 이분들에 대한 보답의 뜻으로라도 그 실패는 곧 새로운 사업의 시작을 뜻함이라고 생각하고 다시 나에게 기회가 주어진다면 이 고마운 분들에 대해 어떤 형식으로라도 結草報恩(결초보은)의 심정을 잊지 않을 것이다.

필자가 일궈 놓으려 했던 축산 사업의 꿈과 미련을 쉽게 버리지 못하고 고민하고 있던 시기에 사업의 형태와 목적은 다르지만 새로운 사업의 개척을 위해 호주로 이민갈 수 있는 계기가 도래하였다. 至誠(지성)이면 感天(감천)인가 호주에 대한 집착을 버리지 못하는 이유는 무한한 가능성이 내포돼 있는 광활한 대륙이라는 것과 한국과는 비교도 할 수 없을 정도로 넓은 땅을 가지고 있으면서도 인구는 불과 1천 8백만에 불과하다는 데에도 매력이 있을뿐더러 지난날 못 다한 일들에 대해 기회만 주어진다면 만사를 제치고라도 다시 한 번 도전해 볼 심정이었다.

한동안 삶의 의욕마저 상실하다시피 되었던 나에게 결국 두 번째로 다시금 호주에의 도전을 꿈꿀 수 있는 기회가 주어졌다는 것은 어쩌면 하나님께서 나를 버리지 않으시고 주시는 기회라고 믿고 싶었다.

:: 새로운 개척의 꿈을 안고

이번에 갈려고 하는 목적지는 북부 호주 오드 강 유역 쿠누누라라고 하는 지역이며, 그곳에서 캐슈너트(Cashew Nut)를 재배하는 농장을 개척하려는 투자이민의 케이스였다.

한호육우목장협력회의 사업이 부진한 데다 운영자금 송금마저 차단되면서 어쩔 수 없이 눈물을 머금고 업체를 해산해 버리고 난 다음 마지막으로 남은 행정적 처리를 위해 내 손으로 한국은행 외자부에 폐업신고서를 제출하러 갔더니 그처럼 어렵게 받아낸 허가인데 성급하게 그러지 말고 기왕 투자했던 것이니 다시 한 번 심사숙고해 보고 나서 도저히 안 되겠다고 했을 때 제출해도 늦지 않으니 심사숙고 해보고 난 연후에 오는 것이 어떻겠느냐는 윤 모 담당자의 고마운 충고에 그동안 참아왔던 감정이 그만 한순간에 복받쳐 좀처럼 흘리지 않는 눈물이 울컥 쏟아져 나왔다.

그런 일이 있었던 날로부터 약 6개월이 지나 호주 서북부 지방에 열대식물 농업이민을 모집한다는 정보를 접하게 되었는데 그 정보를 가져다 준 사람은 다름이 아니라 내가 목장협력회 재직 시절 호주에 가기를 열망하고 있던 심영조라고 하는 김포에서 가축병원을 경영하고 있는 수의사로부터였다.

심영조 씨가 협력회의 사업을 접게 되었다는 소식을 듣고 위로하는 뜻에서 나를 찾아와 지나가버린 사업에 미련을 두지 말고 새로운 사업을 해 보는 것이 어떻겠느냐고 하면서 김 회장의 그 박력과 추진력과 호주와의 합자투자사업의 경험과 그리고 호주의 여러 인사들과의 교류도 있었고 하니, 다른 사람도 아닌 김 회장이라면 충분히 해낼 수 있을 것이며 성공가능성이 매우 높은 사업이니 검토해 볼만하다고 제안한 것이 바로 이 개척사업이었다. 그리고 '만일 김 회장께서 이 일을 추진한다면 적극 참여해서 돕겠다.'는 열의까지 보였다.

필자는 심 씨의 격려에 고마움을 느꼈다. 그러나 내가 만일 이 일에 관여하게 된다면 두 번 다시 실패를 해서는 안 된다는 강박관념에 사로잡혀 좀처럼 손을 대기가 어려운 심정이었으며 모든 사업이 그렇듯 의욕만으로 되는 것이 아니고 재정적 뒷받침이 있어야 하는데 빈털터리가 되어버린 처지로서는 망설이지 않을 수 없었다. 그런데다 그 당시 국내에서의 삶의 희망이 사라지고 절망의 중압에서 벗어나기 위해, 그리고 보다 낳은 꿈과 삶을 찾아 이민 가려는 사람들이 유행처럼 번지고 있을 때인지라 이민 병에 걸린 사람들을 상대로 악질 사기성 브로커들이 판치고 있을 때인지라 운 나쁘게 그런 자들에게 걸려들면 부동산이나 가재도구 등을 모두 처분하여 이민자금으로 어렵게 마련한 종자돈을 몽땅 털려 이민의 꿈은 고사하고 온 가족이 길거리에 나 앉게 되는 신세가 되는 사례가 비일비재하게 발생하는 시절이었다.

그런 상황을 실제로 보아온 필자로서는 혹시라도 하는 마음에 여러 친지들을 통해 이 정보의 진의를 알아본 결과 그 정보가 사실임은 확인되었지만 아직 마음속에 도사리고 있는 갈등이 좀처럼 풀리지 않은 상태에서 이민이라고 하는 새로운 문제를 열어보려고 하다 보니 여러 가지 갈등이 더 늘어나게 되었다. 가족문제, 아이들의 취학문제, 재정문제, 딸들의 결혼문제 등등. 그리고 내가 사랑하는 가족이 있는데 나만의 꿈만으로 어쩌면 이 큰 문제가 내 인생의 종말이 될 수도 있기 때문에 섣불리 단정할 수 있는 문제는 아니었다.

여러 차례의 가족 모임에서 그래도 내 손을 붙잡고 "지금까지 걸어온 한 많은 길들을 돌아보면 굽이굽이 눈물겹도록 험하고 힘든 길을 걸어왔는데 어디 가서 무엇을 하든 이보다 더 어렵기야 하겠어요? 이제 와서 무엇이 두려워 주저하나요? 당신이 하고 싶은 대로 해 보세요. 우리 가족은 당신이 하는 대로 따라가겠습니다." 하고 내자가 격려해 주는 고마움에 그만 눈물이 쏟아질 것만 같은 감정이 복받쳐 오르는 것 같았다. 필자는 가족들의 동의에 힘입어 본격적으로 이민을 생각하게 되었다.

이 과정에서 호주 국회의 로비스트로 활동하고 있는 Sid Jecominek라는 체코인(호주로 이민 온 체코 蹴球선수였던 자)이 등장하게 되는데 이 자가 호주 정부 農業相과의 친분이 있어 오드 강 유역 쿠누누라라는 지역에 캐슈너트 농장을 마련하는 데 큰 도움을 줄 수 있는 능력이 있는 자라고 했다.

金正燁(김정엽) 씨는 호주 정부의 관리로서 우리 이민을 위해 많은 협력을 해 준 사람이다. 캐슈너트 농장을 만들겠다는 이 지역은 2차 대전 당시 필리핀 마닐라에 주둔하고 있던 미 극동방위사령부의 맥아더 사령관이 일본군의 침공에 의해 마닐라가 점령당하자 호주 Northern Territory 주의 다윈(Darwin)으로 이동하게 되었는데 이 지역을(미군 주둔지역) 호주 정부가 미군 극동사령부에 대여해 줌으로써 미군 管理下에 들어가게 된 곳이다.

2차 대전이 끝난 후 이 지역에 주둔하고 있던 미 극동사령부는 다시 마닐라로 이동하였지만 이유는 알 수 없으나 이 지역은 종전대로 미군 측 관련 미국 민간인들에 의해 계속 토지사용권을 행사해오고 있다.

그러다 보니 광활한 이 지역을 유휴지로 방치해 둘 것이 아니라 개간 혹은 개척하여 열대작물 재배지대로 활용해야겠다는 데 착안하고 이 지역 농업연구소에서 다년간 캐슈너트 등 열대작물 재배연구를 해 오다 최근 캐슈너트를 비롯한 열대작물 재배시험에 성공하게 되면서 이 지역에서 캐슈너트 시험재배지로 조성하여 캐슈너트 묘목을 植付(식부)하는 등 시험재배를 실시하게 되였던 모양이다. 그 시험재배가 예상했던 대로 성공을 거두게 되면서 앞으로 이 지역 일대를 캐슈너트 농장지대로 확대할 계획으로 농업이민을 받아들이게 되었다는 것이 대략적인 경위다.

때마침 심영조(수의사)와 金正燁(김정엽, 호주 정부관리) 씨로부터 확인할 수 있는 호주 노던 테리토리 주정부의 이민영입 확인서까지 입수하게 되면서 농업이민을 받아들인다는 소문에 긴가민가하던 내용이 확실하게 되면서 본격적인 이민 작업을 착수할 수 있게 되었다.

나는 우선 이민희망자를 20세대 정도가 적합할 것 같아 임의로 20세대로 결정하고 국내에서 희망자를 모집하기로 하였다. 한편 나는 내가 알고 있는 호주의 현지사정을 同鄕人(동향인)이며 1949년 같이 월남한 鄭基明(정기명) 씨에게 호주 농업투자 개척이민 희망자를 모집하겠다는 사실을 알렸더니 그의 소개로 역시 동향인이고 영등포 전화국에 근무하고 있던 朴用俊(박용준) 장로를 비롯하여 安明一(안명일), 金慶中(김경중), 權 某씨 등 5가구가 결속되었다.

일차적으로 이민을 희망한 5가구만이라도 먼저 보내는 것이 상책인 것 같아 이민희망자들을 모아 우선 비용 문제 등을 논의하였다. 이 과정에서 각자가 부담해야 할 이민비용의 액수와 납부방법과 납부기한, 현지에 정착한 다음 영농에 필요한 농기구 등 구매문제를 결정하였다.

제일 먼저 이민희망자의 이민비용과 정착비를 1가구 당 미화 20만 달러씩 출자하기로 하되 출자금은 1회에 5만 달러씩 4회에 거쳐 분할 납입하는 방법을 취하기로 결정하였으며 출자금의 최종 납부기한을 출국 15일 전까지로 하였다. 두 번째 농기구는 국내에서 구입하기로 하고 그 구입비에 대해서는 공동출자자금으로 구매하는 것을 원칙으로 한다는 것을 결정하였다.

각자의 출자금 납부는 필자가 현지를 답사하고 이민가능성 여부를 확인한 다음이거나 호주에 있는 씨드 씨가 한국에 내한하여 정확한 내용을 파악하고 나서 각자가 이민을 결심한 다음 불입하기로 하였다. 그동안이라도 혹시 부득이한 사정으로 사전에 필요한 금액 지출사항이 발생할 경우는 필자가 먼저 지출행위를 담당하되 그 지출금액이 타당하다고 인정될 경우 이민 출자금에서 후불 결제하기로 원칙적인 결정을 하였다.

그리고 국내에서의 이민수속을 비롯한 모든 행정적 절차와 이에 따르는 인허가 수속과정에서 필요로 하는 경비 일체는 공동 부담을 원칙으로 하되 우선은 필자가 사전 立替(입체)하기로 하고 후에 공동 출자금에서 지불하는 데 의견의 일치를 보았다.

또한 호주 현지에서의 농지 확보를 비롯한 영농에 필요한 모든 인허가 등 행정적 수속절차에 대하여는 호주 측의 씨드 씨와 현지 농림부에 소속해 있던 김정엽 씨에게 위임하기로 하였고 본인들로부터도 이미 구두로 승낙한다는 약속을 받아 그 업무일체를 김정엽 씨에게 위임하였다.

시간이 흐를수록 여러 가지 의문점도 생기고 현지(호주) 사정을 좀 더 상세히 알아야 하겠고, 호주 정부나 유관 기관의 이민승인서나 초청장 같은 것이 있어야 우리도 믿고 이민자 모집도 하고 주한 호주대사관에 이민 수속도 할 수 있게 될 것이기에 필자 자신이 성급하게 호주에 가는 것보다 씨드 씨로 하여금 한국에 올 수 있는지 여부를 타진해보고 만일 씨드 씨가 한국에 오는 것을 승인할 경우 그로부터 제반사항을 들어보고 난 다음 상황을 판단해보고 결정하기로 하였다. 그래서 나는 씨드 씨가 호주 정부에서 발행되는 신뢰할 수 있는 서류들을 구비하여 직접 가지고 한국에 와 줄 것을 김정엽 씨를 통해 정식으로 그를 초청하는 형식으로 방한을 요청하였다.

필자가 씨드 씨의 방한을 요청한 날로부터 수일 후 김정엽 씨로부터 씨드 씨가 한국 방문요청에 원칙적으로 동의하였으며 그가 한국 방문에 앞서 이민희망자에 대한 인적사항을 긴급히 보내달라는 요청이 있었다. 필자는 그의 요청에 따라 우선 5家口(가구)의 인적사항을 김정엽 씨 앞으로 보냈다.

그리고 나서 약 1개월 후 씨드 씨가 한국에 오겠다는 통보를 받았다. 사실대로 그는 이민승인을 비롯한 필자와 박용준 씨 가족 그리고 이민을 가겠다고 한 본인들을 합쳐 12명(나의 가족 6명과 박용준 가족 4명)의 초청장을 가지고 來韓했다. 그때까지만 해도 진척이 되지 않고 답보 상태였던 이민계획이 씨드 씨가 내한함으로써 급물살을 타듯 급진전하게 되었다.

농업투자 이민신고를 비롯한 이민 수속절차에 필요한 요식행위를 씨드 씨가 직접 주한 호주대사관에 출입하면서 예상외로 빠른 시일 내에 처리를 완료하였다. 만일 우리 이민 희망자들이 직접 했더라면 많은 시간과 노력이 필요했겠지만 다행이 씨드 씨 덕분에 많은 시간을 절약할 수 있었다.

호주에서 농장 운영에 꼭 필요한 농기구(트랙터를 비롯한 각종 농기구)는 국내에서 구매하여 가져가기로 결정하고 그 대금은 이민 가기로 한 5개 가구에서 공동 분담하기로 하되 우선 투자할 100만 달러 중에서 지불하기로 합의하였다. 국내에서 농기구를 구매하기로 결정하고 대금 지불방법에 대한 원칙적인 합의도 보았으니 이제 그 농기구들을 어디서 어떤 종류의 것을 구매할 것인가 하는 문제를 놓고 토의한 끝에 선택은 여러 농기구회사와 접촉해 보고, 우리에게 조금이라도 유리한 조건을 제시하는 쪽으로 결정하기로 합의를 보았는데 그 많은 농기구회사 가운데에서 가격도 싸고 기계도 견고하고 조작이 용이하고 호주까지 수송하는 데 대한 제반절차의 편의도 제공해 주겠다고 하며, 농기구 조작법에 대한 교육 등의 서비스와 편의 등을 도와줄 즉 우리에게 가장 유리하다고 판단된 안양에 있는 대한전선 계열사인 '피아트 농기계 조립공장'으로 선정하였다.

농기구 구입이 결정되어 상호 체결한 매매계약에 따라 계약금도 지불한 다음 이민 갈 5인과 그 가족 중에서 노동 능력이 있는 사람 2명까지 합하여 7명이 피아트 농기구회사가 마련한 안양 대한전선 훈련장에서 우리가 구매한 농기구에 대한 諸元(제원)에서부터 시작하여 농기구 취급, 조작법, 실습 등 3주간의 교육을 받았다.

씨드 씨에 의하면 그 지역의 캐슈너트 시험농장을 조성한 지가 7년이 되었다고 했고, 농장의 캐슈너트 나무에는 열매가 주렁주렁 매달려 있다고도 했다. 그 말은 많은 시간을 들여 호주 정부가 캐슈너트에 대한 연구를 하고 있다는 뜻도 되는 것으로 받아들였다.

필자는 이 상황을 확인하고 自信이 붙었다고나할까. 좀 더 깊이 생각해 볼 여유도 없었다. 또 호주 정부에 근무하는 김정엽 씨의 말에 따르면 "캐슈너트에 대한 수요는 전 세계적으로 엄청난 데 비해 생산 및 공급량이 한정되어 있어서 이 농장의 앞날은 매우 밝다." 라고 했다. 그 말은 마케팅이 필요 없다는 뜻이다. 무한정의 수요를 충당하지 못해 없어서 못 파는 판국이라고 하니 땅 짚고 헤엄치기라는데 이런 사업이 또 이 세상 어디에 있겠는가 싶어 나는 이 말을 신뢰하고 이민의 결심을 굳혔던 것이다.

그런데 이민 가기로 한 5세대가 이미 합의를 본 이민정착금 각 가구당 미화 20만 달러씩을 분할 납입하기로 그렇게 굳게 약속했음에도 불구하고 막상 농기구 구매대금을 지불해야 할 기한이 도래하였는데도 돈이 제때에 입금되지 않아 만일 대금 지불이 늦어질 경우 차질이 생길 우려가 있으므로 우선 급한 대로 필자가 거주하고 있던 28평짜리 집을 3천 8백만 원에 처분하고 그 돈 중에서 농기구 대금을 지불하게 된 것이다. 잔금도 계약 기간 내에 지불을 완료하였다. 이민 허가가 씨드 씨 덕분에 예상외로 빨리 떨어졌으므로 농기구를 호주 서북부 퍼스(Perth)항으로 선적 탁송하는 절차를 대한통운에 의뢰하였다.

씨드 씨와 같이 농장을 둘러보고 있는 장면
우로부터 씨드, 필자

:: 무너져 버린 꿈

　나는 씨드 씨에게 감사하는 마음으로 2만 달러를 謝禮金으로 주고 씨드 씨가 요청한대로 9월까지 농장에 들어가 정착해야겠다는 계획하에 이민희망자들에게 정착금의 출자를 서둘러 납입하도록 재촉하였으나, 차일피일 미루다 시일이 촉박해졌음에도 불구하고 입금이 안 되었기에 부득이 농기구 구매대금의 나머지 금액은 나와 박용준 씨가 납입한 출자금으로 충당하였다. 농기구 구매가 완전히 이루어졌으므로 그 농기구와 가재도구를 컨테이너 4대에 적재하고 탁송을 위탁한 대한통운이 선정한 선박에 화물을 탑재한 다음 호주에서의 受貨(수화)대행사는 퍼스(Perth)에서 한국인 천 모씨 3형제가 경영하는 운송대행사에 위임하였다.

　우리 일행은 화물을 호주로 보내고 난 다음 그 화물이 목적지에 도착할 때쯤인 3주 후에 서울을 떠나기로 하고 출국 준비에 착수했다. 우선 우리 일행은 나의 가족과 박용준 씨 가족 그리고 이민희망자 3명을 합하여 12명이 각자 부담으로 비행기 편으로 김포공항을 떠나 Perth(호주 서쪽에 위치한 도시)로 가게 되었다.

　Perth에 도착한 우리 일행 중 내 가족(처와 여식인 남순, 장남 덕기)은 Perth에 도착하는 즉시 시드니로 보내고 난 다음 박 씨 가족과 투자하겠다는 안 씨, 권 씨, 심 씨 등과 같이 이곳의 숙소에 여장을 풀고 첫날밤의 잠을 청했다. 무더운 열대성 기후 때문에 잠도 오지 않았다.

　한국에서 부친 우리 화물(컨테이너 4대)이 서부호주 퍼스항에 도착하였는데 통관 수속을 밟다가 농기구 전량이 신품이므로 수입관세를 지불해야만 통관이 된다는 것이 이곳 퍼스 세관의 주장이다. 사전에 씨드 씨와 상의할 때에는 관세이야기가 없어 통관에 별 문제가 없으려니 했던 것이 너무 쉽게 생각했던 것 같아 후회스러웠다.

　당장 관세를 납부하고 통관시켜야겠지만 그럴 만한 돈도 없고 해서 우리가 농업이민으로 와서 농장에서 직접 사용하기 위해 가지고 온 것들이라고 했더니 그러면 2년간 그 농기구를 실제로 사용했다는 증명을 하거나 앞으로 2년간 사용한다는 조건을 이행한다면 보증금 1만 달러를 지불하는 조건으로 통관시켜 주겠지만 실제로 농장에서 사용하였다는 증거가 있으면 2년 후 보증금을 돌려주겠다고 하기에 부득이 세관의 조건제시에 응하지 않을 수 없었다. 그러나 당장 보증금 1만 달러라는 큰돈이 있을 리 없었다. 황망한 생각 밖에 들지 않았다. 고심 끝에 생각해 낸 것이 지난날 한호목장사업을 할 시절 잘 알고 지내던 시드니에 거주하는 추은택 씨 생각이 떠올라 그에게 전화를 걸어 체면 무릅쓰고 사정을 이야기했더니 즉각 1만 달러를 차용해 줄 터이니 송금처를 알려 달라고 했다. 얼마나 고마웠던지 마치 망망대해에서 표류하다 구세주를 만난 것같이 自愧之心(자괴지심)을 느낄 겨를도 없이 송금처를 알려주었다.

추 씨가 지체 없이 송금해 준 돈으로 공탁금을 걸고 나서야 농기구를 통관시킬 수 있었다. 다음에 할 작업은 이 농기구들을 쿠누누라로 보내는 일이었는데 마침 호주의 거대 수송회사인 TNT 간판이 보이기에 무작정 그곳에 들어가 TNT를 찾아온 사연을 말하고, 농기구를 쿠누누라로의 수송을 의뢰하였더니 수송화물의 형태 등을 보고 나서 대형 트럭에다 농기구 일체를 적재하고 그 먼 쿠누누라의 Kingston 농장까지 무사히 수송해 주었다.

이 쿠누누라란 곳의 연 평균기온이 27℃이고 최고기온은 40.5℃를 기록한 바 있는 열대 지방이다. 우리 일행은 Perth에서 농기구 일체를 실어 보내고 난 다음날 뒤따라 쿠누누라에 도착하여 Kingston 농장으로 들어가려고 하는데 난데없이 그곳의 농장주라는 사람이 나타나 "그 지역은 엄연히 내 소유 땅인데 누가 들어가라고 했는가?" 하며 발도 들여놓지 못하게 하는 것이 아닌가. 도대체 이게 또 어찌된 일이란 말인가? 농장에 대해서는 아무런 문제가 없다고 하질 않았던가! 우리 일행은 어찌된 영문인지 몰라 당황하지 않을 수 없었다.

알고 보니 그 농장주라는 사람은 약 30년 전 이미 그 지역을 정부와의 계약으로 99년간 토지점유권을 가지고 있는 미국 거주민이라는 것을 그제야 알게 되었다.

아무런 사전 협의도 없이 그 사람이 소유하고 있는 지역으로 들어가 농사를 짓겠다고 하니 그 사람으로써야 당연히 황당하고 기절초풍할 노릇이겠고 우리 일행으로서도 마찬가지로 아닌 밤중에 홍두깨 식으로 불숙 토지소유권자가 나타나 그 지역에 출입도 못한다 하니 이런 황망한 일이 어디에 또 있겠는가. 필자는 물론이고 우리 일행인들 이런 상황에 봉착하리라고 상상이나 했겠는가? 꿈에도 예측할 수 없었던 일이 벌어진 것이다. 나는 옆에 있는 씨드 씨에게 달려들었다. 누굴 죽이려고 꾸민 詐欺(사기)인가 하고 생사 결판낼 기세로 대들었다. 씨드 씨도 그 같은 사정을 모르고 있었는지 몹시 당황해하는 것 같았다.

이 맹랑한 사건 발생의 원인을 판단하자면 이곳에서 우리를 이민으로 불러들인 사람들 중 누군가에 의해 완전히 국제적으로 사기를 친 것으로밖에 다른 생각은 할 수 없었다. 사태가 이런 지경에 이르자 당장 기거할 곳도 없어지고 원대한 포부도 한 순에 산산조각이 나버린 셈이 되고 말았다. 그렇다고 아주 절망적인 것은 아닌 것 같은 생각이 들어 그 농장주와 다시 한 번 타협해 볼 여지는 남아 있는 것 같아 다소의 희망은 버리지 않고 우선은 이곳의 숙소로 정해 준 퀸셋(Quonset)으로 된 여인숙에 여장을 풀기로 했다. 남위 17도선 이북의 열대지방 무더위와 대륙성 기후는 여행에 지친 우리 일행을 더 어렵게 했다. 특히 퀸셋 안은 마치 찜질방을 연상케 할 정도로 찜통더위가 기승을 부렸다. 게다가 전연 예상치도 못했던 토지문제가 불거진 것은 우리를 더 한층 어렵게 하였다.

필자가 이곳에 올 때까지 우리가 들어가려고 한 농장에 대해 좀 더 상세하고 주의 깊게 정보를 입수하고 검토해 봤어야 했는데, 그만 상대방이 주는 내용을 신뢰하고 액면 그대

Kununurra의 Cashew Nut 농장에서 필자

로 받아들였던 것이 나의 불찰이며 큰 실수였다. 도대체 농업이민을 온다는 사람들이 앞으로 자기가 목숨을 걸고 가꾸어야 할 농토 관리를 누가 하고 있는지조차 모르고 왔으니 마치 장가가는 신랑이 처가에 신부가 있는지조차 모르고 장가드는 꼴이 된 것이다.

하룻밤을 지새운 나는 토지소유권자인 미국인을 다시 한 번 만나 타협을 해 볼 심산으로 그의 숙소로 찾아가려고 하는데 바로 이런 어려운 상황에 처해있을 때 우리 일행이 이곳에 왔다는 소식을 들은 한인교회의 설립자(나중에 설립자라는 것을 알았다.) 지태영 장로가 찾아와 "어려운 일에 봉착되어 고생하고 있는 모양인데 우리 교회에 와서 기도를 드리면 마음의 위안이 될 것입니다."라고 하여 나를 제외한 일행 모두가 지 장로가 인도하는 한인교회에 갔는데, 그곳에서 지 장로가 "왜 하필이면 그런 곳에 가려고 하나요? 여러분이 가려고 하는 곳에는 毒蛇(독사)를 비롯해서 毒蟲(독충), 모기 등이 너무 많아 사람 살 곳이 못되니 그런 곳에다 투자하려는 돈이면 여기서 편안하게 살 수 있을 것이니 가지 않는 것이 좋을 것 같습니다."라고 하는 말을 듣고 출자를 망설이던 이들에게는 지 장로의 말이 하나님의 가르침 같이 들렸는지 그 자리에서 모두 농장에 들어가지 않기로 결정한 모양이었다.

그러니 캐슈너트 농장을 하겠다는 것은 나 혼자가 되어 버린 것이다. 같이 농장을 개척하겠다던 사람들이 모두 이탈해 버렸으니 나 혼자만으로는 자금도 문제려니와 인력을 비롯하여 모든 여건이 불가능한 상태에 빠지게 되었다. 현지까지 와서 반란이 일어난 셈이다. 결국 나는 이 사람들에 대한 이민허가를 받는 데 도움을 주었을 뿐 우리가 구상하던 캐슈너트 농장계획은 다시금 悔恨(회한)의 눈물을 머금고 포기하지 않을 수 없게 되었다.

:: 이민 보따리를 풀어놓기는 했지만

우리 일행이 퍼스까지 오기는 하였지만 나를 제외한 다른 사람들은 아직 큰돈을 투자한

시드니 써큐라키 부두에서 시드니 오페라하우스가 보이는 풍경

것도 아니었으므로 쉽게 남의 말을 곧이듣고 여기서 농장 사업을 포기한다 해도 손해 볼 것이 없다는 태도로 이곳까지 올 때까지의 고생은 깡그리 잊어버리고 모두 쉽게 농장개척 사업에 등을 돌리고 말았다. 나는 또 다시 진퇴양난에 처한 큰 시련을 겪게 된 것이다.

내가 처음 계획했던 호주 노던 테리토리 주에서의 캐슈너트 농장개척 사업계획은 같이 하겠다고 이민을 온 사람들이 쉽게 포기해 버리는 바람에 혼자만으로는 도저히 감당할 엄두가 나지 않았고 또 농토문제 등까지 얽혀 깨끗이 미련을 버리고 조기에 이 사업을 포기하지 않을 수 없었다.

일이 이 지경으로 난관에 봉착하자 호주로 같이 왔던 일행들은 모두 뿔뿔이 흩어져 버리게 되었다. 나는 가족들을 미리 시드니로 보냈던 탓으로 부득이 가족들이 있는 시드니로 자리를 옮기지 않을 수 없었다. 그러나 나는 영농이민단이 해체되면서 지금까지 지불한 각종 비용의 처리문제를 비롯하여 농기구 처리문제, 부채 처리문제, 출자금 처리문제 등 시드니로 오면서도 많은 문제를 안고 와야 했다.

나는 다시금 실패를 하지 않으려고 나름대로는 상세한 계획과 준비를 하면서도 예기치 않았던 문제가 발생할 시에 대한 대비책을 전연 강구하지 못하고 있었다.

나는 시드니로 자리를 옮기기에 앞서 쿠누누라에 있는 농기구를 시드니로 옮기기 위해 수송편이 결정될 때까지 이곳에 머물러야 했다.

이곳에 머물고 있는 동안 여기에 거주하는 아보리지니(Aborigines) 족의 아버지와 중국인 어머니 사이에서 태어난 혼혈 여성(40세)으로 뉴스 에이전시의 일을 하고 있는 분을 만날 수 있었는데 그 여성의 모친이 아직 생존해 있다고 했다. 나는 호기심이 발동하여 그녀의 주택을 찾아가 보았더니 황색 인종의 노파가 반갑게 나를 맞이하면서 70여 년 만에 동양 사람을 보게 되었다고 반가워하며 눈시울을 적시면서 이곳에 동양 사람들이 캐슈너트 농장을 하려왔다는 소문을 들었다며 혹시 도움이 될 수 있는 일이 있다면 힘을 보태 주겠다고 했다. 그리고 이곳에서 잡힌다는 아주 싱싱한 준치(Ilisha Elngata)를 거의 매일 보내 주어 생각지도 않은 곳에서 어린 시절 어머니께서 끓여 주시던 준칫국 생각을 하며 어설픈 솜씨로 끓인 준칫국 한 그릇을 밥상 위에 올려놓고 그동안 잊어버리고 있던 어머님 생각과 멀고 먼 이국땅에서 향수를 느끼다 보니 울컥 치밀어 오르는 뜨거운 감정이 가슴을 메웠다.

마음속으로 견뎌내기가 무척 어려웠던 때였지만 다행히 생각지도 못했던 친절한 원주민들을 만나 그분들의 우정과 고맙고 따사로운 인정 때문에 고독함과 여러 가지 복합적인 문제로 상심하고 있는 필자에게 큰 위안이 되었다.

이곳에서 농기구 수송 편이 마련될 때까지 거의 3개월 동안 머물면서 원주민의 신세를 지고서야 겨우 농기구들을 모두 싣고 퍼스까지 육로 수송 편을 마련하게 되었고, 퍼스에서는 철도 편으로 시드니로 운송해 갈 수 있었는데 시드니에 도착하고 보니 이번에는 적재 보관해 둘 만한 곳이 마땅치 않아, 이곳저곳 물색해 보다 마침 정비공장을 하고 있는 차재상 씨(자동차 정비공장을 경영하는 교민)의 배려로 정비공장 빈터에 일단 보관해 두기로 하였다.

나는 시드니에 와서야 비로소 결혼 후 수십 년 만에 겨우 처음으로 가족들과 같이 비록 柴戸(시호)와도 같이 가난하고 초라하기는 하였지만 한 지붕 밑에서 단란한 생활을 할 수 있는 기회를 얻은 것 같았다. 결혼 후 지금까지 수십 년 동안 어려운 살림을 꾸려가고 있는 내자에 대해서는 남편 혹은 가장으로서 해야 할 도리도 제대로 못하고 따뜻한 위로의 말 한마디도 들어보지 못하고 살아오면서도 불평 한마디 하지 않고, 그 어려운 살림살이를 묵묵히 꾸려 나가면서 자식들을 키우고, 공부시키고, 지금은 남편 따라 언어도 통하지 않고 풍습도 다른 이 멀고 낯선 땅에까지 와서 시드니 郊外(교외)의 초라하기 이를 데 없는 목조건물 셋집에 온 가족이 모여 또 다시 어려운 살림을 시작하게 한 자신이 원망스러웠고, 내자와 자식들에게 한없이 미안한 마음 이를 데 없었다.

가족들에게 고생을 시키는 것이 미안하다는 생각을 가지고 있었으면서도 표현하기가 그렇게도 어려웠고 쑥스러웠는지 모른다. 다행히 가족 모두가 불평 한마디 하지 않고 순응해 준 것이 너무나도 고마울 따름이다.

여러 번 되풀이되지만 시드니 교외의 한 모퉁이 허름한 판잣집에 이민 보따리를 풀어 놓기는 했지만 사전에 계획했던 사업이 무산되면서 그 뒤처리도 시급했지만 그보다도 앞으로 낯선 이 땅에서 어떻게 살아가야 할지 생계 문제가 더 시급하고 심각하게 걱정해야 할 것이었다. 가족의 생계를 책임져야 할 가장인 내가 마냥 無爲徒食(무위도식)으로 세월을 보낼 수만은 없는 일이었다.

앞으로 살아나가야 할 기초부터 마련해야겠고 앞으로 내가 농사를 지어야겠다는 확고한 의지를 가지고 있지 않는 한 그리고 당장 몇 푼이라도 돈을 벌어야 먹고 살 것이 아닌가 하는 조급함과 초조함 때문에 우선은 가지고 온 농기구의 처분 문제와 그 방도를 찾아봐야겠다는 생각이 들었다. 아들의 교육 문제를 비롯한 딸들의 생업 문제 등 가족들 앞날의 문제도 아버지로서 심각하게 염려하지 않을 수 없었다. 이방인인 우리 가족에게는 아직도 그 뿌리가 남아있는 白濠主義(백호주의)로 인한 인종차별과 언어 문제를 비롯하여 전연 익숙하지 않은 낯선 곳에서의 일상생활 등, 하루하루가 너무도 어렵고 뚫고 나가야 할 벽이 너무나도 높고 두터웠다. 만일 이 벽을 허물지 못한다면 이민생활의 꿈은 산산조각이 날 것이고 비극을 가져오게 될 것이라는 사실은 나보다 훨씬 먼저 미국 등지에 이민간 사람들의 경험을 통해 이미 널리 알려져 있는 사실이다. 그러기에 오랜 세월 이 나라에 정주하고 있는 사람들의 자문을 받아야 한다는 것은 지극히 당연한 일이다. 한마디를 들어도 이 나라 토양에 가장 적절한 조언이고 특히 우리 가족이 이민생활을 하는 데 금과

옥조와도 같은 것이 될 수 있을 것이라고 생각했다.

　나는 이 땅에서 생활의 기반을 마련하기 위하여 사력을 다했다. 내가 내 가족을 위해 이처럼 심신의 피로를 느끼고, 체력에 한계를 느낄 정도로 뛰어 본 일은 미안하지만 내 기억에는 한 번도 없었던 것 같다.

　다행이 둘째 사위가 청소업 프랜차이즈를 하게 되어 우선은 이 사회의 바닥부터 알아 보는 데는 다시없는 좋은 업종인 것 같아 매주 2회를 따라다녔다. 약 1년 반을 그렇게 하다 보니 이곳 호주인들의 생활을 알게 되어 우리 가정의 이민생활에 도움이 되었다.

　그 다음에 얻은 직업이 벽돌공장에 시간당 5만장을 생산해낼 수 있다는 독일에서 수입해온 신형기계 설비를 위해 이 기계들을 운반하는 트럭 운전사로 일할 수 있는 자리를 얻게 된 것이다. 운전 기술은 군대에서 터득한 것이라 따지고 보면 프로 기사라고 보기에는 어설플 수밖에 없었지만 어찌되었든 그 기술로 취직이 되었고 앞으로 나의 노력 여하에 따라 숙달된 기능공도 될 수 있다고 생각했다. 그렇다고 이 직업에 만족했던 것은 아니며 오래 매달려 있으려고 하지도 않았다.

　우선은 이로써 가장 급하게 염려되던 가족들의 식생활 문제가 만족스럽지는 않지만 어느 정도는 해결할 수 있게 되었던 것은 사실이다. 말이 트럭운전사이지 나로서는 난생 처음 해 보는 중노동이었다. 그나마도 열심히 하지 않을 수 없었던 것은 家長으로서 해야 할 가족에 대한 나의 책임 때문이었고 그 책임을 이행해야 한다는 강박관념이 작용했는지도 모른다. 그 하루벌이로는 사실상 내 가족들의 사회활동을 위해서는 턱없이 부족한 실정이었지만 어쩌겠는가. 그것이 필자의 한계인 것을!

　호주란 나라는 양의 등에 업혀 사는 나라라고도 한다. 그만큼 축산업 이외의 산업이 발달하지 못했기 때문에 세계인들에게 비웃음을 살 정도이지만 누가 뭐라 해도 세계적 축산대국임에는 틀림이 없다. 그렇기 때문에 축산관계 직업 이외의 직장을 구한다는 것은 그야말로 하늘에서 별 따기만큼이나 어려운 나라이다.

　그러니 내게 일이 있다는 자체만으로도 천만다행이라고 생각할 수밖에 없는 것이 현실이다. 좀 힘이 든다고 해서 다시 새로운 직장을 구해 옮길 수 있는 마음의 여유도 없었고 연령의 탓도 있고 인종도 다르고 해서 새로운 직장을 구하려는 처지는 더더욱 아니었다. 알다시피 호주란 나라는 풍부한 지하자원을 이용한 활발한 생산능력도 또 그것을 소화시킬 만한 왕성한 구매력도 소비시장도 없는 아주 조용한 나라이다. 한국과 같이 어제 다르고 오늘이 다른 격동적인 나라도 아니거니와 모든 국민들이 그런 것을 바라지도 않는 세계 유일의 평화로운 농목축국이며 풍부한 천연자원을 배경으로 하는 1차 산업 중심의 나라이다. 따라서 국민들은 급격한 변화를 바라지 않는 나라같이 보인다. 이런 나라에서 축산업을 비롯한 1차 산업을 제외한 새로운 사업의 길을 개척해 보겠다는 그 자체가 얼마나 무모하고 어려운 것인지는 이곳에서 체험을 해 보지 못하고는 이해하기 어려울 것이다.

그렇다고 쉽게 포기할 수 있는 일이 아니다. 내가 염원하는 최종 목표를 달성할 수 있는 기회가 다시 돌아올 때까지 그것이 언제 이루어질지는 알 수는 없지만 필연코 다가오리라고 확신하면서 험한 길이 앞을 가로막을 때도 있을 것이고 初志(초지)를 좌절시킬 만한 환경에 부닥칠 수도 있을 것이라고 생각하고 묵묵히 주어진 환경에 순응하며 온몸으로 부닥쳐 난관을 뚫고 나가는 수밖에 없다고 생각하였다. 그것이 이민자들이 겪어야 하는 첫째 관문인가 보다 하고 생각하기도 한다.

내가 목적하는 사업재기의 기회는 내 노력 여하에 달려있다고는 하겠지만 반드시 그 기회는 다시 오고야 말 것이라는 생각을 한시도 잊어본 적이 없었다.

:: 그때로부터 1년 후

그러는 동안에 1년이 훌렁 지나가 버렸다. 정비공장에 맡겨놓은 농기구도 찾아와야 할 터인데 그마저도 그리 쉬운 일이 아니었다. 우선 그 많은 장비를 옮겨다 놓을 마땅한 장소가 없기 때문이다.

그동안 먹고살기 바빠서 그만 케이셔 씨와도 연락을 못하여 소식이 끊긴 것이 염려스러웠다. 어느 날 나를 찾아왔기에 친숙한 사이이고 서로 허물없이 이야기할 수 있는 사이이기에 내가 그동안 지나온 하염없고 부질없는 이야기에서부터 시작해서 농기구에 대한 문제까지 넋두리를 늘어놓았더니 케이셔 씨가 필자의 말을 심각하게 받아들이면서 이 문제를 같이 좀 생각해 보자고 하였다.

수일 후 케이셔 씨로부터 만나자는 연락을 받았다. 이때가 바로 케이셔 씨가 폴 헤레포드 협회에서 은퇴할 시기였고 그가 은퇴하면서 농업개발회사를 설립하려고 생각하고 있었는데 마침 내가 가지고 있는 농기구를 그 회사에 투자하는 것으로 하면 어떻겠느냐는 제의였다. 케이셔 씨도 농기구가 보관되어 있는 곳에 가 보고 적정가라고 생각하는 금액을 135,000달러로 쳐주겠다는 것이었다. 내 생각에도 그 정도 가격이라면 적절하다고 생각했다. 농기구라는 것은 사다 놓고 하루만 지나도 고물로 취급되는데 거의 2년이 가깝도록 방치해 놓아두었던 것이니 한 번도 사용한 일은 없지만 녹슬고 하여 의당 중고품으로 취급되어야 하겠지만 케이셔 씨의 우호적인 배려로 좋은 가격을 쳐주겠다는 것만으로도 감사하게 생각해야 할 입장이었다.

나는 이 Development 회사에 대한 이야기를 하기에 앞서 인적 구성에 대한 것을 먼저 기술해야 하겠고 그 인적 구성과 관련이 있는 남한에서 목장을 경영할 때서부터 거슬러 올라가 기술하지 않을 수 없다.

1960년대 군에서 제대하고 난 다음 이것저것 여러 가지 사업에 손을 대 보기는 하였지만 그 사업들이 내 적성에 맞지도 않았거니와 사회적 연륜과 경험의 부족 등 관계로 실패를 거듭하였다. 단지 내가 할 수 있는 일이란 게 축산업밖에 없다고 생각하고 강원도 인제의 두메산골에 1970년대 초 목장을 마련하고 그 목장에 정력을 쏟아붓다시피 하고 있던 시절 한국에서 두 번째라면 서러워할 정도로 유명한 축산인과 접촉하게 되면서 피폐된 한국 축산업의 발전이 시급하다는 사실과 요구되는 Project도 어슴푸레하게나마 알게되었다. 그리고 우수 품종의 種牛(종우) 수입과 한우의 품종 개량이 축산업 발전의 關鍵(관건)이라는 사실도 알게 되었으며 이 과정에서 호주라는 나라의 축산업과 경위는 어떻든 Poll Hereford라고 하는 육우와 Mr. Keyser를 알게 된 것이다.

역시 필자가 한호합자사업에 실패하면서 다시 무한한 가능성이 내포되어 있는 호주에 미련을 버리지 못하고 캐슈너트 농장을 개발해 보겠다고 온 가족까지 이끌고 이민까지 왔지만 그것 역시 실패하고 말았다. 실패는 성공의 어머니라고 하지만 나에게는 실패는 그저 실패 그 이상도 이하도 아니었다.

내가 앞에서 언급한 바대로 강원도 인제군 갑둔리라는 곳에 목장을 마련하고 그 목장을 운영하면서 호주로부터 Poll Hereford 종 육우를 수입하려 할 때 그 목장에서 그리 멀지 않은 新南(신남)이란 곳에서 양계장을 하며 군납업을 하고 있는 용호용이란 사람이 박창업이란 분과 같이 우리 협력회의 회원으로 제1차 소 수입에 관여하면서 '소'를 도입하기에 앞서, 우선 호주의 축산업과 목장의 실태 등을 견학하고 싶다고 하며 7~8명의 견학단을 구성하여 명동에 있었던 필자의 사무실에 찾아온 일이 있었다. 이 견학단의 일원으로 李熙善(이희선) 이라는 사람이 포함되어 있었는데 이분은 평택의 금성사료 대표로서 필자가 경영하던 갑둔리 목장에도 사료를 공급해 주던 분이었다.

그런데 우연치 않게 이분을 호주에서 만날 줄은 꿈에도 생각하지 못했던 일이었다. 이씨는 과거 롯데의 야구선수 백인천 씨와 경동고등학교 동창이기도 하다. 게다가 내가 다니는 시드니 '벧엘교회'의 尹守漢(윤수한) 목사와 아주 절친한 사이라고 한다. 게다가 이 씨에게는 딸 5자매가 있는데 그중 장녀가 어학연수 차 호주에 와서 윤 목사 댁에 기거하고 있다고 했다.

한편 Mr. Keyser 씨는 그가 몸담고 있던 APHS에서 정년퇴직을 하고 아담한 목장이나 마련하고 그곳에서 여생을 조용히 보내고 싶어 여기저기 適地(적지)를 물색하다 North Haven이란 곳에다 약 700에이커(약 857,000평) 정도 되는 토지를 매입하려고 하였지만 자력만으로는 재정적 능력이 모자라 합자회사 형태로 자금 마련을 하고 있었는데 윤 목사와 이 씨 그리고 시드니에서 부동산업을 하고 있는 姜鎬生(강호생) 씨까지 합하여 이 세 분이 Keyser 씨의 사회적 지위와 명성 등을 고려하여 신용할 수 있다고 판단하고 각자 자기 능력에 부합되는 금액의 투자를 하게 되었다. 필자는 한국에서 가지고 온 농기구를 현물(농기계 일체 13만 5천 달러 상당) 투자로 이 개발회사 주주의 한 사람으로 참여하게 되었다.

필자와 Keyser 씨는 North Haven의 농장에서 같이 기거하면서 관리사옥, 창고, 등의 건설과 목책시설, 급수시설, 도로건설, 저수지 조성과 농지 개척 등 域內(역내) 불필요한 일부 森林(삼림)의 벌목, 초지조성, 댐의 설치공사 그리고 가축입식까지 모든 일에 참여하여 1년여 동안 계획했던 모든 일을 마무리할 수 있도록 최선을 다했다. 이희선 씨는 새로 창업하는 합자회사에 투자를 했으니 자격을 얻어서 이민이 수월하게 성사되게 되었다.

그런데 케이셔 씨가 연말 주주총회에 제출한 결산보고 내용에 의하면 1년간 농장관리비로 약 6만 5천 달러가 소요되었다고 했는데 그중에는 Keyser 씨의 급료도 포함되어 있었다. 2차년도에도 전년도와 같은 항목으로 6만 5천 달러를 요구하였다. 이에 대하여 윤 목사, 이희선, 강호생 등 3인이 地價(지가)상승률에 비하여 관리비가 과다하게 지출된다는 이유로 사업체의 해산을 요구하고 나서는 바람에 결국 그 회사는 해체되고 말았다. 투자되었던 금액은 비율에 따라 모두 회수되었다. 그런데 나만은 기계의 減價償却(감가상각) 형식에 따라 8만 달러만 수령하였다. 그야말로 부당한 처사였다. 그 기계들로 인하여 농터의 가치상승은 고려하지도 않았다는 것과 인건비에 대한 산정이 없었다는 것은 잘못돼도 한참 잘못된 계산이었다. 왜냐하면 Keyser 씨 자신의 인건비는 계상하면서도 필자에 대한 조치가 전연 없었다는 것은 말도 안 되는 처사였다. 아무리 극친한 사이라 할지라도 정확하고 원칙에서 벗어난 일을 하여 엄청난 손해를 보면서까지 묵인하기가 무척 어려운 일이었다. 그러나 어쩌겠는가. 당장 가족들의 거처라도 마련하기 위해서는 돈이 필요한 것을. 그러니 약자인 내가 양보할 수밖에 도리가 없었다.

필자는 그 8만 달러로 변두리 Merryland에 허름하고 낡은 목조 가옥을 구입할 수 있었다. 누워서 천정을 바라보면 하늘의 별이 보이고 비라도 오는 날이면 사방에서 비가 새서 온 가족이 빗물을 받으려고 빈 그릇을 들고 이리저리 돌아다녀야 하는, 겨우 風雪(풍설)이나 피할 수 있을 정도였으니 이때처럼 이민을 크게 후회한 적은 없었다.

이제부터가 중요한 시기인데도 불구하고 실의에 빠져 무엇을 해도 손에 잡히지 않았다. 가장이라는 자신 스스로가 너무나도 무기력하고 초라하고 작게 보였는지 모른다. 그렇다고 아무 생각도 없이 무위도식만 하고 있었던 것은 아니다. 그렇다고 해서 무슨 묘책이 있었던 것은 아니지만, 지금까지 내 힘에 겨울 정도로 큰 Project에만 매달려오다 갑작스럽게 환경이 바뀌어 기초적인 일부터 다시 시작하다 보니 생각처럼 되는 일은 아무것도 없었다.

그러는 사이 시간이 흐를수록 마음은 초조해지고 내가 할 만한 일은 찾을 수도 없고 그야말로 進退兩難(진퇴양난)의 수렁에 빠져 들어가는 것만 같은 느낌이었다. 지나가 버린 일이지만 캐슈너트 농장에서 쉽게 포기하지 말고 그 농장의 토지소유권자와 협의해서 농장을 개설하였다면 힘이 들고 어렵기는 하겠지만 성공할 자신은 있었다.

어찌 생각하면 잘된 일인지도 모른다. 왜냐하면 한 이민자의 말에 쉽게 희망을 포기하는 사람들과 같이 일할 수는 없었기 때문이다. 이렇게 해서 캐슈너트 농장을 하겠다고 이민은 왔지만 모두 실패로 끝나 버리고 목적과 꿈과 희망을 잃어버린 불쌍한 신세가 되고 말았다. 그러나 걱정되던 장남 덕기가 처음에는 학교에 가는 것을 싫어하는 것 같더니 검정고시에 합격하고 시드니 대학에 들어가면서부터 열심히 공부하는 모습을 보고 다행한 일이구나 싶은 것이 이민 와서 얻은 큰 수확이라고 생각하게 되었다.

第 5 部

中國 進出

:: 연변 자치주의 초대를 받고

1992년 7월 18일에 연변조선족자치주 海外誼友會(해외의우회)란 들어본 적도, 기억에도 없는 낯선 곳에서 편지 한 통이 날아왔다.

그 당시만 해도 한국인의 호주 이민자가 약 10,000여 명에 불과했기 때문이기도 했지만 중국 연변조선족자치주 탄생 40주년 기념행사(9/3)에 세계 各國에 산재해 있는 이민대표들을 초청하기로 되었던 모양인데 내가 호주의 이민대표 자격으로 延邊 朝鮮族 誼友會(의우회) 會長 金永萬의 이름으로 정식招請(초청)을 받고 1992年 9月 3일 거행되는 '中國延邊朝鮮族 民俗節'(중국 연변조선족 민속절)이라는 축제에 참석할 수 있는 영광을 가지게 될 줄은 미처 몰랐다. 뜻하지 않게도 이 초청이 나의 인생항로의 지표를 다시 바꾸게 하는 계기가 될 줄은 생각지도 못했던 일이다.

이때는 아직 한국과 중국이 수교도 되기 직전이었으므로 한국 사람들의 중국 입국이 제한되던 시절이었다. 그러나 1992년 8월 22일에는 대만이 한국과 국교를 단절한다는 성명이 있었고 2일 후인 8월 24일에는 한중 수교에 대한 공동성명이 있었던 탓으로 9월 3일 개막되는 민속절에도 큰 의의가 부여되었을 것으로 여겨진다.

내가 기왕 초청되었기에 자치주 정부에 요청하여 崔惠山(최혜산, 1944년 1월 1일생)과 미국에 거주하는 崔惠山의 오빠인 崔白山(최백산, 1927년 8월 14일생)을 미국대표 자격으로 참석할 수 있도록 추천하는 한편 나와 깊은 인연이 있는 호주 폴헤어포드 협회의 이사장을 지낸 바 있는 Mr. Brian S Keyser와 그의 부인(레스리)도 같이 초청해 줄 것을 요청했더니 흔

호주에서 연변자치주의 초청을 받은 우리 일행이 장춘역에 도착하였을 때
연변에서 우리 일행을 안내하기 위하여 마중 나왔던 분들과 같이 장춘역전에서 촬영한 것
좌로부터 최동율, 대외경제부 조리, 이봉춘 길림성 법제처장, 레스리, Keyser, 시정부 요원 맨 우측 필자

쾌히 승낙하여 우리 일행 5명에 대한 정식초청 서한이 도착하였다.[1]

초청을 받은 우리 일행은 그해 8월 하순 연변 행사에 참석하기 위하여 50餘 時間이나 소요되는 긴 여행길에 올랐다.

우리 일행은 시드니에서 북경까지 비행기로 가서 북경서부터 연변까지는 열차 편을 이용하였는데 북경에서 연변까지는 31시간이나 소요되었다. 열차의 차창에 비치는 풍경은 끝없이 펼쳐지는 광활한 평야의 옥수수 밭뿐이었다. 그리고 간간이 보이는 낙후된 농가들이 있었는데 내가 어릴 때 만주(심양)에서 지나던 1940년대의 그 시절과 별로 변한 것이 없음을 발견할 수 있었다.

....

1 최혜산 씨와 최백산 씨는 1945년 필자가 봉천(심양)에서 고국으로 돌아올 때 김홍일 장군 麾下(휘하)에서 우리 조선인 피난민을 도와준 崔赫柱 당시 中佐의 가족이다.

마치 고향에 온 것 같은 착각 속에 낯익은 광경을 바라보며 가슴이 벅찰 정도로 感懷(감회)무량함을 금할 수 없었다. 아무튼 내 생애 다시는 못 올 것 같았던 곳에 오게 되니 마치 내 고향에 온 것 같은 착각마저 일으킬 정도로 얼마나 감격스러웠는지 눈물이 솟구치는 것을 참을 수 없었다.

연변시 부시장인 마문학 씨와 재무국장 최동율 씨 그리고 축산국장 유성원 씨 등이 북경까지 우리 일행을 영접해 주셔서 처음 북경에 도착하였을 때에는 다소의 긴장감을 늦출 수 없었지만 이들의 친절한 접대와 안내의 덕분으로 길고 지루한 여행으로 생긴 피로도 잊은 채 목적지까지 불편 없이 즐거운 여행을 할 수 있었다.

나는 이 민족 대축전에서 누구로부터인지는 기억이 나지 않지만 한국의 한 종교단체의 적극적이고 열성적 지원에 의해 연변에 조선인 청년들의 고등교육을 위한 과학기술대학교를 설립하게 되었다는 말을 들었다. 중국 東北三省(동북삼성)에는 약 100만여 명이 넘는 조선족이 거주하고 있다고 하는데 이 지역에 거주하는 사람들의 교육열은 어느 지역보다 높아 대학이 5개나 있는 곳이기도 하다고도 했다. 그러나 과학기술 위주의 대학이 없어 연변자치주뿐만 아니라 동북 3성에 거주하는 조선족 전체의 민족적 숙원사업이었던 과학기술대학교의 설립이라는 큰 꿈이 이루어지는 것 같아 설사 대학에 보내는 자녀가 없는 가정이라 할지라도 모든 조선인들의 큰 자랑과 희망으로 여기고 있었고 기뻐하고 있었다.

나는 이곳에서 서울서 만난 적이 있는 김진경 박사를 다시 만날 수 있었다. 이분이 주동이 되어 과학기술대학설립을 추진하고 있다는 사실은 이미 들은 바 있어 알고 있는 터였다.

:: 김진경 박사와의 인연

필자가 김진경 박사를 연변에서 만났을 때, 그는 이미 그 이전에 과기대 건설본부장 孫

信元씨와 같이 호주에 들른 적이 있었고 그때에 이곳 호주에서 사업을 하고 있는 김진방 씨로부터 나에 대한 이야기를 들어 알고 있는 것 같았다.

김진경 박사라는 분에 대해 자세한 신상관계를 아는 바는 없었지만 연변과학기술대학교 설립을 추진하고 있는 분이라는 사실을 언뜻 들어서 알고 있는 것이 전부였다. 설마 내가 김 박사를 만나 같이 손잡고 대북 지원 사업에 깊이 관여하게 되리라고는 전연 상상조차 하지 못했던 일이었고 처음에는 그저 중국 동북 3성(요령성·길림성·흑룡강성)에 거주하고 있는 조선족에 큰 배움터를 마련해 주려고 심혈을 기울이고 동분서주하고 있다는 것이 너무나도 존경스럽고 훌륭하게 보였을 뿐이었다. 그 당시 필자가 들은 바대로라면 김진경 박사(1935년생)는 미국 베린(Berean)대학에서 철학박사 학위를 취득한 재미동포로서 1993년 私財(사재)를 털어 연변과학기술대학교를 설립하고자 혼신의 힘을 경주하고 계시는 존경할 만한 분이라고 했다.

김 박사는 중국 동북 지역에 거주하고 있는 192만 4천여 명(1990년 중국 인구조사에 의한 통계)의 조선족을 위한 고등교육기관인 과학기술대학교를 설립할 계획임을 우리 일행에게

김진경 박사 내외분과 필자
우로부터 필자, 김진경 박사 내외, 축산학 박사

정식으로 밝히고 그 계획에 많은 진전을 보고 있으며 성원해 달라는 부탁을 하기도 했다. 동북지구 총인구 1억 1천만 명에 비해 조선족은 1.75%에 불과하지만 교육열은 전 중국 56개 부족 중 가장 높다고 한다.

   필자가 연변 자치주 민족대회에 참가하고 다시 호주로 돌아온 뒤 약 3個月이 지난 어느 날 뜻밖에도 김진경 박사로부터 전화가 걸려 왔다. "지금 시드니에 도착했는데 여기까지 오게 된 목적은 김 선생을 만나기 위해서입니다."라고 하기에 나는 疑訝(의아)해하지 않을 수 없었다. 도대체 滄海一粟(창해일속)이란 말이 있듯이 별로 아는 사람도 없는 나라는 존재를 어떻게 알고 무엇 때문에 호주까지 날 찾아왔는지 도무지 짐작이 가지 않을 뿐더러 판단하기조차 어려운 일이 벌어지고 있는 것 같은 느낌이 들었다. 그리고 김 박사가 호주까지 나를 찾아올 만큼 만족시켜드릴 만한 것은 아무것도 없다는 생각이 들기도 했다.

   김 박사와 만나는 장소와 시간을 약속하고 약속 시에 늦지 않으려고 부지런히 나갔는데도 김 박사는 미리 와 있었다. 필자가 김 박사를 직접 만나 자리에 앉기가 바쁘게 "김 박사께서 하시는 일에 제가 무슨 힘이 되겠는지는 몰라도 제가 판단하기에는 도와드릴 수 있는 일이라곤 아무것도 없는 것 같습니다."라고 했더니 김 박사가 "학교 설립에 김 선생께서 꼭 힘을 좀 보태 주셔야 할 일이 있습니다." 하기에 나는 다시금 "그랬으면 좋겠지만 내가 도와 드릴 만한 일은 별로 없는 것 같습니다."라고 되풀이했다.

   그러자 김 박사가 "지금 연변에 세워지고 있는 과학기술대학교는 문자 그대로 과학기술이 우선한다고는 하지만 지금의 형편으로는 내용적으로 농업에 관한 과목을 우선하고 점차적으로 과학기술 분야로 발전시켜 나갈 방침입니다."라고 하며 농업에서도 축산 분야에 중점을 둘 계획이니 그 분야의 일을 맡아 달라고 간곡히 부탁하는 것이 아닌가. 학교가 아직 완전무결하게 구비된 것은 아니지만 교육환경이나 교직원들에 대한 복지 등 모든 조건은 어느 정도 갖추어져 있는 상태이니 연변에 가서 집행만 해 주면 된다고도 했다.

   특히 동북 지방의 축산업이 낙후되어 있으므로 현재의 상황으로서는 다른 과목보다도 중요시되고 개발해야 할 분야라고 강조하기도 했다. 그래서 축산에 경험이 많은 사람이 꼭 필요하고 또 개척 정신을 가지고 헌신적으로 일해 줄 사람이 꼭 있어야 하는데 그 적격자가 바로 필자라고 했다. 김 박사 자신이 호주를 방문한 목적도 나와 꼭 같이 가야 하겠기에 여기까지 오게 되었을 뿐 다른 목적은 없다고 했다. 그처럼 김 박사는 나에게 간곡하게 학교 설립에 협력해 줄 것을 간청해왔던 것이다. 사실상 내가 대학교에서 교편을 잡고 제자들을 양성할 만큼의 실력을 갖추지는 못하였지만 김 박사의 열의에는 굴하지 않을 수 없었다.

김 박사가 날 데리러 호주까지 올 정도의 열의라면 어떤 방법으로라도 날 데리고 가겠다는 작심을 하고 온 김 박사의 열의에 어쩔 수 없이 그분의 의향에 따르지 않을 수 없게 되었다. 일단 동행하기로 약속한 이상 나는 조속히 신변 정리가 끝나는 대로 김 박사를 따라 延邊(연변)으로 가기로 결심하였다. 가족들에게는 만주로 가는 데 대한 이해를 구하고 나서 김 박사에게 정리를 하는 데 약 1주일의 시간이 필요하다고 했더니 김 박사는 나의 의견을 들어 자기도 여행 일정을 연장하는 등 성의를 보여주었다. 그 당시 김 박사의 정황으로 보았을 때 필자가 알고 있는 한 호주에서 오래 지체할 수 있을 정도로 한가한 분이 아니라는 것을 알고 있었는 데도 김 박사는 나와의 약속을 지키기 위해 강한 의지를 보여준 것이다. 나는 이분의 성의를 생각해서라도 신변 정리 일정을 앞당겨 출발일자를 단축시키려고 노력하지 않을 수 없었고 그 결과 1주일이 소요되겠다고 한 것을 4일 만에 마무리하고 3일을 앞당겨 시드니를 떠날 수 있었다.

나와 김 박사는 시드니를 출발하여 연변 조선인 대회에 참석하기 위해서 갔을 때와 마찬가지로 항공 편으로 北京까지 가서 다시 장춘까지 로컬 항공편을 이용하기 위하여 북경 비행장에서 대기하고 있었는데 항공기 출발시간이 3시간이나 지났는데도 아무런 소식이 없어 Information 데스크에 가서 처음에는 영어로 장춘행 비행기가 언제 떠나느냐고 물었더니 무슨 말인지 알아듣지 못하는 것 같아 이번에는 서툰 중국말로 똑같은 의미로 물어보았더니 지금 장춘비행장에 눈이 많이 와서 除雪(제설) 작업 중이니 작업이 끝나면 아마 곧 오게 될 거라고 한다. 그럼 우리가 타고 갈 비행기가 장춘에 있다는 말인가 하고 다시 물었더니 그 직원이 태연하게 그렇다고 한다. 언제쯤 그 비행기가 북경비행장에 오게될 것 같으냐고 다시 물었더니 매우 귀찮은 것 같은 표정으로 자기는 그런 것을 잘 모른다고 하며 기다려 보라고 하고는 어디론가 사라져 버렸다. 점점 짜증도 나기 시작했고 배도 고파 뭔가 먹을 것을 찾아 봐야겠는데 낯선 곳에서 이리저리 다닐 수도 없었다. 김 박사한테도 "시장하시지요?" 하니까 "예, 배에서 소리가 날 정도입니다"라고 했다. 그러는 동안 우리와 같이 대기하고 있던 승객이 한두 사람 사라져 버리더니 이번에는 두 사람이 다시 돌아왔다. 도대체 영문을 알 수 없어 그 돌아온 사람에게 물어보았더니 아래층에 죽이 준비되어 있으니 시장하면 밑에 층에 가서 죽이라도 한 그릇 먹고 올라오라는 것이다.

항공사 측에서는 그래도 뭔가 발표(Announcement)를 해 주어야 할 텐데 아무 말도 하지 않는 것은 승객들이 알아서 하라는 투인 듯하다. 밑에 층으로 내려가 죽 한 그릇을 얻어 먹고야 겨우 시장기를 면할 수 있었다. 게다가 나는 더운 나라에서 왔기 때문에 옷을 단단히 입고 오기는 했지만 워낙 추운 곳이라 무척 참기 힘든 시간이었다.

이럭저럭 7시간 반이나 기다려서야 겨우 비행기가 도착해서 우리를 태우고 한 시간 비행 끝에 장춘 비행장에 도착했다. 이번에는 장춘에서 연변까지 가는 기차 편을 이용해야 하기 때문에 비행장에서 택시 편으로 기차 정거장까지 갔는데 다행히 연변으로 가는 기차가 있다고 하기에 허겁지겁 그 기차표를 구해 겨우 탈 수 있었다. 우리는 시드니를 떠나 60여 시간 만에야 목적지인 연변에 도착할 수 있었다.

1993년 1月 과학기술대학교가 필자에게 정식으로 준 임명장에 기재된 직명은 畜牧部 長 兼 敎授이다. 나는 이 임명장에 주어진 직무를 수행하기 위하여 최선의 노력을 다할 생각으로 주야 분별없이 분주하게 움직였다.

그러다 보니 나는 학술적인 것보다 오히려 실제 경험에서 얻은 것이 더 많았기 때문에 그 체험들을 학술적으로 集大成(집대성)하여 체계적으로 정리해야 되겠기에 더욱 많은 시간이 필요했다. 특히 모든 것이 처음 시작하는 곳이라 김 박사가 시드니에서 필자에게 말한 대로라면 모든 것이 준비되어 있다고 했지만 막상 와 보니 학교의 교육지침에 따라 교과과정(Curriculum)을 설정하고 교육계획(Schedule 혹은 Education Program)과 월간 교육계획 혹은 연간계획 등도 작성해야 하는데 참고할 만한 교재나 연구 자료가 제대로 갖추어져 있는 것도 아니었고 학생들을 지도해야 할 방향마저도 제대로 설정이 안 된 상태이기에 그야말로 개척 정신을 가지고 시작하는 수밖에 없었다. 형편이 그러다 보니 나에게는 잠시라도 여유로운 시간이 있을 수 없었다. 다시 말하지만 새로 설립하는 학교이기에 준비해야 할 과제가 너무나도 많았고 해야 할 일들 역시 많았기 때문에 내 몸이 열 개가 있어도 모자랄 정도였다. 하루 25시간이 된다 해도 짧은 시간임을 느낄 정도로 바빴다. 그렇다고 나를 보좌해 줄 사람도 없었다. 물론 새로 설립하는 학교이니 불평할 처지도 아니었다.

필자는 김 박사가 자기 腹案(복안)을 披露(피로)하지 않았기 때문에 알지 못하고 있었지만 그는 이 시기 이미 북한을 수차 왕래하면서 북한 고위층에게 生牛 지원을 약속하였던 모양인데 그 지원계획을 알 수는 없었지만 대략 1차적으로 우선 300두 정도를 먼저 지원할 계획이었던 모양이다. 그런데 막상 소를 지원하려고 하다 보니 들어보지도 못한 생소한 용어와 복잡한 절차, 작업 등 유경험자가 아니고서는 해 낼 수 없다는 것을 깨달았는지 이에 관련된 기술과 경험이 있는 자를 물색하다 보니 필자의 이름이 도마 위에 올랐고 경력상으로도 많은 경험이 있다는 사실을 알게 되자 적임자라고 단정하고 호주까지 날 찾아온 것이 틀림없는 사실이었다.

그런데다 마침 과기대 축산학과의 교수가 부족하다 보니 필자를 교수로 임명하여 꿩도 먹고 알도 먹으려는 김 박사의 속셈을 읽지 못하고 중국까지 오게 되었던 것은 나의 불찰이었다고 생각하며 후회도 하였지만 하나님의 뜻에 따라 후에 예상치도 않았던 북한의 결식아동 등을 지원하는 일에 깊이 관여하게 된 것은 어쩌면 다행한 일이었다고 생각한다.

여기서 필자가 정식으로 몸담게 된 중국 연변 조선족 과학기술대학교의 설립학장인 김진경 박사가 말하는 소위 '민족대학'이라고 일컫는 이 대학의 설립에 부치는 글을 소개하지 않을 수 없다.

:: 민족대학 설립

250만 명이 넘는 우리의 소중한 해외동포가 중국에 살고 있습니다. 이들은 일제강점기에 고향과 삶의 터전을 빼앗기고 만주로 쫓겨난 슬픈 우리 역사의 희생자이기도 하며, 또

한 조국의 독립운동을 위하여 스스로 중국에 건너가 일본군과 싸운 독립열사의 후손이기도 합니다. 현재까지도 이들은 농사와 야채 장사 등으로 열심히 살아가고 있으나 월 소득이 우리 돈으로 2만 원에도 못 미치는 아주 어려운 생활을 하고 있습니다.

또한 낙후되어 있는 중국의 의료 수준에 이들의 가난까지 겹쳐 우리의 생활과 비교한다면 안타까움을 금할 수 없습니다.

그러나 몇 세대가 지나면서도 우리글을 배우고 가정에서는 한국어를 사용하는, 그래서 중국의 50여 소수민족 중 가장 존경받는 우리 민족임을 생각할 때는 감사와 존경의 마음으로 눈시울이 뜨거워집니다. 이들의 거룩한 조국애는 차치하고라도 우리에게 반쪽의 독립이나마 가져다 준 독립열사의 은혜에 보답하는 뜻에서 가능한 여러 방법 중 이들에게 대학을 세워 주어 더 나은 삶을 영위할 기반이 될 수 있도록 하는 것이 현재 어느 정도 풍요로운 삶을 누리고 있는 우리의 도리라고 생각합니다.

여러 뜻 있는 분들의 도움으로 꿈만 같이 여겨지던 연변 조선족 과학기술대학교와 부설병원이 1989년 10월 5일의 기공식으로 현실화되기 시작하여, 이제는 1992년 9월의 개교를 눈앞에 두게 되었습니다. 계속적인 여러분의 정성어린 격려와 후원으로 자랑스러운 우리 동포들의 생활은 현재와 상당히 달라질 것이라고 확신합니다.

필자는 이 글을 보고 나 자신이 이 대학에 몸담을 수 있게 된 것을 무한한 영광으로 생각하는 한편 김진경 박사가 너무도 존경스러웠다. 더욱이 이 과기대야말로 민족대학이라고 할 만한 최고 학부의 건립이 재중동포에게 희망과 긍지를 안겨주며 보다 나은 삶과 풍요로운 미래를 펼쳐 줄 것이라고 하는데 이 얼마나 위대한 착상인가! 김진경 박사가 필자에게 처음 중국에 가자고 권할 때 주저했던 마음이 부끄럽기까지 했다. 그러나 그런 생각도 별로 오래 지속되지 못했다.

과기대의 기구 편제는 공과대학, 상경대학, 산업대학, 농과대학, 의과대학 등으로 구성되어 있다. 필자가 속하게 된 농과대학에는 축산학과, 농학과, 임학과 등의 3개 학과로 구분되어 있는데 필자는 축산학과에 속하게 된 것이다.

김진경 학장이 처음 필자에게 여러 대학 가운데 농과대학에 무게를 둘 것이며 축산학과부터 먼저 개강하겠다고 했다. 그러나 그 말도 믿기 어렵다는 사실을 곧 알게 되면서 큰 실망을 안겨 주었다.

기왕 김진경 박사에 대한 이야기가 나온 김에 좀 더 첨가할까 한다. 앞에서도 언급한 바와 같이 김 박사가 북한에 대해 파격적인 성의를 보이며 왕래하게 된 저의를 후일 알게 되었지만 그가 평양에 과학기술대학을 설립하려는 의도가 바닥에 깔려 있었던 것이다.

필자가 알기에는 사재와 교회 후원금 등으로 연변과기대를 설립한 것은 사실이지만, 2001년 서울 소망교회 설립자이자 동북아교육문화협력재단 이사장인 郭善熙(곽선희) 목사를 끌어들여 북한 교육성과의 접촉으로 평양과학기술대학을 설립하기로 합의하고 1차적 기금으로 400억 원(한화)을 투입하여 평양시 낙랑구역 승리동에 100ha(약 33만 평) 부지에 총 17 여 개 棟(동)으로 구성된 대학캠퍼스를 2009年 9月에 준공시켰다고 한다. 그러나 교수진 확보가 지연되고 교육자재의 미비 등을 이유로 2010년 11월 1일에 가서야 정식으로 개교하게 되었다고 하며 개교 당시 학생은 김일성대학과 김책공대 등에서 선발된 소위 특수층 자제들로 각 학과별로 20명씩 총 60명의 학생으로 시작했다고 했다. 그중에서도 가장 인기 있는 과목은 전기, 통신, 컴퓨터공학 등이라고 했다.

이 대학의 설립목적은 북한의 과학기술인재를 양성하여 남북 간 화해와 협력기반을 조성하기 위해서라고 했다.

들리는 소문에 의하면 평양과기대 교수진에는 미국과 한국에서 자원(?)해서 평양에 들어가 있는 IT 교수들이 대부분이며 본급은 월 백만 원도 안 되는 급료를 받고 있으면서 특별한 혜택도 없이 외부와의 접촉마저 금지되어 있는 상태에서 근무하고 있다 하니 자선사업도 아니고 다소 의아한 생각이 들지 않을 수 없게 한다. 어찌하여 생활비도 안 되는 급료를 받고 이런 데까지 와서 어쩌면 형무소에 수감되어 있는 죄수 같은 환경에서 친북이나 反韓的(반한적) 교수가 아닌 바에야 왜 그런 고생을 하고 있을 까하고 말이다.

김진경 박사가 주관이 되어 설립한 평양과학기술대학(과기대)에는 현재 북한의 고위층 자제가 수백 명 전원 기숙사에 거주하며 공부하고 있다고 한다. 그 뒷돈을 대어주고 있는 사람들은 남한의 교회 혹은 해외동포들이며 북한 선교의 명목으로 모금되고 있다고 한다. 그런데 이 학교의 운영비가 매년 수십억 원에 이른다고도 했다.

2010년 남한 해군의 천안함 폭침사건, 연평도 포격사건 등 북한의 잔인무도한 도발 행위와 공공기관과 금융기관에 대한 해킹 등을 감안한다면 과연 선량한 기독교 신자들을 기만하여 이렇게까지 지원해야 하는지 깊이 재고해 보아야 할 일이다. 더욱이 남한의 IT 기술이 북한으로 넘어가 대남 사이버테러로 이용되는 우를 범해서는 안 될 일이다.

:: 白城子 鎭南 種羊場 訪問

필자가 과기대에 와서 아직 정식으로 임명장을 받기 전의 일이다. 김진경 박사로부터 이미 구두로 대학의 축목부장의 자리를 맡아 주어야겠다는 언질을 받은 후인 1992년 11월 13일 吉林省 白城子란 곳에 가게 되었는데 이 지역은 길림성 서북부에 위치하고 있으며 이 일대는 지세가 낮고 넓은 평원을 이루고 있으며 인구는 적지만 약 23여 만 ha에 달하는 광활한 大草原(대초원)이 형성되어 있는 곳이기도 하여 앞으로 목축업에 기대를 걸만한 지역이기도 하다. 필자가 김 박사가 언약했던 대로 科技大 畜牧部의 책임자로 임명된다면 그 임무를 원활하게 수행하기 위해서라도 말로만 들어오던 白城子(현재는 白城市)란 곳에 꼭 한번 가보고 싶었고, 그런 다음 科技大 축산과 발전계획을 수립하는 데 참고로 하고자 가장 가까운 시일 내에 가 볼 계획이었다.

白城子 답사에 앞서 길림성 관계부처의 협조를 요청했고, 이 지역을 잘 알고 있는 분의 소개를 요청했더니 길림성 대외경제위원회 법제처장을 소개받게 되었고 또 그와 동행할 수 있는 좋은 계기를 얻을 수도 있었다.

필자가 방문한 白城子 種羊場(종양장)에는 약 90㎢의 草地(초지)를 보유하고 있었고 오래 전부터 중국 軍部(군부)가 직접 관리 운영하고 있었던 지역임을 직감적으로 알 수 있었다. 그 근거로 이 種羊場 관리사무소 廊下(낭하)에 걸려 있는 역대 관리책임자의 사진을 보았더니 전원이 장군 복장을 하고 있는 사람들뿐이었기 때문이다. 이곳은 數萬頭(수만두)의

優良種羊(우량종양)을 사육하고 있었으며 대부분이 2차에 걸쳐 서부 호주로부터 직수입해 왔다는 호주 Merino 종이었다. 이 목장의 管理長(관리장)으로 복무하고 있는 사람은 연변 농학원 1회 졸업생인 조선족이었다. 이분은 나를 보고 이 목장에 근무하면서 처음으로 한국 사람을 만나 보았다고 하며 한참 동안이나 잊어버렸던 모국어(한국말)를 하지 못하고 머뭇거리고 있었던 것이 내 인상에 깊이 남아 있다.

白城子에서 약 300km 정도 떨어진 곳에 新華(신화)라는 지역이 있는데 이곳에서는 전적으로 육우 사육을 하고 있었다. 놀랍게도 영국이 고향인(원산지) 쇼트혼 種(Shorthorns) 육우를 사육하고 있었다. 어떤 경로를 통해 이곳까지 오게 되었는지 알 수는 없었지만 영국에서는 16세기 때부터 이 쇼트혼 종을 사육하면서 개량을 거듭해 왔으며 현재에는 영국에서 알려진 육우품종 중 체형, 체구가 가장 큰 편에 속한다. 완전히 성숙된 암소의 경우 128~132cm나 되고 체중이 500~700kg나 되며, 수소의 경우는 체고가 135~145cm에다 체중이 900~1,100kg나 되는 거대한 몸집을 가진 순수 육우로 발전되고 있는 영국의 대표적 품종이다. 필자는 이런 품종이 중국의 한 오지에서 사육되고 있다는데 놀라지 않을 수 없었다. 우리 일행을 이곳까지 안내해준 분은 길림성 대외경제처장인 李峰春(이봉춘)이었고 통역을 맡아주었던 사람은 長春에서 동물병원을 경영하는 朴洪勇(박홍용)씨 (북경농대 교수)였다.

이곳 種羊場(종양장) 黨書記는 北京大學 출신이고 부장장은 축산전문인으로서 호주 메리노(Australian Merino) 종 면양을 수입해오기 위해 2차례나 호주를 다녀온 경험이 있었고 또 직접 수입해온 장본인이라고도 했다. 우리 일행이 이곳을 방문한 그 날 저녁 만찬회 석상에서 나는 종양장 책임자와 연변과기대 축목부장의 직함으로 상호기술협력 및 해당 분야의 정보교환 등을 위한 약정서를 교환하였다. 여흥이 시작되자 서너 사람이 사회자의 지명을 받고 노래를 불렀다. 그리고 나서 나에게도 노래를 부르라는 지명이 있어 일어서서 나의 애창곡인 '아~ 목동아'를 오랜만에 열창했다.

아~ 목동들의 피리 소리들은
산골짝마다 울려 나오고

여름은 가고 꽃은 떨어지니

너도 가고 또 나도 가야지

저 목장에는 여름철이 오고

산골짝마다 눈이 덮여도

나 항상 오래 여기 살리라

아~ 목동아 아~ 목동아 내 사랑아

이 노래는 아일랜드의 민요이다. 그런데 그곳에 모여 있던 사람이 40여 명이나 있었는데도 모두가 하나같이 처음 들어보는 노래라고 했고 처음에는 찬송가인 줄 오인하고 들었노라고 했다. 만찬이 끝나고 숙소까지 안내해 준 種羊場 白 場長이 나에게 "내일 교회에 나가시겠습니까?" 하기에 우선은 내 귀를 의심하지 않을 수 없는 말을 들어 놀란 표정으로 白 場長의 얼굴을 쳐다보면서 "여기에도 교회가 있습니까?" 하고 물었더니 白 場長이 웃으며 직답은 하지 않고 "알았습니다. 내일 아침 다시 오겠습니다." 하고 숙소 앞에서 헤어졌다.

다음날 아침 白 場長이 나를 안내하기 위해 왔기에 그를 따라 한 농막을 찾았는데 이곳 종양장에서 調理責任者로 일하고 있는 祝芝修(축지수)라는 중년 여자분이 기독교 신자모임의 '리더'로 그 날의 예배를 인도했다.

특별히 지정된 교회 건물이 있는 것이 아니라 일반 농가의 공간을 이용하는 탓으로 약 50명 정도 되는 男女老少가 한자리에 모여 여기저기 놓여있는 쌀자루나 곡식 포대 등에 걸쳐 앉아 준비된 찬송가를 부르고 기도하는 진지한 모습과 예배를 진행하는 모습들이 마치 옛날 西歐(서구)의 어느 한 시골의 初代교회의 모습을 연상케 하는 이 소박하고도 뜨거운 그리고 진지한 분위기가 너무도 아름답고 감동적이었다.

예배가 끝난 다음 白 場長이 "어떻게 보셨습니까?" 하고 소감을 묻는 듯하기에 솔직하게 크게 감동했노라고 말했더니 오래전부터의 숙원인 교회의 건립사업을 추진 중에 있는데 어려움이 많아 진행의 차질을 보고 있다며 혹시 도와 줄 수는 없겠는지 하고 조심스럽게 내 의사를 타진하기에 내가 무엇을 어떻게 도와드리면 되겠냐고 물었더니 "이곳에는 백양나무가 많아 필요한 만큼 採伐(채벌)하여 건축용 목재로 사용할 수 있으니 만일 김 선생께서 도와주실 수 있다면 형편이 닿는 대로 지붕용 자재와 창문에 부착할 유리를 좀 도와주면 좋겠습니다."라고 하기에 그 금액이 얼마 정도면 되느냐고 되물었더니 약 5천 元 정도(미화로 치면 그 당시의 환율로 약 800달러)면 될 것 같다고 하기에 그 자리에서 "현재 내 수중에 있는 돈이 3천 元뿐이니 나머지 2천 元은 長春에 가서 부쳐 드리겠습니다."라고 약속하고 있는 돈을 몽땅 털어놓고 종양장을 떠났다. 그리고 長春(장춘)에 도착 즉시 우선적으로 약속했던 2천 元을 구해 송금해 주었다.

얼마 되지 않는 금액이었지만 우연치 않게 별로 이 세상에 알려지지도 않은 작은 시골 마을까지 가게 되어 그곳 한 농장에 종사하고 있는 사람들이 교회를 건립하겠다는 오랜 숙원에 다소나마 보탬이 될 수 있었다는 것에 지금도 가슴 뿌듯하고 기쁘게 생각하고 있다. 1995년 여름 그 마을에 아담한 교회가 지어졌다는 소식을 들었다. 하나님, 인도하여 주심에 감사합니다.

:: 延邊科學技術大學校 시범 목장

곽선희 목사는 서울 압구정동에 소재하는 소망교회 당회장 목사로서 과기대 설립 이사장이었고, 초대 학교법인 이사장이며, 김진경 박사는 과기대 초대 학장(현 학교운영위원회 한국 측 대표. 학교운영위원회는 중국 측 3명, 한국 측 3명으로 구성되어 있다)이었다. 孫信元(손신원)이란 분은 과기대 시설본부장으로 학교건립 설계에 관한 업무를 전담하고 있었다. 孫錫昊(손석호)이란 분은 科技大 설립자의 한 사람으로 일반용 컴퓨터 386형 수백 대를 현물 투자한 科技大 설립의 공로자이시다.

필자는 과기대 교수 겸 畜牧部長(축목부장)으로 학교 시범목장 책임자로 부임하였다. 그러니까 3가지 업무를 담당하게 된 셈이다. 필자가 과기대에 적을 두고 있는 동안 延吉市

(연길시) 依蘭縣(의란향)에 위치한 依蘭牧場 (의란목장)이 과기대의 시범목장으로 지정 흡수되었다. 이 지역 사람들이 전하는 말에 의하면 이 지역은 과거 조선독립군 훈련장소가 있었던 곳이라고 하지만 말로만 전해오고 있을 뿐 뚜렷한 증거는 없는 것같이 보였다.

1945년 이후 집체농장 시절에는 저수지였던 곳인데 어느 해엔가 홍수로 인하여 저수지 제방(둑)이 유실되어 그 저수지는 형태도 찾아 볼 수 없을 정도로 토사가 유입되어 매몰되면서 지형이 변해 버렸는데 그 면적이 약 160㏊ 정도나 된다고 하였으며 해를 거듭하면서 잡초가 무성하게 자라 자연스럽게 목축장과 농토로 변했다고 한다.

이 지역을 중심으로 동북 방향으로는 旺淸縣(왕청현)이 위치하고 있으며 走向 西南으로 뻗은 계곡 양측의 경사 각도는 30~45도의 지형이고 樹齡(수령) 15년 이상의 낙엽송으로 계획 조림을 한 지역이다. 이 지역에 대한 형질 변경이나 개발에 대한 승인은 省政府(성정부) 산림청(園林廳)의 소관사항이라고 한다. 이 지역의 실 가용면적은 약 30㏊(9만 평) 정도였으며 그마저도 중요 요지는 현 주민들이 田畓(전답)으로 개간하여 경작하고 있었다.

그러나 학교 측은 이 목장에 한우 300두를 입식시켜 사육하겠다는 계획으로 연변 지역에서 延邊黃牛(연변황우: 원래는 조선반도에서 유입된 黃牛)를 선별 구입하도록 필자에게 그 임무를 위임하였다. 나는 학교 교육계획이 아직 마무리되기도 전에 황우 매입에 나서게 되었다. 이때까지만 해도 앞으로 구입될 소는 어차피 필자가 관리해야 하기에 소를 구입하는 데 나름대로는 많은 정성을 쏟아부었던 것은 사실이다. 필자의 경험에 의한 판단으로는 이 지역에서 300두를 방목 사육하겠다는 것은 무리한 계획인 것 같았으며 다소 무리를 한다 해도 약 150두 내지 200두 정도의 사육은 가능할 수 있을 것으로 보았다.

여하간 황우 구입의 책임을 맡은 이상 좋은 소를 구입해야겠다는 마음다짐을 했다. 그러나 아직 지역 사정에 어두운 나로서는 다소의 걱정이 생기지 않을 수 없었다. 과연 내가 생각하는 그런 '소'를 이 지역에서 구매할 수 있을까 하는 의문이었다.

'소' 를 구매한 다음에는 사육하는 문제이다. 대략 우량초지인 경우 1㏊당 成牛(성우) 1두 방목을 기준으로 하고 있는데 이 지역의 기후가 목초의 성장기가 매우 짧고 겨울 1월의 평균기온이 −12℃에서 −30℃를 오르내리는 혹한지대에 속함으로 대략 10월 중순부터 다음해 5월 중순까지 약 7개월 긴 겨울 동안 사육하려면 다량의 사료가 요구되는 등 많은 어려움이 있을 것이고 월동을 위한 牛舍(우사), 飼料(사료) 저장창고 등도 구비해야 하기에 150두 정도가 적정선이라고 판단하고 학교 당국에 의사를 건의했지만 김진경 박사는 300두를 고집하기에 그의 복안을 읽지 못한 채 황우 구입에 전념하지 않을 수 없었다.

:: 黃牛를 찾아서

거의 매일 優良黃牛(우량황우)가 있다는 곳이라면 어디든지 찾아다니는 것이 내 일과가 되어 벌이고 말았다. 지금 한국에서 韓牛(한우)라고 하는 명칭을 쓰게 된 것은 정확하게 밝혀져 있지는 않지만 대략 8·15 해방 이후부터라고 추정되며 그 이전에는 '황소' 즉 黃牛(황우)라고 하였고 이곳 중국 연변지방에서도 일반적으로 黃牛라고도 하고 '조선 소'라고도 한다. 따라서 本稿(본고)에서는 黃牛라고 하기로 한다.

중국 동북 지방 국경지대인 압록강변을 거슬러 올라가다 보면 西江(서강), 綠江(녹강), 振江(진강), 東江(동강), 鴨江(압강), 渾江(혼강) 등 江字(강자) 이름이 붙어 있는 마을이 10여 개가 있는데 지난날 이 마을들에는 많은 조선족들이 집단적으로 거주하고 있었다고 하며 지금도 역시 많은 사람들이 살고 있었다.

압록강이 태고 이래로 오랜 세월 흘러내리고 있는 동안 물의 흐름과 지형에 따라 토사가 흘러 쌓이는 퇴적작용에 의해 삼각주가 형성되어 灣 같은 지형이 이루어졌고, 그 비옥한 토지를 이용하여 농사를 지으려는 사람들이 몰려들게 되면서 자연스럽게 강변마을이 형성되어 그곳에 언제부터인지는 알 수 없지만 거의 어김없이 농사를 짓기 위한 役牛로 황소를 사육하는 농가들이 생겨났다.

이곳 주민들은 촌락이 형성된 이래 오랜 옛날부터 압록강을 건너 對岸(대안)의 朝鮮과 생활필수품 등의 교역(물물교환)을 하면서 살아왔기 때문에 국경이라는 구차스러운 개념을 느끼지 않고 살아온 것 같았다. 따지고 보면 아무리 정부의 손이 미치지 못하고 있는 오지라 할지라도 서로 다른 국가이고 이민족이기 때문에 당연히 정식적 商거래가 형성됐어야 할 테지만 그런 형식에서 벗어나 오랫동안의 관습에 따라 모든 생필품은 물론 가축까지도 물물교환을 하면서 살아온 흔적들이 아직도 남아있으며 지금까지도 그 풍습이 고스란히 이어져 내려오고 있었다. 그래서인지 강변마을에는 이들 나름대로의 특수한 문화권이 형성되어 있기도 했다. 순 중국식도 아니고 순 조선식도 아닌 어쩌면 '짬뽕'이라고 해야 할까? 조선과 중국이 혼합되어서 하나가 된 듯한 독특한 문화다.

강기슭을 따라 이런 곳을 방문하다 보면 중국인이면서도 제법 한국말을 썩 잘하는 사람들을 쉽게 만날 수 있었다. 지금은 뚜렷하게 국경선이 그어져 있어 국가기관의 승인 없이는 임의로 왕래하는 것이 법으로 엄격하게 규제되어 있지만 오랜 세월 내려오고 있는 관습 때문에 이 지역에 거주하는 사람들은 서로 강을 사이에 두고 물물교환을 하면서 살아오고 있다고 했다. 하기야 강폭이 불과 100m도 안 되는 곳도 있고 수심도 1m도 안 되는 곳이 있으며 겨울철에는 강물이 동결되어 도보로도 충분히 도강이 가능하기 때문에 手信號(수신호)나 육성으로도 대화가 가능하므로 언제든지 필요한 물건을 강물의 흐름을 이용하여 서로 필요한 물건을 흘려보내고 흘러온 것을 받는 방법을 터득하고 있다고도 했다. 어떤 방법을 이용하는지 상세하게 알 수는 없었지만 그들 나름대로 물품의 가치를 결정하고 가격이 형성되어 있기 때문에 가격, 품질 등 때문에 지금까지 분쟁 없이 원만하게 물물교환이 이루어지고 있다고 하니 놀라운 일이었다.

필자가 한 강변 지역을 방문하였을 때에 들은 이야기인데 평양에서 직장생활을 하던 사람이 생활고에 시달리다 못해 직장을 그만두고 地域的 緣故(지역적 연고)가 있는 북한 쪽 압록강변으로 온 가족이 이사를 와 그곳에서 對岸(대안)의 중국 부락과 사이에 물물교환을 하면서 살고 있는데 북한 쪽에서는 주로 林産物(임산물)을, 중국 쪽에서는 식량을 주로 하는 물물교환을 하면서 공직생활을 하는 것보다 훨씬 편안하게 살고 있다는 말을 들었다고 했다.

필자는 황우를 찾아 이곳저곳을 누비고 다니던 어느 날 寬甸(관전)지구 압록강 유역의 綠江(록강)과 振江(진강)의 경계 山間部落(산간부락)에 갔을 때의 일이다.

황우가 있다는 집을 물어, 물어 찾아간 곳이 寬甸縣(관전현)의 한 산비탈에 옛날에는 書堂(서당)이였다고 하는 곳에 이르렀는데 年代(연대)는 알 수 없었지만 오래된 집이고 보수를 하지 못한 탓으로 외견상으로는 볼품없고 낡아빠진 고옥이었지만 제법 규격을 맞춰 지은 집이 한 채 있었다. 그 집 마당에 당도하여 집안을 향해 소를 사러 왔다고 고함을 지르듯 큰 소리로 외쳤더니 방문을 열고 나오는 백발의 할머니가 나를 공손하게 대하는 것이 아닌가. 이 老婆(노파)는 오래 전 선조께서 이곳에 정착한 조선족이었으며 선친께서는 근처에 산재해 거주하고 있는 조선족 아이들을 상대로 서당을 개설하여 글을 깨우쳐 주셨다고 했다.

외양에 매놓은 소는 한눈에 봐도 '조선 소'임에 틀림이 없었고 사육도 잘되어 볼품도 있었다. 소값을 물어보았더니 할머니께서 한 700元(미화 100달러) 정도는 받을 수 있지 않겠느냐고 하기에 흥정도 하지 않고 부르는 대로 소값을 치루고 나서 무심코 그 집 안방을 들여다보았더니 아랫목과 윗목에 환자로 보이는 젊은 남자 두 사람이 누워있는 것이 보이기에 그 노파에게 사연을 물어보았더니 묻는 말엔 대답하지 않고 "소 판 돈으로 약이나 사 먹이려 하우." 하고 말하는 그 노파의 눈에서는 방금이라도 눈물이 쏟아질 것 같은 슬픈 표정인 데다 무척이나 수심이 가득 잠겨 있는 듯 어두운 표정이었다.

이 집에서의 그 황소는 한 가족이기도 하거니와 老婆(노파)의 말동무이기도 한 것 같았는데 가정 형편이 너무 어려워 부득이 오랜 세월 정들게 키워온 소를 내놓으려는 것 같아 그 심정인들 얼마나 아플까 하는 생각이 머리를 스치기에 정신이 번쩍 들어 도저히 방금 대금을 지불하고 산 소지만 그 소를 끌고 산비탈을 내려올 용기가 나지 않아 노파에게 "소는 가져가지 않을 터이니 젊은 사람들 치료나 잘 해 드리세요!" 하고 발길을 돌리려 했더니 그 노파가 "그렇게 보내 드릴 수는 없으니 衛字(함자)라도 남겨놓으셔야 하지 않겠나?"라며 거동도 불편한 분이 산골짝 밑에 있는 한 500m나 족히 될 탄산수 약수터까지 따라오는 것을 뿌리치고 돌아왔다. 그때로부터 수년이 지났는데도 애처롭게 보였던 그 노파의 모습이 눈에 선하다.

황우 구입은 대부분의 경우 압록강 沿邊(연변)에 있는 부락에서 구입하기로 하였다. 왜냐하면 이 지역의 소들은 조선시대 때부터 북한과의 교역으로 渡江(도강)해온 것들인 데다 地形的으로 외부와의 접촉이 거의 없었던 탓으로 비교적 교잡종이 적었기 때문이고 또 다른 가축들과의 접촉도 거래도 거의 없다시피 격리된 상태였으므로 口蹄疫(구제역:

Foot and Mouth Disease)을 비롯한 전염성 질환 등과 기생충 등에 의한 각종 가축질병으로부터도 보호되고 있어 안심하고 구입할 수 있는 장점이 있었기 때문이었다.

또한 옛 安東省(안동성)과 吉林省 接境地域(접경지역)에 位置하는 下露河鎭(하로하진)(朝鮮族鄕)이란 곳은 대부분의 주민이 조선족인 데다 과거 對岸에 가까운 북한 지역인 碧潼郡(벽동군)과 昌城郡(창성군) 朔州郡(삭주군)등 지역에서 많은 황우(이곳에서는 枇峴(비현) 소라고도 한다)가 사육되고 있었던 탓으로 그 영향을 받아 한때는 이곳에서도 黃牛(황우) 사육이 성황했던 때도 있었으므로 이곳을 중심으로 하여 황우 수매가 용이할 것이라고 판단되었기 때문에 택했던 곳인데 다행히 이곳에서 많은 우량 소를 구매할 수 있었다.

한국이 황우 사육을 시작한 것은 철기 문화가 시작된 기원전 4세기경부터라고 추정하고 있으며 철기에 의한 농기구가 발달되면서부터 畜力(축력)을 이용한 소위 牛耕(우경)이 발달되던 5세기 때부터 본격적인 사육이 시작된 것으로 알려지고 있다.

그런데 한반도에서 황우(韓牛)의 씨앗이 말라버릴 정도로 멸종 위기를 맞은 것은 1950년 6·25 전쟁으로 亂屠(난도)되었기 때문이었다고 하지만 동북 지역은 그런 戰禍(전화)의 피해로부터 보호될 수 있었기 때문에 근본 혈통에 손색없는 우수한 황우들을 만났다는 것은 소를 다루는 사람으로서 참으로 행복스럽고 다행한 일이었다고 생각하지 않을 수 없었다.

:: 黃牛의 對北 지원

황우 구매는 연변의 전 지역을 위시해서 吉林省(길림성) 遼寧省(요령성) 黑龍江省(흑룡강성)에 이르기까지 東北三省(동북삼성) 전역으로 확대하여 모두 1,200두를 구입할 수 있었고 구매된 소들은 모두 依蘭牧場(의란목장 : 과기대 시범농장)에 입식시키기로 하였다. 일단 구매가 완료된 시점에서 김진경 박사는 구매한 소들 중에서 좋은 소 300두를 선별하여 북한에 기증하겠다고 말한다. 아마도 북한 측과 사전 협의가 있었던 모양이다.

그러나 막상 동물을 수출하려면 다른 공산품과는 달리 품종, 혈통, 성별, 체중은 물론 수출국과 수입국 두 나라 사이에 약정된 까다로운 동식물 검역절차를 거쳐야 하고 검역이 완료된 시점에서 선적이 완료될 때까지 어떻게 취급되어야 하는지 그 요령과 그리고 운반수단을 어떤 방법으로 해야 할 것인지 등에 대한 절차가 필요하지만 이런 일을 해 보지 못한 김진경 박사는 경험이 없어 공산품 수출을 하는 식으로 간단한 심사와 검사 정도로 되는 줄 알았는데 그렇지가 않다는 사실을 알고 다소 당황하는 기색이었다.

후일에 느낀 일이지만 김 박사가 필자를 찾게 된 이유가 바로 소를 북한에 보내기 위해 수출입에 대한 노하우를 이용하기 위해서가 아니었나 하는 생각이 들기도 하였다.

검역절차에 있어서도 중국과 북한과의 협정에 따라 8가지 동물 검역조건보다 이전 한국과 호주 사이에 체결되어 있는 5가지 동물 검역기준이 가장 적절하고 합리적인 것 같아 중국과 북한 간의 협정 내용에서도 8가지 중 불필요한 3가지를 삭제하고 5가지만으로 축소 시행해 줄 것을 중국 측 동식물검역소에 요청했더니 요령성의 중심적 역할을 하는 大連(대련) 동식물검역소에 문의해 본 연후 결정하자고 하여 대기하고 있던 중 다행히도 다섯 가지로 축소하는 것이 적절한 것 같다는 해답을 받고 북한 측 동식물검역소에도 5가지로 할 것을 요청하고 중국 측과 합의를 보도록 요청하였더니 다행히 양측 모두 필자의 의견을 받아들여 검역내용을 5가지만 하기로 중국과 북한의 협의가 성립되었다.

소를 사서 현지에 놓아두기만 하였던 것을 한곳으로 집결시키는 일도 만만치 않게 어려운 일이었다. 원래 '소'를 수송한다는 그 자체가 사람을 수송하는 것보다 훨씬 더 어려운 일이다. 사람같이 말을 하지 못하는 데다 한 목장에서 한 무리를 이끌어 왔다면 소떼에도 리더가 있기 때문에 그 리더만 잘 조정하면 쉽게 취급이 되지만 한 마리씩 여러 곳에서 모아 오다 보면 소들이 각개약진을 하는 바람에 무척 많은 노력을 요구하게 된다.

특히 중국 동북 지방에는 비포장도로가 대부분인 데다 도로 표면도 평탄치 않고 울퉁불퉁 굴곡이 심한 데다 소를 운반해 줄 화물차마저도 거의 하나같이 노후 차량들이어서 이런 형편에서 소를 수송하려면 많은 시간과 노력이 필요하겠구나 하는 생각이 들기도 했다.

여러 지역에 산재되어 있는 총 1,200두의 소들을 모두 과기대 시범목장으로 수송하기 위해 매일같이 몹시 조심스러운 수송 작전을 전개하지 않을 수 없었다. 그렇게 해서 모아 놓은 소들 중에서 일차적으로 816두를 선발하여 격리 수용하였고 다시 이 중에서 2차로 350두를 선별하여 단동 연구소 내에 임시로 설치한 계류장으로 화물차를 이용하여 移送(이송)하기로 하였다. 말이 350두이지 화물차 한 대에 12두씩을 적재한다고 해도 30대의 차량이 소요된다.

그 화물차에는 소를 적재할 수 있도록 장치를 한 다음 소의 탑재과정을 일일이 감독하여야 했고 도로사정을 감안하여 난폭 운전을 하지 못하도록 선두차에 승차하여 주행속도를 조종하는 등의 배려를 하지 않을 수 없었다. 이렇게 해서 전량 안전하게 丹東까지 수송할 수 있도록 하였다. 군대로 치자면 부대이동을 위한 수송 작전을 한 셈이다. 전연 이런 수송 작전의 경험이 없는 사람들에게 맡길 수 없는 아주 중요한 임무이기도 하다.

왜냐하면 첫째로 운송차량에 적재할 때 자칫 부주의와 사소한 잘못으로 소가 부상을 입거나 불구가 될 수도 있고, 두 번째로 수송 도중의 잘못으로 자칫 영영 풀리지 않는 스트레스를 받을 수 도 있기 때문이다.

그렇듯 조심스럽게 운반해온 350마리 중에서 다시 3차로 지극히 양호하다고 판단되는 312두만 최종적 선발을 마치고 현 장소에서 검역을 실시할 수 있도록 단동해관 동식물검역소에 검역을 의뢰하였다. 한편 '소'를 수출하기 위해서는 동물수출 대행기관이 있어야 하므로 丹東 種畜場내에 주소를 둔 鴨綠江牛開發硏究所(압록강우개발연구소)를 성식으로 설립하고 중국 정부의 승인을 신청하였다. 이때가 1993년 3월 10일이었다.

단동종축장의 넓은 시설의 일부를 최종 검역 繫留場(계류장)으로 설정하고 그곳에서 검역을 할 수 있도록 요청하였던 해관과의 교섭이 성사를 보아 앞으로 45일간 필자가 설정한 장소에서 검역을 할 수 있게 된 것은 매우 다행한 일이 아닐 수 없었다. 검역이 실시되고 있는 동안 우리가 직접 사료공급 등을 위시한 사양 관리와 건강 상태의 체크가 가능하다는 것만으로도 큰 도움이 되었다. 한편 검역이 완료되는 대로 통관절차를 마치면 북한으로 수송해야 하므로 이를 위한 준비에 들어갔다. '소'를 수송하기 위한 차량준비, 적재함에 설치할 계류설비 등의 준비와 북한 측이 목장을 개설 운영하는 데 필요한 각종 물자들의 구매 등 준비해야 할 일이 많았다.

‘소’의 수송방법 여하에 따라 받을 스트레스를 어느 정도 감소시킬 수 있는지 여부를 가리는 중요한 일이다. 다시 말해서 수송방법은 앞으로 이 소들을 사육하는 데 성패를 좌우할 수 있을 정도로 큰 영향을 미치게 하는 요인이 되기 때문이다. 그래서 이 수송문제는 사료 공급만큼이나 세심한 주의를 기울여야 한다는 것이다.

한 예로 필자가 한호육우목장협력회에 몸담고 있을 당시의 일이다. 생우 수입창구가 일원화되어 새마을운동본부 사업부가 호주, 미국 캐나다 등 축산국가로부터 소를 수입하면서 입찰방식에 의하여 수입상을 결정했는데 그때마다 우리 협력회는 수송 문제로 말썽을 일으키곤 하였다. 그 때문에 한 번도 낙찰되어 본 일도 없이 낙제를 하곤 했다. 우리 협력회는 항공수송을 고집하여 수송비가 소값보다 더 들기 때문에 어느 應札者(응찰자)건 선뜻 응하기 어려운 문제였다. 그 당시 우리 협력회가 입찰하기 위해 제시했던 가격을 참고로 기술한다.

성우가격(평균 체중 240kg) FOB 호주 Port 호주$ 310(한화 242,575)
수송비(항공수송, 플라잉 타이거, 적재한도 180두) 두당 호주$ 381(한화 298,381)
진드기 백신 시술 및 기타 비용 호주$ 105.
계: 호주$ 786(한화 622,870) 환율 호주$ 1= 한화 782.50

위에서 보는 바와 같이 항공수송료가 소값보다 71달러가 더 많으니 아이보다 배꼽이 더 큰 셈이다. 선박수송의 경우 항공수송에 비해 금액적으로는 적어도 1두당 최소한 약 150달러 정도의 차이가 있었지만 품질적으로는 보다 더 큰 차이가 있었다. 그러나 그 품질에 대해서는 모두 등한시하는 편이었다. 우리 협력회는 소를 수송해 본 경험에 따라 수송기간 중에 발생할 수 있는 각종 문제들 중 스트레스 문제와 진드기 백신 시술문제 등을 가장 중요시하면서 다소의 가격 차이에 중점을 두어서는 안 된다고 새마을본부에 누차 의견을 제시했지만 받아들여지지 않았을 뿐만 아니라 그쪽에서는 우리 협력회가 유리한 위치에 서기 위한 계략이라고까지 했다. 수입 소에 대해 단지 수송비를 절약하겠다는 이유만으로 전연 스트레스 문제는 고려의 대상으로 생각하지 않고 20여 일이나 소요되는 선박수송을 고집하였다는 것은 결과적으로 한국 축산업 발전의 저해요인이 될 수 있다는 것을 왜 그렇게도 이해하지 못했는지 답답하기만 했다. 새마을본부는 소 수입이 중지될 때까지 끝내 시정하지 않았다.

그러나 새마을본부는 필자의 의견을 전적으로 묵살하고 선박수송을 고집했는데 가장 큰 이유가 바로 수송비 문제였다. 만일 수송비로 인해 소값에 문제가 된다면 처음부터 다시 생각해 볼 필요가 있어야 한다고 필자는 생각하였다. 즉 소를 구입하는 과정부터 재고해야 한다는 뜻이다. 새마을의 기본 취지와 목적에 따라 상업적 이윤을 배제하고 새마을본부가 호주나 미국의 축산협동조합이나 협회 등을 통하여 직접 구매하고 품질도 생산국 유관 기관으로부터 보장받을 수 있도록 해야 한다는 것이다. 또 한 가지는 수입 소를 가져다 어느 기간 동안 사육을 하도록 하려면 진드기 백신 시술을 반드시 의무화해야 한다는 것이다. 필자의 제안은 그리 어려운 일이 아니었다. 하고자 하는 성의만 있다면 능히 할 수 있는 일이었다.

그런데 그 얼마 되지도 않는 수송비 절감을 위해서 선택한 결과 소가 인천항에 도착하였을 때에는 거의 모든 소가 뱃멀미로 인하여 초죽음이 된 상태였다. 한국의 동식물검역소에서 검역을 실시하는 기간 동안 건강이 회복될 줄 알았지만 그 회복이 예상외로 느렸고 심할 경우는 1년이 경과될 때까지 아무리 좋은 사료를 급여하여도 전연 增體(증체)가 안 되는 등 극심한 후유증으로 인하여 전연 증체가 안 되거나 유산 등의 후유증에 시달리고 있다는 사실을 발견할 수 있었다.

원래 '소'를 외국으로부터 수입하려면,

① 선발(혈통, 건강상태, 연령, 체중, 체형, 발급의 생김새, 골격 등)
② 사료의 기호성 등을 고려하여야 하며
③ 생산지에서 검역소까지의 수송수단을 어떻게 할 것인가를 결정하고
④ 검역이 완료된 후에는 다시
⑤ 수출항까지의 수송수단을 설정하고
⑥ 항구에 도착되면 수입항에서 검역소까지의 수송수단의 결정

⑦ 수입 항구에서 검역이 완료되면

⑧ 앞으로 그 소가 살아야 할 목장까지의 수송

⑨ 사료의 선택 배합율의 결정

⑩ 목장 도착 후 사양관리, 예방접종, 소의 건강상태 등의 준비와 관리

이렇게 세심한 배려와 관리가 요구되는 것인데 이렇게 중요한 일들을 모두 생략해 버리고 수입하는 데에만 열을 올리고 있었으니 실패는 불을 보듯 훤하게 보였던 것이다. 다시 말하면 소를 수입할 때에는 수송방법 여하에 따라 스트레스를 어느 정도 받게 되느냐가 앞으로의 사육관리의 성패가 결정된다고 해도 과언이 아닐 정도로 중요하다는 사실은 이미 미국의 모 축산연구소가 연구결과 논문을 발표한 바도 있었고, 실제로 경험을 통해 얻은 결과를 일본축산업계가 畜産關係專門誌(축산관계전문지)에 발표한 사실도 있었다.

이처럼 生牛 수송에는 신중을 기하지 않을 수 없다는 것이 경험으로나 학술적 연구에 의해 입증되고 있는 것이다.

그래서 필자는 지난날 비싼 수업료를 지불하면서 경험한 바를 토대로 실패의 전철을

내몽고에서 북한 황해남도까지 철도 편으로 운반해온 건초를
다시 목장으로 실어가기 위해 화물차에 적재하고 있다

밟지 않기 위해 대북 지원에는 비록 짧은 거리이고 단시간 내에 수송이 가능한 지역을 선정하였지만 그래도 만약을 고려하여 수송계획에 차질이 없도록 신중을 기하려고 노력했던 것이다.

또 대북 지원 사업으로 보내는 황우 300두를 인수할 북한 측에게 우리 측이 일방적으로 판단해서 필요할 것이라고 여겨져서 준비해 놓았던 각종 물자를 북한이 소를 인수하기 전에 먼저 제공하였고 검역을 위해 설치할 계류장문제도 단동에서 가장 가까운 거리에 위치한 곳이라야 하겠기에 신의주 세관에서 가까운 압록강의 威化島(위화도) 남단 강변 마전동이란 곳의 집체농장 보리밭 일부를 사용하기로 결정하였다.

북한 측이 이곳에서 일정기간 규정에 따라 검역을 실시할 수 있도록 요청하였다. 그리고 계류장 시설(검역소)의 설치 작업에 대한 지도와 검역기간 중 소요되는 약품 등을 위시한 소요자재를 지원하는 한편 검역이 완료된 후 북한 측 계획에 따라 황해북도 용현군 자업15리 불타산 기슭(절골)에 새로 마련한 목장으로 소들을 운반하기 위한 수송방법, 요령 등도 실무담당자들에게 지도하였다.[2]

그리고 북한에 인도할 황우를 이송할 때, 검역기간 중 또는 북한 측이 지정한 목장에 입식시킨 후에 조사료로 급여할 乾草(건초) 345톤을 필자가 직접 內蒙古(내몽고) 大慶(대경) 까지 가서 구매하여 화차 편으로 신의주까지 운반해 주기도 하였다.

목장에서 소에게 사료를 급여할 때에 필요한 각종 도구(물탱크, 小 運搬機具(운반기구)인 리어카, 마니라 로프, 사료급여 용기, 사양관리용 약품, 목부용 작업복과 신발, 천막(24인용) 심지어는 목장갑, 雨衣 장화에 이르기까지)와 직접 사양관리에 필요한 물품 이외의 것까지도 모두 지원하기 위하여 만반의 준비를 갖추었다. 이윽고 역사적인 황우 지원 사업의 D-day가 도래했다. 압록강을 사이에 두고 신의주 쪽에서는 여러 정부 측 인사들이 단동에서 '소'를 실은 화물차들이 압록강 철교를 지나 신의주에 도착하기를 기다리고 있었다. 우리는 만반의 준비를 완료하고 단동 海關(해관, 稅關)의 마지막 통관절차를 마치고 압록강 철교를 건너갈

---

2 [화차 24톤씩 (30~35㎏×720단)×16貨車(화차)를 원산지 大慶(대경 內蒙古)]에서 황해남도까지 운반해왔다.

때의 감회는 무엇으로도 표현할 수 없는 긴장과 가슴 벅찬 흥분이 솟구쳐 올라오기도 하였다. 그날은 1993년 5월 봄의 햇살이 내리비치는 맑고 화창한 날이기도 했다.

이 지원 사업은 과기대(김진경 박사 주관으로)의 뒷받침을 받아 우리 연구소가 처음으로 실시하는 일이고 북한으로서도 국외로부터 황소를 정식으로 지원받는 것은 유사 이래로 처음 있는 일이기 때문에 우리 측보다 오히려 북한 관계자들이 더 큰 관심을 보였으며 이 사업은 상호에 돌변하는 사태가 발생하지 않는 한 앞으로도 지속될 것이라는 큰 희망을 걸고 있는 듯했다.

필자가 이 지원 사업에 직접 관여하면서 북한 측 관계자들과 직접적으로 사전 접촉을 해 본 바로는 놀랍게도 북한에서 선정되어 소를 인수하고 사양관리를 담당하겠다는 당사자들 대부분이 목장 경영관리에 대한 지식이나 경험은 물론 농가에서의 한두 마리 소를 직접 사육해 본 경험이 있는 사람이 한 사람도 없는 생판 白紙狀態(백지상태)인 사람들뿐이라는 사실을 알게 되어 큰 실망감마저 들었으며, 그나마도 그들 중 몇 사람만이 가축사육의 경험이 있다고는 하였지만 그마저도 소년 시절 농가에서 한두 마리 정도의 農牛를 부모가 사육하고 있는 것을 어깨 너머로 보았을 정도가 전부라고 하였다. 하물며 목장이라는 존재조차 없었던 곳에서 소 300두 이상의 대 목장을 관리 운영해 본 유경험자가 있을 리 만무하다는 것은 당연한 일이다.

그렇다고 해서 관계당국에 유경험자를 새로 차출해 달라고 해 본들 가능한 일도 아니거니와 설사 새로 차출해 온다고 해봐야 오십보백보이다. 그러니 차선의 방법이라고 해봐야 당장 이들에게 곧 들이닥칠 소떼를 관리하고 사육하기 위한 기초적인 교육을 시키는 수밖에 이리저리 검토를 해 보았지만 교육을 담당해 줄 전문가 아니 전문가의 흉내라도 낼 수 있을 만한 사람도 없고 전문서적은 더더욱 찾아 볼 수 없는 현실에 실망을 느꼈고 앞으로의 문제를 생각하니 난감하기만 했다.

소를 지원하면서 사료 문제에까지 신경을 써야만 할 정도로 경험이 없는 이들을 위해 내몽고에까지 가서 어렵게 사들이고 여기까지 운반해 온 건초를 처음 운반하여 空地에 쌓아 놓은 후 2개월이 지난 다음 다시 그곳에 가 보았더니 처음 가져다 놓은 그대로 땅바닥에 놓아 둔 상태 그대로였다. 오래도록 이런 상태로 놓아두면 습기가 차서 부패하거나 곰팡이가 끼어 못쓰게 될 것이 뻔한데 이런 것을 보고도 시정하려는 사람이 한 사람도 없었다. 당연히 그럴 수밖에! 그런 것을 알 사람이 아무도 없으니까.

필자는 이 현실을 목격하고 '그 먼 내몽고에서 여기까지 가져온 것인데 이대로 놓아두어서는 안 되겠다'는 생각이 들어 두 팔을 걷어 부치고 주위에 있는 5kg이나 10kg 정도 크기의 돌을 날라 놓는 필자의 모습을 보고 목장관계자들은 "저 영감이 도대체 무엇을 하려고 저러냐!"라는 식으로 먼 산 바라보듯 구경만 하고 있는 것이 아닌가. 시간이 흐르자 무슨 생각이 들었는지 구경하고 있던 牧夫(목부) 한 사람이 내 곁에 다가와서 "선생님, 무엇을 하려고 하십니까?"라고 묻기에 이런 기특한 사람도 더러는 있나 보다 싶어 내가 하려는 것을 설명해 주었더니 그제야 牧夫들을 불러 같이 돌을 나르고, 그것을 받침돌로 하여 그 위에 걸칠 나무를 올려놓고 다시 그 위에 건초를 쌓아 놓아야 하니 우선 각자 몇 개씩 서까래 같은 나무를 구해 오라고 했더니 어디서 무엇을 하다 왔는지 두 시간이나 족히 걸려서야 겨우 몇 개씩 가지고 왔다. 그 나무들을 내가 말한 대로 돌 위에 걸쳐놓고 그 위에 건초를 쌓아 올리라고 했다.

이런 일은 상식도 아니다. 누구나 이런 일에 종사하고 있는 사람이라면 상식적으로 판단해서라도 할 수 있는 일이지만 이들은 알지를 못했는지 알면서도 하기 싫어서 안 했는지는 몰라도 누구 한 사람 의견이나 시정을 제기하는 사람이 없다는 것이 문제이고 슬픈 일이었다.

북한 관계자들이 그동안 "소를 가져오기만 하면 누구보다도 더 잘 키울 수 있으니 염려할 것 없다."라고 장담하던 말이 모두 헛소리이고 북한에서는 그동안 대규모 목장을 조성해서 운영해 본 사례가 전연 없었다는 사실도 증명하는 꼴이 된 셈이다. 소를 지원하기에 앞서 그 소들이 들어갈 곳이 정해지면 그 소들이 들어오는 즉시 좋은 사료를 급여할 수 있도록 사일리지(Sailage)를 만들어 놓아야 한다고 관계자들에게 누차 설명해 준 바 있었다. 물론 사일로의 방식은 여러 가지가 있지만 북한에서의 여건 등을 감안할 때, 가장 손쉽게 할 수 있는 트렌치 사일로(Trench Silo) 방식을 택하라고 하였고 그것에 많은 양의 사

북한에 지원할 소를 실은 화물차들을 단둥해관 정문 앞에서
단둥 동식물검역소 검역관 老趙가 확인하고 있다

일리지를 만들어 놓을 수 있으면 좋겠지만 우선은 300톤 정도만이라도 만들어 놓으면 좋겠다는 의견을 말했다. 그리고 난 다음 막상 소가 들어와서 사료 공급을 하려다 보니 사일리지를 제대로 하노라고 했지만 비닐이 없어서 땅바닥과 위를 덮어 공기 유입을 차단하지 못하고 생초를 잘 다져 넣어야 하는데 실제로 만들어 본 경험이 없기 때문에 다져 넣는다는 데 대한 중요성을 인식하지 못하여 숙성도 제대로 안된 상태였고 부패에 대한 손실, 발효 손실 등을 감안하면 좋은 품질의 사일리지라고는 볼 수 없었고, 수량도 30톤 정도에 불과했지만 실제로 소에게 급여할 수 있는 양은 많아야 20톤 정도에 불과할 것으로 추산되었다. 이유야 어떻든 생전 처음 해 보는 일에 이만큼이라도 만들어 낸 것이 다행이라고 생각할 수밖에 없었다. 현실이 이와 같은 상태이다 보니 황소의 지원 사업이 앞으로도 계속될 경우 필연코 많은 문제점과 시행착오가 뒤따를 것을 예측하게 되었다.

앞으로 아무런 개선도 없이 현재의 상태로 지원 사업을 계속하게 된다면 북한의 축산업 발전은 거의 기대하기 어려울 것이라고 판단되었고 현 상태대로 무한정 지원만 해 준다는 것도 아까운 자금과 귀중한 자원을 낭비하는 결과가 될 것이므로 가급적이면 당장 지원해 주는 300두의 소만이라도 성공적으로 사육할 수 있도록 직접 사육을 담당하는 당사자들에게 시급히 기초적인 교육을 실시하는 것이 무엇보다도 우선되어야 한다는 생각이 들었다.

그래서 필자가 가장 시급하다고 느낀 것은 先 技術교육 後 實物支援의 형식으로 다소의 시간이 걸리더라도 기왕에 시작한 사업이니 허사로 끝나지 않도록 한 계단 한 계단 차근차근 밟고 올라가 소기의 목적을 달성할 수 있도록 하는 것이 순서가 아닌가 생각되었다.

우리가 소를 지원한 지 5년이 지난 1998년 5월 현대그룹의 총수인 정주영 회장께서도 아산목장에서 사육한 한우 중에서 선정한 500두의 우수한 한우를 직접 현대자동차 공장에서 제작한 화물차 新車(신차) 40대에 적재하고 판문점을 거쳐 황해도 몽금포 목장까지 날라다 주었다.

그래도 현대의 경우는 우리와는 달리 세계의 모든 매스컴이 동원되다시피 하여 대한민국의 전 국민은 물론 전 세계인의 이목이 집중된 가운데 화려하게 치러진 세리머니 (Ceremony)였지만 십수 년이 지난 지금 정치적 선전 효과는 있었는지 모르지만 축산진흥차원에서 그 성과를 논한다면 無에서 有가 아니라 有에서 無로 변해버린 것 외에는 기대하였던 성과를 논할 만한 처지는 못 되는 것 같다.

한마디로 북한 목축업의 현 실태로는 전도가 암담하게 보일 뿐이었다. 특히 많은 양의 가축을 체계적으로 사육·관리·운영할 수 있을 만한 경험도 능력도 기술도 없고 그럴 만한 단계도 아닌 데서 많은 '소'를 지원받아 '까짓것 뭐 어려울 것 없지 않아'라는 안이한 생각으로 시작했지만 시행착오만 일으키고 있는 실정인 데다 무슨 농법이라 해서 체계적인 관리운영상의 단점마저 내놓는 마당에 여기서 무엇을 더 바랄 수 있겠는가. 실질적으로 자기들의 실패를 인정하지도 반성하려고도 하지 않는 데 문제가 더 심각하다. 그간 발생한 문제점들을 보완 내지 시정하지 않고서는 축산업의 앞날도 성과도 기대하기 어렵다고 본 것이 필자의 솔직한 소견이다.

축산인이라고 자처하는 필자의 입으로 이런 말을 해서는 안 되지만 솔직하게 심정을 털어 놓는다면 황무지나 다름없는 축산업에 기대를 거는 것보다는 오히려 굶주림에 허덕이는 수많은 어린아이들을 위해 조금이라도 더 도움을 줄 수 있는 방법을 찾아보는 것이 훨씬 더 효과적일 것 같은 생각이 들었다. 보잘것없이 작은 힘이나마 꽁꽁 얼어버린 어린아이들의 마음속을 녹여 주는 데 보탬이 될 수 있고 웃음을 되찾고 행복한 마음을 가질 수 있게 해 주고 싶은 것이 지금의 내 마음의 전부라고 할 수 있다. 이런 실정을 알게 되면서부터 마음 한구석에 일어나고 있는 변화인지도 모른다.

북한을 방문할 때마다 차창 밖에 펼쳐지는 풍경을 보니 언제나 휑하게 뚫린 도로 위에는 자동차도 사람도 또 다른 짐승들도 움직이는 것이라고는 하나도 보이지 않았다. 들과 산을 보아도 마찬가지다. 벌거벗은 산과 들에는 나무도 있을 법하고 소도 있을 것 같은데 눈을 비비고 봐도 볼 수가 없었다. 이런 광경을 말을 바꾸어 표현한다면 '자원이 메말라 버렸다'고나 할까요? 의당 사람이 사는 곳이기에 있어야 할 것들이 없으니 말이다.

이럴수록 뭔가 변화가 있어야 하고 그 변화를 위해서는 천 가지 말과 구호보다 또 空虛(공허)한 아이디어를 늘어놓는 것보다 더 중요한 것은 지도자의 과감한 결단과 실천이 있어야만 가능할 것 같이 보였다.

영국의 철학자 버트란드 러셀(Bertrand Russell)은 이런 말을 했다. "국가든 기업이든 우물쭈물하고 있으면 뒤처지고 만다. 빨리 결단하고 실행하지 않으면 안 된다. 결단과 행동을 통한 실천은 무엇을 하거나 꼭 필요한 것이다. 躊躇(주저)하는 것보다 더 무능한 것은 없다. 능력이 부족해서 무능한 것이 아니라 주저하기 때문에 무능하게 되는 것이다. 才能(재능)이 있는 사람이 이처럼 무능하게 되는 것은 優柔不斷(우유부단)하기 때문이다. 주저하기보다는 아예 실패를 선택하라."라고 했다.

고대 중국의 韓非子(한비자)도 똑같은 이야기를 했다. 빠른 결단과 빠른 실천을 해야만 성공할 수 있다고 했다. 축산 문제만 해도 그렇다. 확실히 낙후되어 있는 것은 사실이다. 그렇다고 "당신들의 이 현황은 낙후되어 있으니 시정해야 할 것이오." 하고 솔직하게 제언하고 싶어도 그런 말을 들어줄 사람은 아무도 없을 뿐만 아니라 그런 말을 함부로 했다가는 어느 귀신이 잡아갈지 모른다. 그래서 이 사업 자체가 단시간 내에 성과를 기대할 수도 없고 해서 담당자들 스스로 깨달을 수 있을 때까지 기다릴 수밖에 없다. 이방인이고 제3자이기에 혹 단점만 눈에 띄었는지도 모른다. 그래서 부정적으로만 바라볼 것도 아니라 긍정적으로 받아들일 수 있게만 된다면 얼마나 좋을까.

필자는 현실적으로 이와 같은 상황에 적응할 수 있도록 구상한 것이 간접적으로나마 이들을 깨우쳐 주기 위한 방법으로 현재 남한에서 발행되고 있는 축산기술 서적 등을 토대로 교육 자료를 편찬하는 일이 가장 적절하고 시급한 일이라고 생각하게 되었다. 다만 한 가지 문제는 과연 이들이 우리 연구소가 작성한 교재를 순수하게 받아들일 수 있겠는가 하는 문제가 있었다. 일단은 추후 부닥쳐 보기로 하고 교재 편찬부터 시작하기로 결심하였다.

:: 몽골 오지에서 만난 탈북 여성

대북 지원에 앞서 그들에게 줄 건초를 구매하기 위하여 여기저기 수소문해 본 결과 내몽고의 목초가 가장 적합하다는 말에 따라 내몽고 사정을 조금은 알고 있다는 老趙(로조, 단동 동식물검역소 직원)와 같이 대경유전 근처에 가보기로 하였다.

大慶油田(대경유전) 은 '하얼빈'과 '지찌하루' 사이에 위치하며 2차대전 종료 후 유전이 발견된 곳이다. 이 '대경'으로부터 약 50km 정도 몽고 방향으로 들어가 다시 고원지대를 횡단하면 무한한 草原(초원)이 시작되며 여기서 다시 약 20km 정도 달리면 阿榮旗(아영기)라고 하는 鄕(향)이 있는데 이곳에서 점심을 해결할까 하고 鄕(향)으로 들어서는 초입에 경찰지서가 있는 것을 발견하고 지서에 들어서면서 老趙가 '우리는 단동에서 건초를 사러 온 사람들인데 혹시 점심식사를 해결할 만한 식당이 있으면 소개해주면 좋겠다'고 하면서 명함을 내밀자 마침 그곳에 들렀던 향 경찰서 간부가 老趙의 명함을 힐긋 보더니 앉아 있던 의자에서 벌떡 일어나 자기 차로 안내해 줄 터이니 자기 차로 가자고 친절을 베풀기에 그를 따라 향 중심쯤 되어 보이는 곳에 다 왔다고 한다. 차에서 내려 그 경찰 간부가 들어가려는 집에 매달려있는 간판을 보았더니 '打粔(타거)'라고 쓰여 있기에 이거 웬 떡집에 데려오는가 하며 의아한 생각을 하면서도 경찰관 뒤를 따라 식당 안으로 들어갔다. 그 경찰 간부는 홀 중앙에 놓여있는 원탁 테이블에 앉으라고 권하고 그는 주방으로 들어간다. 식당 내부는 중국 시골에서 흔히 볼 수 있는 특별한 장식도 없이 벽에는 붉은 종이에 큼직하게 쓴 福 자를 거꾸로 붙여놓은 것이 전부였다. 그 밖에는 별로 볼 것이 없는 그저 그런 식당이었다. 그런데 도대체 어떤 것을 먹이려 하는지 도무지 가늠할 수가 없었다. 그래서 필자는 슬그머니 겁도 나고 불안하기도 해서 老趙에게 "무엇을 먹이려고 이러냐?"라고 물었다. 필자의 어설픈 중국어 대화를 들었는지 홀과 주방 사이에 가려진 커튼이 살짝 열리더니 젊은 여인의 얼굴이 순간적으로 나타났다 사라졌는데 얼핏 보기에 혹시 조선족이 아닌가 하는 생각이 들 정도로 이곳 사람들과는 사뭇 다른 얼굴을 하고 있었다.

의아한 생각이 들어 커튼 쪽을 응시하고 있노라니 다시 한 번 그 여인의 얼굴이 나타나 순간적으로 필자와 그 젊은 여인의 시선이 마주쳤다. 이번에는 틀림없이 그 여인이 조선족이거나 조선 여인임을 확인할 수 있었다. 경찰관이 우리를 안내하며 주방으로 들어간 것이나 조선족이 이 오지에까지 와 있다는 것 등 심상치 않은 의문이 머릿속에서 맴돌고 있었다.

식사 후 기차 정거장(화차참)에서 자동차를 타고 초원역으로 가는데 운전사 말에 의하면 그 식당 주인은 바로 그 경찰관이고 그곳에 있던 젊은 여인은 그 경찰관의 조카며느리(姪婦)라고 하였다. 그런데 어찌하여 그 姪婦(질부)가 조선족[3]이냐고 물었더니 대답을 머뭇거리다 하는 말이 그 여인은 조선족이 아니라 조선인(탈북 여인)이라고 하였다. 그러면서 그 여인은 이곳에 시집와서 5년 동안 3남매를 낳았으니 이제는 중국인이 되어 버렸다고 했다.

후에 알게 된 일이지만 탈북 여성들을 안내하는 전문 브로커의 말에 의하면 압록강이나 두만강을 안전하게 북한에서 중국으로 渡江(도강)시켜 주는 데 중국 화폐로 3,000元(원)을 받고, 도강해 온 사람을 다시 안전하게 몸을 의지할 수 있는 오지까지 안내해 주는 데는 중국 화폐 7,000원을 더 내야 한다고 했다. 그러니 이 오지까지 오는 비용만도 중국 화폐로 1만 원이 있어야 한다는 결론이다. 알기 쉽게 한화로 환산해 보면 대략 200만 원 정도는 있어야 한다는데 탈북자들이 무슨 돈이 그렇게 많아서 이런 거금을 지불할 수 있겠

---

3 조선족이란 중국에 거주하는 중국 국적을 가지고 있는 조선인이고, 조선인이란 북한에서 넘어온 북한인 즉 탈북자를 지칭하는 말이다. 조교라고도 하는데 이는 조선 교민으로 국적이 조선이라는 뜻이다. 이 조교는 정식으로 북한에서 중국으로 와 살고 있는 교민이기 때문에 언제든지 북한으로 돌아갈 수 있는 자들이다.

는가? 그러니 부득불 이 돈을 마련키 위해서라도 중국인에게 매달릴 수밖에! 종종 심심치 않게 남한 매스컴에 오르내리는 화제가 바로 이런 데서 발생한다는 것을 알게 되었다. 그리고 또 한 가지 안전하게 중국에서 살려면 적어도 아이를 셋은 낳아야 한다고도 했다. 필자가 커튼 사이로 본 그 여인도 역시 그와 같은 경로를 거쳐 몽골까지 왔음에 틀림이 없었을 것이다. 그 여인은 나의 어설픈 중국말을 듣고 아마도 무엇인가 이야기를 하고 싶었던 것이나 자기를 잡으러 북한에서 온 사람이 아닌가 하는 불안감에서 내다본 것 같은 눈치였지만 결국 그녀와는 말 한마디 건네 보지 못하고 헤어져야 했지만 혹시라도 소문에 듣던 대로 이런 오지에까지 얼마 되지도 않는 돈을 받고 중국인에게 팔려왔다면 그야 말로 가슴 아픈 일이 아닐 수 없다. 동족을 만날 수 있는 기회가 좀처럼 없을 것 같은 이곳에서 도움을 주지 못한 것이 못내 아쉬운 생각이 들었다.

:: 친구가 찾아오다

1996년 3月, 봄이 가까워지고 있는지 햇살이 무척 부드럽게 느껴지는 어느 날, 한 통의 전화가 걸려왔다. 무척 낯익은 목소리로 "김 소장 잘 있었소?" 하는 무척 반가운 목소리의 주인공은 이서근 형이었다.

"아니, 이거 웬일이요? 형! 그동안 어떻게 지내고 있었소?" 하고 안부를 물었더니 "나 개인적으로 용무가 생겨서 단동엘 가게 되었는데 그곳에 가본 지가 하도 오래되어 생각도 나질 않고 해서 안내를 부탁하려고 전화를 걸었소."라고 한다. 무척이나 반가운 사람이 찾아온다기에 너무 반가워 "그럼 형, 혹시 심양으로 온다면 도착하는 날 시에 맞춰 비행장에 나갈게." 하니까 "아니야, 비행장에서 시내로 들어가는 버스나 택시는 있을 것 아니야? 그것으로 시내에 들어가 기차타고 단동에 도착하면 전화할게." 하고 내가 심양까지 가는 것을 극구 사양하기에 "심양에 볼일도 있고 겸사겸사해서 가려고 하는 것이니 부담스럽게 생각하지 마!" 하고 도착하는 날짜와 시간을 묻고는 전화를 끊었다.

이서근 형의 목소리를 들어서였는지 이 형이 단동에 온다는 소식을 들어서인지 상쾌한 기분으로 온종일을 보낼 수 있었다. 그리고 이 형이 자기 발로 심양에서 단동까지 혼자서 오겠다고 한 것은 옛날 중학교 시절 신경(지금의 장춘)에서 보냈기 때문에 전연 낯선 땅도 아니려니와 학교를 졸업하고 나서는 잠시 신의주 세무서에 근무한 경험도 있고 해서 혼자서 찾아오겠다고는 했지만 이 형은 아마도 반세기나 지난 지금의 도시가 옛날 그대로인 줄로 착각하고 있는 것 같았다.

그동안 소식을 끊고 있었던 것은 아니지만 이 형도 모 식품회사에 다니고 있었기 때문에 일에 쫓겨 바쁜 나날을 보내고 있다는 사실을 알고 있었으므로 내가 서울에 갈 때마다 그 회사에 전화를 걸어보면 외국 출장 중이거나 충남 서산에 있는 공장에 내려가 있거나 하여 통화할 기회조차 별로 없었다. 서로 일에 시달리다 보니 연락이 잘 안 되었을 뿐, 서로의 소식은 잘 알고 있었다.

이 형이 KAL 편으로 심양에 도착하기로 되어 있는 3월 10일을 2일 앞두고 심양에 와서 이것저것 일들을 보고 이 형이 도착할 시간이 되어 비행장 출구에서 기다리고 있었다. 커다란 키에 흔들흔들 걸어 나오는 모습은 옛날이나 지금이나 조금도 변함이 없었다. 심양에서 하루를 묵고 기차 편으로 단동으로 내려가기로 미리 예약을 해 놓았던 탓으로 편하게 기차에 승차할 수 있었다.

이 형이 좌석에 앉아 제일 먼저 그의 여행 가방에서 남한에서 발행하는 그 날 자의 신문과 '월간 조선'이라고 하는 두툼한 월간 잡지를 내 놓으며 기차에 타고 있노라면 지루할 터이니 읽어보라고 나에게 넘겨주었다.

이 형은 창가에 앉아 바깥 풍경을 내다보며 가라고 하고 나는 신문이나 보며 가겠노라고 하며 근래 남한 소식이 궁금했던 탓도 있었고 해서 신문을 읽고 있는데 내 무릎 위에 놓여있는 '월간 조선'을 지나가던 젊은 청년이 보고는 "혹시 남조선에서 오시는 분이야요?" 하고 평안도 사투리로 묻는다. 이 형이 그 젊은이의 물음을 가로채면서 "예! 내가 한국에서 온 사람인데 왜 그러시지요?" 하고 되묻자 "저는 북조선 사람인데요. 괜치 않으시다면 이 책을 잠시 빌려 볼까 해서요." 하자 "그러세요!" 했더니 자기가 앉아있는 좌석을 가리키며 책을 자기 좌석에서 보고 가져다주겠다고 하며 자기 좌석으로 가는 것을 보았다.

그러고 나서 이 형과 나는 그동안 못 다한 이야기로 시간가는 줄도 모르고 대화에 정신을 팔고 있었는데 다음 역이 종착역인 단동이라고 할 때 그 책을 빌려 갔던 청년이 "책 잘 봤시요!" 하고 상기된 얼굴 표정으로 북한 특유의 억양으로 고맙다는 인사를 하고 자기 자리로 돌아갔다.

나와 이 형이 같은 생각을 한 것 같다. 내가 먼저 "저 젊은 친구 뭘 보고 저래?"라고 하자 이 형은 "이 월간지에 김정일 특집이 나와 있더군! 뭘 썼는지 아직 내용을 읽어보지는 못했지만 글쎄! 우리 입에 항상 오르내리는 내용들을 집대성한 것 아닐까?" 하고는 "저 친구 말이야, 이 내용 어떻게 소화시킬 수 있을까? 자칫 우리 때문에 젊은 친구 상하지나 않았으면 좋을 텐데 말이야!" 그러는 동안 기차가 단동역 플랫폼에 도착하여 여객들이 모두 일어나 출구로 향하는 데 끼어 우리도 혼잡스러운 역사를 빠져나와 그리 멀지 않은 호텔로 향했다. 아직은 이른 봄이라 바깥공기는 제법 쌀쌀했다. 이 형은 역전 광장에 세워진 커다란 모택동 동상을 바라보며 서 있기에 "형, 마오 따거(毛 大兄)는 나중에 천천히 만나보기로 하고 어서 호텔로 가자구요." 하고 발걸음을 재촉하였다. 이 형이 감기라도 걸릴까 두렵고 염려스러워서 발걸음을 재촉했던 것이다.

::教材 편찬과 황소 지원 사업

대북 지원 사업을 시작한 이상 이 사업을 성공시키기 위해서는 우선 '소'를 사육하고 관리하는 당사자들에게만이라도 기초적인 축산기술을 가르쳐 주는 일이 매우 시급하고 중요한 일이었다. 그러나 이들을 모아놓고 직접적으로 강의를 한다거나 실습을 한다는 것은 불가능하므로 교재를 통해서만이라도 습득시키는 방법밖에 도리가 없다는 생각으로 교육용 교재를 준비해야겠는데 그것마저도 용이한 일이 아니었다. 그래서 생각해낸 것이 우리 연구소가 직접 참고서를 편찬하는 일을 구상하게 된 것이다.

필자가 연변에서 단동으로 자리를 옮기면서 대북 황소 지원을 하고 있다는 소문이 사방에 퍼지면서, 여러 慈善團體(자선단체)들로부터 각종 대북 지원 사업에 대한 지원 요청이 밀려들어오기 시작했다. 또 필자가 북한에서 목격한 바대로라면 현실적으로 매우 시급하다는 사실은 알고 있었지만 그런 단체들의 요청을 모두 수용하기에는 내 자신의 능력에 한계를 느끼게 하였다. 우선은 본연의 사업목적이 가축 지원이었으므로 어떠한 방법으로라도 대북 지원을 계속하면서 앞서 지원해 준 300두와, 현대그룹 정주영 회장께서 지원해준 500두를 합해 800두의 소가 모두 황해도 몽금포 일대에 있는 목장에 入殖되어 있었기에 소들이 천재지변이나 고의적 손실에 의해 감소되지 않는 한 10년 후가 되면 기하학적으로 늘어날 것을 감안하여 거의 황무지나 다름없는 축산기술을 어떤 방법으로라도 습득시키는 것이 급선무라고 여겨지기에 교재 편찬을 서두르지 않을 수 없게 되었다.

丹東에 鴨綠江牛開發研究所를 설립한 다음 우선적으로 교재 편찬 문제를 해결하기 위해 내가 구상하고 있는 사업을 가장 잘 이해해 줄 수 있고 교육자료 편찬사업을 도와줄 수 있는 적격자라고 여겨지는 李西根 兄과 우선적으로 상의하여 추진하려는 복안을 가지고 李 兄을 만나기 위해 서울에 가는 날을 고대하고 있었는데 다행히도 때를 맞췄다고나 할까? 李 兄이 개인적 사업관계로 단동에 들어왔기에 내가 구상하고 추진하려는 계획을 설명하고 교재 편찬에 대한 일을 맡아 달라고 요청했더니 다행히 현재 하고 있는 일이 1개월 정도면 완료될 것이므로 그때부터는 교재 편찬 사업을 도와줄 수 있을 것이라고 했다.

그렇게 해서 국내외 著名(저명) 축산관계 학자들과 축산협동조합 등에서 발간한 서적, 그리고 일본의 전문 서적들을 참고로 3년에 걸쳐 편찬해낸 것이 韓牛 1~2, 泌乳 1~2, 飼育管理, 畜産用語解説, 젖소의 營養과 飼育, Pipe line Milker Hand Book, 牧草, 飼料價値評價法 등 10권의 참고서를 편찬해낸 것이다.

교재의 내용에는 다소 미흡한 점이 있었지만 우선은 북한의 가축사육 당사자나 관리자들의 교육용으로는 어느 정도 충족시킬 수 있을 것으로 여겨지기에 일단은 교재 편찬에 성공한 셈이다. 그런데 걱정스러운 것은 과연 이 교재를 북에서 받아들여 주겠는지 여부가 염려스러웠고 설사 받아 준다고 해도 이 교재를 이용하겠는지 여부도 걱정스러웠다.

나는 이 교재를 우선 제일 먼저 제1차와 제2차로 지원한 소의 실제 사육 관리를 담당하고 있는 황해도 사리원 인민위원회의 축산국장(여자)에게 10권(한 부)을 보내 주었고 다음은 평안북도 인민위원회 축산국에 10권(일부)을 보내 주었더니 내가 염려했던 거부반응은 없어 매우 다행스러운 일이었다.

일부 인원에 국한되기는 하였지만 목장에서 직접 사육을 담당하고 있는 목부를 비롯하여 이와 관련된 업무를 담당하고 있는 사람들 중에는 이 교재를 통해 '소'의 사육 방법과 관리 방법을 습득할 수 있게 되었다는 것은 매우 뜻있는 일이라고 생각되었으며 또 별 저항 없이 이 교재들을 받아준 당국에도 고맙게 생각하지 않을 수 없었다.

기왕 많은 시간을 들여 만들어진 것이니 이 교재를 통해 북한의 축산업 발전에 조금이라도 도움이 되었다면 다행스러운 일이라 여겨지며 보람 있는 일을 한 것 같아 흡족한 생각이 들었다.

그로부터 수년 후의 이야기이지만 평안북도의 목장관리 업무를 담당하고 있는 사람 중한 사람이 그 교재를 참고로 학위를 취득했다는 기쁜 소식을 들은 바도 있다.

목축 관련교재 편찬사업은 다소 어려움이 있을 것으로 예상은 되지만 필자가 이 연구소 운영을 계속하는 한 앞으로도 계속 진행할 방침이었다.

특히 북한에서 아직은 가축으로 인하여 발생하는 환경오염 문제들이 심각하게 야기되고 있지는 않지만, 머지않은 장래엔 이러한 문제들이 기필코 야기될 가능성에 대비하여 분뇨처리 혹은 환경오염 방지 등에 대한 대책을 위한 교재 등을 비롯해서 선진 축산국들의 축산기술을 전파할 수 있도록 노력할 계획이었다.

그리고 필자가 이 사업을 계속해야겠다고 생각하게 된 동기는 本意건 他意건 에 이 사업에 관여하면서 느낀대로 솔직하게 기술한다면, 백문불여일견(百聞不如一見)이란 말이 있듯이 직접 내 눈으로 확인한 북한의 실정은 필자가 여태까지 들어왔던 것과는 너무나 판이하게 차이가 있어 보였던 것이다. 필자가 처음 들은 바대로라면 북한에는 농업이 발달하여 영농기술과 관리가 선진국 수준에 도달되어 있으며 대부분의 농장이 기계화되어 있으며 지대가 높아 農水(농수)의 혜택이 미치지 못하는 지역에 대해서까지도 모두 관개 시스템(Irrigation Cultivation System)이 도입되어 초현대식 농사를 짓고 있다는 이야기였다. 그런데 실제로 필자의 눈에 비친 현황은 전혀 다른 것이었다. 우선 농촌 여기저기를 다녀 보았지만 트랙터도 남한 농촌에는 널려 있는 경운기도 보이지 않았다. 물론 자동급수 시스템 같은 것도 보이지 않았다. 농기계가 보이지 않는다는 것은 그런 것이 아예 처음부터 없었거나 과거에는 있었지만 지금은 기계들이 모두 노후하여 폐기되었다는 뜻이며 그 기계들이 폐기되었다면 대치기구가 있거나 혹은 役牛라도 있어야 농사를 지을 것이 아닌가 하는 생각이 들었지만 그것마저도 보이지 않기에 하도 이상한 생각이 들어 필자를 안내해주는 안내원에게 슬며시 물어보았더니 국가시책에 의해 '소'는 面(면) 단위로 공동축사가 마련되어 있기 때문에 그곳에서 공동으로 사육 관리를 하고 있다는 것이었다. '소'의 소유권이 국가에 있기 때문에 그렇다는 것이다. 나의 머리로서는 그런 의문들을 풀 수 없었고 그 궁금증을 풀기 위해 예정에도 없는 작업반(면)에까지 가서 실제로 축사에 가 보았더니 그곳 책임자(반장)이 30마리를 사육하고 있다고 했지만 실제는 10여 마리가 사육되고 있는 흔적이 보였다. 그렇다면 이 몇 마리의 소만으로는 면 단위 집단의 농사를 짓기에는 畜力이 턱없이 부족하다는 사실을 알 수 있었다. 동시에 도대체 어떤 식으로 농사를 짓고 있는지 다시금 새로운 의문이 생겨나게 되었다. 필자는 이 새로운 또 하나의 궁금증을 풀기 위해서 축사 부근에 있던 농민에게 어떤 방법으로 농사를 짓고 있냐고 물어보았더니, 나를 안내해온 안내원(나의 감시원)이 그 농민에게 눈짓을 하니까 무언가 내 물음에 대답을 하려다가 슬그머니 뒷걸음질 치더니 돌아서기가 무섭게 어디론가 사라져 버리는 것을 보았다. 안내원에게 왜 저 사람이 가 버렸냐고 물어보려 했지만 제대로 답변해 줄 리 만무했기에 아쉬운 마음은 들었지만 나도 발길을 돌릴 수밖에 없었다.

이와 같은 현실을 실제로 목격한 후 제일 먼저 생각한 것이 북한 농민들이 농사를 지을 수 있는 役牛(역우)가 꼭 필요할 것이란 생각을 하게 되었고, 축력을 이용한 영농이 곧 식량 생산과도 직간접적으로 직결되는 요인이 될 것이기에 어떤 방법으로라도 소를 지원하는 사업은 계속돼야 하겠다는 결심을 다시 한 번 다짐하게 되었다. 또 한 가지는 牛乳(우유)와 羊乳(양유)를 지원하여 어린아이들의 영양 공급에 도움을 줄 수 있도록 하고 싶었다. 어느 정도 사육에 성공을 보게 되면 다음은 肉用(육용)과 乳用(유용)을 겸하는 품종인 '샤롤레(Charolais)'나 '시멘탈(Simmental)' 등과 같은 종류의 소와 우수 품종의 정액을 수입하여 인공수정을 통해 소의 품질 개량도 하고, 일부 한정된 지역에서나마 아이들의 만성 영양실조에서 벗어날 수 있게 해 주고 싶은 것이 내 욕심이었다. 이런 계획을 성공시키려면 오랜 시간이 소요될 것이므로 연차 지원계획을 확대한 안을 수립하여 사업을 추진해 보고자 단동으로 돌아가면 여러 지원 단체들과 협의해 볼 작정이었다.

:: 어머님과의 꿈같은 만남

내가 1949년 월남한 이래 하루도 잊은 적이 없었던 부모님 생각이 요즘 들어서는 밤잠을 이루지 못할 정도로 눈만 감으면 그 환상이 머릿속을 온통 뒤흔들어 놓는다. 그럴 때마다 혹시라도 하는 불길한 생각이 떠오르곤 한다. 행여 내가 월남한 것으로 인해 핍박을 당하거나 혹 어디 강제수용소로 끌려가 모진 고초를 겪고 계시지나 않을까. 그러다 그 육체적, 정신적 고초에 견디지 못하고 세상을 떠나시지나 않았을까 하는 별별 생각이 다 떠오른다. 특히 6·25전쟁으로 초토화된 북한 땅에서 戰火(전화)에 휩쓸려 잘못되지나 않았을까 하는 불길한 생각들이 언제나 뇌리에서 떠난 날이 없었다. 그것이 자식으로서 염려하지 않을 수 없는 일이고 도리가 아니겠는가. '까마귀도 자기를 길러준 부모의 은혜에 보답한다'고 하는데, 안부를 알 수는 없을지언정 나를 낳아주시고 키워주신 부모님의 은혜를 어찌 잊을 수 있겠는가? 지금까지 그들이 나의 부모님을 그대로 가만히 놓아두었을 리 만무하다는 생각을 하는 것은 당연한 일이다. 그렇다고 아무것도 해 드릴 수 없는 그야말로 속수무책인 내가 한없이 원망스러웠지만 어쩌겠는가? 나만 그런 것이 아니라 월남한 가족 모두가 나와 대동소이한 처지에 놓여 있으니 조금은 위안이 된다. 자식으로서 어이없고 부질없는 생각일지 모르지만 혹시 처벌을 당하더라도 좀 가볍게 당했으면 하는 구슬프고 안타까운 심정뿐이었다.

어린 시절을 보낸 만주 심양의 겨울은 혹한이 몰아치는 곳이었다. 그런 겨울이 다가올 때가되면 침침한 전등불 밑에서 자식들이 추위를 이겨낼 수 있도록 두툼한 솜옷을 꿰매

주시곤 하던 어머니, 한 바늘 한 바늘 정성들여 꿰매 주시던 어머님의 인자하신 그 모습이 빠짐없이 지금도 그 기억들이 머릿속에서 되살아나곤 한다.

해방 후 만주에서 고향으로 되돌아온 이후 나는 줄곧 부모님의 속만 썩여 눈물이 마를 날이 없었던 어머니께서 내가 남으로 가겠노라고 할 때 어머님은 다시는 볼 수 없게 되는 것 아니냐며 눈물마저 말라버린 애처로운 눈으로 바라보시는 어머님의 마음을 헤아리지 못하고 방문을 열고 나설 때 아마도 소리 없이 통곡을 했으리라 여겨진다.

비바람이 몰아치고 눈보라가 내릴 때면 없는 것이나 다름없는 그 자식을 위해 항상 두 손 모아 편안하길 빌어 주셨을 것이라 생각하니 가슴이 메어지고 터질 것만 같은 심정이었다. 한 가닥 희망이라면 하루빨리 남북이 통일이 되어 부모님을 만나는 것이지만 그것이 언제 이루어질지는 모른다. 세월은 나를 기다려 줄 리 만무하다. 월남한 사람들 모두가 그러하듯 체념하는 수밖에 도리가 없었다. 그런데 나는 어머님과 친동생들을 만날 수 있는 기회를 얻은 것이다. 그야말로 뜻밖의 일이었다. 김진경 박사 부부와 같이 소 300두를 북한에 전달하기 위해 평양을 방문했던 1994년의 일이다.

평양의 평화통일위원회 부위원장이란 사람이 우리 일행이 묵고 있는 숙소(고려호텔)에 찾아와 나를 보더니 반가운 표정으로 "김 선생 오늘은 아주 반가운 분을 만날 수 있게 해 드릴 터이니 나를 따라나서래요!" 하기에 순간적으로나마 아무리 생각해 봐도 평양 거리 한복판에서 내가 반가워할 사람은 아무도 없는 것 같은 생각이 들었다. 그래서 한편으로는 겁이 벌컥 난 것도 사실이다. 그러면서도 머뭇거리다 "내가 반가워할 사람은 아무도 없을 텐데요?" 했더니 "글쎄요? 가보시면 알거 웨다!" 하면서 재촉하기에 따라 나섰다.

자동차를 타고 어디를 어떻게 갔는지는 기억이 나지 않지만 가는 곳이 평양임에는 틀림없었다. 드디어 도착한 곳이 낯선 어느 한 초대소였으며 그곳의 한 방으로 들어가기에 따라 들어가 보았더니 그곳에 늙은 노파 한 분과 50대 정도로 보이는 장년의 남자가 앉아 있는 것이 내 눈에 들어왔다.

나는 아무리 늙었어도 어머니의 모습을 잊을 리 없었다. 그 방에 들어서는 순간 방 한 구석에 화석같이 미동도 하지 않은 채 앉아 계시는 분이 내가 그토록 그리워하던 어머니와 동생의 모습이 아닌가! 사전 예고도 없이 갑작스럽게 만나게 되었으니 내 눈을 의심하

어머님이 생존하실 때 아버지 묘소를 성묘하였을 당시 어머님과 필자와 가족들 一行
우로부터 필자, 군복을 입은 사람이 동생의 장남, 동생, 묘비 바로 옆이 어머님, 제수

부친의 묘석을 바라보고 계시는 어머니
不孝 아들 김장현(김래억)

지 않을 수 없었다. 그리고 백발이 되다시피 한 머리와 얼굴에 새겨진 깊은 주름살이 내
눈에 비쳐진 어머님의 늙으신 모습에 까무러칠 정도로 놀라지 않을 수 없었고 가슴이 터
질 것만 같은 심정을 억제할 수 없을 지경이었다.

말을 하기는 해야 할 터인데 "어머니!" 하고 안아 보고 싶었는데 하면서도 순간적이나마 입이 떨어지지 않는다. 가슴이 꽉 차고 메어져서 눈물부터 쏟아지고 목이 메어 어머님과 동생을 응시하며 펑펑 쏟아지는 눈물을 닦지도 못하고 어머니와 동생을 번갈아 한참을 응시하고 있었다. 그런데 어머님께서 먼저 침착한 목소리로 내 얼굴을 응시하면서 "너 장현이로구나." 하며 일어나더니 나를 울컥 안아 주신다. 그제서야 나도 외마디로 "엄마!" 하고 같이 안아 드릴 수 있었다. 동생도 어머님 옆에 앉아있다 일어나 "형!" 하며 달려왔다. 우리 모자는 서로 부둥켜안고 한참 동안이나 뜨거운 그리고 한없이 흘러내리는 눈물을 참으려 하지도 않았다. 너무나도 보고 싶었던 어머니를 전혀 뜻하지 않은 곳에서 만날 수 있었으니 얼마나 반갑고 놀랐겠는가. 나는 연세도 그렇고 해서 돌아가셨다고 생각하고 있었는데 바로 내 눈을 의심할 정도로 건강한 모습을 볼 수 있게 되다니 바로 이것이 꿈이 아니고 뭣이겠는가! 그동안 나로 인해 오랜 세월 얼마나 많은 고초를 겪었을까? 깊이 파인 어머님 얼굴의 주름살이 내 가슴을 찢어 놓는 것 같은 아픔을 더 한층 느끼게 하였다.

어머님의 깊은 주름살과 거칠어진 손을 만져보면서 서로 다른 세상에 살고는 있었지만 40여 년간이나 노모를 모시지 못하고 있었던 것이 너무나도 죄스럽게 여겨졌다. 내가 1949년 어머님과 헤어지고 나서 49년 만에 만나는 그 기나긴 세월의 벽이 한순간에 무너져 내리는 것 같은 느낌이 들었다.

그동안 너무나도 많은 사연들을 밤이 새도록 이야기해도 모자랐다. 연로하신 어머님도 잃어버렸던 자식을 되찾은 기쁨에 피로함을 잊은 듯 내가 말하는 동안 한 마디라도 놓칠세라 유심히 들어주셨다.

어머님이 6·25 당시의 이야기를 들려주셨다. 1950년 10월 하순이 되자 평안북도 의주 쪽에 중공군이 대거 몰려 들어오고 있다는 소문을 듣고 심상치 않은 느낌이 들어 피난을 어디로 가야 할지를 몰라 우왕좌왕 망설이고 있는데 '될수록 북쪽으로 가야 살 수 있을 것이라'는 동리 사람들의 말에 따라 소 수레에 필요한 가재도구를 싣고 신의주 쪽으로 갔다고 한다. 밤낮으로 미군 폭격기가 날아와 폭격을 했는데 그래도 밤이 훨씬 덜한 것 같아 밤에만 이동을 하곤 했다. 그런데 이번에는 실제로 남하하는 중공군을 만나게 되어 부득이 발길을 돌려 이번에는 남쪽으로 내려오다 보니 길이 막혀 더 이상 갈 수가 없게 되어 정착한 곳이 바로 지금 살고 계시는 황해도 사리원이라고 했다. 부친은 이곳에서 우마차 조합장까지 지내며 살아오시다 67세를 일기로 별세하셨다는 것을 알게 되었다.

그리고 동생은 직원이 3천 명이나 있다는 사리원의 타월공장의 수송과장으로 일하고 있다고 했다. 동생은 그 직책 덕분에 자동차를 끌고 다니는 덕분으로 여기저기서 싼값으로 식량을 구할 수 있었기에 어려운 식생활을 그나마 큰 고생 없이 꾸려가고 있다고 했다. 큰 누이는 함경도로 시집가서 살고 있으며 그의 아들이 보위성에 근무하는 중위라고 했다.

어머님의 말에 의하면 관에서 인구조사나 동태조사를 나올 때마다 장남인 나의 행방을 물으면 "우리 큰아들은 이모 집에 가서 그 집이 材木(재목) 장사를 하는데 그 일을 도와주다 재목에 깔려 죽었다."라고 말해왔다고 한다. 이번 평양에 올라올 때도 아들을 만나게 해 주겠노라고 기관원이 말하자 죽어 없어진 아들을 어디서 만나느냐고 했다고 한다.

작은 누이동생은 신의주에 살고 있다고도 했다. 내가 항상 기거하고 있는 단동에서 불과 1km도 안되는 압록강 철교만 건너면 바로 신의주 땅인데 그처럼 가까운 거리에 살고 있으면서도 모르고 있었다니 하고 생각하니 슬픈 마음이 들었다. 내가 북한을 드나들려면 으레 단동에서 신의주까지 가서 북한 열차로 갈아타고 평양을 가든가, 황해도로 가던가 해야 하니 북한 당국이 그런 편리쯤은 봐줄 만도 한데 그게 그렇게도 어려워 咫尺의 거리를 두고도 혈육을 만날 수 없었으니 어릴 때 배웠던 '三綱五倫(삼강오륜)은 고사하고 혈육의 연까지도 끊어버려야 하는 매정한 세상이로구나', '이런 생각은 아예 염두에도 두어서는 안 되는 곳인가보구나' 하고 생각하니 다시 한 번 서러운 생각이 들었다.

신의주에 살고 있는 누이동생에게는 2남 1녀의 자식이 있다고 하며 아들 하나가 축산학을 공부하고 있다는 말을 들었다. 그 오랜 세월동안 가족에 대한 소식을 완전히 끊고 있다가 한꺼번에 많은 것들을 알 수 있게 되었다. 나는 실향민 누구나가 그처럼 염원하는 부모님의 성묘와 가족 상봉이 어느 한순간 이렇게 쉽게 이루어져 내가 지금까지 그려왔던 큰 소원이 풀렸으니 이제 더 이상 바랄 것 없다는 행복감을 느꼈고 언제 죽어도 여한이 없다는 생각도 들었다.

비록 아버지께서는 일찍 세상을 떠나셨기에 만나 뵐 수는 없었지만 성묘나마 할 수 있었다는 것을 다행으로 여기며 어머님과 동생과 그 가족들을 만날 수 있었다는 것은 수많은 실향민들 모두가 염원하는 일을 할 수 있었음에 무한한 행복과 만족을 느끼면서도 주어진 이 짧은 시간이 그처럼 소중하게 느껴질 수 있었고 한편 아쉬움을 느끼지 않을 수 없었다.

  어머님과의 하룻밤은 만리장성을 쌓아 올리고도 남음이 있었던 것 같은 느낌을 주었다. 이제 나에게는 북한의 어린이들을 돕는 일 외에 또 하나 소중한 어머님이 기다리고 계신다는 새로운 느낌을 가지게 되었으며 어머님 살아 계시는 동안만이라도 힘이 되어 드릴 수 있는 자식이 되어 보겠노라고 마음속 깊이 다짐하면서 떨어지지 않는 발길을 돌려야 했다. 내가 그곳을 떠나기에 앞서 어머님께서 "이곳에 다시 올 수 있게 된다면 너의 가족사진을 가져다주면 좋겠구나. 어미가 큰며느리와 자랑스러운 손주들을 못 봐서야 되겠냐?" 하며 신신부탁을 하는 것이 아닌가. 나는 단동에 돌아오자 지체 없이 호주에 있는 가족들에게 전화를 걸어 뜻하지 않게도 어머님을 상봉할 수 있었다는 소식을 전하면서 한없이 눈물이 쏟아졌다는 것은 아마도 어머님을 뵈올 때의 감정과 흥분이 가라앉지 않고 여운이 남아 있었던 탓인가 보다. 그리고 가족사진을 챙겨 두라고도 했다.

  지금 내가 하고 있는 일들이 힘이 든다고 해서 포기하지 말고, 좌절하지도 말고, 두려워하지도 않겠다는 각오를 새로이 다짐하게 된 것이다. 내가 아직은 부모님께 응석을 부리며 살아도 될 나이에 오래도록 떨어져 살면서 헤아릴 수 없을 정도로 부모님의 속을 태우게만 했던 자식으로서 이제 얼마 남지 않은 여생이나마 웃음을 되찾으시고 행복하게 살 수 있으시도록 그리고 마음의 위안이라도 되게 해 드리고 싶은 심정이다. 나의 종교적 신앙이 신통치는 않지만 이렇게 어머님을 만날 수 있게 해 주신 뜻밖의 고마움을 하나님께 감사하지 않을 수 없었다. 기약할 수는 없었지만 또 다시 만나기를 약속하고 헤어짐의 아쉬움이 다시 한번 내 가슴을 울렸다.

  그 이후 북한 행정부처의 배려로 어머님을 처음 만난 때부터 6개월이 지난 후 1995년 다시 어머님을 뵐 기회가 도래했다. 처음 어머님을 만나 뵈올 때처럼 아무 준비도 없이 만나는 것이 아니라 이번에는 어머님이 살고 계시는 황해도까지 가서 만날 수 있게 안내해 주겠다는 약속을 받았다. 그래서 나는 송아지 한 마리를 잡아서 육포도 만들고 장조림도 해다 어머님과 동생들 가족에게 드릴 생각을 했다. 송아지 한 마리만 해도 50kg는 족히 되고도 남을 것이다. 그래도 어머님에게 가져다 드리겠다고 생각하니 무거운 것이 문제가 되질 않았다. 기분 같아서는 계류장에 있는 소를 몽땅 가져다 드리고 싶은 심정이지만 그것이 불가능한 사회이다 보니 그저 한스러운 생각만 들뿐이다.

어머님을 뵈었을 때 나의 가족사진을 꼭 보셔야 눈을 감을 것 같다는 말씀을 명심하고 94년 겨울 호주에 돌아가서 챙겨 두었던 사진을 가지고 북으로 들어가 어머님에게 보여 드렸다. 희미하게 되어버린 시력을 한하는 듯 여러 번 눈을 비비면서 사진 한 장 한 장을 한참동안 응시하신다. 그리고는 사진의 얼굴을 손가락으로 비비며 "이 사람이 누구라고 그랬지?" 하시자 "그 사람이요. 어머님 손자 덕기예요!"라고 대답해 드리니 "오~ 그래?" 하시고는 그 사진 속에서 체온이라도 느껴보려는 생각인지 사진 속 얼굴에 다시금 손가락을 대고는 깊은 한숨을 쉬시곤 한다. 외마디로 "내 며느리도 내 손자도 죽기 전에 꼭 한 번 보고 싶구나!"라고 하시면서 사진을 보시는 동안 여러 번 되풀이해서 말씀하신다.

나는 이러는 어머님의 모습을 바라보며 누군가가 말했듯이 '이 세상에서 가장 아름다운 영어 단어가 Mother'라고 했고 '이 세상에서 가장 소중한 것은 곱게 화장한 얼굴이 아니라 언제나 인자하게 바라보는 소박한 어머니의 모습'이라고 했다. 나는 이 순간 그 말들을 상기하며 아름답고 소중한 어머님의 인자한 모습을 바라보며 무한한 행복감을 느끼고 있다.

앞으로도 어머님이 살아 계시는 동안만이라도 내가 지난 50년간의 긴 세월동안 자식으로서 해 드리지 못한 것들을 한꺼번에 해 드리지는 못할망정 사정이 허락하는 한 다소의 무리가 있을지라도 종종 찾아뵈야겠다는 생각을 하게 되었고 호주에 있는 가족들에게도 나의 이런 사정을 알리고 대북 지원 사업도 어머님이 돌아가실 때까지 계속하고 그만두겠다는 말과 동시에 필자가 80세가 되면 그 시기부터 지원 사업에 대한 정리를 시작하겠노라고 했다.

필자가 대북 지원 사업을 하고 있는 동안 자주 황해도에 갈 수 있는 기회가 있었던 것이 무척 다행스러운 일이 아닐 수 없었다. 나는 이런 기회가 주어질 때마다 어머님께서 살아 계시는 동안만이라도 못 다한 효도의 흉내라도 내 보고 싶어 나름대로의 정성을 다해 보았다. 고령이시라 노환의 시달림을 조금이라도 덜어 드리고 싶은 마음에서 호주에 돌아올 때마다 시드니에서 약국을 경영하고 있는 子婦가 마련해 주는 좋은 약과 영양제들을 가져다 드리곤 했는데 그것 때문인지는 몰라도 어머님께서는 북한에서는 좀처럼 보기 드물게 97세까지 장수하시다 타계 하셨다. 그래도 자식 된 도리를 못 다한 風樹之嘆 (풍수지탄 : 자식으로서 효도하지 못한 슬픔)은 아마도 내가 이 세상을 하직하는 순간까지 좀처럼 잊지 못할 것이다. 가족들과 약속한 대로 어머님이 돌아가신 지 3년 후 나는 말없이 조용히 이곳을 떠나 호주의 가족들 곁으로 돌아갈 준비를 서둘고 있었다.

:: 2차 황우 지원과 단동으로의 이전

내가 科技大에 올 당시 재임기간을 2년으로 하고 월 1,200달러의 급료를 지급한다는 조건으로 출발했던 것이다. 세상에 1,200달러짜리 교수가 어디 있을까 싶지만 나는 봉사할 생각으로 왔기 때문에 급료에 구애를 받으리만치 꽁생원은 아니었다. 그런데 1차 황우 지원이 끝난 시점에서 최초 약속되었던 급료를 아무런 예고도 이유도 없이 학교 측이 일방적으로 1,000달러로 절하해 버린 것이다.

미국에서의 대북 '소' 지원 모금내용에 대해 미국에서 잠시 들리려왔던 한 교포가 귀띔해 주는 바에 의하면 미국 각지에 거주하는 교민 독지가들로부터 대북 황소 지원을 한답시고 모금된 것은 황소 1두당 美貨(미화) 300달러씩 모두 300두의 대금 9만 달러였으며 모금된 전액이 김 박사에게 전달되었다고 했다. 그런데도 불구하고 실제로 나에게 지급된 금액은 중국 貨幣(화폐)로 1두당 평균 600元씩 70두에 4만 2천 元에 불과하였으며 이 금액을 미화로 환산하면 6,400여 달러에 해당된다. 미국에서 모금했다는 돈은 이미 김 박사의 포켓에 있었을 터인데도 무슨 속셈이었는지는 알 수 없으나 그나마도 황소 70두를 북측에 인도하는 것을 완료한 연후에야 비로소 그 대금을 수령할 수 있었다.

미국에서 대북 황소 지원 사업의 내막을 정확하게 알게 된 것은, 미국에 거주하는 교민으로 이 사업을 위한 지원금 모금에 직접 참여하였던 이 모 박사가 이곳 단동 연구소까지 길이 30m나 되는 대형 현수막까지 만들어 가지고 와서 앞으로도 계속 이 사업을 지원하게 될 것이므로 미국에 거주하는 교민들에게 널리 알리기 위해 소 떼를 북측에 인도하는 사진을 촬영하여 홍보하겠노라고 그 먼 곳에서 이곳까지 찾아왔다고 했지만 실제 상황이 자기들의 생각과는 판이하게 다르다는 사실을 목격하고 나서 미국에서의 모금내용과 여론 등을 소상히 나에게 전달하고 너무도 실망하면서 미국으로 되돌아간 일이 있었다.

남한에서 발간되는 모 일간지에는 실제와는 달리 250두의 황소를 지원했다는 기사가 실려 있었다. 나는 이와 같은 일련의 과정을 지켜보고 당하기도 하면서, 종교인으로서 혹은 학자로서 존경받아야 마땅할 사람의 행동이 너무나도 큰 실망을 안겨 주어 그 충격 때문에 더 이상 선량한 탈을 쓴 사람들의 하수인으로 과기대에 머물러 있을 이유가 없을 것 같았다.

그리고 이와 같은 僞善的(위선적)인 사람들과는 가급적 빠른 시간 내에 손을 씻어야겠다는 생각이 들었다. 그러나 내가 김진경 박사와 좋은 뜻에서 맺었던 인연을 악연으로 돌리고 싶지는 않았다. 나는 그 소중한 인연으로 오랫동안 함께 보람 있는 일을 하려고 노력했고 모든 일들을 이해하려고 했던 것은 사실인데 막상 이런 꼴이 되고 보니 참으로 난감한 생각이 들었다.

이런 일련의 과정들이 보기에 따라서는 사소한 일 때문에 내일을 향해 같은 꿈을 키워 나가던 사람들이 막상 접어 버린다고 생각하니 너무도 안타깝고 아쉬운 일이 아닐 수 없었다. 그 '소' 때문에 호주에서 가족들과 헤어져 이곳까지 오게 되었고 또 대북 지원 사업을 위해 그 소를 찾아 중국 東北三省(동북삼성) 방방곡곡 안 가본 곳이 없을 정도로 갖은 고생을 다 해 가면서 찾아다닌 것은 차치하고라도 유종의 미라도 거두어야 할 것이 아니었나 하는 아쉬움을 남겼다. 또 하나는 다소 시간이 걸리더라도 이 사업만은 성공시키고 싶었던 것이 내 큰 소망이었는데 그 소망이 허무하게 무너져 내린 것이 너무나도 안타깝고 아쉬웠다.

돌이켜 보건대 1970년대부터 오늘까지 소떼를 몰고 호주에서 남한으로 그리고 중국(東北)에서 북한으로 그처럼 많은 소를 몰고 다녔지만 막상 남은 것은 아무것도 없는 적수공권이다. 이것이 나의 운명인지도 모른다.

1차 황우 지원 때에, 내가 월남한 1949년 이후 십수 년 만에 처음으로 밟은 북한의 실정을 짧은 시간이나마 내 눈으로 직접 확인할 수 있었던 것은 큰 의의가 있었다고 여겨진다. 특히 단동에서 국제열차 편으로 신의주까지 가서 신의주에서 국내열차로 갈아타고 고향 땅에서 가장 가까운 선천역을 지날 때에는 感舊之懷(감구지회)로 인해 착잡하게 변하는 심경을 가누기 어려웠을 정도였다.

    40년 만에 찾아온 내 눈에 비친 첫인상(First Impression)은 서방세계에서 널리 알려져 있는 '凍土의 땅'이란 말이 틀리지 않은 것 같은 느낌이 들었다. 어디를 가나 메마르고 潤氣(윤기)라고는 어디를 보아도 찾아볼 수 없었다. 헐벗은 산, 들, 개천, 그리고 도시와 농촌 그 어디를 가도 윤기 없고 메말라 있는 것은 마찬가지였다. 한마디로 쇠퇴한 현상이라고나 할까? 인간이나 동물로 비유한다면 살코기는 떨어져 버리고 뼈만 앙상하게 남아있는 그런 것이 적절한 표현일 것 같다. 그리고 행인들과 길가에서 놀고 있는 어린아이들의 초라하기 이를 데 없는 몰골들을 차창 너머로 바라보면서 내 가슴을 한없이 쓰리게 하였다. 당장 무엇을 어떻게 해서라도 구원할 수 있는 길이 있다면 南과 北에 얽혀있는 복잡한 이념적, 정치적 문제를 모두 떠나서 진정 순수한 인도적 차원에서 죄 없고 천진난만해야 할 어린이들을 구원해 줄 수 있는 길이 혹시라도 생긴다면 내 힘이 자라는 데까지 어떤 방법으로라도 도와주었으면 하는 생각에 나의 모든 두뇌 활동이 이 한곳으로 쏠리는 것 같았다. 후일 미련 없이 과기대 생활을 청산하고 혹시라도 내 생애에 다시없는 마지막 봉사의 길이 열릴지도 모른다는 희미한 희망을 품고, 무작정 북한에서 가장 가까운 곳인 丹東으로 자리를 옮길 결심을 하게 되었다.

    나는 처음 중국에 발을 들여 놓을 때부터 소 때문에 이곳까지 오게 되었던 것이고 또 소를 처음으로 북한에 지원하는 사업에 관여한 탓도 있고 해서 이 사업에 매우 깊은 관심과 흥미를 가지게 되었던 것은 사실이다. 그것은 북한의 축산업이 그야말로 황무지나 다름없이 낙후되어 있다는 사실을 중국에 와서야 비로소 알게 되었고 김진경 박사도 앞으로도 대북 가축지원 사업을 계속할 意向임을 隱然中(은연중) 나에게 밝힌 바도 있었고 해서 나는 여러 각도로 이 사업의 성공을 위해 나름의 구상도 하고 있었다.

    그래서 1차 지원을 위해 김 박사 부부와 같이 소 떼를 몰고 40餘 年만에 북한 땅을 밟았을 때의 그 감격스러웠던 감정은 그 당시로서는 아마도 처음이자 마지막일지도 모를 거라는 생각이었지만 나는 너무나도 가슴이 벅차고 감개무량함에 일생을 두고 잊을 수 없을

소 지원 사업을 위해 한 교민이 현수막을 만들어 단동까지 찾아와
북한으로 보내려고 하는 소 떼 앞에서(김진경 씨의 처)

각 지방에서 사들인 소들을 단동의 압록강 소 연구소 내에 설치한
검역소로 수송하기 위하여 화물차에 적재하고 있는 광경

거라는 생각이 들기도 했다. 이런 감상에 빠져 있을 수만은 없었다. 왜냐하면 우리의 내부
적인 사정 때문에 그처럼 많은 시간과 노력이 경주되었던 지원 사업이 중단되게 되었다는
것은 억장이 무너져 내리는 것 같은 느낌이었다. 물론 그렇게까지 되어 버린 데에는 타의

건 아니건 막론하고 나에게도 일말의 책임이 있다고 痛感하며 앞으로 다시 기회가 주어진다면 혼신의 힘을 다해 재개해 보고 싶다는 생각을 하면서 이런 지경에까지 이르게 된 것이 오히려 轉禍爲福(전화위복)의 기회가 될 수도 있다는 막연한 생각이 들기도 했다.

2차로 지원한 70여 마리의 소들은 황해북도 遂安郡(수안군) 용현이라는 곳에 약 70정보에 달하는 목장을 개설하고 목초지를 조성해 놓은 이곳에 입식시켰다. 이 목장이 황해북도 시범농장으로 선정되어 발전시키려고 노력하는 농장장(女)을 비롯한 전 직원들을 보니 가상한 느낌이 들기까지 하였다. 나도 뭔가를 돕고 싶어 이곳에서는 좀처럼 구하기 힘든 이탈리안 그래스, 알파파 등의 목초종자 700kg과 陸稻(육도) 종자를 중국에서 求해다 지원해 주기도 했다.

이 용현이라는 곳에 깊은 관심을 가지게 된 것은 우리 연구소가 주관이 되어서 지원한 70두의 소를 입식 시킨 곳이기도 하고 그 사육과정을 보기 위해 여러 차례 방문하게 되면서부터이다. 그 때마다 조금씩이나마 환경의 변화도 있었고 목부들의 열의도 보이고 있었기 때문에 내가 구상하는 증식사업에는 차질이 없을 것 같은 느낌이 들었다.

이곳에 와서 알게 된 일이지만 砂金(사금)이 생산되는 곳이어서 김정일의 주목을 받고 있는 곳이라고 하며 그래서 그런지 '장군유적지'(장군이 왔다 간 곳에는 기념비를 세운다)라는 비석도 서 있었다.

이 사금광은 중앙 38호실 관할하에 있으며 덕대(鑛主와 계약을 체결하고 채광하는 사람)는 중국인이라는 사실을 이곳 주민들에 의해 알게 되었는데 내 짧은 광산운영 경험과 좁은 소견인지 몰라도 이런 광산의 채광이라는 단순 노동까지 중국인이 와서 해야 하나 하는 의아심이 들기도 하였다. 이 사금광의 채광권을 중국인에게 주었기 때문에 중국인 덕대가 중국에서 중국인 광부들을 데려다 쓰는 것이 어쩌면 당연한 일인지도 모른다.

내가 이 목장(농장)을 방문하게 되면서 가까운 곳에 주둔하고 있는 해군 군인들과도 친근한 사이가 되었는데 어느 날, 해군장교 한 사람이 그 목장에 와 있기에 이런 저런 잡담을 하다 사진을 찍게 되었는데 이 때 장난기가 발동하여 그 해군장교의 군모를 내가 빌려 쓰고 찍었던 그 사진 한 장이 화근이 되어 모자를 빌려 주었던 그 장교가 어느 날 갑자기 온데간데없이 사라져 버렸다는 사실을 알게 되었다. 군인으로서의 체통을 지키지 못했다는 이유였다지만 이런 이유만으로 左遷(좌천)해 버린다는 것은 너무나도 가혹한 처사인 것 같은 생각이 들었다. 하기야 경직된 사회에서는 흔히 있는 일이라니 조금은 마음의 위로는 되었지만 그래도 그 이야기를 들은 순간 죄책감에 사로잡혀 온종일 아무것도 할 수 없을 정도로 정신적 충격을 받았다. 그러나 어찌할 거냐. 이곳에는 이곳의 룰이 있는 것을!

필자가 과기대에 적을 두고 있을 때 연변자치주 간부들에게만이라도 축산업의 중요성을 깨우쳐 주기 위해 이들을 한국으로 초청해 축산업 발전상을 직접 눈으로 보게 하고, 앞으로 科技大(과기대)에 관심을 가지고 지원해 주기를 바라는 뜻에서 한국의 주요 축산 관계기관에 협조를 요청하였다. 한편 시찰 세부계획을 작성하여 시찰단원들이 충분히 한국 내의 중요시설이나 교육시설 등을 빠짐없이 볼 수 있게 하고, 시찰단 편성에는 이 사업과 직간접적으로 관련이 있고 우리 학교를 지원하는 데 역량을 발휘할 수 있는 분들로 연변시 부시장인 馬文學(마문학) 씨를 비롯하여 재무국장 崔東律(최동율), 축산국장 劉承烈(유동열) 법제처 峰春(봉춘) 씨 등 4명으로 구성하고 나는 시찰단원과 같이 서울 건국대학교 축산대학, 도드람 양돈연구소, 成歡(성환)국립종축장, 三養라면 원주사료공장, 대관령 종축시험장 등을 두루 돌아보고 수원 농업진흥청 등에서 극진한 대우를 받고 마지막으로 수원농대의 현황을 시찰 도중 필자가 알고 있는 범위 내에서 보충 설명을 하며 통로를 지나가다 뚜껑이 열려있는 맨홀을 보지 못하고 그만 발을 잘못 밟아 맨홀에 빠져 오른쪽 갈비뼈 두 대에 금이 가는 부상을 입었다.

곧 바로 병원으로 옮겨져 치료를 받았지만 50일 정도는 안정을 취해야 한다는 의사의 말에 따라 호주로 돌아가 적당히 안정을 취하면 되겠지 생각하고 김진경 박사에게 경과를 말하고 한 20일 정도 휴가를 얻어 호주에 가서 치료하겠다고 이야기했더니 들은 척도 하지 않는다. 물론 나의 부주의에 의해 발생한 일이기에 치료비를 달라는 것도 아니고 의료보험이 호주에 있으므로 가급적이면 호주에 가서 내가 항상 다니던 병원의 의사로부터 치료를 받아 보고 싶었는데 마침 수중에 돈도 없고 해서 편도라도 좋으니 항공권이라도 마련할 수 있는 편의를 도와주었으면 했지만 외면당하고 말았다.

이때부터 생각을 다시 해 봐야겠다는 마음이 들게 되었다. 다행히 내가 학교를 떠날 수 있는 명분이 생긴 것이다.

필자가 황우 대북 지원 사업에 관여하면서 자연스럽게 알게 된 일이지만 소의 대북 지원 사업에 있어 우리 연구소와 현대그룹의 정주영 회장 외에도 또 한 사람 소를 지원한 사람이 있다는 사실을 알게 되었다.

이분은 중국 심양시 西塔(서탑)이란 곳에서 평양식당(냉면)을 경영하고 있는 김 모 총경리(경영주)인데 열심히 냉면을 팔아 그 이익금으로 내몽고 지방에서 재래식으로 사육한 育成牛(육성우)를 매년 수십 두씩 북한에 지원하여 종합 500여 두를 지원하였다고 한다. 그가 개인 사업을 하면서 이토록 많은 소를 지원했다는 것은 북에 대한 맹종자이건 아니건 참으로 기특한 독지가라고 생각하였다. 북한 당국은 이 식당 주인에게 노력영웅 칭호를 주었다는 소문이다.

정성들여 지원한 소들은 지원한 사람들의 성의를 보아서라도 성심껏 키워서 증식할 생각은 하지 않고 약 100두 정도 단위로 움직일 수 없는 케이지에 가두어 일정기간 증체되면 도축하여 쇠고기는 '북조선 영접총국'에 납품된다는 사실을 알게 되었다. 필자가 지원한 종우들 역시 닭장 같이 좁아 미동도 할 수 없는 '케이지'에 갇혀 죽는 날을 기다리고 있는 광경을 보니 아연실색할 지경이었다.

그때로부터 얼마 후 평안남도 중화군에 발효음료공장을 재가동한다며 그곳으로 안내하기에 따라가 보았더니 그 시설을 직접 안내한 사람이 영접총국장이라고 하였는데 체중이 80kg 정도는 족히 되어 보이는 거구의 여성이었다. 이분이 바로 그 유명한 레슬러 고力道山의 딸이라고 하는데 이분(역도산의 장녀)이 남편과 같이 일본에서 입북하여 활동하고 있다는 소문을 들은 바 있었는데 실제로 내 눈으로 확인한 것은 이번이 처음이다.

기왕 역도산의 말이 나온 김에 그의 간단한 소개가 필요할 것 같다. 그는 함경남도 태생으로 원명은 金光浩(김광호)(1924~1963)이며 1939년 일본으로 건너가 일본 씨름에 발을 들여 놓으면서 역도산(力道山)이란 이름이 붙여졌다. 1951년 프로레슬러로 전 세계적으로 그 이름이 알려지게 되었고 1963년 우리나라를 방문하여 체육 진흥을 위해 서울에 스포츠 센터의 건립을 약속도 하였지만 그해 겨울 동경에서 한 조폭의 칼에 의해 살해당했다.

:: 남한의 광우병 소동

2004년에 들어서면서 우리 연구소와 북한 평안북도 주관 기관 사이에 '농업기지 설치'에 대한 계약을 체결하게 되었다. 그 계약에 따라 평안북도 당국이 농업기지용 토지로 평안북도 枇峴郡(비현군) 백마산 지역의 일부인 1200ha을 제공하였는데 그 가운데 120ha(약 36만 평)에 달하는 토지를 목초지로 개간하여 목장으로 조성하고자 2004년 8월 우선적으로 乳牛(유우) 12두를 입식시키면서 개량목초 씨앗 400㎏와 재래식 농기구 120조, 소형 운반기구(리어카) 6조 등을 비현으로 보냈다.

이 枇峴(비현) 농장을 앞으로 우리 연구소가 사활을 걸고 한우 200두 정도와 젖소, 양 등 가축을 사육할 수 있는 모범농장으로 5개년 계획으로 발전시켜 나갈 작정이었다. 그러나 북측은 사업이 2차년으로 접어들면서 본격화되고 있는 것을 보고 이들은 예기치 않았던 너무나 많은 어려운 조건들을 제시하는 바람에 운영에 차질이 발생하게 되었다. 한 예로 우리 연구소가 작성하여 제시한 개발 계획을 전면 무시하고, 草地造成(초지조성) 전문 인력과 농업기술자의 입북을 거부하고, 앞으로 소요되는 물자만 계획대로 지원해 주면 우리(북측 인원)가 알아서 계획대로 추진하겠다고 잘라 말한 것인데 그 조건이 언뜻 들으면 별로 하자가 없는 것같이 보였지만 속내는 운영권을 자기들이 가지고 우리에게는 지원 의무만 이행하라는 속셈인 것이다. 기술도, 경험도 없는 자들이 인건비와 운영비 등 재정적 지원과 농업용 기자재만 지원해 주면 자기들이 더 잘한다는 말을 어떻게 믿을 수 있겠는가? 한두 번 이들에게 겪어본 사람이면 누구나 믿지 못할 말을 내뱉고는, 한 치의 양보도 하지 않으려는 고집을 부리니 이들을 믿고 되지도 않을 사업에 매달려 있을 이유가 없을 것 같아 의욕도 상실되고 불필요한 인력과 경제적 손실과 시간만 낭비할 이유가 없을 것 같아 아예 포기해 버리고 말았다.

이 농장계획과 관련되어 진행하고 있던 갈대를 주원료로 하는 조사료(피렛트 사료)공장 설립계획도 역시 공장설립에 필요한 시설과 기계류 및 운영 자금의 제공을 요구하면서도 기술자의 입국을 거부하는 조건을 제시하기에 결국 이 사업도 무산되고 말았는데 그 이

유인즉 바로 농장의 경우와 똑같이 남한 기술자의 入境(입경)을 못하게 하려는 것이었으며 전연 해 보지도 듣지도 못한 사람들이 자료와 인건비만 제공해 주면 자기들만으로도 충분히 해낼 수 있다는 지나친 자신감 때문에 일을 망쳐버리고 말았다.

2008년 새해를 맞이하면서 07년 남한의 대선에서 당선된 이명박 정부가 출범하면서 새 정부에 대한 야당과 반(反) 이명박 단체들 그리고 반미 단체들의 牽制(견제) 전술인지 밀어내기 위한 전술인지는 알 수 없지만 5월부터 수도 서울의 한 복판에서 미국 쇠고기 수입 반대 시위가 시작되었는데 급기야는 이 시위가 광우병 소동으로 확대되었다.

광화문 일대에서는 매일 밤 촛불 시위가 이어졌고, 심지어는 어린아이를 태운 유모차까지 동원돼 데모대에 가담하는 진풍경까지 벌어졌다. 매스컴은 연일 대문짝만한 광우병 시위에 대한 기사로 채워졌다. 이 광우병 광란으로 인하여 남한을 아예 미친 나라로 만들어 버리려는 속셈인 듯 그 광란이 주야 계속되는 바람에 국정이 마비되다시피 되고 국제사회에서도 웃음거리가 되기도 했다. 국회에서는 여야 정치싸움으로 발전하였다. 진의는 고사하고 미국 소는 모두 광우병에 걸려 방금이라도 미국의 쇠고기를 먹으면 광우병에 걸려 죽어 나가는 것 같은 착각을 일으킬 정도로 절박한 상황으로까지 몰고 갔다. TV에 출연한 어느 여자 탤런트는 '미국 쇠고기를 먹느니 아예 청산가리를 먹고 말겠다'는 극언까지 서슴없이 내뱉는 등 소비자를 공포의 도가니 속으로 몰고 가는 기색이 역력했다. 야당(민주당) 국회의원들은 이때를 놓칠세라 미국 쇠고기를 수입하려는 이명박 정부의 타도를 외치기 시작하였으며 병균이 도축장에서부터 전염될 가능성이 높다고 하며 미국 도축 현황을 확인하기 위한답시고 국회조사단을 구성하여 미국으로 보내는 웃지 못할 소동이 벌어지기도 하였다.

그런데 미국 도살장을 돌아보고 온 조사단이 미국 도살장에서 무엇을 보고 돌아왔는지 알 수 없지만 그 소동을 벌여 놓고도, 또 적어도 국가의 예산으로 여행을 다녀왔으면 시찰 결과보고라도 있었어야 하는 것이 당연하지 않은가? 자기들의 잇속은 차리려고 하면서도 국민을 우롱하고 기만하는 惑世誣民(혹세무민)의 처사는 매우 못마땅하게 생각되었다.

필자가 입버릇처럼 자신을 가리켜 '소쟁이'라고 하는 말이 부끄러울 지경이다. '이처럼 한심하고 딱한 국회의원들을 봤나' 하는 생각이 들 정도로 소에 대해 이처럼 한심하리만치 무식할 줄은 미처 몰랐던 것이 사실이다. 자기가 모르면 전문가들의 諮問(자문)을 받든 가 아니면 공부를 했어야 할 것이 아닌가! 마치 서툰 무당이 사람을 잡고 있는데도 국회 의원이라는 자들은 입씨름만 하고 있으니 딱하기 이를 데 없고, 정부는 속수무책으로 손을 놓고 있으니 이 꼴이 말이나 되는 일인가?

앞으로 미국 쇠고기를 수입해서 그 고기를 먹고 광우병에 걸려 사람이 죽게 된다면 얼마나 죽게 되겠는지 알 수는 없지만 현재까지의 상황으로 봐서는 이 지구상에서 광우병의 병균이 발견된 이래 전 세계에서 광우병으로 사망한 사람이 판명된 바로는 10명도 채안 된다는데 이런 일을 가지고 그렇게 많은 사람들이 동원되어 국가안보에 위협을 느낄 정도로 국가를 뒤흔들어 놓아야만 하는지 그리고 왜 이 지경으로까지 끌고 가야 할 중차대한 일인지 현자들이나 위정자들에게 묻고 싶다.

설사 사람이 진짜로 미국산 쇠고기를 먹는 것보다 청산가리를 먹고 죽을 정도로 다급하고 국가의 명운을 걸고 해결해야 할 문제라면 모를까 선진국 문턱에 들어선 남한 사람들이 이렇게도 어리석고 우둔한 백성들인가 싶어 개탄하지 않을 수 없었다. 특히 미국에 살고 있는 사람들은 미국 쇠고기를 먹고 모두 떼죽음을 했어야 마땅하지 않는가? 필자의 생각은 사람의 목숨이 위태롭기 때문에 전 국민이 불안에 떨고 있다면 모를까 그렇지 않고 귀중한 인명피해의 사고가 날 가능성 때문이라고 한다면 오히려 교통사고로 매일 수백 명씩 희생지가 발생하는 문제가 더 심각하게 생각해 봐야 할 문제가 아닌가 하는 생각이 들기도 했다.

이런 와중에 필자가 소떼를 몰고 북한으로 들어간다는 것은 광우병과는 아무런 상관이 없는 일이였지만 소를 다루는 사람으로서 명쾌한 일이 아닌 것 같아 사실 대북 지원을 위해 준비하고 있던 소 구매 사업을 일시 중단할 수밖에 없었다. 필자는 오래도록 소와 그 질병에 대한 연구에 관여하여 본 바 있었지만 광우병으로 인해 미국에서 사람이 사망하였다는 사실을 들어본 적이 없다.

결국 남한의 광우병 소동이 원인이 되어 대북 지원 사업을 포기하게 됨에 따라 발생한 손실 등을 감안한다면 나도 피해자가 된 셈이다.

:: 소의 충성

　내가 어린 시절 조부님으로부터 들은 이야기가 생각나 여기에 기술하고자 한다.

　옛날 한 농부가 집의 형편이 어려워지자 애지중지 정성들여 키우던 황소를 팔아야 할 형편이 되어 소 시장에 끌고 나갔는데 이 소가 자기를 팔려고 나왔구나 하는 것을 알아차렸는지 자기 주인인 농부를 바라보는 눈이 애처롭게 보였을 뿐만 아니라 눈물을 흘리고 있었다고 한다. 그리고 그 농부가 자기 곁으로 다가오면 몸을 주인에게 비벼대며 소리 높여 울어 대더라는 것이다. 하도 애처롭게 그러는 것을 본 농부는 "너도 내 마음을 아는 모양이구나!" 하며 소머리를 쓰다듬어 주며 같이 울었다고 한다.

　그런데 소를 사러오는 사람이 없어 부득불 다시 끌고 집으로 돌아가기 위해 밤길을 어슬렁어슬렁 걸어 산비탈 어수선한 곳에 다다랐을 무렵 갑자기 앞에 큰 눈빛이 두 개가 나타나 그 농부를 향해 걸어 오드라는 것이다. 농부는 무서움에 어쩔 줄을 몰라 하고 있는데 끌고 가던 소가 농부 앞을 가로 막고 버텨서서 정체를 알 수 없는 두 개의 눈의 근접을 막더라는 것이다. 그런데 그 두 개의 눈을 가진 거대한 짐승이 농부를 향해 번개같이 달려들었는데 농부는 '이제 나는 죽었구나' 하고 눈을 질끈 감고 그 자리에 주저앉아 버렸지만 소는 주인을 지키려고 온몸을 던져 그 커다란 짐승과 밤새도록 혈투를 벌였는데 날이 새고 보니 엄청 큰 호랑이었다고 한다. 소는 온몸이 물려 상처와 피투성이가 되어 기진맥진 체력이 소진되어 그 자리에 쓰러지고 호랑이도 비실비실 겨우 걸음을 옮겨 숲 속으로 사라져 버리더라고 했다. 잠시 후 소는 숨을 거두었다고 했다. 주인을 위해 목숨을 바친 忠犬(충견)의 이야기는 많이 들었지만 忠牛(충우)의 이야기는 별로 들어본 바가 없다. 소도 정성 들여 애정을 쏟아 붓다시피 키우면 이처럼 충성스럽게 된다는 이야기다.

　필자는 항상 생각하는 일이지만 무슨 사업을 하던 CEO가 잿밥부터 챙기려 하면 그 사업이 실패하듯 소를 키우는 사람 역시 잿밥에 욕심을 부리거나 덕을 보려고 하기에 앞서 사랑과 정성으로 키운다면 '지성이면 감천'이란 말이 있듯이 꼭 성공할 것이라고 확신하고 있다.

:: 추억 속의 단동

이곳 중국의 단동과 북한의 신의주 사이에 흐르고 있는 압록강에 놓여있는 철교는 1909년 5월에 조선통감부(일본의 대 조선 통치를 위한 기관 : 조선총독부 전신) 철도국이 착공하여 한일 합방후인 1911년 11월에 준공된 것이다. 총길이는 944m이다.

이 철교가 부설되기 전에는 나룻배가 왕래하며 중국의 문화가 들어오기도 하였고 900회 이상이나 한반도를 무력 침공하기도 하였다. 그뿐인가. 우리 역사상 汚辱(오욕)이란 오욕을 다 겪어온 天泣地哀(천읍지애)의 恨(한) 맺힌 곳이기도 하다.

그뿐인가. 근대사에서는 일제의 침략으로 청일전쟁, 노일전쟁, 중일전쟁 그리고 소위 대동아전쟁이라고 하는 태평양전쟁과 1945년 8월 15일 일본의 패망 이후 시작된 한국 현대사에서 가장 잔인무도하고 同族相殘(동족상잔)의 비극을 안겨다 준 6·25 전쟁의 발발과 중공군의 참전으로 이 압록강 철교를 거쳐 한반도로 침입한 막대한 병력과 무기 장비 등으로 인한 우리 한민족이 당한 悲痛(비통)과 受侮(수모)를 어찌 잊을 수가 있겠는가! 특히 일제 치하 36년 동안 헐벗고 굶주리며 조상님들께서 오랜 세월 가꾸어 놓은 정다운 고향을 버리고 이 압록강을 건너 낯선 동토의 땅으로 내몰렸던 斷腸(단장)의 아픔과 서러움을 어찌 잊을 수 있겠는가!

이 철교도 6·25 당시 미군 폭격기에 의해 파괴될 때까지 한반도와 중국 동북지방(만주)을 연결하는 유일한 통로였다.

해방 전 조국의 독립을 위해 만주로 망명했던 수많은 독립투사와 애국자들도 이 철교를 건너 만주 땅을 밟았던 사실도 우리는 잊을 수 없는 일이다. 따라서 먼 옛날로부터 우리 한반도가 이 강 하나를 사이에 두고 수없이 많은 희비가 깔려있는 곳이라고 할 수 있다.

단동(舊 安東)은 1965년 이전까지는 安東(안동)이라고 불렸으나 당시 中國(중국) 國家主席(국가주석)인 毛澤東(모택동)이 방문하여 '붉은 기운이 동쪽으로 뻗어가는 곳'이라고 한 뒤부터 시의 이름을 '丹東(단동)'으로 개명하였다고 한다.

내가 어린 시절 신의주와 안동 사이에 부설된 압록강 철교를 지나 부모님이 살고 계시던 奉天(지금의 심양)으로 가는 길목이기도 했고 8·15 해방 전까지는 조선과(일본) 만주국 사이의 국경도시였다. 해방 후 귀향하기 위해 심양에서 기차를 타고 종착역인 이곳 단동까지 와서 중국인 마차로 갈아타고 압록강 철교를 건너 신의주로 건너가던 길목이었던 그때의 기억이 생생하다. 신의주공업전문학교 학생 시절에는 철교 하나 사이에 둔 중국과의 국경도시이기도 하여 어린 마음에 항상 다시 한번 가보고 싶은 호기심이 발동하여 압록강 변을 배회하던 기억이 되살아나기도 하는 나로서는 지난날의 많은 추억이 잠겨 있는 곳이다.

어디 그뿐인가. 신의주에서 그리 멀지 않은 철산이란 곳에 50여 년 전 내 스스로 버렸던 고향이 있고 부모님과 형제자매가 아직도 살고 있는 곳이려니 하고 생각하면 당장이라도 달려가고 싶을 정도로 착잡한 심정을 가눌 수 없는 곳이기도 하다. 단동 쪽 압록강 변에 서서 북한(신의주) 땅을 바라보노라면 너무도 많은 지난날의 추억들이 되살아나 착잡한 심정을 가누지 못하고 정신 나간 사람 같이 많은 시간을 이 압록강 변에서 보내며 깊은 鄕愁(향수)에 잠기곤 하는 곳이기도 하다.

나는 앞으로 고향에서 아주 가까운 이곳 단동에 자리를 잡고 어떤 형태로든 북한 사회가 미처 구원의 손이 미치지 못하고 음지에서 살고 있는 어린아이들을 위해 크거나 작거나를 불문하고 구호 사업을 해서 그들의 삶에 조금이나마 보탬이 되는 일을 해 보겠다는 어쩌면 사명감 같은 것을 느끼면서, 아직은 막연하기는 하지만 하나님의 사랑과 보살핌이 있다면 능히 해낼 수 있는 길이 열릴 것이라는 예감이 들기도 했다.

지금까지 오랜 세월 익숙해져서 어쩌면 달인이 되다시피 했던 사업을 어느 한 순에 집어치우고 돌연히 예기치도 못했던 다른 직업을 택하게 되었다. '소'만을 천직으로 생각하고 또 그것에서 인생의 행복을 찾으려던 내가 갑작스럽게 꿈에도 상상하지 못했던 무슨 봉사사업에 도전하려는 것은 하나님의 뜻에 따른다 하더라도 일찍이 경험하지 못했던 새로운 일인 데다 대상이 북한이다 보니 조심스럽고 접근하기 어려울 것이라는 생각을 하게 된다. 특히 대상이 정치적으로나 사회적으로 심적인 부담과 긴장은 물론 이 사업에는

음으로 양으로 많은 노력과 인내와 이해가 필요할 것이라는 생각도 들어 나로서는 이 새
로운 사업을 위해 일단은 두려움이 앞섰다.

　　단동, 얼마동안 이곳에 머물러 있게 될는지 아직 예측할 수 없으나 이 변경도시는 평
소 중국과 북한과의 사이에 합법적 협의에 의해 민간인과 차량의 통행이 허용되고 있으
며 이용할 수 있는 통로는 오직 압록강 철교를 통해 기차나 자동차를 이용해서만 가능하
다. 이 변경도시 단동시를 지리적으로 보았을 때 면적은 약 1만 5222㎢이며 인구는 243
만 명이 거주하고 있는 비교적 큰 도시이다. 그리고 중국과 북한 무역의 80% 이상이 이
압록강 철교를 통해서 활발하게 이루어지고 있다고 한다. 거리적으로 보면 평양까지는
220km에 불과하며 서울까지는 420km이다. 서울에서 부산가는 거리보다 가깝다. 그러니
KTX라면 2시에 도달할 수 있는 거리이다,

　　2008년의 통계에 의하면 중국과 북한 사이의 무역액은 27억 93백만 달러인데 2007년에
비하면 41.3%나 증가되었다는 것이다. 중국으로부터 수입하는 물품은 주로 석유제품을
비롯하여 옥수수 등의 양곡 그리고 생필품이며 북한으로부터 중국이 수입하는 물품은 석
탄, 철강석 등의 천연자원과 해산물 등이 주종을 이루고 있다고 했다. 같은 기간 한국과
중국 간의 무역액은 1,562억 달러였음을 감안한다면 우리가 흔히 말하는 말로 표현한다
면 중국과 북한과의 무역규모는 아직은 껌값 정도에 불과하다고나 할까!

　　단동 상인들의 말에 의하면 그나마도 이런 무역이 없다면 단동은 아마도 경제적으로
어려움을 면치 못할 것이라고 하였다. 나는 이런 곳에 둥지를 틀고 본격적으로 북한 결식
아동을 대상으로 원호사업을 전개해보기로 작정했다.

::鴨綠江牛開發硏究所의 설립

　　필자가 1993년 가을 丹東으로 자리를 옮기면서 科技大 시절 '소' 지원 관계로 맺어졌던

인연과 개인적으로 친분이 있었던 단동종축장과의 사이에 부지 9,000㎡와 시설 일부(건물 1,250㎡)를 12년 기한부로 임대차계약을 수월하게 체결하게 되었고 별도로 단동종축장과는 정식합의에 따른 遼寧省 丹東市 五道溝 變電村(단동종축장 소재지)에 1996년 7월 內外合資會社 鴨綠江牛開發研究所(내외합자회사 압록강우개발연구소)를 설립하고 1996년 12월 27일 중국 정부로부터 정식인가를 받았다.

임대차계약에 의해 貸與(대여)된 부지 내에 연구소 자체 운영에 필요한 새로운 건물 한 동을 신축하였다. 자금이 없어 나와 나를 도와주는 일꾼들의 인력만으로 약 6개월에 걸친 공사 끝에 훌륭한 3층짜리 건물이 완성되었다. 그 새 건물에는 연구실, 사무실, 침실, 보일러실 등을 마련하였고 건물외곽 공터에는 가축계류장, 사료창고, 제빵공장 등을 신설하거나 구 건물을 보수(리모델링)하여 사용하기로 하였다. 이로써 연구소 보유 건물의 총면적이 1,250㎡로 늘어났다. 그러고 보니 연구소 자산가치도 2002년 말 현재 370萬 元에 달하게 된 것이다.

중국 정부로부터 승인된 연구소의 주요 사업내용은 (1) 가축의 품종 개량 (2) 가축사육 기술의 연구 및 개발 (3) 사료작물의 경작 및 가공 (4) 대북 지원 사업으로 ① 의류 및 약품 지원 ② 농경지 조성 지원. ③목장 설치운영에 대한 기술 지원. ④ 목초지 조성 지원 ⑤ 농기구 공급 지원 ⑥ 기타 관련사항 등을 사업의 주목적으로 하고 인가된 날로부터 정식으로 사업에 착수할 수 있게 되었다.

나는 이 자리에서 일찍이 경험해 보지 못했던 새로운 사업에 착수하게 된다. 따지고 보면 어느 전문가의 諮問(자문)도 없이 혼자의 힘만으로 구상하고 결정하고 시행한다는 것이 여간 어려운 일이 아니라는 것을 새삼 깨달을 수 있었다. 이러다 보니 믿을 곳은 하나님뿐이기에 어려움에 부닥쳐 해결이 어려워질 때마다 기도로써 인도를 구할 수밖에 없었다.

:: 북한 결식아동 지원 시작

그동안 여러 가지 형태로 대북 지원 사업에 관여하면서도 아동 구호 사업이란 것은 아예 엄두도 내지 못했던 부문이고 또 나 자신이 전연 경험도 없는 아주 생소한 일이었으므로 애초부터 생각조차 하지 못하고 있던 일이었지만 우연치 않게 이 사업에 몰입하게 된 것은 아마도 하나님의 인도에 의한 것이 아닌가 하는 생각이 들기도 하였다.

실제로 1990년대에 들어서면서부터 북한에는 유사 이래 일찍이 볼 수 없었던 대기근이 내습하면서 아사자가 수만 아니 수십만이 발생하고 있다는 끔찍한 뉴스를 접하면서 세계인들의 이목이 집중되고 그 상황에 경악을 금치 못할 지경에 이르면서 어린아이들에 대한 식량문제가 그 무엇보다 심각하고 焦眉(초미)의 危急(위급) 상황으로 부각되고 있다는 사실을 나는 일찍이 알고는 있었지만, 다른 나라들과는 달리 북한에 관하여 같은 민족이면서도 남과 북이 서로 다른 길을 걸어왔고, 또 폐쇄된 사회이기에 정확한 실정을 파악할 수 있는 정보도 없는 데다 남북 상호에 놓인 너무나도 많은 제약조건들 때문에 어설프게 접근하기가 매우 어려운 실정이었다. 남한 내에서도 각계각층에서 救護(구호)를 외치고는 있었지만 큰 성과는 없는 것 같았다. 이밖에도 세계 여러 국가 혹은 전문적 구호단체나 기관 사람들까지도 좀처럼 접근이 어렵고 교섭이 부진하여 국제사회 봉사단체들마저도 모두 손을 놓고 있는 상태라는 소식을 들은 지 벌써 수년이나 되었다.

1994년 7월 8일 갑작스러운 金日成(김일성)의 사망으로 한 시대의 終焉(종언)을 고하게 된 직후부터 조금은 나아질 줄 알았던 북한의 경제 사정은 날이 갈수록 더욱 악화되어 급기야는 경제 瀕死(빈사) 상태로 빠져들면서 서민들의 생활고가 헤어날 수 없을 지경에 이르자 북한은 간단히 '고난의 행군'이라는 구호를 내걸고 서민의 원성을 잠재워 보려고 했지만 그리 간단한 문제가 아닌 것 같았다. 북한 주민의 생명줄이라고 할 수 있는 장마당의 식량수급 사정도 점점 줄어들면서 가격은 하늘 높은 줄 모르게 급등하니 일반 서민들은 꿈도 꿀 수 없는 형편이 되어 버렸다. 최근에는 더 악화되어 생사가 걸린 다급한 문제로 전개되고 있다는 사실을 북한을 왕래하는 사람들이라면 누가 말하지 않아도 감지할 수 있었을 것이며, 나도 자주 북한을 왕래하면서 긴박한 사실을 자연스럽게 목격할 수 있게 되었으며 또 피부로도 느낄 수 있었다.

　물론 지난날 북한에서 실시해오던 얼마 되지도 않는 양곡 배급도 중단된 상태이다. 따라서 일반 서민들에게는 하루하루 생명을 부지하기 위해 먹을거리를 구하는 일이 그 무엇보다도 중요한 일인듯 보였다.

　1994년 6월 중순 300마리의 소 떼를 몰고 내가 이 세상에 태어나 자라던 정든 고향을 떠나 남한에 온 지 꼭 40년 만에 다시 北韓 땅을 밟게 되었을 때 그 긴 세월 북한은 얼마나 변했을까? 세상이 변해도 네 번은 변했을 테니 말이다. 그 흥분된 마음과 호기심 그리고 설렘이 가득한 내 눈에 제일 먼저 비친 것은 바로 길거리에 내몰린 어린아이들의 모습이었다. 그 몰골은 예상보다 훨씬 더 남루했고 제대로 끼니를 때우지 못한 탓인지 피골이 상접할 정도로 메마른 데다 만성적 영양실조의 탓인지 기력이 없어 자기 몸도 제대로 가누지 못해 고개를 쳐들지도 못할 지경으로 쇠약해 보였다. 사정이 이런 지경인데도 누구 한 사람 관심 있게 보아주는 사람 없이 내팽개쳐져 있는 것 같았지만 초롱초롱한 눈망울만은 세계 어디에서나 볼 수 있는 티 없이 천진난만하게 자라고 있는 어린아이들의 것임에 틀림이 없었다. 이런 아이들이 무슨 죄가 있다고 이 몰골을 해야만 하는지 모르겠다. 이 땅을 통치하고 있는 어르신들은 눈도 귀도 없는 사람들인가? 국경이 점점 멀어지면서 그 현상은 더 심해지는 것 같았다. 나는 생전 처음 와 보는 함경도 땅이지만 추측하건데 길가에 있는 집들이 해방될 때의 그 모습 그대로인 것 같았다.

　이런 아이들에게는 하루를 어떻게 먹고 사느냐하는 문제가 당장 코앞에 걸린 焦眉(초미)의 문제인 것같이 보였지만 누구도 거들떠보지 않는 이 아이들로서는 자신들의 나약한 힘만으로는 죽었다 깨어나도 근본적인 문제를 해결할 수 있는 일은 아닌 것같이 보였다. 그렇다고 그 아이들을 챙겨줄 만한 기관 혹은 사람이야 있겠지만 그들의 힘만으로는 해결할 능력이나 재력이 없어 알고는 있지만 그런 능력이 아예 없거나 부족한 것이 현실인 것 같았는데 자체에서 해결하지 못하는 일을 그렇다고 '나그네'가 왈가왈부할 수 있는 처지는 아닌 것 같았다.

　특히 자존심이 유달리 강한 그들에게 속내도 모르면서 상식이나 예의에도 어긋나는 일은 삼가야 할 것이므로 우선은 관망하는 수밖에 없었다. 그리고 단기간의 체류만으로는 정확한 실정을 파악할 수 있는 상황도 아니었다. 다만 어디를 둘러봐도 도시마다 크게 눈에 뜨이는 것은 기념비적 조형물과 선전용 대 간판뿐이지 어린아이들이나 노인들을 위한 복지시설은 보이지가 않았다. 나는 그로부터 얼마 후 애육원(신생아~3살), 육아원(3~6살) 등 시설이 있다는 사실을 알게 되었다. 길거리에 버려져 있는 것 같은 이 아이들(소위 꽃제비라고 불리는 아이들을 포함해서)에게는 살아가는 희망도 前途를 생각한다는 것조차도 사치스러운 일인지도 모른다. 하기야 한참 일해야 할 성인들조차도 먹어야 할 양곡을 구하기 어려운 형편인 데다 장마당 같은 곳에 조금씩 나왔다 해도 그 양곡을 살 수 있는 돈벌이를 할 만한 직장도 없는 형편인데 내버려진 아이들에게까지 돌아갈 양곡이 있을 리 만무하다. 참으로 처참하고 안타까운 일이 아닐 수 없었다.

그 당시 북한 사정을 잘 모르는 나로서는 그저 애처롭고 안타까울 정도이며 다급한 마음이 들었다 한들 내가 할 수 있는 일이란 아무것도 없으니 내 자신이 원망스럽기도 하였다.

이와 같은 상황에서 앞으로 내가 할 수 있는 일이란 막연한 생각이기는 하지만 바로 이런 어린아이들에게 끼니라도 때울 수 있는 먹을거리를 求(구)해다 주는 일이라고 밖에 생각나는 것이 없었다. 고작 이런 것밖에 생각하지 못하면서도 과연 그것이 가능할지 가늠할 수 없을 뿐만 아니라 어디서 무엇을 어떻게 구해야 할 것인지 그리고 그것을 어떤 형태로 가져다 줄 수 있겠는지 구체적인 계획은 세우지도 못하고 있었다.

처음 그런 아이들의 몰골을 대했을 때에는 왜 그리도 서글펐는지 한없이 눈물만 쏟아져 제대로 차창 밖을 볼 수도 없을 지경이었다. 솔직히 그처럼 격한 심정을 나타내게 된 원인이 남한이나 호주, 중국에서조차 볼 수 없었던 광경이었기 때문에 큰 충격을 받아서였다고 생각된다.

북한의 양곡 배급은 1946년부터 시작되었는데 1953년 전쟁 당시 일시 중단되었다가 1957년부터 다시 실시되었다. 그 당시 일반 국민 1인당 1일 700g, 군인 900g, 60세 이상 노인 500g를 유상 배급했다. 1973년부터 전시식량 비축이란 명목으로 전체 배급량에서 10%를 삭감하였고 1990년대에 들어서면서부터는 이런저런 이유로 그마저 배급량도 줄어들기 시작하더니 1994년에 들러서는 평양 시민들에게만 400g를 지급하더니, 1995년에 들어서는 1인당 100g로 감소되어 버리더니, 1996년부터는 아예 그나마 배급도 중단되고 말았으니 누가 누구를 동정할 형편도 못되는 지경이 되고 만 것이다.

북한도 중국으로부터의 양곡 구입을 위한 硬貨(경화) 決裁(결재)가 힘에 겨웠는지 물물 교환 형식으로 북한에서는 고철, 목재, 약초 등을 보냈고 중국에서는 북한에서 반입되는 물품의 대가로 옥수수를 보내는 일이 단동에서 한창 벌어지고 있었다. 매일 단동에는 고철을 가득 실은 수십 대 내지 백여 대의 화물차(대부분 일본에서 들여온 중고 화물차)들이 아침 일찍 압록강 철교를 넘어왔다 저녁에 돌아갈 때에는 옥수수 등 식량을 가득 싣고 가는 일이 매일 계속되고 있었다.

이런 일이 매일 반복되다 보니 자동차를 운전하고 온 사람과 같이 온 사람들 때문에 어느 때부터인가 단동 海關(해관) 주변은 온갖 잡상인과 노점 상인들이 몰려들어 북새통을 이루게 되었다. 게다가 중국 전역에서 고철 상인과 곡물 상인들까지 모여들어 단동 시내 전체가 술렁이는 꼴이 되었다.

북한의 극심한 식량난이 계속되면서 어른들조차 끼니를 잇기 힘든 판국에 자칫 소외당하기 쉬운 가엾은 어린아이들 특히 가난한 집안의 아이들은 배고픔을 참기 어려워 길거리로 내몰리는 불쌍한 처지(꽃제비)가 된 것이다. 북한 당국은 이와 같은 현실을 알고 있으면서도 어쩔 도리가 없어서인지 '고난의 행군'이라는 구호로 넘어가려는 것 같지만 그 '고난의 행군'이란 것이 언제 끝날지 아는 사람이 아무도 없었다.

나는 서울에 가게 된 기회를 이용해서 지난날 내가 과기대에 적을 두고 있었던 인연으로 서울 소재 소망교회 성직자들에게 북한에서 실제로 목격했던 참담하게 보였던 현상을 그대로 전하면서 혹시라도 구원할 수 있는 길이 있으면 좋겠다는 취지의 말을 했다. 그 다음 날 그 교회 설립자이며 중국 연변과학기술대학교 설립자인 郭善熙 牧師(곽선희 목사)를 비롯한 교회 주요 인사들과 일부 신도들이 한자리에 모여 필자가 전일 북한 사정을 이야기했던 그 내용에 대해 토의를 벌인 끝에 한결같은 마음과 지극한 정성으로 나의 희망을 받아들이면서 지원을 약속하고 대북 지원의 가능성 여부를 묻고 또 물었다. 그러나 나로서는 확답을 할 수 없었던 것이 그 변덕이 죽 끓듯 하는 북한 사람들과 정식 교섭을 해 보지 않고서는 자신 있는 답변을 할 수 없었기 때문에 단동에 들어가는 대로 그들과 협의해 보고 그 결과를 알려 드리겠다고 하고 회의장을 나섰다.

반신반의했던 일에 서광이 비치는 것 같아 그분들의 성의를 봐서라도 또 내 스스로가 원했던 일이기도 했기에 단동에 돌아가는 즉시 북한 측과 교섭해 봐야겠다는 생각이 들어 서둘러 단동으로 돌아왔다.

　　단동으로 예정보다 일찍 돌아온 나는 과기대 시절 '소'를 지원하면서 접촉한 바 있었던 단동에 머물고 있는 북한 측 통일전선위원회의 대외지원 관계자들과 만난 자리에서 정치성이나 이해관계를 떠나 순수한 인도적 차원에서 북한의 결식아동들을 돕는 지원 사업을 하고 싶다고 했더니 "만일 당신이 하겠다면 받아들일 수 있다."라고 하면서도 미심쩍은 데가 있었는지 일단 상부와 상의를 해 보겠다는 구두 언약을 받았다. 그러고 나서 1개월이 지난 1994년 8월말 나와 접촉하였던 북한 측 인사로부터 구체적인 지원방법에 대한 논의를 제의해 왔다. 그런데 내가 접촉한 사람들은 한결같이 식량 지원을 요구하였지만 우리는 현물과 현금 지원은 여러 가지 제약조건이 뒤따르게 되기에 곡물 지원은 불가능하여 가공식품으로 지원할 것을 제의했더니 북한 사람들도 납득이 가는지 1994년 11월부터 매월 결식아동용 식빵을 4톤에서 8톤 정도씩 평안북도 일원에 산재되어 있는 아동 보호시설에 지원할 수 있도록 서로 협의를 보았다.

　　이 결정사항을 소망교회에 전달했더니 빵을 제조하는 데 소요되는 자금은 소망교회가 일괄 지원해 주겠다는 약속이 있었으므로 사업 추진은 의외로 급진전을 보게 된 것이었다. 처음 착안했을 때에는 앞이 별로 밝아 보이지도 않았던 일이었지만 결실의 빛이 보이게 되면서부터 연구소의 사업이 하나가 더 늘어난 셈이고 그로 인해 지원 준비에 바쁜 나날을 보내게 되었다.

　　북한 어린아이들을 지원하는 사업에 적극적인 열의를 보이고 있던 郭 牧師가 어린 시절, 그의 고향인 황해북도 용현군에서 공산당에 의해 반역자로 몰린 부친이 총살당하는 광경을 직접 목격하였다고 하였고 그때로부터 북한에서 남한으로 넘어올 때까지 겪었던 이루 다 말할 수 없는 고난을 생각하면 刻骨痛恨(각골통한)의 심정을 잊을 수 없지만 牧者(목자)의 입장에서 하나님의 뜻에 따라 사랑이라는 넓은 마음으로 북한에서 굶주리고 있는 불쌍하고 죄 없는 어린아이들을 인도적 차원에서 구원하고 싶다고 했다. 나는 곽 목사의 거룩한 심정에 깊은 감명을 받았으며 그분의 한마디 말이 마치 캄캄한 어둠 속에서 허우적거리는 나에게 한줄기 희망의 빛을 주는 것 같은 느낌을 받았다.

이분들의 뜨거운 정성과 지원 덕분으로 북한에서 굶주리고 있는 아이들을 위해 한정된 지역이기는 하지만 평안북도 일원에 산재되어 있는 어린이(유아에서 8세 정도까지)들이 수용되어 있는 시설에 식사를 대용할 수 있는 빵을 구워서 공급해 줄 수 있게 되었다는 것은 즉 어린아이들의 생명을 어느 정도는 유지할 수 있게 되었다는 뜻도 되기에 그 일이 이루어지게 된 것이 얼마나 기뻤는지 극단적인 표현일진 몰라도 鳧趨雀躍(부추작약)이란 말이 있듯이 나이도 체면도 잊어버린 채 참새처럼 좋아 날뛸 정도였다.

　"감사합니다. 나에게 생명을 부지하게 하여 주셨음을 감사드리며 내 생명을 통하여 굶주림에 시달리고 있는 수많은 어린 생명을 구원할 수 있게 하여 주셨음을 감사드립니다. 남을 이해할 수 있는 마음. 남을 용서하고 사랑할 수 있는 마음과 용기를 주신 데 감사합니다."라는 마음으로 뜨거워지는 마음과 기쁜 마음이 뒤엉켜져 꽉 찬 가슴을 붙잡고 하나님께 감사 기도를 드렸다.

　이 사업을 위해 제일 먼저 준비해야 할 일은 빵공장을 만드는 일이지만 당장 모든 시설 장비가 완비되어 있는 것이 아니었으므로 시설 설비를 구비하려면 다소 시간이 걸릴 것 같아, 하루가 여삼추란 말이 있듯이 가야할 길은 멀고 바쁜데 막상 가려고 하니까 준비해야 할 일도 많고 그러자니 시간도 많이 소요되는 것 같아, 우선 하루라도 빨리 북한에 빵을 보내 주기 위해서는 우리 손으로 직접 빵을 구울 때까지 만이라도 단동 시내의 어딘가에 있을 것이라고 생각되는 빵공장을 찾아 임대 형식으로 공장을 빌려 빵을 굽든가 아니면 도급으로 위탁해서 필요량만큼 굽게 하든가 할 생각으로 단동 시내의 빵공장이란 곳은 빠짐없이 모조리 다녀 보았지만 적당하다고 생각되는 공장을 찾을 수도 없었거니와 설사 있다고 해도 시설이 老朽(노후)되어 제 기능을 발휘할 수 없는 것들이거나 혹은 주위 환경이나 위생상태 등이 부적절하여 우리가 생각하는 기준에 미달되는 곳들뿐이어서 도저히 우리가 원하는 빵을 생산해낼 수 없을 것 같아 처음 세웠던 복안대로 다소 시간이 걸리는 한이 있더라도 연구소 내의 건물 한 동에다 공장 설비를 서둘러야겠다는 생각이 들어 연구소 내에 있는 종축장의 약품창고를 시급히 보수하여 제빵공장에 필요한 각종 기구들을 비롯한 각종 설비 일체를 서울과 심양 등에서 구입하기로 하였다.

　작업이 진행되면서 빵을 생산하는 것만큼이나 중요한 것이 생산된 빵을 북한에 보내는 절차상의 일들이었다. 만일에 애써 생산된 빵에 무슨 꼬투리를 잡아 그것을 이유로 받아 주지 않겠다고 인수를 거부한다거나, 단동 海關(해관)에서의 식품검사 과정에서 불합격품 으로 처리될 경우 등의 불리한 상황을 고려하고 대책을 마련해 두지 않을 수 없었다.

그래서 단동 海關(해관)과 북한 신의주 세관을 비롯한 관계기관들과의 제품 수송에 대한 협의를 미리 해 두는 것이 좋을 것 같아 관계관들과의 협의를 시작하게 되었다. 다행히도 지난날 단동 해관에 대북 황소지원을 위해 검역을 담당했던 동식물검역소에 적을 두고 있는 趙嘉淇(조가기)라는 검역관이 있었는데 이 사람의 적극적 협조를 얻게 되어 염려했던 단동 해관에서의 식품검사 절차가 매우 수월하게 이루어질 수 있게 되었다. 북한 측도 처음부터 아주 우호적으로 대해 주는 덕분에 신의주 세관에서의 통관 절차까지 용이하도록 해 주어 양측 간의 통관 절차가 일사천리로 이루어질 수 있게 되었다.

공장설비 또한 일부를 서울에서 구입하여 인천에서 선편으로 단동(대동항)으로 운송해 통관절차를 밟아 반입하는 등의 작업이 순조롭게 진행되면서 예상외로 빨리 공장설비가 완료되었다.

한편 우리 연구소가 북한의 결식아동을 위한 빵공장 설비를 한다는 소문을 들은 科技大에서 같이 일하던 김호 장로(서울 소망교회)를 비롯한 여러 친지들이 한결같은 성원을 해 주는 덕분으로 비교적 싼값으로 모든 기구들을 구입할 수 있었고 또 예정했던 것보다 빠른 시일 내에 공장이 완성되었다. 이제 남은 일은 빵을 굽는 일 뿐이었다.

다행히도 1994년 5월 빵을 운반하기 시작하면서 2012년 5월까지 18년간 매주 단동과 신의주 사이를 왕래하면서 한 번도 말썽을 일으킨 일이 없었던 것은 너무나도 다행한 일이었다고 생각한다.

:: 빵을 굽는다는 것

　이때부터는 여러 가지 일들이 겹치다 보니, 나 혼자의 힘만으로는 도저히 감당해 나갈 수 없을 정도로 업무량이 많아져 부득이 잡일이라도 도와줄 수 있는 중국어와 조선어에 능통한 조선족 단순노동자 한 사람을 고용해야겠기에 물색하던 중 다행히도 연구소에서 얼마 멀지 않은 곳에 김관용이라는 중년의 貧農(빈농) 일가가 살고 있다는 소문을 듣고 그를 찾아 가 그와 그의 가족들을 만나 보았더니 아주 순박하고 성실하게 보이는 사람들이었으며 그가 사는 동리의 사람들도 이구동성으로 그의 일가가 매우 근면한 사람들이라고 김 씨를 칭찬하는 말을 들었다. 그래서 나는 서슴없이 내 일을 좀 도와달라고 요청했더니 다행히 그는 내가 하고 있는 일을 소문으로 들어 이미 알고 있었다고 하며 자기가 도울 수 있는 일이 있다면 무엇이든 힘닿는 데까지 돕겠노라고 하기에 당장이라도 와 달라고 했더니 다음 날부터 연구소로 나와서 모든 잡일을 도맡아 처리해 주어 큰 도움이 되었다. 그리고 내가 일상생활에서 가장 어려웠던 것이 식사 문제였다. 우선 밥을 지어줄 사람이 없어 번번이 끼니를 건너뛰는 것이 다반사였지만 다행이 김관용 씨 부인까지 같이 와서 도와주는 덕분에 큰 고민거리였던 식사 문제가 자연스럽게 해결될 수 있었으니 무엇보다 다행스러운 일이었다.

　빵을 굽는다는 것은 아무나 할 수 있는 일이 아니라 기술이 필요하다. 우리가 구워 내려고 하는 빵은 시중 제과점에서 파는 것과 같이 다양한 종류의 상품을 만들려고 하는 것은 아니지만 단 한 가지를 만든다고 해도 역시 기술자도 있어야겠고 보조원도 필요하겠지만 지방 사정에 어두운 나로서는 이런 사람들을 구할 수 없어 부득이 김관용 씨에게 사람 구하는 일까지 부탁하지 않을 수 없는 형편이었다.

　이럭저럭 거의 2개월이나 걸려 완성한 공장에서 처음으로 빵을 굽는 역사적인 날 아침 일찍부터 내 마음이 그렇게도 설레고 흥분돼 보기는 근래 처음 있는 일인 것 같았다.
　나는 마음속으로 하나님에게 기도했다. 빵이 잘 구워져서 배를 곯고 있는 아이들에게

북한에 보내기 위해 빵을 굽고 있는 장면

한시라도 빨리 그리고 무사히 북한에 보내져서 허기진 아이들에게 기쁨을 줄 수 있도록 해 달라는 간절한 기도였다. 그러나 설레는 내 마음과는 달리 결코 수월한 일은 아니었다. 모든 사물에는 순서가 있듯이 이것 역시 수일 동안 여러 차례의 시험을 거쳐서야 겨우 만족할 만한 빵이 구워지게 되었는데 그날이 1994년 5월 12일이었다. 모든 일꾼들이 빵을 한 입씩 물고는 눈물이 나도록 기뻐했다.

시간이 경과할수록 빵을 담은 박스가 차곡차곡 쌓여 어느덧 창고 하나가 되었을 때의 그 기쁨은 무엇으로 다 형용할 수 있겠는가! 나는 이 박스를 보기만 해도 배가 부른 느낌이었다. 이렇게 해서 구워진 빵을 이번에는 북한으로 수송하는 일이 남아 있었다.

상대방인 북한 측 관계자와 사전 협의에 의해서 이루어지고 있는 일이기는 하였지만 현물을 인도하기 위해서는 단동(중국) 측에서 보았을 때에는 중국 물품이 국경을 넘어 딴 나라로 수출하는 것이기 때문에 외국에 식품을 수출하는 것과 똑같은 절차를 밟아야 한다는 사실을 미처 생각하지 못했기 때문에 많은 시간을 허비하였다. 우선 반출해야 할 물품에 대하여 사전에 수량과 그것을 운반하는 인원과 차량 등의 내용을 단동 해관에 신고

하고 북한 측에는 같은 내용을 사전 통보하는 절차가 있어야 하는 등 역시 세심한 배려가 있어야 했으며 丹東의 海關(해관)과 신의주의 북한 측 세관에서의 식품 검역과 통관 절차도 필요했다.

특히 수송 차량은 단동과 신의주를 왕래할 수 있는 越境(월경) 운행허가증이 있는 차량이라야만 가능하기 때문에 이 차량의 사전 수배도 용이한 일이 아니었다(1994년 당시에는 중국으로부터 북한으로 반출하는 식량 수송용 차량이 하루에도 수백 대씩 동원될 때였으므로 차량 수배가 무척 어려웠던 시기였다).

빵을 굽는 量(양)도 처음에는 1주일에 밀가루 1톤 분량에서부터 시작해서 점차적으로 증가하여 주 2톤씩을 굽기로 하였다. 빵 한 개를 굽기 위해 사용되는 밀가루의 무게를 40g로 쳤을 때 1kg의 밀가루로는 약 25개의 빵을 생산할 수 있다. 따라서 1톤의 밀가루라면 약 25,000개의 빵이 만들어지는 것이다. 그러니까 1개월간 8톤의 밀가루로는 약 20만 개 이상의 빵을 구워 낼 수 있었다. 이렇게 해서 북한의 결식아동들에게 1개월 20만 개의 빵을 공급할 수 있게 되었다는 사실만으로도 큰 성과를 거두게 된 셈이다. 이 일이 성사되면서 소문이 퍼지자 많은 남한 사람들을 위시하여 재외동포들이 지원해 주겠노라고 나서는 것을 보고 얼마나 기뻤는지 모른다.

정성을 다하여 구워진 빵은 시중의 상품으로 내놓아도 전연 손색이 없을 정도로 좋은 품질이었으므로 북한 시설에 수용되고 있는 아이들로서는 아마도 이 세상에 태어나 처음으로 맛보는 아주 맛있고 훌륭한 빵을 먹게 되었을 것이다. 빵은 완제품을 공급하였기 때문에 품질조작도 중량의 조작도 할 수 없었고 위생상으로도 별 문제가 없었기에 아이들에게 급여하는 데 별 문제없이 진행되었다. 다만 처음 몇 차례는 아이들에게 직접 공급하는 것을 검증할 수 있었지만 그 후부터는 검증할 수 있는 사람의 입국을 허용하지 않았기 때문에 실제로 어린아이들에게 全量 100%가 제대로 공급되었는지 여부를 확인할 수 없어 매우 안타깝기도 하였다. 그럭저럭 2년이 경과된 어느 가을날 북한에 공급된 빵의 일부가 정당하게 공급되지 않고 딴 곳으로 흘러나가고 있는 것 같다는 소문을 접한 바도 있었지만 나는 생각하기를 허기진 사람들이 당장 눈앞에 먹을 것이 있으면서도 먹지 못하고 굶을 수야 없는 일이 아닌가. 그렇게 해서 어느 정도의 손실을 감안하고서라도 소기

제빵공이 건빵 반죽을 하고 있는 장면

의 목적을 달성할 수만 있다면 그것으로 만족해야할 것이 아닌가. 어찌됐든 북한의 어린이들이 이 빵이 도착하기를 학수고대하게 되었다는 사실만으로도 우리가 목적하는 바를 어느 정도는 달성하였다고 자부할 수 있게 되었으며, 실제로 이 지원 사업은 성공을 거둔 것이나 다름없다는 생각이 들었다.

그 성과가 표면에 나타나기 시작한 것은 그리 오랜 시간이 걸리지 않았다. 우선 우리가 빵을 공급하고 있는 아동 수용시설에 있는 어린아이들에게 정식으로 공급되는 하루 두 끼의 식사 이외에 우리가 제공하는 빵으로 또 한 끼를 때울 수 있게 되다 보니 혈색이 좋아지고 환자의 수가 감소되었다는 보고를 받은 것이다. 그러다 보니 처음에는 선전용으로 한두 번 하고 말겠거니 하며 등한시하던 이곳저곳 여러 곳에서 식빵 공급요청이 쇄도하였지만 구호해야 할 어린아이들에 비하여 공급해 줄 수 있는 양은 한정되어 있기 때문에 턱없이 적은 양이었으므로 더 많은 양을 만들어 보내려고 백방으로 노력하고 성심을 다한 것만은 사실이다. 그러나 부족한 시설과 능력 등의 요인으로 공급에도 역시 한계가 있었다.

그러나 부족한 자금을 조금이라도 보태기 위하고 좀 더 좋은 밀가루에 더 좋은 첨가물을 사용하여 더 맛있고 더 영양분이 풍부한 빵을 조금이라도 더 많이 공급하기 위해 딴

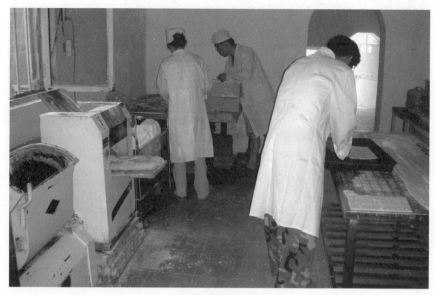
공장 내의 작업 광경

곳에 사용할 예산까지 빵 생산비용으로 돌려쓰기도 하였지만 역시 한계는 있었다.

　無에서 有를 창조한다는 말은 이런 것을 두고 하는 말인지도 모른다. 이미 70의 고개를 넘긴 내 나이로 하루 온종일 이리저리 뛰어다닌다는 것은 그리 쉬운 일도 아니었지만 다행히 강인한 체력과 정신력이 뒷받침해 주는 덕분에 그나마 유지되는 것 같았다. 때로는 체력의 한계를 느낄 때도 있기는 하였지만 내가 북한에 보내는 빵과 기타 구호물자 등을 기다리고 있는 아이들이 있다는 사실을 생각하면 그대로 주저앉을 수는 없는 일이었다.

　현재 하고 있는 사업자체가 풍부한 財力의 뒷받침이 있어서 시작한 것이 아닌 데다 확고한 지원 단체나 조직이 있는 것이 아니기 때문에 항상 심적인 큰 불안과 부담이 되고 있었다. 더욱 이곳에 뿌리를 내리고 살고 있는 토착민도 아니기 때문에 하나에서 열 가지 모든 것이 돈과 人力이 있어야 하고, 그것도 직접 내가 스스로 해야 한다는 데 많은 시간과 노력과 체력이 요구되었던 것이다.

　孟子(맹자)의 告子章(고자장)에 나오는 '天將降大任於斯人也, 必先勞其心志'(천장항대임어 사인야, 필선로기심지) 구절이 있다. 즉 '하늘이 사람에게 큰일을 맡기고자 할 때에는 반드시 그 마음과 뜻을 먼저 힘들게 한다'고 하는 구절이 있는 것을 어느 책에서 본 일이 있으며

한 여자 종업원이 곡물과 분유 등을 혼합하여 만든 영양분식을 포장하고 있다

鄧小平(등소평)도 곤경에 처했을 때마다 이 구절을 읽었다는 그의 어록에도 기록되어 있다. 나야 그들의 大志(대지)와 大業(대업)과는 별로 상관이 없는 일이지만 큰일이든 작은일이든 어떤 일을 시작하려면 주어진 그 일을 수행하기 위해서는 수월하게 처리되는 일도 있겠지만, 대부분의 경우 체력과 정신적 한계를 느끼게 하고 몸을 가누기조차 힘에 겨울 정도로 피로가 겹쳐 괴로울 때가 허다할 것이다.

간혹 제3자가 볼 때에는 하찮게 보이는 일 같을지 몰라도 나로서는 適性(적성)에도 맞지 않고, 경험도 없는 일을 시작하다 보니 최선의 노력을 경주하고 있다고 해도 체력적으로나 정신적인 피로에 의한 한계를 느끼게 하는 것은 마찬가지인 것 같다. 특히 같은 言語(언어)를 구사하는 같은 민족이며 내가 태어나 자라던 고향 땅인데도 불구하고 60星霜(성상) 흘러가 버린 세월의 공백과 그동안 변해 버린 환경을 단숨에 줄여 보려고 했던 것은 정신적으로 큰 부담이 되었다.

그러나 인도적 차원에서 혹은 하나님의 인도하심에 따라 이 일이 크고 작음을 막론하고 또 설사 고통이 뒤따른다 하더라도 모든 악조건들을 극복하고 해야 하는 것이 내게 주어진 사명이라고 생각하고 있었기에 그나마도 지탱해 나갈 수 있었던 것 같다.

나는 이 일을 하면서 조그마한 성과만으로 喜悅(희열)과 만족감을 느끼면서도 마음속

필자가 오븐 앞에서 지시하고 있는 광경

한구석에는 항상 어딘가 부족함을 느끼게 했다. 아마도 구원해 주고 있는 상대방(아이들)이 좀 더 기뻐할 수 있고 만족할 수 있게 해주지 못하는 데서 오는 나 자신의 자격지심 때문인지도 모른다. 게다가 완벽하고 싶은 마음과 욕심, 채우고 채워도 부족함을 느끼게 하는 그 무한한 욕심까지 곁들여서 말이다. 하나님께서 나에게 주신 사업이라고 생각은 하면서도 마음에 잠겨있는 채워도 한이 없는 욕심과 어려움에 처했을 때 이를 극복할 수 있는 인내, 그리고 나에게는 보이지 않는 두꺼운 벽을 뚫고 나갈 수 있는 용기와 결단력 등의 부족과 한계를 느끼면서 불쑥 머릿속으로부터 튀어나오는 회의(북한에서 행해지고 있는 제반사항)가 어쩌면 나의 존재적 의의를 뒤흔들어 놓는 것 같은 느낌을 주곤 한다.

　내 마음이 흔들릴 때마다 이래서는 안 되지 하는 반성과 함께 새로운 마음가짐으로 지금까지 나를 믿고 지원해 주시는 국제홀트아동복지회와 소망교회를 비롯한 많은 봉사자들에게 미안한 마음과 고마움을 느끼며, 또 한편으로는 어설프기는 하지만 그나마도 걸식아동들을 위해 조그마한 보탬이라도 줄 수 있고 그들이 나를 기다리고 있다는 사실에 대한 기쁨과, 설사 보잘것없고 기대에도 못 미치는 가느다란 파이프라인이라도 이로 인해 언젠가는 만성 영양실조로 자리에 누워있는 불쌍한 어린아이들이 소생하여 양팔을 힘껏 벌리고 나의 품에 뛰어들 수 있는 날이 오겠거니 하는 한 가닥 희망이 열릴 것을 기대해 보기도 한다.

힘겹고 고달플 때면 항상 하나님에게 생애 마지막으로 봉사하라고 주신 일할 수 있는 장소와, 일할 수 있는 건강과, 일할 수 있는 지혜와, 일하는 즐거움과 희망을 가질 수 있게 해 주신 은혜에 감사드리고 간절한 나의 소망이 이루어지는 날이 오기를 기도했다.

:: 홀트아동복지회와의 인연

그러면서 2년이 경과된 1996년에 들어 홀트재단의 金亨福(김형복) 박사라는 분을 비롯한 네 분이 어느 날 나를 찾아왔다. 어떻게 알고 오셨냐고 물었더니 처음에는 개인적 관계로 연변 과기대의 김진경 박사를 만나러 갔더니 그분께서 나를 소개해 주면서 대북 지원 사업에 대한 활동사항을 간략하게 소개해 주기에 "귀 연구소의 대북 지원 현황을 알고 싶어 실례를 무릅쓰고 찾아 왔습니다."라고 했다. 그러면서 홀트아동복지재단이 중국에 발을 들여 놓게 된 경위 등을 설명해 주었다.

홀트재단이 중국 정부에 아동복지 문제와 고아의 입양 문제 등을 제시하였더니 중국 정부는 입양 문제를 뒷받침할 수 있는 법적 근거가 없다는 이유로 논의조차 하려하지 않았지만 홀트아동복지재단은 중국 정부의 관계요원들이 납득할 수 있을 정도로 충분한 설명을 했더니 그제야 겨우 '중국 정부가 관계법을 개정하게 되면 그때 가서 홀트재단의 사업에 응할 수 있을 것이다'라는 통보를 받고 난 다음 홀트재단 이사장이 직접 중국을 방문하여 南京과 길림성 梅花口(매화구)에 시범적으로 육아원과 애육원을 설치할 수 있는 허가를 받아 시행하게 되었다고 했다.

그 이유야 어떻든 중국이 홀트재단의 사업을 받아들였으니 재단에서는 다음 목표인 대북한 지원 사업을 시도해 보기 위해 북한 관계자들과도 접촉해 보았지만 '북한에는 고아가 없다'는 이유로 一言之下(일언지하)에 거절당했다고 한다. 그렇다고 포기할 수 없었던 것은 홀트재단은 이미 북한에는 수많은 고아들이 관리 疎忽(소홀)로 인하여 빈곤과 기아에 시달리고 있다는 사실을 알고 있는 이상, 이 프로젝트를 포기해 버리기가 어려웠다고 했다. 그리고 지원할 수 있는 길을 여러 각도로 모색하고 있는 중이라고도 했다.

필자가 홀트재단 김형복 박사를 처음 만났을 때 곧바로 대북 지원 문제를 이야기하기에 처음에는 남한에서 가끔 나를 찾아오곤 하는 성직자(주로 목사 혹은 장로)라고 자처하는 사람들의 부류에 속하는 사람이 아닌가 하고 좀 망설인 것은 사실이지만 그분의 진지하고 열의에 가득 찬 태도와 한국에서의 홀트입양아동재단의 봉사활동 상황과 오랜 세월 쌓아올린 업적 등을 익히 알고 있는 이상 이해득실을 떠나서 그동안 북한을 왕래하면서 보고 느낀 그대로의 북한 실정과 수용시설에 들어가 있는 어린이들의 참담한 현황 그리고 낡아빠진 시설들의 현황을 이야기하고 현재 이런 아이들을 돕기 위해 빵공장을 설비하고 2년 동안 지원해 오고 있다는 사실과 독지가들의 도움으로 의류·잡화 등 구호물자를 보내고 있는 현황 등을 알려 주었다. 그리고 현재 진행하고 있는 지원 사업에 대한 나름대로의 구체적인 계획과 복안을 설명해 드렸다. 그러고 나서 나는 그분들께 빵공장과 '소' 계류장을 보여 드렸다.

역내를 돌아보고 나서 홀트재단 이사장께서 필자가 하고 있는 사업에 혹시 같이 참여할 수 있겠냐고 조심스럽고 정중하게 문의해 왔다. 결과적으로 홀트 이사장은 내가 지금 하고 있는 대북 지원 사업에 대한 후원자의 역할을 할 수 있으면 좋겠다는 취지였다. 나는 그 취지를 받아들임으로써 그때로부터 근 16년 가까이 대북 결식아동 지원 사업을 계속할 수 있도록 물심양면으로 꾸준히 그리고 적극적으로 지원해 주었으며 지금도 계속하고 있다.

그리고 무엇부터 시작할 것인지 어느 정도의 자금이 필요한지 구체적인 계획을 제출해 주기를 바랐다. 홀트재단의 적극적인 참여로 우선 불확실했던 자금조달이 가능하게 됨에 따라 대북 지원을 원활하게 지속할 수 있게 된 것이다. 따라서 홀트재단 덕분에 여러 면으로 큰 힘을 얻게 되었다.

홀트재단은 해외입양 사업을 전문으로 하는 대표적인 국제적 사회복지기관으로 1955년 홀트 씨 부부가 한국에서 발발한 6·25 전쟁 때에 헤아릴 수 없을 정도로 많이 발생한 전쟁고아들의 수용과 양부모를 찾아주는 입양 사업을 위해 한국에서 만들어진 자선단체란 것을 나는 알고 있었다. 필자 자신도 지원자금 조달 문제로 장기적 지원은 불가능할 것으로 예상하고 있었던 때였다.

홀트재단 사람들과 헤어지고 나서 수일 후 1차적 소요자금을 중국 중앙은행을 통해 송금했다는 연락을 받은 후 2주일이 지나서야 중국 중앙은행 단동지점으로부터 송금외환이 도착되었다는 연락을 받았다. 송금 절차에 있어 다른 문명국가에서는 특별한 사유가 없는 한 당일 늦어도 2일이면 수취인에게 연락이 가지만 중국에서는 왜인지는 모르지만 적어도 1주일 길면 2주일 내지 20일 정도가 돼야 수취인에게 연락이 된다. 나는 이 돈을 받아들고 눈물이 날 정도로 고마움을 느꼈다.

홀트재단과 적극적 협조를 유지하면서 홀트에서 봉사활동을 하고 계시는 金亨福(김형복) 박사(홀트재단 이사장)를 위시하여 존경스러운 여러 인사들을 만날 수 있게 되었다는 것을 나는 영광스럽게 생각하고 있다. 특히 김형복 박사는 장로교 교회의 목사 집안에서 태어난 독실한 기독교인이며 일생을 홀트아동복지회가 창설된 직후부터 오늘까지 그곳에 몸담고 봉사활동을 계속하고 계시는 존경스러운 분이시다.

소년 시절을 만주(중국동북)에서 보내셨고 태평양 전쟁의 종전과 일본의 패망으로 인하여 신변에 닥쳐온 상상조차 하지 못했던 환경의 급작스러운 변화로 모진 고초를 겪으면서 가족들과 같이 월남하여 홀트해외양자회 초창기 때로부터 오늘에 이르기까지 입양 사업과 아동복지 사업에 전념하고 계시는 전문적인 경험과 지식을 겸비하고 계시는 분을 만날 수 있게 된 것이 나로서는 다시없는 영광이 아닐 수 없었다.

金亨福 박사를 접하면서 이분이 고구려 역사에 흥미를 가지고 계시다는 것을 알게 되었다. 언젠가 한번 같이 고구려의 수도였던 집안(集安)에 같이 갔으면 하기에 나는 기꺼이 김 박사를 안내해 드리겠다고 약속하였다. 그러던 어느 날 김 박사가 단동으로 들어와 集安(집안)을 한번 가 볼 생각을 가지고 있는 것 같았다. 이때 마침 이서근 형도 와 있었고 해서 같이 가기로 했다.

필자가 처음 집안을 방문했던 것은 1992년 필자와 같이 연변 자치주 성립 40주년을 기념하기 위하여 延邊國際高麗人聯誼會 會長 金永萬 氏의 초청을 받고 그 식전에 참석했던 우리 일행 중 귀국길에 Keyser 씨 부부는 호주로 직행하고 최백산 씨는 심양 대둔교회, 鐵嶺(철령) 長春(장춘) 吉林(길림)등 지를 거쳐 귀국하였다. 필자와 최혜산 씨만이 집안의 廣

開土大王陵碑(광개토대왕릉비)와 將軍塚(장군총) 등 고구려 유적들을 필자로서는 생전 처음으로 보게 되었던 것이다.

필자와 김 박사 그리고 이서근 형까지 세 사람은 미리 예약해 두었던 차로 압록강변을 거슬러 올라가면서 고구려 유적들을 살펴보면서 집안까지 갔다. 단동에서 집안까지의 도로사정이 좋지 않아 시간이 더 많이 걸린 것 같았다.

우리 일행이 집안에 도착하였을 때에는 이미 해는 서산에 떨어져 버리고 캄캄한 밤이 되어 숙소를 찾으려니 마땅한 곳이 없어 3월인데도 겨울에 얼어붙었던 강가의 얼음이 아직도 다 녹지 않은 상태인 데다 기온도 영하로 떨어져 체감온도가 영하 15도 정도는 되는지 무척 추운 날이었는데 숙소라고 마련된 곳은 난방시설도 없는 데다 겨우 풍설이나 피할 정도였지만 어쩌겠는가! 그나마도 겨우 구할 수 있었던 것만으로도 다행으로 생각할 수밖에. 스며드는 추위 때문에 거의 하룻밤을 뜬눈으로 새우다시피 한 것에 김 박사님에게 너무 미안해서 죄송스럽고 미안하다고 했더니 그런 정도는 이미 각오하고 있었던 것이니 염려할 것 없다고 웃어넘기는 그 기상에 필자는 그저 감사하기만 했다.

오전 중 고구려 박물관을 시작으로 장군총, 대왕릉, 광개토대왕비, 국내성 등을 관람하였는데 그 중에서도 絢爛豪華(현란호화)한 벽화가 그려져있는 왕릉(?)을 볼 수 있었다.그런데 그처럼 화려하던 벽화가 밑바닥의 습기로 인해 毁損(훼손)된 채 방치되어 있는 것을 보고 우리 일행은 이구동성으로 너무도 가슴 아픈 일이라고 했다. 기왕 간 길에 고구려의 발상지로 알려져 있는 桓仁(환인)을 가 보고 싶었지만 기상조건이 불순하여 길림 장춘을 거쳐 단동으로 돌아왔다. 2박 3일의 짧은 여행이기는 했지만 김 박사와 이 형은 매우 흡족해하는 것 같았다. 이 여행으로 인해 김 박사와의 거리가 더 가까워진 것 같은 느낌이 들었다.

여기서 잠간 김홍일 장군과 崔赫柱 장군에 대한 이야기를 기술하지 않을 수 없다. 필자가 어린 시절이었던 1945년 태평양전쟁이 종전되면서 봉천(심양)에서 피난민으로 귀향을 기다리고 있을 때 다행하게도 중국 중앙군 사단장인 왕장군(金弘壹 將軍)이란 분이 그 지역에 주둔하면서 한인들이 큰 피해를 당하지 않고 고향으로 돌아갈 수 있도록 배려해 주신 그분의 참모로서 직접 우리와 접촉하며 도와주신 崔赫柱 당시 中佐(中領)(그 후 한국군에 편입되어 장군이 되셨다)과의 인연을 기술하고자 하는 것이다.

광개토대왕릉비를 방문하였을 때. 홀트아동복지회의
김형복 박사(가운데)와 (좌)이서근과 같이 필자(우측)

　필자가 만주 봉천에서 피난 오면서 부친으로부터 이 두 분의 고마웠던 이야기를 들어 기억하고 있었다. 그런데 필자가 호주에서 우연히 崔惠山이란 분을 만나게 되었는데 그 분과 대화하는 가운데 최혁주 장군의 이야기가 나와 귀가 번쩍했다.

　"혹시 지금 말씀하신 최혁주 장군이란 분 옛날 중국군 중좌로 계시던 분을 말씀하시는 것입니까?" 하고 물었더니 최혜산 씨가 깜짝 놀라며 "그런데요, 혹시 우리 아버지를 아십니까?"하고 최혜산 씨가 되묻기에 '오! 이분이 최 장군님의 딸이로구나' 하는 것을 알게 되었는데 참 인연이란 게 이런 것이로구나 하고 새삼스럽게 느끼게 되었다. 필자가 최 장군을 알게 된 경위와 혹시 어디에선가 우연히 만나면 그때의 고마움에 대한 보답을 해야 한다고 생각하고 있었던 것을 솔직히 말했다. 도포 자락이 바람에 스쳐도 인연이라고 하였는데 하물며 생명의 은인이라고 할 수 도 있는 그분의 따님을 만나게 되었으니 그것도 이국 만 리 호주 땅에서 뜻밖에 만날 수 있다니 이거야말로 다시없는 인연이 아닐 수 없다고 생각했다.

　최 장군은 필자의 고향인 철산에서 그리 멀지 않은 약 6km 정도 떨어져 있는 선천군 남면(일명 목수리라고도 함) 태생인데 이분의 선친께서 裡里 老會에서 1929년 만주 파송선교사로 길림성 大屯敎會(대둔교회)에 거주하게 되었는데 그 당시 그 대둔교회의 목사가 孫正道란 분이었는데 이분은 己未獨立運動 33인 중의 한 분으로 후일 한국 해군 창군의 아버지요, 국방장관을 역임하신 손원일 제독의 선친이시다.

이 유명한 분들이 모두 대둔교회에서 같이 생활하고 계실 때에 金聖柱(金日成)이 손원일 제독의 누이동생을 欽慕(흠모)하였다는 사실이 '김일성 회고록' 제3권 평안도 사람들이란 제하에 기록되어 있는 것을 필자가 평양의 한 초대소 서가에서 읽어본 일이 있다. 이것도 우연이면 우연이라고 할 수 있다. 지루한 시간을 보내기 힘들어 무심코 서가에 진열되어 있는 김일성 회고록에서 뽑아 본다는 것이 바로 이 제3권이었던 것이다.

최혜산 씨를 자주 접하게 되다 보니 그의 가족사항도 자연스럽게 알게 되었고 연변 국제 고려인 대회에는 최혜산 씨의 큰 오빠인 崔白山(최백산)(미국 거주) 씨를 필자가 지명 요청하여 이 대회에 같이 참석하게 되기도 하였다.

김홍일 장군은 평북 용천 분이시다. 정주 오산학교의 건립자이신 이승훈 선생으로부터 처음으로 민족의 矜持(긍지)와 사명감에 대해 배우게 된다. 그 李承薰(이승훈) 선생에게 감화 받은 김홍일 장군께서 만주로 건너가 독립군이 됐다가 中華民國(중화민국) 군인으로 북벌과 공산군 토벌에도 관여하였는가 하면 일본국과 맞서 싸우기도 하였고 尹奉吉(윤봉길) 의사가 1932년 4월 29일 상하이 홍커공원에서 열린 일본 천황의 생일과 상하이 점령 전승기념 행사장에다 던진 폭탄을 만들어 "중국군 100만 대군이 못하는 일을 한국 청년 한 사람이 해 냈다."(당시 장개석 총통의 표현)라고 하는 그 폭탄을 제공하기도 하였고 광복군의 참모장도 되었다가 해방이 되자 다시 중국군으로 복귀하여 조선인들의 순조로운 귀국을 위해 노력했고 귀국 후에는 한국군 간성 양성을 위한 사관학교 교장을 거쳐 6·25 전쟁 때에는 일본군, 중국군, 만주군 출신들과 같이 북한군을 상대로 사생결단을 벌이고 군의 최고 지휘관인 참모총장도 해 보지 못하고 전역하여 외교관으로 돌다가 굴욕적인 한일협정을 반대하던 분으로 참으로 기이한 인생을 살아오신 이분 덕택으로 필자가 아무런 피해도 입지 않고 귀국할 수 있었던 감사한 마음은 평생을 두고 잊을 수 없을 것이다.

:: 金香蘭 보좌역

1996년 5월이라고 기억되는 늦은 봄 연변科技大를 1기로 졸업하고 단동 압록강변에 위치한 조선족 중학교의 기초영어 교사로 부임하게 된 金香蘭(김향란)이라는 여교사가 있었는데 과기대 재직 중이던 서울 소망교회 장로인 金虎(김호) 씨를 비롯한 여러 교수들이 金香蘭 교사(후에 김향란 선생을 모든 사람들이 중국어로 金老師(진라오쓰)라고 불렀다)에게 단동에 가거든 혹시 시간이 나면 김래어 부장을 한번 찾아가 보라고 소개장까지 써 주었던 모양이다. 그러던 어느 날 丹東市 중심가에서 약 6㎞ 정도 떨어져 있는 五道溝 變電村(오도구 변전촌)이란 곳에 위치한 내 사무소에 그 金香蘭(김향란) 교사가 찾아 왔다. 내가 科技大에 적을 두고 있을 때에는 아직 학생 신분이었으므로 그때의 호칭대로 나를 "김 교수님!" 하고 반가워했다. 나도 역시 어렴풋이 기억이 나는 학생이었기에 반갑게 맞이했다. 이런저런 이야기 끝에 혹시 시간이 나거든 나를 좀 도와줄 수 없겠냐고 물었더니 아주 쾌히 무엇이든 자기 능력으로 도울 수 있는 일이 있다면 기꺼이 돕겠노라고 말하면서 성급하게 당장 무엇부터 하면 되냐고 한다.

이 시기만 해도 中國은 아직 경제적으로나 사회적으로 발전이 되지 않은 상태였으므로 은행에서 외화를 환전하면 중국 사람들이 사용하는 일반 화폐와는 다른 환전 지폐를 주던 시절이었다. 그리고 시내의 상인들은 외국인에게 파는 물가는 같은 물건이라도 내국인에 비해 적게는 20% 이상 많게는 100% 정도 비싸다는 것이 상식이었다. 그러니 어떤 물건은 內國人(中國人)이 사는 가격에 3배나 4배 이상을 주어야 살 수 있을 지경이었다. 게다가 내 어설픈 중국어 실력은 중학교 시절 학교에서 1주일에 4시간 배운 것뿐이어서 일상생활에도 불편할 정도였으므로 이들 장사치들은 나를 오달리아(오스트레일리아라는 뜻) 영감이라고 하며 아예 봉으로 생각하고 턱없이 비싸게 물건을 팔았기 때문에 나로서는 가장 시급한 문제가 바로 물품 구매를 도와주는 사람이 필요했다. 사실 그동안 혼자서 외롭게 孤軍奮鬪(고군분투)해오고 있는 속사정을 알고 김 老師가 나를 도와주겠다고 자진해서 나섰으니 부처님 손이라도 빌리고 싶던 차에 얼마나 고마웠는지 모른다.

수일 후 일요일이 되어 도우러 왔던 김 老師에게 물건을 사오라고 부탁했더니 실제로 시장에서 구입해 온 물품 가격이 턱없이 싸게 구입해온 것을 알았다. 그리고 나서부터 金 老師가 사오는 물건들은 항상 내가 사오던 금액에 반 정도나 될까? 여하간 어디 가서 공짜로 주워 오는 것 같은 기분이 들었다. 계속 이런 식으로 물자를 사들일 수 있게 된다면 金 老師에게 줄 인건비를 충분히 커버하고도 남을 것 같다.

그뿐만이 아니다. 중국인과 대하는 일에는 꼭 金 老師가 필요했다. 점점 내 일이 바빠지면서 金 老師의 일도 많아지게 되자 金 老師는 아예 학교를 사직하고 전적으로 나를 돕겠다는 의사를 제시하기에 처음에는 급료 등 處遇(처우) 문제를 생각도 하고 학교교사로서의 중요한 임무 등을 고려하여 안 된다고 거절했지만 내가 하고 있는 일을 혼자서는 도저히 감당해 나갈 수 없는 처지라는 것을 알고 있는 김 老師는 스스로 교사직을 사퇴하고 연구소에 오겠다고 하여 나를 놀라게 하였지만 나로서야 더할 나위 없이 고마운 일이었다.

그녀가 조선족 중학교 교사직을 사퇴하면서 선생 기숙사에서 退舍(퇴사)하고 五道溝의 내 研究所 근처로 이사 온 것이 아마도 1997년 늦은 가을 10월 어느 날인 것으로 생각된다. 기숙사에서 이삿짐을 옮기면서 그녀가 사용하던 침구를 보고 놀란 것은 옛날 중공군이 덮고 있음직한 낡은 국방색 솜이불이었는데 습기가 차서 그 솜이불이 아마도 40㎏는 족히 될 정도로 무거웠다.

그런 것을 덮고 살았다는 것이 믿어지지도 않거니와 가엽기도 하고 서글픈 생각이 들기도 하였다. 그렇지 않아도 약한 체질이었는데 그처럼 무겁고 습기 찬 침구를 사용하고 있었으니 병이 나지 않을 리 없었을 것이다.

1997년 2월말일 이서근 형이 개인사업 관계로 단동에 들어와 櫻花(앵화)호텔(일본명 : 사쿠라 호텔, 지금은 폐업하고 없어졌다)에 여장을 풀자 친구가 먼 곳에서 왔으니 그 호텔에서 회포도 풀 겸 하룻밤을 같이 지내려고 했는데 나를 따라왔던 金 老師가 갑작스럽게 복통(위경련)을 일으켜 어쩔 수 없이 내 등에 업혀 호텔에서 얼마 멀지 않은 곳에 있는 市立(시립)병원으로 급하게 달려갔다. 지금도 단동에는 119 구급차 같은 것이 있는지는 알 수 없으나 그 당시는 119 같은 호사스러운 것이 있을 리 만무했던 시절이다.

이 병원까지 나를 따라 왔던 이 형이 혼자서 2층에 올라갔다가 아주 진풍경을 목격하고 놀라는 것 같았다. 그 병원의 주사실이 2층에 있는데 의사의 처방대로 金 老師를 부축

해서 2층으로 올라가 주사실이라는 표지판이 붙어있는 방 앞에 가 보았더니 출입문은 굳게 닫혀 있었고 문짝에는 '外人出入禁止'란 뜻의 글이 붙어 있었다. 그 출입문 바로 옆에는 개구멍만 한 구멍이 뚫려 있었다. 사람이 출입하기에는 너무 작은 구멍이고 해서 나도 처음 보는 형태이기에 다소 의아한 생각이 들었었는데 마침 우리보다 앞서 온 중국인 중년 남자 한 분이 바지를 내리고 돌아서서 그 구멍에 볼기를 들이대는 것이 아닌가. 왜 저러나 했더니 주사실 안에서 女 간호사가 환자의 둔부에 주사를 놓아주는 그 진풍경을 이 형이 먼저 목격하고 놀랐던 모양이다. 나도 역시 처음 보는 이 진풍경에 놀라지 않을 수 없었다. 다음 차례가 김 老師인데 김 老師에게 방안에 있는 간호사가 팔을 걷으라고 했으니 망정이지 만일 엉덩이를 내밀라고 했더라면 같이 갔던 우리들은 그 장소에서 쫓겨나야 할 판이었다. 김 老師가 걷은 팔을 그 구멍 안으로 들이미니까 그 팔에 주사를 놓아주질 않던가! 나와 이 형은 생전 처음 보는 진풍경에 놀라기도 하고 웃음이 터져 나올 뻔해 참느라고 애를 먹기도 했다.

담당 의사가 환자를 잠시 병실에 눕혀 두었다 통증이 가라앉은 후에 데려가라고 하기에 지정해준 병실에 들어가 보았더니 매트리스(Mattress)도 깔려있지 않은 나무침대가 두 개 덜렁 놓여 있을 뿐 그 외에 다른 시설은 아무것도 보이지 않았다. 잠시 후 여 간호사 한 사람이 담요 한 장을 가져다주면서 환자에게 중국말로 누워 있으라는 것이다. 불기가 전혀 없는 싸늘한 한기마저 느끼게 하는 병실 한가운데 서서 이 형이, 나를 바라보며 "이거 병실 맞아? 여긴 병 고치러 오는 곳이 아니지 않아?"라고 하니까 누워 있던 金 老師 하는 말이 "난 지금 여기서 대우받고 있는 거예요!"라며 외국 사람이 데리고 온 덕분에 특별대우를 받고 있는 것이라고 했다. 그럼 특별대우를 안 해준다면 어떻게 하는지 궁금해졌다. 우리가 그 궁금증을 풀어보기도 전에 환자의 상태가 호전되었으니 가도 된다고 간호사가 말하기에 거세고 찬 강바람을 맞으며 병원 문을 나섰다.

다음날 아침 이 형이 중국 돈이 없어 호텔 서비스 창구에 가서 美貨 100달러짜리를 내밀며 元貨(중국 돈)로 바꿔 달라고 하니까 호텔 여직원이 우물쭈물하면서 환전해 줄 생각을 하지 않는 것 같은 태도다. 보다 못해 내가 호텔 남자직원에게 다가가 왜 환전을 해 주지 않으려는지 그 이유를 물어봤더니 가짜 돈이 아닌가 의심스러워 그러고 있는 모양이라고 했다. 참으로 난감한 일이 아닐 수 없었다.

알고 보니 동양 사람 특히 한국말을 하는 사람이 내미는 美貨(미화)에 대해서는 우선 일단은 僞幣(위폐)인지 알 수 없기 때문에 의심부터 한다는 것이다. 나중에 알게 된 사실이지만 북한 사람들이 이 호텔을 자주 이용했던 모양인데 그때 그들이 내미는 美貨(미화)는 거의 다 僞幣(위폐)라고 봐도 틀림이 없었기 때문에 다른 사람들이 이래저래 피해를 보고 있는 것이라고 했다.

나 자신이 이런 사정을 즉각적으로 느끼지 못하고 있었던 것은 내가 환전할 때에는 전적으로 중국 중앙은행 단동지점의 창구만을 이용하고 있었고 간혹 시내에서 딸라 상에게 환전을 한다 해도 丹東시내에 어디를 가나 '오다리아 영감'(호주 사람을 중국인이 칭하는 말)으로 통하기 때문에 별로 의심받지 않고 환전이 가능했기 때문에 그렇게까지 신경을 쓰지 않았던 것이다. 이런 것을 보더라도 북한 사람들이 얼마나 외부 세계에서 의심을 받으며 살고 있는지를 직간접적으로 느끼게 한다.

그래서인지 내가 단동에서 만난 북한 사람들은 그들도 이런 사실을 알고 있는지 하나같이 행동거지에 조심하고 있는 것 같이 보였다. 물론 단동까지 무슨 일 때문에 나와 있는지는 알 수 없으나 북한에서는 선택된 사람들임에 틀림이 없다. 북한 사람들이 외국에 나오려면 당성이 강하고 충성스러운 엘리트 중에서 선발되었을 터이니 말이다.

이들은 하나같이 입 밖에 내밀지 않는 것이 있다. 그 하나가 아무리 오래 사귀어도 자기 가정 사정에 대한 이야기라던가 자식들에 대한 교육 문제나 취업 문제 등 가족에 대해 이야기하는 것을 들어본 적이 없을 정도로 사생활 문제에 대한 말을 일절 하지 않는다. 설사 물어 본들 답변도 하지 않지만, 간혹 내가 자녀의 학교교육 문제 같은 것을 질문하면 으레 하나같이 "위대한 ○○님께서 보살펴주시는 덕분에 잘 살고 있습니다!" 하고 판에 박힌 말만 되풀이 늘어놓는다. 나는 그 어이없이 길게 늘어놓는 전치사가 듣기 싫어서도 거의 질문을 하지 않는 것이 내가 중국이나 북한에 체류하고 있는 동안의 수칙이기도 하다. 쓸데없는 말을 건넸다가 시간낭비는 고사하고 무슨 꼴을 당할지 알 수 없기 때문이다.

김 老師 외에도 나를 도와준 중국 사람이 여러 명 있었다. 그중에 한 사람인 丹東海關(단동해관) 동식물검역소에 근무하는 趙嘉淇(조가기, 나는 이 사람을 老趙(로쬬)라고 불렀다)란 사람은 내가 북한에 동식물을 보낼 때마다 이 老趙(로죠)의 손을 거치지 않고서는 불가능할 정도로 老趙의 업무와 대북 지원 사업과는 밀접한 관계가 있었다. 그런 그가 소를 북으로 보낼 때 그 까다로운 검역절차에 대해 많은 협조를 해 주곤 했다. 그뿐만이 아니라 매주 북으로 보내는 빵, 농산물 등의 검역에도 매우 협조적이어서 많은 시간을 절약할 수도 있었다. 그 시간 절약은 결과적으로는 돈을 절약할 수 있다는 것이 되었다. 즉 단동−신의주 화물차 운행시간이 단축되면 화물차 임대료도 그 시간만큼 줄어들기 때문이다.

그리고 내가 金老師에게 맡긴 일을 처리하는 과정에서 사회경험이 부족한 탓도 있고 이 지방 사정도 어둡고 해서 그녀가 종종 어려운 일에 부닥치면 老趙에게 달려가 조력을 부탁하면 서슴없이 상담 역할은 물론 조력까지 해주고 있다는 사실을 알고 있었다. 그러나 그도 역시 이해관계에는 빈틈이 없는 중국인임에 틀림이 없었다. 나는 그의 적극적인 협조에 고마움을 느끼고 있을 때 하루는 老趙가 심각한 얼굴로 나에게 부탁할 것이 있는데 꼭 좀 들어 주었으면 좋겠다고 하기에 무슨 부탁이기에 그렇게 심각하냐고 했더니 자기의 외동딸을 호주로 유학 보내고 싶은데 주선해 달라는 것이다. 그래서 나는 지금까지 그로부터 받았던 우호적인 협조에 대한 답례도 될 겸하여 필자의 자식이 시드니 대학에서 교편을 잡고 있기에 그 자식(덕기)에게 사정 이야기를 하였더니 老趙 딸 수준에 적절한 학교를 선택하느라 고생도 하고 수속하는 데 다소의 돈도 들고 학교 추천을 받는 데도 애를 먹기도 한 보양이었지만 그런 이야기를 老趙에게 일일이 말하면 공치사를 하는 것 같아 아예 묵살하고 老趙의 딸을 유학 보내도록 하는 데 성공하였다. 1998년은 아직 중국이 현재와 같이 외국 여행의 문이 열려있는 상태가 아니었기에 자유세계에 유학을 보낸다는 것은 마치 하늘에서 별을 따온다는 것과 마찬가지로 보통 어려운 일이 아니었지만 나와 내 자식이 호주 체류기간 중 필요로 하는 재정보증을 비롯한 신원보증 등 각종 요식 절차와 법적으로 책임 있는 모든 행정적 절차를 담당하기로 함으로써 일단은 중국 당국도 이를 인정하여 어려운 관문을 뚫어 주었다. 중국에서의 외국유학 허가는 로조의 身分(신분)과 그의 부친 등의 후광으로 허가가 떨어졌다. 그렇게 해서 호주로 가는 날 비행기 편이 서울을 경유해서 호주로 가는 노선을 택하였는데 서울에서는 하룻밤을 자야 했기 때문에 이서근 형에게 부탁하여 그 댁에서 하룻밤을 지낼 수 있도록 요청했다. 그렇게까지 신경을 써서 딸을 호주까지 보냈고 호주에서는 우리 집 식구들이 마련해 준 숙소에 들도록 하고 학교는 덕기에게 맡겨

등교할 수 있도록 조치를 취하는 등 만전을 기해 주었지만 결국은 고맙다는 소리를 한마디 들어본 일이 없다. 그만 내가 고마워했던 생각이 싹 사라져 버리고 말았다.

老趙의 딸은 그 후 학교에 다니는 것 같더니 시드니에 살고 있는 화교와 결혼하여 두 아이의 엄마가 되었다는 소식은 들었지만 지금까지 한 번도 만나본 일이 없어 그녀가 어떻게 살고 있는지 근황은 알 길이 없다.

:: 김향란이 시집가는 날

김향란이 처음 연구소에 올 때만 해도 열악한 생활환경 때문이었는지 혹은 지병이 있어서였는지는 몰라도 무척 쇠약한 모습이었지만 연구소 근무가 학교 생활보다 수월하고 영양섭취도 좋아져서인지 점점 건강이 회복되어 제법 처녀꼴이 나게 돼는 것 같아 무척 다행이라는 생각이 들었다.

金 老師의 말에 의하면 자라날 당시 집안이 아주 가난하였다고 한다. 엄마는 중국에 장기체류가 불가능한 조교(조선인 교민)였기에 문화혁명 당시는 홍위병들에 의해 조교들 중 불법 체류자를 색출해서 북으로 강제송환하거나 추방하는 바람에 미리 겁을 먹고 북한에 거주하는 친척집으로 피난을 가 있었기 때문에 金 老師 자매 세 사람이 자라나는 것도 보지 못했다고 한다. 그러니 그녀의 부친이 직장에 나가 버리면 돌봐 줄 사람이 없어 배고픔을 참아야 했던 모양이다. 한창 자라야 할 아이들이 겨우 어린아이의 주먹만한 감자 한 알로 하루를 살았다고 하니 얼마나 배가 고팠을까. 그리고 그것만으로는 영양 섭취가 제대로 될 리 없어 몸이 쇠약해질 만도 하다는 생각이 들었다.

金 老師가 10년 이상 나와 같이 근무하면서 고등교육을 받은 탓인지 내 업무에 대해 이해도 빨랐고 나의 어려운 보조 역할도 잘해 주었다. 그러나 필자의 일 때문에 혼기를 놓치는 것 같아 오히려 내가 초조해질 지경이었다. 간혹 한가한 시간이면 "나를 도와주는 일 때문에 혼기를 놓치지 말고 좋은 신랑감이 있으면 데리고 오라."라고 재촉까지 하게

되었다.

그도 그럴 것이 김 老師밑에는 두 여동생이 연변에서 대학에 다니고 있는데 언니의 결혼이 늦어지면 늦어질수록 여동생들도 혼기를 놓칠 것 같아 제3자인 내가 보기에도 초조해지는 것은 당연한 일이었다. 더욱이 김 老師가 나와 같이 있는 동안 양친이 모두 세상을 떴기 때문에 내가 자동적으로 그녀의 부모를 대신하는 수밖에 없었던 형편이었다.

그러던 2004년 어느 날 중국인(漢族) 남자를 데리고 연구소에 왔기에 누구냐고 물었더니 수줍은 얼굴로 신랑 후보자라고 하며 혹시 필자 마음에 들지 않으면 다른 사람을 골라 보겠다고 했다. 그 청년의 직업은 電業(전업) 회사의 직원이라고 하며 성실한 사람이라고 소개한다. "네 마음에 들고 백년偕老(해로)하고 싶을 정도로 믿을 수 있는 사람이며, 그의 가정도 조선족인 너를 받아들일 수 있는 집안이냐?" 하고 金老師에게 물었더니 얼굴을 붉히며 고개를 끄덕인다. 그렇다면 혼사를 서둘러야겠다고 했더니 신랑 댁과 상의해서 혼사 날짜를 결정하겠다고 하기에 결혼식 날짜가 결정되는 대로 꼭 알려 달라고 당부하고 金老師에게 혼사 준비를 맡기기로 했다.

나는 근 10년을 같이 일한 정을 봐서라도 결혼식만은 남부럽지 않게 치러 주어야겠노라고 입버릇처럼 말해오던 것이 현실로 다가오면서 김 老師의 결혼식 준비를 서둘렀다. 혹시라도 부모가 없다는 이유로 신랑 댁에서 업신여기지나 않을까 하는 노파심에 성대한 결혼식을 치러 주고 싶었다. 소도 한 마리 잡고 여러 친지들을 초청하여 남부럽지 않은 결혼식과 피로연도 치러 주었으며 신혼여행은 남한의 제주도로 보냈다. 지금은 일 년에 수십만 명의 중국인 관광객이 찾는다고 하지만 그 당시 중국 사람들로서는 생각도 할 수 없는 일이었으며 모르기는 해도 중국 국적을 가진 사람으로서 제주도로 신혼여행 간 사람은 이들 부부가 처음이었던 일인지도 모른다.

나와 같이 있는 동안 단동 재개발 지역에 새로 건설한 현대식 아파트도 한 채 마련하여 두었던 그곳에 보금자리를 꾸려놓고 필자와 연구소의 일을 도우면서 시간이 나는 대로 커튼 장사를 시작하였다. 여러 차례 서울을 드나들며 새로운 스타일의 고급 커튼을 구입하여 그것을 모방한 제품을 생산하여 많은 재미도 보았다고 했다. 특히 이 변방에도 아파트 건설 붐이 일어나면서 커튼 수요가 급증하여 없어서 못 팔 정도로 톡톡히 재미를 보았다고도 했다. 결혼 후에도 계속해서 필자를 돕던 일도 2년이 지나고 나서부터는 연구소와도 손을 끊고 아예 전적으로 장사치가 되어 버리더니 지금은 남편과 같이 上海로 가서 장사하면서 돈도 많이 벌고 행복하게 잘살고 있다는 소문이다.

나를 도와주던 보좌역이 없어지게 되어 김향란과 같이 내 일을 도와주며 장차 이 젊은 사람을 보좌역으로 쓰려고 하던 金永俊(김영준) 군이 새로 일하게 되었다.

:: 對北 결식아동 지원 사업

앞에서도 언급한 바 있지만 결식아동에 대해 1994년 5월부터 시작된 빵 지원에서부터 시작해서 미숫가루 지원에 이르기까지 수차의 품목 변경과 우여곡절을 겪으면서도 2011년 말 까지 지원을 계속하고 있었다.

그간 지원한 내역을 간략하게 소개하면 다음과 같다.

1. 1994년 5월부터 1997년 4월까지 36개월간 매월 4톤에서 8톤씩 272톤의 빵을 지원하였는데 개수로 치자면 1개월 200,000개(밀가루 1톤당 생산량 25,000개×8톤)이며 기간 중 공급량은 288톤×25,000=7,200,000개이다.
2. 1997년 5월부터 1999년 4월까지 24개월간 매월 밀가루 7톤 분량씩 총 168톤을 공급하였다.
3. 1999년 5월부터 2002년 4월까지 36개월간은 월 6톤씩 총 216톤을 공급하였다.
4. 2002년 5월부터 2004년 4월까지 24개월간은 매월 5톤씩 총 120톤을 공급하였다.
5. 2004년 5월부터 동년 12월까지 7개월간은 월 3톤씩 21톤을 공급하였다. 따라서 공급 총량은 10년 6개월간 밀가루 813톤에 달하며 빵의 개수로 환산하면 무려 20,325,000개에 달한다.
6. 그리고 2005년부터는 식빵 대신 건빵을 월 3톤씩 공급해 주기로 했다. 그래서 2005

년 1월부터 2008년 4월까지 40개월간 밀가루 120톤분을 지원했다.

7. 그러다 2008년 5월부터 2010년 12월까지 32개월간은 영양분이 더 많이 함유되어 있고 먹기도 간편한 오곡배합 미숫가루를 건빵 대신 월 평균 4톤씩 128톤을 지원하였다.

1994년부터 2010까지 199개월 동안 지원한 물량을 밀가루와 기타 곡류를 무게로 환산한다면 총 1,592톤에 달한다. 사실 식량이라는 것이 곡물로만 이루어지는 것이 아니다. 적당량의 채소도 있어야 하고 동식물의 식용유와 단백질도 있어야 했다. 그런데 세계 어디를 가나 사람 사는 곳에는 그 흔해빠진 야채마저도 북한에서는 재배가 안 돼서인지는 몰라도 무, 배추, 당근, 양파, 감자, 토마토 같은 것들마저 없어 지원을 요청해왔다. 물론 많은 수량은 아니었지만 그래도 매월 수 톤(화물차 1대 물량)씩 지원해 주곤 했다.

이밖에도 일일이 나열할 수는 없지만 옥수수 70톤 밀가루 백미 등 88톤의 곡물과 다량의 乾국수, 라면 등 과 식재료와 식품 등도 지원하였다. 이와 같이 많은 물자를 지원해 줄 수 있었던 것은 홀트재단과 남한의 여러 종교단체와 독지가들의 적극적인 지원이 있었기에 가능하였던 것이다.

양곡을 지원했다고 해서 곧바로 허기진 아이들 입에 들어갈 수 있는 밥이 지어지는 것이 아니고 밥을 지으려면 솥이 있어야 했고, 물을 길어 나를 양동이도 있어야 했고, 밥그릇 국그릇도 있어야하고, 수저도 있어야 할 것이 아닌가? 하나에서 열 가지가 모두 챙겨다 주어야하니 보통 힘이 드는 일이 아니다. 그렇게 해서 이들이 요구하는 것을 모두 챙겨다 주려니 나 자신은 쓸개도 빼 버려야 하고 간도 떼버리고 이들의 요구에 응하지 않을 수 없었다. 다행이 구매자금도 마련이 되고 모든 물품 구매가 순조로워 요구한 물품 모두를 챙겨다 주면 간혹 관리인이라는 자들에 의해 "그런 거 필요 없소!" 하고 받아들이기를 거부하게 되는 경우 물건을 도로 가지고 돌아와야 하는 참으로 어이없고 나 자신이 너무도 초라하고 한심하게 느껴질 때도 있었다. 뻔히 그런 물품들이 없어서 곤란을 겪고 있다는 사실을 확인하고 가져다주었는데도 불구하고 이런 허무맹랑한 떼를 쓰는 경우는 참으로 난감한 심정이 들 뿐이었다. 아마도 그들의 자존심을 건드렸거나 다른 목적이 있었기 때문인지도 모른다. 따지고 보면 자존심이 밥 먹여 주는 것도 아닌데!

의류를 비롯한 잡화 등을 지원할 경우에는 반드시 사전에 해야 할 일이 있다. 그것은 다름이 아니라 그 물품에 붙어있는 상표를 제거하는 작업이다. 그런 경우는 비단 의류에 국한 되는 것이 아니라 모든 물품 전부에 해당된다.

그동안 어린이용 방한 의류들을 매년 500명분 이상 많을 때에는 2002년도의 경우 1,500명분의 동복, 내의, 방한모, 방한화 장갑, 양말 등을 보낼 수 있었다. 이 밖에도 매년 겨울이 가까워지면 여러 종교단체를 비롯한 자선단체나 개인들로부터 어린이용 각종 생활용품들을 지원받아 북한에 전달하곤 하였다. 우리는 이런 물건들이 많으면 많을수록 작업량이 많아 밤이 새도록 물건 하나하나에 부착되어 있는 라벨을 떼어 버리는 작업을 해야만 했다.

북한에는 외부 세계로부터 구제품이 들어오는 것을 관리·취급(검사, 보관, 분배)하는 관리들이 있는데 이들은 외부 세계로부터 북한으로 들어오는 모든 구제품 혹은 구호물자들을 수령하여 분배하는 역할을 하고 있다. 이 사람들은 의류나 기타 일용잡화 등에 부착되어 있는 상표나 물품의 설명 내용에 혹시라도 대한민국이나 미국 등 자유세계의 것이 부착되어 있지 않은가 하나하나 세심한 검사를 거친 연후에야 분배해 준다. 그런데 이 관리들이야 정부방침에 따라 자기에게 주어진 임무를 충실하게 수행하느라고 그러는지 몰라도 때로는 참으로 딱하게 보일 때도 있다. 그런 사소한 문제가 화근이 되어 서로 엇갈리는 이해와 사고방식의 차이 때문에 생각지도 않았던 데서 문제가 발생하는 경우가 있다. 가령 예를 들어 일반적으로 의류마다 부착되어 있는 제품설명 가운데 '재료: 대한민국, 제조: 중국'이라고 인쇄된 것이 있을 경우 그 좁쌀만큼이나 작은 글을 일일이 살펴보지 못하고 보냈을 경우 관리원은 재료 표시를 흠잡고 왜 이런 것을 붙였냐고 정색을 하고 따지고 들 때는 그야말로 난감한 느낌이 들지 않을 수 없었다. 그 정도로 끝맺음을 하면 다행이지만 대부분의 경우 "우리는 이런 불순한 거 받을 수 없으니 도로 가지고 가라우요!" 라고 하며 언성을 높일 때는 하늘이 캄캄해지고 가슴이 답답해진다. 마음속으로는 "이 융통성 없는 사람들아!" 하지만 어쩌겠는가. 그것이 그들의 임무인 것을.

육아원 등 아동 보호시설에서 아이들의 식사 시간은 외부 사람들에게는 특별한 경우를 제외하고는 공개하지 않는 것이 원칙인 것 같았다. 그래서 무엇을 어떻게 먹고 있는지 알

도리가 없다. 더구나 내국인(북한 사람)에게는 아예 육아원 근처에는 얼씬도 못하게 철저히 출입을 통제하고 있다.

나는 여러 차례 식사하는 장면을 꼭 보고 싶었지만 간식을 먹는 것 이외에는 본 일이 없었다. 의식적으로 보여주지 않는 것을 애써 보려고 해 봐야 그것은 무리한 일이었다. 2002년으로 기억하고 있는데 그해 가을 얼마든지 있음직한 무김치나 무장아찌 정도의 부식물은 있을 줄 알았는데 그것마저 없다는 것을 알고 놀라지 않을 수 없었다. 관리인들의 태만인지 무나 소금이 없어서 담지 못했는지 몰라도 그 흔해 빠진 무 정도는 얼마든지 구해 올 수 있을 것이고 재배도 가능할 것으로 여기는데 도무지 상상이 안 되는 일이었다. 이럴 수가 있을까? 너무도 무성의한 것 같아 내심 화가 났다. 나는 단동으로 돌아오는 즉시 근처 농장에서 무를 구입하여 소금에 절여 장아찌를 만들어서 수년 동안 공급해 준 사실도 있었다.

내가 북한에 체류하고 있는 동안 보아서는 안 되는 것, 보아도 되는 것, 또 들러서는 안 될 곳, 들러도 될 곳, 말을 해서는 안 되는 것, 말해도 되는 것 등 너무나도 많은 제약을 받다보면 정신적으로나 육체적으로 너무도 피로해지고 많은 스트레스를 받게 마련이다. 이러한 일들은 자유세계에 살고 있는 사람들은 상상조차 할 수 없는 일이다.

무 절임을 담고 있는 필자

북한에 들어온 그 순간부터 이러한 경직된 사회에서 한시라도 빨리 벗어나려고 체류시간을 단축시키기 위해 무진 애를 쓰기도 했다. 자신이 북한의 실정을 어느 정도 이해하고 있다고 자처하면서도 이루 다 표현할 수 없을 정도로 심한 심적 고통을 받아야만 했다. 그러다 북한에 들어갔던 일이 순조롭게 끝나고 신의주와 단동 사이에 걸쳐있는 철교 위를 지날 때쯤이면 해방된 기분이 살아나 단동에 도착하자 곧바로 목욕탕부터 찾아간다. 내 몸에 묻어 있는 찌든 공기부터 씻어 버리고 싶은 심정 때문이라고 해야 할 것이다. 목욕탕에서 면도를 하고 서근 형이 중국에 들어와 있을 때면 그의 숙소에 가서 서근 형이 항상 얼굴에 바르는 냄새는 좀 강하게 느껴지지만 상쾌한 기분을 주는 로션이라도 얻어 바르고 나면 피로가 싹 가시는 것 같은 상쾌한 기분이 들곤 했다. 물론 마음속까지 상쾌해지는 것 같은 느낌이다. 다시 말하지만 자유세계에서 살던 사람이 틀에 박힌 제한된 사회에 들어가 살아 숨 쉰다는 것이 얼마나 힘에 겨운지 경험을 해 보지 못하고는 알 수 없을 것이다.

:: 홀트재단의 초청

필자가 2005년 홀트재단 창건 50주년 기념행사에 초청을 받고 미국에 갔던 일이 있다. 앞에서도 잠깐 언급한 바도 있지만 홀트 씨가 한국전쟁 당시 발생한 수많은 고아들이 불쌍한 처지에 있다는 사실을 알게 되어 직접 한국까지 와서 전쟁고아들이 수용되어 있는 고아원에 찾아가 전쟁으로 부모를 잃은 어린아이를 8명이나 자기 가족으로 입양시키는 등 적극성을 보이면서 의지할 곳이 없는 전쟁고아들에게 새로운 부모를 찾아주는 입양사업을 전개하면서부터 시작된 국제적인 고아의 보육 사업을 하고 있는 세계적인 사회자선사업단체로서 전쟁이 발발한 지역이거나 천재지변으로 인하여 많은 고아가 발생한 곳이라면 지구촌 어디든지 찾아가 구원의 손길을 내미는 그야말로 천사와도 같은 세계적인 사회사업단체이다. 특히 주목할 만한 것은 미국 대통령이 취임하면서 사회사업을 위해 가장먼저 홀트재단에 기부를 시작할 정도로 미국의 모든 국민들로부터 사랑과 지원을 받고 있는 자선사업기관이라고 할 수 있다.

 필자가 이처럼 훌륭한 자선단체와 손잡고 같이 일할 수 있었다는 것은 크나큰 영광이 아닐 수 없다. 그리고 이 재단에서 헌신적으로 봉사활동을 하고 계시는 존경스러운 한국계 학자들을 만날 수 있었다는 것 역시 내 생애에 잊을 수 없는 光榮(광영)으로 여기고 있다. 특히 金亨福(김형복) 박사는 20대의 젊은 나이로 홀트아동복지회 창설 당시부터 발을 들여 놓은 이후 오늘에 이르기까지 거의 60여 년간 한결같이 이 사업에 전념하고 계시는 훌륭한 분이다. 이분은 그야말로 이 분야에서는 보기 드문 전문가이기도 하거니와 그 열의에 머리가 수그러질 정도로 존경스러운 분이다. 이처럼 훌륭한 분들의 지도를 받을 수 있었기에 나의 부족한 점을 채울 수도 있었다고 여겨지며 생판무지의 사업이었는데도 불구하고 주어진 일들을 원만하게 그리고 대과 없이 수행할 수 있었던 것도 이분들이 음으로 양으로 많은 도움을 주셨기에 가능했던 것이라고 생각하며 아울러 한없이 고맙게 생각하고 있다.

 필자가 대북 지원 사업을 시작해서 오늘에 이르기까지 많은 성과를 거둘 수 있었고 굶주리고 있는 수많은 북한 어린아이들을 구원할 수 있게 한 것은 홀트재단이 있었기에 가

2005년 홀트아동복지재단 창건 50주년 기념행사에 참석하였을 때
좌로부터 필자, 홀트 부인, 김형복 박사 내외

능했던 것이다. 홀트재단에서는 지금도 한결같은 마음으로 우리 연구소를 지원해 주고 있다.

:: 옥수수 한 줌의 가치

1995년에 이르러 하늘의 신 '제우스'가 자기보다 더 위대한 신이 북한에 존재하여 되지도 않을 주체농법으로 세상에 부러움 없는 풍요로운 나라를 이루고 있노라고 법석을 떠니까 화가 나셨는지 북한에 대홍수를 몰고 와 그 해 농사를 쑥대밭으로 만들어 버렸다. 그 바람에 식량 사정이 극도로 악화되어 大饑饉(대기근)이 來襲(내습)하게 되었으며 이로 인하여 근래 지구촌에서 일찍이 찾아볼 수 없었던 수백만의 아사자가 발생하는 등 처참한 소식은 이미 여러 보도기관을 통하여 전 세계 방방곡곡에 널리 알려져 있는 사실이다.

不過(불과) 946m밖에 안 되는 압록강 철교 하나를 사이에 두고 있는 중국과 북한과는 그야말로 극락세계와 지옥을 방불케 하는 천지의 차이를 보이고 있었다.

좋은 예가 단동에 살고 있는 아이들과 북한(신의주)에 거주하는 아이들과는 그 성장 과정이나 환경부터 하늘과 땅만큼 차이가 있다. 엎드리면 코가 닿을 만한 강 하나를 사이에 두고 對岸(대안)의 아이들은 나라도 다르고 민족도 다르고 풍습도 환경도 다르고, 생활방식은 물론이고 사고방식, 行動擧止(행동거지)까지 모두 다르다는 사실은 이야기할 가치도 없는 일이다. 그러나 평시에는 별로 느끼지 못하던 일이 이처럼 천재지변에 의한 재난을 당하고 보니 나라의 富와 貧의 차이가 얼마나 그 나라 국민생활에 영향을 미치게 하는지를 새삼스럽게 느끼게 하였다.

단동(중국)에 거주하는 아이들은 빈부의 격차는 있을지언정 의식주에 불편을 느끼거나 제한을 받거나 하는 일 없이 살고 있을 뿐만 아니라 지체할 수 없을 만큼 집에서나 길거리에서는 먹을거리가 넘쳐흐른다. 돈이 없어 못 먹는 것은 어쩔 수 없지만 푼돈이라도 있으면 무엇이든 사 먹을 수 있다는 것이 얼마나 행복한 일인지 본인들은 느끼지 못하면서 살고 있는 것이다.

　너무 잘 먹어 지나칠 정도로 영양분 섭취량이 많아 이번에는 비만증에 걸릴까 두려워 절식이다, 다이어트다 하고 법석을 떠는 데 반해 강 건너 저편 북한에 살고 있는 아이들은 하루 두 끼의 끼니조차 때우기 힘들 정도로 먹을거리가 너무 부족한 데다 간식거린들 있을 리 만무하여 한참 먹을 나이인데 하고 생각하면 불쌍하고 가엾은 생각이 든다. 세계 어디를 가도 아프리카의 최빈국을 제외하고는 이렇게 불쌍한 아이들을 찾아보기도 어려울 지경이다. 이것이 나라의 富와 貧의 차이인지도 모른다.

　구호물자로 옥수수를 중국(단동)에서 신의주까지 화물차로 실어 나를 때 혹 단동 시내의 대로에서 옥수수 포대가 헤어져 길바닥에 우르르 쏟아져 길바닥에 흩어져도 누구 한 사람 거들떠보지도 않는 천대받는 존재이다.

　이것이 바로 중국의 오늘날의 현실이다. 그렇지만 그 한 줌의 옥수수일지라도 중국에서는 그처럼 흔해 빠져 닭 모이 정도이거나 가축의 사료로나 급여할 정도밖에 안 되는 것이지만 북한에서는 훌륭하고 귀중한 한 끼의 식량거리이다.

　바로 강 건너 저편에서는 그 3등품(중국 정부에서 품질 규정의 등급에 따라) 옥수수마저도 제대로 공급이 안 돼 하루 두 끼 먹기 운동이니 '고난의 행군'이니 하고 국민들의 희생을 강요하고 있는 것이 바로 지금의 안타까운 현실이다. 만일 그들이 부국의 국민이라면 이런 꼴을 당하지는 않아도 될 텐데 하는 생각이 들면서 동시에 찢어지게 가난한 백성으로 살아가고 있는 이들이 너무도 불쌍하고 측은하고 안타까운 생각에 가슴이 아프도록 서러워지게 한다.

　필자가 문득 지난날 동두천 지역에서 헌병으로 근무하고 있을 당시 까마득하게 잊어버리고 있던 6·25 당시 목격하였던 일이 생각난다. 1·4 후퇴로 많은 피난민들이 남으로 몰려 내려오고 있을 때 그 많은 피난민들 속에 어린아이를 안고 피난열차 지붕 위에 앉아 있는 한 젊은 여인을 보았다. 배가 고파 밥 달라고 우는 어린아이를 달래다 못해 그 젊은 엄마가 어쩔 줄 몰라 하다 울고 있는 아이를 붙잡고 끝내 같이 울어 버리는 그때의 그 여인의 모습이 너무도 선명하게 연상되어 주르륵 내 뺨에 눈물이 흘러내렸다.

　그 당시를 회상하면 비단 그 여인뿐이겠는가. 수를 헤아릴 수 없을 정도로 많은 아사자와 동사자가 발생하였던 것을 그 당시 겪어본 사람치고 고통스러웠던 기억을 잊어버린 사람은 아마 한 사람도 없을 것이다.

　우리 세대의 사람치고 전쟁과 기아와 빈곤을 경험해 보지 못한 사람은 거의 없기 때문에 모든 남한 사람들은 물론이고 해외동포들까지도 같은 민족이라는 동질성을 느끼고 있는 탓으로 북한의 대기근을 걱정하고 아사자가 속출하고 있다는 보도를 접할 때마다 같이 슬퍼하고 애절하고 순수한 마음으로 구원할 수 있는 길이 있다면 어떻게 해서라도 도와야겠다는 생각을 누구나 한번쯤 가져보지 않은 사람은 없을 것이다.

　북한 육아원 등 아동 보호시설의 식사는 하루 두 끼이다. 아침 주식은 옥수수가 주곡으로 된 잡곡으로 끓인 죽과 멀건 콩나물국 한 그릇이 전부이다. 저녁에는 옥수수밥에다 야채 잎이 두서너 줄기 떠 있는 멀건 된장국 한 그릇이 전부이다. 한 줌도 안 되는 옥수수밥에 보리쌀 혹은 수수가 약 20% 정도 들어 있다고는 하지만 그 잡곡들은 눈을 비비고 보아도 보이질 않는다. 요즘 중국 사람들은 생활수준이 높아져서 거의 동물사료용이나 식품가공용으로 밖에 쓰지 않는 그 한 줌의 옥수수가 이곳에서는 얼마나 귀한 것인지 보지 못한 사람들은 상상도 하기 어려울 것이다.

　1997년이라고 생각된다. 북한 압록강변에 거주하는 아낙들이 식량을 구하기 위해 야밤 압록강을 건너 중국 땅에 잠입하는 필사적인 일들이 빈번하게 벌어지고 있다는 소문을 들었다. 발각되면 가차 없이 처형당하거나 붙잡히면 혹독한 고문과 옥고를 치러야 한다는 사실을 뻔히 알면서도 오로지 가족을 먹여 살려야 한다는 집념 때문에 생명의 위험을 무릅쓰고 위험천만한 이 일을 필사적이고 용감하게 압록강이나 두만강 물에 뛰어들고 있다고 하니 참으로 가상하다는 생각이 들었다.

　얼마나 사정이 다급하게 되었으면 목숨을 걸고 북한 국경경비대의 그 森嚴(삼엄)한 경비망을 뚫고 이런 일들을 벌여야만 했을까? 생각만 해도 식은땀이 날 정도이고 가슴이 터질 것만 같은 심정이다. 그렇게 해서 여인 한 사람이 운반해 갈 수 있는 양이라고 해 봐야 많아서 40~50㎏ 정도에 불과할 텐데 그야말로 필사적인 보급 투쟁이라고나 해야 할까?

　중국 변방 두만강 연안에 거주하는 한 독지가가 식량을 구하러 강을 건너온 한 젊은 여인의 사정이 하도 딱하고 가엽게 보였던지 그 북한 여인에게 백미 40㎏를 사서 줄 터이니 가져가라고 했더니 그 여인이 머뭇거리다 하는 말이 "고맙기는 하지만 그런 것은 가져 갈 수 없이요." 하고 사양하더란다. 쌀을 사 주겠다던 독지가가 하도 의아한 생각이 들어 "그럼 쌀을 구하러 온 것이 아니고 다른 목적이 있어 왔느냐?"라고 되물었더니 그런 것이 아니라 북에서 남들 모두가 먹지 못하는 백미를 가지고 가서 밥을 지어 먹다 발각이라도 되는 날에는 온 식구가 살아남을 수 없게 된다면서 "기왕 적선을 해 주시려거든 뽀미(옥수 수쌀)로 주시면 고맙겠습니다!"라고 말했다며 그 당시의 상황을 이야기하며 눈시울을 적 시는 젊은 여인에게 뽀미를 사서 준 장본인을 만나본 적도 있다. 이 얼마나 가엾은 이야 기인가. 아무런 방비도 없이 단지 가족을 먹여 살려야겠다는 절박한 마음 하나만으로 죽 음을 무릅쓰고 강을 왕래하는 여인들의 심정을 눈물 없이 어찌 헤아릴 수 있겠는가.

왜 입만 벌리면 '지상에 둘도 없이 행복한 나라', '세상에서 부러움 없는 지상낙원' 운운 하면서 어째서 이 지경으로까지 몰아가게 되었는지 도무지 이해할 수가 없다.

:: 중국에 찾아왔던 남한 사람들

북한에 대기근이 내습하여 수십만 혹은 수백만의 아사자가 발생하는 참변이 일어나고 있다는 놀라운 보도가 나온 이 무렵(1995~1997년) 남한의 유, 무명 자선단체들 혹은 종교 단체들이 북한의 동족이요 부모형제들이 굶어 죽게 되었다고 하여 눈물겹도록 알뜰한 동 포애와 자비심을 발휘하여 구호해야 한다는 다급한 심정으로 마치 경쟁이나 하듯 아마도 추측컨대 수천 명 아니 수만 명이었는지도 모를 많은 사람들이 단동 혹은 연변 등 국경지 대로 몰려들어 법석을 떠는 광경을 쉽게 볼 수 있었다.

단동 시내만 해도 여기저기에 넘쳐날 정도로 많은 남한 사람들이 운집하고 있었다. 물 론 인천—단동 간 정기 해상항로(훼리)가 주2회 왕래하는 海路(해로)가 개설되어 교통편이 편리해진 데다 요금도 항공료의 반도 안되는 저렴한 가격으로 왕래할 수 있게 된 데에도 원인이 있었겠지만 VISA까지도 선내에서 간단한 수속만으로 발급하게 되면서 쉽게 중국 땅을 밟을 수 있게 되자 많은 사람들이 몰려와 방법을 가리지 않고 계획도 없이 어떤 명목으로든지 북한의 이재민들을 도와주어야겠다는 눈물겨울 정도로 어질고 선량한 남한 사람들이 각지에서 모여들고 있었다.

이 여행자들 중에는 어떤 조직체에 소속된 사람들이 있는가 하면 개인적으로 온 사람들도 많이 있었는데 단체에 소속되지 않은 경우는 각개행동을 취하기 때문에 한눈에 보아도 질서 없이 우왕좌왕하는 모습들을 쉽사리 볼 수 있었다. 이들이 어느 뚜렷한 종교단체이거나 정부로부터 승인된 대북 지원이 허가된 단체에 속해 있었다면 굳이 이런 곳까지 오지 않고서도 구호할 수 있는 길은 얼마든지 있었을 것이다. 대안의 불구경하듯 국경 근처에 가면 북한을 볼 수 있겠거니 하는 호기심 때문에 온 사람들도 있을 것이다.

한국에 비해 치안 상태는 물론 숙박시설, 언어의 장애 등 불편이 있는 데다 도대체 무엇을 어떻게 해야 하는지 기초적인 지식조차 전연 없는 상태에서 소문만 듣고 이리저리 몰려다니는 그야말로 보기가 민망할 정도인 경우가 태반이었다.

어디 그뿐인가. 예비지식도 없이 그저 단순한 호기심만 가지고 남들이 간다고 해서 무턱대고 따라온 사람들이 있는가 하면 전연 경험이 없는 사람들이 현지 사정도 모르고 준비도 없는 사람이 리더가 되어 단체를 이끌고 왔기 때문에 실제로 현지에 도착해서는 숙소문제부터 시작하여 식사 문제, 생리적 문제 등 갑작스러운 환경의 변화로 당황한 사람들이 대로에서 고성으로 말다툼을 하는 추한 꼴을 흔히 볼 수 있었다. 또 어떤 팀은 모든 문제가 원만하게 진행되면서도 막상 대북 지원 문제에 대하여는 어떤 사람들과 상의를 해야 하는지 몰라 당황해하는 모습을 볼 수 있었다. 이곳에 온 사람들 대부분이 이런 경우를 당하고 있는 것 같았다.

대북 지원 사업이란 발상은 기특했지만 너도나도 쉽게 아무나 할 수 있을 정도로 허술한 일도 아니거니와 북한의 실정을 전연 알지 못하는 백지 상태에서 변덕이 죽 끓듯 하고 자존심 강한 그들을 항상 경계해야 할 상대방이라는 사실과 이들을 상대로 무엇을 어떻게 해야 하는지 정도쯤은 알고 왔어야 했을 터인데 그런 마음의 준비도 없이 같은 민족끼린데 지성이면 감천이라고 하지 않았는가! 무엇인들 통하지 않겠는가? 하고 쉽게 생각하고 들어왔지만 막상 와 보니 생각과는 전연 딴판이니 그제야 깨달았겠지만 이미 시간은 흘러가 버리고 북한 사람들과는 접촉도 해 보지 못하고 별 성과도 없이 2, 3일간 남의 나라(중국)에 와서 이 나라 사람들의 차가운 시선을 의식도 하지 못하고 법석을 떨다 국위만 손상시키고 돌아가는 모습들은 참으로 안타까운 심정이 들 정도였다.

앞으로 만일 또다시 이런 일이 발생하게 된다면 우선은 국위를 손상시키지 않도록 정부 차원에서 통제 관리를 하는 한편 좀 더 세련되고 성숙된 선진국 국민다운 면모를 가지고 설사 민간 차원에서의 구호 활동을 하더라도 한 차원 높은 수준의 활동을 전개할 수 있도록 하는 국가적 조치가 절대로 필요하다고 본다. 특히 최근 중국 내에 反韓流(반한류)나 嫌韓(혐한) 인사들이 늘어나고 있는 추세임을 감안할 때 이들이 어떤 평가를 내릴지는 알 수 없으나 우리 스스로는 자숙하고 인내하고 품격 높은 행동을 해야 하는 것이 당연하다고 생각된다.

진정 북한의 어려움을 도우려 왔다면 우선 그 지역에서 대북 지원 사업을 하고 있는 단체나 개인이 있는지 여부를 파악하고 그 단체나 개인으로부터 자문을 받아야 할 것이며, 지원하고자하는 혹은 원호 對象(대상)인 북한 사정도 검토해 보고 난 다음, 북한 관계자들과 접촉을 하거나 그런 일이 힘들면 실제로 구호사업 단체를 방문하여 현황을 알아보거나, 혹은 특별한 사정이 없다면 그 단체에 원호를 위탁하는 것이 가장 손쉽고 안전하다.

개인적으로 지원해야 하겠다면(거의 불가능한 사항이지만) 별도의 지원 절차를 설정해야 할 것이다. 원호대상자 즉 수혜자의 거주지, 생존여부 등을 확인한 다음 북한의 승인 혹은 동의를 받은 후 지정하고자 하는 수혜자의 현 위치를 비롯한 상대방의 정확한 정보도 입수하고 그 대상자 혹은 대상기관이 필요로 하는 것이 무엇인지, 그 물건들이 혹시라도 남한의 전략적 혹은 군사작전상 영향을 미치게 하거나 혹은 귀중한 남한의 정보가 누설될 가능성이 있는 것인지 여부 등을 확인해야 할 것이다. 만일 상대방이 천재지변에 의한 饑饉(기근)이나 빈곤을 지원하는 것과는 관계가 없는 물건을 요구하여 그 물건이 굶주리고 있는 사람에게는 전혀 혜택이 되지 않고 딴 곳으로 흘러 들어갈 우려가 있는 물품이 아닌지 여부 등 세심한 판단이 필요할 것이다.

또 어느 정도의 수량을 요구하는지, 이런 조건과 물건들이 구비되면 그 다음 단계로 북한의 어떤 사람과 상대해야 하는지, 그 구호 물품들을 어떻게 어떤 방법으로 북한으로 운반할 것인지 등의 순서를 어떤 방법을 밟아야 하는지 등 면밀한 계획과 준비가 필요하다. 이와 같은 최소한의 상식이라도 갖추고 왔어야 하는데 그런 것도 아니고 무작정 단동이나 연변에 들어가기만 하면 길이 있겠거니 하는 막연한 기대를 가지고 와서는 안 된다는 것이다. 특히 개별적으로 구호물자를 보내려고 할 경우는 남한 정부의 사전 승인이 있어야 할 것이며 많은 시간이 소요된다는 것을 미리 알고 착수해야 할 것이다.

이와 같은 일을 하려면 한국 정부의 유관기관과 상의를 꼭 해야 한다고 유경험자인 필자가 제언하고 싶은 바이다.

정부나 종교단체 혹은 정치권, 언론기관 등에서 무책임하게 대북 지원 붐을 일으켜, 선량한 사람들이 몰려와 무질서한 행동을 함으로써 혹시라도 국위를 손상시키고 경제적으로도 손해를 끼치게 할 우려도 있다는 사실을 염두에 두어야 할 것이며, 현지 사정도 충분히 파악하지 못한 상태에서 부추기는 일이 있어서는 절대로 안 되겠다는 생각이 들었다. 또 혹시 아는가! 납북이라도 당하면 어떻게 하겠는가? 이때의 책임은 누가 질 것인가? 남한의 경우 당연히 자기 본인이 져야겠지만 이런 최악의 경우를 생각해 본 적이 있는가? 아마 한 사람도 없었을 것이다. 이곳에서 직접 원호사업에 종사하고 있는 사람의 눈에 비친 그들의 모습은 그저 안쓰럽게만 보였다. 따라서 정치권이나 매스컴 같은 기관이 무책임하게 선량한 국민을 선동하거나 현혹시켜 피해를 보게 해서는 절대로 안 될 것이다.

게다가 철없는 종교단체의 젊은 청소년들은 중국이 국가시책으로 외국인의 선교활동을 금지하고 있다는 사실쯤은 알고 있었을 터인데도 불구하고 선교활동을 하고 다니는 것은 참으로 살얼음판을 걷는 것 같이 언제 무슨 일이 벌어질지 예측하기도 어렵거니와 신변에 위험을 느낄 수도 있는 일이기에 딱하게 여겨지기도 했다.

이처럼 법석대던 대북 지원단체 사람들도 1999년부터 2000년 사이에 마치 썰물과도 같이 중국 변경지역에서 모두 사라졌지만 그들이 남기고 간 흔적은 아직도 남아 있다. 과연 그들이 목적한 바의 성과를 어느 정도 거두었는지는 알 길이 없다.

:: 믿을 수 없는 중국 상품

해도 해도 끝이 없는 사업이고 아무리 하노라고 해도 없어지거나 줄어들지 않는 것이 UN 아동지원기관에서 이미 보고된 바와 같이 심각할 정도로 만성 영양실조로 고생하는 어린아이들이 예상외로 너무 많다는 사실이다.

필자는 이 문제에 대하여 이미 알고 있는 사실이었고 필자의 능력에도 한계가 있어 홀트아동복지회에 현실적으로 심각한 상황을 북한을 방문하였을 때 직접 눈으로 보고 확인한 대로를 알려드린 바 있었다. 그러나 홀트도 역시 근근이 우리 연구소를 지원하고 있는 형편이므로 특별히 어떤 조치를 기대하기는 어려울 것이라고 생각하고 있었다. 그러나 홀트재단은 그 어려움 속에서도 많은 영양제, 의약품 등을 보내오는 등 적극성을 보여 주었다. 이 밖에도 필자는 나름대로 영양실조 유아들에 대해 조금이나마 도움이 될 수 있을까 해서 분유 지원을 할 요량으로 2008년 3월부터 처음으로 중국산 분유를 공급하려고 우선 유해 화학성분이 검출되어 문제가 되고 있는 중국산 우유병과 젖꼭지 등 직접적인 수유 기구들과 부속 물품들은 아예 서울에서 한국산 제품들을 구입하였으며, 분유는 중국산 제품들 중에서 우수제품을 선택하여 공급하기로 하였다. 그 다음 분유를 구입하는 문제였는데 그 분유제품들을 구입하기 위해 매일 새벽 4시부터 7시 사이에 개장되는 瀋陽(심양)의 五愛市場(오애시장)이란 곳에서 1급품이라고 인정되는 레슬리, 三鹿(삼록), 完達山(완달산) 등 상표의 분유를 도매가로 구매할 수 있도록 하였다. 이 상표의 제품들은 다른 여러 분유회사 제품에 비해 가격이 약간 비싼 편이기는 하지만 품질 면에서는 중국 정부가 보증하는 우수제품들이라는 평도 있고 외국 수출도 하고 있는 상표들이기에 필자는 그것을 굳게 믿고 공급 전날 단동에서 심양까지 새벽시장이 열리는 시간에 맞춰서 달려가 그 분유들을 구매하곤 하였다.

그런데 분유 공급을 시작해서 6개월이 되었을 무렵 중국 유업회사 중에서도 가장 규모가 크고 신뢰할 수 있는 제품이라던 그 三鹿(삼록)유업 제품에서 '멜라민'이 검출된 사건이 발생하여 전 세계가 발칵 뒤집히다시피 한 사건이 발생하자 2008년 9월 이후 중국 정부는 '完達山' 상표의 분유를 생산하는 회사를 제외한 모든 분유 제조회사를 강제 閉鎖(폐쇄) 시켜버리고 모든 제품을 회수하여 폐기 처분하는 소동이 벌어졌다.

필자도 이 '멜라민' 검출 사건의 발생을 계기로 2008년 10월부터 대북 지원 분유 공급을 중단해 버렸다. 하기야 '벼락 치는 하늘도 속인다'는 중국 상품들을 태산같이 믿고 아무 의심도 하지 않고 유아들에게 급여하였으며, 경제적으로 다소 여유가 생기면 이 제품들을 구입 저장해 두었다가 도강차편(압록강을 왕래하는 차편)이 생기면 수시로 북한에 보내곤 하던 것이 후회스러웠다. 아이들을 도우려다 오히려 해가 되는 물건을 가져다주었으니 말이다. 어쩌면 필자도 본의 아니게 '멜라민' 가해자가 되어 버린 것 같은 느낌이 들었다.

그 사건을 계기로 우리 연구소에서 만들어 공급하고 있던 건빵과 병행하여 분유를 주원료로 보리, 옥수수, 찹쌀, 대두 등을 혼합하여 만든 영양식(미숫가루)을 공급하던 것도 분유 사용이 불가능하게 됨에 따라 중단할 수밖에 없게 되었다.

대북 결식아동 지원사업에 있어서는 그동안 많은 국내외 정세의 변화가 있었지만 16년 간이나 변함없이 이 원호사업을 계속할 수 있었던 것은 홀트재단과 소망교회의 절대적인 지원과 여러 종교단체들의 후원이 있었기에 가능했던 것이다.

이와 같은 지원 사업도 언젠가는 受惠國(수혜국)인 북한이 스스로의 힘으로 해결해야 할 때가 머지않은 장래에 필연코 와야 하고 또 오게 될 것이라고 필자는 믿고 있었다.

북한 당국자들은 孤兒(고아)가 많이 발생하고 있다는 것을 수치스럽게 생각하고 또 그 고아발생에 대한 원인을 남의 탓으로 돌리고 있다는 사실이다. 남의 탓으로 돌리려는 책임회피성 행동에 앞서 근본원인에 대한 개선책부터 강구하고 실천에 옮기는 것이 도리가 아니겠는가 하는 생각도 해 본다.

하기야 당장 눈앞에서 벌어지고 있는 다급한 일들이 산더미 같은데 별로 국익에 도움도 되지 않고 국가사업의 우선순위를 따져본다 해도 그 순위 안에 들어있을까 말까한 사업인 데다 앞도 보이지 않는 이런 일부터 개선해 나가야 한다는 것은 필자의 어리석은 희망에 불과하고 북한으로서는 까마득하게 먼 훗날의 이야기일 수도 있다. 그러나 언젠가는 발밑에 떨어질 불덩어리가 될지 누가 알겠는가? 그저 안타까운 심정에서 생각하는 꿈 같은 일일 뿐 실제 상황은 멀고 험난한 길일지도 모른다. 물론 국가의 재정문제를 비롯한 여러 가지 여건들과 연관되어 있기 때문에 그 여건이 조성되지 못할 때에는 순서가 뒤바뀔 수도 있겠거니 하는 생각도 들지만 내 어찌 그들의 사정을 알 수 있겠는가. 그저 바라보고만 있을 수밖에.

그동안 수없이 북한을 드나들면서도 북한 정부의 시책을 도무지 알 길이 없다는 것이 특색이었다. 물론 나야 외부에서 드나드는 나그네이니 당연하다고 치더라도 이에 종사하고 있는 북한 관계관들은 어느 정도는 알 수 있지 않을까 했는데 그들도 알고 있는 것이 전연 없다는 사실을 감지할 수 있었다. 시책이 시행되기 전까지는 비밀에 부쳐져 있기 때문에 말단 지방행정원이 알 리 만무하다.

그러니 이런 시설에 직접 종사하는 사람과 감독하는 사람들과의 사이에서 벌어지고 있는 일들을 보면 그야말로 중구난방인 가관이라고 해야 할까? 서로의 의견차가 엄청나게 크다 보니 눈앞에 놓여 있는 손쉬운 일도 제대로 처리하지 못하는 것이 현실인 것이다.

언제 보아도 한쪽은 對岸(대안)의 불구경하는 격이나 다를 바 없는 일일 뿐이다. 따라서 무슨 일이든 새로운 일이나 현재 하고 있는 일들을 개선하려 한다면 이 사회가 지니고 있는 복잡한 절차들을 거쳐야 하기 때문에 그만큼의 노력과 이해와 많은 시간과 인내가 필요하다고 생각하게 된 것이다. 바로 이런 것이 필자가 미처 생각하지 못했던 대목들이기도 하다.

:: 대북 지원 사업의 百態

2005년이라고 생각된다. 평양에 현대식 설비를 갖춘 안과들이 생겨나 평양에 거주하는 수많은 사람들의 시름을 덜어줄 수 있게 되었다는 희소식을 들었다. 내용인즉 남한의 안과의사회인가 의사협회인가 의료기구 일체를 가지고 의사가 직접 파견되어 평양까지 와서 현대식 기구의 조작법을 위시한 시술에 대한 시범까지 보여 가며 지도하였다고 하며,

미국에서도 최신 의료기구 및 시설을 10여 세트나 기증하여 평양뿐만 아니라 지방 주요 도시에도 기증된 시설을 설치하게 되어 안과 질환으로 고생하던 사람들이 없어지는 줄만 알았다. 그런데 3년이 지난 2008년 필자가 평양을 방문하였을 때 들려오는 소문에 의하면 평양에 있는 안과 중 겨우 한 곳만이 운영되고 있을 뿐 나머지는 모두 운영이 중단되어 버렸다는 것이다.

그 이유인즉 첫 번째는 병원운영에 필수적인 약품과 의료용 소모품의 지원이 자력만으로는 불가능하고 두 번째는 의료 기구를 전문적으로 취급하고 정비할 수 있는 전문 기술자가 없고 그 기구를 구사할 수 있는 의사가 없다는 것이다. 세 번째는 이와 같이 현대식 기구를 조작하려면 電力(전력)과 상수도 시설 등 인프라가 필수적인데 그와 같은 기초적 인프라(Infra Structure)마저도 구비되어 있지 못한 탓으로 자주 발생하는 정전 사태와 고르지 못한 전압 때문에 의료기기의 조작은 물론 치료 행위가 불가능하게 되었다는 것이다.

이상과 같은 이유로 병원 운영까지도 불가능한 사태가 되었으므로 부득이 병원 문을 닫을 수밖에 없이 되어 버린 것이라고 한다. 따지고 보면 처음 시작할 때는 요란을 떨었지만 어느 시기에 가서는 슬그머니 사라져버리는 용두사미격이라고나 할까 매사가 그러다 보니 크게 놀랄 일도 아니다.

남한의 지난날을 회상해 보지 않을 수 없는 대목이다. 1948년 5월 14일 예고도 없이 북

필자가 한 유아원을 찾아가 학용품을 나눠주고 있는 광경

한이 공급해오던 전력을 일방적으로 斷電(단전)시켜 버리는 바람에 남한은 졸지에 암흑세계로 변해버리고 말았다. 그때로부터 6·25 전쟁 이후까지 한참 동안을 남한은 전기사용에 대해 극도의 제한을 받는 세상을 살아야만 했다. 이때로부터 남한의 모든 국민들은 전기에 대한 원한과 집착이 이만저만 컸던 것이 아니다.

남한이 전후 복구와 5·16 혁명을 거치면서 제일 먼저 손댄 곳이 발전시설의 복구였으나 초기단계였던 1965년 남북의 발전설비 용량을 비교해 보면 남한은 76만 5천 ㎾인데 비해 북한은 238만 5천 ㎾로 남한의 3배 이상이나 많은 시설용량을 가지고 있었지만 그때로부터 10년이 지난 1975년 이후부터 남북한의 발전능력이 반전되기 시작하여 2005년에 이르러서는 남한이 6,251만 8천 ㎾인데 비해 북한은 777만 2천 ㎾로 남한이 북한에 비해 8배나 많은 설비를 가지게 되었다. 그 격차가 2010년에 이르러서는 7,607만 8천 ㎾ 대 696만 8천 ㎾로 남한은 계속적으로 증가되고 있는 반면 북한은 오히려 줄어들고 있는 현상이다. 이러한 격차는 날이 갈수록 점점 더 벌어지게 될 것이다.

남한이 전력에 집착하게 된 것은 산업 발전의 필수 동력이기 때문에 우선순위 1번으로 주력을 집중하였겠지만 과거 북한의 무단 단전으로 인한 원한도 내포되어 있었던 것이 아닌가 하는 나름의 생각도 해 보았다. 남한의 오늘이 있기까지에는 잘살아 보겠다는 굳은 의지 밑에 모든 국민이 한마음 한뜻이 되어 지난날 찢어지게 가난했던 시절을 벗어나기 위해 내일 다가올 더 참혹하고 큰 희생을 강요당하기 전에 오늘의 작은 희생을 묵묵히 감수할 줄 알았으며 또 그 어려움을 극복하기 위해 인내할 줄도 알았으며, 단결심을 발휘할 줄도, 절약할 줄도 알았으며 개선을 위해 지혜를 모아 실천할 줄도 알았기 때문에 오늘이 있는 것이 아니겠는가? 그 모든 것이 바탕이 되어 역사상 가장 찬란하게 빛나는 경제대국을 단기에 이루어 낼 수 있었던 것을 전 세계가 경이로운 눈으로 바라보게 되었다고 생각한다. 그래서 역사는 언제나 지혜롭고 용기 있고 근면하고 대의를 위해 자기를 희생시킬 줄 아는 사람의 것이 된다는 사실을 새삼 느끼게 하는 것이다.

필자는 남북을 왕래하면서 같은 민족인데도 남과 북이 이처럼 엄청나게 벌어져버린 경제적 격차를 나름대로 자연스럽게 비교해 보지 않을 수 없었다.

6·25 전쟁으로 인하여 한반도 어느 한 곳도 성한 곳이 없을 정도로 철저하게 파괴되고

초토화된 상태에서 휴전이 되고 남북한이 거의 같은 조건하에서 전후 복구가 시작되었다. 그래도 1970년대 초반까지는 남한보다 북한이 훨씬 더 좋은 조건에 놓여있었으며 국민소득도 더 많았다. 그런데 그로부터 50년 반세기도 안 되는 기간 지나오면서 남한의 1인당 국민소득은 2005년 기준으로 GDP 17,531달러가 되었고 북한은 1,056달러로 16.6배나 차이가 생기도록 벌어졌으며 2010년에는 남한 20,759달러, 북한 1,056달러로 약 19.66배의 차이가 생겼다. 왜 이토록 많은 격차로 벌어져 버렸을까? 남쪽은 세계 10대 경제대국으로 발전하였는데 북쪽은 세계 최빈국인 아프리카의 어느 한 나라나, 스리랑카 정도로 전락해 버렸으니 이제는 정신 차릴 때가 된 것도 같은데 글쎄, 독재국가란 그리 쉽사리 정책을 바꾼 예는 일찍이 없었기에 북한이라고 해서 예외일 수는 없을 것이다.

이와 같은 남북 간의 격차가 심리적으로도 작용이 되는 것은 어쩔 도리가 없다. 부자가 된다는 것은 먹지 않아도 배가 부르게 마련이라고 말한다.

그런데 우리나라에는 '사촌이 땅을 사도 배가 아프다'고 할 정도로 시기심이 강한 백성인가 보다. 그런 심리적 작용과 북한 사람들의 강한 자격지심이나 자존심 때문인지는 몰라도 우리가 일상적으로 생각하고 행동하는 하나하나가 모두 그들 눈에는 몹시 거슬리고 부정적인 시각으로 보이는 모양이다.

그래서 필자의 짧은 소견 때문인지는 몰라도 북한 사람들과 16년간이나 긴 세월 동안 접촉해왔기 때문에 지금쯤이면 상호 개인적인 문제를 기탄없이 흉금을 털어놓고 이야기할 수 있는 시기도 되었다는 생각도 들지만 그게 그렇게 쉽사리 이루어지질 않는다. 만일 일방적으로 지금쯤이면 이해가 증진되어 친숙해진 사이가 되었으려니 하고 어느 정도의 이해는 해 줄 것이라는 막연한 생각으로 그들의 한정된 틀에서 조금이라도 벗어나는 언행을 했다가는 크게 봉변을 당할 수 있다는 사실과 그들을 대하기가 매우 어렵다는 사실. 그들을 접촉할 때는 언제나 생전 처음 만나는 사람처럼 긴장되고 조심스럽게 대해야 한다는 것도 자연스럽게 터득하게 되었다.

그뿐만이 아니다. 그들은 항상 외부로부터 들어온 사람들을 철저하게 감시하고 경계하고 있듯이 필자에게도 예외 없이 감시하고 있을 것이며 행동거지를 주시하고 있는 것으로 추측되었으며 또 사상 동향을 확인해 보려는 태도를 노골적으로 드러낼 때도 종종 있

인형을 나눠주고 유아원 원장, 원생들과 같이 촬영한 것
(2008년 11월 3일 평북 동림)

었다. 그 잔꾀에 걸려 넘어가기라도 하게 된다면 아마 십수 년간이나 국경을 한결같이 넘나들 수 있었던 것이 한순간에 무너졌을지 모른다. 뿐만 아니라 무슨 죄목이 씌워져 봉변을 당할지 예측하기조차 힘들다.

필자는 전문적 지식을 가지고 원호사업에 뛰어든 것이 아니기 때문에 이와 같은 환경 속에서 움직이고 있는 치지이므로 사계의 전문가들 눈에 비친 나의 모습은 아마도 아슬아슬한 줄타기 정도로 보였을지 모른다. 그도 그럴 것이 북쪽 사람들의 시달림을 받으면서 單身(단신)으로 위험천만한 호랑이 굴에 드나들고 있다는 것만으로도 보통 심장으로는 어림도 없다고 생각할지 모를 것이다. 이제 지나고 나서 하는 말이지만 나 역시도 압록강 철교를 건너 북한 땅에 발을 들여 놓는 그 순간부터 마음속으로 무사하게 다녀올 수 있도록 기도하는 것을 게을리한 적이 한 번도 없을 정도였다. 그리고 무척 언행에 조심하고 또 조심하지 않을 수 없었다. 우선은 내 신변의 안전을 위한 자체 방어라고 할 수도 있다.

필자는 원호사업이란 것을 통해서 항상 이런 생각을 하고 있었다. 추위에 떨어 본 사람일수록 태양의 따뜻함과 그 빛의 고마움을 알고, 끼니를 걸러본 사람이 배고픔과 서러움을 알고, 인생의 괴로움을 겪어본 사람일수록 생명의 존귀함을 안다는 그 단순한 진리를 잊어본 적이 없다. 왜냐하면 그것은 원호사업을 하는 데 있어 가장 기본이 되는 것이기 때문이다.

우리 민족은 이와 같은 진리를 알고 반성할 줄도 아는 DNA를 가지고 있는 민족이기에 우리가 어려워할 때마다 하나님이 보호해 주시고 세계 여러 나라들로부터 도움을 받을 수 있었으며, 지금과 같이 경제대국으로 성장하여 지난날의 은혜를 잊지 않고 보답하기 위하여 도움을 베풀어 주려고 봉사정신을 발휘하고 있다는 것은 인간의 당연한 이치이고 도리라고 여기고 있기에 어쩌면 우리 민족의 위대함을 나타내는 한 대목인지도 모른다.

나 자신도 정신적으로나 육체적으로 피로한 이민생활에 지쳐있었지만 항상 위대한 민족의 후예다운 자부심을 잊지 않고 당당하게 살아왔다고 말할 수 있다.

내가 어려움에 처했을 때에는 나보다 더 불행하고 어려운 사람이 이 지구상에는 헤아릴 수 없을 정도로 많이 있다는 것을 항상 머릿속에 그리며 국가니 민족이니 이데올로기니 하는 따위의 구차스러운 틀에 얽매이지 않고 하루 한 끼조차도 자기 능력만으로 해결하지 못할 정도로 어렵게 근근이 생을 이어가고 있는 사람들을 구원해 주어야 한다는 생각은 항상 머릿속에 담고 있었던 일이었다. 가능하다면 그런 환경 속에서 헤어나지 못하고 있는 사람들을 위해 반딧불 같은 희망이라도 안겨 줄 수 있는 길이 있다면 무슨 방법으로라도 그들을 위해 아낌없이 봉사해야 한다고 생각하고 있었던 터였다. 마음속 깊이 담아두었던 의식 때문인지는 몰라도 북한이라고 하는 지역적 특징과 남북 간의 감정, 갈등 등 한계는 있을지언정 이런 문제들을 극복할 수만 있다면 자연스럽게 북한 결식아동을 지원하는 사업을 해 보고 싶다는 생각이 강력하게 분출되는 것 같았다. 그리고 나의 그 의지가 실천에 옮겨지게 되었던 것이 나로서는 한없는 기쁨이었고 영광스러운 일이었고 행복한 일이었다고 생각하지 않을 수 없었다.

그러나 모든 문제가 순조로웠던 것만은 아니었었으며 세상만사가 그렇듯 '도가 넘으면 害가 될 수도 있다'는 이치를 깨달을 수 있는 기회도 있었던 것을 무척 다행하게 생각하고 있다.

:: 이중간첩이라는 누명

북한의 어린아이들을 돕는 일에만 매달려 그것에 몰두하다 보니 무슨 오해가 있었는지는 몰라도 남한의 정보기관에서 二重間諜(이중간첩)의 혐의를 받게 되었다. 이것이야말로 아닌 밤중에 홍두깨 격인 셈이다. 처음에는 아마도 북한을 자주 들락거리는 것을 본 周圍(주위)사람들의 오해가 발전되어 상상할 수 없는 허무맹랑한 中傷(중상)으로 발전한 것이겠지 하는 생각이 들기도 하였다. 한편 사태가 이 지경이 될 때까지 무감각하게 내버려 두었던 나에게도 일말의 책임은 있었다고 생각한다. 그러나 이처럼 문제를 어렵게 만들어 놓은 것이 누구의 짓인지 알 수는 없었지만, 동기야 어떻든 고발자의 인간성을 의심하지 않을 수 없었다. 또 내가 무엇을 어떻게 하고 다니는지 북한에서의 나의 행동거지 등 상세한 내용을 알지도 못하면서 이중간첩이란 치명적인 누명을 씌우다니 복받쳐 오르는 분노를 도저히 참을 수가 없었다. 물론 남한과 북한과의 사이에는 씻어 버릴 수 없는 6·25전쟁에 대한 무한한 민족적 감정과 원한, 체제와 이념, 적개심의 작용 등 헤아릴 수 없으리만큼 많은 문제가 있는 것은 사실이다. 그렇기 때문에 내가 할 일과 해서는 안 되는 일의 구별을 명확하게 해야 한다는 것을 누구보다도 더 철저하게 지켜왔다고 자처하고 있었다. 수일간의 시간이 흐르면서 이성도 되찾고 냉정한 판단도 할 수 있게 되면서 느낀 바대로라면 이번의 이 일은 인간과 인간 사이에 벌어질 수 있는 猜忌(시기) 내지는 상호간의 감정이 얽혀져 있었던 것이 문제가 되어 이런 엄청난 일이 벌어졌을 것이라는 가능성도 배제할 수 없었다.

나는 수많은 악조건들이 가로놓여있는데도 불구하고 이 어려움을 극복하면서 단지 인도적 차원에서 북한의 결식아동들을 도와야겠다는 순수한 생각 하나만으로 봉사하고 있는 터에 당치도 않은 어마어마한 누명을 씌우려 한다는 것은 아무리 이해하려고 해도 할 수도 없거니와 솟구쳐 오르는 분노를 참을 수가 없었다.

더욱이 중국 단동에서 남한의 한 기관원을 우연히 만났을 때 그로부터 그 이야기를 들었을 때 황당한 생각마저 들어 지체 없이 곧바로 서울로 달려가 정보기관에 자진 출두하였더니 관계관이 놀란 표정으로 어떻게 알고 왔냐고 하기에 자초지종을 이야기하고 이중간첩 혐의에 대하여 나는 어떠한 이유에서든 조국을 배반한 일도 없고 배반할 수도 없으며 앞으로도 어떠한 환경에 처하게 되더라도 절대로 내 마음이 변하는 일은 없을 것이라는 나의 확고한 신념을 납득할 수 있도록 명확하게 토로하고 다짐했다.

나를 대면했던 정보기관원도 내 지난날의 경력과 행적 등을 참작하고 신뢰하며 이중간첩이란 터무니없이 허무맹랑한 모략임이 확인되어 명예스럽지 못한 누명을 벗을 수 있었다. 그러고 나서 "도대체 나를 密告(밀고)한 자가 어떤 사람이지요?" 하고 물었더니 意外(의외)로 나와 친분도 있었고 또 나와 같이 일도 했고 내가 존경하던 김 모 박사라는 분이라고 하기에 내 귀를 의심할 정도로 놀라지 않을 수 없었다.

이제 겨우 자리를 잡고 본격적으로 사업을 시작하려는 시점에 무슨 생각으로 허무맹랑하고 터무니없는 짓을 해야만 했을까? 도무지 납득할 수 없는 일이었다. 내가 하려고 하는 이 사업이 못마땅해서 방해할 목적이었다면 다른 방법도 있었을 터인데 '하필이면!' 하는 생각과 실망과 실소를 금할 수 없었다. 그리고 내 마음을 더 아프게 했다.

:: 아동 보호시설 보수와 자재 지원

북한 내의 한정된 지역이기는 하였지만 필자가 황소 지원을 위해 드나들면서 육아원이나 애육원 등 어린아이들이 수용돼 있는 시설들을 방문할 수 있는 기회가 있었는데 그때 내 눈에 비친 그 수용시설의 건물들은 하나같이 老朽(노후)되고 오래도록 보수도 하지 못한 탓으로 주거 상태나 위생 상태 등 환경이 너무나도 劣惡(열악)하다는 사실을 알게 되었다. 그러나 평양 시내나 그 근교에 있는 몇 몇 시설들은 국제적으로도 손색이 없을 정도로 아주 훌륭한 육아원이 있다는 말을 들은 적이 있다. 그 밖의 시설들, 말하자면 중앙의 손이 미치지 못하는 지방의 실정은 이루 다 표현할 수 없을 정도로 모두 열악한 상태이지만 지방 관계부처는 예산 부족을 이유로 보수해 주려고 하거나 새로 시설을 마련해 줄 것이라는 희망은 1995년경 당시의 상황으로는 꿈에도 상상할 수 없는 일이었던 것 같이 보였다.

형편이 어렵다는 것을 알게 된 필자도 새로운 시설의 건설이나 대대적인 보수를 해 줄 만한 입장도 아니고 재정적 뒷받침도 안 되거니와 그럴만한 처지(직접 관여할 수 있는)도 아니었지만 현실이 너무도 딱해 보이기에 작은 보수 정도만이라도 해 주고 싶은 마음이 들어 그곳 관계자에게 보수 승인을 요청하였더니 그나마도 상부에 건의해 보겠다고만하고 直答(직답)을 피하더니 약 1개월 후 내가 다시 그곳을 찾았을 때 상부에 건의해 보겠다던 관계자를 찾아가 보수허가 신청한 지가 한 달이나 되었는데 결과가 어떻게 되었냐고 물었더니 그제야 위에서의 승인이 있었다는 말을 하는 것이 아닌가!

참으로 무성의한 사람들이라는 생각은 들었지만 허가가 떨어졌다는 소식을 들은 나는 당장 신의주 시내에서 가까운 곳에 위치하고 형편이 좋지 않은 보육원 가운데 한 곳을 설정하고 그 보육원에서 보수해야 할 곳들을 책임자로부터 들은 다음, 경제적으로도 큰 부담이 안 될 만한 범위 내에서 보수하여 효과를 볼 수 있는 방법을 모색하려고 지정해 준 그 보육원을 찾아 시설을 예의 점검한 다음 나름대로 필요한 기자재를 산출하여 그 소요자재를 가급적 현지에서 구입해볼 작정이었다.

막상 신의주 시내에서 소요자재를 구입하기 위해 건축자재 판매점을 위시하여 자재가 있을만한 곳을 이 잡듯이 뒤져 보았지만 인구 33만이나 거주하고 있다는 도시인데도 불구하고 나무판자 한 토막, 못 한 개를 구하기도 어렵다는 것을 비로소 확실히 알게 되었다.

필자가 이런 일을 해보려는 구상도 하기 전인 1990년 아마도 중국 연변에서 개최되었던 민족대회를 끝내고 호주로 돌아가는 길에 서울에 잠깐 들렀을 때인 것 같다. 서울에서 이서근 형을 만났는데 그가 모 식품회사의 전무로 근무할 때였는데 필자가 서울에 왔다고 하니까 바쁜 일을 미루고 만나러 와 주었다. 서로 오랜만의 만남이어서 할 말도 많았다. 그 자리에서 이런저런 이야기를 하다 이 형이 최근 일본에서 발간된 李佑泓(이우홍)이라는 재일교포가 쓴 '暗愚의 共和國'이란 책을 읽어 보았는데 그 李 氏에 의하면 원산에다 대형 유리온실 농장을 해보려고 많은 기자재를 북한으로 가져갔는데 電力(전력)의 불안전한 송전은 물론이거니와 못 하나 구하기 힘들다고 쓰여 있더라고 한 말이 생각난다. 필자도 그 이야기를 듣고 처음에는 믿으려 하지 않았던 것이 사실이지만 막상 당하고 보니 그 생각이 떠올랐다.

신의주 혹은 그 근처 도시에서 아무리 찾아봐도 헛수고일 것만 같아 하는 수없이 丹東

에서 소요자재를 구하는데 그리 어렵지 않게 그리고 싼 가격으로 구입 할 수 있었고 문틀과 같이 다소 기술을 요하는 일부 자재는 단동의 한 목공소에서 새로 제작하여 신의주의 그 지정 보육원으로 보내 보수하도록 요청했다. 물론 사전에 보수해야 할 곳과 보수방법 등을 도면을 작성하여 지시해 두었다. 구입한 자재 운반을 위해 별도의 차량을 이용할 경우 그 차량이 통행허가증을 가지고 있다 해도 운행 당일의 통행허가를 받아야 하는 등 번거로움과 많은 시간과 경비가 소요되기 때문에 부득불 1주일에 한 번씩 정기적으로 북한을 왕래하는 우리 연구소의 빵 운반 차량을 이용하는 것이 편리하고 운임도 절약할 수 있으므로 그 차편을 이용하기로 하였다. 북한 세관 측도 동의해 주었다.

여러 번 되풀이되는 말이지만 애써 구해 준 자재도 원래의 목적에 사용하지 않고 다른 곳에 사용할 가능성이 다분히 있었고 분실될 우려도 있기 때문에 그곳 시설 책임자에게 누차 "이 자재는 어디에 어떻게 쓰는 것이고 그 보수가 완료되면 결과를 반드시 알려주어야 한다."라고 누차 당부하고 또 당부했지만 자재의 일부는 온데간데없이 사라져 버린다는 사실도 알고 있었기 때문에 언제나 다소의 여유를 두고 보내 주곤 했다. 생각 같아서는 중국인 목수를 데리고 들어가 후닥닥 해치워 버리고 싶었지만 그런 것이 전연 불가능하기 때문에 속을 태운다. 남한에 살고 있는 사람들은 아마도 실감이 나지 않을지 모른다.

간혹 간식거리를 마련해 주었다 해도 그 음식을 담을 그릇이 없고, 그릇을 마련해 주면 이번에는 수저가 없어 손가락으로 집어먹을 수야 없질 않겠냐고 하니 부득불 수저까지 가져다주어야 하는, 매사가 이런 식으로 진행되다 보니 무엇 하나 온전하게 이루어지는 것이 없고 음식물도 입에다 넣어 주어야 먹을 수 있는 실정이니 무엇을 하든지 능동적으로 해 보려는 의욕이 없는 것 같이 보였다. 이곳의 관리를 담당하는 직원마저도 의욕을 상실해 버린 지 오래된 것 같아 나 자신도 전염될까 하는 두려움마저 생겼다. 그렇다고 외래인인 필자가 앞장서서 이런저런 참견할 입장도 못 되기에 일은 시켜 놓고도 진행과정도 공사 관리에 대한 참견도 파악하기 어려운 것이 사실이다.

보수공사를 하려면 당연히 못은 필수적으로 있어야 하고 못이 있으면 망치도 있어야 하고 면장갑 역시 있어야 하니까 그 필요한 물건들을 보내 주어야 하고 혹시 그밖에도 필요한 물건이 있다면 같이 보내주고 싶지만 어느 정도 필요한지 알아야 할 것이 아닌가. 근처에 그런 물건을 파는 곳이 있다면 다행이지만 그곳에서는 눈을 비비고 봐도 그런 물건을 파는 곳을 본 일이 없다. 그러니 중국에서 사서 보내야 하는데 하도 답답해서 그곳의 관리인에게 소요물자의 수량을 물었더니 터무니없이 많은 양을 요청하기에 놀란 적이 있었다. 이런 일을 진행하려면 빈틈없는 계획은 물론이고 상호간 커뮤니케이션이 잘 되어 직접 눈으로 확인하지 않아도 진행 과정을 소상히 파악할 수 있겠지만 그러지를 못하니 인내가 절대적으로 필요하다는 것을 새삼스럽게 느꼈다. 이들의 자존심을 건드는 것 같지만 스스로가 개선해 나가기를 기다리는 수밖에 도리가 없었다. 그렇기 때문에 어떤 일이든 새로운 일을 진행하려면 시작부터 삐걱거려 보통의 인내심만으로는 감당해내기 몹시 힘들다.

겨울이 되면 참기 어려울 정도로 매서운 한파가 몰아치게 될 것을 예상하고 10월 초부터는 월동 준비를 서둘러야 할 텐데 그들 관계자들은 별로 다급해하는 것 같이 보이지 않았다. '바늘구멍으로 황소바람 들어온다'는 속담이 있듯이 월동을 위해 하다못해 바늘구멍이라도 막아주어야 할 형편인데 무사태평인가 방관인가? 그 내심을 알 수가 없으니 참으로 안타까울 뿐이었다.

北韓의 平安北道 일대에 산재되어 있는 애육원(생후~3세까지), 육아원(3세~6세)의 煖房施設(난방시설)을 돌아다니며 보았지만 하나같이 너무나도 허술하고 不安스럽기 이를 데 없었다. 필자가 가본 그 어떤 곳을 막론하고(展示(전시)용 시설을 제외하고) 風窓破壁(풍창파벽)이나 다름없는 곳에 아이들을 수용하고 있었으니 북한의 그 혹독하게 추운 겨울을 나려면 우선 불을 지피는 아궁이부터가 제대로 돼 있어야 할 터인데 그마저도 마치 7월에 삼베 찌는 아궁이만큼이나 넓고 엉성한 데다 온돌 방바닥이라는 게 아궁이 위에 드럼통을 펴서 얹어 놓고 다시 그 위에 흙을 이겨서 덮어 놓은 것이 전부이다. 그렇게 만들어 놓은 방바닥 여기저기가 갈라져 불을 지피면 갈라진 방바닥에서 연기가 무럭무럭 새 나오는 데도 불구하고 그런 곳에 아이들을 수용하고 있으니 이곳에 종사하고 있는 모든 사람들은 안전 불감증에 걸려있는지 의심이 갈 정도이다. 나는 이와 같은 현실에 놀라지 않을 수 없었다. 하기야 아무리 유능한 關係者라 할지라도 당장 불을 지필 수 있는 연료(장작, 석탄 등)도 구해 오지 못하는 형편에 방바닥이 갈라지는 것쯤에 신경을 쓸 여유가 있을 리 만무하다. 한마디로 무엇 하나 제대로 되는 것이 없는 형편이어서인지 수수방관하는 것처럼 보였다.

필자는 그런 施設과 관리 상태를 보고 도저히 그냥 모르는 체하고 넘어갈 수 없어 북한에서 丹東에 돌아온 즉시 아궁이 改良(개량) 보수를 위한 物資를 마련해서 보내 줬다. 물론 내가 다시 短時間內(단시간내)에 北韓으로 들어갈 수는 없는 실정이기 때문에 簡單(간단)한 設計圖(설계도)를 작성하여 보내면서 그 設計圖(설계도)에 따르는 소요자재와 시공명세서를 같이 보내 改修하도록 요청하였다.

내가 대북 구호사업을 한다고 해서 자유로이 아무 때나 마음 내키는 대로 북한을 왕래할 수 없으며 북한에 들어가려면 북한 당국의 사전 승인을 거친 다음 심양에 있는 북한 영사관에서 발급하는 출입국사증(비자)을 받은 연후 지정된 날짜에만 입국할 수 있다. 그리고 자유세계에서처럼 자기 자신의 경제 사정이나 취향에 따라 호텔을 결정하는 것이 아니라 북한 어느 부처가 담당하는지는 알 수 없지만 반드시 지정된 숙소에 들어가야 하고 가보고 싶은 곳이 있다 해도 지정된 안내원이 안내하는 곳 이외에는 마음대로 갈 수도 없게 되어있다.

왜 이토록 구차스럽게 일을 하느냐 하면 북한에는 그토록 간단한 시설의 보수를 하려고 해도 개수 혹은 보수에 필요한 물자가 넉넉지 못하여 자재 구매가 거의 불가능하다는 사실과, 실제로 아주 간단한 자재조차도 당국의 자재 사용허가가 있어야 하기 때문이다.

어쨌든 그나마 이렇게 허술하기는 하지만 수용시설이라도 있으니 다행이지 그나마도 없었다면 이들을 돌봐 줄 수 있는 마땅한 곳이 없기 때문에 먹여 주고 재워줄 곳이 없다면 거리를 방황하는 꽃제비 신세가 되었다가 먹을 것을 구할 수 없게 되면 餓死(아사)나 凍死(동사)하게 마련이다. 게다가 醫療施設(의료시설)이라고 해 봐야 현대화된 의료기구가 제대로 구비되어 있는 것도 아니고 勿論 醫藥品(의약품)도 수요에는 한참 미치지 못할 정도로 턱없이 부족하기 때문에 당과 정부의 간부와 그 가족이 우선하고 다음 응급 환자를 제외하고 일반서민들을 위한 診療(진료) 혜택은 거의 받을 만한 여유가 없을 정도로 劣弱(열약)한 실정이다. 그러니 세계적으로 영아의 사망률이 높다는 소리를 듣는 것은 당연하다.

2005年度(년도) 統計(Data Book of World)에 의하면 영아 死亡率이 1995년도부터 2000년까지 54.9%라는 놀라운 통계를 본 일이 있다(韓國 6.6%). 그곳의 신생아들에 대한 보호나 예방접종, 의료시설 등의 실정이 어느 정도인지 짐작할 수 있지 않겠는가. 북한에서는 이와 같은 통계를 발표한 사실이 없기 때문에 정확한 실정을 아는 북한 사람은 거의 없다.

:: 북한 아이들의 실상

幼兒園(유아원)에 가보면 患者(환자)들만 隔離收容(격리수용)하는 방이 별도로 마련되어 있다. 그 방은 외부 사람에게는 '절대로 안 된다'고 할 수 있을 정도로 공개하지 않는다. 그런데 나는 다행히도 그곳을 들여다볼 수 있는 기회가 있어, 그 공개할 수 없다는 곳의 실태를 알게 된 것이다. 내가 보았던 그 한곳에만 국한되어 있는 상황인 줄 알았지만 은 연중 알게 된 사실이지만 어느 시설에도 이와 같은 격리병동이 있다는 사실을 알게 되어 매우 놀라지 않을 수 없었다. 그런데 그보다 더 놀라운 것은 그곳에 수용되어 있는 대부분의 어린아이들이 모두 만성 營養실조로 간단한 운동이나 보행조차도 할 수 없을 정도로 하나같이 허약하여 대부분의 경우 누워서 지내고 있다는 사실이다. 하기야 자기 머리의 무게에 몸을 지탱할 수 없어 일어나 앉아있을 수가 없을 정도로 쇠약해져 回生(회생)은 거의 不可能(불가능)한 狀態(상태)인 것 같이 보였다. 이런 특별 수용시설에는 그와 같은 아이들만 수용하고 있는 것임에 틀림없는 것 같이 보였지만 그렇다고 특별한 의료혜택이 주어지는 것도 아닌 것 같았다.

北韓의 關係者들은 이런 施設管理(시설관리)에 매우 神經質的(신경질적)이었다. 혹시라도 外部人이 그 근처에 접근만 해도 그곳을 목격하지나 않을까 안절부절못하는 모습들이 엿보이기도 하였으며 혹시 외부인이 그 시설을 목격이라도 하였을 경우 관계자는 매우 당황하여 외부인을 강제로 몰아내는 것을 본 일도 있었다. 이러한 시설의 내막을 알고 있는 사람들의 말을 빌면 '저승길 대기소'라고 극단적 표현을 하는 것을 들은 적이 있었다. 나는 이 시설의 실태를 목격하고 나서 곧바로 영양제를 다량으로 구입하여 지원해 주었는데 과연 그것이 어느 정도의 효과가 있었는지 여부는 알 수 없었다.

육아원(3~6세)에서 6살만 되면 일반 가정에 입양시킬 수 있는 기회가 주어진다. 이때 육아원을 나서는 어린이에게는 식량 배급통장이 발급된다. 이 배급통장이 아주 매력적이다. 그렇기 때문에 입양을 희망하는 가정이 쇄도하고 있는 형편이라는 말을 들었다. 입양아의 식량배급통장 하나로 어린이 두 명을 거뜬히 먹여 키울 수 있는 양곡이 배급되기 때문에 어린아이가 있는 가정은 입양하는 어린아이의 특혜를 나누어 가질 수 있기 때문에 환영을 받을 뿐만 아니라 필사적으로 입양아를 받아들이려 한다고 했다. 이러한 현상은 단적으로 북한의 식량 사정이 얼마나 다급하기에 이런 현상이 일어날까 하는 가엾은 생각이 앞설 뿐더러 빈곤의 사회상을 단적으로 나타내는 것이라고 해야 할 것이다.

예로부터 중국에 내려오고 있는 말에 民以食爲天(민이식위천)(사람에게 먹는 것은 하늘의 이치이다)라고 하는 말이 있다. 즉 사람이 먹는 것에 대하여 누구도 왈가왈부할 수 없는 하늘의 뜻이라 했다. 다만 그때에 놓인 환경과 여건에 따라 다소의 영향은 받을지언정 무엇을 어떻게 해서 먹을 것인가 하는 문제와 어떤 것을 먹겠느냐 하는 선택의 자유는 사람에게 주어진 기본권인 것이다. 그러나 그 선택의 자유권은 고사하고 인민에게 주어져야 할 식량 사정이 급박한 형편이다 보니 선택의 자유가 있을 리 만무하다. 그러니 어린아이들을 보호하고 있는 시설이라고 해서 특별히 넉넉한 배려가 있을 리 만무하다. 하루 두 끼 먹기 운동을 벌인 지는 이미 오래된 일이다.

한창 자라나는 아이들에게 하루 두 끼란 어쩌면 가혹한 체벌일지도 모른다. 그나마도 미각운운은 고사하고 한 번이라도 포만감을 느낄 수 있을 정도의 양에는 한참 못 미치는 허여멀건 강냉이(옥수수)죽 한 그릇이 전부이다. 사정이 이러다 보니 어디를 가나 아이들의 몰골은 피골이 상접하고 만성 영양실조에 걸려 기동하기조차 힘들어하는 아이들이 태반이다. 그러나 나라에서 지정된 展示用(전시용) 시설에 수용되어 있는 아이들이나 고급관리의 자제들은 제외하고 말이다(전시용 시설이란 북한이 아닌 다른 나라에서 온 외부 손님이 방문하거나 정부 혹은 당 중앙에서 시찰 나올 때 혹은 대민 행사가 있을 때 보여주기 위하여 지정해 놓은 곳과 그곳에 수용되어 있는 아이들을 말한다).

이와 같은 현실에 직면할 때마다 진실은 어디로 가 버리고 가식만으로 가득 차 있는지 疑心(의심)스러울 정도이다. 같은 인민의 아들딸들이기에 똑같은 대우를 한다고는 하지만 그것은 말뿐이지 실제는 엄연한 계급에 의해 엄청난 차이가 있다는 사실을 알 수 있었다. 이들은 쉽게 '지상 낙원', '세상에 둘도 없는 복지국가', '인민의 평등한 권리' 등을 운운하지만 실제 사정과는 너무도 동떨어져 있는 것이 현실이다.

같은 민족이고 형제라고 하면서도 눈곱만치의 讓步(양보)와 妥協(타협)도 하려 하지 않는 것은 어찌 보면 가상하기도 하지만 그렇다고 부강한 나라가 되고 백성이 모두 부자가 되는 것이 아니지 않는가? 모두가 상상을 초월할 정도로 빈곤의 極難(극난)에서 허덕이고 있다는 사실을 알고 있는데도 虛勢(허세)와 假飾(가식)만으로는 지워지지도 가려지지도 않을 것을 두 손바닥으로 가려 보려고 애쓰고 있는 것 같아 처량하고 안타깝게 보일 뿐이다.

때가 되면 산골짜기에 피어나는 이름 모를 꽃에도 향기가 있고 누구도 돌봐 주지 않는 잡초들에게 단비가 내리게 되면 꽃도 피우고 열매도 맺게 되지만 무참하게 짓밟히고 뭉개지면서도 살아남으려 하는 것은 사람과 다를 바 없다. 어쩌면 온실 속에서 사랑받고 자란 화초보다 모든 풍상과 열악한 환경 속에서 자라난 화초의 생명력이 더 강할지 모릅니다. 사람도 마찬가지로 잘났거나 못났거나 막론하고 각자에게 주어진 아름답고 소중한 생명을 가지고 태어났다. 그것은 마치 땅속 깊은 곳에 고귀하고 신비로운 싹을 孕胎(잉태)하였다가 계절이 되면 힘차게 대지를 뚫고 나와 싹을 틔우고 꽃을 피우는 대자연의 섭리와 다를 바 없는 것입니다.

이 세상에 태어난 사람은 엄연히 그 고귀함과 존재적 가치를 가지고 태어났으면서도 불구하고 송두리째 빼앗겨 버리고 암흑 같은 세상과 죽음의 골짜기에서 벗어나려고 몸부림치지만 자기 혼자만의 능력만으로는 하루를 살기가 어려운 어린아이들이 소외당하고 먹지 못해 가슴뼈가 앙상하게 드러날 정도로 메마르고 앉아있을 기력조차 없으면서 그래도 살아보려고 꿈틀거리는 모습은 차마 눈물 없이는 볼 수 없는 광경이 아닐 수 없다.

"천진난만하게 사라야 할 이 아이들이 전생에 무슨 죄가 있었기에 이처럼 가혹하고 처참한 벌을 주시나이까? 제발 이 아이들에게 사랑과 구원의 손길이 미치게 하여 주시옵소서."

부모를 잘못 만나서인지 잘못 태어나서인지 혹은 잘못된 곳에서 태어나 살고 있기 때문인지는 몰라도 이처럼 劣弱(열약)한 환경 속에서도 생을 유지하고 있는 아이들을 방관할 수 없는 것이 인정이고 도리가 아니겠는가. 이 아이들이 성장하여 장차 나라의 주인공이 될 수 있을 터인데 자애로운 博愛精神(박애정신)을 조금이라도 더 발휘할 수만 있다면 언젠가는 이런 모습이 조금은 개선되지 않을까 하는 한 가닥 희망을 가져볼 뿐이다.

내가 이런 시설에 대한 직접적인 관리자나 책임자는 아닐지라도 안타까운 심정에서 비록 작은 힘이나마 그 아이들에게 따뜻한 사랑의 손길과 무엇인가 도움이 될 수 있는 일을 꼭 해 주어야겠다는 의무감 같은 것을 느끼게 하였다. 하나님께서 나에게 마지막으로 봉

사하라고 내려주신 千載一遇(천재일우)의 기회를 최대한으로 발휘하여 주어진 일에 鞠躬盡
瘁(국궁진췌. 몸이 부서질 때까지 노력한다는 뜻)해야겠다는 각오를 다시 한 번 굳게 다짐하였다.

:: 북한의 아동 보호 실태

내가 느낀 대로 본 대로를 말한다면 북한의 아동 보호시설이 얼마나 있는지는 알 수 없
으나, 내가 알고 있는 한, 일부 展示的(전시적) 시설을 제외한 대부분의 시설들이 老朽(노
후)된 건물과 시설들이다. 이런 것들을 국가의 별 지원 없이 유지해 나가고 있다는 것이
어쩌면 기특하게 보일 정도지만 이 시설들을 관리하고 있는 사람들은 하나같이 안전 불
감증에 걸려 있는 사람들뿐인 것 같은 인상을 주었다. 왜냐하면 당장에라도 보수를 하지
않으면 붕괴될 것만 같고 장마철이 되면 비가 새는 곳이 한두 곳이 아닌 것 같았으며 산
에는 나무가 없어 산사태가 날것만 같고 홍수가 나면 혹시라도 떠내려가지나 않을까 念
慮(염려)스럽기도 하다. 또 겨울철 혹한을 이겨내려면 월동 준비도 해야 할 것이다. 그러
나 막상 시설을 관리하고 있는 책임자나 지방 관리들의 태도는 안이하고 무성의하고 나
태하게만 보였다. 안쓰럽고 걱정이 되는 것은 이렇게 느끼는 사람이 나뿐인 것 같으니 놀
라지 않을 수 없었다.

그러나 한편 생각해 보면 나라의 실정으로는 이런 데까지 손이 와 닿을 수 없을 정도로
빈곤하다는 사실이다. 그러니 관리자들만 탓할 수만도 없는 실정이다. 아동 보육시설에
좀 더 관심을 가져 주었으면 하는 것은 나의 희망사항이고 욕심일 뿐이지 이곳 관리들의
말을 빌면 "그런 일보다 더 焦眉(초미)의 火急(화급)을 다투는 문제들이 산더미 같이 쌓여
있는 데도 재정 형편이 여의치 못하여 손을 놓고 있는 형편인데 이런 데까지 손쓸 여유가
없다."라고 하니 무어라 할 말을 잃고 말았다.

이와 같은 사정을 감안하여 나름의 생각 즉 자본주의 사회에서의 문제해결 방식을 기
준으로 해결해 보려고 했다는 것이 너무도 어리석었음을 알게 된 것이다. 두 번째는, 어

떤 작은 일일지라도 상부가 허락하지 않는 일에 대해서는 절대로 해서는 안 되며, 봐서도 생각해서도 안 되는 즉 관심 밖의 일이라는 것이 현지 관리들의 불문율이라는 사실도 알게 되었다. 세 번째는 사업의 개선이 필요한 부분을 발견했다고 해도 상부에 건의조차 하려 하지 않는다는 것을 발견할 수 있었다. 모든 문제의 해결은 하달식이지 상신 혹은 稟議(품의)란 것은 있을 수도 없고 있어서도 안 된다는 사회란 것도 알게 되었다.

그래도 나는 가급적이면 이 사회를 이해하고 모든 것을 긍정적으로 받아들이면서 계급적 깊은 골을 뛰어 넘어 내가 할 수 있는 범위 내에서나마 조금씩이라도 환경을 개선해 나갈 수 있는 방법이 있지 않겠느냐 하는 어설픈 생각을 해 보기도 하였고 노력도 해 보았지만 상대방의 요지부동한 사고와 자세, 그리고 無誠意(무성의)와 무관심, 비협조적인 태도에는 그만 의욕이 상실되어 어쩔 수 없이 손을 털고 일어서 버려야겠다고 생각했던 경우가 한두 번이 아니다. 이해하기도 인내하기도 힘든 일이었다. 물론 내가 이들의 성격을 충분히 이해하지 못한 데서 오는 오해일 수도 있겠지만 인간적으로 혹은 인격적으로 참기 어려운 대목이 많이 있었다. 그러면서도 16년이란 세월 동안 자존심도 쓸개도 다 던져 버리고 묵묵히 내게 주어진 일을 해왔다는 것이 나 자신의 성격으로 봐도 참으로 신기할 정도였다.

어려운 상황에 부닥칠 때마다 현지 사정을 고려하여 理解(이해)해 보려고 애를 써 보면서도 한편으로는 부화가 터져 왜 이런 고생을 하면서까지 자신과 가정을 희생시켜가면서 열의를 쏟아부어야 하는지 스스로 懷疑(회의)를 느끼고 후회할 때가 많았다. 그렇다고 지금 내가 겪고 있는 이 역경이 지겨워 가볍게 아무렇게나 버려 버릴 수 있는 일도 아니었다. 내 마음이 괴롭고 외롭고 해서 도피할 생각을 하였다면 애초부터 이 일에 손을 대서는 안 되는 일이었다.

그 어려움 속에서도 마음먹기에 따라서는 행복함도 기쁨도 찾을 수 있다는 것을 스스로 터득하면서부터 한결 즐겁고 가벼운 마음으로 일할 수 있게 되었다.

자유세계에서 북한의 '꽃제비'에 대한 문제를 매스컴을 통하여 심심치 않게 오르내리고 있을 때이다. 이런 문제가 있다는 자체만으로도 북한의 치부를 드러내는 것이기에 정부 차원에서 어딘가에 수용할 수 있는 시설을 마련한다거나 혹은 어떤 대책이 시급하게 시행될 만도 한데 어찌된 영문인지 문제의 중요성과 심각성 그리고 다급한 사정을 알고나 있는지 궁금증이 생길 정도로 영 반응도 없었고 무소식이다. 그럼 상부에서는 이런 실정을 정녕 파악도 하지 못하고 있단 말인가? 의심이 갈 정도로 무반응 상태였다. 이런 상황이 벌어졌을 때, 누가 이 지경이 되도록 방치하고 있었는지 그 책임 소재를 추궁해야 할 것이고 다음은 누가 책임지고 개선하고 관리할 것인지도 밝혀야 할 터이지만 그마저도 어떻게 돌아가고 있는지 전연 알 길이 없었다. 필자가 평양 시내를 돌아다녀도 그 의문은 풀리지 않았다. 하물며 북한의 매스컴은 이런 문제를 취급조차 하지 않기 때문에 북한 주민들은 '꽃제비'란 생소한 단어가 어디서부터 시작되었으며 무슨 의미를 가지고 있는지조차 알지 못하고 있는 실정이었다.

설사 그런 문제가 발생하였다고 하더라도 자기 목숨을 걸고 시정을 건의할 사람이 없다는 데 문제의 심각성이 있다고 보는 것이다. 나는 이곳의 정책을 비방하려는 것이 아니라 돌아가는 상황의 일부라도 알아야 나도 뭔가 도울 일이 있다면 도와야 할 것이고 또 정부시책에 의해서 집행되는 일과 이중으로 이루어져서는 안 되겠기에 노파심에서 알아보려고 하였지만 알려고 하는 그 자체가 잘못된 생각이었으며 말하기 따라서는 무슨 죄목이 씌워질지 알 수 없다. 국가의 정책을 자유세계에서처럼 매스컴에서 비판하고 평가함은 물론 정부 대변인을 통해 발표하는 일도 전혀 없을뿐더러 대부분의 경우 국가의 비밀 사항이기 때문에 어설프게 내용을 알고자 하는 그 자체가 어쩌면 역적이 될 수도 있다는 이야기다.

그러니 북한에서는 세상 돌아가는 사정을 알고 조치를 취한다든가 대책을 강구한다는 일은 아마 고위층을 제외하고는 상상하기조차 어려운 어쩌면 사치스러운 생각에 불과할지도 모른다. 만일 서방세계나 남한에서 이런 일이 벌어졌다면 어떤 결과가 나왔을까? 그거야 불을 보듯 뻔한 일이 아니겠는가. 사회복지부 장관의 목이 수백 개가 있어도 감당하기 어려울 터이니 말이다.

이유야 어떻든 최고 권력자 혹은 당의 지시가 없는 데도 불구하고 그 시책과 관련된 직접적인 일이거나 하고 있는 일에 하급공무원이 감히 이런 저런 평가를 한다는 것은 놀랍게도 언어도단이고 下剋上(하극상) 사건에 해당된다. 가령 예를 들어 남한의 4대 강 공사를 두고 국회 내에서 여야가 찬반을 놓고 격돌한다거나 국민의 일부가 반대 시위를 한다거나 하는 따위는 꿈도 꿀 수 없는 일이다. 따라서 감히 지방 하급관리가 선뜻 이러한 일에 끼어들 수 있는 용기는 곧 만용이요 목숨과도 관련되는 일이 될 수밖에 없으므로 용맹스럽게 나설 자가 없는 것은 지극히 당연하다고 느껴졌다. 만에 하나 북한의 체제를 무시하고 하부 조직에서 새로운 문제를 제기하였을 경우 그것을 제의한 자는 그 제의가 타당하든 안 하든 막론하고 또 채택이 되고 안 되고를 막론하고 제안한 자의 목은 열 개가 있어도 모자랄지도 모른다고 귀띔해 주는 사람도 있었다. 그래서 나는 어설프게 대들어서는 안 된다는 것과 아무리 하고 싶은 일이 있다고 해도 할 수 없다는 것을 알게 된 것이 무척 다행스럽다고 생각하게 되었다. 물론 나는 체험으로도 알 수 있었지만 1990년대에 북한에서 남한으로 망명한 한 고위관리가 고백한 내용 중에 이런 구절이 있었다. 북한에서는 금기사항이 너무나도 많다. 누구와 대화를 할 때에도 마음속에서는 자기와의 싸움을 해야 한다. 이런 말을 하면 혹시라도 국가기밀 누설을 하게 되는 것이 아닐까, 이런 말을 하면 상대방이 黨(당) 政策(정책)에 대해 비난하는 것으로 받아들여지지나 않을까 하는 불안감 때문에 말을 아끼게 되고 자기가 내뱉은 말을 되씹어보게 된다고 했다. 그래서인지는 몰라도 북한 관리들이 나를 대할 때에는 언제나 말을 아끼는지 경계심 때문에 말을 하지 않으려고 하는지는 몰라도 즐거운 대화를 하거나 흉금을 털어놓고 이야기한다는 일은 기대하기도 어려운 일이었다. 그런 실정들을 이해하지 못하고 혹시라도 대북 지원 사업을 하겠다고 나서는 것은 무리한 일이 될 것이다.

내가 항상 단골로 드나드는 북한의 한 육아원의 허기진 아이들에게 사탕 한 알이라도 더 사다 주고 싶어도 그것이 마음대로 안 된다. 수십 년 동안 아무런 저항 없이 자연스럽게 몸에 배어 버린 우리네의 생활 습관으로는 상식마저 통하지 않는 사회가 바로 이곳이다. 내가 하고 있는 일과 관련되어 체험한 일들에 국한되어 언급한 것뿐이며 어떤 다른 목적이 내포되어 있는 것은 아니다.

중국의 한 시사평론가는 북한을 한마디로 '안개 속에서 꽃을 감상하는 것 같고 연못에 뜬 달을 잡으려 하는 것'과 같은 곳이라고 했다. 아마 정확한 용모를 볼 수 없었기 때문에 한 말인 것 같다.

나는 십수 년간 북한을 왕래하면서 예상했던 일도 있었고 전연 예상하지 못했던 상황에 부닥쳐 본 일도 있었기 때문에 비교적 많은 계층의 사람들과 접촉할 수 있는 기회가 있었기 때문에 북한 실정을 조금은 더 알 수 있었던 것이 다행한 일이라고 생각한다. 물론 일반 관광객들이나 북한을 드나드는 방문객(중국에서 왕래하는 입국자)보다는 오히려 내가 더 많은 것을 볼 수 있었기 때문에 필자가 하고 있는 사업에 큰 도움을 주었던 것은 사실이다. 그러다 보니 같은 목적으로 설립된 육아원이라도 지방에 따라 다르고 관리자에 따라 다르다는 것이 뚜렷하게 나타나고 있었다. 어떤 지방의 육아원 원장은 열악한 환경 때문에 아무리 하려고 애를 써도 성과가 전연 나타나질 않는다. 필자가 대북 지원 사업을 하고 있다는 사실을 알고 있는 그가 어느 날 필자를 붙들고 하소연을 하는 것이 아닌가. 어떻게 하면 좋겠냐고 말이다. 하도 기특해서 "그럼 내가 호주에 다녀와서 조금이라도 경제적인 여유가 생기거든 도와 드리지요!" 하고 굳게 약속을 하고 단동으로 돌아와 이것저것 궁리 끝에 얻어 낸 것이 금년도 월동은 호주에 가서 지내고 중국에서 해야 할 월동 준비를 생략해 버리면 어느 정도의 경제적 여유가 생기지 않겠는가 하는 생각이었다. 그러나 필자가 호주로 가려면 역시 수백 달러나 되는 항공권을 구입해야 하는데 그 비용 마련이 걱정되었지만 염치 불구하고 아들의 신세를 지면 될 것이 아니겠는가 하는 생각이 들어 즉석에서 호주 아들에게 전화를 걸어 사연을 이야기하고 항공권 구입을 요청했다. 다행히 아들이 나의 제안을 받아 주는 덕분에 안도의 한숨을 쉴 수 있었다. 그리고 그해부터 겨울철이 되면 필자는 호주로 가서 겨울을 나게 되었다. 단동에서 겨울을 날 경우 들어가는 비용 절감이 되는 돈의 세이브가 의외로 많아져 그 돈으로 필자가 약속했던 지원이 그리 넉넉하지는 못했지만 도움이 된 것은 사실이다.

매년 12월 20일경부터 다음해 2월 20일경까지 호주에 머물러 있기로 한 것은 필자 자신의 휴식도 필요했고 북한을 왕래하면서 쌓였던 스트레스도 풀 겸 심기를 전환시킬 기회도 되고 가족들과 같이 지낼 수 있는 행복스러운 시간도 가지고 싶었던 것이다.

또 하나의 이유가 있다면 필자가 지원을 받고 있는 대북 지원 사업금에서는 한 푼이라도 다른 용도에 유용하지 않고 아껴서 북한 아이들이 필요로 하는 월동용 물자를 조금이라도 더 많이 보내주고 싶은 것이 나의 솔직한 욕심이었다. 그래야 필자를 믿고 지원해 주는 홀트재단이나 소망교회에 대해 한 점의 부끄럼 없는 일을 하게 되는 것이고, 또 다른 한편으로는 찢어지게 가난한 그들을 직접 눈으로 봐 왔기 때문에 겨울철 장갑 한 켤레, 양말 한 켤레라도 더 보내 주고 싶었기 때문이다.

사람이 생을 마감할 때가 되면 가난하게 산 사람이든 부유하게 산 사람이든 막론하고 지나간 날을 회상하며 '베풀지 못한 것에 대한 후회'를 가장 먼저 하게 된다고 한다. 왜 좀 더 남을 위해 나누어주고 베풀며 살지 못했을까, 참으로 어리석게 살아왔구나 하는 후회 말이다. 바로 필자도 그런 후회를 하지 않으려고 발버둥을 치고 있는 것인지 모른다. 어쨌든 나는 베풀며 정직하게 산다는 것은 후회 없이 행복하게 사는 길이라고 생각하고 있다.

:: 소와 英雄稱號

필자의 손을 거쳐 북에 지원한 소(黃牛)는 과기대 근무 당시인 1993년 지원한 황우 300두와 1994년 단둥으로 와서부터 2001년까지 지원한 516두를 합하여 황우 816두와 乳牛(유우) 25두를 모두 합하면 소 841두와 산양 60두가 된다. 1996년 현대그룹에서 처음으로 정부의 승인을 받고 지원한 500두까지 합하면 1,341두의 소가 지원된 셈이다. 이 소들은 황해도 용연군 작업15리 새길리 목장에 380두를 입식시킨 것을 비롯하여 황해북도 중화군 고사포부대가 주둔하고 있던 곳을 목장으로 조성한 곳과 평안남도 평양에서 가까운 거리에 위치한 대동강 流域(유역) 사동 시범농장, 평안북도 의주 근처에 위치한 枇峴郡(비현군) 백마산 목장, 대관군 천마산 기슭의 목장 등 비교적 소 사육환경이 좋은 5개 목장에 나누어 입식시켰다. 그때로부터 10여 년이 지난 지금, 아무리 못 되었다 해도 최소한 두 배(2,600여 두 정도) 정도는 늘어났어야(增殖) 할 터이지만 그렇지 않고 오히려 명목이나 겨우 유지할 정도의 수에도 미치지 못하게(정확한 숫자는 알려주지 않아 알 수는 없지만) 줄어버린 것 같아 도무지 이해도 안 되는 일이거니와 도대체 어떻게 관리를 하였기에 이 지경이 되었는지 이해가 되지 않았다. 특히 북한에서의 소는 국가 소유재산으로 그 사육 관리를 군 단위에 위임하여 집단 공동사육을 하고 있는 실정이며 도, 군, 작업1리~12리로 구분된다. 따라서 개인으로서는 단 1두도 소유할 수 없다는 점을 고려한다면 확실히 사육 관리에 문제가 있다고 보아야 할 것이라는 생각이 들었다. 이와 같은 실태는 앞으로도 소를 지원하게 된다면 필히 참고로 해야 할 것이라고 여겨졌다.

예를 들어 공동 관리가 가져다 준 모순과 사육 관리 등의 결함, 사육 기술의 미숙 등에 대한 책임소재가 불확실한 점, 농후사료를 공급하지 못하여 소들이 모두 영양실조에 걸렸거나 질병으로 인해 높은 폐사율을 나타내고 있었고 粗飼料(조사료) 공급이 원활하지 못하여 사료공급 불량에서 야기되는 여러 가지 질병 등의 발생가능성도 배제할 수 없었다. 또 한 가지는 가축용 약품도 북한에는 거의 없다시피 하여 시기적절하게 투약이 불가능하였거나 질병에 대한 오진 혹은 치료가 불가능하여 폐사율이 높아진 것 등을 원인으로 들 수도 있다.

여하튼 품종 문제에 있어서나 건강 상태를 보아서나 전혀 손색이 없는 것들만을 선발하여 지원해 주었건만 우리들의 희망과는 달리 지원해 준 수량보다 늘어나지는 못했을 망정 오히려 본전을 까먹고 있다니 우리를 실망시켜 주었을 뿐만 아니라 결과적으로는 소 지원 사업은 완전히 실패해 버렸다고밖에 볼 수 없게 되었다. 한 예로 볏짚도 소에게 급여하기가 어려운 형편이다. 외화 벌이 일꾼은 일본의 마사회 수출이 우선이다. 농업 부산물 유통도 제한을 받는다.

앞에서도 언급한 바 있지만 우리는 소를 북에 지원하기 위해서 내몽골까지 가서 사료(목초)를 구해다 주는 등 최대한의 성의를 보였는데 그것을 받아들이는 측은 窮則通通則變變則久(궁즉통통즉변변즉구, 궁하면 통하고 통하면 변하고 변하면 지속될 수 있다)는 뜻인데 이들은 궁해도 통하지 않았고 물론 변하지도 않았다. 따라서 이들과 일을 같이 하려고 할 때는 우리의 사고방식과 판단을 기준으로 해서는 절대로 안 된다는 것을 새삼 느끼게 하였다.

옛날 우리나라에서는 相助(상조)하는 뜻으로 농가에 어미 소 한 마리를 사서 입식시켜 주면 2년 후에는 송아지 한 마리를 돌려받을 수 있는 풍습이 있었다. 지금 우리가 하고 있는 사업은 그런 것을 바라고 하는 일은 아니지만 자연의 섭리로서도 소의 숫자가 늘어나야 하는 것은 당연한 이치인데 오히려 씨앗까지 까먹어 버렸다는 것은 도무지 납득하기 힘든 일이기도 하고 서글픈 일이기도 하다. '백 보 양보해서 오죽하면 씨앗까지 먹어 버렸겠나' 하고 이해하려고 해도 도무지 양보도 이해도 안 될 뿐더러 그 소들을 구하느라 중국 동북지방 방방곡곡을 헤집고 다니며 고생하던 생각을 하면 부아가 치밀어 올라오는 것을 참을 수 없을 정도이다.

약 3년이 경과된 다음에 들은 이야기이지만 그 목장관리인이 英雄(영웅) 칭호를 받았다고 하는데 그 영웅칭호를 받게 된 동기가 다름 아닌 목장의 소를 90여 두나 인민군대에 바쳤기 때문이라고 하니 더욱 황당한 일이 아닐 수 없다. 우리나 현대가 소를 지원해 준 목적은 번식과 役牛(역우)로 사용하라고 정성 들여 고르고 또 골라 우수한 것만 씨앗으로 보내 주었는데 보내 준 사람들의 성의를 무시하고 인민군대에 상납하여 잡아먹게 해 버리고 자기는 그 대가로 영웅칭호를 받았다 하니 이게 얼마나 황당무계한 일인가. 게다가 상납 받은 곳에서는 잘 먹었노라고 영웅칭호까지 줘? 소가 웃을 일이 아니고 통곡할 일이라고 해야 할 지경이다.

소에 대해서는 양적으로 좀 더 지원할 수도 있었지만 나와 김진경 박사와의 사이에 있었던 소의 구매대금 지불 문제 등의 금전 관계로 불편한 문제가 발생되어 그처럼 열을 올리며 열심히 진행하던 구매사업을 부득이 중단하지 않을 수 없었기 때문에 대북 지원 사업도 자동적으로 중단하게 되었지만 지금 생각하면 그것이 어쩌면 다행한 일이 되었는지도 모른다.

:: 평양에서 신의주까지

2004년 8월의 일이다. 내가 홀트재단 김형복 박사를 모시고 평양에 갔다가 단동으로 돌아오는 교통편은 경의선 철도를 이용하기로 했다. 평양에서 신의주까지(平義線)의 철도가 과거 일제강점기에는 복선이었지만 지금은 단선이다.

왜냐하면 2차 대전 이후 소련군이 북한에 진주하면서 소련군이 전리품이란 명목으로 복선철로의 한 편짝 레일을 모두 걷어가 버렸기 때문이지만 그 후 북한은 복선 복구사업을 하지 못해 지금까지 단선으로 운행되고 있다.

평양에서 이미 立席(입석)까지도 만원 상태가 되어 객차 내에는 편하게 앉아 낭만적이고 즐거운 여행을 할 수 있을 것이라는 생각은 아예 상상도 할 수 없는 지경이었다. 그런데다 냉방시설이 없어 한 여름철이라 기온이 높은 데다 사람이 발산하는 열까지 합치니 객실 안은 참기 어려울 정도로 뜨거운 찜통으로 변해 버린 것이다. 평양에서 신의주까지는 167㎞에 불과한 거리이기에 아무리 늦어도 3시간 정도면 충분히 도착하겠거니 하는 樂觀的(낙관적)인 생각으로 한두 시간만 참고 가면 되려니 하고 느긋한 마음으로 아무 말 없이 묵묵히 참고 기다렸지만 가다 섰다를 반복하면서 예정했던 3시간이 훨씬 지났는데도 계속 가고만 있는 것이 아닌가.

뭔가 잘못돼서 혹시라도 압록강 철교를 지나 중국 대륙을 달리고 있는 것이 아닌가 하는 착각을 일으킬 정도로 느렸다. 차창 밖을 내다보기도 하고 연상 시계를 보면서 왜 느리게 가는지 의심이 갈 정도로 느린 행보였다. 그러던 열차가 4시간이나 지나서 차창 밖을 다시 내다보았더니 어린 시절부터 보아온 낯익은 풍경이 눈에 들어오기에 나는 직감적으로 이제 겨우 宣川(선천)역에 들어선 것을 알 수 있었다.

차창 밖에 펼쳐진 풍경은 50여 년 전이나 지금이나 별로 변한 것이 없는 것 같은 낯익은 내 고향 땅임에 틀림이 없었다. 나는 50여 년 전 이 정거장에서 남한으로 가기 위해 북한에서의 마지막 기차를 타고 많은 恨(한)과 부모형제들과의 이별의 서러움을 안고 떠나야 했던 바로 내 고향 땅이다. 이곳에서 얼마 떨어져 있지 않은 곳에 내가 태어나서 자란 정든 고향, 꿈에도 잊을 수 없는 어머님의 품속과도 같은 곳 바로 철산 땅, 반세기 만에 찾아왔지만 지금 내가 있는 곳으로부터는 지척의 거리를 두고 있는데도 가보지 못하고 지나가 버려야하는 냉혹함에 서글픈 생각이 들었다. 그처럼 그리던 고향이 왜 이리도 낯설어 보일까. 산천초목은 옛것이로되 사람들도, 민심도, 옛것이 아니어서인가? 슬프고 쓸쓸한 마음을 달래 보려고 '고향이 그리워도 못 가는 신세' 하고 옛 유행가를 입 속에서 흥얼거려 보기도 하였지만 착잡한 심경은 좀처럼 가라앉지 않았다.

선천까지 왔으니 앞으로 기어가도 1시간이면 신의주에 도착하겠거니 하고 어느 정도 안심도 되고 체념도 하고 있었는데 선천을 떠나 얼마 가지 않은 곳에서 이번에는 정거장도 아닌 곳에서 정차한다. 왜 이러는지 차내 안내 방송도 해 주지 않는다. 아침 일찍 탄 기차가 3시간이면 충분히 도착했어야 할 거리를 6시간이나 달려왔는데도 목적지에 도착은커녕 도중 정차를 해 놓고는 영영 움직일 기색이 보이지 않는다. 이렇게 많은 시간이 걸릴 줄 알았더라면 평양에서 도시락이라도 준비해 왔으면 이처럼 배고픔을 느끼지도 않았을 것이고 목이 말라 아플 정도로 심한 갈증을 느끼지도 않았을 것을 하는 후회와 같이 온 김 박사에게도 미안한 생각이 들어 무척 후회스러운 생각이 들었다. 무척 심한 공복감을 느꼈지만 차내에는 매점도 식당도 있는 것 같지 않고, 객실 내는 찜통같이 무더운 데다 공기는 탁하고 도무지 객차 내에 앉아있을 수 없어 꽉 막힌 통로를 휘저으며 겨우 차 밖으로 내려왔더니 철도 보안원이 다가와 왜 내렸느냐 당장 올라타라고 고함을 질러대기에 그 경비원에게 여권을 보이면서 외국에서 온 사람이라고 신분을 밝히고 왜 정차하고 있는지 설명도 없이 찜통 같은 차 안에서 기다리라고만 하는데 도저히 객차 안에서는 기다릴 수 없다고 하면서 언제쯤이면 떠날 수 있냐고 물었더니 "電氣(전기)가 나갔소(停電). 그게 언제 전기가 들어올지 모르니 차가 언제 떠나는지 알 수 없겠지요?"라고 대답하니 무모하다고 하면 이처럼 무모한 일이 세상천지 어디에서도 찾아 볼 수 없을 것이다.

이럭저럭 10시간 가까이 걸려서야 겨우 신의주역을 떠나 압록강 철교를 통과할 무렵이 되어서야 안도의 한숨을 쉴 수 있었다. 아마 그동안의 긴장이 풀려서인지 단동역에 도착하였을 때에는 서 있을 수 없을 정도로 심한 시장기를 느꼈다.

단동과 신의주를 왕래하는 열차는 매주 2일간은 북한 화차가 운행되고 2일간은 중국 화차가 압록강을 통과하여 신의주까지, 2일간은 러시아 화차가 역시 단동과 신의주를 운행한다. 1일간 운행 횟수는 단 한차례 왕복뿐이다. 그러니까 아침에 신의주를 떠나 단동에 도착했다가 5시간 후에는 다시 신의주로 돌아간다. 이때 牽引(견인)되는 객차와 화물차는 단동에서 대기하는 다른 화차로 옮겨져서 견인되어 북경이나 동북 지방으로 가고 시베리아로도 가는 소위 대륙 간 국제열차가 되는 것이다.

필자는 거리는 짧으면서도 많은 시간이 걸린 열차 여행을 하면서 농촌의 풍경을 바라보며 산이란 산은 모두 민둥산이어서 그것이 유난히 눈에 띄었다. 남한 통계청에서 발행하는 '북한의 주요 통계지표'에 따르면 북한의 소 사육 두수가 57만 7천 두로 되어 있다. 그렇다면 들판에는 으레 한가롭게 풀을 뜯는 소들을 볼 수 있어야 당연한 우리네 농촌 풍경인데 눈을 비비고 봐도 그런 풍경을 접할 수 없으니 서운한 생각마저 들었다.

:: 아파트 안의 닭장 그리고 성불사

필자가 아마도 2004년 여름 북한에 들어갔을 때라고 생각된다. 평양에서 參事(참사, 안내원)라는 사람이 안내해 주는 대로 시내 중심가에 있는 호텔로서는 세계에서 제일 높다는 105층 유경호텔을 불란서의 투자로 건설하다 중단된 곳 전면에 위치한 약 18층 정도 높이의 초대소가 있는데 이 초대소에는 오락 시설이 갖추어지고 연회장도 마련되어 있는 곳이었는데 이곳의 초대를 받고 옥상 연회장에서 식사를 마치고 밑으로 내려오려고 엘리베이터가 있는 곳으로 가려고 하니까 안내원이 지금은 엘리베이터가 운행되지 않으니 걸어서 내려가자고 하기에 등산하는 셈치고 계단을 따라 내려오고 있었는데 이 건물의 계단은 건물 복도 맨 우측과 맨 좌측에 설치되어 있었다. 그러니까 18층에서 17층으로 내려오려면 맨 우측에 있는 계단으로 내려가야 하고 17층에서 16층으로 내려가려면 맨 좌측 계단으로 내려가야 한다.

나는 밑으로 내려가기 위해 지그재그로 계단을 걸어 내려오면서 각 층의 시설을 보았더니 틀림없는 아파트였다. 그래서 호기심이 생겨 두리번거리며 걷고 있노라니 한 아파트 문이 열리면서 아낙이 비닐 밴드로 엮은 네모난 장바구니를 들고 나와 같은 방향으로 나보다 5보 정도 앞을 걸어가고 있었다. 그 여인이 무엇을 들고 가는가 하고 보았더니 비둘기보다 조금 클까 말까한 닭이 10여 마리가 장바구니 안에 들어 있었다. 그런데 아파트 문이 열려있는 한 곳을 지나가려는데 마치 양계장에서 나는 독특한 냄새가 풍겨 나오고 있었다. 나는 직감적으로 이 아파트 어느 집에서나 닭을 사육하는 모양이구나 하는 것을 느꼈다.

지상에 내려와 안내원에게 "아파트에서 닭을 키우는 모양이지요?" 하고 물었더니 안내원 하는 말이 "아파트에는 공터가 없어 닭을 키울 수 없지 않습니까? 그래서 화장실에서 기르고 있지요."라고 했다. 아주 명쾌한 답이다. 속으로는 '그래, 아파트에 공터가 있다면 그건 아파트가 아니지!' 하고 어느 정도 납득이 가기는 했지만 창밖으로 새어 나오는 그 지독한 냄새가 나로서는 참기 어려울 정도로 심하게 풍겼는데 주민들은 이런 환경 속에서 어떻게 살고 있을까 생각하니 가엾은 생각이 들었다.

　　이런 실정을 알게 되다 보니 호주의 아보리지니 족이 생각난다.

　　호주의 서부 Kimberley Kununurra 지역 원주민인 아보리지니를 보호하기 위한 정책으로 이들에게 정부가 주택을 지어 주었더니 원주민들은 예전과 다름없이 옥외에서 기거하면서 신축가옥에서는 닭을 사육하고 있다는 웃지 못할 사실이 생각나서 그럴 수도 있으려니 하고 긍정적으로 받아들이려고 하는데 안내원이 묻지도 않는 말을 꺼낸다. "닭뿐인 줄 아세요? 돼지도 키우고 토끼도 키우고 이씨요!"라는 이 친절한 안내원의 말에 나는 그만 놀라 자빠질 정도였다. 한편 나는 이런 생각이 떠올랐다. 그럴싸한 외모를 갖춘 이 아파트 내에서 살고 있는 주민들은 도대체 얼마나 고달픈 생활을 하고 있을까 하고 말이다.

　　안내원이 내일은 명소를 안내해 드리고 싶은데 어디가 보고 싶으냐고 묻기에 박정희 대통령께서 酒氣(주기)가 거나하시게 되면 '成佛寺(성불사)의 밤'이란 노래를 썩 잘 부르셨다는 것이 생각나 기왕 내친 길에 뭔들 안 되겠냐 싶어 '성불사'가 보고 싶다고 했더니 다음날 오전 9시에 오겠노라고 했다.

　　성불사는 한국 불교의 31본산의 하나이다. 위치는 황해도 황주군 정방산 산속에 있으며 新羅(신라)말기 道詵(도선)이 창건하였다. 그리고 仁祖(인조) 10년(1684년)에 중건하고 肅宗(숙종) 10년(1684)에는 400근짜리 종을 만들어 달았다는 기록이 있다.

　　성불사의 밤

　　성불사 깊은 밤에 그윽한 풍경소리
　　주승은 잠이 들고 객이 홀로 듣는구나.

저 손아마저 잠들어 혼자 울게 하노라.

이 노래의 작사자는 이은상 씨이고 작곡은 홍난파 씨가 했다. 다음 날 아침 조반을 마치고 복도에서 밖을 내려다보고 있노라니 약속했던 대로 아침 9시 조금 지나 어제 왔던 운전사와 안내원이 밑에서 내려오라고 손짓을 한다. 나는 계단으로 아래층까지 내려와 차에 올랐다. 우리 일행은 대동강을 건너 남쪽으로 간다. 한참 동안 잘 정비되지 않은 도로를 달려 터널을 두 개나 통과하고 나더니 사리원 방향으로 간다고 했다. 차창 밖 풍경은 별로 보잘것없는 야산과 들판뿐이다. 한 참을 더 가서 농업대학 입구 직전에서 좌회전을 하더니 개울을 따라 가다 언덕길을 다시 약 15분 정도는 걸렸을까 한곳에 직경 70m 정도 되어 보이는 연못을 따라 3분 정도 거리에서 오래된 사찰이 눈에 들어왔다. 차에서 내려 사찰 안으로 들어섰더니 안채에서 法衣(법의)가 아닌 평복 차림을 한 50대 후반으로 보이는 한 남자가 우리 앞으로 다가온다. 안내원이 이 절의 책임자라고 소개한다. 즉 住持(주지) 스님이라는 뜻이다. 그 책임자가 법당의 문을 열어주기에 문 안으로 들어가 선 채로 참배를 하고 돌아서 내려와 안내해 주는 대로 경내를 돌아보았다.

오랜 세월 건물 보수를 하지 않아서인지 혹은 풍설에 시달려 고달파서인지 내 눈에 비친 대웅전 건물이 무척 윤기도 없고 기혼도 다 사라져 버린 것 같았다. 왔던 길을 다시 돌아서 내려가는 차내에서 박정희 대통령께서 애창하시던 '성불사의 밤'을 혼자서 흥얼거리며 옛 추억을 되새겨 보았다. 구슬픈 가락이 나라를 잃었던 민족의 서러움이 담겨 있는 것 같아 많은 이들의 흥금을 울리기도 하였고 지금도 사랑을 받고 있는 노래다.

:: 옥수수 보급 투쟁에 나선 북측 인사들

2010년 3월 4일 내가 거주하고 있는 호주 시드니를 떠나 서울을 거쳐 瀋陽(심양)에 도착하였는데 필자가 서울서 瀋陽(심양)으로 갈 때 李西根(이서근) 兄과 꼭 같이 가려고 시드니에서 미리 이 형의 항공권을 마련해 가지고 온 것이었다. 시드니를 출발하기 전부터 여러 차래 李 兄에게 전화를 걸어 특별한 이유는 없지만 이번 중국행에 동행해 줄 것을 간청했던 것이었고 해서 서울에서 이 형과 합류하여 같이 심양으로 가게 되었던 것이다.

나와 이 형이 아침 9시 인천공항을 출발하는 비행기 시간을 맞추기 위해 인천의 한 여인숙에서 일박하고 새벽 6시경 인천공항에 도착하여 8시에 출항하는 KAL기 편으로 심양 비행장에 도착하였다. 입국 수속을 마치고 대합실 쪽으로 발걸음을 옮겨 보세구역 밖으로 나오려 하는데 탑승객들을 마중 나온 사람들이 운집하여 있는 곳에서 손을 들어 보이는 낯익은 사람이 서 있었다. 그는 북한의 통일전선 해외동포위원회의 심양 대표로 나와 있는 李某라는 사람이다. 이 사람은 내가 이번 중국에 입국하는 것을 몹시 고대하고 있었던 모양이었다. 나를 반기는 듯 "어서 오라우요!" 하며 자기 차가 주차장에 있으니 그 차를 타고 심양시내로 들어가자고 했다. 그의 차는 中國産(중국산) Jeep형 차이다. 나를 마중 나온 연구소 김영준 군이 비행장 어디에선가 나를 기다리고 있겠지만 이 사람이 등을 미는 바람에 대합실을 빠져 나와 그가 선도하는 대로 그의 차가 정차해 있는 곳으로 가서 차에 올랐다. 나는 이 사람의 당돌한 행동에 다소 불쾌하고 당황하지 않을 수 없었다. 왜냐하면 동행한 이서근 兄이 북한 사람과 接觸(접촉)하는 것을 생리적으로 싫어하기 때문이다. 그러나 李某 씨는 남의 사정은 아랑곳하지도 않고 우리를 자기 차에 태운 채 심양시내로 들어간다.

차가 비행장을 빠져나갈 무렵 다짜고짜 "김 선생, 이번에 옥수수 300톤만 지원해 주셔야겠습니다." 하고 인사말도 없이 불쑥 내뱉듯 말한다. '이 사람이 옥수수에 게걸이 들었나' 하는 생각을 하면서도 "옥수수에 대한 문제는 내가 할 수 있는 문제도 아니거니와 설사 할 수 있다고 해도 그 많은 양의 구매자금도 문제입니다."라고 했더니 "어린이 지원을 중단하고서라도 이번만은 꼭 지원해 주어야 합니다."라고 강압적으로 말하기에 필자는 이렇게 말했다

"옥수수에 대한 문제는 우리의 본연의 임무도 아니거니와 어린이 지원 사업은 지금까지 15~16년 동안이나 한 번도 중단해 본 일 없이 계속해 오고 있는 사업인데 그런 것을 중단하고라도 옥수수 문제를 해결해 달라고 하는데 아무리 급해도 그렇지 나는 도저히

납득하기도 승인하기도 어려운 일이네요."라고 했더니 "이번만은 그렇게 해서라도 제 이야기를 꼭 들어 줘야겠습니다." 하고 애걸과 강요가 뒤섞인 말의 태도가, 나로서는 심상치 않게 들렸으며, 매우 다급한 상황이 벌어지고 있는 것 같은 느낌이 들었다.

나는 車內에서 그의 언동을 추측해 보면 그대로 물러설 것 같지 않아 부득이 "여러 가지 가능한 방법을 강구해 보자."라고 하면서 시간을 좀 끌어보려고 했더니 "혹시 미국에 전화를 해 봐야 한다면 지금 시간이 몇 시인지 알아봐 주면 좋겠다."라고까지 한다. 좀처럼 나타내지 않는 그의 속내를 노골적으로 드러내면서까지 애걸하는 태도로 보아 보통 다급한 문제가 아님을 다시금 확인할 수 있었다.

필자가 하고 있는 대북 결식아동 지원 사업이란 것은 국가기관이나 대기업 혹은 큰 사회봉사 단체에서 자력으로 혹은 지원을 받아서 하는 것이 아니라 미국의 홀트재단이라고 하는 고아들의 입양을 지원하고 있는 자선사업 단체와 한국의 한 교회의 성금으로 근근이 명맥을 이어가고 있는 실정이기에 갑작스럽게 큰 금액의 지원을 할 수 있는 형편이 아니라는 것을 누구보다도 잘 알고 있는 이들이 이런 무리한 요청을 한다는 것은 전례가 없었던 일이기도 하고 나 자신도 이런 일을 당해 본 일이 없었기에 몹시 당황하지 않을 수 없었다.

이들이 요구하는 옥수수 300톤은 아무리 구상을 해 봐도 불가능하고 한 40~50톤 정도라면 무리를 하면 가능할지도 모를 것 같아 李某에게 솔직하게 이야기했더니 아무 말도 하지 않고 우리가 예약해 놓았던 호텔까지 실어다 주고는 어디론가 쏜살같이 사라져 버렸다. 차에서 내린 李 兄이 하도 어이가 없어 보였는지 "이건 마치 拉致(납치)의 일幕같이 보이는데!" 하며 피식 웃는다. 나와 이 형이 짐을 들고 호텔 방에 들어서자 그 李某로부터 전화가 걸려 왔다. "그럼 아까 이야기한 옥수수 50톤은 언제 보내 줄 수 있겠소?!" 하고 물어보는 전화였다. 언제 내가 정확하게 50톤을 주겠다고 한 것도 아닌데 자기가 마음대로 결정하고 재촉한다는 것은 예의에 벗어나도 한참 벗어난 처사이다. 그가 우리를 호텔에 내팽개치고 가버릴 때는 언제이고 그리고 나서 불과 20분도 안되서 재촉을 한다는 것도 얼마만큼 낯 두꺼운 사람이 아니고는 해낼 수 없는 일이다.

추측건대 좀 전에 호텔 앞에서 아무 말도 없이 사라져 버렸던 것은 아마도 자기 상급자에게 결과를 보고하고 그 옥수수 50톤의 승인을 받고 언제 보낼 수 있는지 확인해 보도록 한 모양으로 판단했다. 나는 이들의 속이 들여다보이는 것 같았다. 그래 언제 보내면 되겠냐고 되물었더니 "당장이라도 좋다."라고 한다. 이들의 言動(언동)으로 보아 北의 식량 사정이 최악의 상태에 이른 것 아닌가 하는 느낌이 들었고, 추측건대 아마도 최근 중국 東北三省(동북삼성)에 나와 있는 북한의 파견원(공작원)들에게 적어도 옥수수 1,000톤 이상을 구해 오라는 지령이 떨어진 것 아닌가 하는 판단이 들기도 했다.

나를 마중 나왔던 우리연구소의 金永俊(김영준) 군(연구소 보좌역)이 필자와 이 형이 호텔에 도착한 지 한 시간쯤 되어서 호텔에 도착하였기에 그에게 중국 곡물상에 알아보도록 지시했더니 옥수수를 수집하는 데 아마도 10日 정도는 족히 걸려야 한다고 했고, 그 옥수수를 길림성에서 수집하기 때문에 그렇게 시간이 걸릴 것이며, 옥수수 운반 貨車(有蓋車, 유개차)도 수배하고 가격도 일단 네고를 해 봐야 한다고 했다. 대략 가공하지 않은 날 옥수수의 現地價(현지가)는 1kg당 3元(위안) 정도가 3월 초 현재 동북지방에서 거래되고 있는 가격이라고 했다. 그러니 1톤이면 3,000원 50톤이면 15만 元이다. 그 가격도 北韓의 貨幣改革(화폐개혁) 때문에 많이 오른 것이라고도 한다. 옥수수의 품질도 마음에 걸려 김 군에게 Sample을 가져오도록 지시해서 가져온 것을 보니 그야말로 가축의 사료로나 쓸 정도의 품질밖에 되지 않는 것이었다.

근래 중국인들의 생활수준이 높아져서 1등품 외의 옥수수는 대부분 뽀미(옥수수쌀) 혹은 식용유의 搾油(착유)용 등으로 사용하고 2등품 이하는 가축 사료, 전분 등 식품 가공용 원료로나 쓰고 직접 식용으로는 거의 사용하지 않고 있다고 했다.

그런 물건(2등품 이하)을 식량으로 보내기란 마음 아픈 일이 아닐 수 없다. 그나마도 많이만 있으면 하는 이들 北韓 사람들의 심정인들 오죽하겠느냐 하는 동정심이 들기도 했다. 마음 같아서는 좀 더 지원해 주고 싶었지만 필자의 가용 자금이 여의치 못해 어쩔 수 없이 내 수중에 있는 돈과 나머지는 일부 결식아동 지원자금에서 충당하기로 하였다.

쉴 새 없이 걸려오는 전화 역시 좀 더 지원해 줄 수 없겠는가, 언제쯤 북한에 보내지게 되겠는가 등 무척 다급해진 모습이 여기저기서 노출되고 있었다. 방금이라도 누군가가 숨이라도 넘어 갈 것 같이 재촉한다. 부뚜막에 앉아서 밥도 되기 전에 숭늉부터 달라는 격이다.

중국인 곡물상으로부터 흘러나온 정보에 의하면 최근 수일 사이에 이곳 심양 지역에 거주하고 있으면서 북한과의 사이에 상거래를 하고 있는 사람이거나 친북 盲從者들(대부분 조선족)이 거두어들인 옥수수가 이럭저럭 약 200톤 정도 수집된 모양이라고 했고 내가 제공하기로 한 50톤을 합쳐 250톤이 북한으로 보내질 것이라는 정보였다.

나는 이 모 씨와 구두로나마 옥수수 지원을 약속한 이상 심양에 더 이상 머물러 있을 필요가 없어 丹東(단동)으로 내려와 硏究所에서 그동안 이미 준비해 놓았던 미숫가루와 라면, 말린 국수 등과 같이 북한에 보낼 채소를 구입하기 위해 압록강변 야채 도매시장을 찾았다. 3월 중순의 날씨치고는 무척 추웠다.

아마 누가 하라고 해서 하는 일이라면 벌써 걷어 치워 버렸을 것이지만 내가 자청해서 하는 일이니 다소의 어려움이야 참고 지나가고 있는 셈이다. 그러나 같이 동행했던 李西根 兄은 나를 따라다니며 다소 불편한 심기를 애써 감추려 하는 기색이 역력해 보였다. 내가 이 시장에서 양파와 당근을 사려고 이곳저곳 기웃거리는 것을 본 李 兄이 참다못했는지 양파는 왜 사려고 하느냐고 묻기에 "어떻게 해요, 거기는 양파도 없는걸." 하자 "아니 그건 또 무슨 말이야 양파가 없다니?" 하고 물으니 "양파는 주로 남쪽에서 재배하는 식물 아니오? 북한에서 양파를 재배하려거든 비닐이 있어야 하지 않우? 그래서 비닐을 求해다 주면 씨앗이 없다고 하고, 씨앗을 구해다 주면, 비료가 없다고 하고, 비료를 가져다주면 이번에는 기술이 없다고 하니 난들 무슨 재주로 감당하겠소? 그럴 바에야 좀 힘이 들기는 해도 아예 여기서 사다 주는 것이 편하지! 뭐 한가진들 제대로 갖추어진 것이 있어야 말이 될 거 아니오?" 하고 대답한다.

그제야 이 형도 납득이 간 듯 고개를 끄덕인다. 이런 대화를 나누며 야채시장을 휘젓고 다니다보니 어느덧 이른 봄 짧은 해가 서산으로 기울어져 어둠이 깔리기 시작하면서 강바람이 차갑고 세차게 불어 닥칠 무렵이 되어서야 겨우 물건들이 구색을 갖춘 것 같아 구매를 끝내고 숙소로 돌아 갈 채비를 했다. 강가의 찬바람이 사정없이 스며든다. 시드니에서 무더운 여름을 보내다 이 찬 바람을 맞으니 내 체감온도는 영하 20도는 족히 되는 것 같은 추위가 다가오는 것 같았다. 나는 이런 일에 익숙해 있었던 탓인지 크게 신경을 쓰지 않고 일을 진행해왔지만 나의 이러한 행동을 지켜보고 있던 제3자격인 李 兄은 몹시 못마땅한 표정을 짓고 있었다.

"80이 넘은 나이에 이렇게까지 고생을 하면서 십수 년간이나 봉사를 하면서 설사 얻은 것은 없다 치더라도 보람된 무엇인가는 남아 있었어야 하는 것 아니냐?"라고 하는데, 반대로 심양에서 그들이 나에게 하는 태도로 보아 도저히 납득이 가지 않는다는 것이 李 兄의 말이다. 내 나이를 염려하는 뜻에서 받아들일 수도 있는 이야기라고 생각된다.

내가 생각하고 있는 것을 이 형이 이해하지 못하는 부분이 있었다. 나름대로 말한다면 나는 지금 누군가에게 삶의 힘이 되어주고 의욕을 심어주는 사람이 되고자 하는 목표가 있기 때문에 힘이 들어도 참고, 좌절도 하지 말아야 하고, 두려움도 뿌리치려 노력하고 있는 것이다. 그것은 나 때문에 행복해하고 살맛을 찾으려 하는 사람들이 있기 때문이다. 내가 있음으로 위안이 되고 또 감사하게 생각하는 사람이 있기 때문이다. 내가 느낄 수 있는 '베푸는 기쁨'을 이 형에게 표현하지 않았을 뿐이다.

농산물은 사진에서 보는 것처럼 포장하여 북한으로 운송하게 된다(옥파)

:: 두 번째 옥수수 지원

내가 시드니에서 40도가 넘는 酷暑를 이겨내고 이제부터 서늘한 날씨가 찾아올 것이라고 기대하고 있던 2011년 2월 어느 날 홀트재단의 김형복 박사로부터 전화가 걸려 왔다. "김 소장, 나와 같이 중국에 좀 다녀옵시다." 하며 자초지종을 이야기한다. 내용인즉 나의 보좌역인 김영준 군에게 항상 하는 말 가운데 "북한에서 날 찾는 전화가 걸려 오거든 절대로 전화번호를 알려주어서는 안 된다."라고 당부해 놓았기 때문에 북에서 여러 차례 전화가 걸려와 나와의 대화를 시도해 보았으나 안 되니까 북한 사람들이 직접 미국 홀트재단에 전화를 걸어 옥수수 500톤의 지원을 요청했던 모양이다.

그러나 홀트재단 측은 결식아동을 위한 식량 지원이라면 '밀가루'로 지원해 주겠노라고 했고 수량도 50톤 이상은 해 드릴 수 없다는 취지를 이야기했던 모양이다. 그랬더니 이번만큼은 옥수수로 대체해 달라고 애원하기에 홀트재단이 심사숙고 끝에 북의 요청을 받아들여 3월 15일에서 17일 사이에 지원해 주기로 약속했다는 것이다.

그리고 나서 홀트재단의 임 박사가 김영준 군을 통해 현물 구매와 수송 수단도 이미 수배를 해 놓았고 확인도 해 놓았으니 중국(丹東)을 거쳐 신의주에 가서 현물 인계만 하고 돌아오면 된다고 하였고 북한 측에서도 내가 지금까지 홀트재단의 대북 지원 창구 역할을 해왔으니 이번에도 그 역할을 해 주기를 희망한다고 북측이 요청해 왔다고 하기에 나는 홀트재단에서 전화를 받고 나서 부득불 가족들과 상의한 끝에 가급적 가 보도록 하겠지만 나는 무슨 이유이든 신의주까지는 갈 수 없으니 그래도 좋다면 중국까지는 同行(동행)하겠다고 해답을 하고 2011년 3월 5일 시드니를 떠나 서울에 도착하였다.

작년도 3월 이때에 옥수수 50톤을 지원해 준 일이 있는데 그때도 북측 사람들이 처음에는 500톤 이야기를 한 것으로 기억하고 있다. 이번이 그때로부터 꼭 1년 만에 또 꼭 같은 요청을 해온 것이다.

나는 처음 예정했던 대로 홀트재단의 김형복 박사와 같이 3월 15일 중국으로 가기로 되어있었으나 김 박사가 갑작스러운 지병의 악화로 병원에 입원하게 되는 바람에 임 박사가 대신 한국에 와서 김 박사와 내가 사전에 중국으로 들어가기로 예정했던 3월 15일 오전 8시 임 박사와 같이 KAL기 편으로 인천공항을 떠나 중국 심양으로 들어갔다.

단동에서 나를 마중 나왔던 김영준 군과 임 박사 두 사람의 북한 입국 비자를 받기 위해 비행기에서 내리자 곧바로 북한 영사관을 찾았다. 다행히 북한 영사관 측은 사전에 평양으로부터 연락을 받고 있었던 탓으로 간단한 수속 절차만으로 비자를 발급받을 수 있었다.

내가 이번에 중국에 들어온 목적의 하나가 앞으로 나를 대신해서 대북 지원 책임자의 역할을 해줄 김영준 군의 위치를 확고하게 다짐과 동시에 실제로 입북 경험을 가지도록 하기 위해서이다. 그런데 다행히도 내가 생각했던 대로 홀트재단의 임 박사와 같이 단 하루의 짧은 여행이기는 했지만 무사히 입북하여 옥수수를 인계하는 목적을 달성하고 돌아올 수 있었다 는 것은 엄청나게 낯가림을 하는 북쪽 사람들에게 무사히 통과되었다는 것 그 자체가 매우 중요했고 만족스러운 성과를 거두었다고 생각했고 앞으로는 김영준 군이 나의 임무를 대신 수행하는 데 별 문제가 없을 것으로 판단되었다.

임 박사와 김 군이 북한으로 들어가기 전에 북쪽에서 나온 책임자와 잠시 대화할 시간이 있었기에 앞으로 미국 사람들(홀트재단)을 대할 때의 요령 같은 이들과 접할 때에 대한 여러 가지를 虛心 坦懷(허심탄회)하게 이야기할 수 있는 기회가 있었다는 것을 다행스럽게 생각한다. 이야기의 내용은 "앞으로 홀트재단에서 온 사람들을 대할 때에 가급적이면 가벼운 분위기 속에서 대화할 수 있도록 하되 첫 번째로 미국에서 온 이들에게 가식이 없는 현실, 특히 실제 상황을 보여 주는 것이 좋을 것 같다. 두 번째는 전시물을 보이는 것보다 실제적인 것들을 보여주고 어려움이 있으면 기탄없이 솔직하게 말해 주는 것이 좋을 것이다. 세 번째는 이 사람들이 무엇을 원하는지를 파악하고 그들이 만족할 수 있도록 도와주는 것이 앞일을 위해 도움이 될 것이다. 네 번째는 이 사람들을 적대시하지 않으면 좋겠다."라고 먼저 당부했다.

그 후 이어서 "이들은 당신들을 도우러 오는 사람들이지 해치러 온 사람들이 아니라는 것을 명심해야 할 것이다. 그러지 못할 경우 당신들이 원하는 원조는 어려워질 수 있을지도 모른다. 가령 예를 들어 이들이 북한 어린이 수용시설에 와서 아이들과 같이 사진을 찍는다고 하자. 그때 이들은 반드시 오른쪽에는 건강한 어린이를 왼쪽에는 보기에도 허약한 아이를 안고 찍으려 할 것이다. 그때 이 사람은 두 아이의 건강 상태를 비교해 보려 하는 것이지 다른 저의가 있는 것이 아니니 염려할 것 없다. 그 사진에 찍혀진 것을 기준으로 하여 원호 방침도 달라질 수 있을 것이다. 이와 같이 세심한 주의가 필요할 것이라고 나는 생각한다. 가령 항상 겉모습만 보여 주려 하면 이 사람들은 반드시 반대 방향을 보려고 할 것이다. 이것이 사람의 심리이다. 그리고 성의 있는 태도가 필요하다. 내가 생활도구를 사다 주면 그것이 10개라고 치자. 처음 사다 준 것이 그대로 있으면 더 말할 것도 없지만 한 개도 없이 모두 사라져 버리면 다음 다시 사다 달라고 하기가 쑥스러워질 것이다. 그래서 다만 몇 개라도 남겨놓은 상태에서 모자라는 것을 다시 보충하는 뜻에서 사다 달라고 요청하는 것과는 판이하게 다른 것이 아니겠는가. 이 이야기는 내가 실제로 경험한 일이다. 밑 빠진 독에 물 붓기 식의 지원은 하지 않을 것이기에 혹시라도 북한의 법규에 어긋나는 일이라면 모를까 그렇지 않다면 그리고 좀 더 많은 지원을 바란다면 내가 하는 말을 잘 새겨 참고하기 바란다."라고 했다. 그가 진지하게 들어주는 것 같아 내 말을 이해했으리라고 여겨진다.

다행히 옥수수 50톤은 신의주에 건너가 무사히 인계를 마치고 임 박사와 김영준 군이 당일 오후 8시경 압록강 철교를 지나 단동으로 돌아왔다. 그리고 임 박사와 나는 17일 단동에서 심양으로 나와 비행기 편으로 서울로 돌아왔다.

:: 북한의 식량 사정

북한을 왕래하면서 필자 나름대로 바라본 그곳의 식량 사정을 살펴보는 것도 의의가 있을 것 같다.

우선 북한의 식량 사정을 결론부터 말한다면 절망적이라고 할 수밖에 없다. 북한이 大

饑饉(대기근)에 봉착하게 된 1995년부터 1998년까지 4년간의 식량 생산량을 보면 다음과 같다. (참고 : 남북한 경제사회상 비교, 2005 통계청)

1995년에는 345만 1천 톤, 1996년에는 369만 톤, 1997년에는 348만 9천 톤, 1998년에는 388만 6천 톤으로 되어 있으며 1999년에 들어서 422만 2천 톤이 생산된 것으로 나와 있다. 그리고 2002년부터 2008년까지 400만 톤이 넘어선 생산량을 보이고 있다.

통계청 발행 '남북한 경제 사회상 비교' 책자에 의하면 북한이 2000년대에 들어서면서 1990년대에 비하여 곡물 생산량이 증가되었다고는 하지만 실제로 2006년도 FAO (Foodand Agriculture Organization)의 통계보고에 의하면 절대부족량이 적어도 80만 톤에 이른다고 했다. 따라서 북한의 식량 소요량은 年間 약 530만 톤이 있어야 한다는 것이 된다. (한국 정부 통계청에서 발행한 통계에 의하면 2006년도 식량작물 생산량이 448만 4천 톤으로 근래 들어 가장 많은 생산을 한 해라고 되어 있다)

특히 옥수수의 경우 총생산량이 130만 톤(㏊당 약 3톤)이 생산되는데 이는 2000년도에 비하여 약 14만여 톤이 감소된 것으로 나타나 있다. 이처럼 식량 작물 減收(감수)의 원인을 비료 사용량의 감소에 원인을 두고 있다. 실제로 화학비료 생산추세를 보면 2000년도 생산량은 53만 9천 톤이었는데 2009년에는 그보다 14%가 감소된 46만 6천 톤에(남한 255만8천 톤) 그치고 말았다. 북한은 연간 약 410만 톤의 곡물을 생산하고 있으며 FAO/WFP의 보고에 의하면 매년 약 200만 톤의 식량이 부족할 것이라고 한다.

그리고 북한이 발표하는 각종 통계는 미안하지만 액면 그대로 믿기가 어렵다는 것이다. 이것은 필자의 이야기가 아니다. 특히 식량 생산량 통계는 더욱 믿기 어렵다는 것이 세계의 전문가들의 말이다.

북한의 경우 농업 인프라 장비를 위한 투자 부족과 집단농장에 만연되고 있는 부정부패로 인해 농민들의 형편은 날이 갈수록 참담한 상태에 이르고 있으며, 현재도 끝이 보이지 않을 정도로 그 폐습은 치유되지 못하고 있다는 점이다. 게다가 농기구의 노후화와 절대량 부족, 만성적 에너지 부족, 비료 부족, 농업기술의 미비, 경작농지의 산성화 등과 홍수 등 자연재해에 대한 대책이 미비하다는 점 등의 원인으로 식량 생산에 많은 영향을 주고 있어 더 이상의 증산은 바랄 수도 없고 전혀 가능하지도 않은 실정이라는 것이 전문가들의 판단이다. 더욱이 쌀 생산에 있어서는 2009년 통계에 의하면 191만 톤에 불과하다. 같은 해 한국의 경우는 491만 톤을 생산한 것으로 되어 있다.

여하간 북한 전문가의 솔직한 고백에 따르면 인구 2천 3백만 모두가 단백질, 비타민, 지방질의 절대 부족, 그리고 이른바 '미량 영양소'의 만성적 부족에 시달리고 있다고 했다. 특히 冬節(동절)에서 춘궁기까지 약 6개월간은 북한 전 지역에서 전년도 수확한 곡물이 바닥나 버려 매우 심각한 고통의 도를 넘어 아사냐 살아남느냐 극한상황에까지 놓여 있다고 하며 근래에 이르러서는 일반 시민의 배급제마저 폐지되어 더 암담한 형편에 이르게 되었다고 하는 불만을 북한에서 공공연하게 들을 수 있는 상황이다.

2010년 3月 춘궁기 필자가 관여하고 있는 결식아동 지원 사업으로 보내고 있던 미숫가루의 지원을 일시중단하고 그 대신 옥수수로 대치해 달라는 요청을 받아들였을 때에는 참으로 놀라기도 하였고 난감한 심정이 들기도 하였다.

어린아이들의 식량을 뺏어 어른들이 먹어야겠다는 심산인데 상황이 여기에까지 이르게 되었다는 것은 북한의 식량 사정이 급박해도 보통 급박해진 것이 아니라는 느낌이 들었다. 1996년 아사자가 수백만이나 발생하였다고 할 때 그 어려운 상황 속에서도 어린아이들의 먹을거리를 어른들이 뺏어먹겠다는 일은 한 번도 없었는데 막상 이런 일이 벌어지게 되고 보니 필자 자신도 실상 파악이 안 돼 당황스럽기만 했다. 여하간 어린아이들을 내팽개치는 한이 있더라도 우선 일할 수 있는 어른들부터 구해야겠다는 저의에서 나온 것 같은데 이건 인도주의적인 차원에서 볼 때에는 말도 안 되는 처사이다.

대부분의 농민들은 굶주림을 면해 보려고 농사를 짓고 있다지만 춘궁기(보릿고개)만 되면 도시인과 별로 다를 바 없이 암시장에서 돈으로 식량을 구해야 하는 실정이다. 굶주림에 시달리기는 도시인이나 별다를 바 없어 보였다. 그러니 이들 농민들에게 아무리 자급자족을 강요하고 알곡의 증산을 요구해 봤던들 그것은 무리한 요구일 뿐이고 기대 또한 요원하게 보였다. '농사꾼이 (굶어) 죽어도 종자는 베고 죽는다'고 할 정도로 다음해에 뿌려야 할 씨앗을 소중히 여긴다는 이야기는 옛날부터 많이 들어온 바 있다. 그런데 그 소중한 씨앗마저 먹어 치워버리는 형편이니 누구를 탓하겠는가. 빈곤은 나라님도 어쩔 수 없다고 하질 않았는가. 농민들이 자급자족을 하려면 당연히 씨앗도 있어야 하고 비료도 있어야 하고 농기구도 있어야 하고 농업기술도 있어야 한다는 것은 너무나도 당연한 일이고 또 이런 일들이 기본이란 것은 三尺童子도 알만한 일이다.

그런데 춘궁기가 도래하면 어쩔 수 없이 그 소중한 씨앗마저 먹어 치우는 판국에 농민들에게 식량 작물 생산증진 목표달성을 못했을 경우 糧政總局(양정총국)은 가차 없이 그 해 수확된 곡식은 한 톨도 남겨주지 않고 모두 거둬 가 버린다고 하는 말을 귓속말로 들은 일이 있다. 그것뿐인가. 지난해 새 양곡이 수확될 때까지 농민들에게 우선 먹어야 농사를 지을 수 있으니까 정부에서 지원했던 얼마 되지도 않는 곡식마저 거두어 가 버린다 하니 너무나도 가혹한 일들을 하고 있는 모양이다. 바로 이것이 엎친 데 덮친다는 말이다.

목표 생산량을 달성하지 못하는 것이 어찌 농민들만의 탓이겠는가. 예를 들어 한 농장에 농기구가 있다 한들 그것을 가동시킬 수 있는 기름이 있어야 하겠지만 그 기름이 없으면 차선의 방법으로 밭을 갈아줄 畜力(축력)이라도 있어야 하겠지만 그 축력이 될 '소'라도 있어야 할 텐데 그것도 절대량이 부족하고, 파종할 씨앗이 있어야 하겠지만 이미 춘궁기에 모두 먹어치웠거나 아예 절대량이 부족하거나 종자 개량이 제대로 안 돼 품질을 보장할 수 없을 정도로 발아율도 수확 농산물의 품질도 수량도 형편없이 저조한 실정이라고한다. 물론 비료도 절대량이 부족하기에 아예 생각조차 할 수 없는 지경이다. 이런 상황에서 무엇을 어떻게 하라는 것인지 농사철만 되면 농민들의 시름이 이만저만이 아닌 모양이다. 상황이 이 지경인데도 불구하고 들려오는 소리는 '지상낙원이오, 세상에 부러움 없는 나라'라고 외쳐대는 그 얼간이 같은 행진곡 소리가 왠지 모르게 구슬픈 신음 소리로밖에 들리지 않았다.

한정된 자금으로 운영되고 있는 필자의 결식아동 지원을 중단한다는 것은 나를 기다리고 있을 굶주린 아이들의 불쌍한 모습이 눈앞에 아른거려 속이 타들어가는 것 같은 심정이었다. 자금에 여유가 있으면 어떤 방법으로든지 지원을 해 주겠지만 그럴 형편이 못 되다 보니 너무나도 안타까운 일이었다.

:: 북한 서민의 살림 사정

　원래 사회주의경제 하면 '부족의 경제' 혹은 '빈곤의 경제'라고 말하듯이 항상 부족하고 빈곤해온 것이 사실이다. 과거 소련 시절 식품점 앞에 장사진을 치고 자기 차례가 올 때까지 묵묵히 불평 한 마디 없이 기다리곤 했다고 한다. 이처럼 넉넉지 못한 사회에서는 부득이 배급제를 실시하지 않을 수 없다. 그렇게 되면 배급소의 판매원이 한 작은 권력자가 되고 왕이 된다. 이 작은 권력자의 말을 듣지 않을 경우 불이익을 당할까 두려워 말 한 마디 못하고 몇 시간씩 줄을 서서 기다릴 수밖에 없다. 자유시장 체제에 물들어 있는 사람들이 보았을 때에는 왜 저리 아까운 시간을 무의미하게 허비하고 있는지 이해하기 어려울 것이다.

　필자는 북한에서 종종 축제일을 앞두고 육류 배급을 주는 것을 목격한 바 있다. 그 배급 날이 되면 순식에 정육점 문 앞에는 배급 타러 온 시민들이 앞 다투어 열을 선다. 이윽고 정육점 문이 열리면 저마다 좋은 살코기 부위를 받아가기 위해서 새벽같이 달려오는 줄만 알았더니 그것이 아니라 기름기 많은 부위를 받으려고 서두른다고 한다. 필자도 처음에는 추운 지방이어서 그 혹독한 추위를 이겨내기 위해 기름기 많은 부위를 선호하는 줄만 알았는데 알고 보니 그런 것이 아니라 얼마 되지도 않는 고기를 전 가족이 골고루 맛있게 먹기 위해서는 기름기 있는 부위가 훨씬 좋다고 했다. 의아해하는 필자에게 야채를 볶아 먹어도 기름기 있는 편이 좋고, 찌개를 끓여 먹으려 해도 기름기 있는 것이 좋다고 하기에 비로소 필자도 이들의 심정을 납득할 수 있었지만 듣고 나니 가슴쓰린 이야기여서 안 들은 것만 못한 기분이었다. 동시에 이들이 너무도 가련하게 보였다.

　그리고 이곳에서도 구소련 시대와 마찬가지로 소비자가 왕이 아니라 정육점 주인이 왕이었다. 아무리 좋은 부위를 달라고 애원을 해도 고기를 주는 것은 엿장수 마음대로라는 말과 같이 정육점 주인 마음대로니까!

　이서근 형이 1997년 봄, 처음 중국에 들어왔을 때 약국에서 체험한 이야기다. 이 형이 감기 때문에 약국에 약을 사러 갔다 돌아와서 당시의 상황을 설명한다.

약을 사려고 약국에 들어가 중국말로 감기라는 단어가 생각나질 않아 가지고 있던 전자사전으로 중국어로 감기를 찾아 판매원에게 보였더니 대금을 먼저 지불하고 오라며 약값을 쓴 전표를 주기에 카운터에 가서 약값을 지불했는데 우수리를 카운터 앞에 설치되어 있는 약 20cm 정도 너비의 파자 대위에 확 밀어내는 바람에 돈이 모두 약국 마룻바닥에 떨어졌는데 미안하다는 말 한마디 하지 않았다고 한다. 그뿐만이 아니라 약을 넘겨주는 판매원의 표정도 마찬가지로 무서운 얼굴로 대하더라고 했다. 필자는 이 형의 말을 듣고 보지는 않았지만 훤히 그 상황을 짐작 할 수 있었다. "불쾌할 것 없어! 사회주의사회에서 제일 먼저 학습해야 할 것 했구먼!" 하고 웃어넘긴 일이 있다.

바로 이것이 자유시장 경제체제에서 살고 있는 사람과 사회주의 체제에서 이런 일을 아무렇지도 않게 받아들이는 사람과의 차이이다.

북한 정부는 1980년대 이후 극심한 침체에 빠진 경제를 回生(회생)시키기 위해 다양한 정책을 펼쳐온 것은 사실이다. 그 중 대표적인 것을 꼽는다면 1993년 김일성의 '신경제정책'이라고 하는 농업·경공업 무역 제일주의였다. 이 정책은 다분히 북한 주민들이 처해 있는 극심한 식량난을 타결하기 위한 것이 목적이었지만 결과적으로는 실패하고 말았다.

그 다음이 1995년부터 시작된 소위 고난의 행군이라는 것도 생활의 어려움을 해결시켜 주기 위한 것이라고 했지만 해결은커녕 오히려 더 악화되어 이제는 제2의 고난의 행군이 시작되어야 할 형편이다.

다음에 제정된 것이 2002년 7월 1일 시행된 7·1 경제관리 개선조치이다. 이 조치의 원래의 목적은 '장마당'의 확장을 억제하고 공장과 기업소 등은 자체적으로 알아서 벌어먹으라는 것이었다. 그러나 원자재의 부족과 국제시장에서의 경쟁력 저하, 기술 부족, 생산품의 조잡 등으로 외화의 고갈로 인하여 원자재 구매마저 불가능한 실정이다.

설상가상으로 2009년 11월 29일 단행된 화폐개혁의 실패로 극심한 인플레만 가져와 국민의 생활을 더욱 악화시킨 결과를 불러왔다고 볼 수 있다.

7·1 경제조치 당시의 쌀 1kg 가격이 50원이던 것이 2011년에 와서는 2,500원으로 9년 사이에 무려 50배나 상승한 것이다. 실제로 고난의 행군이 시작된 1995년 당시만 해도 10

원에서 70원으로 올라갔다가 북한 당국의 강력한 조치로 인하여 다시 50원으로 고정되어 있었던 것이다. 하지만 최근 국제곡물 시장가가 앙등하면서 국내가도 덩달아 상승하여 지금은 3,800원으로까지 오른 것이다. 노동자들의 임금은 동결된 상태에서 물가만 하늘 높은 줄 모르고 솟구치기만 하니 일반 서민들의 생활은 그야말로 말이 아니게 어려워진 것이 지금의 실정이다.

그런데 물가상승과 연관하여 국민소득 현황을 살펴보는 것도 참고가 될 것 같다.

예를 들어보자. 이명박 정부 남북교역액은 북한 재정(財政)의 40%에 달했다. 지난 5년간(2008~2012) 남북교역액은 90억 9,600만 달러(약 9조 9,601억 원), 노무현 정권 5년간 56억 2,400만 달러(약 6조 1,582억 원), 김대중 정권 5년간 20억 2,500달러(약 2조 2,173억 원)였다. 김대중 시절보다 5배 가까이 늘어난 셈이다. 한편 북한 財政은 2008~2011년 연평균 40억 5,000만 달러(각각 34.7, 35.9, 52.1, 57.3억 달러), 남북교역액 평균은 18억 192만 달러로 이는 북한 재정의 40.4% 정도에 해당된다. 북한의 財政은 사회주의 체제 특성상 국민총소득(GNI)에서 차지하는 비중이 자본주의 국가들보다 높다. 그러나 개인 소득으로 따져 보면 반대 현상이 나타나고 있는 것이 현실이다. 아무튼 1인당 GNI를 연도별로 남과 북을 비교해 보면 1990년도 남한 5,886달러 대 북한 1,142달러이고, 1995년도는 10,823달러 대 1,034달러 2000년도는 9,770달러 대 757달러, 2005년에는 17,531달러 대 1,056달러, 2010년에는 20,759달러 대 1,074달러로 되어 있다. 이처럼 북한의 경제 수준이 제자리걸음만 계속되다 보니 국제 유가와 곡물가가 앙등함에 따라 국내 곡물가 또한 앙등이 불가피한 상태인데 양곡 배급이 끊기다시피 한 서민은 거의 암시장에 의존하고 있는 실정이다 보니 50배 이상이나 뛰어 올랐다는 양곡을 구입하기가 어렵게 되었고 임금(수입)은 그대로이니 국민 생활은 날이 갈수록 궁핍해지는 것은 어쩔 도리가 없는 것 같다. 앞에서도 언급한 바와 같이 김 위원장도 김일성 수령의 유훈을 달성하지 못하고 이 세상을 하직하면서 이제 그 유훈이 3대째로 넘어 갔다. 배턴을 이어받은 3대가 과연 그 유훈인 모든 인민들에게 기와집에서 비단옷 입고 고깃국 배불리 먹일 수 있게 하는 목표를 달성할 수 있을지는 의문이다. 필자가 보는 견지로서는 체제의 모순이 확 바뀌지 않는 한 서민들의 생활은 어렵고 굶주림으로부터 해방되기는 무척 어려울 것 같다.

:: 좀 더 나은 삶을 위해

　남한 농업전문지에 의하면 북한 농토의 80% 이상이 산성화되어 농산물 수확에 적지 않은 영향을 주고 있다고 기술되어 있었다. 필자가 서울에 들어왔을 때에 이 사실에 대해 농업전문가에게 개선책에 대한 자문을 구해본 일이 있었다. 그 전문학자의 말에 의하면 우선 석회석을 撒布(살포)하고 화학비료보다 퇴비를 사용하는 것이 가장 손쉬운 방법이 아니겠느냐고 하기에 북한에 들어갔을 때 북한 농업 전문 관리들에게 농작물 증산을 위해 우선 토양 개량사업부터 추진해야 할 것 같으니 석회공장을 신설하는 것이 어떻겠냐고 의향을 물었더니 그것 참 좋은 생각이라고 하며 자기들 역시도 바라는 바이며, 생각은 하고 있었지만 여러 여건들이 여의치 못해 손을 쓰지 못하고 있는 실정이라고 하는 말을 들었기에 그렇다면 북한 전역에 공급할 수는 없겠지만 평안북도의 한 지역만이라도 공급할 수 있는 조그마한 석회공장을 신설해 볼 작정으로 계획을 추진하기로 하였다.

　마침 서울의 A라는 농기구 전문 취급회사가 북한에 석회공장 신설계획을 추진 중에 있다는 소문을 듣고 그 회사를 찾아보았더니 이 회사는 이미 계획이 완료된 상태에서 북한과 공장건립에 대한 교섭을 추진 중에 있었고 남한 정부에 승인 요청서류를 제출한 상태라고 하였다. 그리고 아무리 큰 공장을 건립한다 해도 그 한 개 공장만으로는 북한의 경지면적 1백 90만 ha 전 지역을 커버할 수는 없을 것이라고 그 프로젝트를 담당하고 있는 회사 간부가 귀띔하면서 대북 석회공장 건설계획서 사본 1부를 나에게 주며 참고하라고 했다. 필자가 단동으로 돌아와 그 A회사의 계획서를 검토하는 한편 A사의 계획보다는 훨씬 작은 규모의 석회공장 건립계획을 약 1개월 후 완성하여 이 사업의 대북 지원을 해 보고 싶다는 복안을 한 종교단체와 협의해 보았더니 그 안을 그대로 받아들이면서 지원을 검토해 보겠다는 긍정적인 답을 받았다.

필자는 그 답에 힘을 얻어 본격적으로 북측과 접촉해 보았더니 북측 관계자의 말인 즉, 공장 건설에 필요한 자재만 주면 자기네들이 공장 건립은 물론이고 공장 내의 기계설비와 필요한 재정지원(운영자금)만 해 준다면 운영까지 도맡아 하겠다는 조건이 나왔다. 그들은 북한에는 석회를 생산할 수 있는 기술자도 있고, 공장설비와 생산 및 운영 관리할 수 있는 전문기술자도 있는데 구태여 남한에서 기술자가 올 필요가 있겠냐는 것이다. 과연 이 사람들의 말이 맞다면 남한 사람들이 북한에 들어갈 필요가 없다는 말이 맞다. 그러나 북측 사람들의 말을 액면 그대로 받아들이기에는 어딘지 모르게 석연치 않은 데가 한두 군데가 아니었다. 비단 이 일에 국한된 것만이 아니고 다른 사업의 경우도, 대부분 지원해 주겠다고 하면 북측 사람들은 거의 어김없이 이와 대동소이한 조건을 내걸거나 이런 태도로 나오는 것이 통상적이고 보편적인 사례라고 보아서 틀림없다. 따라서 공장설비에 절대 필요한 전문기술자라고 해도 북한에 발을 들여 놓겠다는 그 자체에 대해 극도로 거부반응을 보인다.

그렇다고 북한에 그런 설비기술자가 있는 것도 아니라는 사실을 알고 있는데도 극도의 嫌南症(혐남증, 남한을 극도로 싫어하는 증세)에 걸린 사람들뿐인지 남한 기술자들이 북한으로 들어가 설비를 해야겠다는 조건이라면 그 사업이 안되는 한이 있어도 우선은 그 조건은 받아들일 수 없다고 거부한다. 그러니 아무리 시급하고 도움이 되는 사업이라고 할지라도 원활하게 추진될 리 만무하다.

결과적으로 필자는 북한 측과 이 프로젝트를 추진하면서 느낀 것은 이 사업 때문에 오히려 현재 하고 있는 사업에까지 영향을 미치게 할 가능성마저 보이기에 포기해 버리고 말았다. 서울에서 추진 중이던 A 회사의 사정은 어떤지 궁금증이 발동하여 알아보았더니 그들도 역시 북의 요구가 우리의 경우와 대동소이하여 사업을 포기해 버렸다는 말을 들었다. 우리나라 속담에 '남의 일은 오뉴월에도 손이 시리다'는 말이 있다. 즉 이득도 없는 남의 일은 하기도 싫다는 뜻이라고 한다. 왜 그런 일을 두고 남의 일 같이 생각하는지 필자는 그런 사고방식부터가 잘못돼 있는 것이라고 생각된다.

필자가 두 번째로 계획했던 것은 소와 관련되는 사업이었다. 사실상 북한에 황우를 지원해 주기는 했지만 항상 염려되는 것이 사료의 공급 문제였다. 북한의 실정으로 농후사료의 공급은 불가능하다고 보아야 할 것이고 조사료만이라도 제대로 공급하고 있는지가 염려스러워 조사료 공급이라도 제대로 할 수 있도록 하기 위한 방법을 모색하던 끝에 고안해낸 것이 신의주 서북방 압록강 하류에 위치하는 西湖地區(서호지구 : 지금 北中 합작 개발 지구로 선정된 곳)에 무성하게 자라고 있는 갈대를 이용하여 피렛트 사료공장을 만들어 보겠다는 구상이었다.

예전에는 이 서호지구에서 생산되는 갈대를 종이를 생산하기 위한 원료로 신의주 제지공장에 납품하였으며, 한때는 불란서의 어느 제약회사가 薪島(신도, 첨부지도 하단)에 공장을 건설하고 이곳에서 생산되는 갈대에서 축출한 성분으로 당뇨병 치료제인 '인슐린'을 추출하였다고 하는데 지금은 그 제약회사도 철수해 버리고 공장은 그대로 방치해 버린 상태이며 제지공장도 무슨 이유에서인지 가동이 중단된 상태여서 갈대도 자연 그대로 방치돼 있어 서호지구 일대는 무성한 갈대로 뒤덮여 있다시피 하다. 너무도 아까운 자원을 그대로 썩혀 버리는 것 같아 필자가 북한에 들어갈 때마다 여러 차례 이곳을 왕래하면서 갈대의 품질이나 이용가치, 사료로서의 가용성 여부 등을 면밀히 조사, 분석, 검토해 본 연후 4개년 계획으로 연간 약 5천 톤 정도의 규모로 사료(피렛트 사료) 생산을 추진해 볼 계획으로 일단 계획서를 작성하여 북측 관계자에게 주었더니 검토해 보겠노라고 하더니 얼마 후 그 계획을 수용할 수 있다면서도 북측 관계자의 무리한 요구조건 때문에 의견이 엇갈려 결국은 도중하차하게 되었다. 구체적으로 말하면 이 사업은 북한의 가축에 공급할 목적으로 사료를 생산하고자 한 것이었고 또 비영리사업이기에 누가 이익을 추구하려는 것도 아닌데도 불구하고 이 사업을 위해 마치 그네들이 인심이나 쓰고 있는 양 사료공장을 설립하는 대가와 원료 공급의 대가로 매년 교과서 用紙(용지)를 100톤씩 북한에 제공하라는 조건을 제시하기에 이 사업의 취지와 목적에 위배되므로 북한 측 요구에 응할 수 없다는 것을 분명하게 밝히고 이 사업의 추진을 백지화하고 말았다.

세 번째로 구상했던 것은 조림사업이었다. 북한의 전 국토의 61.1%에 해당하는 737만 ha가 森林(삼림)으로 형성되어 있지만 대부분의 산들이 벌거숭이 민둥산이라는 사실은 이미 주지하고 있는 바이다.

게다가 얼마 남지 않은 소나무 숲도 외화벌이를 한답시고 솔잎을 마구 뜯어다 松葉油

(송엽유)를 짜서 수출한다고 하는데 솔잎 250톤이 있어야 겨우 송엽유 1톤을 얻을 수 있다고 한다. 정확한 수출액은 알 수 없지만 이처럼 산림을 훼손하니 온전하게 남아날 리 만무하다.

그래서 조금만 비가 와도 크고 작은 산사태가 발생하고 유실되는 토사가 강으로 흘러 들어와 河床(하상)을 높이는 원인이 되어 하천이 범람하여 홍수가 되어 애써 가꾼 농작물이 유실되는 사태가 연례행사처럼 반복되고 있다는 사실은 이미 남한 사회에서도 익히 알려져 있는 사실이다. 이와 같은 폐해를 조금이라도 줄여보자 하는 뜻에서 구상했던 것이 조림사업이었다. 우리 연구소가 수립했던 구체적인 계획안은 한정된 한 지역만이라도 綠化(녹화)해보자는 안이었다. 만일 이 사업계획이 성사되어 실행단계에 들어가게 될 경우 사업자금은 남한의 여러 지원 단체에서 자금을 제공해 주겠다는 언약을 받은 바도 있었다.

이 조림계획안의 실천을 위해 단동지구에 苗板장을 설치하고 이곳에서 연간 약 500만 본 이상 700만 본 정도의 묘목을 생산하여 북한 평안북도 일원에 공급해서 5년간 최소한 3,000만 본 이상의 묘목을 식목하게 해 볼 계획이었다. 이 계획의 실천에 앞서 반드시 선행되어야 할 일이 바로 아궁이의 땔감 문제가 해결되어야 한다는 난제가 있었다. 남한의 녹화사업을 성공시킨 예를 너무나 잘 알고 있기 때문에 그 수순을 밟지 않고서는 성공할 수 없다는 것을 알고 있었기에 그 방법을 따라 해 보려고 했던 것이다.

가령 구공탄의 생산과 공급이 원활하게 이루어지게 하기 위해 수송수단을 확대한다거나, 도시가스나 프로판가스를 최대한으로 이용할 수 있도록 권장하는 사업을 북한 당국과 협의하여 공동으로 실천해 나가는 방안 등을 모색하려 하였지만 그 누구도 무엇 하나 본격적으로 연구 검토해 보려는 배려가 없어 보였다.

실제로는 북한의 석탄 1년 생산량이 2천 5백만 톤(2010년 통계)인데 남한의 2백 8만 톤에 비하면 10배 이상이나 많은 양을 생산하고 있으며 인구 비례로 본다 해도 북한의 인구는 남한의 절반에 해당하는 2천 4백만 명에 불과하다. 그럼에도 불구하고 유통과정에서 운반수단이 미비하고 시설이 老朽化(노후화)된 데다 정비 불량, 관리 미비 등의 원인으로 원활한 공장 가동도 공급도 이루어지지 못하고 있는 실정이다. 그러니 대부분의 경우 무연탄을 배급하고 있기 때문에 각 가정에서 구공탄 내지는 석탄을 덩어리로 만들어 사용하라고 하니 그 과정에서의 물자 손실, 인력 소비 등을 감안한다면 원시적이고도 아깝고 헛

된 낭비가 한두 가지가 아니다. 남한도 1960년대 중반까지는 북한과 크게 다를 바 없이 산은 벌거숭이고 아궁이 땔감은 일부 계층을 제외하고는 거의 대부분이 임산물이나 구공탄에 의존하고 있었던 것이 사실이었다.

그러나 1961년 군사혁명 이후 山林綠化(산림녹화)에 성공할 수 있었던 결정적인 원인은 국가의 강력한 시책으로 대치연료를 한 단계 더 발전시켜 화목에서 석탄으로 석탄에서 석유와 도시가스로 전환시키는 데 성공할 수 있었기 때문이다. 냉난방 연료는 물론 산업 에너지원까지 석탄에서 油類(유류)와 가스로 전환시켜 일반 가정의 연료에 대변환을 가져다준 셈이다. 이와 같은 변화가 있었기에 연료로 화목을 사용하던 시절이 멀어져 자연스럽게 녹화사업에 박차가 가해졌으며 오랜 세월 동안의 숙원이었던 녹화사업이 성공할 수 있었으며 나무는 이제 화목으로서의 의미를 일어버리고 관상용으로나 조경용으로 혹은 공업용으로 그 가치가 변해버린 것이다. 따라서 이제는 그 존재적 가치가 변화하여 훼손하려하지 않는 혹은 훼손해서는 안 된다는 인식이 뿌리내린 시대가 온 것이다. 이와 같은 성공사례들을 본받아 북한에서도 가능할 것이라고 생각하였기에 계획을 추진하였던 것이었다.

조림사업을 계획한 것은 비단 우리 연구소뿐만이 아니었다. 이미 2006년도 남한의 지원으로 평양 養苗場(양묘장)이 설치되어 있었으며 2008년에는 경기도 김문수 지사 시절 경기도 주관으로 개성에 양묘장을 준공시켰다는 보도가 있었다. 그뿐만이 아니라 남한의 여러 기관 특히 종교단체 등을 비롯한 각 구호사업 단체들도 북한 조림사업 계획에 마치 경쟁이나 하듯 참여하였던 것으로 알고 있다. 그 가운데에서도 어떤 단체는 묘목을 가지고 북한에 들어가 직접 식목까지 했다는 소식을 들은 바도 있었다.

그러나 막상 북한의 관계자들과의 접촉을 통해 사업을 추진해 보려던 결과는 그저 암담하기만 했다. 왜냐하면 북한에서 생산되는 석탄의 연간 생산량도 모르고 도시가스나 프로판가스 등 기체 연료에 대해 지식도 없을뿐더러 알려고 하지도 않으니 이들을 붙잡고 무슨 덕을 보겠다고 열성을 쏟아 부을 수 있겠는가. 게다가 이들에게 꼬치꼬치 물으면 마치 국가의 큰 비밀이나 알려고 하는 것같이 보였는지 이상한 눈초리로 쳐다보기에 다른 나라에서는 그까짓 것은 비밀도 아니라고 해도 이해하려는 것 같지도 않았다.

이런 것 따위는 일반 사회에서는 놀랄 일도 비밀도 아니지만 경직되고 폐쇄된 사회에서 성장한 사람들에게는 납득하기 어려운 대목일지도 모른다. 그러니 이런 사람들과의 대화가 이루어질 리 만무하고 이들의 언행으로 보아 他尙何說(타상하설) 한 가지 일을 보면 다른 일은 보지 않아도 헤아릴 수 있듯이 거창하게 계획을 세워 보았자 실천 가능성에 의문이 가지 않을 수 없었다.

특히 피동적 사고방식을 가지고 있는 이들에게 국가적 프로젝트를 논의하자고 해 봤던들 그것은 무리한 요구일뿐더러 牛耳讀經(우이독경)이나 다름없는 일이며 상부의 특별 지시가 없는 한 이들 하급 공직자들의 힘으로는 소화시킬 수 없는 문제였기에 결국은 이 사업도 이래저래 날짜만 끌다 흐지부지 백지화되고 말았다.

필자는 자신의 힘만으로는 어림도 없을 정도로 큰 프로젝트를 구상하고 있는 대북 지원 단체들이나 사업가들이 있었다. 그 중 한 농업 부문의 전문 연구기관이 있었는데 다른 기관들에 비하면 규모는 작았지만 우리 연구소와 협력하여 개성 일대에 유기농 채소농장과 남한을 대상으로 수입 육우(주로 한우)를 주축으로 하는 목장 설치운영도 계획하고 있어 매우 흥미로운 사업이라고 생각하고 있었다.

필자가 장기간 북한을 왕래하면서 북한의 현실을 참작한다 해도 가장 현실적이고 적합한 사업이라고 판단하였고 현재 북한의 낙후된 농업 분야를 발전시킬 수 있는 계기가 될 수 있으며 토질이 남과 북이 똑같으니 토양관리 여하에 따라 재배 방법에 대한 기술만 갖추어진다면 품질에 차이도 없을 것이고 남한까지의 유통거리도 짧아 중국으로부터 수입하는 것보다 훨씬 유리할 것이라고 판단되어 충분히 검토해 볼 가치가 있다고 생각했다.

이런 모든 창안도 상대적인 것이어서 상호의 권리와 조건만 부합되면 가능할 것이라고 여겨지지만 접촉 과정에서 난항을 거듭하다 결국은 불발탄이 되고 말았다. 가장 크고 어려웠던 원인이 바로 앞에서도 기술한 바와 같이 嫌南症(혐남증)이다. 사람이 싫은지 정부가 싫은지는 알 수 없지만 주는 것은 공짜가 되어서 그런지 넙죽넙죽 잘 받아 드시면서 남한 사람이 북한에 들어가겠다고만 하면 대뜸 얼굴색이 변해 버린다.

제 아무리 神籌鬼策(신주귀책)과 같은 빈틈없고 귀신도 놀랄 만한 묘책의 사업계획을 작성하여 제시했다 해도 상대방이 이해하고 받아들이지 않는다면 그것은 한낱 휴지 조각에 불과하다는 사실을 절감하게 된 셈이다.

물론 사업의 규모나 투자액, 종류 등에 따라 대하는 방법이 달라지기는 하겠지만 어떤 경우를 막론하고 북한 내에서는 상부의 지시가 없는 한 아무리 국가 이익에 도움이 되고 지역사회 개발이나 발전 그리고 고용 창출에 도움이 되고 주민들이 먹고 살 수 있는 기회와 길이 열린다 해도 그들의 틀에 맞지 않으면 거들떠보지도 않으려 하는 것이 그들의 생리이다. 아무리 강한 의지를 가지고 사업을 추진해 보려고 해도 정부나 당이 비협조적일 경우 그 결과는 불을 보듯 뻔하다. 가장 비근한 예가 개성공단이다. 닭이 황금 알을 낳는다 해도 자기네 틀에 맞지 않으면 언제든지 트집의 대상이 된다는 사실을 실제로 보고 있지 않는가!

앞으로 북한 관리들 스스로가 해결해 나갈 수 있는 권한을 부여하거나 이해할 수 있는 상부구조를 근본적으로 뜯어고치지 않고서는 우리가 염원하는 개방은 고사하고 개혁의 개자도 논하기 어려울 것이다.

상부가 지나칠 정도로 외풍의 유입을 극도로 嫌惡(혐오)하고 경계하고 무시하는 것이 그들의 자세이고 체질이라는 것을 알고 있는 이상 상호 신뢰를 바탕으로 한다고 해 봐야 그런 말은 말짱 공염불에 지나지 않으며 실제로 그들의 속셈을 솔직히 말하면 "위대한 수령님께서 허락해 주신 현재하고 있는 일이나 열심히 할 것이지 무엇 때문에 이것저것 다른 일에 손을 대려고 해!" 하는 태도인지도 모르겠다.

이들의 근본 취지와 생리는 "해외 동포나 기업인들이 왜 북한에 들어와 기업 활동을 하려는가? 돈이나 왕창 가져다주면 우리가 충분히 알아서 해낼 수 있을 터인데! 피곤하고 귀찮게 오락가락하면서 조용하고 편안하게 세상에 부러움 없이 잘살고 있는 우리 인민들에게 쓸데없이 바람이나 넣어 주려고 하는가!" 하고 合資니 共同이니 하는 따위의 사업 자체를 꺼려하는 기색을 노골적으로 드러내는 것같이 보였다. 그 이유인즉 아마도 외부 세계를 드나드는 사람들에 의해 눈에 보이지 않는 외풍이 묻어 들어와 인민들에게 좋지 않은 영향을 끼치게 하거나 혹은 쓰나미(일본 동북 大震災(대진재)) 같이 거센 지진이나 파도를 몰고 들어와 지각 변동을 일으키지나 않을까하는 우려 때문이라고 보아 틀림이 없을 것 같다. 이런 고질적인 사고방식과 小心(소심)한 자세, 혹은 외부 세계를 전연 모르는 좁은 식견, 외세에 대한 거부감과 두려움, 혐오감 그리고 아니꼬울 정도로 거만한 태도 등은 앞으로 만일 외국기업들과 합자 투자 사업을 하게 되거나 중국과 같이 경제개방 혹은 중국식 자유시장 경제체제를 도입하게 될 경우 많은 어려움이 뒤따를 것으로 예상된다. 중국의 북한 전문 학자의 말을 빌면 "唯我獨尊(유아독존)을 버려야 남한에 이길 수 있다."라고 했다. 그러나 단순히 유아독존만 버린다고 해서 남한을 이길 수만 있다면 얼마나 좋을까!

21세기에 접어들면서부터 전 세계가 글로벌화를 추진하면서 경제와 산업의 피나는 경쟁으로 변화의 속도가 마치 광속에 가까워질 정도로 변화무쌍하게 이루어지고 있다. 이에 따라 국가도 기업도 살아남기 위하여 榮枯盛衰(영고성쇠)가 朝變夕改(조변석개)처럼 변하고 있는 마당에 마치 지구를 몽땅 집어 삼켜 버릴 것만 같던 기세를 부리던 것도 100년을 넘기지 못하고 쇠퇴하고 말았는데 급물살을 타고 변하고 있는 21세기 이 시대를 따라가려고 노력은 고사하고 오히려 망해 버린 그 제도를 따라가려 하고 있으니 언제 밝은 빛을 볼 수 있겠는지 답답하게 보일 뿐이다.

:: 허사가 된 양돈 지원

필자가 북한에서의 가축번식을 위해 그동안 하고 있었던 종전의 가축 지원 방법과는 다른 아예 획기적인 방법으로 개선해 볼 심산으로 새로운 지원계획을 구상해 본 일이 있었다.

그동안 어렵게 황소를 지원해 왔었지만 그 가축들을 관리하는 데 필요한 기술 인력의 관리나 실무과정 등에 대한 기술 지도를 해 주고 실천에 옮길 수 있도록 어느 정도의 환경을 개선해 보려 했지만 실제적인 문제에서 여러 가지 제약조건을 달아 타국인(북한 외의 지역에 살고 있는 사람들) 특히 남한 사람들의 입국이 허용되지 않아 기술 전파가 어려워지면서 성과를 기대하기 어렵게 되자 그것이 원인이 되어 결국은 실패한 것이나 다름없는 결과가 되어버리고 말았다. 이와 유사한 경우는 필자뿐만 아니라 현대의 정주영 회장이 지원한 소에서도 나타나고 있었다.

경위야 어떻든 씨앗까지 까먹어 버린 결과가 되었으니 실패가 아니고 무엇이겠는가. 그래서 새롭게 구상해낸 것이 중국을 경유하여 지원하는 차선의 방법을 생각하게 되었던 것이다. 그런 방법까지 구상하게 된 원인은 중국과 북한과의 사이는 모든 면에서 상호 우호적이고 거리가 가깝고 출입국이 그 어떤 나라들보다 용이하기에 그 이점을 이용해 보자는 것이 필자의 구상이었다. 즉, 지원은 우리 측이 하되 중국 측이 지원하는 형식을 취할 경우 북한은 별다른 저항 없이 받아들일 것이고, 지원 후 그 가축들의 관리 상태나 飼育(사육)상태 등을 관찰 내지 파악하기 위하여 수시로 북한을 용이하게 왕래할 수 있을 것이며 교육도 용이할 것 같아 일단은 이 방향으로 사업을 추진해 볼 계획이었다.

그래서 제1단계로 중국 遼寧省(요녕성) 省政府(성정부)의 농축산 관계자와 단동의 종축장 책임자를 남한에 초청하여 농촌의 실태와 축산 특히 양돈장의 사육관리 실태와 기술 등을 보여준 다음 이들이 납득하면 제2단계로 중국의 젊은 양돈 기술자들을 한국에 데려다 일정 기간 교육시켜 성공하게 되면 제3단계로 한국에서 교육 받은 중국인을 가축과 같이 북한에 파견하여 관리 감독을 해보자는 것이었다. 이 계획을 실천에 옮기기 위해서 필자가 평소 잘 알고 지내던 한국양돈협회 소속의 양돈연수원장 趙東柱(조동주) 박사의 도움

(압록강 청수) 한국양돈연수원 원장 조동주 박사가 단동을 방문하였을 때 필자와 조 박사(좌측)

을 받아 2005년 6월 중국 요령성 농축산국장과 단동 종축장 책임자를 한국에 초청하여 5일간의 일정으로 대관령 축산 단지를 비롯하여 평택, 용인, 오산, 이천 등지의 전문적 양돈장 시설과 관리상태 현황 등을 보여주었다. 그리고 양돈연수원의 교육시설과 교육내용 등도 보여 주었다.

그런데 여기까지는 별다른 문제없이 매우 순조롭게 진행되었지만 필자가 미처 파악하지 못하고 있었던 일이 불거져 나왔다. 그것은 이들 중국인에게는 한국 사람을 보는 또 다른 視覺(시각)이 있다는 사실을 미처 생각하지 못하였던 것이다. 즉 '한국은 중국의 한 주먹거리도 안 되는 작은 나라'라는 대국적 사고방식에서부터 시작하여 오랜 옛날부터 내려오고 있는 중국의 한국에 대한 역사적 편견이다.

중국의 역사를 돌아보자. 중국이라는 나라는 기원전 221년부터 19세기 중엽까지(왕조 교체 때의 동란과 분열 시기를 제외하고) 적어도 1,600여 년간 아세아 最强(최강)의 覇權國(패권국)이요 세계적 문화의 발상지였다. 그리고 7세기 초부터 시작해서 1830년경까지(동란기와 자연재해기를 제외하고) 약 1,200년간 중국 경제 규모가 세계 최대였다는 사실이다. 현 시점에서 지나간 이 역사는 중국인의 심리를 이해하는 데 매우 중요한 일이다. 이와 같은 역사적 사실을 놓고 생각해 볼 때 우리나라가 19세기까지만 해도 중국의 그 패권주의에 억눌린 변방 속국이었으며 책봉의 절대적 권한을 행사하였고 조공을 바쳐야 하는 속국이나 다름없는 나라였기에 중국은 대국으로서 행사했고 조선은 그 속국에 지나지 않았다. 그래서 그들은 항상 "우리는 대국인이고 너희들은 소국인이요 동방의 오랑캐가 아니냐? 우리 대국의 속국인으로서 너희들의 모든 문화는 우리 대국이 가져다주고 허락하는 것만을 행하던 나라가 아니냐? 그런 것도 모르고 우리를 가르치려 들어!" 하는 우월감을 가지고 있다.

필자가 한국에 초청했던 이 중국 관리들도 역시 그런 사고방식의 틀에서 벗어나지 못한 사람들이라는 것을 미처 깨닫지 못했던 것은 나의 큰 불찰이었다. 더욱이 이들은 한국이 요즘 조금 컸다고 해서 까부는 것 같은데 양돈에 관한 한 중국이 대선배인데 너희들한테서 배울 것이 무엇이 있겠나 하고 생각하는 모양이었다.

그와 같은 우월감이 경멸과 지배 의식을 자아내게 하고 급기야는 사업자체를 망치게 할 우려와 可能性마저도 배제할 수 없었다. 그래도 필자가 하고자 하는 일을 어느 정도는 諒察(양찰)하고 이해하고 협조해 주려니 하고 철석같이 믿었는데 오히려 장애가 되는 꼴이 되고 말았으니 아쉽기는 했지만 부득이 이 계획은 여기까지가 한계인 것 같이 판단되어 도중에서 접어 버리기로 하였다.

이 밖에도 여러 가지 불리한 요인이 겹쳐 실패로 끝나버린 사업이었지만 趙東柱(조동주) 박사께서 여러 차례 중국을 왕래하면서 나를 도우려 애써 주신 데 대해 고마움을 느끼면서 그분의 노고에 대한 보람도 없이 수포로 돌아가 버린 데 대하여 죄송스럽게 생각하고 있다.

이처럼 많은 시간을 들여 여러 가지 계획들을 주도면밀하게 검토하고 실천에 옮기기 위해 사업계획서를 작성해 보았지만 역시 상대방의 이해의 부족으로 모든 것이 허사가 되어 버린 것에 대한 허탈감은 무엇으로도 표현할 수 없을 정도이다. 항상 골문 앞에서 헛발질만 한 셈이다.

:: 친북 조선족이 구하는 신랑감

중국 단동의 총 인구는 약 243만(2000년도 조사)이 거주하고 있으며 그 중 조선족은 약 2만 명(2000년 중국 제5차 인구조사에 의하면 중국 전체에 거주하는 조선족은 약 193만 3천명)으로 단동 총 인구의 약 1.4%에 해당된다. 이 사람들의 대부분은 1992년 8월 24일 한중 수교가 체결되기 전까지만 해도 거의 대부분의 사람들이 북한의 영향을 받으며 살아왔기 때문에 어느 면에서나 북한과의 연계를 가지고 있는 사람들이라고 해도 과언이 아닐 것이다. 따라서 이곳에 살고 있는 조선족을 볼 때 마치 일본에 거주하고 있는 조총련을 연상케 할 정도로 북한을 무조건적 혹은 맹목적으로 신봉하거나 의지하고 있는 사람들이 대부분이라고 보는 것이 타당할 것이다. 한중수교 전에는 거의 남한 사람들을 접할 기회가 없었기 때문에 간혹 식당 같은 곳에서 만나게 되면 서슴없이 남한 사정을 물어보곤 했다. 그리고 남한 사람들이 남한의 발전상을 이야기하면 거의 모든 사람들이 그 말을 모두 거짓말인 줄로만 알고 있었다. 지금은 그런 어이없는 질문을 하는 사람이 없어졌지만 처음에는 남한에 자동차가 있냐 혹은 자전거가 있냐는 등 얼마나 남한에 대한 거짓 선전에 물이 들었는지 아예 남한에는 거지떼만 살고 있는 아주 빈곤한 나라인 줄만 알고 있었던 것 같다. 1990년대의 중국 특히 東北三省(동북삼성)에서의 통신이 발달되지 못했을 시절이기에 남한 사정이 어두운 데다 전연 인적 교류마저 이루어지지 않고 있었기 때문에 북한 선전을 액면 그대로 믿고 받아들일 수밖에 없었던 것 같다. 그러나 한중수교가 체결되고 남한의 관광객들이 물밀듯이 몰려 들어오기 시작하면서부터 이들의 보는 눈이 확 달라지기 시작하였다. 그리고 한중수교가 이루어지면서 수십만에 달하는 조선족들이 대거 남한에 취업하면서부터 사정은 완전히 뒤바뀌어 북한에 들어가 보고 남한에도 왔다가 간 사람들의 말을 빌면 "북한에서 중국에 오면 중국이 천국 같은데 중국에서 남한에 가 보았더니 남한이 중국보다 더 천국이더라!"라고 한다. 그러니 조선족 사람들이 믿고 있던 지상낙원은 어느 사이에 그만 땅에 떨어져 버리고 대신 남한을 지상천국으로 생각하게 된 것이다. 그러다 보니 자연스럽게 愚問(우문)도 없어졌을 뿐더러 동북 지방에서도 남한의 TV 영상을 남한과 똑같은 시간대에 볼 수 있게 되었으니 남북한의 사정이 완전하게 뒤바뀌고 만 것이다. 지금까지 믿어왔던 북한의 대남 선전이 모두 거짓이라는 것을 알게 된 셈이다.

아무리 사정이 달라졌다고 해도 오래 전부터 對北利權事業(대북이권사업)에 관여했거나 사업관계가 아니라도 개인적으로 이해관계가 얽혀 있는 사람들이 아직도 많이 있는 것은 사실이다. 가령 가족 중에 누군가가 학교를 북한에서 다니고 있다거나 친족이 북한에 거주하고 있어서 자주 북한을 왕래하고 있었다거나 하여 북한과의 인연을 끊을 수 없는 형편에 놓여있는 사람들이 적지 않다는 것이다.

필자가 2010년 3월 단동에 들어갔을 때에 있었던 일이다. 단동에서는 북한과 비교적 큰 사업을 벌이고 있는 김 모 사장이라는 사업가가 있는데 이 댁에는 김 사장의 슬하에 두 남매가 있을 뿐인데 모두 북한의 김일성대학을 졸업하고 장남은 북한에서 美貌(미모)의 예사롭지 않게 보이는 집안의 딸을 며느리(子婦)로 맞아 행복한 가정을 이루고 있으며 장차 아버지의 가업을 이어받기 위해 아버지 밑에서 수업 중이다. 그리고 혼기를 약간 넘은 듯한 딸도 북한에 유학하여 학업을 마치고 목하 신부 수업 중이라는 소문을 들은 일이 있었다.

그런데 3월 하순 어느 날 나의 보좌역인 김영준 군을 통해 김 모 사장이 나와 점심이나 같이 하자는 초대를 받았다. 나는 이 김 사장을 익히 알고 있는 터였으므로 서슴없이 그의 초청에 응했다. 압록강변의 고급 중국식당에 자리를 마련하고 김 사장의 온 가족이 모인 자리였음으로 무슨 날이 되어 가족 파티를 하는데 나를 초청했나 했더니 그게 아니고 그저 점심이나 같이 하자고 모인 것이라고 하면서 김 사장이 직접 가족 소개를 하는데 그중 소문에 들은 적이 있는 32살 난 婚期(혼기)가 약간 넘은 듯한 어여쁜 미혼의 딸을 소개하면서 하는 말이 딸의 결혼 문제 때문에 이만저만 속을 썩이고 있는 것이 아니라고 했다. 그러면서 좀처럼 신랑감을 구하지 못해 혼기를 놓치는 것 같아 더욱 고민이라고 솔직하게 속사정을 털어놓았다.

화기애애한 분위기 속에서 식사가 진행되고 있었고 필자와 김 사장 가정의 혼사 문제와는 별 관계가 없는 일이어서 그저 그러려니 생각하고 있었는데 갑작스럽게 나더러 딸의 중매를 서 달라는 간청을 하는 것이 아닌가!

김 사장 부부는 물론 북한에서 시집온 자부까지 합세하여 간곡히 요청하는 것이 아닌가. 그 중매요청을 제안한 사람이 놀랍게도 북한에서 시집온 자부라고 하니 더욱 놀라지 않을 수 없었다. 이 집안의 가장인 김 사장은 사업상 북한과 깊은 이해관계가 얽혀있어 어쩌면 장남의 결혼이 정략적으로 북한에서 자부를 맞아들였다는 소문도 있을 정도이다.

이곳 단동에 거주하고 있는 대부분의 조선족들이 그렇게 볼 수밖에 없는 사유가 김 사장과 그 부인이 자주 북한을 왕래하는 아주 열렬한 친북 집안이라는 사실을 일상의 言行으로 보아 충분히 확인할 수 있을 정도이며, 북한 측에서 보았을 때에도 조국에 충성하는 집안이라고 보고 있을 것이다. 그렇기 때문에 자부도 북한에서는 권력 있는 집안의 딸임에 틀림없을 것이라고 했다.

그런 집안사람들이 이방인인 나더러 중매를 서 달라고 하니 어쩌면 軌道(궤도)에서 벗어난 것 같기도 하고 또 엉뚱하고 황당한 착상인 것 같기도 한 데다 사윗감 선택의 조건도 기상천외한 제안이어서 나는 내 귀를 의심할 정도로 놀라지 않을 수 없었다. 즉 나에게 제안한 사윗감 선택은 첫 번째로 북한 사람은 싫고, 두 번째로는 조선족은 더더욱 싫고, 세 번째로 남한 사람은 안 되고, 네 번째로 가장 적합한 사윗감은 호주에 거주하는 호주 국적을 가진 교민 청년을 맞이하는 것이라고 하며 그것이 온 가족들이 바라는 바이라고 했다.

그러나 나로서는 조금은 당황스럽기도 하고 의아한 생각이 들기도 했다. 적어도 단동의 교민 사회에서는 물론이고 중국인 사업가들까지도 모르는 사람이 없을 정도로 유명한 巨商(거상)이 하필이면 나 같은 나그네에게 가정의 막중 지대사인 혼사 관계를 부탁한다는 것은 납득이 가지 않았다. 몹시 궁금증이 나지 않을 수 없었다. 게다가 북한에서는 가장 명문대학이라고 자랑하는 김일성대학을 졸업한 그야말로 엘리트 중의 엘리트라고 자랑할 만한 美貌(미모)의 여성이 어떤 면에서 보더라도 신랑감이 줄을 서도 몇 줄은 섰을 텐데 왜 하필이면 서방 자유세계에 잔뜩 물들어 있는 청년과 결혼을 시키려는 것일까? 그것도 온 가족이 모두 적극적으로 지지하고 나설까? 그것도 이런 혼사를 제일 먼저 적극적으로 말려야 할 子婦(자부)가 오히려 더 적극적으로 나서고 있다고 하니 그녀의 마음을 읽을 수가 없었다. 그 자부의 가정이야말로 북한에서는 꽤나 유명한 집안 여식이라고 하던데 말이다.

다음 의아하게 생각하는 것은 '장군님 슬하에서 세상에 부러움 없이 행복하게 살고 있다'는 인민들을 자주 대하는 김 사장과 그 가족들은 도대체 북한을 어떻게 보았고 어떻게 생각하고 있기에 이런 일이 벌어지게 되었을까? 필자도 이분들의 깊은 속내를 알 수도 없거니와 이 의문을 풀 수도 없었다.

필자가 수일 후 호주로 돌아가게 된다는 사실을 알고 있었는지 가기 전에 꼭 다시 한번 만나주기를 바란다고 신신당부하는 김 사장을 비롯하여 그 가족들은 사뭇 진지한 태도였다. 식사를 마치고 헤어지려 하는데 김 사장이 자기 딸 사진을 건네주면서 손을 잡고 꼭 성사될 수 있도록 해 달라고 다시 한 번 간곡히 부탁하는 태도가 너무나도 진지하여 필자가 당황할 수밖에 없었다. 수일 후 김 사장의 딸이 김일성대학을 나왔다는 이유로 혼삿길이 막힐까 염려스러웠는지 학력을 위조하기 위해 중국 모 대학의 위조 졸업장을 구하려 한다는 소문을 들었다.

한때는 중국에서도 딱지가 덜 떨어진 인간들이 세계에서 제일가는 김일성대학을 나왔노라고 목에 힘주고 대로를 활보하며 으스대던 시절도 있었건만 이제 그 졸업장으로는 시집도 갈 수 없는 지경이 되었다고 하니 세상 변해도 참으로 너무 많이 변했구나 하는 생각이 들어 실소를 금할 수 없었다.

:: 북송에 대한 小考

　在日(재일) 조총련 사람들을 북송시킬 때도 북한 노동당과 정부 그리고 북송을 적극적으로 지원한 일본 정부, 일본 언론기관들 그리고 조총련이 앞장서 '세상에 둘도 없는 지상낙원'이라고 현혹될 만하고 그럴싸한 선전으로 재일 조선인들을 유혹하여 북으로 송환시킨 사실들을 상기해 볼 필요가 있다.

　6·25 전쟁으로 전 국토가 처참하리만치 철저하게 파괴되어 廢墟(폐허)가 되어버린 한반도 전체가 휴전된 지 겨우 6년이 될까 말까 한 1959년 갑작스럽게 '세상에 둘도 없는 지상낙원'을 건설하였다는 기적 같은 웃지 못할 이야기를 어떻게 믿어야 할지 한번쯤은 곰곰이 생각해 봤이야 옳았다.

　재일 동포 북송에는 일본 정부와 일본 적십자사를 비롯한 모든 언론기관이 한몫 거들어 주는데 큰 역할을 했다고 알고 있다. 1959년부터 1984년까지 25년간 재일 동포와 일본인 처를 포함하여 총 9만 3,340명이 끌려가 지금까지 길게는 50여 년을 暗黑(암흑) 같은 세상에서 살고 있다는 사실에 대해 우리는 이들의 계략을 다시 한번 되새겨 보아야 할 것이며 일본 정부의 어이없는 동조에 대한 책임은 물론 자손만대에 이르기까지 민족적 恨이 되는 일을 저질렀다는 사실을 재일 동포 북송에 관여했던 모든 사람들은 기억해 두어야 할 것이다.

　지금에 이르러서야 비로소 속았다는 사실을 알고 북송 일본인 처와 강제로 납치해 간 사람들의 송환을 요구하는 등 소리를 높이고는 있지만 상대방은 馬耳東風(마이동풍) 정도로나 여기고 요지부동이오. 딴청만 피우고 있으니 참으로 안타까운 일이 아닐 수 없다.

난감하고 애달픈 일이다.

　필자가 북한을 방문하게 될 때마다 자연스럽게 과거 재일 동포로 북송되어 조국에 왔노라고 자칭하는 사람들을 간혹 접하게 되는 경우가 종종 있었다. 재일 동포였다고 자처하는 이들의 신원이나 성분도 알지 못하고 그들이 애원하다시피 하는 부탁(편지 전달 같은 것. 북한에서는 북송 동포가 외국에 발송하는 편지는 대부분 사전 검열을 하게 되어 있는 것으로 알고 있다)을 무정하게 뿌리쳐야 하는 나 스스로의 심정이 안타깝기만 했다. 왜냐하면 이런 사람들 가운데에는 북의 특수기관원이 북송 교포로 가장하고 방북자(나를 포함해서)들에게 접근하여 어렵지 않게 뭔가를 부탁한다. 만일 人情(인정)에 끌려 마다하고 뿌리치지 못하고 그 부탁을 들어주었다가는 그들의 덫에 걸려 어떤 봉변을 당할지 모른다는 것을 나는 알고 있었다. 특히 부탁받은 편지내용 여하에 따라서는 간첩 혹은 반역자 등의 중죄로 몰리게 될 경우 무슨 꼴을 당하게 될지 짐작조차 하기도 어렵다.

　16년이라는 길면 길고 짧으면 짧은 기간 동안 수없이 북한을 드나들면서 도무지 속내를 알 수 없는 곳이 바로 북한이요 또 그곳에 살고 있는 사람들이라고 생각했다. 아무리 가까이 지내는 사이가 되었다 해도 절대로 속을 열어주지 않는 것이 그들이다. 어디까지가 진실이고 또 어디까지가 허실이고 가식인지 진정 분간하기 어려운 곳이 바로 그곳이기 때문이다.

　처음에는 그들을 위해 유익하다고 판단되는 사업의 프레젠테이션을 제시해도 우선은 부정적이고 비협조적이고 거부 반응을 나타내는 것이 이들의 특성이면 특성이라고 할 수 있었다. 필자도 처음에는 자존심 때문일까 혹은 상부의 지시일까 하는 의심도 해 보았지만 어떤 사업이든 그 사업이 아무리 국가적 이익이 되고 국가나 지역사회 발전의 초석이 될 수 있는 것이라 해도 우선은 거부부터 하는 습성이 있다는 것을 발견할 수 있었다. 도대체 왜 거부반응을 보일까? 필자로서는 곰곰이 분석해 봐야 할 문제였다. 그런데 이들을 접하다 보니 쉽게 답을 찾을 수 있었다. 이들이 생각하는 그 사업 자체가 자기들과는 전연 무관한 일이며 만에 하나 그 프로젝트가 성사되어 시행되다가도 자칫 잘못되었을 경우 자기와 가족들에게 돌아올 치명적인 책임 등에 대한 피해 의식과 위험 부담 때문이라는 것을 알게 되었다. 그래서 그런 문제들에 아예 접근조차 하지 않으려는 경향이 지배적이었다.

　우선 관료들의 이러한 관념과 심리적 작용부터 타개하고 주인 의식을 고취시키고 정신적으로 개선되지 않고서는 한 발짝도 앞으로 나가지도 못하거니와 개혁도 개발도 불가능하다는 사실을 알 수 있었다. 감히 필자 같은 입장에서 이런 말까지는 하고 싶지 않았는데, 이들을 위해서 하고 싶은 일은 많았지만 새로운 사업 같은 것에 기대를 건다는 것은 환상에 지나지 않을 것이며 시간과 노력의 낭비라고 오랜 경험을 통해 터득하게 되었다.

왜 이처럼 왕성하던 패기도 불타는 의욕도 인내심도 시간이 흐를수록 없어져 버렸는가 하면 우선 호랑이를 잡으려면 호랑이 굴에 들어가야 하겠는데 같이 잡자고 약속한 상대방은 근처에도 가기를 꺼려하는데 무슨 수로 혼자서만 장구치고 피리 불고 하겠는가?

다시 한 번 말하지만 이들에게 결여된 것이 주인 의식이다. 예전에 어느 설교에서 교회 앞에 떨어진 쓰레기를 담임목사는 줍지만 부목사는 줍지 않는다고 하였다. 신앙심으로 모인 목사도 자기 교회라고 생각하지 않으면 쓰레기를 줍지 않는다니 주인 의식이 얼마나 무서운지를 실감나게 하는 말을 들은 적이 있다.

필자가 그들에게 제시했던 모든 지원 사업계획은 절대 허술함이 없도록 정확한 목표를 설정하고 전시용이거나 1회용으로 단명한 사업이 아니라 지속가능한 사업계획을 주도면밀하게 수립하는 한편 이 사업을 위해 재정적 지원도 해 줄 계획까지 수립하여 언제든지 허가만 떨어지면 실천에 옮길 수 있도록 준비에 만전을 기하고 있었다.

필자를 지원해 주는 단체나 개인들은 먹어 없어지는 지원보다는 오히려 무언가 그 형태가 남아있을 수 있고 지속될 수 있는 사업을 원하고 있었지만 상대방이 주인 의식이 결여된 상태에서 자기 일같이 생각하고 받아들이려 하지 않는데 어쩌겠는가? 어쩔 수 없이 모든 계획이 한낱 물거품이 되어 버리고 휴지 조각이 되어버릴 수밖에 도리가 없었다. 남한의 한 구호 단체의 책임자에게 그 이야기를 했더니 "그 사람들 아직 고생을 덜 해보았구면!" 하고 피식 웃어버리질 않는가. 나 자신은 혹시 설득력이 부족했기 때문이 아닐까? 아니면 사업 자체에 흥미가 없었던 것이 아닐까 깊이 생각하게 되었다.

:: 갈 길은 아직도 남아 있는데

인생의 삶을 표현할 때 기독교에서는 잠깐 있다 없어지는 안개와도 같은 것이라고 했고, 불교에서는 뜬구름처럼 잠시 머물다 가는 것이라 했다. 曹操(조조)는 자작시에서 人生幾何(인생기하) 譬如朝露(비여조로), 즉 '인생이란 말하자면 아침 이슬'과 같다고 했다. 이처럼 인생의 삶이란 덧없이 허무하고 짧다는 뜻이 아니겠는가?

그 허무한 세월을 살아보았자 백 년도 살지 못하면서 항상 천 년의 걱정을 품고 살고 있다고 말한 漢(한)시대의 시인 西門行(서문행)의 詩(시) 한 구절에 '人生不滿百(인생불만백)인데 常懷千歲憂(상회천년우)'라고 한 대목이 바로 그것이다.

그처럼 짧은 세상을 살면서도 왜 그리 욕심을 한도 끝도 없이 가지려할까? 아무리 욕심을 부린다 해도 될 일이 있고 안되는 일도 있게 마련인데 말이다. 그러니 무턱대고 욕심만 부릴 수는 없는 것이다.

내가 80 평생을 살아오면서 꼭 하고 싶었던 사업이 있었다.

첫 번째로 축산업 발전에 기여하고 싶었다. 본고 3부에서 누누이 기술한 바도 있지만 나는 일생을 두고 이 사업에 종사할 생각으로 시작했던 것이다. 그러나 자신의 의욕과 능력만으로는 감당할 수 없는 해결할 수 없는 일들이 많다는 것을 미처 깨닫지 못한 탓으로 도중하차할 수밖에 없었던 것이 너무도 아쉽다. 사람이 하는 일인데 안되는 일이 어디 있느냐고 하지만 안되는 것은 역시 안된다. 인명을 다하고 천명을 기다리라고 했지만 하나님도 어쩔 수 없는 것 같다. 인위적으로 친 장막인데도 뚫지 못한 것은 힘과 기량이 부족한 탓인 것 같아 아쉬움과 한이 맺혀 영원히 잊을 수 없을 것 같다.

두 번째로 좁은 세상에서 보다 넓은 세상으로 도약하고 싶었다. 희망이 있고 꿈을 실현시키기 위해 보다 넓은 세계로 도약하고 싶었다. 그래서 호주로 이민을 결심하였다. 그러나 만사가 數學(수학)의 방정식을 풀어나가듯 명쾌하고 정확한 답은 얻을 수 없었다. 여기에도 역시 풀 수 없는 인수가 있었고 내 앞을 가로막는 많은 문제들이 도사리고 있었다. 그 가운데서도 가장 어려웠던 것이 사람을 지나칠 정도로 믿었다는 것이다.

필자가 성인 되고 세상 물정을 조금은 알 만한 나이가 될 때까지 고독하게 살아왔기 때문에 남달리 사람에 대한 그리움과 정이 쌓이고 쌓여 병처럼 되어버린 탓으로 배신당하는 결과를 만들었으니 누구를 탓하겠는가. 뻔히 알면서도 속는 것은 역시 나의 성격 탓인 것을 누구를 원망하겠는가!

세 번째로 북한 결식아동 지원사업을 개선해 보고 싶었다. 계기야 어떻든 대북 지원 사업에 관여하게 된 동기는 '소'가 인연이 되어 시작된 것이니 나와 '소'와의 관계는 전생에서부터 내가 모르는 인연이 있었던 모양이다. 이 지원사업은 시작할 때부터 우여곡절이 많았다. 특히 필자의 사고방식부터 뜯어고쳐야 하는 정신적으로 큰 작업을 감당해 내기가 무척 어려웠다. 그다음은 가족들과 헤어져 살아야 하는 문제가 있었다. 70이 넘은 늙은 나이에 홀아비 같은 불편한 생활을 해야만 하는 문제였다. 이것이 의외로 정신적 육체적으로 부담을 주었다. 다음은 상대방을 접하는 문제였다. 같이 일을 하면서도 상대방의 마음을 읽을 수 없다는 것, 상대방의 언행을 납득하기 어려워 당황하거나 오해하게 된다는 점 등이 참으로 어려웠다.

그 다음은 풍습과 사고방식에 큰 차이를 느끼게 되었다는 것이다. 나는 옛날 어린 시절만 생각하고 그동안 변해버린 것을 까맣게 잊어버리고 있었다는 점이다. 물질적 변화보다 눈에 보이지 않는 무형의 변화가 더 무서웠다. 또 놀란 것은 쌀을 제외하고도 대부분의 물자가 배급제라는 것이다. 판자 한 조각, 못 한 개, 벽돌 한 개는 물론 된장, 고추장, 간장, 소금 등 식재 모두가 배급제였다는 사실이다. 그것 때문에 많은 시행착오를 겪고 나서야 비로소 깨달을 수 있었으니 그동안 우리 사업에 얼마나 많은 영향을 주었는지 생각도 하기 싫다.

필자가 보따리를 짊어지고 다니면서 그것도 지원사업이라고 하는 그런 것이 개선되어야 한다는 것이며 그 개선방법은 어디까지나 자급자족을 원칙으로 하는 지원을 해야 하기 때문에 완제품 지원을 지양하고 농기구나 재봉틀 같은 것을 주어서 부식물의 자급자족을 권장하고 의복의 수선 내지는 자체 생산을 하도록 하여 자체 내의 발전을 기할 수 있도록 유도하는 것이 좋겠다는 것이다. 그것도 기한부 지원으로 어떤 경우라고 약속된 기한에 자급자족을 못할 경우 모든 지원을 종결하는 방법을 택해야 한다. 필자는 수없이 북한을 드나들면서 보아온 것은 바로 태만과 자존심이다. 그렇기 때문에 주고 난 다음 그 성과를 보자는 것이다.

그들의 태만으로는 앞으로 수십 년이 걸려도 변할 것이 아무것도 없다. 지금까지 해 내려오던 버릇이 있어 처음에는 힘이 들겠지만 시간이 흐르면 자신들도 스스로 각성하게 될 것으로 본다. 그들은 남한의 비약적인 경제성장을 우습게 생각하고 있다. 자기들은 하지도 못하면서! 그러니 언제 남한과 같이 경제성장을 이루어 스스로의 능력으로 복지 문제를 해결할 수 있겠는가? 미안한 이야기지만 이제부터 시작한다 해도 50년은 족히 걸려야 할 터인데 그렇게 긴 세월동안 누가 무슨 수로 지원을 계속해 주겠는가? 갈 길은 아직도 많이 남아 있는데 언제 세상에 둘도 없는 지상낙원이 되고 풍요로운 나라를 이룩할 수 있겠는지 그저 까마득하게 느껴질 뿐이다.

필자는 그동안 북한의 여러 계층 사람들을 많이 접해 본 경험이 있다. 그것을 토대로 생각해 봤을 때, 현실적으로 아무런 편견 없이 있는 그대로 말한다면 '이래서는 아무것도 안 되겠구나' 하는 탄식부터 앞선다.

필자는 정치가도 무슨 평론가도 아니고 백그라운드도 없이 그저 평범하기 이를 데 없는 한 시민에 불과한 존재로서 대북 지원 사업에 종사하고 있는 입장이지만 아무리 애를 써 보았던들 관료들이 스스로 각성하고 개선하고 변화하려고 노력하지 않는 한 21세기를 살아남을 수 없다는 생각을 피부로 느끼게 한다.

唯我獨尊(유아독존)을 버려야 하며 몸에 더덕더덕 붙어있는 자존심과 무사안위라는 때를 말끔히 씻어내고 스스로 지역 발전을 위해 노력할 수 있는 체질과 정신부터 개선해야 할 것이며 그러기 위해서는 우선 굳게 닫힌 대문의 빗장을 치워 버리고 활짝 열어 놓은 다음 폐쇄적인 사고방식도 말끔히 털어 버리고 무한 경쟁 시대로 접어들고 있는 자유 세계의 체질에 어느 정도 부합되려는 도전을 한다 해도 시간과 노력이 더 필요할 것 같다고 생각된다. 상류층들은 세상 돌아가는 상황을 잘 알고 있으면서도 이에 맞서 싸우려고 하지 않는 안이한 생각을 가지고 있는 것 같고, 하류층들은 몰라서 못하는 것 같고, 할 수 있는 여건이 못돼서 못하는 것 같다.

물론 알면서도 안 하는 것과 몰라서 못하는 것과는 하늘과 땅만큼이나 차이가 있다. 그 갭을 원만하게 축소시키고 모든 사람들이 합심하고 융합하여 한 목표를 향해 나가려 한다면 안될 일은 없겠지만 그러기 위해서는 개선해야 할 일이 너무나도 많다. 갈 길은 너무나도 멀고 험난하게만 보이는데 그런 먼 길을 언제 갈 수 있겠는지 막막하게 느껴지기만 한다. 꿈과 목표와 신념이 실천하는 것 즉 성공하기 위한 유일한 방법은 행동이라고 했다. '천 리 길도 한 걸음부터 시작된다'는 말은 결국 실천에 옮기라는 뜻이 아니겠는가!

아무리 어려운 환경 속에서 태어나 어렵게 생을 이어가고 있다 해도 하나님은 고귀한 인간의 생명을 주셨고 행복을 누릴 수 있는 권리를 주셨으니 자신이 그 행복을 찾으려고 노력만 한다면 쉽사리 저버리지는 않을 것이 아닌가. 따라서 내일에 대한 꿈이 있는 한, 오늘의 좌절과 절망은 아무런 문제도 되지 않는다.

이제 원대한 꿈을 포기하지 말고 지금의 이 고통에서 벗어나, 기쁨과 행복을 찾고, 사랑이 넘치기를, 평화가 깃들기를 기도한다. 기도는 소망 성취의 열쇠라고 하였다. 이것이 떠나는 필자의 마지막 소원이다.

:: 모든 일을 내려놓으면서

이제 필자는 할 일도 많고 가야 할 길도 아직 남아 있지만 능력과 기력과 체력의 한계가 온 것 같아 이 시점에서 벌여 놓았던 모든 일들을 마무리하고 내려놓아야 할 때가 된 것 같다.

나라에 功을 세우고 때가 되면 그 자리에서 깨끗이 물러나는 것이 하늘의 道理라고 노자는 말했다(功遂身退天之道也). 비단 그것은 나랏일에 국한된 말만은 아닌 것 같다. 자신이 하고 있던 직업에서 물러나야 할 시기가 되면 미련 없이 깨끗하게 용퇴해야 한다는 뜻으로 생각한다.

한 예를 보면, 첫 번째 인물은 越王(월왕) 勾踐(구천)을 도와 吳나라 夫差(부차)로부터 20년 전에 받았던 恥辱(치욕)을 말끔히 씻어 주고 자신은 어떤 영화나 지위도 모두 사양하고 홀연히 사라져 버린 范蠡(범려), 두 번째 인물은 趙나라의 국난을 救(구)하고도 厚遇(후우)와 褒賞(포상)을 사양하고 동해에 隱棲(은서)해 버린 趙仲達(조중달), 세 번째로 漢나라 高

祖를 도와 천하를 통일시키고 안정시킨 다음 정치에서 물러난 張子房(장자방) 등의 세 사람을 들 수 있다. 이 사람들의 공통된 특징은 拔群(발군)의 공적과 재능이 있었고, 성공한 곳에서 멀리 그리고 깨끗하게 미련 없이 사라져 버렸다는 것이다.

필자는 학창 시절 선생님으로부터 역사 시간에 배운 이 멋진 사람들의 인간상을 기억하고 있다. 불현듯 이분들의 생각이 떠올랐다. 그 당시는 이분들의 깊은 뜻을 정확히 이해하지 못했지만, 어떻든 영웅호걸들이 하는 일이기에 그 범상치 않은 일들을 본받을 데가 많다는 것 정도로만 알고 있었다.

비록 그 어떤 일과 비교도 안 될 정도로 작고 초라한 일이었지만 그나마도 나로서는 심혈을 기울여 하던 일이었기에 막상 접으려고 하니까 힘도 들고 미련도 남는다는 사실을 깨달을 수 있었다.

이제 물러나려고 결심한 이상 미련 때문에 주저하지 말고 마음을 비우고 가족들이 기다리는 호주로 돌아와 조용한 곳에서 가까운 친구들과 어울려 덕담이나 나누며, 가족들과는 그동안 못다 한 정을 베풀며 얼마 남지 않은 여생을 즐기며 살다 가고 싶다.

필자가 어린 시절 북한의 고향 땅을 버리고 부모님 슬하를 떠나 문밖을 나서는 순간부터 '이제부터는 어떤 고난이 앞을 가로막는다 해도 나 혼자의 힘만으로 헤쳐 나가야 한다'는 다짐을 하면서도 때로는 한없이 구슬픈 생각이 들곤 했지만, 그러나 앞으로 내가 이 험한 세상을 살아가기 위해서는 그것이 正道(정도)라고 생각하고 마음속 깊이 다짐했던 것이다.

다행하게도 월남하자 하루 만에 딴 생각할 겨를도 없이 군대에 입대할 수 있었던 것이 내가 남한에서 생존하는 데 큰 도움이 되었다고 생각한다. 그렇지 않고 아무런 경험도 없이 사회로 뛰어들어 거센 풍랑 때문에 헤어나지 못했을지도 모른다.

한동안 소(牛)에 내 인생의 전부를 걸었었지만 사회 경험의 부족함과 사업 수완의 未熟(미숙) 등으로 많은 시행착오를 일으키기도 하고 어쩌면 치명적인 실수를 하기도 했다. 이 시기 많은 경험과 시련과 고통을 겪으면서도 이때가 내 인생의 가장 화려한 시기였으며 행복한 시간이었다고 생각한다.

나는 사업에는 결과적으로 실패했지만 이 시기에 얻은 것은 많았다. 나의 단점은 어떤 일이건 충분한 深思熟考(심사숙고) 끝에 가부를 결정하는 것이 순서겠지만 그런 구차스러운 수순을 무시해 버리고 즉석에서 가부를 결정하고 행동에 옮기는 성급함이 어쩌면 옳지 못한 단점이었다. 이런 성격이 군대에서는 적응이 될지 모르나 사업을 하겠다는 사람으로서는 장점보다는 오히려 단점이 더 많은 것 같았다.

이 시점에서 다시 한 번 지난날에 있었던 사업의 결과를 상기해 본다면, 필자가 오너로서의 책임 회피를 하려는 오해를 살지 모르지만 결과적으로는 나의 잘못만은 아니었다고 생각해 본다. 여하간 오너로서 사전에 거센 외부 풍랑이 올 수 있을 것이라는 예측 판단을 못했고, 또 그러한 災害(재해)를 막아낼 수 있는 防災(방재)벽을 미리부터 구축해 놓지 못했냐고 따져 묻는다면 입이 열 개라도 할 말은 없다. 그러나 나의 고집을 받아들여 주었더라면 한국의 축산업이 조금은 더 나아졌을지 모른다는 생각을 해 본다.

다음에 이어진 캐슈너트 농장사업에 있어서도 많은 문제가 있었는데 그 사업도 의욕만 앞세워서 '하면 된다'는 신념만 믿었던 것이 큰 실수였는지 모른다. 그리고 남의 마음도 내 마음 같으려니 하고 지나치게 신뢰하는 데서 오는 실수도 있었다. 한마디로 사업에 대한 전략도 세우지 않고 전쟁부터 해 버린 것이나 다름없는 것이었다.

필자는 사업의 실패를 보고 수심에 빠져 있을 즈음 한 독지가의 대북 지원 사업을 돕게 된 것이 계기가 되어 북한이 기근, 홍수 등 天災(천재)지변의 災害가 겹쳐 수백만의 아사자가 발생하는 등 가장 어려웠던 시기인 1994년부터 2011년까지 정확하게 17년 동안 대북 아동복지 지원 사업에 종사해왔다. 이 극한상황 속에서 가장 먼저 희생당하기 쉬운 것이 아무런 방비도 없이 자라고 있는 어린아이들이다. 이 아이들은 사회적인 부조리와 모순 등으로 자력으로는 생존을 위한 어떤 문제도 해결할 수 없는 열악한 연령층이다. 그런데 이 수많은 아이들이 소외당하고 餓死(아사), 凍死(동사), 질병 등 극한상황에까지 몰려 있는 상태에서 조금이라도 온정을 베풀어 인위적인 피해만이라도 극소화시켜 보려고 했던 것이 필자의 소원이었고 희망이었고 의무라고 생각하게 되었다.

한때 필자는 북한의 피폐되다시피 되어 버린 농가의 회복을 위해 소떼를 몰아다 주면서 농사일도 돕고, 축산 기술도 향상시키고, 국민의 건강도 증진시킬 수 있는 1석 3조의 효과를 얻으라는 뜻에서 그 어려운 일들을 마다하지 않고 무언가 힘에 보탬이 되어 보려고 했고, 또 한편으로는 사회적 병폐와 인위적인 모순 때문에 일어나는 그 열악한 아이들에게 끼치는 피해로부터 구해 보려고 미력이나마 혼신의 힘을 쏟아부어 보기도 하였다. 그러는 필자를 백안시하는 일부 계층으로부터 엉뚱한 오해를 받으면서도 굴하지 않고 뛰어들었던 것도 사실이다.

필자가 아무리 노력해 보았던들 누가 상을 주는 것도 아니고, 특별한 이권을 주는 것도 아니었고 바라지도 않았지만 누가 너에게 상과 특권을 줄 터이니 해 보라고 했더라면 아마 이런 일은 시작도 하지 않았을 것이다.

가진 것이 아무것도 없고 변변치도 않았고 기약도 할 수는 없었지만 현지의 실정을 직접 목격한 이상, 무언가 힘이 되어 주고 싶은 심정이 불쑥 솟구쳐 올랐다. 천진난만한 아이들에게 내가 할 수 있는 것이 있다면 그것은 사랑이고 기쁨과 소망과 행복을 되찾을 수 있는 길이 열리도록 길잡이가 되어 주는 것뿐이라고 생각했다. 그것이 眞實(진실)된 마음이었다.

이 일을 시작하면서 부터 어려움과 고통을 겪을 때마다 나를 기다리며 살아가고 있는 굶주리고 있는 수많은 아이들이 있다는 것을 생각하며 그 어려움을 극복해 나갈 수 있는 용기와 힘이 솟구치곤 했다.

그 어려운 여건 속에서도 주어진 일에 열중하다 보니 한편에서는 나에게 간첩 혐의를 덮어씌우려 가진 중상과 모략을 서슴없이 자행한 사람도 있었으니 참으로 안타까운 심정이 아닐 수 없었다.

물론 남과 북의 적대감이 풀리지 않고 있은 상태에서 그토록 열심히 북을 도와주려는 의도가 무엇이냐고 따져 묻는다면 나는 서슴없이 '나는 인간이기 때문에'라고 말할 것이다. 당장 내 눈앞에서 굶주려 쓰러지거나 추위에 이기지 못해 동사하는 광경을 보고도 그냥 내버려 둘 수 있는 사람이 있다면 그것은 사람이 아닐 것이다. 나는 반문하고 싶다. "내 형제가 내 이웃사촌이 그리고 그의 아이들이 굶어 죽고 얼어 죽는다는데도 나 몰라라 할 수 있겠는가?" 하고 말이다. 먼 아프리카까지 가서 어려운 사람들을 도와주려 하는데 필설로 다할 수 없는 처참한 환경 속에 놓여있는 가장 가깝고도 먼 이웃을 따뜻한 물 한 모금이라도 나누어 주자는데 그것이 그토록 잘못한 일인가? 필자를 國賊(국적) 같이 여기고 곤경에 빠뜨리게 하려는 의도가 도대체 무엇이었는지 실소를 금할 수 없다.

누가 뭐라 해도 나에게 이런 기회가 주어졌다는 것은 어설픈 종교생활이기는 했지만 하나님께서 생애 마지막으로 봉사하라고 내려 주신 뜻이라 여기고 한 치의 부끄러움 없이 정직하고 청렴하게 그리고 성심성의껏 정성을 다해 봉사해야겠다는 굳은 신념으로 이 일을 시작하게 되었으며, 보잘것없이 작은 힘이나마 苦楚(고초)를 겪고 있는 수많은 어린 아이들을 위해서 한 일들이, 나름대로 어느 정도의 성과를 거둘 수 있었다고 자위한다.

지금까지 해온 일을 이해해 주시고 물심양면으로 아낌없는 도움을 주신 분들이 계셨기에 그분들의 덕분으로 가능할 수 있었다고 확신하며 감사하게 생각하고 있다.

필자가 이 사업에 종사하면서 고난의 벽에 부닥치는 순간도 있었고 슬픔도, 기쁨과 환희와 감격의 눈물을 흘릴 때도 있었다. 너무 암담해서 차라리 이 일들을 시작한 것을 후회할 때도 있었다. 이 모든 것들이 이제는 추억 속에 존재할 뿐입니다. 그러나 지난날 아픔과 서러움과 괴로웠던 일들을 이겨나가기 위한 용기를 얻고자 성 프란체스코의 기도문을 항상 외우곤 했다.

주님!
저를 당신의 도구로 써주소서.
마음이 있는 곳에 사랑을,
다툼이 있는 곳에 용서를,
의혹이 있는 곳에 신앙을,
그릇됨이 있는 곳에 진리를,
절망이 있는 곳에 희망을,
어두움이 있는 곳에 빛을,
슬픔이 있는 곳에 기쁨을,
가져오는 자 되게 하소서,
위로받기보다는 위로하고,
이해받기보다는 이해하며,
사랑받기보다는 사랑을 베풀 수 있게 하여 주소서.

그리고 도리에 어긋남이 없이 道德的(도덕적)으로 옳은 일만 할 수 있도록 인도해 주시고 이 사업을 깨끗이 그리고 아름답게 마무리할 수 있게 해 주신 주님께 감사한다. 용서를 바라며 무한한 기쁨으로 떠날 수 있게 해 주신 데 대하여 무릎 꿇고 감사 기도를 드렸다.

'고향 땅을 한 번만이라도 밟아 보고 세상을 하직하고 싶다'고 이산가족들은 너 나 할 것 없이 모두가 한결같은 마음으로 염원하고 계시는 분들의 마음을 생각하면 필자의 마음 역시 쓰리고 무겁고 아프지만 나에게만 그 많은 사람들(실향민, 탈북자)에 우선하여 소원을 이룰 수 있는 기회를 주신 주님께 감사하며, 그처럼 애원하는 이산가족 모두에게도 필자와 같은 기쁨을 내려주시기를 간절히 바라는 기도를 게을리 하지 않을 것이다.

나는 다행히도 모친이 생존해 계셨기에, 1949년 단신 월남한 이래 60여 년간 못다 했던 부모님에 대한 효행의 흉내라도 낼 수 있게 베풀어 주신 하나님의 은총에 무한한 감사를 드립니다. 남달리 이와 같은 은총 때문에 북한에 거주하는 온 가족이 한자리에 모일 수도 있었고 행복한 시간을 누릴 수도 있었던 것은 그저 감사할 따름이다.

동물에만 있는 것이 아니라 사람에게도 엄연히 존재하는 歸巢本能(귀소본능)이 발동하여 '子欲養而親不待'(자식은 부모에게 효도를 하고 싶지만 부모는 기다려주지 않는다)를 기억하면서 막연한 희망사항이기는 했지만 언젠가는 통일이 되어 그동안 못다 한 부모님에 대한 효도의 흉내라도 낼 수 있도록 부모님께서 장수하시기를 바랄 뿐이었다.

그런 것을 생각하면 할수록 마음은 초조해지고 안타까움이 가슴속에서 눈덩이처럼 불어나기만 했는데 하나님이 베풀어 주신 은혜로 엄두도 낼 수 없었던 생존해 계시는 어머님과 그리고 혈육들과 꿈같은 상봉을 할 수 있도록 너무도 큰 선물을 주신 주님께 다시 한 번 무한한 감사를 드린다.

굳이 老子(노자)의 말씀을 빌리지 않더라도 이제 필자의 나이를 봐서 언제 이 세상을 하직하여도 무슨 여한이 또 남아 있겠는가. 그리고 호주에 있는 가족들의 간곡한 요청도 있었고 이미 傘壽(산수)를 훌쩍 넘겨버린 나이가 되었기에 더 이상 무엇을 바라느냐는 친구들의 권고도 있었고 내 자신의 체력도 한계에 도달하였음을 스스로 느꼈기에 모든 것을 미련 없이 훨훨 털어 버리고 단동을 떠나 버리기로 했다.

그렇게 마음먹은 이상 나를 보좌해 주던 김영준 군에게 모든 것을 맡기고 2009년 11월 어느 날 심양 비행장에서 호주로 가는 비행기에 올랐다.

오직 남들을 위해 사는 인생만이 가치 있는 인생이라고 하였다.
그리고 받는 기쁨보다 주는 기쁨이 더 크다고도 했다.

미국의 유명한 거부 록펠러가 55세 때 어느 대학을 방문하였는데 그 대학의 벽에 '주는 자가 받는 자보다 복이 있다'는 글이 걸려 있는 것을 보는 순간 마음속에 전율이 생기고 눈물이 났다고 했다. 그 후 그는 베푸는 것을 즐거움으로 삼으면서 98세까지 장수했다. 救護(구호) 사업을 시작하면서부터 새로운 인생의 보람과 기쁨을 느끼게 되었다고 했다. 그것은 아마도 세계적인 대부호로 하여금 느끼게 한 것과는 질적으로나 양적으로나 형태적으로도 다르지만 남을 위해 봉사하겠다는 근본 취지는 마찬가지라고 생각된다.

지난날 호주에서 남한으로 소를 수입하고 목장을 차리면서도 나는 내 이익을 추구하기에 앞서 한국 축산업 발전과 유축 농가의 소득 증대의 방책을 먼저 생각했다. 그것이 나의 임무이며 보람이라고 생각했기 때문이다.

누가 뭐라 해도 자신 있게 말할 수 있는 것은 오늘에 이르기까지 이익을 먼저 챙기려 하는 상인의 자세가 아니고 무슨 일이든 淸廉(청렴)하고 正直(정직)하고 至誠(지성)을 다하려 하였다. 그래서 空手(공수)라는 것이다. 물론 태어날 때는 어렵게 태어나도 죽을 때는 부자가 되어 죽으라고 하지만 그것이 절대적 진리라고 나는 생각하지 않는다. 빈손으로 왔다 빈손으로 가라는(空手來空手去) 말도 있지 않은가. 나는 그동안 많은 돈을 만져보기도 하고 써 보기도 했다.

마음먹기에 따라 이곳에 이민 와서 집 한 칸 구할 돈이 없어 추운 겨울날 방 안에서 하늘의 별이 보이는 판잣집 같은 곳에서 가족들을 떨게 하였고, 여름이 되면 천장에서 쏟아지는 비를 피하느라 애를 써야 했겠는가? 지금은 다행히도 호주 정부가 마련해 준 구호 주택에 살 수 있게 된 것만으로도 다행으로 여기고 있으며 감사하게 생각하고 있다. 부귀영화보다 더 중요한 것은 내 후대에 汚名(오명)을 남겨서는 안 된다는 것이 우선이어야 하고 내 생전의 행동거지의 잘못 때문에 후손들이 어려움을 겪게 해서는 안 된다는 것이다. 그것이 지금까지 살아온 나의 인생신조이다.

:: 吾道一以貫之

내가 두 번째로 호주로 오기 전 불국사에 들른 일이 있었다. 그때 주지 스님께서 직접 써 주신 글이 바로 이 吾道一以貫之이다. 지금 내 거실 벽에 걸려있는 글이다. 이 글의 유래와 뜻을 남한 숭실대 김근배 교수가 잘 풀이하였기에 인용한다.

원래 이 말의 뜻은 '하나로 꿰뚫고 있다'는 뜻이다. 공자가 증자에게 "증자야, 우리의 도는 吾道一以貫之이다."라고 하니 증자가 "예." 하고 대답하였다. 공자가 자리에서 일어나자 다른 제자들이 그 뜻을 이해하지 못하여 증자에게 묻자 그것은 忠恕(충서)라고 보충 설명을 해 주었다. 忠(충)이란 기운데 中에 마음 心이 합쳐서 만들어진 자로 진심 혹은 정성을 말한다. 恕는 같은 如와 마음 心자가 합쳐져서 만들어진 자로 이를 풀어 쓰면 같은 마음이라는 뜻이다. 따라서 忠恕(충서)는 '진심으로 남과 같은 마음이 되라'는 의미이고 충직하며 동정심이 많다는 뜻이다.

이 한결같은 마음으로 살아가기 위해 지금까지 노력해 왔으며 얼마 남지 않은 인생이지만 앞으로도 그럴 작정이다. 그리고 자식들에게도 이런 마음으로 살아가도록 타이를 것이다.

:: 끝을 맺으며

이 세상에 태어나 귀신도 볼 수 있다는 傘壽(산수)의 나이를 훌쩍 넘도록 살아오면서 무엇 하나 올바르게 제대로 성사시켜 본 일이 없는 것도 내 운명이려니 하고 긍정적으로 받아들이지 않을 수 없다. 그러나 어린 시절 어머니의 품속과도 같다는 고향을 버리고 단신 월남한 이후부터 오늘에 이루기까지 혼자의 힘만으로 인생의 항로를 결정하고, 가정을 꾸리고 아이들 넷 모두 무사히 키워 지금은 각기 가정을 꾸리고 단란하고 행복스럽게 살고 있다는 것으로 필자는 만족하고 있다. 그러나 그 아름다운 추억 속에서도 아쉬움은 남아 있다. '좀 더 열심히 살았더라면!' 하고 말이다.

비록 내 힘이 모자라 남의 힘을 빌려 어려운 이웃을 돕겠노라고 안간힘을 다하여 보다 나은 내일을 위해 애를 써 보기는 하였지만 과연 그것이 얼마만큼의 성과가 있었는지는 제3자가 판단하고 결정할 일이다.

다만 이 세상에서 가장 그늘진 곳에서 가장 어렵게 살아가고 있는 아이들에게 조금이나마 도움이 될 수 있었다면 내 일생을 두고 가장 보람되고 영광된 일이었다고 말하고 싶다.

唐代(당대)의 詩仙(시선) 陶淵明(도연명)의 乞食(걸식)이란 詩에 이런 句節(구절)이 있다.

銜戢知何謝(함즙지하사) 가슴 깊이 감사하여 갚을 길 몰라
冥報以相貽(명보이상이) 오직 저승에서나 보답하여 올리리다.

내 생애 너무나도 많은 분들로부터 헤아릴 수 없을 만큼 음양으로 사랑과 은혜와 협조와 지원을 받았다. 그러나 필자의 미숙했던 경험과 전연 예기치 못했던 일들이 불쑥불쑥 튀어나와 더 많은 성과를 거두지 못하고 막을 내려야만 했던 아쉬움은 있었지만 그래도 나름대로는 성심성의껏 주어졌던 일에 한 점의 부끄럼 없이 종사할 수 있었던 것을 다행으로 생각하며 그동안 지원해 주시고 성원해 주시고 이끌어주신 분들에 대해 보답할 길이 없어 저승에 가서라도 結草報恩(결초보은)해 드리는 것이 도리인 것 같이 여기고 있다.

요람에서 무덤까지의 긴 여정이 너무도 멀고 길고 험난한 것 같았다. 이 길을 걸어오면서 이제 겨우 세상 물정을 알게 되어 이제부터라도 늦지 않았으니 하고 올바른 길을 찾아가려고 하다 보니 그 길은 아직도 남아있는데 해는 이미 서산에 기울어져 대지에 어두움이 깔리기 시작하였으니 캄캄한 밤중에 무엇을 더 할 수 있을 것이라고 욕심을 부리겠는가. 세상사를 제대로 분별하지 못하고 뛰어다니던 철없던 시절은 추억으로나마 남아있을 뿐 나의 생애에 모든 것은 바야흐로 서서히 막이 내려지고 있을 뿐이다. 그렇기에 아쉬움도 미련도 남기지 않으려 한다.

나의 운세에 역마살이 끼어 그동안 가족들과 한 지붕 밑에서 단란한 생활을 제대로 해보지 못했다는 것이 가족들에게는 미안하고 나 자신도 아쉬움을 느끼게 할 뿐이다.

내 생애 앞으로는 아마도 북한을 여행할 기회가 다시는 오지 않을 것 같다. 沙里院(사리원) 땅 한 모퉁이 양지바른 곳에 묻어 놓은 부모님의 묘소를 성묘할 기회도 물론 다시는 없을 것 같아 서운하고 안타까운 생각이 들지만 다행히도 나의 혈육들이 있으니 잘 보살펴 줄 것으로 믿는다.

아무리 지위가 높았고 부귀영화를 누려보았다 한들 생의 마무리가 중요한 것이 아니겠는가? 예로부터 내려오고 있는 말에 '虎死留皮요 人死遺名'이라고 하질 않았는가. 죽어서까지 汚名(오명)을 남겨 두고 가면서 가족들에게까지 영향을 미치게 하고 싶지는 않다.

필자는 비록 보잘것없는 한 이민자에 지나지 않지만 하나님께서 나에게 내려주신 생의 은혜를 소중하게 여길 것이며 추호도 어느 대통령이 스스로 오명을 남겨놓듯 하지는 않을 것이며 여생을 이 濠洲(호주) 땅 하늘 아래서 같이 거주하고 있는 친구들과 어울려 행복스럽고 즐겁게 보내려 한다.

지난날 대북 지원 사업이 내 생애에서 가장 보람 있는 일이었던 것 같고 참여하여 주셨던 홀트국제아동복지회와 직간접적으로 조력하여 주시고 아껴주신 관계자 여러분을 비롯하여 영락교회 민족 사랑의 띠, 대곳교회, 호주 한인 그리스도 교회, 수지 광성교회, 소망교회, 도두람 양돈연수원, 양돈조합 여러분께 무한한 감사를 드린다.

아울러 북한의 모든 어린아이들을 위해 하나님의 보살핌으로 지금의 현실로부터 고통에서 벗어날 수 있도록, 기쁨을 찾을 수 있도록, 사랑이 넘칠 수 있도록, 평화가 깃들 수 있도록, 건강하고 명랑한 사회에서 살 수 있도록 두 손 모아 하나님께 기도드린다.

필자가 이 글을 쓰면서 지금까지 살아오는 동안 일기 한 장 제대로 써 본 적이 없었던 것이 한없이 후회스러웠다. 오랜 세월 나름대로 중요한 기억들이 아직도 내 머릿속에 남아 있으려니 했는데 막상 그 대목을 기억해 내려고 하였더니 이미 망각되고 희석되고 생략되고 여과되어 무엇이 어떻게 되었는지 기억을 되살려 보려고 애를 써 보았지만 뜻대로 되지 않아 부득이 그 대목은 생략하지 않을 수 없었다.

부득이 내가 그동안 북한을 왕래하면서 본 것, 들은 것도 많았지만 이 시점에서 아직도 지원 사업을 계속하고 있는 이상 여러 가지 정황 때문에 정확하게 밝히지 못하고 생략해 버릴 수밖에 없는 사정을 양해해 주시기 바란다.

왜 그래야 했는지는 이 책을 보는 분들의 상상에 맡기기로 하고 북한의 실정에 대하여는 以管窺天(이관규천)이란 말의 뜻대로 좁은 소견으로 그곳의 실정을 살펴보았자 그 전체의 모습과 속내를 어찌 다 그려 낼 수 있었겠는가. 그러나 설사 나의 소견이라 할지라도 진실은 밝혀야 할 의무감도 있는 것 같아 다른 기회에 이 문제를 다루기로 하겠다.

한없이 길게만 느껴졌던 세월, 이제 사랑도 미움도 다 놓아 버리고, 성냄도 탐욕도 모두 벗어버리고, 선도 악도 털어 버리고, 건너야 할 피안도 없고 머리에 담고 있었던 고뇌도 모두 잊어버리고, 올라야 할 천당도 떨어져 버릴 지옥도 괘념치 않고, 늙어가면서 마음속으로나마 신선같이 편안하고 무심히 자연 따라 그동안 못다 했던 정을 나누며 가족들과 그리고 가까운 친지들과 같이 오순도순 여생을 행복하게 지내려 한다.

누가 쓴 글인지는 몰라도 이글이 마치 필자를 가리키는 것 같아 여기에 인용해 실어 본다.

가슴 아픈 인생길

앞만 보고 걸어왔는데

무언가 좋아지겠지 바라고 살았는데

해는 서산에 걸리고

칼바람에 눈발도 날린다.

돌아보면 아득한 길

첩첩이 쌓인 높고 낮은 산

저 고개를 저산 허리를

어떻게 헤치고 살아 왔을까?

끈질긴 생명력이 대견키도 하지만

늙었다는 핑계로

아무것도 이루지 못한 후회

나의 인생대조표가

너무나 초라하지 않은가?

누가 대신 살아주는 것도 아닌데

그냥 세월이야 가겠지 하며 살지 않았던가?

해마다 이때쯤이면

후회하며 가슴을 치지만 무슨 소용인가?

노력이 없는데 무슨 소득

무슨 결과, 열매가 있을 것인가?

더구나 이제는 몸이 어제와 다르다.

앉고 싶고 눕고 싶고 쉬고 싶다.

열정도 식고 팔다리에 힘이 빠진다.
기억력도 가면서 손자 이름을 잊기도 한다.
365일이 구름처럼 흘러가듯이
봄이 온다지만 역시 물같이 흘러 갈 것이다.
춥다고 아랫목 지키고 있어서는 끝장이다.
지금부터라도 떨치고 일어나야 한다.

한 번뿐인 나의 인생을
아무렇게나 허송해서 될 것인가?
가고 싶은 곳 만나고 싶은 사람
저것 한번 해보고 싶었는데 하는 것이 왜 없단 말인가?

가슴에 치미는 회한이 크지 않은가?
사랑하고 싶은 사람 사랑하고
꿈이나 이상이라도 하나 가슴에 안고
마지막 우리들의 황혼
빨갛게 불태워보지 않으려는가?

감사합니다.

부록

1. 이력서, 학력경력
2. 해외투자허가증 사본
3. 사진

∷ 履歷書

성   명: 金來億(Rae Oeg Kim)

生年月日: 1930년 2월 24일

本   籍: 서울 종로구 都染洞 10-4

∷ 學歷經歷

1943년 3월 中國 瀋陽 南滿工業學校 入學

1945년 8월 同校 2學年 中退

1945년 10월 新義州 工業專門學校 編入

1948년 3월 同校 4學年 卒業

1953년 4월 國立全南大學校 文理科大學 哲學科 入學

1960년 2월 韓國 海東炭鑛株式會社 專務理事

1961년 11월 육군 준위로 자원 제대

1967년 8월 同社 代表理事

1973년 12월 大韓石炭公社 移管－同社 休業

1974년 5월 Australian Poll Hereford Society와 提携

　　　　　　　韓國肉牛示範牧場 開設 (江原道 麟蹄郡 南面 甲屯里)

1977년 9월 韓國肉牛牧場協力會 創立 理事長

1980년 3월 Australia 副首相 兼 經濟 第1 産業省 長官의 招請으로 訪濠

1980년 4월 뉴질랜드 副首相 招請 農畜産業 視察

　　　　　　　世界Poll hereford 總會 韓國代表로 參加

1981년 10월 韓濠肉牛牧場協力會 創立 代表理事

1986년 10월 同社 經營中止 濠洲移民

1987년 9월 호주 Queensland Development PTY.,LTD 合作 設立

1990년 3월 中國 吉林省 延邊朝鮮族自治州 科學技術大學校直轄牧場開設

1991년 3월 濠洲海外高麗人親善會 發足 濠洲側 會長

1993년 1월 中國 吉林省 延邊科學技術大學校 敎授畜牧部長

1996년 7월 中國 丹東市政府 種畜場 合資 鴨綠江牛開發硏究所 설립

2008년 7월 東港 盛山食品有限公司 社長

:: 해외투자허가증 사본

다. 현지법인 설립후 2개월이내에 현지법인 설립 및 외화증권취득 보고서를 당행에 제출할 것.

라. 연1회이상 현지법인의 결산을 실시하고, 회계기간 종료후 5개월이내에 현지공인회계사의 감사를 필한 결산서 및 부속명세서를 당행에 제출할 것.

마. 결산결과 이익금은 현지법령에 의한 법정적립금과 외국환관리규정 제15-10조 제3항단서에 의한 임의유보금을 제외하고는 이를 전액 배당하고, 회계기간 종료후 7개월이내에 동 배당금 회수 보고서를 당행에 제출할 것.

바. 현지법인을 청산하고자 할 경우에는 해산등기 (신고) 일 현재의 대차대조표 및 동 회계기간중의 손익계산서를 첨부하여 당행에 신고한 후 청산을 실시하고 그 결과를 당행에 보고할 것.

사. 본 허가에 따른 외화지급 허가신청전까지 자본금을 800백만원이상으로 증자할 것.

아. 현지사육육우의 국내도입시 축협중앙회의 공개경쟁 입찰방법에 의할 것.

자. 국내에서 수입육우를 긴급히 필요로 할 경우 현지 및 제3국판매에 우선하여 국내에 판매할 것.

차. 본 허가내용을 변경하고자 할 경우에는 당행의 내용 변경허가를 받을 것.

붙 임 : 보고서양식 1부. 끝.

한 국 은 행 총 재

사본수신처 : 외무부장관, 농수산부장관, 해외투자사업심의위원회 위원장

:: 추가사진

좌로부터 필자와 이서근 형
시드니에서 2013년 06월

홀트재단 창설 60주년 기념행사에서
2열 맨 좌측 필자, 임 박사, 홀트 회장, 김 박사의 순

자식들이 서울서 마련해준 금혼식
아내와 함께

금혼식, 아들 딸들 다 모여

멜버른에서 아내와 여행

2013년 봄, 한국을 방문하였을 때 호주에서 같이 온 일행과   시드니 시내에서 필자와 이서근, 장석인 목사와 같이

묘향산을 방문하였을 때 박물관을 바라본 전경

북한에 가져갈 제빵기구를 점검하고 있다
(신의주 마전동 공설운동장 부설건물에 설치
하였고 2년 동안 지원했다)

홀트 일산 복지타운 설립 50주년 행사장에서(2011년 12월)

2011년 12월, 홀트재단 행사에 참석하기 위해
서울에 왔다가 이서근 형을 만나 담소하는 장면

홀트기념관 앞에서 필자

홀트 창업 55주년 기념회서
저자, 김형복 박사 (명예회장),
홀트 임원

휴전선, 그 장벽이 무너질 날을 고대하며

권선복(도서출판 행복에너지 대표이사,
대통령직속 지역발전위원회 문화복지 전문위원)

　지금은 세계적인 경제대국으로 거듭난 대한민국이지만 과거 수천 년의 역사를 되돌아보면 그야말로 고난의 연속이었습니다. 우리나라는 삼면이 바다로 둘러싸인 한반도의 지정학적 위치로 인해 끊임없이 외세의 침략을 받으면서 나라의 존망이 위태했던 시기를 많이 겪었습니다. 근대에는 제국주의 열강들에게 수많은 이권 침탈을 당했고 급기야 일본에게 나라의 주권을 빼앗겨 36년간의 식민 지배를 받기까지 했습니다. 그리고 1945년에 그토록 소원하던 광복을 맞이했지만 얼마 안 있어 한국전쟁이라는 동족상잔의 비극을 겪으면서 남북으로 나라가 분단되고 말았습니다. 그 후로 60여 년이 지났지만 아직도 그 상처를 안고 살아가시는 분들을 너무나 많이 보게 됩니다.

김래억 저자 또한 그 당시 한국전쟁의 아픔을 몸소 경험했던 분들 중 하나입니다. 일제강점기에 이북에서 태어나 식민지 교육을 받았고 한국동란을 피하고자 단신으로 월남하여 대한민국의 국군으로 복무하는 등 파란만장한 역사 속에서 인생의 전반기를 시작했던 분입니다. 책『갈 길은 남아 있는데』는 바로 그러한 격동기에 태어난 한 사람이 역사의 비극 가운데에서 고뇌하며 조국의 근대화에 대한 열망을 품고 축산업과 대북 사업에 일생을 바치는 산업역군으로 성장하는 스토리를 다루고 있습니다. 특히 민족의 대동단결을 위해 남북을 넘나들며 통일의 물꼬를 트고자 노력했던 저자의 헌신이 담긴 그 이야기 하나하나가 제게는 너무나도 감명 깊게 다가왔습니다. 한국을 빛냈던 그 어떤 위인보다도 자랑스럽다고 느꼈기에 많은 사람들에게 이 감동적인 스토리를 전하고자 출간을 결심하게 되었습니다.

우리는 통일을 단순히 이데올로기적인 관점으로만 접근하여 바라보는 경향이 있습니다. 자본주의와 사회주의 중 어느 한 체제로의 통합만이 곧 통일이라고 보는 편협한 시각들이 많이 존재합니다. 하지만 독일의 베를린 장벽이 무너졌던 사례에서 볼 수 있듯이, 남북한도 마찬가지로 점진적이고 지속적인 교류를 통해 정치 · 경제 · 사회 · 문화 등에서의 차이를 극복해나가는 과정이 필요할 것입니다. 김래억 저자는 일찌감치 이데올로기의 차원을 초월하여 휴전선의 장벽을 허물어뜨리는 시도를 했던 남북통일의 선구자입니다. 그 누구도 알아주지 않는 자리에서 묵묵히 대북 사업을 추진하며 남북 간의 교류에 힘썼던 그분의 헌신적인 모습은 현 시대에서 정부와 기업들이 취해야 할 통일 정책의 모범이라고 할 수 있습니다. 바로 이 책이 평화 통일의 도화선이 될 수 있기를 기대해보며 모든 독자들의 삶에 행복과 긍정의 에너지가 팡팡팡 샘솟기를 기원드립니다.

소리(전 8권)

정상래 지음 | 각 권 13,500원

쏟아져 나오는 책은 많지만 읽을거리가 없다고 탄식하는 독자들이 많다. 그렇다면 근대 한국사에 담긴 우리 한族의 정서에 관심이 있다면, 대하소설의 참맛에 대해 잘 알고 있다면, 정말 제대로 된 작품을 읽어볼 요량이라면 이 소설은 독자를 위한 더할 나위 없는 선물이자 생을 관통할 화두가 되어 줄 것이다.

조영탁의 행복한 경영이야기 세트(전 10권)

조영탁 지음 | 각 권 15,000원

행복한 성공을 위한 7가지 가치, 그 모든 이야기를 담은 『조영탁의 행복한 경영이야기』 전집은 자신은 물론 타인의 삶까지 행복으로 이끄는 '행복 CEO'가 되는 길을 제시한다. 다양한 분야에서 칭송을 받아온 인물들의 저서에서 핵심 구절만을 선별하여 담았다. 저자는 이를 '촌철활인寸鐵活人(한 치의 혀로 사람을 살린다)'으로 재해석하여 현대인이 지향해야 할 삶의 태도와 마음에 꼭 새겨야 할 가치를 제시한다.

열정 리더십의 스파크 경영

최유섭 지음 | 280쪽 | 15,000원

책 『열정 리더십의 스파크 경영』은 현재 20년 넘게 전문 전자부품 분야에서 정상의 자리를 지켜오고 있는 '텔콤'의 최유섭 대표이사의 경영론 모음집이다. 백전노장 CEO가 전하는 각종 경영 스킬은 임원이든 직원이든 회사 생활을 하는 사람이라면 그 누구라도 공감할 만한 현실 감각과 통찰력을 내비치며 신뢰감을 더해 준다.

하루 일자리 미학

김한성 지음 | 260쪽 | 15,000원

책 『하루 일자리 미학』은 현재 인력소개업을 하는 저자의 생생한 경험담을 바탕으로 인력소개업계가 앞으로 나아가야 할 올바른 방향은 무엇인지, 기업과 근로자 모두가 상생하는 방안은 무엇인지에 대해 제시한다. '건설인력업계 민간 부문 최초의 책'으로서 더욱 주목받고 있으며, 수많은 일용근로자들에게 삶을 알차게 가꿀 계기를 마련해주는 이정표가 되어 줄 것이다.

지리산 비원의 바람을 따라 흐르다

김창환 지음 | 272쪽 | 15,000원

해방이라는 찬란한 선물과 함께 안겨진 분단 시대에 태어나 오늘에 이른 저자는 전쟁과 이념이 휩쓸고 간 불모의 땅에서 때로는 인간다운 삶을 철저히 박탈당하고 살아왔다. 여기서 인간다운 삶, 인간적 권리의 회복이 선명하게 얼굴을 내민다. 누구도 비교논리에 의해서 상처받지 않고 상대를 존중하며 상생할 수 있는 성숙한 사회에 대한 소중한 메시지를 전한다.

잘나가는 공무원은 무엇이 다른가

이보규 지음 | 312쪽 | 15,000원

정신 놓고 있다가 길을 잃으면 그 순간 끝장이다! 9급부터 시작하는 공무원 행동강령. 이제 지옥 같은 직장을 낙원으로 만들고, 적을 아군으로 만드는 마법 같은 처세의 힘으로 더 큰 바다로 나아가보자.

마음이 아름다우니 세상이 아름다워라

이 채 지음 | 224쪽 | 13,500원

저자는 이 시집에서 우리가 늘 살아가고 있는 이 세상을 노래하였다. 우리는 늘 세상을 긍정적으로 바라보고 타인을 존귀하게 대해야 한다고 배우지만 힘겨운 세상살이 속에서 말만큼 쉽게 되는 일은 아니다. 이채 시인은 바로 의미를 깨달을 수 있는 쉬운 문장들을 독자에 마음에 점자처럼 펼침으로써 읽은 이 스스로가 마음을 매만지게 한다.

사랑하는 나의 어머니

정진우 지음 | 344쪽 | 15,000원

101세의 일기로 떠나보낸 어머니와의 평생, 그 눈물겨우면서도 감동적인 여정! 가정의 달 5월을 맞아, 그 이름 부르기만 해도 마음이 편해지고 힘든 이 세상에서 편히 쉬기 하는 삶을 유일한 안식처 '어머니'를 노래하다! 서울대 의과대학을 졸업하고 현재 뉴욕에서 비뇨기과를 운영하고 있는 저자의 첫 에세이로, 독자의 마음에 잔잔하게 퍼지는 온기를 전할 것이다.

공부의 길

김정환 지음 | 400쪽 | 25,000원

『공부의 길』은 1996년 이래 약 20년간 서울 대치동에서 "수학강사"로 시작하여 "공부학습법 교육 연구소" 소장, 나누리 에듀의 원장을 역임하고 있는 김정환 원장이 평생의 공부법 연구를 집대성한 책이다. 학생 본인은 물론 부모, 선생, 강사 등 교육자의 위치에 있다면 누구든지 꼭 한 번쯤은 읽어 봐야 할 '암기 · 오답노트 중심의 학습법, 과목별 학습법' 등을 제시한다.

당신에게 포기란 어울리지 않는다

최성대 지음 | 232쪽 | 13,800원

이 책은 불굴의 의지와 끝없이 타오르는 열정으로 자신에게 주어진 고난을 꿋꿋이 이겨내며 결국 행복한 삶을 성취한 한 인간의 이야기가 담겨 있다. KB국민은행에서 지점장 자리까지 오르고 명예롭게 퇴직한 저자는 현재 박사, 교수로서 제2의 인생을 힘차게 이어나가고 있다. 자신의 사례가 현재의 힘겨운 삶 앞에서 괴로워하는 많은 독자들에게 작은 격려와 용기를 불어넣는 계기가 되기를 기대하고 있다.

하루 5분 나를 바꾸는 긍정훈련
행복에너지

'긍정훈련'당신의 삶을
행복으로 인도할
최고의, 최후의'멘토'

'행복에너지
권선복 대표이사'가 전하는
행복과 긍정의 에너지,
그 삶의 이야기!

인터파크
자기계발 분야 주간
베스트 1위

권선복 지음 | 15,000원

권선복

도서출판 행복에너지 대표
지에스데이타(주) 대표이사
대통령직속 지역발전위원회
문화복지 전문위원
새마을문고 서울시 강서구 회장
전) 팔팔컴퓨터 전산학원장
전) 강서구의회(도시건설위원장)
아주대학교 공공정책대학원 졸업
충남 논산 출생

책『하루 5분, 나를 바꾸는 긍정훈련 - 행복에너지』는 '긍정훈련' 과정을 통해 삶을 업그레이드하고 행복을 찾아 나설 것을 독자에게 독려한다.

긍정훈련 과정은[예행연습] [워밍업] [실전] [강화] [숨고르기] [마무리] 등 총 6단계로 나뉘어 각 단계별 사례를 바탕으로 독자 스스로가 느끼고 배운 것을 직접 실천할 수 있게 하는 데 그 목적을 두고 있다.

그동안 우리가 숱하게 '긍정하는 방법'에 대해 배워왔으면서도 정작 삶에 적용시키지 못했던 것은, 머리로만 이해하고 실천으로는 옮기지 않았기 때문이다. 이제 삶을 행복하고 아름답게 가꿀 긍정과의 여정, 그 시작을 책과 함께해 보자.

『하루 5분, 나를 바꾸는 긍정훈련 - 행복에너지』